MEISTERHAFT UND UNVERGÄNGLICH

Erlesene Bücher aus aller Welt

Verlag Das Beste
Stuttgart · Zürich · Wien

BEKENNTNISSE DES HOCHSTAPLERS

Felix Krull

THOMAS MANN

Mit einem Anhang von Gisela Geisler
und einem Nachwort von Hermann Kurzke

Illustrationen von Willi Glasauer

Felix Krull, Sohn eines sinnenfroh-ausschweifend lebenden Sektfabrikanten, entdeckt schon früh seine Berufung: Ob der schöne Knabe sich nun im Kinderwagen als Kaiser verehren läßt oder einem Künstler Modell steht – es gibt für ihn keine größere Befriedigung, als sich in fremde Persönlichkeiten hineinzuversetzen. Mit Hilfe seiner schauspielerischen Begabung und seines guten Aussehens beschreitet der charmante Felix höchst ungewöhnliche Lebenspfade, wird zu einem Liebling der Frauen und gelangt schließlich sogar in den Genuß einer luxuriösen Weltreise.

ERSTES BUCH

Erstes Kapitel

Indem ich die Feder ergreife, um in völliger Muße und Zurückgezogenheit – gesund übrigens, wenn auch müde, sehr müde (so daß ich wohl nur in kleinen Etappen und unter häufigem Ausruhen werde vorwärtsschreiten können), indem ich mich also anschicke, meine Geständnisse in der sauberen und gefälligen Handschrift, die mir eigen ist, dem geduldigen Papier anzuvertrauen, beschleicht mich das flüchtige Bedenken, ob ich diesem geistigen Unternehmen nach Vorbildung und Schule denn auch gewachsen bin. Allein, da alles, was ich mitzuteilen habe, sich aus meinen eigensten und unmittelbarsten Erfahrungen, Irrtümern und Leidenschaften zusammensetzt und ich also meinen Stoff vollkommen beherrsche, so könnte jener Zweifel höchstens den mir zu Gebote stehenden Takt und Anstand des Ausdrucks betreffen, und in diesen Dingen geben regelmäßige und wohlbeendete Studien nach meiner Meinung weit weniger den Ausschlag als natürliche Begabung und eine gute Kinderstube. An dieser hat es mir nicht gefehlt, denn ich stamme aus feinbürgerlichem, wenn auch liederlichem Hause; mehrere Monate lang standen meine Schwester Olympia und ich unter der Obhut eines Fräuleins aus Vevey, das dann freilich, da sich ein Verhältnis weiblicher Rivalität zwischen ihr und meiner Mutter – und zwar in Beziehung auf meinen Vater – gebildet hatte, das Feld räumen mußte; mein Pate Schimmelpreester, mit dem ich auf sehr innigem Fuße stand, war ein vielfach geschätzter Künstler, den jedermann im Städtchen „Herr Professor" nannte, obgleich ihm dieser schöne, begehrenswerte Titel von Amts wegen vielleicht nicht einmal zukam; und mein Vater, wiewohl dick und fett, besaß sehr viel persönliche Grazie und legte stets Gewicht auf eine gewählte und durchsichtige Ausdrucksweise. Er hatte von seiner Großmutter her französisches Blut ererbt, hatte selbst seine Lehrzeit in Frankreich verbracht und kannte nach seiner Versicherung Paris wie seine Westentasche. Gerne ließ er – und zwar in vorzüglicher Aussprache – Wendungen wie „c'est ça", „épatant" oder „parfaitement"* in seine Rede einfließen; auch sagte er öfters: „Ich goutiere das" und blieb bis gegen das Ende seines Lebens ein Günstling der Frauen. Dies nur im voraus und außer der Reihe. Was aber meine natürliche Begabung für gute Form betrifft, so konnte ich ihrer, wie mein ganzes trügerisches Leben beweist, von jeher nur allzu sicher sein und glaube mich auch bei diesem schriftlichen Auftreten unbedingt darauf verlassen zu können. Übrigens bin ich entschlossen, bei meinen Aufzeichnungen mit dem vollendetsten Freimut vorzugehen und weder den Vorwurf der Eitelkeit noch den der Schamlosigkeit dabei zu scheuen. Welcher moralische Wert und Sinn wäre auch wohl Bekenntnissen zuzusprechen, die unter einem anderen Gesichtspunkt als demjenigen der Wahrhaftigkeit abgefaßt wären!

DER RHEINGAU hat mich hervorgebracht, jener begünstigte Landstrich, welcher, gelinde und ohne Schroffheit sowohl in Hinsicht auf die Witterungsverhältnisse wie auf die Bodenbeschaffenheit, reich mit Städten und Ortschaften besetzt und fröhlich bevölkert, wohl zu den lieblichsten der bewohnten Erde gehört. Hier blühen, vom Rheingaugebirge vor rauhen Winden bewahrt und der Mittagssonne glücklich hingebreitet, jene berühmten Siedlungen, bei deren Namensklange dem Zecher das Herz lacht, hier Rauenthal, Johannisberg, Rüdesheim, und hier auch das ehrwürdige Städtchen, in dem ich, wenige Jahre nur nach der glorreichen Gründung des Deutschen Reiches, das Licht der Welt erblickte. Ein wenig westlich des Knies gelegen, welches der Rhein bei Mainz beschreibt, und berühmt durch seine Schaumweinfabrikation, ist es Hauptanlegeplatz der den Strom hinauf und hinab eilenden Dampfer und zählt gegen viertausend Einwohner. Das lustige Mainz war also sehr nahe und ebenso die vornehmen Taunusbäder, als: Wiesbaden, Homburg, Langenschwalbach und Schlangenbad, welch letzteres man in halbstündiger Fahrt auf einer Schmalspurbahn erreichte. Wie oft in der schönen Jahreszeit unternahmen wir Ausflüge, meine Eltern, meine Schwester

---

*Zur Übersetzung fremdsprachiger Begriffe und Textpassagen siehe Anhang ab Seite 364

Olympia und ich, zu Schiff, zu Wagen und mit der Eisenbahn, und zwar nach allen Himmelsrichtungen: denn überall lockten Reize und Sehenswürdigkeiten, die Natur und Menschenwitz geschaffen. Noch sehe ich meinen Vater in kleinkariertem, bequemem Sommeranzug mit uns in irgendeinem Wirtsgarten sitzen – ein wenig weitab vom Tische, weil sein Bauch ihn hinderte, nahe heranzurücken – und mit unendlichem Behagen ein Gericht Krebse nebst goldenem Rebensaft genießen. Oftmals war auch mein Pate Schimmelpreester dabei, betrachtete Land und Leute scharf prüfend durch seine rundäugige Malerbrille und nahm das Große und Kleine in seine Künstlerseele auf.

Mein armer Vater war Inhaber der Firma Engelbert Krull, welche die untergegangene Sektmarke „Lorley extra cuvée" erzeugte. Unten am Rhein, nicht weit von der Landungsbrücke, lagen ihre Kellereien, und nicht selten trieb ich mich als Knabe in den kühlen Gewölben umher, schlenderte gedankenvoll die steinernen Pfade entlang, welche in die Kreuz und Quere zwischen den hohen Gestellen hinführten, und betrachtete die Heere von Flaschen, die dort in halbgeneigter Lage übereinandergeschichtet ruhten. Da liegt ihr, dachte ich bei mir selbst (wenn ich auch meine Gedanken natürlich noch nicht in so treffende Worte zu fassen wußte), da liegt ihr in unterirdischem Dämmerlicht, und in eurem Innern klärt und bereitet sich still der prickelnde Goldsaft, der so manchen Herzschlag beleben, so manches Augenpaar zu höherem Glanze erwecken soll! Noch seht ihr kahl und unscheinbar, aber prachtvoll geschmückt werdet ihr eines Tages zur Oberwelt aufsteigen, um bei Festen, auf Hochzeiten, in Sonderkabinetten eure Pfropfen mit übermütigem Knall zur Decke zu schleudern und Rausch, Leichtsinn und Lust unter den Menschen zu verbreiten. Ähnlich sprach der Knabe; und so viel wenigstens war richtig, daß die Firma Engelbert Krull auf das Äußere ihrer Flaschen, jene letzte Ausstattung, die man fachmännisch die Coiffure nennt, ein ungemeines Gewicht legte. Die gepreßten Korke waren mit Silberdraht und vergoldetem Bindfaden befestigt und mit purpurrotem Lack übersiegelt, ja ein feierliches Rundsiegel, wie man es an Bullen und alten Staatsdokumenten sieht, hing an einer Goldschnur noch besonders herab; die Hälse waren reichlich mit glänzendem Stanniol umkleidet, und auf den Bäuchen prangte ein golden umschnörkeltes Etikett, das mein Pate Schimmelpreester für die Firma entworfen hatte und worauf außer mehreren Wappen und Sternen, dem Namenszuge meines Vaters und der Marke „Lorley extra cuvée" in Golddruck eine nur mit Spangen und Halsketten bekleidete Frauengestalt zu sehen war, welche, mit übergeschlagenem Beine auf der Spitze eines Felsens sitzend, erhobenen Armes einen Kamm durch ihr wallendes Haar führte. Übrigens scheint es, daß die Beschaffenheit des Weines dieser blendenden Aufmachung nicht vollkommen entsprach. „Krull", mochte mein Pate Schimmelpreester wohl zu meinem Vater sagen, „Ihre Person in Ehren, aber Ihren Champagner sollte die Polizei verbieten. Vor acht Tagen habe ich mich verleiten lassen, eine halbe Flasche davon zu trinken, und noch heute hat meine Natur sich nicht von diesem Angriff erholt. Was für Krätzer verstechen Sie eigentlich zu diesem Gebräu? Ist es Petroleum oder Fusel, was Sie bei der Dosierung zusetzen? Kurzum, das ist Giftmischerei. Fürchten Sie die Gesetze!" Hierauf wurde mein armer Vater verlegen, denn er war ein weicher Mensch, der scharfen Reden nicht standhielt. „Sie haben leicht spotten, Schimmelpreester", versetzte er wohl, indem er nach seiner Gewohnheit mit den Fingerspitzen zart seinen Bauch streichelte, „aber ich muß billig herstellen, weil das Vorurteil gegen die heimischen Fabrikate es so will – kurz, ich gebe dem Publikum, woran es glaubt. Außerdem sitzt die Konkurrenz mir im Nacken, lieber Freund, so daß es kaum noch zum Aushalten ist." Soweit mein Vater.

Unsere Villa gehörte zu jenen anmutigen Herrensitzen, die, an sanfte Abhänge gelehnt, den Blick über die Rheinlandschaft beherrschen. Der abfallende Garten war freigebig mit Zwergen, Pilzen und allerlei täuschend nachgeahmtem Getier aus Steingut geschmückt; auf einem Postament ruhte eine spiegelnde Glaskugel, welche die Gesichter überaus komisch verzerrte, und auch eine Äolsharfe, mehrere Grotten sowie ein Springbrunnen waren da, der eine kunstreiche Figur von Wasserstrahlen in die Lüfte warf und in dessen Becken Silberfische schwammen. Um nun von der inneren Häuslichkeit zu reden, so war sie nach dem Geschmack meines Vaters sowohl lauschig wie heiter. Trauliche Erkerplätze luden zum Sitzen ein, und in einem davon stand ein wirkliches Spinnrad. Zahllose Kleinigkeiten: Nippes, Muscheln, Spiegelkästchen und Riechflakons waren auf Etageren und Plüschtischchen angeordnet; Daunenkissen in großer Anzahl, mit Seide oder vielfarbiger Handarbeit überzogen, waren überall auf Sofas und Ruhebetten verteilt, denn mein Vater liebte es, weich zu liegen; die Gardinenträger waren Hellebarden, und zwischen den Türen waren jene luftigen Vorhänge aus Rohr und bunten Perlenschnüren befestigt, die scheinbar eine feste Wand bilden und die man doch, ohne eine Hand zu heben, durchschreiten kann, wobei sie sich mit einem leisen Rauschen oder Klappern teilen und wieder zusammenschließen. Über dem Windfang war eine kleine, sinnreiche Vorrichtung angebracht, die, während die Tür, durch Luftdruck aufgehalten, langsam ins Schloß zurücksank, mit feinem Klingen den Anfang des Liedes „Freut euch des Lebens" spielte.

Zweites Kapitel

Dies war das Heim, worin ich an einem lauen Regentage des Wonnemondes – einem Sonntage übrigens – geboren wurde, und von nun an gedenke ich nicht mehr vorzugreifen, sondern die Zeitfolge sorgfältig zur Richtschnur zu nehmen. Meine Geburt ging, wenn ich recht unterrichtet bin, nur sehr langsam und nicht ohne künstliche Nachhilfe unseres damaligen Hausarztes, Doktor Mecum, vonstatten, und zwar hauptsächlich deshalb, weil ich mich – wenn ich jenes frühe und fremde Wesen als „ich" bezeichnen darf – außerordentlich untätig und teilnahmslos dabei verhielt, die Bemühungen meiner Mutter fast gar nicht unterstützte und nicht den mindesten Eifer zeigte, auf eine Welt zu gelangen, die ich später so inständig lieben sollte. Dennoch war ich ein gesundes, wohlgestaltes Kind, das an dem Busen einer ausgezeichneten Amme aufs hoffnungsvollste gedieh. Ich kann aber nach wiederholtem eindringlichem Nachdenken nicht umhin, mein träges und widerwilliges Verhalten bei meiner Geburt, diese offenbare Unlust, das Dunkel des Mutterschoßes mit dem hellen Tage zu vertauschen, in Zusammenhang zu bringen mit der außerordentlichen Neigung und Begabung zum Schlafe, die mir von klein auf eigentümlich war. Man sagte mir, daß ich ein ruhiges Kind gewesen sei, kein Schreihals und Störenfried, sondern dem Schlummer und Halbschlummer in einem den Wärterinnen bequemen Grade zugetan; und obgleich mich später so sehr nach der Welt und den Menschen verlangte, daß ich mich unter verschiedenen Namen unter sie mischte und vieles tat, um sie für mich zu gewinnen, so blieb ich doch in der Nacht und im Schlaf stets innig zu Hause, entschlummerte auch ohne körperliche Ermüdung leicht und gern, verlor mich weit in ein traumloses Vergessen und erwachte nach langer, zehn-, zwölf-, ja vierzehnstündiger Versunkenheit erquickt und befriedigter als durch die Erfolge und Genugtuungen des Tages. Man könnte in dieser ungewöhnlichen Schlaflust einen Widerspruch zu dem großen Lebens- und Liebesdrange erblicken, der mich beseelte und von dem an gehörigem Orte noch zu sprechen sein wird. Allein ich ließ schon einfließen, daß ich diesem Punkte wiederholt ein angestrengtes Nachdenken gewidmet habe, und mehrmals habe ich deutlich zu verstehen geglaubt, daß es sich hier nicht um einen Gegensatz, sondern vielmehr um eine verborgene Zusammengehörigkeit und Übereinstimmung handelt. Jetzt nämlich, wo ich, obgleich erst vierzigjährig, gealtert und müde bin, wo kein begieriges Gefühl mich mehr zu den Menschen drängt und ich gänzlich auf mich selbst zurückgezogen dahinlebe: jetzt erst ist auch meine Schlafkraft erlahmt, jetzt erst bin ich dem Schlafe gewissermaßen entfremdet, ist mein Schlummer kurz, untief und flüchtig geworden, während ich vormals im Zuchthause, wo viel Gelegenheit dazu war, womöglich noch besser schlief als in den weichlichen Betten der Palasthotels. – Aber ich verfalle in meinen alten Fehler des Voraneilens.

Oft hörte ich aus dem Munde der Meinen, daß ich ein Sonntagskind sei, und obgleich ich fern von allem Aberglauben erzogen worden bin, habe ich doch dieser Tatsache, in Verbindung mit meinem Vornamen Felix (so wurde ich nach meinem Paten Schimmelpreester genannt) sowie mit meiner körperlichen Feinheit und Wohlgefälligkeit, immer eine geheimnisvolle Bedeutung beigemessen. Ja, der Glaube an mein Glück und daß ich ein Vorzugskind des Himmels sei, ist in meinem Innersten stets lebendig gewesen, und ich kann sagen, daß er im ganzen nicht Lügen gestraft worden ist. Stellt sich doch das eben als die bezeichnende Eigentümlichkeit meines Lebens dar, daß alles, was an Leiden und Qual darin vorgekommen, als etwas Fremdes und von der Vorsehung ursprünglich nicht Gewolltes erscheint, durch das meine wahre und eigentliche Bestimmung immerfort gleichsam sonnig hindurchschimmert. – Nach dieser Abschweifung ins Allgemeine fahre ich fort, das Gemälde meiner Jugend in großen Zügen zu entwerfen.

Ein phantastisches Kind, gab ich mit meinen Einfällen und Einbildungen den Hausgenossen viel Stoff zur Heiterkeit. Ich glaube mich wohl zu erinnern, und oft ist es mir erzählt worden, daß ich, als ich noch Kleidchen trug, gerne spielte, daß ich der Kaiser sei, und auf dieser Annahme wohl stundenlang mit großer Zähigkeit bestand. In einem kleinen Stuhlwagen sitzend, worin meine Magd mich über die Gartenwege oder auf dem Hausflur umherschob, zog ich aus irgendeinem Grunde meinen Mund so weit wie möglich nach unten, so daß meine Oberlippe sich übermäßig verlängerte, und blinzelte langsam mit den Augen, die sich nicht nur infolge der Verzerrung, sondern auch vermöge meiner inneren Rührung röteten und mit Tränen füllten. Still und ergriffen von meiner Betagtheit und hohen Würde, saß ich im Wägelchen; aber meine Magd war gehalten, jeden Begegnenden von dem Tatbestande zu unterrichten, daß eine Nichtachtung meiner Schrulle mich aufs äußerste erbittert haben würde. „Ich fahre hier den Kaiser spazieren", meldete sie, indem sie auf unbelehrte Weise die flache Hand salutierend an die Schläfe legte, und jeder erwies mir Reverenz. Zumal mein Pate Schimmelpreester, stets zu Possen geneigt, war mir zu Willen, wenn er mich so antraf, und bestärkte mich auf alle Weise in meinem Dünkel. „Seht, da fährt er, der Heldengreis!" sagte er, indem er sich unnatürlich tief verbeugte. Und dann stellte er sich als Volk an meinen Weg und warf vivatschreiend seinen Hut, seinen Stock und selbst seine Brille in die Luft, um sich beinahe zu Schaden zu lachen, wenn mir vor Erschütterung die Tränen über die langgezogene Oberlippe rollten.

Diese Art von Spiel pflegte ich noch in späteren Knabenjahren, zu einer Zeit also, da ich die Unterstützung der Erwachsenen dabei nicht wohl mehr fordern durfte. Doch vermißte ich sie nicht, sondern freute mich vielmehr der Unabhängigkeit und Selbstgenügsamkeit meiner Einbildungskraft. Ich erwachte zum Beispiel eines Morgens mit dem Entschlusse, heute ein achtzehnjähriger Prinz namens Karl zu sein, und hielt an dieser Träumerei während des ganzen Tages, ja mehrere Tage lang fest; denn der unschätzbare Vorzug solchen Spiels bestand darin, daß es in keinem Augenblick und nicht einmal während der so überaus lästigen Schulstunden unterbrochen zu werden brauchte. Gekleidet in eine gewisse liebenswürdige Hoheit, ging ich umher, hielt heitere und angeregte Zwiesprache mit einem Gouverneur oder

Adjutanten, den ich mir einbildungsweise beigab, und niemand beschreibt den Stolz und das Glück, mit dem das Geheimnis meiner feinen und erlauchten Existenz mich erfüllte. Welch eine herrliche Gabe ist nicht die Phantasie, und welchen Genuß vermag sie zu gewähren! Wie dumm und benachteiligt erschienen mir die anderen Knaben des Städtchens, denen dies Vermögen offenbar nicht zuteil geworden und die also unteilhaft der verschwiegenen Freuden waren, welche ich mühelos und ohne jede äußere Vorkehrung, durch einen einfachen Willensentschluß daraus zog! Jenen freilich, die gewöhnliche Burschen mit hartem Haar und roten Händen waren, hätte es sauer werden und lächerlich zu Gesichte stehen mögen, hätten sie sich einreden wollen, Prinzen zu sein. Ich aber besaß seidenweiches Haar, wie man es nur selten beim männlichen Geschlechte findet, und welches, da es blond war, zusammen mit graublauen Augen, einen fesselnden Gegensatz zu der goldigen Bräune meiner Haut bildete: so, daß es gewissermaßen unbestimmt blieb, ob ich nun eigentlich blond oder brünett von Erscheinung sei, und man mich mit gleichem Rechte für beides ansprechen konnte. Meine Hände, auf die ich frühe achthatte, waren, ohne überschmal zu sein, angenehm im Charakter, niemals schweißig, sondern mäßig warm, trocken, mit geschmackvoll geformten Fingernägeln versehen und sich selbst ein Wohlgefallen; und meine Stimme hatte, schon bevor ich sie wechselte, etwas Schmeichelhaftes für das Ohr, so daß ich sie, wenn ich allein war, gern in glücklichen, gebärdenreichen, übrigens sinnlos kauderwelschen und nur täuschend angedeuteten Plaudereien mit meinem unsichtbaren Gouverneur erklingen ließ. Solche persönlichen Vorzüge sind meistens unwägbare Dinge, die nur in ihren Wirkungen zu bestimmen und selbst bei hervorragendem Geschick nur schwer in Worte zu fassen sind. Jedenfalls konnte mir nicht verborgen bleiben, daß ich aus edlerem Stoffe gebildet oder, wie man zu sagen pflegt, aus feinerem Holz geschnitzt war als meinesgleichen, und ich fürchte dabei durchaus nicht den Vorwurf der Selbstgefälligkeit. Das ist mir ganz einerlei, ob dieser oder jener mich der Selbstgefälligkeit anklagt, denn ich müßte ein Dummkopf oder Heuchler sein, wollte ich mich für Dutzendware ausgeben, und der Wahrheit gemäß wiederhole ich, daß ich aus dem feinsten Holze geschnitzt bin.

Einsam aufwachsend (denn meine Schwester Olympia war mir um mehrere Lebensjahre voraus), neigte ich zu sonderbaren und spintisierenden Beschäftigungen, wofür ich sofort zwei Beispiele anführen werde. Erstens war ich auf eine grillenhafte Manier verfallen, die menschliche Willenskraft, diese geheimnisvolle und oft fast übernatürlicher Wirkungen fähige Macht, an mir zu üben und zu studieren. Man weiß, daß die Pupillen unseres Auges in ihren Bewegungen, welche in einer Verengerung und Erweiterung bestehen, abhängig sind von der Stärke des Lichtes, das sie trifft. Ich nun hatte es mir in den Kopf gesetzt, diese unwillkürliche Bewegung eigensinniger Muskeln unter den Einfluß meines Willens zu beugen. Vor meinem Spiegel stehend und indem ich jeden anderen Gedanken auszuschalten suchte, versammelte ich meine ganze innere Kraft auf den Befehl an meine Pupillen, sich nach meinem Belieben zusammenzuziehen oder zu erweitern, und meine hartnäckigen Übungen wurden, wie ich versichere, wirklich von Erfolg gekrönt. Anfangs gerieten unter den inneren Anstrengungen, die mir den Schweiß austrieben und mich die Farbe wechseln ließen, meine Pupillen nur in ein unregelmäßiges Flackern; später aber hatte ich es tatsächlich in meiner Gewalt, sie sich zu winzigen Pünktchen verengern oder zu großen, schwarz spiegelnden Kreisen sich ausdehnen zu lassen, und die Genugtuung, die dieser Erfolg mir gewährte, war fast schreckhafter Art und von einem Schauer vor den Geheimnissen der menschlichen Natur begleitet.

Eine andere Grübelei, die damals oft meinen Geist unterhielt und noch heute nicht an Reiz und Sinn für mich verloren hat, bestand in folgendem. „Was ist förderlicher", fragte ich mich, „daß man die Welt klein oder daß man sie groß sehe?" Und dies war so gemeint: Große Männer, dachte ich, Feldherren, überlegene Staatsköpfe, Eroberer- und Herrschernaturen jeder Art, welche sich gewaltig über die Menschen erheben, müssen wohl so beschaffen sein, daß die Welt ihnen klein wie ein Schachbrett erscheint, da sie sonst die Rücksichtslosigkeit und Kälte nicht hätten, keck und unbekümmert um das Einzelwohl und -wehe nach ihren übersichtlichen Plänen damit zu schalten. Andererseits aber kann eine solche verringernde Ansicht unzweifelhaft leicht bewirken, daß man es im Leben zu gar nichts bringe; denn wer Welt und Menschen für wenig oder nichts achtet und sich früh mit ihrer Belanglosigkeit durchdringt, wird geneigt sein, in Gleichgültigkeit und Trägheit zu versinken und einen vollkommenen Ruhestand jeder Wirkung auf die Gemüter verachtungsvoll vorzuziehen – abgesehen davon, daß er durch seine Fühllosigkeit, seinen Mangel an Teilnahme und Bemühung überall anstoßen, die selbstbewußte Welt auf Schritt und Tritt beleidigen und sich so die Wege auch zu unwillkürlichen Erfolgen abschneiden wird. „Ist es", fragte ich mich, „also ratsamer, daß man in Welt und Menschenwesen etwas Großes, Herrliches und Wichtiges erblicke, das jedes Eifers, jeder dienenden Anstrengung wert ist, um ein wenig Ansehen und Wertschätzung darin zu erlangen?" Dagegen spricht, daß man mit dieser vergrößernden und respektvollen Sehart leicht der Selbstunterschätzung und Verlegenheit anheimfällt, so daß die Welt über den ehrfürchtig blöden Knaben mit Lächeln hinweggeht, um sich männlichere Liebhaber zu suchen. Allein auf der anderen Seite bietet eine solche Gläubigkeit und Weltfrömmigkeit doch auch große Vorteile. Denn wer alle Dinge und Menschen für voll und wichtig nimmt, wird ihnen nicht nur dadurch schmeicheln und sich somit mancher Förderung versichern, sondern er wird auch sein ganzes Denken und Gebaren mit einem Ernst, einer Leidenschaft, einer Verantwortlichkeit erfüllen, die, indem sie ihn zugleich liebenswürdig und bedeutend macht, zu den höchsten Erfolgen und Wirkungen führen kann. – So sinnierte ich und erwog das Für und Wider. Übrigens habe ich es unwillkürlich und meiner Natur gemäß stets mit der zweiten Möglichkeit gehalten und die Welt für eine große und unendlich verlockende Erscheinung geachtet, welche die süßesten Seligkeiten zu vergeben hat und mich jeder Anstrengung und Werbung in hohem Grade wert und würdig deuchte.

Drittes Kapitel

Wenn aber so träumerische Experimente und Spekulationen geeignet waren, mich von meinen Alters- und Schulgenossen im Städtchen, die sich auf herkömmlichere Weise beschäftigten, innerlich abzusondern, so kam hinzu, daß diese Burschen, Weingutsbesitzers- und Beamtensöhne, von seiten ihrer Eltern, wie ich bald gewahr werden mußte, vor mir gewarnt und von mir ferngehalten wurden, ja, einer von ihnen, den ich versuchsweise einlud, sagte mir mit kahlen Worten ins Gesicht, daß man ihm den Verkehr mit mir und den Besuch unseres Hauses verboten habe, weil es nicht ehrbar bei uns zugehe. Das schmerzte mich und ließ mir einen Umgang begehrenswert erscheinen, an dem mir sonst nichts gelegen gewesen wäre. Allein nicht zu leugnen war, daß es mit der Meinung des Städtchens über unser Hauswesen gewissermaßen seine Richtigkeit hatte.

Ich ließ schon weiter oben eine Anspielung einfließen auf die Störungen, welche durch die Anwesenheit des Fräuleins aus Vevey in unser Familienleben getragen wurden. In der Tat stellte mein armer Vater diesem Mädchen in verliebtem Sinne nach und gelangte denn auch wohl zu dem gesteckten Ziel, worüber sich Meinungsverschiedenheiten zwischen ihm und meiner Mutter entspannen, die weiter dahin führten, daß mein Vater sich auf mehrere Wochen nach Mainz begab, um dort, wie er es manches Mal zu seiner Erfrischung tat, das Leben eines Junggesellen zu führen. Übrigens hatte meine Mutter, die eine unscheinbare Frau von wenig hervorragenden Geistesgaben war, vollkommen unrecht, meinen armen Vater so unnachsichtig zu behandeln, denn sie sowohl wie meine Schwester Olympia (ein dickes und außerordentlich fleischlich gesinntes Geschöpf, das später nicht ohne Beifall die Operettenbühne beschritt) gaben ihm an menschlicher Schwäche durchaus nichts nach; nur daß seiner Leichtlebigkeit stets eine gewisse Anmut innewohnte, deren ihre dumpfe Vergnügungssucht fast ganz entbehrte. Mutter und Tochter lebten in seltener Vertraulichkeit miteinander, und ich erinnere mich zum Beispiel, beobachtet zu haben, wie die Ältere mit einem Meterbande den Oberschenkel der Jüngeren nach seinem Umfange maß, was mich auf mehrere Stunden zur Nachdenklichkeit stimmte. Ein anderes Mal, zu einer Zeit, als ich für solche Dinge wohl schon ein ahnungsvolles Verständnis, aber noch keine Worte besaß, war ich heimlich Zeuge davon, wie sie einem im Hause beschäftigten Anstreichergesellen, einem dunkeläugigen Burschen in weißem Kittel, mit gemeinsamen neckischen Annäherungen zusetzten und ihm endlich so den Kopf erhitzten, daß der junge Mensch in eine Art Wut geriet und, mit einem Schnurrbart aus grüner Ölfarbe, den sie ihm angemalt, die kreischenden Frauen bis auf den Trockenspeicher verfolgte.

Sehr oft, da meine Eltern sich bis zur Erbitterung miteinander langweilten, hatten wir Gäste aus Mainz und Wiesbaden, und dann ging es überaus reichlich und aufgeräumt bei uns zu. Es waren buntscheckige Gesellschaften, bestehend aus einigen jungen Fabrikanten, Bühnenkünstlern beiderlei Geschlechts, einem kränklichen Infanterieleutnant, der später so weit ging, um die Hand meiner Schwester anzuhalten, einem jüdischen Bankier nebst seiner Gattin, die auf eindrucksvolle Weise überall aus ihrem mit Jett übersäten Kleide quoll, einem Journalisten mit Stirnlocke und Samtweste, der jedesmal eine neue Lebensgefährtin einführte, und anderen mehr. Man fand sich meistens zum Diner um sieben Uhr ein, und dann pflegte die Lustbarkeit, die Klaviermusik, das Schlürfen des Tanzes, das Gelächter, Gekreisch und Gejachter die ganze Nacht hindurch kein Ende zu nehmen. Besonders zur Zeit des Karnevals und der Weinlese gingen die Wogen des Vergnügens sehr hoch. Dann brannte mein Vater im Garten eigenhändig prächtige Feuerwerke ab, worin er große Sachkenntnis und Geschicktheit besaß; die Steingutzwerge erschienen in magischem Licht, und die launigen Masken, in denen sich die Gesellschaft zusammengefunden, erhöhten die Ausgelassenheit. Ich war damals gezwungen, die Oberrealschule des Städtchens zu besuchen, und wenn ich am Morgen um sieben oder halb acht Uhr mit neuwaschenem Antlitz das Speisezimmer betrat, um mein Frühstück einzunehmen, so fand ich die Gesellschaft noch, fahl, zerknittert und mit Augen, die das Tageslicht schlecht ertrugen, bei Kaffee und Likören versammelt und wurde unter großem Hallo in ihre Mitte aufgenommen.

Halbwüchsig durfte ich bei Tische und bei den nachfolgenden Belustigungen gleich meiner Schwester Olympia zugegen sein. Es wurde alltäglich ein guter Tisch bei uns geführt, und mein Vater trank zu jedem Mittagessen Champagner mit Sodawasser vermischt. Aber bei den geselligen Gelegenheiten gab es lange Speisenfolgen, die von einem Küchenchef aus Wiesbaden mit Hilfe unserer Köchin aufs feinste hergestellt wurden und in die erfrischende und den Appetit erneuernde Gänge, Gefrorenes und Pikantes, eingelegt waren. „Lorley extra cuvée" floß in Strömen, aber auch zahlreiche gute Weine kamen auf den Tisch, wie zum Beispiel „Berncastler Doktor", dessen Würze mir ausnehmend zusagte. In meinem späteren Leben lernte ich noch andere vornehme Marken kennen und mit gelassener Miene bestellen, wie etwa „Grand vin Château Margaux" und „Grand crû Château Mouton Rothschild" – zwei elegante Tropfen.

Gern rufe ich mir das Bild meines Vaters vor die Seele zurück, wie er mit seinem weißen Spitzbart und seinem mit weißseidener Weste umhüllten Bauch der Tafel vorsaß. Er hatte eine schwache Stimme und schlug oft mit verschämtem Ausdruck die Augen nieder, aber der Genuß war ihm doch von der blanken und geröteten Miene zu lesen. „C'est ça", sagte er, „épatant", „parfaitement", und mit ausgesuchten Bewegungen seiner Hände, deren Fingerspitzen aufwärtsgebogen waren, bediente er sich der Gläser, des Mundtuches, des Speisegeräts. Meine Mutter und Schwester überließen sich einer geistlosen Völlerei und kicherten zwischendurch mit ihren Nachbarn hinter gespreiztem Fächer.

Nach Tische, wenn um die Gaslüster der Zigarrenrauch schwamm, begannen der Tanz und die Pfänderspiele. War der Abend vorgeschritten, so wurde ich wohl zu Bette geschickt, aber da Musik und Getümmel mich nicht schlafen ließen, so stand ich meist wieder auf, hüllte mich in meine rotwollene Bettdecke und kehrte, so kleidsam vermummt, zum Jubel der Frauen in die Gesellschaft zurück. Die Erfrischungen und Imbisse, die Bowlen, Limonaden, Heringssalate und Weingelees nahmen bis zum Morgenkaffee kein Ende. Der Tanz war ausgelassen und üppig, die Pfänderspiele bildeten einen Vorwand für Küsse und andere körperliche Annäherungen. Die Frauen, in ausgeschnittenen Kleidern, beugten sich lachend über die Stuhllehnen, um Einblick in ihren Busen zu gewähren und so die Herrenwelt für sich zu gewinnen, und den Höhepunkt des Ganzen bildete nicht selten die Schelmerei, daß plötzlich das Gas ausgedreht wurde, was jedesmal ein unbeschreibliches Drunter und Drüber zur Folge hatte.

Diese geselligen Unterhaltungen waren vorzüglich gemeint, wenn unser Hauswesen im Städtchen für verdächtig galt, und man faßte, wie mir zu Ohren kam, dabei hauptsächlich die ökonomische Seite der Sache ins Auge, indem man nämlich munkelte (und nur zu recht damit hatte), daß die Geschäfte meines armen Vaters verzweifelt schlecht stünden und daß die kostbaren Feuerwerke und Diners ihm als Wirtschafter notwendig den Rest geben müßten. Dieses öffentliche Mißtrauen, das meiner Feinfühligkeit früh bemerkbar wurde, vereinigte sich, wie erwähnt, mit gewissen Sonderbarkeiten meines Charakters, um eine Vereinsamung zu zeitigen, die mir oft Kummer bereitete. Desto herzlicher beglückte mich ein Erlebnis, dessen Schilderung ich hier mit besonderem Vergnügen einrücken werde.

Ich zählte acht Jahre, als ich und die Meinen einige Sommerwochen in dem benachbarten und so namhaften Langenschwalbach verbrachten. Mein Vater nahm dort Moorbäder gegen die Gichtanfälle, die ihn zuweilen plagten, und meine Mutter und Schwester machten auf der Promenade durch Übertreibungen in der Form ihrer Hüte von sich reden. Mit dem gesellschaftlichen Verkehr, der sich uns dort, wie an anderen Plätzen, bot, war wenig Ehre einzulegen. Die in der Umgegend Ansässigen mieden uns wie gewöhnlich; die vornehmen Fremden kargten mit sich und verhielten sich abweisend, wie das im Wesen der Vornehmheit begründet ist, und was sich uns zu Anschluß und Gemeinsamkeit darbot, war nicht vom Feinsten. Dennoch war mir wohl zu Langenschwalbach, denn ich habe stets den Aufenthalt an Badeorten geliebt und später den Schauplatz meiner Wirkungen wiederholt an solche Plätze verlegt. Die Ruhe, die sorglos geregelte Lebensführung, der Anblick wohlgeborener und gepflegter Menschen auf den Sportplätzen und in den Kurgärten entspricht meinen tiefsten Wünschen. Was aber die stärkste Anziehungskraft auf mich ausübte, waren die Konzerte, die täglich von einem wohlgeschulten Orchester dem Badepublikum dargeboten wurden. Die Musik entzückt mich, ja obwohl ich nicht Gelegenheit genommen habe, ihre Ausübung zu erlernen, besitzt diese träumerische Kunst einen fanatischen Liebhaber in mir, und schon das Kind konnte sich nicht von dem hübschen Pavillon trennen, worin die kleidsam uniformierte Truppe unter der Leitung eines kleinen Kapellmeisters von zigeunerhaftem Ansehen ihre Potpourris und Opernstücke erklingen ließ. Stundenlang kauerte ich auf den Stufen des zierlichen Kunsttempels, ließ mein Herz von dem anmutig ordnungsvollen Reigen der Töne bezaubern und verfolgte zugleich mit eifrig teilnehmenden Augen die Bewegungen, mit denen die ausübenden Musiker ihre verschiedenen Instrumente handhabten. Namentlich das Geigenspiel hatte es mir angetan, und zu Hause, im Hotel, ergötzte ich mich und die Meinen damit, daß ich mit Hilfe zweier Stöcke, eines kurzen und eines längeren, das Gebaren des ersten Violinisten aufs getreueste nachzuahmen suchte. Die schwingende Bewegung der linken Hand zur Erzeugung eines seelenvollen Tones, das weiche Hinauf- und Hinabgleiten aus einer Grifflage in die andere, die Fingergeläufigkeit bei virtuosenhaften Passagen und Kadenzen, das schlanke und geschmeidige Durchbiegen des rechten Handgelenkes bei der Bogenführung, die versunkene und lauschend-gestaltende Miene bei hingeschmiegter Wange – dies alles wiederzugeben gelang mir mit einer Vollkommenheit, die besonders meinem Vater den heitersten Beifall abnötigte. Dieser nun, gut gelaunt unter dem wohltuenden Einfluß der Bäder, nimmt das langhaarige und fast stimmlose Kapellmeisterchen beiseite und verabredet mit ihm die folgende Komödie. Eine kleine Violine wird billig erstanden und der zugehörige Bogen sorgfältig mit Vaselin bestrichen. Während sonst für mein Äußeres nicht viel geschah, werden jetzt in einem Basar ein hübsches Matrosenhabit mit Fangschnur und goldenen Knöpfen, dazu seidene Strümpfe und spiegelnde Lackschuhe fertig angeschafft. Und eines Sonntagnachmittags, während der Kurpromenade, stehe ich, so ansprechend ausstaffiert, zur Seite des kleinen Kapellmeisters an der Rampe des Musiktempels und beteilige mich an der Ausführung einer ungarischen Tanzpièce, indem ich mit meiner Fiedel und mit meinem Vaselinbogen tue, was ich vordem mit meinen beiden Stöcken getan. Ich darf sagen, daß mein Erfolg vollkommen war.

Das Publikum, vornehmes und schlichteres, staute sich vor dem Pavillon, es strömte von allen Seiten herbei. Man sah ein Wunderkind. Meine Hingebung, die Blässe meiner arbeitenden Miene, eine Welle Haares, die mir über das eine Auge fiel, meine kindlichen Hände, deren Gelenke von den blauen, an den Oberarmen bauschigen und nach unten eng zulaufenden Ärmeln kleidsam umspannt waren – kurz, meine ganze rührende und wunderbare Erscheinung entzückte die Herzen. Als ich mit einem vollen und energischen Bogenstrich über alle Saiten geendigt hatte, erfüllte das Geprassel des Beifalls, untermischt mit hohen und tiefen Bravorufen, die Kuranlagen. Man hebt mich, nachdem der kleine Kapellmeister meine Geige nebst Bogen in Sicherheit gebracht, zur ebenen Erde nieder. Man überhäuft mich mit Lobsprüchen, mit Schmeichelnamen, mit Liebkosungen. Aristokratische Damen und Herren umdrängen mich, streicheln mir Haare, Wangen und Hände, nennen mich Teufelsbub und Engelskind. Eine alte russische Fürstin, ganz in veilchenfarbener Seide und mit gewaltigen weißen Ohrlocken, nimmt meinen Kopf zwischen ihre beringten Hände und küßt mich auf die feuchte Stirn. Hierauf nestelt sie leidenschaftlich eine große, funkelnde Diamantbrosche in Leiergestalt von ihrem Hals los und befestigt sie, unaufhörlich französisch redend, an meiner Bluse. Die Meinen traten herzu; mein Vater stellte sich vor und entschuldigte die Schwächen meines Spieles mit meinem zarten Alter. Man zog mich zur Konditorei. An drei verschiedenen Tischen bewirtete man mich mit Schokolade und Crèmeschnitten. Edelbürtige, schöne und reiche Kinder, die kleinen Grafen Siebenklingen, nach denen ich oft mit Sehnsucht ausgeschaut, die mich aber bisher nur kalter Blicke gewürdigt hatten, baten mich artig, eine Partie Krocket mit ihnen zu spielen, und während unsere Eltern miteinander Kaffee tranken, folgte ich, meine Brillantnadel auf der Brust, heiß und trunken vor Freude ihrer Einladung. Es war einer der schönsten Tage meines Lebens, vielleicht der unbedingt schönste. Viele Stimmen wurden laut, daß ich mein Spiel wiederholen möchte, und auch die Kurdirektion kam in diesem Sinne bei meinem Vater ein. Allein mein Vater erklärte, daß er nur ausnahmsweise seine Erlaubnis gegeben habe und daß ein wiederholtes öffentliches Auftreten sich nicht mit meiner gesellschaftlichen Stellung vertrage. Auch näherte unser Aufenthalt in Bad Langenschwalbach sich seinem Ende . . .

Viertes Kapitel

Jetzt werde ich von meinem Paten Schimmelpreester sprechen, einem nicht alltäglichen Manne. Um seine Person zu beschreiben, so war er untersetzt von Gestalt und trug sein früh ergrautes und gelichtetes Haar dicht über dem einen Ohr gescheitelt, so daß es fast gänzlich nach einer Seite über den Schädel gestrichen war. Sein rasiertes Gesicht mit der hakenförmigen Nase, den gekniffenen Lippen und den übergroßen, kreisrunden und in Zelluloid gefaßten Brillengläsern zeichnete sich noch besonders dadurch aus, daß es über den Augen nackt, das heißt ohne Brauen war, und zeugte im ganzen von einer scharfen und bitteren Sinnesart, wie denn zum Beispiel mein Pate seinem Namen eine sonderbar hypochondrische Deutung zu geben pflegte. „Die Natur", sagte er, „ist nichts als Fäulnis und Schimmel, und ich bin zu ihrem Priester bestellt, darum heiße ich Schimmelpreester. Warum ich aber Felix heiße, das weiß Gott allein." Er stammte aus Köln, wo er ehemals in den ersten Häusern verkehrt und als Festordner im Karneval eine hervorragende Rolle gespielt hatte. Aber durch irgendwelche Umstände oder Vorkommnisse, die niemals aufgeklärt wurden, war er genötigt worden, das Feld zu räumen, und hatte sich in unser Städtchen zurückgezogen, wo er sehr bald, schon mehrere Jahre vor meiner Geburt, der Hausfreund der Meinen geworden war. Ein regelmäßiger und unentbehrlicher Teilnehmer an unseren Abendgesellschaften, genoß er große Achtung bei allen unseren Gästen. Die Damen kreischten und suchten sich mit vorgehaltenen Armen zu schützen, wenn er sie, verkniffenen Mundes, aufmerksam und doch gleichgültig, wie man Dinge prüft, durch seine Eulenbrille fixierte. „Hu, der Maler!" riefen sie, „wie er schaut! Jetzt sieht er alles und bis ins Herz hinein. Gnade, Professor, und nehmen Sie doch Ihre Augen fort!" Aber wie sehr man ihn bewunderte, so dachte er doch selber von seinem Berufe nicht eigentlich hoch und tat häufig recht zweifelhafte Äußerungen über die Natur des Künstlers. „Phidias", sagte er, „auch Pheidias genannt, war ein Mann von mehr als durchschnittsmäßigem Talent, wofür schon die Tatsache spricht, daß er des Diebstahls überführt und in das Athener Gefängnis gesteckt wurde; denn er hatte sich des Unterschleifs an dem Gold- und Elfenbeinmaterial schuldig gemacht, das man ihm für seine Athena-Statue anvertraut hatte. Perikles, der ihn entdeckt hatte, ließ ihn aus dem Prison entwischen (womit dieser Kenner bewies, daß er sich nicht nur auf die Kunst, sondern, was viel wichtiger ist, auch auf das Künstlertum verstand), und Phidias oder Pheidias ging nach Olympia, wo ihm der große Zeus aus Gold und Elfenbein in Auftrag gegeben wurde. Was tat er? Er stahl wieder. Und im Gefängnis zu Olympia verstarb er. Eine auffallende Mischung. Aber so sind die Leute. Sie wollen wohl des Talents, welches doch an und für sich eine Sonderbarkeit ist. Aber die Sonderbarkeiten, die sonst noch damit verbunden – und vielleicht notwendig damit verbunden – sind, die wollen sie durchaus nicht und verweigern ihnen jedes Verständnis." Soweit mein Pate. Ich habe mir diese Äußerung wörtlich gemerkt, weil er sie oft mit denselben Redewendungen wiederholte.

Wie berichtet, so lebten wir in herzlicher Wechselneigung, ja ich darf sagen, daß ich seine besondere Gunst genoß, und heranwachsend diente ich ihm häufig als Vorbild für seine Kunstgemälde, was mich um so mehr ergötzte, als er mich dazu in die verschiedensten Trachten und Verkleidungen steckte, von denen er eine reichhaltige Sammlung besaß. Seine Werkstatt, eine Art Trödelspeicher mit großem Fenster, war unter dem Dache des abgesonderten Häuschens unten am Rheine gelegen, das er mit einer alten Aufwärterin mietweise bewohnte, und dort „saß" ich ihm, wie er es nannte, stundenlang auf einem roh gezimmerten Podium, während er an seiner Leinwand pinselte, schabte und schuf. Ich erwähne, daß ich ihm auch mehrmals nackend Modell stand für ein großes Tableau aus der griechischen Sagenkunde, welches den Speisesaal eines Mainzer Weinhändlers zu verschönern bestimmt war. Hierbei erntete ich viel Lob von seiten des Künstlers, denn ich war überaus angenehm und göttergleich gewachsen, schlank, weich und doch kräftig von Gliedern, goldig von Haut und ohne Tadel in Hinsicht auf schönes Ebenmaß. – Diese Sitzungen bilden immerhin eine eigenartige Erinnerung. Aber noch unterhaltender, meine ich, war es doch, wenn ich mich verkleiden durfte, was nicht nur in meines Paten Werkstatt geschah. Oft nämlich, wenn er gedachte, das Abendbrot bei uns einzunehmen, schickte er einen Ballen voll bunter Garderobe, Perücken und Waffen vor sich her, um sie mir nach Tische nur zum Vergnügen anzuprobieren und meine Erscheinung auch wohl, wie es ihm am besten gefiel, auf einen Pappendeckel zu werfen. „Er hat einen Kostümkopf", pflegte er zu sagen und meinte damit, daß alles mir zu Gesichte stünde, jede Verkleidung sich gut und natürlich an mir ausnähme. Denn, wie ich auch hergerichtet war – als römischer Flötenbläser in kurzem Gewande, das schwarze Kraushaar mit Rosen bekränzt; als englischer Edelknabe in knappem Atlas, mit Spitzenkragen und Federhut; als spanischer Stierfechter mit Glitzerjäckchen und Kalabreser; als jugendlicher Abbé der Puderzeit mit Käppchen, Beffchen, Mäntelchen und Schnallenschuhen; als österreichischer Offizier in weißem Waffenrock nebst Schärpe und Degen oder als deutscher Gebirgsbauer in Wadenstrümpfen und Nagelschuhen, den Gamsbart am grünen Hut: jedesmal schien es, und auch der Spiegel versicherte mich dessen, als ob ich gerade für diesen Aufzug recht eigentlich bestimmt und geboren sei; jedesmal gab ich, nach dem Urteile aller, ein vortreffliches Beispiel der Menschenart ab, die ich eben vertrat; ja, mein Pate wies darauf hin, daß mein Gesicht mit Hilfe von Tracht und Perücke sich nicht nur den Ständen und Himmelsstrichen, sondern auch den Zeitaltern anzupassen scheine, von denen ein jedes, wie er uns belehrte, seinen Kindern ein allgemeines physiognomisches Gepräge verleihe – während ich doch, wenn man unserem Freunde glauben durfte, als florentinischer Stutzer vom Ausgang der Mittelzeit so sehr einem zeitgenössischen Gemälde entsprungen schien wie im Schmuck jener pomphaften Lockenwolke, mit welcher ein späteres Jahrhundert die vornehme Herrenwelt beschenkte. – Ach, das waren herrliche Stunden! Wenn ich aber nach beendeter Kurzweil meine schale und nichtige Alltagskleidung wieder angelegt hatte, so befiel mich wohl eine unbezwingliche Trauer und Sehnsucht, ein Gefühl unendlicher und unbeschreiblicher Langerweile, das mich den Rest des Abends mit ödem Gemüt in tiefer und wortloser Niedergeschlagenheit hinbringen ließ.

Nur soviel für jetzt über Schimmelpreester. Später, am Ende meiner aufreibenden Laufbahn, sollte dieser ausgezeichnete Mann auf entscheidende und rettende Weise in mein Schicksal eingreifen . . .

Fünftes Kapitel

Forsche ich nun in meiner Seele nach weiteren Jugendeindrücken, so habe ich des Tages zu gedenken, da ich die Meinen zum erstenmal nach Wiesbaden ins Theater begleiten durfte. Übrigens muß ich hier einschalten, daß ich mich bei der Schilderung meiner Jugend nicht ängstlich an die Jahresfolge halte, sondern diese Lebensperiode als ein Ganzes behandle, worin ich mich nach Belieben bewege. Als ich meinem Paten Schimmelpreester als Griechengott Modell stand, war ich sechzehn bis achtzehn Jahre alt und also beinahe ein Jüngling, obschon in der Schule sehr rückständig. Aber mein erster Theaterbesuch fällt in ein früheres Jahr, nämlich in mein vierzehntes – immerhin also in eine Zeit, als meine körperliche und geistige Reife (wie gleich noch weiter auszuführen sein wird) schon weit vorgeschritten und meine Empfänglichkeit für Eindrücke sogar besonders lebhaft zu nennen war. In der Tat haben sich die Beobachtungen dieses Abends meinem Gemüt tief eingeprägt und mir zu unendlichem Nachsinnen Stoff gegeben.

Wir hatten vorher ein Wiener Café besucht und dort süßen Punsch getrunken, während mein Vater Absinth durch einen

Strohhalm zu sich genommen hatte, was alles bereits geeignet gewesen war, mich im tiefsten zu bewegen. Aber wer beschreibt das Fieber, das sich meiner Natur bemächtigte, als eine Droschke uns an das Ziel meiner Neugier getragen und der erleuchtete Logensaal uns aufgenommen hatte! Die Frauen, die sich in den Balkons den Busen fächelten; die Herren, die sich plaudernd über sie neigten; die summende Versammlung im Parkett, zu der wir gehörten; die Düfte, die aus Haaren und Kleidern quollen und sich mit dem Geruch des Leuchtgases vermischten; das sanft verworrene Getöse des stimmenden Orchesters; die üppigen Malereien an der Saaldecke und auf dem Vorhang, die eine Menge entblößter Genien, ja ganze Kaskaden von rosigen Verkürzungen zeigten: wie sehr war das alles danach angetan, die jungen Sinne zu öffnen und den Geist für außerordentliche Empfängnisse vorzubereiten! Eine solche Vereinigung von Menschen in hohem prunkvollem Kronensaal hatte ich bis dahin nur in der Kirche gesehen, und in der Tat erschien mir das Theater, dieser feierlich gegliederte Raum, wo an erhöhtem und verklärtem Orte berufene Personen, bunt gekleidet und von Musik umwoben, ihre vorgeschriebenen Schritte und Tänze, Gespräche, Gesänge und Handlungen vollführten: in der Tat, sage ich, erschien mir das Theater als eine Kirche des Vergnügens, als eine Stätte, wo erbauungsbedürftige Menschen, im Schatten versammelt gegenüber einer Sphäre der Klarheit und der Vollendung, mit offenem Munde zu den Idealen ihres Herzens emporblickten.

Man spielte ein Stück von bescheidenem Genre, ein Werk der leichtgeschürzten Muse, wie man wohl sagt, eine Operette, deren Namen ich zu meinem Leidwesen vergessen habe. Die Handlung begab sich zu Paris (was die Stimmung meines armen Vaters sehr erhöhte), und in ihrem Mittelpunkt stand ein junger Müßiggänger oder Gesandtschaftsattaché, ein bezaubernder Schwerenöter und Schürzenjäger, der von dem Stern des Theaters, einem überaus beliebten Sänger namens Müller-Rosé, zur Darstellung gebracht wurde. Ich erfuhr seinen persönlichen Namen durch meinen Vater, der sich seiner Bekanntschaft erfreute, und sein Bild wird ewig in meinem Gedächtnis fortleben. Es ist anzunehmen, daß er jetzt alt und abgenutzt ist, gleich mir selbst; allein wie er damals die Menge und mich zu blenden, zu entzücken verstand, das gehört zu den entscheidenden Eindrücken meines Lebens. Ich sage: zu blenden, und ich werde etwas weiter unten erklären, wieviel Sinn dieses Wort hier umschließt. Vorderhand werde ich die Bühnenerscheinung Müller-Rosés aus lebhafter Erinnerung nachzumalen versuchen.

Bei seinem ersten Auftreten war er schwarz gekleidet, und dennoch ging eitel Glanz von ihm aus. Dem Spiele nach kam er von einem Treffpunkt der Lebewelt und war ein wenig betrunken, was er in angenehmen Grenzen, auf eine verschönte und veredelte Weise vorzutäuschen verstand. Er trug einen schwarzen, mit Atlas ausgeschlagenen Pelerinenmantel, Lackschuhe zu schwarzen Frackhosen, weiße Glacés und auf dem schimmernd frisierten Kopf, dessen Scheitel nach damaliger militärischer Mode bis zum Nacken durchgezogen war, einen Zylinderhut. Das alles war vollkommen, vom Bügeleisen im Sitz befestigt, von einer Unberührtheit, wie sie im wirklichen Leben nicht eine Viertelstunde lang zu bewahren wäre, und sozusagen nicht von dieser Welt. Besonders der Zylinder, der ihm auf leichtlebige Art schief in der Stirn saß, war in der Tat das Traum- und Musterbild seiner Art, ohne Stäubchen noch Rauheit, mit idealischen Glanzlichtern versehen, durchaus wie gemalt – und dem entsprach das Gesicht dieses höheren Wesens, ein Gesicht, das wie aus dem feinsten Wachs gebildet erschien. Es war zart rosafarben und zeigte mandelförmige, schwarz umrissene Augen, ein kurzes, gerades Näschen sowie einen überaus klar gezeichneten und korallenroten Mund, über dessen bogenförmig geschwungener Oberlippe sich ein abgezirkeltes, ebenmäßiges und wie mit dem Pinsel gezogenes Schnurrbärtchen wölbte. Elastisch taumelnd, wie man es in der gemeinen Wirklichkeit an Betrunkenen nicht beobachten wird, überließ er Hut und Stock einem Bedienten, entglitt seinem Mantel und stand da im Frack, mit reich gefältelter Hemdbrust, in welcher Diamantknöpfe blitzten. Mit silberner Stimme sprechend und lachend, entledigte er sich auch seiner Handschuhe, und man sah, daß seine Hände außen mehlweiß und ebenfalls mit Brillanten geziert, ihre Innenflächen aber so rosig wie sein Antlitz waren. An der einen Seite der Rampe trällerte er den ersten Vers eines Liedes, das die außerordentliche Leichtigkeit und Heiterkeit seines Lebens als Attaché und Schürzenjäger schilderte, tanzte alsdann, die Arme selig ausgebreitet und mit den Fingern schnalzend, zur anderen Seite und sang dort den zweiten Vers, worauf er abtrat, um sich vom Beifall zurückrufen zu lassen und vor dem Souffleurkasten den dritten Vers zu singen. Dann griff er mit sorgloser Anmut in die Geschehnisse ein. Dem Stücke zufolge war er sehr reich, was seiner Gestalt eine bezaubernde Folie verlieh. Man sah ihn bei fortschreitender Handlung in verschiedenen Toiletten: in schneeweißem Sportanzug mit rotem Gürtel, in reicher Phantasie-Uniform, ja gelegentlich einer ebenso heiklen wie zwerchfellerschütternden Verwicklung sogar in Unterhosen aus himmelblauer Seide. Man sah ihn in kühnen, übermütigen, bestrickend abenteuerlichen Lebenslagen: zu den Füßen einer Herzogin, beim Champagner-Souper mit zwei anspruchsvollen Freudenmädchen, mit erhobener Pistole, bereit zum Duell mit einem von Grund aus albernen Nebenbuhler. Und keine dieser eleganten Strapazen konnte seiner Makellosigkeit etwas anhaben, seine Bügelfalten zerrütten, seine Glanzlichter auslöschen, seine rosige Miene unangenehm erhitzen. Zugleich gefesselt und gehoben durch die musikalischen Vorschriften, die theatralischen Förmlichkeiten, aber frei, keck und leicht innerhalb der Gebundenheit, war sein Benehmen von einer Anmut, der nichts Fahrlässig-Alltägliches anhaftete. Sein Körper schien bis in das letzte Fingerglied von einem Zauber durchdrungen, für den nur die unbestimmte Bezeichnung „Talent" vorhanden ist und der ihm offensichtlich ebensoviel Genuß bereitete wie uns allen. Zu sehen, wie er die silberne Krücke seines Stockes mit der Hand umfaßte oder beide Hände in die Hosentaschen gleiten ließ, gewährte inniges Vergnügen; seine Art, sich aus einem Sessel zu erheben, sich zu verbeugen, auf- und abzutreten, war von einer Selbstgefälligkeit, die das Herz mit Lebensfreude erfüllte. Ja, dies war es: Müller-Rosé verbreitete Lebensfreude – wenn anders dies Wort das köstlich schmerzhafte Gefühl von Neid, Sehnsucht, Hoffnung und Liebesdrang bezeichnet, wozu der Anblick des Schönen und Glücklich-Vollkommenen die Menschenseele entzündet.

Das Parkettpublikum, das uns umgab, setzte sich aus Bürgern und Bürgersfrauen, Kommis, einjährig dienenden jungen Leuten und kleinen Blusenmädchen zusammen, und so unaussprechlich ich ergötzt war, besaß ich doch Gegenwärtigkeit und Neugier genug, umherzuschauen, mich nach den Wirkungen umzutun, welche die Darbietungen der Bühne auf die Genossen meines Vergnügens ausübten, und die Mienen der Umsitzenden mit Hilfe meiner eigenen Empfindungen zu deuten. Der Ausdruck dieser Mienen war töricht und wonnig. Ein gemeinsames

Lächeln blöder Selbstvergessenheit umspielte alle Lippen, und wenn es bei den kleinen Blusenmädchen süßer und erregter war, bei den Frauen die Eigenart einer mehr schläfrigen und trägen Hingabe aufwies, so sprach es dafür bei den Männern von jenem gerührten und andächtigen Wohlwollen, mit welchem schlichte Väter auf glänzende Söhne blicken, deren Existenz sich weit über ihre eigene erhoben hat und in denen sie die Träume ihrer eigenen Jugend verwirklicht sehen. Was die Kommis und Einjährigen betraf, so stand alles in ihren aufwärts gewandten Gesichtern weit offen, die Augen, die Nasenlöcher und die Münder. Und dabei lächelten sie. Wenn wir in unseren Unterhosen dort oben stünden, mochten sie denken – wie würden wir bestehen? Und wie keck und ebenbürtig er mit zwei so anspruchsvollen Freudenmädchen verkehrt! – Wenn Müller-Rosé vom Schauplatze abtrat, so fielen die Schultern hinab, und eine Kraft schien von der Menge zu weichen. Wenn er, erhobenen Armes einen hohen Ton aushaltend, in sieghaftem Sturmschritt vom Hintergrunde zur Rampe vordrang, so schwollen die Busen ihm entgegen, daß die Atlastaillen der Frauen in den Nähten krachten. Ja, diese ganze beschattete Versammlung glich einem ungeheuren Schwarme von nächtlichen Insekten, der sich stumm, blind und selig in eine strahlende Flamme stürzt.

Mein Vater unterhielt sich königlich. Er hatte nach französischer Sitte Hut und Stock mit in den Saal genommen. Jenen setzte er auf, sobald der Vorhang gefallen war, und mit diesem beteiligte er sich an dem frenetischen Applaus, indem er laut und andauernd damit auf den Boden stieß. „C'est épatant!" sagte er mehrmals ganz schwach und hingenommen. Allein nach Schluß der Vorstellung, draußen auf dem Gange, als alles vorüber war und um uns her die berauschten und innerlich gesteigerten Kommis in der Art, wie sie gingen, sprachen, ihre roten Hände betrachteten und ihre Stöcke handhabten, dem Helden des Abends nachzuahmen suchten, sagte mein Vater zu mir: „Komm mit, wir wollen ihm doch die Hand schütteln. Gott, als ob wir nicht genaue Bekannte wären, Müller und ich! Er wird enchantiert sein, mich wiederzusehen." Und nachdem er unseren Damen befohlen hatte, in der Vorhalle auf uns zu warten, brachen wir wirklich auf, um Müller-Rosé zu begrüßen.

Unser Weg führte uns durch die zunächst der Bühne gelegene und schon finstere Loge des Theaterdirektors, von wo wir durch eine schmale Eisentür hinter die Kulissen gelangten. Das Halbdunkel des Schauplatzes war spukhaft belebt von räumenden Arbeitern. Eine kleine Person in roter Livree, die im Stücke einen Liftjungen dargestellt hatte und in irgendwelche Gedanken versunken mit der Schulter an der Wand lehnte, kniff mein armer Vater scherzend dort, wo sie am breitesten war, und fragte sie nach der gesuchten Garderobe, worauf sie uns übellaunig die Richtung wies. Wir durchmaßen einen getünchten Gang, in dessen eingeschlossener Luft offene Gasflammen bannten. Schimpfen, Lachen und Schwatzen drang durch mehrere Türen, die auf den Korridor mündeten, und mein Vater machte mich heiter lächelnd mit dem Daumen auf diese Lebensäußerungen aufmerksam. Aber wir schritten weiter bis zur letzten, an der unteren Schmalseite des Ganges gelegenen Tür, und dort klopfte mein Vater, indem er sein Ohr zu dem pochenden Knöchel hinabbeugte. Man antwortete drinnen: „Wer da?" oder: „Was, zum Deibel!" Ich erinnere mich nicht genau des hellen, aber unwirschen Anrufs. „Darf man eintreten?" fragte mein Vater; worauf es antwortete, daß man vielmehr etwas anderes, in diesen Blättern nicht Wiederzugebendes tun dürfe. Mein Vater lächelte still und verschämt und versetzte: „Müller, ich bin es – Krull, Engelbert Krull. Man wird Ihnen doch wohl noch die Hand schütteln dürfen!" Da lachte es drinnen und sprach: „Ach, du bist es, altes Sumpfhuhn! Na, immer rein ins Vergnügen! – Sie werden ja wohl", hieß es weiter, als wir zwischen Tür und Angel standen, „nicht Schaden nehmen durch meine Blöße." Wir traten ein, und ein Anblick von unvergeßlicher Widerlichkeit bot sich dem Knaben dar.

An einem schmutzigen Tisch und vor einem staubigen und bekleckslen Spiegel saß Müller-Rosé, nichts weiter am Leibe als eine Unterhose aus grauem Trikot. Ein Mann in Hemdsärmeln bearbeitete des Sängers Rücken, der in Schweiß gebadet schien, mit einem Handtuch, indes er selber Gesicht und Hals, die dick mit glänzender Salbe beschmiert waren, vermittels eines weiteren, von farbigem Fett schon starrenden Tuches abzureiben beschäftigt war. Die eine Hälfte seines Gesichtes war noch bedeckt mit jener rosigen Schicht, die sein Antlitz vorhin so wächsern idealisch hatte erscheinen lassen, jetzt aber lächerlich rotgelb gegen die käsige Fahlheit der anderen, schon entfärbten Gesichtshälfte abstach. Da er die schön kastanienbraune Perücke mit durchgezogenem Scheitel, die er als Attaché getragen, abgelegt hatte, erkannte ich, daß er rothaarig war. Noch war sein eines Auge schwarz ummalt, und metallisch schwarz glänzender Staub haftete in den Wimpern, indes das andere nackt, wässerig, frech und vom Reiben entzündet den Besuchern entgegenblinzelte. Das alles jedoch hätte hingehen mögen, wenn nicht Brust, Schultern, Rücken und Oberarme Müller-Rosés mit Pickeln besät gewesen wären. Es waren abscheuliche Pickel, rot umrändert, mit Eiterköpfen versehen, auch blutend zum Teil, und noch heute kann ich mich bei dem Gedanken daran eines Schauders nicht erwehren. Unsere Fähigkeit zum Ekel ist, wie ich anmerken möchte, desto größer, je lebhafter unsere Begierde ist, das heißt: je inbrünstiger wir eigentlich der Welt und ihren Darbietungen anhangen. Eine kühle und lieblose Natur wird niemals vom Ekel geschüttelt werden können, wie ich es damals wurde. Denn zum Überfluß herrschte in dem von einem eisernen Ofen überheizten Raum eine Luft – eine aus Schweißgeruch und den Ausdünstungen der Näpfe, Tiegel und farbigen Fettstangen, die den Tisch bedeckten, zusammengesetzte Atmosphäre, daß ich anfangs nicht glaubte, ohne unpäßlich zu werden, länger als eine Minute darin atmen zu können.

Dennoch stand ich und schaute – und habe weiter nichts Tatsächliches über unseren Besuch in Müller-Rosés Garderobe beizubringen. Ja, ich müßte mir vorwerfen, um nichts und wieder nichts, so eingehend von meinem ersten Theaterbesuch gehandelt zu haben, wenn ich meine Erinnerungen nicht in erster Linie zu meiner eigenen Unterhaltung und erst in zweiter zu der des Publikums niederschriebe. Auf Spannung und Proportion richte ich gar kein Augenmerk und überlasse diese Rücksichten solchen Verfassern, die aus der Phantasie schöpfen und aus erfundenem Stoff schöne und regelmäßige Kunstwerke herzustellen bemüht sind, während ich lediglich mein eigenes, eigentümliches Leben vortrage und mit dieser Materie nach Gutdünken schalte. Bei Erfahrungen und Begebnissen, denen ich eine besondere Belehrung und Aufklärung über mich und die Welt verdanke, verweile ich lange und führe jede Einzelheit mit spitzem Pinsel aus, während ich über anderes, was mir weniger teuer ist, leicht hinweggleite.

Was damals zwischen Müller-Rosé und meinem armen Vater geplaudert wurde, ist meinem Gedächtnis fast ganz entschwunden, und zwar wahrscheinlich deshalb, weil ich nicht Zeit fand, darauf achtzuhaben. Denn die Bewegung, die unserem Geist durch die Sinne mitgeteilt wird, ist unzweifelhaft viel stärker als die, welche das Wort darin erzeugt. Ich erinnere mich, daß der Sänger, obgleich doch der begeisterte Beifall des Publikums ihn seines Triumphes hätte müssen versichert haben, unaufhörlich fragte, ob er gefallen, in welchem Grade er gefallen habe – und wie sehr verstand ich seine Unruhe! Ferner schweben mir einige Witze in vulgärem Geschmacke vor, die er ins Gespräch flocht, wie er denn zum Beispiel auf irgendeine Neckerei meines Vaters antwortete: „Halten Sie die Schnauze!", um sofort hinzuzufügen: „oder die Pfoten für das Schmackhaftere?" Aber diesen und anderen Äußerungen seines Geistes lieh ich, wie gesagt, nur ein halbes Ohr, tief angestrengt beschäftigt, wie ich war, das Erlebnis meiner Sinne innerlich aufzuarbeiten.

Dies also – so etwa gingen damals meine Gedanken –, dies verschmierte und aussätzige Individuum ist der Herzensdieb, zu dem soeben die graue Menge sehnsüchtig emporträumte! Dieser unappetitliche Erdenwurm ist die wahre Gestalt des seligen Falters, in welchem eben noch tausend betrogene Augen die Verwirklichung ihres heimlichen Traumes von Schönheit, Leichtigkeit und Vollkommenheit zu erblicken glaubten! Ist er nicht ganz wie eines jener eklen Weichtierchen, die, wenn ihre abendliche Stunde kommt, märchenhaft zu glühen befähigt sind? Die erwachsenen und im üblichen Maße lebenskundigen Leute aber, die sich so willig, ja gierig von ihm betören ließen, mußten sie nicht wissen, daß sie betrogen wurden? Oder achteten sie in stillschweigendem Einverständnis den Betrug nicht für Betrug? Letzteres wäre möglich; denn genau überdacht: wann zeigt der Glühwurm sich in seiner wahren Gestalt – wenn er als poetischer Funke durch die Sommernacht schwebt oder wenn er als niedriges, unansehnliches Lebewesen sich auf unserem Handteller krümmt? Hüte dich, darüber zu entscheiden! Rufe dir vielmehr das Bild zurück, das du vorhin zu sehen glaubtest: diesen Riesenschwarm von armen Motten und Mücken, der sich still und toll in die lockende Flamme stürzte! Welche Einmütigkeit in dem guten Willen, sich verführen zu lassen! Hier herrscht augenscheinlich ein allgemeines, von Gott selbst der Menschennatur eingepflanztes Bedürfnis, dem die Fähigkeiten des Müller-Rosé entgegenzukommen geschaffen sind. Hier besteht ohne Zweifel eine für den Haushalt des Lebens unentbehrliche Einrichtung, als deren Diener dieser Mensch gehalten und bezahlt wird. Wieviel Bewunderung gebührt ihm nicht für das, was ihm heute gelang und offenbar täglich gelingt! Gebiete deinem Ekel und empfinde ganz, daß er es vermochte, sich in dem geheimen Bewußtsein und Gefühl dieser abscheulichen Pickel mit so betörender Selbstgefälligkeit vor der Menge zu bewegen, ja, unterstützt freilich durch Licht und Fett, Musik und Entfernung, diese Menge das Ideal ihres Herzens in seiner Person erblicken zu lassen und sie dadurch unendlich zu erbauen und zu beleben!

Empfinde noch mehr! Frage dich, was den abgeschmackten Witzbold trieb, diese abendliche Verklärung seiner selbst zu erlernen! Frage dich nach den geheimen Ursprüngen des Gefälligkeitszaubers, der vorhin seinen Körper bis in die Fingerspitzen durchdrang und beherrschte! Um dir antworten zu können, brauchst du dich nur zu erinnern (denn du weißt es gar wohl!), welche unnennbare, mit Worten nicht ungeheuerlich süß genug zu bezeichnende Macht es ist, die den Glühwurm das Leuchten lehrt. Beachte doch, wie der Mensch sich nicht satt hören kann an der Versicherung, daß er gefallen, daß er wahrhaftig über die Maßen gefallen hat! Lediglich der Hang und Drang seines Herzens zu jener bedürftigen Menge hat ihn zu seinen Künsten geschickt gemacht; und wenn er ihr Lebensfreude spendet, sie ihn dafür mit Beifall sättigt, ist es nicht ein wechselseitiges Sich-Genüge-Tun, eine hochzeitliche Begegnung seiner und ihrer Begierden?

Sechstes Kapitel

Obige Zeilen deuten in großen Zügen den Gedankengang an, den mein Geist, erhitzt und eifrig, in Müller-Rosés Garderobe zurücklegte und auf dem er sich in den folgenden Tagen, ja Wochen, aber- und abermals strebend und träumend betraf. Eine tiefe Ergriffenheit war stets die Frucht dieser inneren Forschungen, eine Sehnsucht, Hoffnung, Trunkenheit und Freude, so stark, daß noch heute, meiner großen Müdigkeit ungeachtet, die bloße Erinnerung daran den Schlag meines Herzens zu schnellerem Takte befeuert. Damals jedoch war diese Empfindung von solcher Macht, daß sie zuweilen meine Brust zu sprengen drohte, ja mich gewissermaßen krank machte und mir nicht selten zum Anlaß diente, die Schule zu meiden.

Meine wachsende Abneigung gegen dies feindselige Institut noch besonders zu begründen, erachte ich für überflüssig. Die Bedingung, unter der ich einzig zu leben vermag, ist Ungebundenheit des Geistes und der Phantasie, und so kommt es, daß die Erinnerung an meinen langjährigen Aufenthalt im Zuchthause mich weniger unliebsam berührt als diejenige an die Bande der Knechtschaft und Furcht, in welche die scheinbar ehrenvollere Disziplin des kalkweißen, kastenartigen Hauses drunten im Städtchen die empfindliche Knabenseele schlug. Stellt man zum Überfluß meine Vereinsamung mit in Rechnung, deren Ursprünge ich auf früherem Blatte aufgedeckt habe, so wird es nicht wundernehmen, daß ich früh darauf sann, dem Schuldienst nicht nur an Sonn- und Feiertagen zu entkommen.

Dabei leistete mir eine lange spielerische Übung, die Handschrift meines Vaters nachzuahmen, vorzügliche Dienste. Ein Vater ist stets das natürliche und nächste Muster für den sich bildenden und zur Welt der Erwachsenen hinstrebenden Knaben. Unterstützt durch geheimnisvolle Verwandtschaft und Ähnlichkeiten der Körperbildung, setzt der Halbwüchsige seinen Stolz darein, sich von dem Gehaben des Erzeugers anzueignen, was die eigene Unfertigkeit ihn zu bewundern nötigt – oder, um genauer zu sein: Diese Bewunderung ist es, die halb unbewußt zu der Aneignung und Ausbildung dessen führt, was erblicherweise in uns vorgebildet liegt. Dereinst so rasch und geschäftlich leicht die Stahlfeder zu führen wie mein Vater war schon mein Traum, als ich noch hohe Krähenfüße in die liniierte Schiefertafel grub, und wieviel Fetzen Papiers bedeckte ich später, die Finger genau nach seiner schlanken Manier um den Halter geordnet, mit Versuchen, die väterlichen Schriftzüge aus dem Gedächtnis nachzubilden. Das war nicht schwer, denn mein armer Vater schrieb eigentlich eine Kinderhand, fibelgerecht und ganz unausgeschrieben, nur daß die Buchstaben winzig klein, durch überlange Haarstriche jedoch so weitläufig, wie ich es sonst nie gesehen, auseinandergezogen waren, eine Manier, deren ich rasch aufs täuschendste habhaft wurde. Was den Namenszug „E. Krull" betraf, der, im Gegensatz zu den spitzig-gotischen Zeichen des Textes, den lateinischen Duktus aufwies, so umhüllte ihn eine

Schnörkelwolke, die auf den ersten Blick schwer nachzuformen schien, jedoch so einfältig ausgedacht war, daß gerade die Unterschrift mir fast stets zur Vollkommenheit gelang. Die untere Hälfte des E nämlich lud weit zu gefälligem Schwunge aus, in dessen offenen Schoß die kurze Silbe des Nachnamens sauber eingetragen wurde. Von oben her aber, den u-Haken zum Anlaß und Ausgang nehmend und alles von vorn umfassend, gesellte sich ein zweiter Schnörkel hinzu, welcher den E-Schwung zweimal schnitt und, gleich diesem von Zierpunkten flankiert, in zügiger S-Form nach unten verlief. Die ganze Figur war höher als breit, barock und kindlich von Erfindung und eben deshalb so vortrefflich zur Nachahmung geeignet, daß der Urheber selbst meine Produkte als von seiner Hand würde anerkannt haben. Welcher Gedanke aber lag näher als der, eine Fertigkeit, in der ich mich anfangs nur zu meiner Zerstreuung geübt hatte, in den Dienst meiner geistigen Freiheit zu stellen? „Mein Sohn Felix", schrieb ich, „war am 7ten *currentis* durch quälendes Bauchgrimmen genötigt, dem Unterricht fernzubleiben, was mit Bedauern bescheinigt – E. Krull." Oder auch etwa: „Eine eitrige Geschwulst am Zahnfleisch sowie die Verstauchung des rechten Armes waren schuld, daß Felix vom 10. – 14. *hujus* das Zimmer hüten und zu unserem Leidwesen vom Besuche der Lehranstalt absehen mußte. Es zeichnet mit Hochachtung – E. Krull." War dies gelungen, so hinderte nichts mich mehr, die Schulstunden eines Tages oder mehrerer frei schweifend in der weiteren Umgebung des Städtchens zu verbringen, auf grünem Anger, im Schatten der flüsternden Blätter hingestreckt, den eigenartigen Gedanken meines jungen Herzens nachzuhängen, zwischen dem malerischen Gemäuer der rheinwärts gelegenen, weiland erzbischöflichen Burg verborgen, die Stunden zu verträumen, oder auch wohl, zur rauhen Winterszeit, in der Werkstatt meines Paten Schimmelpreester Zuflucht zu suchen, der mich zwar meiner Praktik halber mit Scheltnamen belegte, aber doch mit einer Betonung, die anzeigte, daß er meine Beweggründe zu ehren wisse.

Zwischendurch aber geschah es nicht selten, daß ich an Schultagen für krank zu Hause und im Bette blieb, und zwar, wie ich schon zu verstehen gab, nicht ohne innere Berechtigung. Nach meiner Theorie wird jede Täuschung, der keinerlei höhere Wahrheit zugrunde liegt und die nichts ist als bare Lüge, plump, unvollkommen und für den erstbesten durchschaubar sein. Nur der Betrug hat Aussicht auf Erfolg und lebensvolle Wirkung unter den Menschen, der den Namen des Betrugs nicht durchaus verdient, sondern nichts ist als die Ausstattung einer lebendigen, aber nicht völlig ins Reich des Wirklichen eingetretenen Wahrheit mit denjenigen materiellen Merkmalen, deren sie bedarf, um von der Welt erkannt und gewürdigt zu werden. Ein wohlschaffener Knabe, dem es, von leicht verlaufenen Kinderkrankheiten abgesehen, nie ernstlich am Leibe fehlte, übte ich gleichwohl nicht grobe Verstellung, wenn ich mich eines Morgens entschloß, den Tag, der mir mit Angst und Bedrückung drohte, als Patient zu verbringen. Wozu denn auch wohl hätte ich mich dieser Mühe unterziehen sollen, da ich mich doch im Besitz eines Mittels wußte, die Macht meiner geistigen Zwingherren beliebig lahmzulegen? Nein, jene oben gekennzeichnete, bis zum Schmerzhaften gesteigerte Schwellung und Spannung, die sich, ein Erzeugnis gewisser Gedankengänge, damals so oft meiner Natur bemächtigte, brachte, zusammen mit meinem Abscheu vor den Mißhelligkeiten der Tagesfron, einen Zustand hervor, der meinen Vorspiegelungen einen Grund von solider Wahrheit verlieh und mir zwanglos die Ausdrucksmittel an die Hand gab, die nötig waren, um Arzt und Hausgenossen zu Besorgnis und Schonung zu stimmen.

Ich begann mit der Darstellung meines Befindens nicht erst vor Zuschauern, sondern bereits für mich allein, sobald der Entschluß, an diesem Tage mir selbst und der Freiheit zu gehören, ganz einfach durch den Gang der Minuten zur unabänderlichen Notwendigkeit geworden war. Der äußerste Zeitpunkt des Aufstehens war grüblerisch verpaßt, im Eßzimmer erkaltete das von der Magd bereitgestellte Frühstück, die stumpfe Jugend des Städtchens trottete zur Schule, der Alltag hatte begonnen, und es stand fest, daß ich mich allein und auf eigene Hand von seiner despotischen Ordnung ausschließen würde. Die Kühnheit meiner Lage ergriff mein Herz und meinen Magen mit banger Erregung. Ich stellte fest, daß meine Fingernägel eine bläuliche Färbung zeigten. Vielleicht war es kalt an einem solchen Morgen, und ich brauchte meinen Körper nur ein paar Minuten lang bei entfernter Decke der Zimmertemperatur auszusetzen, ja brauchte mich eigentlich nur ein wenig gehenzulassen und abzuspannen, um den eindrucksvollsten Anfall von Schüttelfrost und Zähneklappern herbeizuführen. Was ich da sage, ist bezeichnend für meine

Natur, die von jeher im tiefsten Grunde leidend und pflegebedürftig war, so daß alles, was mein Leben an tätiger Wirksamkeit aufweist, als ein Produkt der Selbstüberwindung, ja als eine sittliche Leistung von hohem Range zu würdigen ist. Wäre dem anders, so hätte nicht damals wie später eine willkürliche Abspannung des Körpers und der Seele genügt, um mir das überzeugende Ansehen eines Kranken zu geben und so meine Umgebung, wenn es darauf ankam, zur Milde und Menschlichkeit anzuhalten. Krankheit wahrhaft vorzutäuschen wird dem Vierschrötigen kaum gelingen. Wer aber, um mich dieser anschaulichen Wendung auch hier zu bedienen, aus feinem Holz geschnitzt ist, wird stets, auch ohne je in roherem Sinne krank zu sein, mit dem Leiden auf vertrautem Fuße leben und seine Merkmale durch innere Anschauung beherrschen. Ich schloß die Augen und öffnete sie hierauf überweit, indem ich sie mit einem fragenden und klagenden Ausdruck erfüllte. Ohne eines Spiegels zu bedürfen, war ich mir bewußt, daß meine Haare mir vom Schlafe verwirrt und strähnig in die Stirne fielen und daß die Spannung und Erregung des Augenblicks mein Antlitz bleich erscheinen ließ. Damit es auch eingefallen aussähe, schlug ich ein selbständig gefundenes und erprobtes Verfahren ein, welches darin bestand, daß ich das innere Wangenfleisch leicht und fast unmerklich zwischen die Zähne zog, wodurch eine Aushöhlung der Wangen, eine Verlängerung des Kinnes und damit der Anschein einer über Nacht erfolgten Abmagerung erzielt wurde. Ein empfindliches Vibrieren der Nasenflügel sowie ein häufiges, gleichsam schmerzliches Zusammenziehen der Muskeln an den äußeren Augenwinkeln taten das Ihre. Ich faltete meine Finger mit den bläulichen Nägeln über der Brust, und so, mein Waschbecken neben mir auf einem Stuhle und von Zeit zu Zeit mit den Zähnen klappernd, erwartete ich den Augenblick, da man sich nach mir umsehen würde.

Das geschah spät, denn meine Eltern liebten den Morgenschlummer, und bis man bemerkte, daß ich das Haus nicht verlassen hatte, waren zwei oder drei Schulstunden verflossen. Dann kam meine Mutter die Treppe herauf und trat in mein Zimmer, indem sie mich fragte, ob ich krank sei. Ich blickte sie groß und sonderbar an, als falle es mir schwer, sie zu erkennen, oder als wäre mir überhaupt die Lage nicht völlig deutlich. Ich antwortete: Ja, ich glaubte, daß ich wohl krank sein müsse. – Was mir denn fehle, fragte sie. – „Kopf ... Gliederweh ... Warum friert es mich so?" antwortete ich eintönig und gleichsam mit gelähmten Lippen, indem ich mich unruhig von einer Seite auf die andere warf. Meine Mutter fühlte Mitleid. Daß sie mein Leiden eigentlich ernst nahm, glaube ich nicht; aber da ihre Empfindsamkeit bedeutend ihre Vernunft überwog, so brachte sie es nicht über das Herz, sich vom Spiele auszuschließen, sondern ging mit wie im Theater und fing an, mir bei meinen Darbietungen zu sekundieren. „Armes Kind!" sagte sie, indem sie den Zeigefinger an die Wange legte und kümmerlich den Kopf schüttelte. „Und magst du denn gar nichts genießen?" Schaudernd, das Kinn auf die Brust gedrückt, wehrte ich ab. Diese eiserne Folgerichtigkeit meines Verhaltens ernüchterte sie, machte sie ernsthaft stutzig und riß sie sozusagen aus dem Genusse einer vereinbarten Illusion; denn daß man um einer solchen willen auf Speise und Trank verzichten könne, ging über ihre Fassungskraft. Sie prüfte mich aufs neue mit den Augen, wie man die Wirklichkeit prüft. Hatte ihre sachliche Aufmerksamkeit jedoch diesen Punkt erreicht, so ließ ich, um sie zur inneren Entscheidung zu nötigen, die anstrengendste und wirkungsvollste meiner Künste spielen. Jäh richtete ich mich im Bette auf, zog mit zitternden und fliegenden Bewegungen mein Waschbecken heran und warf mich unter so schrecklichen Zuckungen, Verdrehungen und Zusammenziehungen meines ganzen Körpers darüber, daß man ein Herz von Stein hätte haben müssen, um nicht von dem Anblick so großer Not erschüttert zu werden. „Nichts bei mir ...", keuchte ich zwischendurch, indem ich meine saueren und zerquälten Züge vom Gerät erhob. „Nachts alles von mir gegeben ..." Und dann entschloß ich mich zu einem Haupt- und Daueranfall so furchtbaren Würgekrampfes, daß es aussah, als sollte ich überhaupt nicht wieder zu Atem kommen. Meine Mutter hielt mir den Kopf und rief mich wiederholt mit ängstlichem und dringlichem Tone bei Namen, um mich zu mir zu bringen. „Ich schicke zu Düsing!" rief sie vollkommen überwältigt aus, wenn meine Glieder sich endlich zu lösen begannen, und lief hinaus. Erschöpft, doch mit einem Gefühl unbeschreiblicher Freude und Genugtuung, sank ich in die Kissen zurück.

Wie oft hatte ich mir eine solche Szene ausgemalt, wie oft mich im Geiste darin geübt, bevor ich mir Mut faßte, mich in Wirklichkeit damit sehen zu lassen! Ich weiß nicht, ob man mich versteht, aber vor Glück glaubte ich zu träumen, als ich sie zum erstenmal praktisch ausgeführt und einen vollen Erfolg damit erzielt hatte. Dergleichen tut nicht jeder. Man träumt wohl davon, aber man tut es nicht. Wenn jetzt etwas Erschütterndes mit mir geschähe, denkt wohl der Mensch. Wenn du ohnmächtig niederstürztest, wenn Blut aus deinem Mund bräche, Krämpfe dich packten – wie würde dann auf einmal die Härte und Gleichgültigkeit der Welt sich in Aufmerksamkeit, Schrecken und späte Reue verkehren! Aber der Körper ist zäh und stumpfsinnig dauerhaft, er hält aus, wenn die Seele sich längst nach Mitleid und milder Pflege sehnt, er gibt die alarmierenden und handgreiflichen Erscheinungen nicht her, die jedem die Möglichkeit eigenen Jammers vor Augen rücken und der Welt mit fürchterlicher Stimme ins Gewissen reden. Und nun hatte ich sie hergestellt, diese Erscheinungen, und sie zu so voller Wirkung geführt, als sie nur immer hätten ausüben können, wenn sie ohne mein Zutun hervorgetreten wären. Ich hatte die Natur verbessert, einen Traum verwirklicht – und wer je aus dem Nichts, aus der bloßen inneren Kenntnis und Anschauung der Dinge, kurz: aus der Phantasie, unter kühner Einsetzung seiner Person eine zwingende, wirksame Wirklichkeit zu schaffen vermochte, der kennt die wundersame und träumerische Zufriedenheit, mit der ich damals von meiner Schöpfung ausruhte.

Eine Stunde später kam Sanitätsrat Düsing. Er war unser Hausarzt seit dem Tode des alten Doktor Mecum, der meine Geburt bewerkstelligt hatte – ein langer Mann von schlechter, gebückter Haltung und mit aufrecht stehendem eselgrauem Haar, der in fortwährender Abwechslung seine lange Nase zwischen Daumen und Zeigefinger hindurchzog und sich die großen, knochigen Hände rieb. Dieser Mensch hätte mir wohl gefährlich werden können – nicht durch seine ärztlichen Fähigkeiten, um die es, glaube ich, dürftig bestellt war (und gerade der bedeutende Arzt, welcher der Wissenschaft mit Ernst und Geist um ihrer selbst willen und als Gelehrter dient, ist sogar am leichtesten zu täuschen), wohl aber durch die plumpe Lebensklugheit, die ihm, wie so vielen untergeordneten Charakteren, eigentümlich war und in der seine ganze Tüchtigkeit beruhte. Dumm und streberisch, hatte dieser unwürdige Jünger des Äskulap sich den Sanitätsratstitel durch persönliche Verbindungen, Weinhausbekanntschaften und Protektionswesen verschafft und fuhr häufig nach Wiesbaden, wo er bei Amte seine weitere Auszeichnung und Förderung betrieb. Kennzeichnend für ihn war, daß er, wie ich aus eigenem Augenschein wußte, in seinem Wartezimmer nicht Ordnung und Reihenfolge hielt, sondern dem vermögenden und angesehenen Besucher vor dem länger wartenden schlichten ganz offenkundig den Vortritt ließ; wie er denn wohlsituierte und irgendwie einflußreiche Patienten mit übertriebener Besorgnis und Wehleidigkeit, arme und geringe dagegen barsch und mißtrauisch behandelte, ja ihre Klagen womöglich als unbegründet zurückwies. Meiner Überzeugung nach wäre er zu jedem falschen Zeugnis, jeder Verderbnis und Durchstecherei bereit gewesen, wenn er geglaubt hätte, sich bei der Obrigkeit dadurch beliebt zu machen oder sich sonst den bestehenden Mächten als eifriger Parteigänger zu empfehlen; denn so entsprach es seinem gemeinen Wirklichkeitssinn, mit dem er es in Ermangelung höherer Gaben weit zu bringen hoffte. Da nun aber mein armer Vater, trotz seiner zweifelhaften Stellung, als Industrieller und Steuerzahler immerhin zu den ansehnlichen Personen des Städtchens gehörte, da sich überdies der Sanitätsrat als Hausarzt in einer gewissen Abhängigkeit von uns befand; und vielleicht auch nur, weil er jede Gelegenheit, sich in der Korruption zu üben, selbstgefällig ergriff; so glaubte dieser Elende tatsächlich mit mir gemeinsame Sache machen zu sollen.

Jedesmal, wenn er sich unter den üblichen onkelhaften Doktor-Redensarten, wie zum Beispiel: „Ei, ei, was machen wir da?" oder: „Was sind denn das für Sachen?" meinem Bette genähert, sich niedergelassen und mich ein wenig betrachtet und befragt hatte – jedesmal, sage ich, kam der Augenblick, wo ein Schweigen, ein Lächeln, ein Blinzeln von seiner Seite mich aufforderte, ihm insgeheim auf dieselbe Weise zu erwidern und mich ihm als „schulkrank", wie er es in seiner Gewöhnlichkeit nennen mochte, zu bekennen. Nie bin ich ihm das kleinste Schrittchen entgegengekommen. Und nicht sowohl Vorsicht hinderte mich daran (denn ich hätte ihm wahrscheinlich vertrauen dürfen), als vielmehr Stolz und Verachtung. Meine Augen wurden nur trüber und ratloser, meine Wangen hohler, meine Lippen schlaffer, meine Atemzüge kürzer und beklommener angesichts seiner Versuche, sich mit mir ins Einvernehmen zu setzen, und vollkommen bereit, auch ihm, wenn es wünschenswert scheinen sollte, mit einem Anfall von Brechkrampf aufzuwarten, hielt ich so unerschütterlich verständnislos diesen Versuchen stand, daß er sich endlich besiegt geben und sich bequemen mußte, die Lebensklugheit beiseite zu lassen und dem Falle mit Hilfe der Wissenschaft beizukommen.

Das mochte ihm sauer werden, erstens seiner Dummheit wegen und zweitens, weil es in der Tat ein Krankheitsbild von großer Allgemeinheit und Unbestimmtheit war, das ich bot. Er behorchte und beklopfte mich mehrfach von allen Seiten, bohrte mir den Stiel eines Suppenlöffels in den Schlund, belästigte mich mit dem Fieberthermometer und mußte dann wohl oder übel zum Spruche kommen. „Migräne", erklärte er. „Kein Grund zur Beunruhigung. Wir kennen ja diese Neigung bei unserem jungen Freunde. Leider ist der Magen nicht unerheblich in Mitleidenschaft gezogen. Ich empfehle Ruhe, keine Besuche, wenig Gespräche, am besten Verdunkelung des Zimmers. Außerdem hat das zitronensaure Koffein sich ja vortrefflich bewährt. Ich schreibe es Ihnen auf . . ." Hatten sich aber gerade ein paar Fälle von Grippe im Städtchen ereignet, so sagte er: „Grippe, beste Frau Krull, und zwar gastrisch betont. Ja, auch unseren Freund hat es getroffen! Die Entzündung der Luftwege ist noch unbedeutend, aber sie ist vorhanden. Nicht wahr, lieber Freund, Sie husten? Auch eine Temperaturerhöhung, die sich im Laufe des Tages wohl steigern wird, mußte ich feststellen. Ferner ist der Puls auffallend beschleunigt und unregelmäßig." Und in seiner Phantasielosigkeit verordnete er einen in der Apotheke vorrätigen bittersüßen Stärkungswein, dem ich übrigens mit Vergnügen zusprach und der mich nach bestandenem Kampfe in eine warme und still zufriedene Stimmung versetzte.

Selbstverständlich macht der ärztliche Berufsstand von anderen keine Ausnahme darin, daß seine Angehörigen ihrer überwiegenden Mehrzahl nach gewöhnliche Hohlköpfe sind, bereit, zu sehen, was nicht da ist, und zu leugnen, was auf der Hand liegt. Jeder ungelehrte Kenner und Liebhaber des Leibes meistert sie im Wissen um seine feineren Geheimnisse und führt sie mit Leichtigkeit an der Nase herum. Der Katarrh der Luftwege, den man mir zusprach, war von mir gar nicht vorgesehen und nicht einmal andeutungsweise in meine Darstellung aufgenommen. Da ich den Sanitätsrat aber einmal gezwungen hatte, seine ordinäre Annahme, ich sei „schulkrank", fallenzulassen, so wußte er nichts Besseres, als daß ich die Grippe haben müsse, und um diese Bestimmung aufrechterhalten zu können, verlangte er, daß ich Hustenreiz verspürte, und behauptete, daß meine Mandeln geschwollen seien, was ebensowenig der Fall war. Die Temperaturerhöhung angehend, so war er sicherlich im Rechte mit dieser Feststellung, die freilich seinen Schulglauben in bezug auf die klinische Erscheinung bündig Lügen strafte. Die ärztliche Wissenschaft will, daß Fieber notwendig nur die Folge der Vergiftung des Blutes durch einen Krankheitserreger sein könne und daß es ein Fieber aus anderen als körperlichen Ursachen nicht gebe. Das ist lächerlich. Der Leser wird die Überzeugung gewonnen haben, und ich gebe ihm mein Ehrenwort zum Pfande, daß ich nicht im gröberen Sinne krank war, wenn Sanitätsrat Düsing mich untersuchte; allein die Erregung des Augenblicks, die abenteuerliche Willensleistung, die ich auf mich genommen hatte; eine Art Trunkenheit, erzeugt durch die inbrünstige Vertiefung in meine Rolle als Kranker, durch ein Spiel auf meiner eigenen Natur, das jeden Augenblick durchaus meisterhaft sein mußte, um nicht der Lächerlichkeit zu verfallen; eine gewisse Verzückung, die, zugleich Anspannung und Abspannung, erforderlich war, damit etwas Unwirkliches für mich und die anderen zur Wirklichkeit werde: diese Einflüsse brachten eine solche Erhöhung und Steigerung meines Wesens, meiner gesamten organischen Tätigkeit hervor, daß der Sanitätsrat sie tatsächlich von seinem Fieberthermometer ablesen konnte. Die Beschleunigung des Pulses erklärt sich ohne weiteres aus denselben Ursachen; ja, während der Kopf des Sanitätsrates an meiner Brust lag und ich den tierischen Geruch seines trockenen, eselgrauen Haares atmete, hatte ich es vollkommen in der Gewalt, durch plötzliche lebhafte Empfindung meinem Herzschlage ein stockendes und stürzendes Zeitmaß zu geben. Und was endlich meinen Magen betrifft, den Doktor Düsing jedesmal, und welche Diagnose er auch stellen mochte, für angegriffen erklärte, so ist zu bemerken, daß dieses Organ bei mir seit jeher von überaus zarter Beschaffenheit und so erregbar war, daß es bei jeder Gemütsbewegung in ein Pulsieren und Pochen geriet, ja, daß ich in außerordentlichen Lebenslagen nicht wie andere Leute von Herzklopfen, sondern von Magenklopfen zu reden habe. Dies Phänomen beobachtete der Sanitätsrat, und es verfehlte nicht seinen Eindruck auf ihn.

So verschrieb er mir denn seine säuerlichen Tabletten oder

seinen bittersüßen Stärkungswein und blieb dann noch eine Weile mit meiner Mutter schwatzend und klatschend an meinem Bette sitzen, während ich, kurz durch die schlaffen Lippen atmend, mit erloschenen und mühsamen Augen zur Decke emporblickte. Auch mein Vater gesellte sich dann wohl hinzu, sah mit verlegenem Ausdruck über mich hin, indem er meinen Blick mied, und benutzte die Gelegenheit, den Sanitätsrat wegen seiner Gicht zu Rate zu ziehen. Allein gelassen, verbrachte ich den Tag – und etwa noch ein paar folgende – bei spärlicher Kost, die mir jedoch nur desto besser mundete, in Frieden und Freiheit, unter süßen Träumereien von Welt und Zukunft. Wenn aber Schleimsuppe und Zwieback meinem jugendlichen Appetit nicht genügten, so verließ ich behutsam mein Bett, öffnete geräuschlos den Deckel meines kleinen Schreibpultes und hielt mich schadlos an der Schokolade, die dort fast immer in einem ansehnlichen Vorrat lagerte.

Siebentes Kapitel

Woher hatte ich sie? Sie war auf besondere, ja phantastische Weise in meinen Besitz übergegangen. Drunten im Städtchen nämlich, an einer Ecke der vergleichsweise belebtesten Geschäftsstraße, war ein nett und anziehend ausgestatteter Delikatessenladen gelegen, Zweigniederlassung einer Wiesbadener Firma, wenn ich nicht irre, und den höheren Gesellschaftsschichten als Einkaufsquelle dienend. Täglich führte mich mein Schulweg an dieser appetitlichen Stätte vorüber, und mehrmals bereits hatte ich sie, ein Nickelstück in der Hand, betreten, um nach meinem Vermögen etwas billige Süßigkeit, einige Frucht- oder Malzbonbons zum Privatgebrauch zu erstehen. Eines Mittags jedoch fand ich den Laden leer, und zwar nicht nur von Besuchern, sondern auch von jedem bedienenden Personal. Die Glocke über der Eingangstür, eine gewöhnliche Schelle, die beim Öffnen und Schließen von dem Zahn einer kurzen Metallstange erfaßt und geschüttelt wurde, hatte angeschlagen; aber sei es, daß man ihren Klang in dem rückwärts befindlichen Gelaß hinter der Glastür, deren Scheiben mit grünem, gefälteltem Stoff verkleidet waren, überhört hatte oder daß auch dort sich im Augenblick niemand befand: ich war und blieb allein. Überrascht, befremdet und träumerisch angemutet von der mich umgebenden Einsamkeit und Stille, blickte ich mich um. Nie hatte ich so frei und ungestört diesen schwelgerischen Ort betrachten können. Er war eher eng als umfangreich, aber beträchtlich hoch und bis oben hinauf mit Leckerbissen vollgepfropft. Dichte Reihen von Schinken und Würsten, letztere in allen Farben und Formen, weiße, ockergelbe, rote und schwarze, solche, die prall und rund waren wie Kugeln, sowie lange, knotige, strickartige, verdunkelten das Gewölbe. Blechbüchsen und Konserven, Kakao und Tee, bunte Gläser mit Marmeladen, Honig und Eingemachtem, schlanke und bauchige Flaschen mit Likören und Punschessenzen füllten die Wandborde vom Fußboden bis zur Decke. In den gläsernen Schaukästen des Ladentisches boten sich geräucherte Fische – Makrelen, Neunaugen, Flundern und Aale – auf Tellern und Schüsseln dem Genusse dar. Platten mit italienischem Salat waren dort ebenfalls angerichtet. Auf einem Eisblock breitete ein Hummer seine Scheren aus; Sprotten, dicht aneinandergepreßt, schimmerten fettig-golden in offenen Kistchen, und ausgesuchtes Obst, Gartenerdbeeren und Trauben, die an die des Gelobten Landes erinnerten, wechselten mit kleinen Bauten von Sardinenbüchsen und den leckeren weißen Tiegeln, welche Kaviar und Gänseleberpastete enthalten. Mastgeflügel ließ seine gerupften Hälse von der oberen Platte hängen. Fleischwaren, zum Aufschnitt bestimmt, wie die beiliegenden langen, schmalen und fettigen Messer lehrten, und Rostbraten, Schinken, Zunge, geräucherter Lachs und Gänsebrüste waren ferner dort oben aufgebaut. Große Glasglocken wölbten sich über den erdenklichsten Käsesorten: ziegelroten, milchweißen, marmorierten und denen, die in leckerer Goldwelle aus ihrer silbernen Hülle quellen. Artischocken, Bündel von grünem Spargel, Häufchen von Trüffeln, kostbare kleine Leberwürste in Stanniol waren wie in prahlerischem Überfluß dazwischen verteilt, und auf Nebentischen standen offene Blechbüchsen voll feiner Biskuits, waren braun glänzende Honigkuchen kreuzweise übereinandergeschichtet, erhoben sich urnenartig geformte Glasschalen mit Dessertbonbons und überzuckerten Früchten.

Verzaubert stand ich und nahm mit lauschend zögernder Brust die liebliche Atmosphäre des Ortes auf, in welcher die Düfte der Schokolade und des Rauchfleisches sich mit der köstlich moderigen Ausdünstung der Trüffeln vereinigten. Märchenhafte Vorstellungen, die Erinnerung an das Schlaraffenland, an gewisse unterirdische Schatzkammern, in denen Sonntagskinder sich ungescheut die Taschen und Stiefel mit Edelsteinen gefüllt hatten, umfingen meinen Sinn. Ja, das war ein Märchen oder ein Traum! Ich sah die schwerfällige Ordnung und Gesetzlichkeit des Alltags aufgehoben, die Hindernisse und Umständlichkeiten, die im gemeinen Leben sich der Begierde entgegenstellen, auf schwebende und glückselige Weise beiseite geräumt. Die Lust, diesen strotzenden Erdenwinkel so ganz meiner einsamen Gegenwart untergeben zu sehen, ergriff mich plötzlich so stark, daß ich sie wie ein Jucken und Reißen in allen meinen Gliedern empfand. Ich mußte mir Gewalt antun, um vor heftiger Freude über so viel Neuheit und Freiheit nicht aufzujauchzen. Ich sagte „Guten Tag!“ ins Leere hinein, und noch höre ich, wie der gepreßte und unnatürlich gefaßte Klang meiner Stimme sich in der Stille verlor. Niemand antwortete. Und in demselben Augenblick lief mir buchstäblich das Wasser stromweise im Munde zusammen. Mit einem raschen und lautlosen Schritt war ich an einem der mit Süßigkeiten beladenen Seitentische, tat einen herrlichen Griff in die nächste mit Pralinés angefüllte Kristallschale, ließ den Inhalt meiner Faust in die Paletottasche gleiten, erreichte die Tür und war in der nächsten Sekunde um die Straßenecke gebogen.

Ohne Zweifel wird man mir entgegenhalten, daß, was ich da ausgeführt, gemeiner Diebstahl gewesen sei. Demgegenüber verstumme ich und ziehe mich zurück; denn selbstverständlich kann und werde ich niemanden hindern, dieses armselige Wort zur Anwendung zu bringen, wenn es ihn befriedigt. Aber ein anderes ist das Wort – das wohlfeile, abgenutzte und ungefähr über das Leben hinpfuschende Wort – und ein anderes die lebendige, ursprüngliche, ewig junge, ewig von Neuheit, Erstmaligkeit und Unvergleichlichkeit glänzende Tat. Nur Gewohnheit und Trägheit bereden uns, beide für eins und dasselbe zu halten, während vielmehr das Wort, insofern es Taten bezeichnen soll, einer Fliegenklatsche gleicht, die niemals trifft. Überdies ist, wo immer es sich um eine Tat handelt, in erster Linie weder an dem Was noch an dem Wie gelegen (obgleich dies letztere wichtiger ist), sondern einzig und allein an dem Wer. Was ich je getan habe, war in hervorragendem Maße *meine* Tat, nicht die von Krethi und Plethi, und obgleich ich es mir, namentlich auch von der bürgerlichen Gerichtsbarkeit, habe gefallen lassen müssen, daß man denselben Namen daran heftete wie an zehntausend andere, so habe ich mich doch in dem geheimnisvollen, aber unerschütterlichen Gefühl, ein Gunstkind der schaffenden Macht und geradezu von bevorzugtem Fleisch und Blut zu sein, innerlich stets gegen eine so unnatürliche Gleichstellung aufgelehnt. – Der etwaige Leser verzeihe mir diese Abschweifung ins rein Betrachtende, die mir vielleicht, da ich wenig geschult und amtlich gar nicht befugt zum Denken bin, schlecht zu Gesichte steht. Allein ich erachte es für meine Pflicht, ihn nach Möglichkeit mit den Eigentümlichkeiten meines Lebens zu versöhnen, oder aber, wenn dies unmöglich sein sollte, ihn beizeiten vom Weiterblättern in diesen Papieren abzuhalten.

Zu Hause angelangt, begab ich mich im Überzieher auf mein Zimmer, um, was ich mitgebracht, auf meinem Tische auszubreiten und zu untersuchen. Kaum hatte ich geglaubt, daß es standhalten und bleiben werde; denn wie oft fallen uns im Traume köstliche Dinge zu, und wenn wir erwachen, so sind unsere Hände leer. Nur der vermag meine heiße Freude ein wenig zu teilen, der sich vorstellt, daß Güter, die ein reizender Traum ihm gespendet, am hellen Morgen sich wirklich und faßbar auf seiner Bettdecke vorfänden, gleichsam vom Traume übriggeblieben wären. Die Bonbons waren prima Ware, in farbiges Stanniol verpackt, mit süßem Likör und fein parfümierter Crème gefüllt; aber nicht ihre Vorzüglichkeit war es eigentlich, was mich berauschte, sondern der Umstand, daß sie mir als Traumgüter erschienen, die ich in die Wirklichkeit hatte hinüberretten können; und diese Freude war zu innig, als daß ich nicht hätte darauf bedacht sein müssen, sie gelegentlich wieder zu erzeugen. Man lege die Tatsache aus, wie man will – ich selbst hielt es nicht für meine Aufgabe, darüber nachzudenken: es verhielt sich so, daß um die Mittagszeit der Delikatessenladen zuweilen leer und unbewacht war – nicht oft, nicht regelmäßig, aber in längeren oder kürzeren Zwischenräumen kam es vor, und ich stellte es fest, wenn ich, meinen Ranzen auf dem Rücken, an der gläsernen Ladentür vorüberging. Dann trat ich ein, indem ich die Tür auf so festbehutsame Art zu öffnen und zuzuziehen wußte, daß die Glocke nicht einmal anschlug, sondern der Stößel sich nur lautlos an ihr rieb, ohne sie in Bewegung zu setzen – sagte auf alle

Fälle „Guten Tag" und nahm rasch, was sich darbot; nie unverschämt viel, sondern mit mäßiger Auswahl – eine Handvoll Konfekt, einen Streifen Honigkuchen, eine Tafel Schokolade –, so daß wohl niemals auch nur etwas vermißt worden ist; in der unvergleichlichen Ausdehnung meines Wesens aber, von der diese freien und traumhaften Griffe in die Süßigkeiten des Lebens begleitet waren, glaubte ich deutlich jene namenlose Empfindung wiederzuerkennen, die mir als Erzeugnis gewisser Gedankengänge und innerer Forschungen seit langem so wohl vertraut war.

Achtes Kapitel

Unbekannter Leser! Nicht ohne zuvor die geläufige Feder beiseite gelegt und mich durch einiges Nachdenken gesammelt zu haben, betrete ich hiermit ein Gebiet, das ich im bisherigen Verlauf meiner Bekenntnisse schon verschiedentlich gestreift habe, auf dem aber nunmehr die Gewissenhaftigkeit mich etwas zu verweilen nötigt. Ich schicke voraus, daß, wer sich etwa dabei eines lockeren Tones und schlüpfriger Scherze von mir versehen sollte, enttäuscht werden wird. Vielmehr bin ich gewillt, in den folgenden Zeilen den eingangs dieser Aufzeichnungen zugesicherten Freimut sorgfältig mit jener Mäßigung und jenem Ernst zu verbinden, den Moral und Schicklichkeit diktieren. Denn ich habe niemals das so allgemeine Vergnügen an der Zote verstanden, sondern die Ausschweifung des Mundes stets für die abstoßendste erachtet, weil sie die leichtfertigste ist und die Leidenschaft nicht zu ihrer Entschuldigung anführen kann. Es ist gerade, als ob es sich um den simpelsten, lächerlichsten Gegenstand von der Welt handelte, wenn man die Leute so witzeln und jökeln hört, während doch das strikte Gegenteil der Fall ist, und von diesen Dingen in einem frechen, liederlich tändelnden Tone reden, die wichtigste und geheimnisvollste Angelegenheit der Natur und des Lebens dem Gewieher des Pöbels überantworten hieße. – Jedoch zu meinem Bekenntnis!

Da habe ich denn vor allem anzuführen, daß jene Angelegenheit sehr frühzeitig in meinem Leben eine Rolle zu spielen, meine Gedanken zu beschäftigen, den Inhalt meiner Träumereien und kindischen Unterhaltungen zu bilden begann: lange nämlich, bevor ich irgendeinen Namen dafür besaß oder mir auch nur von ihrer weiteren und allgemeinen Bedeutung ein Bild zu machen wußte, so daß ich die lebhafte Neigung zu gewissen Vorstellungen und das durchdringende Vergnügen daran durch geraume Zeit für eine ganz persönliche und anderen gar nicht verständliche Eigentümlichkeit hielt, über die ihrer Sonderbarkeit halber lieber nicht zu sprechen sei. Da es mir an einer eigentlichen Bezeichnung dafür gebrach, so faßte ich diese Empfindungen und Eingebungen bei mir selbst unter dem Namen „Das Beste" oder „Die große Freude" zusammen und hütete sie als ein köstliches Geheimnis. Dank aber solch eifersüchtiger Verschlossenheit, dank ferner meiner Vereinsamung und dank drittens noch einem anderen Moment, worauf ich demnächst zurückkommen werde, verblieb ich lange in diesem Stande geistiger Unschuld, mit welchem die Lebhaftigkeit meiner Sinne so wenig übereinstimmte. Denn so lange ich denken kann, nahm das, was ich „Die große Freude" nannte, in meinem Innenleben eine beherrschende Stellung ein, ja seine Wirksamkeit hat offenbar weit jenseits der Grenze meines Gedächtnisses begonnen. Kleine Kinder nämlich sind wohl unwissend und in dieser Bedeutung auch unschuldig; daß sie aber unschuldig im Sinne wirklicher Reinheit und engelhafter Heiligkeit seien, ist ohne Zweifel ein empfindsamer Aberglaube, der einer nüchternen Prüfung nicht standhalten würde. Ich wenigstens habe es aus einwandfreier Quelle (die ich gleich des näheren bezeichnen werde), daß ich schon als Säugling, an der Brust meiner Amme, die eindeutigsten Zeichen von Gefühl an den Tag gelegt habe – eine Überlieferung, die mir stets als höchst glaubhaft und für meine inständige Natur bezeichnend erschienen ist.

In der Tat grenzte meine Begabung zur Liebeslust ans Wunderbare; sie übertraf, wie ich noch heute glaube, das gemeine Ausmaß bei weitem. Früh hatte ich Gründe gehabt, dies zu vermuten, allein die Vermutung zur Überzeugung zu erheben war jene Person bestimmt, der auch die Mitteilung über mein gewecktes Verhalten an der Ammenbrust zu danken ist und zu der ich mehrere Jugendjahre lang in geheimen Beziehungen stand. Es war unser Zimmermädchen, Genovefa mit Namen, welches, in zartem Alter bei uns eingetreten, um mein sechzehntes Lebensjahr anfangs der Dreißiger stand. Tochter eines Feldwebels und mit dem Bahnhofsvorstand einer kleinen Station an der Strecke Frankfurt–Niederlahnstein von langer Hand versprochen, besaß sie viel Sinn für das gesellschaftlich Feinere und behauptete, obgleich sie niedrige Arbeiten verrichtete, in Erscheinung und Gebaren eine Mittelstellung zwischen Magd und Jungfer. Mangels der notwendigen Glücksgüter stand ihre Heirat auch um diese Zeit noch in weitem Felde, und der großen, wohlgenährten Blondine mit den grünen, erregten Augen und den gezierten Bewegungen mochte die lange und immer noch unabsehbare Wartezeit oft genug verdrießlich sein. Dennoch hätte sie sich, um ihre besten Jahre nicht in Entsagung zu verbringen, niemals herbeigelassen, Zumutungen zu erhören, die aus niederen Sphären, von Soldaten, Arbeitern, Handwerkern, an ihre reife Jugend gerichtet wurden; denn sie rechnete sich nicht zum gemeinen Volk und verachtete seine Sprache und seinen Geruch. Etwas anderes war es mit dem Sohn des Hauses, der, in dem Maße, als er angenehm heranwuchs, ihr weibliches Gefallen erregen mochte und dessen Zufriedenstellung für sie gewissermaßen eine häusliche Pflicht und außerdem eine Vereinigung mit der höheren Klasse bedeutete. So kam es, daß meine Wünsche auf keinen ernsthaften Widerstand stießen.

Ich bin weit entfernt, mich ausführlich über eine Episode verbreiten zu wollen, die zu gewöhnlich ist, als daß ihre Einzelheiten das gebildete Publikum fesseln könnten. Kurz, eines Abends, als mein Pate Schimmelpreester bei uns zu Nacht gespeist und später mehrere neue Vermummungen mit mir durchgeprobt hatte, kam es, nicht ohne Zutun Genovefas, auf dem dunklen Gange vor der Tür meines Mansardenstübchens zu einer Begegnung, die sich schrittweise ins Innere des Zimmers hinüberspielte und dort zu vollem gegenseitigem Besitze führte. Ich erinnere mich, daß an jenem Abend, nachdem mein „Kostümkopf" sich wieder einmal bewährt hatte, meine Niedergeschlagenheit, jene unendliche Trübsal, Ernüchterung und Langeweile, die mein Gemüt nach beendeter Maskerade zu befallen pflegte, besonders empfindlich gewesen war. Mein Alltagsgewand, in das ich endlich, nachdem ich so viele bunte Verkleidungen durchlaufen, hatte zurückkehren müssen, ekelte mich; heftig fühlte ich mich angetrieben, es mir vom Leibe zu reißen, aber nicht nur, um, wie wohl sonst, im Schlafe Zuflucht für meine Unrast zu suchen. Wahre Zuflucht würde ich, so schien es mir, einzig und allein in

Genovefas Armen finden, ja, um alles zu sagen, so kam es mir vor, als werde die grenzenlose Vertraulichkeit mit ihr eine Art Fortsetzung und Vollendung jener bunten Abendunterhaltung und geradezu das Ziel meiner Wanderung durch Pate Schimmelpreesters Maskengarderobe sein! Dies mochte sich nun wie immer verhalten, so entzieht sich das markverzehrende, wahrhaft unerhörte Vergnügen, das ich an Genovefas weißer und wohlgenährter Brust erprobte, jedenfalls aller Beschreibung. Ich schrie und glaubte gen Himmel zu fahren. Und nicht eigennütziges Wesen war meine Lust, sondern sie entzündete sich, wie das in meiner Natur begründet ist, so recht erst an dem Ergötzen, das Genovefa über die genaue Bekanntschaft mit mir an den Tag legte. Selbstverständlich scheidet hier jede Möglichkeit des Vergleichens aus. Meine private Überzeugung jedoch, die ich damals gewann und die weder beweisbar noch widerlegbar ist, geht unerschütterlich dahin, daß bei mir der Liebesgenuß die doppelte Schärfe und Süßigkeit besaß als bei anderen.

Allein man täte mir unrecht, indem man schlösse, daß ich auf Grund dieser besonderen natürlichen Mitgift zum Lüstling und Weiberhelden geworden sei. Dieses war mir verwehrt, aus dem einfachen Grunde, weil mein schwieriges und gefährliches Leben Anforderungen an meine Spannkraft stellte, denen sie unmöglich hätte genügen können, wenn ich mich auf so durchgreifende Art hätte ausgeben wollen. Denn während es, wie ich beobachtete, Leute gibt, denen die fragliche Betätigung nur eine Kleinigkeit ist, die sie obenhin abtun und von welcher sie, mir nichts, dir nichts, zu irgendwelchen Geschäften hinweggehen, als ob nichts geschehen wäre, brachte ich ungeheure Opfer dabei und stand völlig ausgeleert, ja vorderhand jedes Antriebes zum Lebensdienste beraubt, davon auf. Oft bin ich ausgeschweift, denn mein Fleisch war schwach, und ich fand die Welt nur allzu bereit, mir buhlerisch entgegenzukommen. Letzten Endes jedoch und im ganzen genommen war meine Sinnesart ernst und männlich, und aus erschlaffender Wollust verlangte mich baldigst in eine strenge und angespannte Führung zurück. Ist denn nicht auch der tierische Liebesvollzug nur die roheste Art und Weise, dessen zu genießen, was ich einst ahnungsvoll „Die große Freude" nannte? Er entnervt uns, indem er uns allzu gründlich befriedigt, und er macht uns zu schlechten Liebhabern der Welt, indem er einerseits diese vorerst des Schmelzes und Zaubers, andererseits uns selber der Liebenswürdigkeit entkleidet, denn liebenswürdig ist nur der Verlangende, nicht der Satte. Ich für meinen Teil kenne viel feinere, köstlichere, verflüchtigtere Arten der Genugtuung als die derbe Handlung, die zuletzt doch nur eine beschränkte und trügerische Abspeisung des Verlangens bedeutet, und ich meine, daß derjenige sich wenig auf das Glück versteht, dessen Trachten nur geradeswegs auf dies Ziel gerichtet ist. Das meine ging stets ins Große, Ganze und Weite, es fand feine, würzige Sättigung, wo andere sie nicht suchen würden, es war von jeher wenig spezialisiert oder genau bestimmt, und dies ist eine der Ursachen, weshalb ich trotz inbrünstiger Veranlagung so lange unwissend und unschuldig, ja eigentlich zeit meines Lebens ein Kind und Träumer verblieb.

Neuntes Kapitel

Hiermit verlasse ich diese Materie, bei deren Bearbeitung ich den Kanon des Schicklichen keinen Augenblick durchbrochen zu haben glaube, und mit großen Schritten vorwärts eilend, nähere ich mich jenem Wendepunkt meines äußeren Lebens, welcher den tragischen Abschluß meines Aufenthaltes im elterlichen Hause bildete. Zuvor habe ich der Verlobung meiner Schwester Olympia mit dem Secondeleutnant Übel vom Zweiten Nassauischen Infanterieregiment Nr. 88 in Mainz zu gedenken, die sehr festlich begangen wurde, ohne daß sich ernste Lebensfolgen daraus ergaben. Denn unter dem Zwang der Verhältnisse löste sie sich wieder auf, und die Braut trat nach dem Zusammenbruch unseres Hausstandes zur Operettenbühne über. – Übel, ein kränklicher, lebensunkundiger junger Mann, war ein ständiger Teilnehmer an unseren Gastereien. Erhitzt von Tanz und Pfänderspielen, vom „Berncastler Doktor" und jenen Einblicken, die unsere Damen berechnenderweise so freigebig gewährten, war er in Liebe zu Olympia entbrannt, und mit der Begehrlichkeit brustschwacher Leute auf ihren Besitz bedacht, in jugendlicher Überschätzung auch wohl der Gediegenheit unserer Verhältnisse, sprach er eines Abends auf den Knien und beinahe weinend vor Ungeduld das entscheidende Wort. Heute nimmt es mich wunder, wie Olympia, die seine Empfindungen kaum erwiderte, die Stirn haben konnte, seine törichte Werbung anzunehmen, denn durch unsere Mutter war sie besser als ich über den Stand der Dinge unterrichtet. Aber sie gedachte wohl, sich beizeiten unter irgendein, wenn auch noch so gebrechliches Dach zu bringen, oder man mochte ihr bedeutet haben, daß ihr Verlöbnis mit einem Träger des zweifarbigen Ehrenkleides – aussichtsvoll oder nicht – geeignet sein werde, unsere Stellung nach außen zu stützen und zu fristen. Mein armer Vater, sogleich um seine Einwilligung angegangen, erteilte dieselbe nicht ohne stille Verlegenheit, worauf das Familienereignis den anwesenden Gästen bekanntgemacht, mit vielem Hallo begrüßt und reichlich mit „Lorley extra cuvée", wie man sich ausdrückte, „begossen" wurde. Von nun an kam Leutnant Übel beinahe täglich von Mainz herüber und schädigte seine Gesundheit nicht wenig durch das Zusammensein mit dem Gegenstand seiner krankhaften Gier. Sein Aussehen, wenn ich das Zimmer betrat, worin man die Brautleute ein Stündchen allein gelassen, war völlig zerstört und leichenhaft, und für ihn bedeutete die Wendung, welche die Dinge bald darauf nahmen, ohne Zweifel ein wahres Glück.

Um aber wieder von mir zu reden, so fesselte und beschäftigte mich in diesen Wochen hauptsächlich der Namenswechsel, welchen die Eheschließung für meine Schwester mit sich bringen würde und um den ich sie, wie ich mich lebhaft erinnere, bis zur Mißgunst beneidete. Sie, die so lange Olympia Krull geheißen, sie würde in Zukunft Olympia Übel zeichnen, und das hatte alle Reize der Neuheit und der Abwechslung für sich. Wie sehr ermüdend und langweilig ist es nicht, unter Briefen und Papieren ein Leben lang immer dieselbe Namensunterschrift ziehen zu müssen! Die Hand lahmt schließlich dabei vor Ekel und Überdruß! Welche Wohltat, welche Anregung, welche Erquickung des Daseins, sich mit einem neuen Namen vorzustellen und anreden zu hören! Die Möglichkeit, wenigstens einmal in der Mitte des Lebens den Namen zu wechseln, erschien mir als eine große Bevorzugung des weiblichen Geschlechts gegenüber den Männern, denen dies Labsal durch Gesetz und Ordnung so gut wie verwehrt ist. Was freilich mich betrifft, der nicht geboren war, im Schutze der bürgerlichen Ordnung das schlaffe und sichere Leben der großen Mehrzahl zu führen, so habe ich mich später, nicht ohne Erfindungsgabe zu bekunden, sehr oft über ein Verbot hinweggesetzt, das sowohl meiner Sicherheit wie meinem

Unterhaltungsbedürfnis zuwiderlief, und schon hier verweise ich auf die eigentümlich leichte Schönheit jener Stelle in meinen Aufzeichnungen, wo ich zum erstenmal meinen amtlichen Namen wie ein abgetragenes und verschwitztes Kleidungsstück von mir tue, um mir – sogar mit einer gewissen Befugnis – einen neuen angedeihen zu lassen, welcher übrigens den des Leutnants Übel an Eleganz und Wohllaut bei weitem übertraf.

Während des Brautstandes meiner Schwester aber hatte das Verhängnis seinen Lauf genommen, und der Ruin pochte, um mich bildlich auszudrücken, mit hartem Knöchel an unsere Tür. Die hämischen Gerüchte, welche über die wirtschaftliche Lage meines armen Vaters am Orte umgelaufen waren, die mißtrauische Zurückhaltung, deren man sich uns gegenüber befleißigt, die schlimmen Prophezeiungen, in denen man sich bezüglich unseres Hauswesens ergangen hatte – all dies wurde zur unschönen Genugtuung jener Unken durch die Ereignisse aufs grausamste bestätigt, gerechtfertigt und erfüllt. Es erwies sich, daß das konsumierende Publikum sich mehr und mehr gegen unsere Schaumweinmarke ablehnend verhalten hatte. Weder durch weitere Verbilligung (die selbstverständlich keine Aufbesserung der Beschaffenheit mit sich bringen konnte) noch durch die überaus verführerischen Reklamedessins, welche mein Pate Schimmelpreester wider besseres Wissen und aus reiner Gefälligkeit der Firma geliefert hatte, war die genußfreudige Welt für unseren Artikel zu gewinnen gewesen, die Bestellungen waren schließlich gleich Null, und eines Tages, im Frühling des Jahres, in dem ich das achtzehnte meines Lebens vollendete, war es um meinen armen Vater geschehen.

Ich ermangelte in jenem zarten Alter jeder geschäftlichen Einsicht, und auch mein späteres, auf Phantasie und Selbstzucht gestelltes Leben bot mir nur wenig Gelegenheit, merkantilische Kenntnisse zu erwerben. Ich unterlasse es daher, meine Feder an einem Gegenstande zu versuchen, den ich nicht beherrsche, und den Leser mit fachmännischen Auseinandersetzungen über das Falliment der Lorley-Schaumwein-Fabrik zu belästigen. Aber dem herzlichen Erbarmen will ich Ausdruck verleihen, das mir in jenen Monaten mein armer Vater einflößte. Je mehr und mehr versank er in eine stille Wehmut, welche sich darin äußerte, daß er seitwärts geneigten Hauptes irgendwo im Hause auf einem Stuhle saß und, während er mit den aufwärts gebogenen Fingern seiner Rechten sanft seinen Bauch streichelte, unaufhörlich und ziemlich rasch mit den Lidern blinzelte. Des öfteren unternahm er Fahrten nach Mainz – traurige Ausflüge, die wohl der Beschaffung klingender Münze, der Auffindung neuer Hilfsquellen galten und von denen er sehr niedergeschlagen zurückkehrte, indem er sich mit einem Batisttüchlein Stirn und Augen trocknete. Einzig bei den Abendgesellschaften, die nach wie vor in unserer Villa stattfanden, bei Tische, wenn er mit umgebundener Serviette und das Weinglas zur Hand den schmausenden Gästen vorsaß, konnte ihm noch das alte Behagen zurückkehren. Im Verlaufe eines solchen Abends jedoch entspann sich ein überaus bösartiger und ernüchternder Wortwechsel zwischen meinem armen Vater und dem jüdischen Bankier, dem Gatten jener mit Jett überladenen Frauensperson, der, wie ich damals erfuhr, einer der verhärtetsten Halsabschneider war, welche jemals bedrängte und unbedachte Geschäftsleute in ihre Netze gelockt haben; und bald darauf erschien der ernste, schwer bedeutsame und für mich doch auch so abwechslungsvolle und belebende Tag, an welchem die Fabrik- und Kontorräume der Firma geschlossen blieben und eine Gruppe von kalt blickenden Herren mit gekniffenen Mündern sich in unserer Villa einfand, um unsere Habe mit Beschlag zu belegen. In ausgesuchten Wendungen und mit seinem treuherzig verschnörkelten Namenszuge, den ich so meisterlich nachzubilden verstand, hatte mein armer Vater bei Gericht seine Zahlungsunfähigkeit erklärt, und das Konkursverfahren war feierlich eingeleitet worden.

An diesem Tage blieb ich, unserer Schande wegen, von welcher das Städtchen voll war, der Schule fern – einer sogenannten Oberrealschule, wie erwähnt, welche völlig zu durchlaufen mir, wie ich hier beiläufig einflechten möchte, nicht vergönnt war: erstens, weil ich mich nie auch nur im geringsten bemüht hatte, aus meinem Widerwillen gegen den despotischen Stumpfsinn, der den Charakter dieser Anstalt bildete, ein Hehl zu machen, und namentlich auch zweitens, weil die Anrüchigkeit und schließliche Zerrüttung meiner häuslichen Verhältnisse die Lehrerschaft gegen mich einnahm, sie mit Haß und Verachtung gegen mich erfüllte. Auch zu diesem Osterfest, nach dem Bankrott meines armen Vaters, verweigerte man mir das Abgangszeugnis, indem man mich vor die Wahl stellte, entweder noch länger die Unbilden einer meinem Alter nicht mehr angemessenen

Botmäßigkeit zu ertragen, oder die Schule unter Verzicht auf die mit ihrer Erledigung verbundenen gesellschaftlichen Vorrechte zu verlassen; und in dem frohen Bewußtsein, daß meine persönlichen Eigenschaften den Verlust dieser geringen Vorzüge mehr als wettmachten, wählte ich das letztere.

Der Zusammenbruch war vollständig, und es war klar, daß mein armer Vater ihn nur deshalb bis zum Äußersten hinausgeschoben und sich so tief in die Netze der Wucherer verstrickt hatte, weil er gewußt hatte, daß der Konkurs ihn völlig zum Bettler machen werde. Alles kam unter den Hammer: das Lager sowohl (aber wer zahlte wohl etwas für eine so verrufene Substanz, wie unser Schaumwein es war!) wie der Immobilienbesitz, das heißt die Kellereigebäude und unsere Villa, belastet wie sie waren mit Grundschulden, die sich auf mehr als zwei Drittel ihres Wertes beliefen und deren Zinsen seit Jahren nicht hatten bezahlt werden können; die Zwerge, Pilze und Steinguttiere unseres Gartens, ja selbst die Glaskugel und die Äolsharfe gingen den gleichen traurigen Weg; das Innere des Hauses ward jedes freundlichen Überflusses entkleidet, das Spinnrad, die Daunenkissen, die Spiegelkästchen und Riechflakons unterlagen der öffentlichen Versteigerung, nicht einmal die Hellebarden über den Fenstern und die lustigen Vorhänge aus buntem Rohr blieben verschont, und wenn die kleine Vorrichtung über dem Windfang, ganz unberührt von all der Plünderung, noch immer mit zierlichem Klingen den Anfang des Liedes „Freut euch des Lebens" spielte, so geschah es nur, weil die Gerichtsherren ihrer nicht achtgehabt hatten.

Man konnte zunächst nicht sagen, daß mein armer Vater eigentlich den Eindruck eines Gebrochenen machte. Aus seinen Zügen sprach eine gewisse Befriedigung darüber, daß seine Angelegenheiten, die zu entwirren für ihn ein Ding der Unmöglichkeit geworden war, sich nun in so guten Händen befanden, und da das Bankinstitut, in dessen Besitz unsere Liegenschaften übergegangen waren, uns aus Gnade und Erbarmen den vorläufigen Verbleib zwischen den nackten Wänden der Villa gewährte, so hatte er ein Dach über dem Kopfe. Leichtlebig und gutmütig von Natur, traute er auch seinen Mitmenschen die grausame Pedanterie nicht zu, ihn ernstlich von sich zu stoßen, und tatsächlich besaß er die Unschuld, sich einer am Orte ansässigen Aktiengesellschaft zur Erzeugung von Schaumwein als Direktor anzubieten. Hohnvoll zurückgewiesen, unternahm er noch mehrere Versuche, im Leben wieder Fuß zu fassen, worauf er ohne Zweifel sogleich seine Schmäuse und Feuerwerke wieder eröffnet hätte. Als alles fehlschlug freilich, verzagte er; und da er außerdem wohl meinte, daß er uns anderen nur im Wege sei und daß wir ohne ihn leichter unser Fortkommen finden würden, beschloß er, ein Ende mit sich zu machen.

Es war fünf Monate nach der Konkurseröffnung, und der Herbst fiel ein. Ich hatte seit Ostern den Schulbesuch endgültig eingestellt und genoß vorderhand eines freien Übergangszustandes ohne bestimmte Aussichten. Wir hatten uns, meine Mutter, meine Schwester Olympia und ich, in dem nur noch notdürftig ausgestatteten Eßzimmer versammelt, um unser jetzt äußerst karg bestelltes Mittagsmahl einzunehmen, und warteten auf das Familienoberhaupt. Als aber auch nach genossener Suppe mein armer Vater sich nicht wollte sehen lassen, entsandten wir meine Schwester Olympia, für die er stets eine zärtliche Schwäche gehabt, in sein Schreibkabinett, um ihn zur Mahlzeit zu rufen. Kaum jedoch hatte sie uns seit drei Minuten verlassen, als wir sie mit anhaltendem Gekreisch treppauf, treppab und ziellos wieder treppauf durch das ganze Haus rennen hörten. Mit kaltem Rücken und des Äußersten gewärtig, begab ich mich stehenden Fußes in meines Vaters Zimmer. Dort lag er mit geöffneten Kleidern auf dem Fußboden, seine Hand ruhte hoch auf der Wölbung seines Leibes, und neben ihm fand sich das blanke, gefährliche Ding, womit er sich in sein sanftes Herz geschossen. Unsere Magd Genovefa und ich, wir betteten ihn auf das Sofa. Und während das Mädchen zum Arzte lief, meine Schwester Olympia noch immer kreischend das Haus durchstörte und meine Mutter sich nicht aus dem Eßzimmer hervorzukommen getraute, stand ich, mit der Hand meine Augen bedeckend, an der erkaltenden Hülle meines Erzeugers und entrichtete ihm reichlich den Zoll der Tränen.

ZWEITES BUCH

Erstes Kapitel

Lange haben diese Papiere unter Verschluß geruht; wohl ein Jahr lang hielten Unlust und Zweifel an der Ersprießlichkeit meiner Unternehmung mich ab, in treusinniger Folge Blatt auf Blatt schichtend, meine Bekenntnisse fortzuführen. Denn obgleich ich auf den vorstehenden Seiten mehrfach versichert habe, daß ich diese Denkwürdigkeiten hauptsächlich und in erster Linie zu meiner eigenen Unterhaltung und Beschäftigung aufzeichne, so will ich nur auch in diesem Betreff der Wahrheit die Ehre geben und freimütig eingestehen, daß ich insgeheim und gleichsam aus dem Augenwinkel beim Schreiben doch auch der lesenden Welt einige Rücksicht zuwende und ohne die stärkende Hoffnung auf ihre Teilnahme, ihren Beifall, wahrscheinlich nicht einmal die Beharrlichkeit besessen haben würde, meine Arbeit nur bis zum gegenwärtigen Punkte zu fördern. Da aber mußte ich mir denn die Frage vorlegen, ob wahrhaftige und bescheiden der Wirklichkeit sich anschließende Vertraulichkeiten aus meinem Leben mit den Erfindungen der Schriftsteller würden wetteifern können: nämlich um die Gunst eines Publikums, welches man sich durch so krasse Kunsterzeugnisse nicht übersättigt und abgestumpft genug denken kann. Weiß doch der Himmel, sprach ich mit mir selbst, welche Reizungen und Erschütterungen man sich von einem Schriftwerke gewärtigt, das sich durch seine Aufschrift den Kriminalromanen und Detektivgeschichten an die Seite zu stellen scheint – während doch meine Lebensgeschichte zwar seltsam und öfters traumähnlich sich anläßt, aber der Knalleffekte und aufregenden Verwicklungen gänzlich entbehrt! Und so glaubte ich den Mut sinken lassen zu müssen.

Heute jedoch kamen mir durch einen Zufall die vorliegenden Aufsätze wieder vor Augen; nicht ohne Rührung durchlief ich aufs neue die Chronik meiner Kindheit und ersten Jugend; belebt spann ich im Geiste an meinen Erinnerungen fort; und indem gewisse hervorstehende Momente meiner Laufbahn sich aufs gegenwärtigste mir wieder vorstellten, konnte ich unmöglich umhin zu denken, daß Einzelheiten, welche auf mich selbst eine so aufmunternde Wirkung ausüben, auch eine öffentliche Leserschaft müßten zu unterhalten imstande sein. Rufe ich mir beispielsweise jene Lebenslage zurück, als ich in einer berühmten Residenz des Reiches unter dem Namen eines belgischen Aristokraten in vornehmer Gesellschaft mit dem ebenfalls anwesenden Polizeidirektor, einem ungewöhnlich humanen und herzenskundigen Mann, bei Kaffee und Zigarre über Hochstaplerwesen und strafrechtliche Fragen plauderte; oder gedenke ich, um nur irgend etwas zu nennen, der Schicksalsstunde meiner ersten Verhaftung, als unter den eintretenden Kriminalbeamten sich ein junger Neuling befand, welcher, erregt durch die Größe des Augenblicks und verwirrt durch die Pracht meines Schlafzimmers, an die offene Tür pochte, sich bescheiden die Füße abstreifte und leise „Ich bin so frei" sagte, weswegen er von dem dicken Anführer der Gruppe einen wütenden Blick erhielt: so kann ich mich der freudigen Hoffnung nicht verschließen, daß meine Eröffnungen, sollten sie auch von den Fabeln der Romanschreiber in Hinsicht auf gröbere Aufregung und Befriedigung der gemeinen Neugier in den Schatten gestellt werden, ihnen dafür durch eine gewisse feine Eindringlichkeit und edle Wahrhaftigkeit desto sicherer den Rang ablaufen werden. Demgemäß also hat sich mir aufs neue die Lust entzündet, diese Denkschrift fortzusetzen und zu vollenden; und ich beabsichtige, mir dabei, was Reinlichkeit des Stiles und Schicklichkeit des Ausdrucks betrifft, womöglich eine noch größere Sorgfalt aufzuerlegen als bisher, um auch in den besten Häusern mit meinen Darbietungen bestehen zu können.

Zweites Kapitel

Ich nehme den Faden meiner Erzählung genau an dem Punkte wieder auf, wo ich ihn habe fallen lassen: nämlich dort, wo mein armer Vater, durch die Hartherzigkeit der Mitwelt in die Enge getrieben, sich des Lebens entäußert hatte. Ihn auf fromme Art zur Erde zu bestatten bereitete Schwierigkeiten, denn die Kirche verhüllt ihr Antlitz vor seiner Tat, wie übrigens auch eine von kanonischen Lehrmeinungen freie Moral sie mißbilligen muß. Das Leben nämlich ist zwar keineswegs das höchste der Güter, an welches wir uns seiner Köstlichkeit wegen jedenfalls zu klammern hätten; sondern es ist als eine uns gestellte und, wie mir scheinen will, gewissermaßen selbst gewählte schwere und strenge Aufgabe zu betrachten, welche mit Standhaftigkeit und Treue durchzuhalten uns unbedingt obliegt und der vor der Zeit zu entlaufen zweifellos eine liederliche Aufführung bedeutet. In diesem besonderen Falle jedoch macht mein Urteil halt, um sich in das reinste Mitgefühl zu verkehren – wie denn auch wir Hinterbliebenen großes Gewicht darauf legten, den Geschiedenen nicht ohne geistlichen Segen in die Grube fahren zu lassen: meine Mutter und Schwester der Leute wegen und aus Neigung zur Bigotterie (denn sie waren eifrige Katholikinnen); ich aber, weil ich von Natur enthaltenden Sinnes bin und wohltuend überlieferten Formen stets eine freie Anhänglichkeit gegenüber den Anmaßungen eines platten Fortschritts bewahrt habe. So übernahm ich es, da es den Frauen an Mut gebrach, den zuständigen Stadtpfarrer, Geistlichen Rat Chateau, zur Übernahme des Begängnisses zu bestimmen.

Ich traf diesen heiter-sinnlichen Kleriker, der erst seit kurzem bei uns amtierte, bei seinem aus einer Kräuteromelette und einer Bouteille Liebfrauenmilch bestehenden zweiten Frühstück und ward gütig aufgenommen. Denn Geistlicher Rat Chateau war ein eleganter Priester, welcher den Adel und Glanz seiner Kirche aufs überzeugendste vertrat und zur Anschauung brachte. Obgleich klein und beleibt, besaß er doch viel Tournure, wiegte sich beim Gehen behend und gefällig in den Hüften und verfügte über die anmutigste Rundung der Gebärde. Seine Sprechweise war studiert und mustergültig, und stets sahen unter seiner aus feinem seidigschwarzem Tuch gefertigten Soutane schwarzseidene Strümpfe und Lackschuhe hervor. Freimaurer und Antipapisten behaupteten, dieser letzteren bediene er sich so ausschließlich, weil er an riechendem Fußschweiß leide; doch halte ich das noch heute für böswilliges Gerede. Ob ich ihm gleich persönlich noch unbekannt war, lud er mich mit weißer und fetter Hand zum Sitzen ein, teilte mir von seiner Mahlzeit mit und gab sich den weltmännischen Anschein, als ob er meinen Angaben Glauben schenke: welche dahin lauteten, daß mein armer Vater, im Begriff, ein lange nicht benutztes Schießzeug zu untersuchen, von einer unversehens losgehenden Kugel unglücklicherweise durchbohrt worden sei. Dies also schien er zu glauben, und zwar aus

Politik (denn die Kirche muß in so schlechten Zeiten wohl froh sein, wenn man sich, sei es auch lügnerischerweise, um ihre Gaben bewirbt), spendete mir menschliche Trostworte und erklärte sich priesterlich bereit, Beisetzung und Exequien abhalten zu wollen, für deren Kosten aufzukommen mein Pate Schimmelpreester sich edelherzig verpflichtet hatte. Seine Hochwürden machte sich hierauf einige Notizen über des Abgeschiedenen Lebensgang, den als zugleich ehrbar und fröhlich zu schildern ich mir angelegen sein ließ, und richtete endlich über meine eigenen Umstände und Aussichten einige Fragen an mich, die ich in allgemeiner und umschreibender Weise beantwortete. „Sie scheinen", entgegnete er mir ungefähr, „mein lieber Sohn, sich bisher ein wenig läßlich betragen zu haben. Allein noch ist nichts verloren, denn Ihre persönliche Wirkung ist wohltuend, und insonderheit möchte ich Sie wegen Ihrer angenehmen Stimme loben. Ich sollte mich wundern, wenn Fortuna sich Ihnen nicht hold erweisen würde. Glücklich Angetretene und solche, die angenehm sind vor Gott, zu erkennen, mache ich mich jederzeit anheischig, denn des Menschen Schicksal steht in Charakteren, die dem Kundigen nicht unentzifferbar sind, an seiner Stirn geschrieben." Und somit entließ er mich.

Froh über die Worte dieses geistreichen Mannes, eilte ich zu den Meinen zurück, um ihnen den glücklichen Ausgang meiner Sendung zu melden. Leider freilich gestalteten sich die Funeralien trotz kirchlichen Beistandes keineswegs zu einer so würdigen Feier, wie es zu wünschen gewesen wäre, denn die Teilnahme der bürgerlichen Gesellschaft war äußerst gering, und das konnte, soweit unser Städtchen in Frage kam, am Ende nicht wundernehmen. Wo aber waren unsere auswärtigen Freunde, die in guten Tagen meines armen Vaters Feuerwerken zugesehen und an seinem „Berncastler Doctor" sich gütlich getan hatten? Sie hielten sich abwesend, und zwar wahrscheinlich nicht sowohl aus Undankbarkeit als ganz einfach, weil es Leute waren, die für ernste und den Blick auf das Ewige lenkende Veranstaltungen keinen Sinn hatten und solche wie etwas Verstimmendes mieden, was gewiß auf eine niedrige Gemütsanlage deutet. Einzig Leutnant Übel vom Zweiten Nassauischen in Mainz hatte sich eingefunden, wenn auch nur in Zivil, und ihm war es zu danken, daß mein Pate Schimmelpreester und ich nicht ganz allein dem schwankenden Sarge zur Grabeshöhle folgten.

Die Verheißung des geistlichen Herrn jedoch tönte in meinem Inneren fort, denn sie stimmte nicht nur mit meinen eigenen Ahnungen und Eindrücken vollkommen überein, sondern kam außerdem von einer Stelle, der ich in so geheimen Fragen eine besondere Maßgeblichkeit zubilligen durfte. Zu sagen, warum, war nicht jedermanns Sache; den Grund wenigstens anzudeuten, getraue ich mich wohl. Erstens nämlich bildet ohne Zweifel die Zugehörigkeit zu einer ehrwürdigen Stufenfolge, wie der katholische Klerus sie darstellt, den Sinn für menschliche Rangordnung viel feiner aus, als ein Leben auf der bürgerlichen Ebene das vermag. Allein diesen klaren Gedanken in Sicherheit gebracht, gehe ich noch einen Schritt weiter, indem ich mich bestrebe, andauernd logisch zu sein. Hier ist die Rede von einem Sinn und also von einem Bestandteil der Sinnlichkeit. Nun aber ist die katholische Form der Verehrung diejenige, welche, um ins Übersinnliche einzuführen, auf die Sinnlichkeit vorzüglich rechnet und wirkt, ihr auf den erdenklichsten Wegen Vorschub leistet und wie keine andere zur Vertiefung in ihre Geheimnisse anhält. Ein Ohr, gewöhnt an die erhabenste Musik, an Harmonien, welche die Ahnung höherer Chöre zu vermitteln geschaffen sind – sollte es nicht reizbar genug sein, den inneren Adel eines menschlichen Stimmklanges zu belauschen? Ein Auge, bewandert in frommer Pracht, in Farben und Formen, welche die Herrlichkeit himmlischer Räume vertreten – sollte es nicht der rätselhaft bevorteilten Anmut natürlicher Bildung besonders erschlossen sein? Ein Geruchsorgan, welches, im Dunstkreise der Kultstätte heimisch und vom Weihrauch entzückt, vorzeiten das liebliche Arom der Heiligkeit wahrgenommen hätte – sollte es die immaterielle und doch auch wieder körperliche Ausdünstung eines Glücks- und Sonntagskindes nicht spüren können? Und wer eingeweiht ist, das oberste Geheimnis dieser Kirche, das Mysterium von Leib und Blut zu verwalten – sollte er nicht befähigt sein, zwischen vornehmer und geringer menschlicher Substanz vermöge eines höheren Tastsinnes zu unterscheiden? – Mit diesen ausgesuchten Worten schmeichle ich mir, meine Gedanken so vollkommen wie möglich zum Ausdruck gebracht zu haben.

Auf jeden Fall sagte die erhaltene Prophezeiung mir nichts, was Empfindung und Anschauung meiner selbst mir nicht auf das glücklichste bestätigt hätten. Zwar bemächtigte Niedergeschlagenheit sich bisweilen meines Geistes, denn mein Körper, welcher einst von Künstlerhand in sagenhafter Bedeutung auf die Leinwand gebannt worden war, stak in häßlicher, abgetragener Kleidung, und meine Stellung im Städtchen war verächtlich, ja verdächtig zu nennen. Aus anrüchigem Hause, Sohn eines Bankrottierers und Selbstmörders, verkommen als Schüler und ohne jedwede achtbare Lebensaussicht, war ich unter meinen Mitbürgern der Gegenstand finsterer und abschätziger Blicke, welche, obgleich sie von einer für mich schalen und reizlosen Menschenart ausgingen, eine Natur wie die meine doch schmerzhaft verwunden mußten und es mir, solange ich am Orte noch auszuhalten hatte, geradezu verleideten, mich auf öffentlicher Straße sehen zu lassen. In dieser Zeit wurde die Neigung zur Weltflucht und Menschenscheu weiter ausgebildet, die von jeher meinem Charakterbilde angehaftet hatte und mit werbender Anhänglichkeit an Welt und Menschen so einträchtig Hand in Hand zu gehen vermag. Und doch mischte sich in den Ausdruck jener Blikke – und sogar nicht nur beim weiblichen Teil der Einwohnerschaft war dies der Fall – ein Etwas, welches man als widerwillige Teilnahme hätte ansprechen können und das einer solchen innern Bemühung unter günstigeren Umständen das schönste Genüge verhieß. Heute, wo mein Antlitz abgemagert ist und meine Glieder die Merkmale des Alterns aufweisen, kann ich es mit Gelassenheit aussprechen, daß meine neunzehn Jahre alles gehalten hatten, was meine zarte Jugend versprach, und daß ich auch nach eigenem Dafürhalten zum gefälligsten Jüngling erblüht war. Blond und bräunlich zugleich, mit dem Schmelz meiner blauen Augen, dem bescheidenen Lächeln meines Mundes, dem verschleierten Reiz meiner Stimme, dem seidigen Glanz meines links gescheitelten, in einem anständigen Hügel aus der Stirn zurückgebürsteten Haares hätte ich meinen schlichten Landsleuten wie später den Bewohnern mehrerer Erdteile liebenswürdig erscheinen müssen, wenn nicht das verwirrende Bewußtsein meiner schiefen Lage ihren Blick umnebelt hätte. Mein Wuchs, der schon das Künstlerauge meines Paten Schimmelpreester befriedigt hatte, war keineswegs robust, an allen Gliedern und Muskeln jedoch so gleichmäßig-maßvoll entwickelt, wie es sonst nur bei Liebhabern des Sports und kräftigend-schmeidigender Spiele der Fall zu sein pflegt – während ich doch nach Träumerart körperlichen Übungen von jeher durchaus abhold gewesen war und äußerlich gar nichts zu meiner leiblichen Ausbildung getan hatte. Ferner ist anzumerken, daß meine Haut von außerordentlich zarter Beschaffenheit und so sehr empfindlich war, daß ich trotz mangelnder Geldmittel darauf bedacht sein mußte, mir weiche und feine Seife zu halten, da geringe und wohlfeile Sorten mich schon nach kurzem Gebrauch bis aufs Blut beschädigten.

Natürliche Gaben, angeborene Vorzüge pflegen ihrem Träger ein ehrerbietig-lebhaftes Interesse für seine Abstammung einzuflößen, und so war es mir damals eine angelegene Beschäftigung, unter den Bildnissen meiner Vorfahren, als Photographien und Daguerreotypien, Medaillons und Schattenrissen, soweit diese Hilfsmittel nur immer reichten, mich forschend umzutun, um in ihren Physiognomien nach Vorbereitungen und Hinweisen auf meine Person zu suchen und festzustellen, wem unter ihnen ich etwa besonders zu Dank verpflichtet sein mochte. Allein meine Ausbeute war gering. Zwar fand ich unter Verwandten und Vorläufern väterlicher Seite manches in Zügen und Haltung, worin man solche Versuchsübungen der Natur hätte erblicken können (wie ich denn ja schon betonte, daß mein armer Vater selbst, trotz seiner Leibesfülle, mit den Grazien auf freundlichem Fuße stand). Im ganzen jedoch mußte ich mich überzeugen, daß ich meiner Herkunft nicht viel verdankte; und wenn ich nicht annehmen wollte, daß an einem unbestimmbaren Punkte der Geschichte meines Geschlechtes geheime Unregelmäßigkeiten untergelaufen seien, so daß ich irgendeinen Kavalier und großen Herrn unter meine natürlichen Stammväter zu zählen gehabt hätte: so war ich, um den Ursprung meiner Vorzüge zu ergründen, genötigt, in mein eigenes Innere hinabzusteigen.

Wodurch denn wohl eigentlich und in der Hauptsache hatten die Worte des Geistlichen Rates so ungemeinen Eindruck auf mich gemacht? Ich weiß es noch heute so wohl zu sagen, wie ich mir schon damals sofort und an Ort und Stelle im klaren darüber war. Er hatte mich gelobt – und wofür? Für den angenehmen Klang meiner Stimme. Aber das war eine Eigenschaft oder Gabe, die nach üblicher Auffassung keineswegs mit einem Verdienste verbunden ist und die gemeinhin so wenig für lobenswert gilt, als man jemanden seines Schielauges, Blähhalses oder Klumpfußes halber zu schelten sich entschließen würde. Denn Lob oder Tadel gebührt nach der Meinung unserer bürgerlichen Welt nur dem Moralischen, nicht dem Natürlichen; dieses zu loben würde ihr als ungerecht und leichtfertig erscheinen. Daß nun Stadtpfarrer

Chateau es ganz einfach anders hielt, mutete mich wie etwas völlig Neues und Kühnes an, wie eine Äußerung bewußter und trotziger Unabhängigkeit, die zugleich etwas heidnisch Einfältiges an sich hatte und mich zu einem glücklichen Nachsinnen anregte. Ist es denn nicht, fragte ich mich, sehr schwer, zwischen natürlichem und moralischem Verdienst strikt zu unterscheiden? Diese Porträts von Onkeln, Tanten und Großeltern lehrten mich ja, wie wenig von meinen Vorzügen mir auf dem Wege natürlicher Erbschaft zugekommen ist. Sollte ich wirklich an der Ausbildung dieser Vorzüge innerlich so ganz unbeteiligt gewesen sein? Oder versichert mich nicht vielmehr ein untrügliches Gefühl, daß sie bis zu einem bedeutenden Grade mein eigen Werk sind und daß ganz leicht meine Stimme gemein, mein Auge stumpf, meine Beine krumm hätten ausfallen können, wenn meine Seele nachlässiger gewesen wäre? Wer die Welt recht liebt, der bildet sich ihr gefällig. Ist aber das Natürliche eine Auswirkung des Moralischen, so war es weniger ungerecht und launisch, als es den Anschein haben mochte, daß der geistliche Herr mir des Wohllautes meiner Stimme wegen Lob gespendet hatte.

Drittes Kapitel

Einige wenige Tage nachdem wir die sterblichen Reste meines Vaters der Erde anvertraut hatten, traten wir Hinterbliebenen mit meinem Paten Schimmelpreester zu einer Beratung oder Familienkonferenz zusammen, zwecks welcher der genannte Freund sich in unserer Villa angesagt hatte. Zu Neujahr, so war uns bündig aufgegeben worden, hatten wir das Anwesen zu räumen, und so war es denn also zur unaufschiebbaren Notwendigkeit geworden, über unser künftiges Verbleiben ernste Entschlüsse zu fassen.

Nicht genugsam vermag ich an dieser Stelle den Rat und Beistand meines Paten zu rühmen und nicht dankbar genug zu erheben, wie dieser außerordentliche Geist für einen jeden von uns Pläne und Fingerzeige in Bereitschaft hatte, die sich in der Folge, namentlich in Absicht auf meine Person, als überaus glückliche und weittragende Eingebungen erwiesen. Unser ehemaliger Salon, einst mit niedlicher Weichlichkeit ausstaffiert und so häufig von Lust und Festdunst erfüllt, jetzt kahl, geplündert und kaum noch möbliert, war der traurige Schauplatz dieser Zusammenkunft, und wir saßen in einem Winkel desselben auf Rohrstühlen mit Nußholzrahmen, die der Einrichtung des Speisezimmers angehörten, um ein grünes Tischchen herum, das eigentlich aus einer Garnitur von vier oder fünf ineinandergeschobenen, gebrechlichen Tee- oder Anrichtetischchen bestand.

„Krull!" hub mein Pate an (in bequemer Freundschaftlichkeit pflegte er auch meine Mutter lediglich mit Nachnamen anzureden). „Krull!" sagte er und wandte ihr seine hakenförmige Nase, seine scharfen Augen zu, die, ohne Brauen und Wimpern, von den Zelluloidkreisen der Brille so wunderlich eingerahmt waren – „Sie lassen den Kopf hängen, Sie zeigen sich schlaff, und das mit völligem Unrecht. Denn die bunten und lustigen Möglichkeiten des Lebens beginnen so recht erst jenseits einer gründlich aufräumenden Katastrophe, die man treffend als den bürgerlichen Tod bezeichnet, und eine der hoffnungsreichsten Lebenslagen ist die, wenn es uns so schlecht geht, daß es uns nicht mehr schlechter gehen kann. Glauben Sie, liebe Freundin, einem Manne, dem diese Lage, wenn auch nicht aus materieller, so doch aus innerlicher Erfahrung bestens vertraut ist! Übrigens befinden Sie sich noch nicht einmal darin, und das ist es gewiß, was die Schwingen Ihres Geistes beschwert. Mut, meine Beste! und fassen Sie Unternehmungslust! Hier haben Sie ausgespielt, allein, was will das besagen? Die weite Welt steht Ihnen offen. Ihr kleines Privatkonto auf der Kommerzbank ist noch nicht völlig erschöpft. Sie werden sich mit diesem Restbestande und Heckpfennig in das Getriebe irgendeiner großen Stadt, nach Wiesbaden, nach Mainz, nach Köln, nach Berlin meinetwegen begeben. Sie sind in der Küche zu Hause – verzeihen Sie diese linkische Wendung! –, Sie wissen einen Pudding aus gesammelten Brotabfällen und aus Fleischresten von vorgestern ein saures Haché zu machen. Sie sind überdies gewöhnt, Leute bei sich zu sehen, sie zu speisen, ihnen Unterhaltung zu bieten. Sie mieten also einige Räume, Sie kündigen an, daß Sie Kostgänger und Logiergäste gegen zivile Preise aufzunehmen bereit sind, Sie fahren fort zu leben, wie Sie früher gelebt haben, nur daß Sie von jetzt an die Konsumenten zahlen lassen und Ihren Vorteil dabei finden. Sache Ihrer Duldsamkeit, Ihrer guten Laune wird es sein, für Stimmung, Fröhlichkeit und Behagen unter Ihren Zuläufern zu sorgen, und so sollte es mich wundern, wenn Ihr Institut nicht prosperieren, sich nicht allmählich vergrößern sollte."

Hier schwieg mein Pate, um uns Zeit zu herzlichen Äußerungen des Beifalls und Dankes zu geben, an denen sich schließlich auch die Angeredete beteiligte.

„Was Lympchen betrifft", fuhr er hierauf fort (denn dies war der Kosename, womit er meine Schwester benannte), „so läge ja der Gedanke nahe, daß sie ihrer Mutter zur Hand zu gehen, deren Gästen den Aufenthalt zu verschönen natürlicherweise berufen sei, und gewiß ist, daß sie sich als eine vortreffliche und zugkräftige Filia hospitalis erweisen würde. Auch bleibt ihr diese Gelegenheit, sich nützlich zu machen, ja unverloren. Allein vorderhand habe ich es besser mit ihr im Sinne. Sie hat in den Tagen eures Glanzes ein wenig singen gelernt, es ist nicht viel damit, ihre Stimme ist schwach, aber sie ist nicht ohne einen sanften Wohllaut, und Vorzüge, die in die Augen springen, vertiefen ihre Wirkung. Sally Meerschaum in Köln ist mein Freund von früher her, und der Hauptzweig seines Geschäftes ist eine Theateragentur. Er wird Olympia, sei es bei einer Operettentruppe von zunächst schlichterem Range oder in den künstlerischen Verbande einer Singspielhalle, ohne Schwierigkeiten unterbringen, und für die erste Garderobe will ich aus meinem Plunderbestande wohl aufkommen. Die Anfänge ihrer Laufbahn werden dunkel und beschwerlich sein, sie wird vielleicht mit dem Leben zu ringen haben. Allein wenn sie Charakter bekundet (denn dieser ist wichtiger als das Talent) und mit ihrem Pfunde, das aus so zahlreichen Pfunden besteht, zu wuchern weiß, so wird ihr Weg rasch aus den Niederungen aufwärts- und möglicherweise zu glänzenden Höhen führen. Ich für mein Teil kann selbstverständlich nur Richtlinien ziehen und Möglichkeiten anbahnen; das übrige ist euere Sache." Kreischend vor Freude flog meine Schwester dem Ratgeber um den Hals und hielt während seiner nächsten Worte ihren Kopf an seiner Brust geborgen.

„Jetzt", sagte er, und man sah wohl, daß der folgende Punkt ihm besonders am Herzen lag, „jetzt komme ich drittens zu unserem Kostümkopf!" (Der Leser versteht die in diesem Namen enthaltene Anspielung.) „Ich habe mir das Problem seiner Zukunft angelegen sein lassen, und trotz erheblicher Schwierigkeiten, die sich einer Lösung entgegenstellen, glaube ich eine solche, und wäre sie auch nur von vorläufiger Art, gefunden zu haben. Sogar eine Korrespondenz ins Ausland, genauer: nach Paris, habe ich in dieser Sache geführt – sogleich werde ich sagen, wieso. Nach meiner Meinung kommt es vor allem darauf an, ihm das Leben zu öffnen, zu dem die Oberen ihm mißverständlicherweise keinen ehrenvollen Zugang gewähren zu dürfen glaubten. Haben wir ihn nur erst im Freien, so wird die Flut ihn schon tragen und ihn, wie ich zuversichtlich hoffe, zu schönen Küsten leiten. Da ist es denn nun die Hotel-, die Kellnerlaufbahn, die, wie mir scheint, in seinem Falle die günstigsten Aussichten bietet: und zwar in gerader Richtung sowohl (wo sie denn zu sehr stattlichen Lebensstellungen führen kann) wie auch rechts und links auf allerlei Abweichungen und unregelmäßigen Seitenpfaden, die sich schon manchem Sonntagskinde neben der gemeinen Heerstraße aufgetan haben. Den Briefwechsel, auf den ich hindeutete, unterhielt ich mit dem Direktor des Hotels Saint James and Albany in Paris, Rue Saint-Honoré, nicht weit von der Place Vendôme, (zentrale Lage also; ich zeige sie euch auf meinem Plan) – mit Isaak Stürzli, einem Duzbruder von mir aus meiner Pariser Zeit. Ich habe Felixens Kinderstube und Eigenschaften in das günstigste Licht gerückt, habe mich für seine Politur und Anstelligkeit verbürgt. Er besitzt einen Anflug von der französischen, der englischen Sprache; er wird guttun, ihn in nächster Zeit nach Möglichkeit zu verstärken. Jedenfalls ist Stürzli mir zu Gefallen bereit, ihn probeweise und zunächst freilich ohne Gehalt bei sich aufzunehmen. Felix wird freie Station und Kost genießen, und auch bei der Anschaffung des Diensthabits, das ihn gewiß vortrefflich kleiden wird, sind Vorteile vorgesehen. Kurz, hier ist ein Weg, hier sind Spielraum und Gunst der Umstände zur Entfaltung seiner Gaben, und ich rechne darauf, daß unser Kostümkopf den vornehmen Gästen des Saint James and Albany zur Zufriedenheit aufwarten wird."

Es läßt sich denken, daß ich mich dem herrlichen Mann nicht weniger dankbar erwies als die Frauen. Ich lachte vor Freuden und umarmte ihn in vollem Entzücken. Schon entschwand mir die gehässige Enge der Heimat, schon tat sich die große Welt vor mir auf, und Paris, diese Stadt, deren bloßes Erinnerungsbild meinen armen Vater zeit seines Lebens vor Vergnügen schwach gemacht hatte, erstand in der heitersten Pracht vor meinem inneren Auge. Allein die Sache war so ganz einfach nicht, sondern hatte vielmehr ihre Bedenklichkeit oder, wie man volkstümlich sagt, ihren Haken; denn ich konnte und durfte das Weite nicht suchen, bevor mein Militärverhältnis geordnet war; die Reichsgrenze erschien, bis meine Papiere über dieses Verhältnis befriedigende Auskunft gäben, als unübersteigliche Schranke, und ein desto beunruhigenderes Antlitz zeigte die Frage, als ich, wie man weiß, die Vorrechte der gebildeten Klasse nicht errungen hatte und, zum Dienste tauglich befunden, als gemeiner Rekrut in die Kaserne einzurücken hatte. Dieser Um- und Anstand, den ich mir bis dato leichthin aus dem Sinn geschlagen hatte, fiel mir in einem so hoffnungsvoll gehobenen Augenblick schwer aufs Herz; und indem ich ihn zögernd zur Sprache brachte, zeigte es sich, daß weder meine Mutter und Schwester noch auch Schimmelpreester seiner achtgehabt hatten: jene aus frauenhafter Unwissenheit, dieser, weil auch er, als Künstler, staatlich-amtlichen Dingen nur geringe Aufmerksamkeit zu schenken gewohnt war. Auch bekannte er in diesem Fall seine völlige Ohnmacht; denn Beziehungen zu Stabsärzten, erklärte er ärgerlich, unterhalte er auf keine Weise, eine vertrauliche Beeinflussung der Machthaber sei also ausgeschlossen, und ich möge zusehen, wie den Kopf aus dieser Schlinge zu ziehen mir allenfalls gelingen werde.

So sah ich mich in einem so kitzligen Falle allein auf mich selbst gestellt, und der Leser wird sehen, ob ich seiner Herr wurde. Vorderhand wurde der jugendlich bewegliche Geist durch den Gedanken des Aufbruchs, den nahe bevorstehenden Ortswechsel und die Vorbereitungen dazu mannigfach zerstreut und abgelenkt; denn da meine Mutter schon zu Neujahr Aftermieter oder Pensionäre aufzunehmen hoffte, so sollte unsere Übersiedlung noch vor dem Christfeste statthaben, und zwar war Frankfurt am Main, der in einer so großen Stadt reichlicher sich bietenden Glücksmöglichkeiten halber, endgültig als Ziel und Wohnsitz erwählt worden.

Wie leicht, wie ungeduldig, geringschätzig und unbewegt läßt der ins Weite stürmende Jüngling die kleine Heimat in seinem Rücken, ohne sich nach ihrem Turme, ihren Rebenhügeln auch nur noch einmal umzusehen! Und doch, wie sehr er ihr auch entwachsen sein und ferner entwachsen möge, doch bleibt ihr lächerlich-übervertrautes Bild in den Hintergründen seines Bewußtseins stehen oder taucht nach Jahren tiefer Vergessenheit wunderlich wieder daraus hervor: Das Abgeschmackte wird ehrwürdig, der Mensch nimmt unter den Taten, Wirkungen, Erfolgen seines Lebens dort draußen geheime Rücksicht auf jene Kleinwelt, an jedem Wendepunkt, bei jeder Erhöhung seines

Daseins fragt er im stillen, was sie wohl dazu sagen werde oder würde, und zwar gerade dann ist dies der Fall, wenn die Heimat sich mißwollend, ungerecht, unverständig gegen den besonderen Jüngling verhielt. Da er von ihr abhing, bot er ihr Trotz; da sie ihn entlassen mußte und vielleicht längst vergessen hat, räumt er ihr freiwillig Urteil und Stimme über sein Leben ein. Ja, eines Tages, nach Ablauf vieler für ihn ereignisreicher, veränderungsvoller Jahre, zieht es ihn wohl persönlich an jenen Ausgangspunkt zurück, er widersteht nicht der Versuchung, erkannt oder unerkannt, sich im erlangten fremden und glänzenden Zustande der Beschränktheit zu zeigen und, viel ängstlichen Spott im Herzen, sich an ihrem Staunen zu weiden – wie ich an seinem Orte von mir zu berichten haben werde.

Dem p. p. Stürzli in Paris hatte ich in artigen Formen geschrieben, daß er sich meinetwegen noch ein wenig gedulden möge, da ich nicht sogleich frei sei, die Grenze zu überschreiten, sondern die Entscheidung über meine soldatische Tauglichkeit abwarten müsse – eine Entscheidung, die jedoch, wie ich aufs Geratewohl hinzufügte, aus Gründen, die für meinen künftigen Beruf belanglos seien, höchstwahrscheinlich in günstigem Sinne fallen werde. Schnell verwandelten sich die Reste unserer Habe in Frachtgut und Reisegepäck, worunter sich sechs prächtige Hemden mit gestärkten Brusteinsätzen befanden, welche mein Pate mir als Abschiedsangebinde überreicht hatte und die mir in Paris gute Dienste zu leisten bestimmt waren. Und eines trüben Wintertages sehen wir vom enteilenden Zuge aus, winkend alle drei aus dem Fenster gebeugt, das flatternde rote Schnupftuch unsres Freundes im Nebel verschwinden. Ich habe den herrlichen Mann nur noch einmal wiedergesehen.

Viertes Kapitel

Geschwind schlüpfe ich über die ersten, verworrenen Tage hin, die unserer Ankunft in Frankfurt folgten, denn nur ungern erinnere ich mich der kümmerlichen Rolle, die wir in einer so reichen und prächtigen Handelsstadt zu spielen verurteilt waren, und müßte besorgen, durch eine breite Schilderung unserer damaligen Umstände den Mißmut des Lesers zu erregen. Ich schweige von dem schmutzigen Hospiz oder Absteigequartier, welches den Namen eines Hotels, den es sich anmaßte, keineswegs verdiente und wo meine Mutter und ich (denn meine Schwester Olympia war schon auf der Station Wiesbaden von unserem Wege abgezweigt, um in Köln bei dem Agenten Meerschaum ihr Glück zu versuchen) aus Sparsamkeitsrücksichten mehrere Nächte verbrachten: und zwar ich für meine Person auf einem Sofa, das von beißendem sowohl wie stechendem Ungeziefer wimmelte. Ich schweige auch von unseren mühseligen Wanderungen durch die große und kaltherzige, der Armut feindlich gesinnte Stadt, auf der Suche nach einer erschwinglichen Wohnstätte, bis wir endlich, in geringem Viertel, eine eben leerstehende ausfindig machten, die den Lebensplänen meiner Mutter für den Anfang ziemlich entsprach. Sie umfaßte vier kleine Zimmer nebst einer noch kleineren Küche, war im Erdgeschoß eines Hinterhauses mit dem Blick auf häßliche Höfe gelegen und entbehrte gänzlich des Sonnenscheins. Da sie jedoch nur vierzig Mark monatlich kostete und es uns schlecht angestanden hätte, die Mäkligen zu spielen, so mieteten wir sie auf der Stelle und bezogen sie noch desselbigen Tages.

Unendlichen Reiz übt auf die Jugend das Neue aus, und wiewohl dieses trübselige Domizil mit unserer heiteren Villa daheim auch nicht entfernt in Vergleich zu bringen war, so fühlte doch ich für meine Person mich durch eine so ungewohnte Umgebung bis zur Ausgelassenheit belebt und ergötzt. Rüstig und lustig stand ich meiner Mutter bei der ersten dringenden Arbeit zur Seite, rückte Möbel, befreite Teller und Tassen von schützender Holzwolle, schmückte Bord und Spind mit Küchengerät und ließ es mich nicht verdrießen, mit dem Hauswirt, einem abstoßend fettleibigen Mann von gemeinstem Betragen, über die in der Wohnung notwendig vorzunehmenden Ausbesserungen zu verhandeln, welche zu bestreiten dieser Wanst sich jedoch hartnäckig weigerte, so daß meine Mutter endlich, damit nicht die Fremdenzimmer einen verwahrlosten Anblick böten, in die eigene Tasche greifen mußte. Das kam sie sauer an, denn die Kosten des Um- und Einzugs waren erheblich gewesen, und wenn die zahlenden Pfleglinge ausblieben, so drohte der Bankbruch, bevor das Geschäft auch nur recht eröffnet war.

Gleich am ersten Abend, als wir in der Küche stehend einige Spiegeleier zu Nacht speisten, hatten wir beschlossen, daß unser Betrieb zu frommer und froher Erinnerung „Pension Loreley" zu nennen sei, auch diesen Beschluß meinem Paten Schimmelpreester auf einer gemeinsam unterfertigten Postkarte zur Gutheißung mitgeteilt; und schon am nächsten Tage eilte ich selbst mit einer zugleich bescheiden und verlockend abgefaßten Ankündigung, bestimmt, jenen poetischen Namen durch Fettdruck dem Publikum einzuprägen, auf die Expedition der gelesensten Frankfurtischen Zeitung. Wegen einer Tafel, die, um die Vorübergehenden auf unser Institut aufmerksam zu machen, am äußeren Hause anzubringen sein würde, waren wir der Spesen halber mehrere Tage lang in Verlegenheit. Aber wer beschreibt unsern Jubel, als am sechsten oder siebenten nach unserer Ankunft ein Postpaket von rätselhafter Form aus der Heimat einlief, als dessen Absender mein Pate Schimmelpreester sich kundtat und welches ein viermal durchlöchertes, rechtwinklig umgebogenes Blechschild enthielt, worauf, von des Künstlers eigener Hand geschaffen, jene nur mit Schmuckstücken bekleidete Frauengestalt von unseren Flaschenetiketten nebst der in goldener Ölfarbe ausgeführten Inschrift „Pension Loreley" prangte und welches, an der Ecke des Vorderhauses derart befestigt, daß die Felsenfee mit ihrer ausgestreckten, beringten Hand den Hofgang hinunter auf unsere Niederlassung hindeutete, sich von der schönsten Wirkung erwies.

In der Tat hatten wir Zuspruch: erstens in der Person eines jungen Technikers oder Maschinen-Ingenieurs, eines ernsten, schweigsamen, ja mürrischen und offenbar mit seinem Lebenslose unzufriedenen Menschen, der jedoch pünktlich zahlte und einen mäßigen, gesetzten Wandel führte. Und kaum war er acht Tage bei uns, als gleich zwei Gäste auf einmal sich zugesellten: Angehörige des theatralischen Faches – nämlich ein wegen völligen Verlustes seiner Stimmittel stellungsloser Bassist von der komischen Branche, dick und scherzhaft von Erscheinung, aber in wütender Laune ob seines Mißgeschicks und durch hartnäckige Übungen vergebens bestrebt, sein Organ wieder zu stärken, Übungen, welche sich anhörten, als ob jemand in dem Inneren einer Tonne erstickend um Hilfe riefe; und mit ihm sein weiblicher Anhang, eine rothaarige Choristin in schmutzigem Schlafrock und mit langen rosagefärbten Fingernägeln – ein kümmerlich leibarmes und, wie es schien, auf der Brust nicht ganz festes Geschöpf, welches der Sänger jedoch, sei es um irgendwelcher Verfehlungen willen oder auch nur, um seiner allgemeinen Erbitterung Luft zu machen, öfters vermittels seiner Hosenträger empfindlich züchtigte, ohne daß sie darum an ihm und seiner Zuneigung im mindesten irre geworden wäre.

Diese also bewohnten miteinander ein Zimmer, der Maschinist ein anderes; aber das dritte diente als Speisesaal, wo die geschickt aus Wenigem hergestellten gemeinsamen Mahlzeiten eingenommen wurden, und da ich aus naheliegenden Schicklichkeitsgründen nicht mit meiner Mutter ein Zimmer teilen wollte, so schlief ich in der Küche auf einer mit Bettzeug bekleideten Bank und wusch mich unter dem Strahl der Wasserleitung, eingedenk, daß dieser Zustand keinesfalls dauern könne und so oder so mein Weg sich über ein kleines wenden müsse.

Pension Loreley begann zu florieren, vor Gästen sahen wir uns, wie ich zeigte, persönlich in die Enge getrieben, und mit Recht durfte meine Mutter eine Erweiterung des Unternehmens, die Anwerbung einer Dienstmagd von weitem ins Auge fassen. Auf jeden Fall war der Betrieb im Geleise, meine Mithilfe nicht weiter erforderlich und, mir selbst überlassen, sah ich, bis ich nach Paris abgehen oder zweifarben Tuch würde anlegen müssen, wiederum eine längere Warte- und Mußezeit vor mir liegen, wie sie dem höheren Jüngling zu stillem Wachstum so willkommen, so notwendig ist. Bildung wird nicht in stumpfer Fron und Plackerei gewonnen, sondern ist ein Geschenk der Freiheit und des äußeren Müßigganges; man erringt sie nicht, man atmet sie ein; verborgene Werkzeuge sind ihretwegen tätig, ein geheimer Fleiß der Sinne und des Geistes, welcher sich mit scheinbar völliger Tagdieberei gar wohl verträgt, wirbt stündlich um ihre Güter, und man kann wohl sagen, daß sie dem Erwählten im Schlafe anfliegt. Denn man muß freilich aus bildsamem Stoffe bestehen, um gebildet werden zu können. Niemand ergreift, was er nicht von Geburt besitzt, und was dir fremd ist, kannst du nicht begehren. Wer aus minderem Holze gemacht ist, wird Bildung nicht erwerben; wer sie sich aneignete, war niemals roh. Und sehr schwer ist es hier wiederum, zwischen persönlichem Verdienst und dem, was man als Gunst der Umstände bezeichnet, eine gerechte und scharfe Trennungslinie zu ziehen; denn wenn allerdings ein wohlwollendes Geschick mich im rechten Augenblick in eine große Stadt verpflanzt und mir Zeit im Überfluß vergönnt hatte, so ist davon abzuziehen, daß ich völlig der Mittel entbehrte, welche die zahlreichen inneren Genuß- und

Erziehungsstätten eines solchen Platzes erst eröffnen, und bei meinen Studien mich darauf zu beschränken hatte, gleichsam von außen mein Gesicht an das Prunkgatter eines lusterfüllten Gartens zu pressen.

Ich oblag dem Schlafe zu jener Zeit fast im Übermaß, meistens bis zum Mittagstische, oft noch bedeutend darüber hinaus, so daß ich nur nachträglich in der Küche einiges Aufgewärmte oder auch Kalte zu mir nahm, zündete hierauf eine Zigarette an, die unser Maschinist mir zum Geschenk gemacht hatte (denn er wußte, wie sehr ich auf diesen Lebensreiz erpicht war, ohne ihn doch aus eigenen Mitteln ausreichend beschaffen zu können), und verließ Pension Loreley erst zu vorgerückter Nachmittagsstunde, um vier oder fünf Uhr, wenn das vornehmere Leben der Stadt auf seine Höhe kam, die reiche Frauenwelt in ihren Karossen zu Besuchen und Einkäufen unterwegs war, die Kaffeehäuser sich füllten, die Geschäftsauslagen sich prächtig zu erleuchten begannen. Dann also ging ich aus und begab mich schlendernd in die innere Stadt, um durch die menschenreichen Gassen des berühmten Frankfurts jene Lust- und Studienfahrten zu unternehmen, von denen ich oft erst im bleichen Frühschein und im ganzen mit vielem Gewinn zum mütterlichen Herde zurückkehrte.

Nun seht den unscheinbar gekleideten Jüngling, wie er, allein, freundlos und im Getriebe verloren die bunte Fremde durchstreicht! Er hat kein Geld, um an den Freuden der Zivilisation im eigentlichen Sinne teilzunehmen. Er sieht sie verkündigt und angepriesen auf den Plakaten der Litfaßsäulen, auf eine durchdringende Art, die selbst den Stumpfsten zu Lust und Neugier aufregen könnte (während er sogar besonders empfänglich ist) – und muß sich begnügen, ihre Namen abzulesen und ihr Vorhandensein zur Kenntnis zu nehmen. Er sieht die Portale der Schauhäuser festlich geöffnet und darf sich dem Strom der Hineinwallenden nicht anschließen; steht geblendet in dem ungeheuren Licht, welches die Musikhallen, die Spezialitätentheater hinaus auf die Bürgersteige werfen und worin etwa ein riesiger Mohr, Antlitz und Purpurkleid gebleicht von der weißen Helligkeit, mit Dreispitz und Kugelstab märchenhaft aufragt – und darf seinen zähnefletschenden Einladungen, seinen kauderwelschen Verheißungen nicht folgen. Aber seine Sinne sind lebhaft, sein Geist ist überspannt von Aufmerksamkeit; er schaut, er genießt, er nimmt auf; und wenn der Zudrang von Lärm und Gesichten den Sohn eines schläfrigen Landstädtchens anfangs verwirrt, betäubt, ja beängstigt, so besitzt er Mutterwitz und Geisteskräfte genug, um allmählich des Tumultes innerlich Herr zu werden und ihn seiner Bildung, seinem begierigen Studium dienstbar zu machen.

Welch eine glückliche Einrichtung ist nicht auch das Schaufenster, und daß Läden, Basare, Handelssalons, daß die Verkaufsstätten und Stapelplätze des Luxus ihre Schätze nicht engherzig im Innern bergen, sondern sie breit und reichlich, in erschöpfender Auswahl nach außen werfen, hinter prächtigen Glasscheiben auslegen und glänzend anbieten! Übertaghell sind an Winternachmittagen all diese Schaustellungen erleuchtet; Reihen von kleinen Gasflammen, am unteren Rande der Fenster angebracht, verhindern das Zufrieren der Scheiben. Und da stand ich, gegen die Kälte geschützt einzig durch einen um den Hals gewickelten wollenen Schal (denn mein Überrock, von meinem armen Vater erblich überkommen, war zeitig gegen geringen Erlös aufs Leihamt gewandert), und verschlang mit den Augen das Gute, das Teure und Herrschaftliche, ohne der Kälte, der Feuchtigkeit zu achten, die mir von den Füßen hinauf bis in die oberen Beine stieg.

Ganze Einrichtungen waren in den Fenstern der Möbelhändler aufgebaut: Herrenzimmer von ernster Bequemlichkeit, Schlafgemächer, welche mit jeder Verfeinerung intimer Lebensgewohnheiten bekannt machten, einladende kleine Speisesäle, wo der damastgedeckte, blumengeschmückte, mit behaglichen Sesseln umstellte Tisch reizend von Silber, feinem Porzellan und gebrechlichen Gläsern schimmerte; fürstliche Salons in formellem Geschmack mit Kandelabern, Kaminen und wirkbildbespannten Armstühlen; und nicht satt wurde ich zu sehen, wie die Beine der edlen Möbel so vornehm bestimmt und glänzend auf dem mild glühenden Farbengrunde der Perserteppiche standen. Weiterhin nahmen die Schauräume eines Herrenschneider- und Modegeschäftes meine Aufmerksamkeit in Anspruch. Hier sah ich die Garderobe der Großen und Reichen vom Sammetschlafrock oder der atlasgesteppten Hausjacke bis zum abendlich strengen Frack, vom alabasternen Halskragen in letzter, gewähltester Form bis zur zarten Gamasche und zum spiegelnden Lackschuh, vom fein gestreiften oder gepünktelten Manschettenhemd bis zum kostbaren Leibpelz; hier eröffnete sich mir ihr Reisehandgepäck, diese Tornister des Luxus, gefertigt aus schmiegsamem Kalbsleder oder der teuren Krokodilshaut, welche wie aus Flicken zusammengesetzt erscheint, und ich lernte sie kennen, die Bedürfnisse einer hohen und unterschiedenen Lebensführung, die Flakons, die Bürsten, die Necessaires, die Futterale mit Speisebestecken und zusammenlegbaren Spirituskochern in feinstem Nickel; Phantasiewesten, herrliche Krawatten, sybaritische Unterwäsche, Saffianpantoffel, Hüte mit Atlasfutter, Handschuhe aus Wildleder und Strümpfe aus Seidenflor waren in verführerischen Anordnungen dazwischen ausgelegt, und bis auf den letzten handlich-gediegenen Knopf konnte der Jüngling sich das Zubehör einer eleganten Herrenausstattung ins Gedächtnis prägen. Aber vielleicht brauchte ich nur, mit Umsicht und Geschick zwischen Fuhrwerken und läutenden Trams hindurchschlüpfend, die Straße zu überschreiten, um vor die Fenster einer Kunsthandlung zu gelangen. Dort sah ich die Güter der schmückenden Industrie, jene Objekte einer höheren und gebildeten Augenlust, als: Kunstgemälde von Meisterhand, milde Porzellane in allerlei Tiergestalt, schön geformte Tonwaren, erzene kleine Statuen, und gern hätte ich die gestreckten und edlen Leiber liebkosend mit meiner Hand umfaßt. Was war es jedoch für ein Glanz, der wenige Schritte weiter den Staunenden zur Stelle bannte? Die Auslagen eines großen Juweliers und Goldarbeiters waren es – und da trennte denn nichts als eine gebrechliche Glasscheibe die Begierde eines frierenden Knaben von allen Schätzen des Märchenlandes. Hier, wenn irgendwo, verband mein anfangs geblendetes Entzücken sich mit dem größten Lerneifer. Die Perlenschnüre, bleich schimmernd auf Spitzendeckchen untereinandergereiht, kirschdick in der Mitte, nach den Seiten sich gleichmäßig verjüngend, mit Diamantverschlüssen am Ende und ganze Vermögen wert; die brillantnen Geschmeide, auf Sammet gebettet, hart glitzernd in allen Farben des Regenbogens und würdig, den Hals, den Busen, das Haupt von Königinnen zu schmücken; glattgoldene Zigarettendosen und Stockgriffe, auf Glasplatten verführerisch präsentiert; und, überall nachlässig dazwischengestreut, geschliffene Edelsteine vom herrlichsten Farbenspiel: blutrote Rubine; Smaragde, grasgrün und glasig; Saphire, blaudurchsichtig, die einen sternförmigen Lichtschein entsandten; Amethyste, von denen man sagt, daß sie ihr köstliches Violett einem Gehalt an organischer Substanz verdanken; Perlmutteropale, welche die Farbe wechselten, je nach dem Platz, den ich einnahm; vereinzelte Topase; Phantasiesteine in allen Abstufungen der Farbenskala – ich erlabte an alledem nicht nur meinen Sinn, ich studierte es, ich vertiefte mich innig darein, ich suchte die hie und da angebrachten Preise zu entziffern, ich verglich, ich wog mit den Augen ab, meine Liebe zum Edelgestein der Erde, diesen stofflich vollkommen wertlosen Kristallen, deren gemeine Bestandteile lediglich durch spielende Laune der Natur zu kostbaren Gebilden zusammenschießen, ward mir zum ersten Male bewußt, und damals war es, daß ich die erste Grundlage zu meiner späteren verläßlichen Kennerschaft auf diesem zauberhaften Gebiete legte.

Soll ich noch reden von den Blumenhandlungen, aus deren Türen, wenn sie sich öffneten, die laufeuchten Düfte des Paradieses quollen und hinter deren Fenstern sich mir jene üppigen, mit riesigen Atlasschleifen geputzten Körbe zeigten, die man den Frauen schickt, um ihnen seine Aufmerksamkeit zu erweisen? Von den Papeterieläden, deren Auslagen mich lehrten, welcher Papiere man sich kavaliermäßigerweise zu seinen Korrespondenzen bedient und wie man sie mit den Anfangsbuchstaben seines Namens bedrucken, Krone und Wappen darauf stechen läßt? Von den Fenstern der Parfümerien und Friseure, wo in blitzend geschliffenen Phiolen die mannigfaltigen Duftwässer und Essenzen französischer Herkunft prangten, in reich ausgeschlagenen Etuis jene weichlichen Geräte vorgeführt waren, welche der Nagelpflege und der Gesichtsmassage dienen? – Die Gabe des Schauens, sie war mir verliehen, und sie war mein ein und alles zu dieser Frist – eine erziehliche Gabe gewiß, schon soweit das Dingliche, die lockend-belehrenden Auslagen der Welt ihren Gegenstand bilden. Aber wieviel tiefer doch ins Gefühl greift das Erschauen, das Mit-den-Augen-Verschlingen des Menschlichen, wie die große Stadt in ihren vornehmen Quartieren, in denen ich mich vorzüglich bewegte, es der Beobachtung anbietet, und wie ganz anders noch als leblose Sachbestände mußte es das Verlangen, die Aufmerksamkeit des inständig strebenden Jünglings beschäftigen!

O Szenen der schönen Welt! Nie habt ihr euch empfänglicheren Augen dargeboten. Der Himmel weiß, warum gerade eines der Sehnsucht erregenden Bilder, die ich damals aufnahm, sich mir so tief eingesenkt hat, so fest in meiner Erinnerung haftet, daß es mich, trotz seiner Unbedeutendheit, ja Nichtigkeit noch heute mit Entzücken erfüllt. Ich widerstehe nicht der Versuchung, es hier hinzumalen, obgleich mir sehr wohl bekannt ist, daß der Erzähler – und als solcher betätige ich mich doch auf diesen Blättern – den Leser nicht mit Vorkommnissen behelligen sollte, bei denen, platt gesagt, „nichts herauskommt", da sie das, was man „Handlung" nennt, in keiner Weise fördern. Vielleicht aber ist es bei der Beschreibung des eigenen Lebens noch am ehesten erlaubt, statt den Gesetzen der Kunst den Vorschriften seines Herzens zu folgen.

Noch einmal, es war nichts, nur war es reizend. Der Schauplatz war zu meinen Häupten: ein offener Balkon der Bel-Étage des großen Hotels Zum Frankfurter Hof. Auf ihn traten – so einfach war es, ich entschuldige mich – eines Nachmittags zwei junge Leute, jung, wie ich selbst es war, Geschwister offenbar, möglicherweise ein Zwillingspaar – sie sahen einander sehr ähnlich –, Herrlein und Fräulein, miteinander ins winterliche Wetter hinaus. Sie taten es ohne Kopfbedeckung, ohne Schutz, aus purem Übermut. Leicht überseeischen Ansehens, dunkelhäuptig, mochten sie spanisch-portugiesische Südamerikaner, Argentinier, Brasilianer – ich rate nur – sein; vielleicht aber auch Juden –, ich möchte mich nicht verbürgen und ließe mich dadurch in meiner Schwärmerei nicht beirren, denn luxuriös erzogene Kinder dieses Stammes können höchst anziehend sein. Beide waren sie bildhübsch – nicht zu sagen, wie hübsch, der Jüngling um nichts weniger als das Mädchen. Für den Abend gekleidet schon beide, trug jener Perlen in der Hemdbrust, diese eine Diamantagraffe in ihrem reichen und dunklen, wohlfrisierten Haar und eine andere an der Brust, dort, wo der fleischfarbene Samt ihres Prinzeßkleides in durchsichtige Spitzen überging, aus denen auch die Ärmel der Robe gearbeitet waren.

Ich zitterte für die Intaktheit von ihrer beider Toilette, denn einige feuchte Schneeflocken stöberten und blieben auf ihren gewellten schwarzen Scheiteln liegen. Auch führten sie ihren kindischen Geschwisterstreich nur höchstens zwei Minuten lang durch, nur, um einander, über das Geländer gebeugt, lachenden Mundes einige Vorgänge der Straße zu zeigen. Dann schauderten sie spaßhaft vor Kälte, klopften eine oder die andere Schneeflocke von ihren Kleidern ab und zogen sich ins Zimmer zurück, das sich in demselben Augenblick erleuchtete. Fort waren sie, die entzückende Phantasmagorie eines Augenblicks, entschwunden auf Nimmerwiedersehen. Aber noch lange stand ich und blickte, aufrecht an einem Laternenpfahl, zu ihrem Balkon empor, indem ich ihr Dasein im Geist zu durchdringen suchte; und nicht nur diese Nacht, sondern in so mancher folgenden noch, wenn ich ermüdet vom Wandern und Schauen auf meiner Küchenbank lag, handelten meine Träume von ihnen.

Liebesträume, Träume des Entzückens und des Vereinigungsstrebens – ich kann sie nicht anders nennen, obgleich sie keiner Einzelgestalt, sondern einem Doppelwesen galten, einem flüchtig-innig erblickten Geschwisterpaar ungleichen Geschlechtes – meines eigenen und des anderen, also des schönen. Aber die Schönheit lag hier im Doppelten, in der lieblichen Zweiheit, und wenn es mir mehr als zweifelhaft ist, daß das Erscheinen des Jünglings allein auf dem Balkon mich, abgesehen vielleicht von den Perlen im Vorhemd, im geringsten entzündet hätte, so habe ich fast ebenso guten Grund zu bezweifeln, daß das Bild des Mädchens allein, ohne ihr brüderliches Gegenstück, vermögend gewesen wäre, meinen Geist in so süße Träume zu wiegen. Liebesträume, Träume, die ich liebte, eben weil sie von – ich möchte sagen – ursprünglicher Ungetrenntheit und Unbestimmtheit, doppelten und das heißt doch erst: ganzen Sinnes waren, das berückend Menschliche in beiderlei Geschlechtsgestalt selig umfaßten. –

Schwärmer und Gaffer! höre ich den Leser mir zurufen. Wo bleiben deine Abenteuer? Gedenkst du mich durch dein ganzes Buch hin mit solchen empfindsamen Quisquilien, den sogenannten Erlebnissen deiner begehrlichen Schlaffheit zu unterhalten? Drücktest auch wohl, bis etwa ein Konstabler dich weitertrieb, Stirn und Nase an große Glasscheiben, um durch den Spalt crèmefarbener Vorhänge in das Innere vornehmer Restaurants zu blicken – standest in verworrenen Würzdüften, welche durchs Kellergitter aus den Küchen emporstiegen, und sahst die feine Gesellschaft Frankfurts, bedient von geschmeidigen Kellnern, an kleinen Tischen soupieren, auf denen beschirmte Kerzen in Armleuchtern und Kristallvasen mit seltenen Blumen standen? – So tat ich – und bin überrascht, wie treffend der Leser meine dem schönen Leben abgestohlenen Schaugenüsse wiederzugeben weiß, gerade als hätte er selbst seine Nase an den erwähnten

Scheiben plattgedrückt. Was aber die „Schlaffheit" betrifft, so wird er der Verfehltheit einer solchen Kennzeichnung sehr bald gewahr werden und sie, als Gentleman, unter Entschuldigungen zurücknehmen. Schon hier aber sei berichtet, daß ich denn doch, dem bloßen Schauen mich entraffend, einige persönliche Berührung mit jener Welt, zu der die Natur mich drängte, suchte und fand, indem ich nämlich bei Schluß der Theater vor den Eingängen dieser Anstalten mich umhertrieb und als ein behender und diensteifriger Bursche dem höheren Publikum, das angeregt plaudernd und erhitzt von süßer Kunst den Vorhallen entströmte, beim Anhalten der Droschken, beim Herbeirufen wartender Equipagen behilflich war. Jenen warf ich mich in den Weg, um sie vor dem Regendach des Theatereingangs für meine Auftraggeber zum Stehen zu bringen, oder lief auch wohl ein Stück die Straße hinauf, um eine zu ergattern, neben dem Kutscher sitzend vorzufahren und, wie ein Lakai mich herabschwingend, den Wartenden mit einer Verbeugung, deren Artigkeit ihnen zu denken gab, den Schlag zu öffnen. Um diese, nämlich die Privat-Coupés und Karossen, zur Stelle zu schaffen, hatte ich mir auf einschmeichelnde Art die Namen der glücklichen Besitzer erbeten und fand dann kein geringes Vergnügen daran, diese Namen nebst Titeln – Geheimrat Streisand! Generalkonsul Åckerbloom! Oberstleutnant von Stralenheim oder Adelebsen! – mit heller Stimme straßauf in die Lüfte zu senden, damit die Gespanne anführen. Manche Namen waren recht schwierig, so daß ihre Träger zögerten, sie mir mitzuteilen, aus Unglauben an meine Fähigkeit, sie auszusprechen. Ein würdiges Ehepaar mit augenscheinlich unvermählter Tochter zum Beispiel hieß Crequis de Mont-en-fleur, und wie angenehm berührt zeigten sich alle drei von der korrekten Eleganz, mit der ich, da sie sich mir schließlich anvertraut, diese gleichsam aus Knistern und Kichern in nasale und blumige Poesie übergehende Namenskomposition ihrem in ziemlicher Ferne haltenden alten Leibkutscher wie morgendlichen Hahnenschrei zu Gehör brachte, so daß er nicht säumte, mit seiner altmodischen, aber wohlgewaschenen Kalesche und den feisten Falben davor heranzurücken.

Mancher willkommene Batzen, silbern nicht selten, glitt für solche der Sozietät geleisteten Dienste in meine Hand. Aber höher galt meinem Herzen zarterer, versichernderer Lohn, der mir dafür zuteil wurde: ein aufgefangenes Zeichen des Stutzens und aufmerksamer Gewogenheit von seiten der Welt, ein Blick, der mich mit angenehmer Verwunderung maß, ein Lächeln, mit Überraschung und Neugier auf meiner Person verweilend; und so sorgfältig zeichnete ich in meinem Innern diese stillen Erfolge auf, daß ich noch heute fast über alle, ja unbedingt über alle bedeutenderen und innigeren Rechenschaft abzulegen vermöchte.

Welch eine wundersame Bewandtnis hat es, eindringlich betrachtet, mit dem menschlichen Auge, diesem Juwel aller organischen Bildung, wenn es sich einstellt, um seinen feuchten Glanz auf einer anderen menschlichen Erscheinung zu versammeln; – mit diesem kostbaren Gallert, der aus ebenso gemeiner Materie besteht wie alle Schöpfung und auf ähnliche Art wie die Edelsteine anschaulich macht, daß an den Stoffen nichts, an ihrer geistreichen und glücklichen Verbindung aber alles gelegen ist; – mit diesem in eine Knochenhöhle gebetteten Schleim, welcher, entseelt, dereinst im Grabe zu modern, in wässerigen Kot wieder zu zerfließen bestimmt ist, aber, solange der Funke des Lebens darin wacht, über alle Klüfte der Fremdheit hinweg, die zwischen Mensch und Mensch gelagert sein können, so schöne, ätherische Brücken zu schlagen versteht!

Von zarten und schwebenden Dingen heißt es zart und schwebend reden, und so werde eine zusätzliche Betrachtung hier behutsam eingerückt. Nur an den beiden Polen menschlicher Verbindung, dort, wo es noch keine oder keine Worte mehr gibt, im Blick und in der Umarmung, ist eigentlich das Glück zu finden, denn nur dort ist Unbedingtheit, Freiheit, Geheimnis und tiefe Rücksichtslosigkeit. Alles, was an Verkehr und Austausch dazwischenliegt, ist flau und lau, ist durch Förmlichkeit und bürgerliche Übereinkunft bestimmt, bedingt und beschränkt. Hier herrscht das Wort – dies matte und kühle Mittel, dies erste Erzeugnis zahmer, mäßiger Gesittung, so wesensfremd der heißen und stummen Sphäre der Natur, daß man sagen könnte, jedes Wort sei an und für sich und als solches bereits eine Phrase. Das sage ich, der, begriffen in dem Bildungswerk meiner Lebensbeschreibung, einem belletristischen Ausdruck gewiß die erdenklichste Sorgfalt zuwendet. Und doch ist mein Element die wörtliche Mitteilung nicht; mein wahrstes Interesse ist nicht bei ihr. Dieses vielmehr gilt den äußersten, schweigsamen Regionen menschlicher Beziehung; jener zuerst, wo Fremdheit und bürgerliche Bezugslosigkeit noch einen freien Urzustand aufrechterhalten und die Blicke unverantwortlich, in traumhafter Unkeuschheit sich vermählen; dann aber der anderen, wo die möglichste Vereinigung, Vertraulichkeit und Vermischung jenen wortlosen Urzustand auf das vollkommenste wiederherstellt.

Fünftes Kapitel

Allein ich gewahre in des Lesers Miene die Sorge, daß ich über so vielfältigem Anteil der heiklen Frage meines militärischen Verhältnisses leichtsinnigerweise völlig vergessen haben möchte, und so eile ich zu versichern, daß dies ganz und gar nicht der Fall war, sondern daß ich vielmehr unablässig und nicht ohne Beklemmung mein Augenmerk auf diesen fatalen Punkt gerichtet hielt. In dem Maße freilich, wie ich mit mir selbst über die Lösung des widrigen Knotens einig wurde, wandelte sich diese Beklemmung in die freudige Beklommenheit, die wir empfinden, wenn wir im Begriffe sind, unsere Fähigkeiten an einer großen, ja übergroßen Aufgabe zu messen, und – hier muß ich meiner Feder Zügel anlegen und der Versuchung, gleich alles vorauszusagen, aus Berechnung noch etwas widerstehen. Denn da sich nun doch je mehr und mehr das Vorhaben in mir befestigt, dieses Schriftchen, sollte ich überhaupt damit zu Rande kommen, dereinst der Presse zu übergeben und vor die Öffentlichkeit zu bringen, so täte ich unrecht, wenn ich mich nicht den hauptsächlichsten Regeln und Maximen unterwürfe, von denen die Kunstverfasser, um Neugier und Spannung zu erzeugen, sich leiten lassen und gegen die ich gröblich verstoßen würde, indem ich meiner Neigung nachgäbe, sofort das Beste auszuschwatzen und gleichsam mein Pulver vorzeitig zu verpuffen.

Nur soviel sei gesagt, daß ich mit großer Genauigkeit, ja streng wissenschaftlich zu Werke ging und mich wohl hütete, die sich bietenden Schwierigkeiten für gering zu achten. Denn Dreinstolpern war nie meine Art, eine ernste Sache in Angriff zu nehmen; vielmehr habe ich stets dafür gehalten, daß sich gerade mit dem äußersten, der gemeinen Menge unglaubhaftesten Wagemut kühlste Besonnenheit und zarteste Vorsicht zu verbinden habe, damit das Ende nicht Niederlage, Schande und Gelächter sei, und bin gut damit gefahren. Nicht genug, daß ich mich über Gang und Handhabung des Musterungsgeschäftes und die ihm zugrunde liegenden Anforderungen genau unterrichtete (was ich teils in einem Gespräch mit unserem Pensionär, dem Maschinisten, der gedient hatte, teils auch mit Hilfe eines mehrbändigen allgemeinen Nachschlagewerkes tat, welches dieser mit seinem Bildungsgrade unzufriedene Mann in seiner Stube aufgestellt hatte), sondern, nachdem mein Plan erst einmal im großen entworfen war, sparte ich aus jenen kleinen, durch das Herbeirufen von Wagen mir zugezogenen Geldgeschenken anderthalb Reichsmark zusammen, um eine gewisse in dem Fenster einer Buchhandlung ausfindig gemachte Druckschrift klinischen Charakters zu erwerben, in deren Lektüre ich mich mit ebensoviel Eifer als Nutzen vertiefte.

Gleichwie das Schiff der Sandlast, so bedarf das Talent notwendig der Kenntnisse, aber ebenso gewiß ist, daß wir uns nur solche Kenntnisse wahrhaft einverleiben, ja, daß wir nur auf solche eigentlich ein Anrecht haben, nach denen unser Talent im brennenden Einzelfalle verlangt und die es hungrig an sich rafft, um sich die nötige Erdenschwere und solide Wirklichkeit daraus zu schaffen. Was den Lehrstoff jenes Büchleins betrifft, so verschlang ich ihn mit der größten Freudigkeit und übertrug das Gewonnene in der nächtlichen Einsamkeit meiner Küche bei Kerze und Spiegel auf bestimmte praktische Übungen, die einen geheimen Beobachter wohl närrisch hätten anmuten müssen, mit denen ich aber einen klaren, vernünftigen Zweck verfolgte. Hier kein Wort weiter! Der Leser wird für die augenblickliche Entbehrung baldigst entschädigt werden.

Schon Ende Januar hatte ich mich, der herrschenden Vorschrift genügend, unter Vorlage meines Geburtsscheines, der sich ja in bester Ordnung befand, sowie eines vom Polizeibureau eingeholten Leumundszeugnisses, dessen zurückhaltend verneinende Form (daß nämlich über meine Führung dem Amte nichts Nachteiliges bekanntgeworden sei) kindischerweise mich ein wenig verdroß und beunruhigte, bei der kriegerischen Behörde handschriftlich gemeldet. Im März, als eben mit Vogelgezwitscher und süßeren Lüften der Frühling sich lieblich ankündigte, verlangte die Satzung, daß ich meine Person im Aushebungsbezirke zur ersten Besichtigung vorstellte, und, nach Wiesbaden zuständig, begab ich mich vierter Wagenklasse und übrigens ziemlich gelassenen Geistes dorthin; denn ich war mir bewußt, daß heute der Würfel kaum fallen werde und daß jeder Mann noch vor jene Instanz gelange, die unter dem Namen der Oberersatzkommission über Tauglichkeit und Einreihung des Nachwuchses endgültig befindet. Meine Erwartungen bestätigten sich. Die Handlung war kurz, flüchtig, unbedeutend, und meine Erinnerungen daran sind verblaßt. Man maß mich in die Breite und Länge, man behorchte und befragte mich obenhin und enthielt sich jeder Rückäußerung. Vorläufig entlassen und frei, gleichsam an einem langen Seil, promenierte ich in den herrlichen Parkanlagen, welche den quellenreichen Badeort schmücken, vergnügte mich und bildete mein Auge an den prächtigen Kaufläden der Kurhauskolonnaden und kehrte noch selbigen Tages in das heimische Frankfurt zurück.

Allein als weitere zwei Monate ins Land gezogen waren (die Hälfte des Mai war vorüber, und eine vorzeitige Hochsommerhitze brütete damals über jenen Gauen), erschien der Tag, da meine Frist abgelaufen, das lange Seil, von dem ich im Bilde sprach, aufgespult war und ich mich unweigerlich zur Aushebung zu stellen hatte. Nicht wenig schlug mir das Herz, als ich, wiederum zusammen mit allerlei Gestalten aus dem niederen Volk, auf der schmalen Bank eines Abteils vierter Klasse im Zuge nach Wiesbaden saß und mich auf Dampfesschwingen der Entscheidung entgegengetragen fühlte. Die herrschende Schwüle, die meine Gefährten in ein nickendes Dösen lullte, durfte mich nicht erschlaffen; wach und bereit saß ich da und vermied es unwillkürlich, mich anzulehnen, indem ich mir die Umstände einzubilden suchte, unter denen ich mich zu bewähren haben würde und die denn doch, einer alten Erfahrung gemäß, ganz anders sich darstellen würden, als ich sie mir im voraus nur immer auszudenken vermochte. Wenn übrigens meine Empfindungen ebensowohl furchtsamer als freudiger Art waren, so war es nicht, weil ich um den Ausgang ernstlich besorgt gewesen wäre. Dieser stand bei mir fest, und vollkommen entschlossen, bis zum Äußersten zu gehen, ja, wenn es nötig sein sollte, alle Grundkräfte des Leibes und der Seele daranzusetzen (ohne welche Bereitschaft es meiner Ansicht nach läppisch wäre, sich auf irgendeine außerordentliche Unternehmung einzulassen), zweifelte ich keinen Augenblick an meinem notwendigen Erfolge. Was mir Bangigkeit einflößte, war eben nur die Ungewißheit, wieviel ich hinzugeben, welche Opfer an Erregung und Begeisterung ich zu bringen haben würde, um zum Ziele zu gelangen, eine Art Zärtlichkeit also gegen mich selbst, die meinem Charakter von jeher anhaftete und ganz leicht zur Weichlichkeit und Feigheit hätten entarten können, wenn nicht männlichere Eigenschaften ihr berichtigend die Waage gehalten hätten.

Noch sehe ich den niedrigen, doch weitläufigen Balkensaal vor Augen, in welchen soldatische Rauhigkeit mich wies und den ich bei meinem bescheidenen Eintritt von einer großen Menge männlicher Jugend bevölkert vorfand. Im ersten Stockwerk einer baufälligen und verlassenen Kaserne gelegen, am Außenrande der Stadt, bot der freudlose Raum durch seine vier kahlen Fenster den Blick auf lehmige und von allerlei Wegwurf, Blechbüchsen, Schutt und Abfällen verunzierte Vorstadtwiesen. Hinter einem gemeinen Küchentisch saß, Akten und Schreibzeug vor sich, ein schnauzbärtiger Unteroffizier oder Feldwebel und rief die Namen derjenigen auf, welche, um sich in natürlichen Zustand zu versetzen, durch eine flügellose Tür einen Verschlag betreten mußten, der von dem anstoßenden Zimmer, dem eigentlichen Schauplatz der Untersuchung, abgegliedert war. Das Gebaren jenes Chargierten war brutal und auf Einschüchterung berechnet. Öfters streckte er, tierisch gähnend, Fäuste und Beine von sich oder machte sich über den edleren Bildungsgrad derer lustig, die er an Hand der Stammrolle zum entscheidenden Gang aufforderte. „Doktor der Philosophie!“ rief er und lachte höhnisch, als wollte er sagen: „Dir werden wir's austreiben, Freundchen!“ Dies alles erregte Furcht und Abneigung in meinem Herzen.

Das Aushebungsgeschäft war in vollem Gange, doch schritt es langsam vor, und da es alphabetisch betrieben wurde, hatten die, deren Namen mit späteren Buchstaben begannen, sich auf ein langes Warten gefaßt zu machen. Eine bedrückte Stille herrschte in der Versammlung, die sich aus Jünglingen der verschiedensten Stände zusammensetzte. Man sah hilflose Bauerntölpel und aufsässig gestimmte junge Vertreter des städtischen Proletariats; halbfeine Kaufmannsgehilfen und schlichte Söhne des Handwerks; einen Angehörigen des Schauspielerstandes sogar, welcher durch fette und dunkle Erscheinung viel verstohlene Heiterkeit erregte; hohläugige Burschen unbestimmbaren Berufes, ohne Halskragen und mit zersprungenen Lackstiefeln; Muttersöhnchen, eben der Lateinschule entwachsen, und an Jahren vorgeschrittene Herren, schon mit Spitzbärten, bleich und von der zarten Haltung des Gelehrten, welche im Gefühl ihrer unwürdigen Lage unruhig und peinlich gespannt den Saal durchmaßen. Drei oder vier der Gestellungspflichtigen, deren Namen sogleich an der Reihe sein würden, standen, schon bis aufs Hemd entblößt, ihre Kleider über dem Arm, Stiefel und Hut in der Hand, barfüßig in der Nähe der Tür. Wieder andere saßen auf den schmalen Bänken, welche den Raum umliefen, oder mit einem Schenkel auch wohl auf den Fensterbrettern, hatten Bekanntschaft gemacht und tauschten halblaut Bemerkungen über ihre Körperbeschaffenheit und die Wechselfälle der Aushebung. Manchmal, niemand wußte auf welchem Wege, drangen Gerüchte aus dem Sitzungssaal herein, daß die Zahl der als tauglich Ausgehobenen schon sehr groß und die Glücksaussicht der noch nicht Untersuchten also im Wachsen sei, Botschaften, die nachzuprüfen niemand imstande war. Scherze, derbe Spöttereien über die einzelnen schon Aufgerufenen, die sich fast ganz entkleidet den Blicken darstellen mußten, taten sich da und dort aus der Menge hervor und wurden mit zunehmender Freiheit belacht, bis die beißende Stimme des Uniformierten am Tisch eine botmäßige Stille wiederherstellte.

Ich nun für meine Person hielt mich einsam nach meiner Art, nahm am müßigen Geschwätz, an den grobkörnigen Späßen keinerlei Anteil und antwortete fremd und ausweichend, wenn eine Anrede an mich erging. An einem offenen Fenster stehend (denn der Menschengeruch war peinlich geworden im Saale), überblickte ich bald die wüste Landschaft dort draußen, bald auch die gemischte Versammlung im Raum und ließ die Stunden verrinnen. Gern hätte ich in das anstoßende Zimmer, dasjenige, wo die Kommission zu Gerichte saß, einen Blick getan, um von dem amtierenden Stabsarzt ein Bild zu erhaschen; doch war dies unmöglich, und eindringlich hielt ich mir vor, daß an der Person dieses Mannes ja auch wenig gelegen und nicht in seine Hand, sondern einzig in meine eigene mein Schicksal gegeben sei. Schwer drückte die Langeweile um mich her auf die Häupter und die Gemüter, ich aber litt nicht unter ihr, denn erstens war ich von je geduldigen Wesens, kann lange ohne Beschäftigung wohl bestehen und liebe die freie Zeit, die von betäubender Tätigkeit nicht vergessen gemacht, verzehrt und verscheucht wird; außerdem aber hatte ich's keineswegs eilig, mich der kühnen und schwierigen Aufgabe zu unterziehen, die meiner wartete, sondern war froh, mich in langer Muße sammeln, gewöhnen und vorbereiten zu können.

Der Tag war schon gegen seine Mitte emporgestiegen, als Namen mein Ohr trafen, die mit dem Buchstaben K begannen. Aber, als wollte das Schicksal mich freundschaftlich necken, gab es solcher heute sehr viele, und die Reihe der Kammacher, Kellermänner und Kiliane, auch noch der Knolls und Krolls wollte kein Ende nehmen, so daß ich schließlich, als vom Tisch mein Name gefallen war, ziemlich entnervt und erschöpft die vorgeschriebene Toilette zu machen begann. Übrigens darf ich sagen, daß der Überdruß meiner Entschlossenheit nicht nur nicht Abbruch tat, sondern sie eher sogar noch verstärkte.

Ich hatte zum heutigen Tage eines jener weißen Stärkhemden angelegt, die mein Pate mir auf den Lebensweg mitgegeben und die ich sonst gewissenhaft schonte; aber ich hatte im voraus bedacht, daß es hier auf den unteren Anzug vornehmlich ankomme, und so stand ich nun in dem Bewußtsein, mich sehen lassen zu können, zwischen zwei Burschen in karierten, verwaschenen Baumwollhemden am Eingang zum Kabinett. Meines Wissens richtete sich kein Spottwort im Saal gegen meine Person, und selbst der Sergeant am Tisch maß mich mit jener Achtung, welche dies an Unterordnung gewöhnte Handwerk höherer Feinheit und Schmuckheit niemals versagt. Ich bemerkte recht wohl, daß er die Angaben seiner Liste forschend mit meiner Erscheinung verglich; ja so sehr beschäftigte ihn dies Studium, daß er meinen Namen neuerdings aufzurufen im gegebenen Augenblick ganz verabsäumte, so daß ich ihn fragen mußte, ob ich nicht eintreten solle, was er bejahte. So überschritt ich denn auf bloßen Sohlen die Schwelle, legte, allein im Verschlag, meine Kleider neben die meines Vorgängers auf die daselbst befindliche Bank, stellte meine Schuhe darunter und entledigte mich auch meines Stärkhemdes, das ich, reinlich gefaltet, der übrigen Garderobe hinzufügte. Dann erwartete ich lauschend weitere Verfügungen.

Meine Spannung war schmerzhaft, mein Herz hämmerte ohne Takt, und ich glaube wohl, daß das Blut mir aus dem Antlitz gewichen war. Aber in eine solche Bewegung mischte sich noch ein anderes Gefühl, von freudiger Art, zu dessen Mitteilung die Worte nicht gleich zur Hand sind. Sei es in Form eines Mottos oder Gedankensplitters bei der Lektüre im Zuchthaus oder bei dem Durchfliegen eines Zeitungsblattes – irgend einmal ist mir die Anschauung oder Sentenz entgegengetreten: daß der Zustand, in dem die Natur uns hervorgebracht, daß die Nacktheit gleichmacherisch sei und zwischen der bloßen Kreatur keinerlei Rangordnung oder Ungerechtigkeit mehr obwalten könne. Diese Behauptung, die sofort meinen Ärger und Widerstand weckte, mag dem Pöbel wohl schmeichelhaft einleuchten, allein wahr ist sie im geringsten nicht, und beinahe könnte man richtigstellend erwidern, daß die wahre und wirkliche Rangordnung erst im ursprünglichen Zustand sich herstelle und daß die Nacktheit nur insofern gerecht zu nennen sei, als sie die natürlich-ungerechte und adelsfreundliche Verfassung des Menschengeschlechtes bedeute. Frühe hatte ich dies empfunden, nämlich schon als mein Pate Schimmelpreester meine Gestalt zu höherer Bedeutung auf die Leinwand zauberte, oder wann sonst immer in Fällen, wo der Mensch, aus seinen Zufallsbedingungen gelöst, an und für sich hervortritt, wie im öffentlichen Bade. Und so wandelte auch nunmehr Freude und lebhafter Stolz mich an, daß ich nicht im irreführenden Bettlerkleid, sondern in freier und eigentlicher Gestalt mich einem hohen Kollegium vorstellen sollte.

Der Verschlag war an seiner Schmalseite offen gegen das Sitzungszimmer, und wenn seine Bretterwand mir den Blick auf den Schauplatz der Untersuchung verwehrte, so vermochte ich mit dem Ohr doch aufs genaueste ihren Verlauf zu verfolgen. Ich hörte die Befehlsworte, mit denen der Stabsarzt den Rekruten sich hin und her zu wenden und sich von allen Seiten zu zeigen aufforderte, hörte die knappen Fragen, die er ihm vorlegte, und die Antworten, die jener erteilte, linkische Redereien von einer Lungenentzündung, die jedoch ihren deutlich genug durchschimmernden Zweck verfehlten, da sie ihm durch das Zeugnis seiner unbedingten Tauglichkeit trocken abgeschnitten wurden. Das Verdikt ward von anderer Stimme wiederholt, weitere Verfügungen folgten, der Befehl zum Abtreten fiel, platschende Schritte näherten sich, und alsbald trat der Konskribierte bei mir ein: geringes Fleisch, wie ich sah, ein Bursche mit einem braunen Strich um den Hals, plumpen Schultern, gelben Flecken am Ansatz der Oberarme, groben Knien und großen roten Füßen. Ich vermied es, in der Enge mit ihm in Berührung zu kommen, und da im selben Augenblick von einer zugleich nasalen und scharfen

Stimme mein Name genannt wurde, auch ein assistierender Unteroffizier winkend vor dem Kabinett erschien, so trat ich denn also hinter der Bretterwand hervor, wandte mich linker Hand und schritt in anständiger, doch anspruchsloser Haltung dorthin, wo Arzt und Kommission mich erwarteten.

Man ist blind in einem solchen Augenblick, und nur in verschwommenen Umrissen trat die Szene vor mir in mein zugleich erregtes und betäubtes Bewußtsein: Ein längerer Tisch schnitt schräg zur Rechten einen Winkel des Zimmers ab, und Herren, teils vorgebeugt, teils zurückgelehnt, in Uniform und Zivil, saßen in einer Reihe daran. An ihrem linken Flügel stand aufrecht der Arzt, sehr schattenhaft für meine Augen auch er, besonders da er das Fenster im Rücken hatte. Ich aber, innerlich zurückgeschlagen von so vielen auf mich eindringenden Blicken, benommen vom Traumgefühl eines höchst bloßgestellten und preisgegebenen Zustandes, ich schien mir einzeln und jedem Verhältnis enthoben, namenlos, alterslos, frei und rein im leeren Raume zu schweben, eine Empfindung, die ich nicht nur als nicht unliebsam, sondern sogar als köstlich in meinem Gedächtnis bewahre. Mochten immerhin meine Fibern noch beben, meine Pulse bewegt und unregelmäßig schlagen, so war mein Geist nunmehr, wenn auch nicht nüchtern, so doch vollkommen ruhig, und was ich in der Folge sagte und tat, stellte sich gleichsam ohne mein Zutun und auf die natürlichste Weise, ja zu meiner eigenen augenblicklichen Überraschung ein: wie es ja denn der Nutzen langer Vorübungen und einer gewissenhaften Vertiefung ins Zukünftige ist, daß in der Stunde der Anwendung etwas Nachtwandlerisch-Mittleres zwischen Tun und Geschehen, Handeln und Leiden sich herstellt, welches unsere Aufmerksamkeit kaum in Anspruch nimmt, und zwar um so weniger, da die Wirklichkeit meistens geringere Anforderungen stellt, als wir ihr allenfalls zutrauen zu müssen glaubten, und wir uns dann wohl in der Lage eines Mannes befinden, der bis an die Zähne gerüstet in einen Kampf geht, worin er, um zu siegen, nur ein einziges Waffenstück leichthin zu handhaben braucht. Denn wer auf sich hält, übt das Schwerste, um sich im Leichteren desto fertiger zu bewähren, und ist froh, wenn er, um zu triumphieren, nur die zartesten, leisesten Mittel spielen zu lassen braucht, da er den groben und wilden ohnehin abhold ist und sich nur notfalls zu ihnen versteht.

„Das ist ein Einjähriger", hörte ich vom Kommissionstisch her eine tiefe und wohlwollende Stimme gleichsam erklärend sagen und vernahm gleich darauf mit leichtem Verdruß, wie eine andere, jene scharf näselnde nämlich, berichtigend feststellte, daß ich nur ein Rekrut sei.

„Treten Sie näher heran!" sagte der Stabsarzt. Seine Stimme war meckernd und etwas schwach.

Ich gehorchte ihm willig, und dicht vor ihm stehend tat ich mit einer gewissen törichten, doch nicht ungefälligen Bestimmtheit den Ausspruch: „Ich bin vollkommen diensttauglich."

„Das entzieht sich Ihrer Beurteilung!" versetzte ärgerlich jener, indem er den Kopf vorstreckte und lebhaft schüttelte. „Antworten Sie auf das, was ich Sie frage, und enthalten Sie sich eigener Bemerkungen!"

„Gewiß, Herr Generalarzt", sprach ich leise, obgleich ich wohl wußte, daß er nichts weiter als Oberstabsarzt war, und blickte ihn mit erschrockenen Augen an. Ich erkannte ihn jetzt ein wenig besser. Er war mager von Gestalt, und der Uniformrock saß ihm faltig und schlotterig am Leibe. Die Ärmel, mit Aufschlägen, die fast bis zum Ellenbogen reichten, waren zu lang, so daß sie die Hälfte der Hände mit bedeckten und nur die dürren Finger daraus hervorragten. Ein schmaler und spärlicher Vollbart, farblos dunkel wie das aufrecht stehende Haupthaar, verlängerte sein Gesicht, und zwar um so mehr, als er den Unterkiefer, bei halboffenem Munde und hohlen Wangen, hängen zu lassen liebte. Vor seinen geröteten Augenritzen saß ein Zwicker in Silberfassung, der verbogen war, dergestalt, daß sein eines Glas dem Lide behinderlich auflag, während das andere weit vom Auge abstand.

Dies war das Äußere meines Partners, und er lächelte hölzern ob meiner Anrede, indem er einen Blick aus dem Augenwinkel zum Kommissionstische gleiten ließ.

„Heben Sie die Arme! Nennen Sie Ihr Zivilverhältnis!" sagte er und legte mir gleichzeitig, wie der Schneider tut, ein grünes, weißbeziffertes Meterband um Brust und Rücken.

„Ich beabsichtige", antwortete ich, „die Hotelkarriere einzuschlagen."

„Die Hotelkarriere? So, Sie beabsichtigen. Nämlich zu welchem Zeitpunkt?"

„Ich und die Meinen sind übereingekommen, daß ich diese

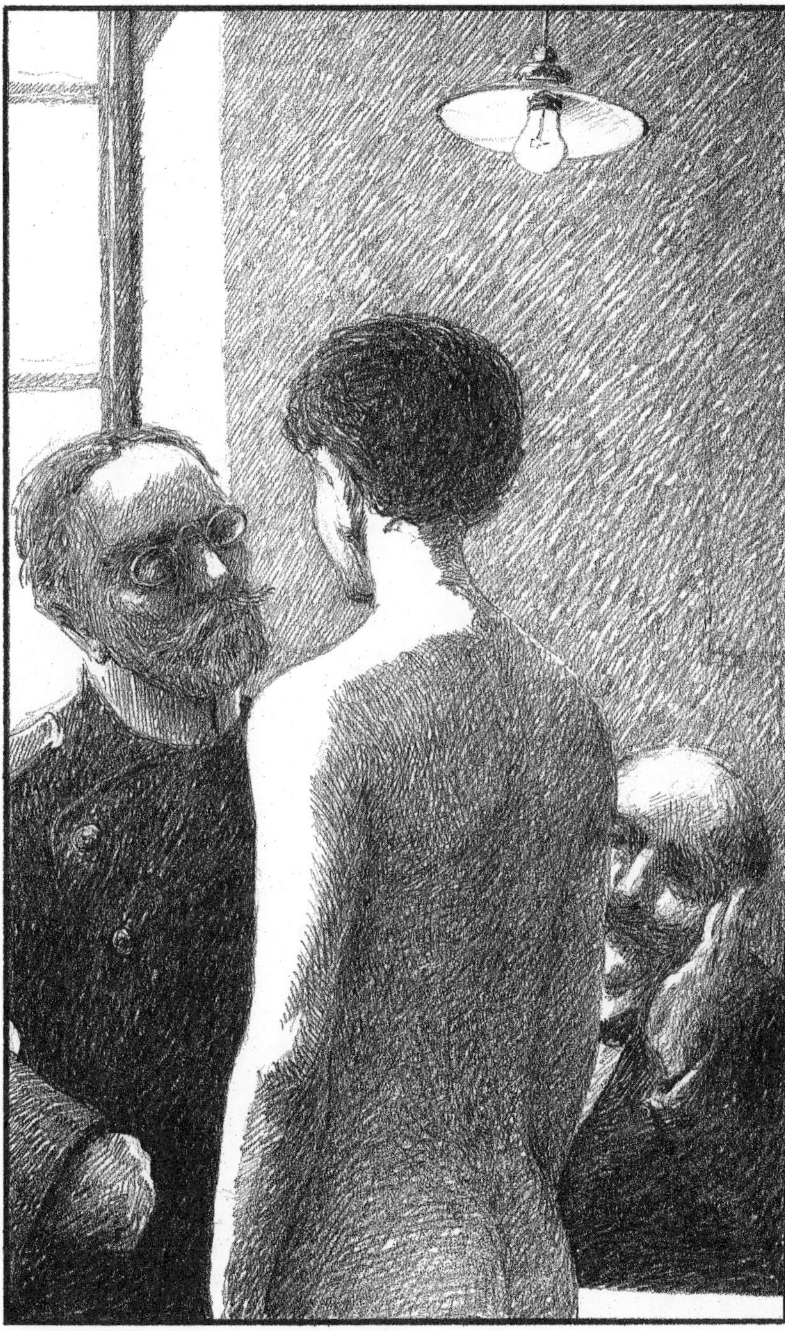

Laufbahn antreten werde, nachdem ich meiner militärischen Dienstpflicht genügt habe."

„Hm. Ich habe nicht nach den Ihren gefragt. Wer sind die Ihren?"

„Professor Schimmelpreester, mein Pate, und meine Mutter, Witwe eines Champagnerfabrikanten."

„So, so, eines Champagnerfabrikanten. Und was treiben Sie denn zur Zeit? Sind Sie nervös? Warum rucken und zucken Sie so mit den Schultern?"

Wirklich hatte ich, seit ich hier stand, halb unbewußt und ganz aus dem Stegreif ein keineswegs aufdringliches, aber häufig wiederkehrendes und in der Ausführung eigentümliches Schulterzucken angenommen, das mir aus irgendeinem Grunde am Platze schien. Ich erwiderte nachdenklich: „Nein, daß ich nervös sein könnte, ist mir noch nie in den Sinn gekommen."

„Dann unterlassen Sie das Zucken!"

„Ja, Herr Generalarzt", sagte ich beschämt, zuckte jedoch in demselben Augenblick aufs neue, was er zu übersehen schien.

„Ich bin nicht Generalarzt", fuhr er mich scharf meckernd an und schüttelte den vorgestreckten Kopf so heftig, daß der Nasenzwicker ihm zu entfallen drohte und er genötigt war, ihn mit allen fünf Fingern seiner Rechten wieder festzusetzen, ohne jedoch dem Grundübel des Verbogenseins dadurch abhelfen zu können.

„Dann bitte ich um Verzeihung", entgegnete ich sehr leise und beschämt.

„Beantworten Sie also meine Frage!"

Ratlos, verständnislos sah ich mich um, blickte auch, gleichsam bittend, die Reihe der Kommissionsherren entlang, in deren Haltung ich eine gewisse Teilnahme und Neugier zu bemerken glaubte. Endlich seufzte ich schweigend.

„Nach Ihrer derzeitigen Beschäftigung habe ich Sie gefragt."

„Ich unterstütze", antwortete ich sofort mit verhaltener Freudigkeit, „meine Mutter bei dem Betrieb eines größeren Fremdenheimes oder Boardinghauses zu Frankfurt am Main."

„Allen Respekt", sagte er ironisch. „Husten Sie!" befahl er unmittelbar darauf; denn er hatte mir nun sein schwarzes Hörrohr angesetzt und horchte gebückt auf die Schläge meines Herzens.

Öfter mußte ich künstlichen Husten ausstoßen, während er

mit seinem Gerät auf meinem Körper umherrückte. Hierauf vertauschte er das Rohr mit einem kleinen Hammer, den er von einem nebenstehenden Tischchen nahm, und ging zum Klopfen über.

„Haben Sie schwere Krankheiten überstanden?" fragte er zwischendurch.

Ich antwortete: „Nein, Herr Militärarzt! Schwerere niemals! Meines Wissens bin ich ganz gesund, war es auch jederzeit, wenn ich von unbedeutenden Schwankungen meines Befindens absehen darf, und fühle mich für alle Waffengattungen bestens geeignet."

„Schweigen Sie!" sagte er, plötzlich die Auskultation unterbrechend und aus seiner gebückten Stellung zornig in mein Gesicht emporblickend. „Lassen Sie Ihre Tauglichkeit meine Sache sein, und reden Sie nichts Überflüssiges! – Sie reden fortgesetzt Überflüssiges!" wiederholte er, indem er, gleichsam abgelenkt, die Untersuchung fahrenließ, sich aufrichtete und etwas von mir zurücktrat. „Ihre Redeweise ist von einer gewissen Hemmungslosigkeit, die mir schon längst geradezu aufgefallen ist. Was ist eigentlich mit Ihnen? Welche Schulen haben Sie besucht?"

„Ich durchlief sechs Klassen der Oberrealschule", versetzte ich leise und anscheinend bekümmert darüber, daß ich ihn befremdet und bei ihm angestoßen hatte.

„Und warum nicht die siebente?"

Ich senkte das Haupt; und von unten herauf warf ich ihm einen Blick zu, der wohl sprechend gewesen sein und seinen Empfänger ins Innere getroffen haben mag. „Warum quälst du mich?" fragte ich mit diesem Blick. „Warum zwingst du mich zu reden? Siehest du, hörst und fühlst du denn nicht, daß ich ein feiner und besonderer Jüngling bin, der unter freundlich gesittetem Außenwesen tiefe Wunden verbirgt, welche das feindliche Leben ihm schlug? Ist es wohl zartfühlend von dir, daß du mich nötigst, vor so vielen und ansehnlichen Herren meine Scham zu entblößen?" So mein Blick; und, urteilender Leser, ich log keineswegs damit, wenn auch seine schmerzliche Klage in dieser Sekunde ein Werk der Absicht und bewußten Zielstrebigkeit war. Denn auf Lüge und Heuchelei muß freilich erkannt werden, wo eine Empfindung zu Unrecht nachgeahmt wird, weil ihren Anzeichen keinerlei Wahrheit und wirkliches Wissen entspricht, was denn

Fratzenhaftigkeit und Stümperei notwendig zur kläglichen Folge haben wird. Sollten wir aber über den Ausdruck unserer teuren Erfahrung nicht zu beliebigem Zeitpunkt zweckmäßig verfügen dürfen? Rasch, traurig und vorwurfsvoll sprach mein Blick von früher Vertrautheit mit des Lebens Unbilden und Mißlichkeiten. Dann seufzte ich tief.

„Antworten Sie!" sagte der Oberstabsarzt in milderem Ton.

Ich kämpfte mit mir selbst, indem ich zögernd erwiderte: „Ich blieb in der Schule zurück und gedieh nicht zur Beendigung ihres Kurses, weil ein wiederkehrendes Unwohlsein mich öfter bettlägerig machte und damals häufig den Unterricht zu versäumen zwang. Auch glaubten die Herren Lehrer, mir Mangel an Aufmerksamkeit und Fleiß zum Vorwurf machen zu müssen, was mich sehr herabstimmte und entmutigte, da ich mir keiner Schuld und Nachlässigkeit in dieser Hinsicht bewußt war. Aber so oft geschah es, daß mir manches entgangen war und ich es nicht gehört oder vernommen hatte, sei es nun, daß es sich um besprochenen Lehrstoff oder um häusliche Aufgaben handelte, die man uns vorgeschrieben und deren Anfertigung ich versäumt hatte, weil ich nichts davon wußte, und zwar nicht, weil ich anderen und unstatthaften Gedanken nachgehangen hatte, sondern es war ganz, als sei ich überhaupt nicht zugegen gewesen, in der Klasse nicht gegenwärtig, als diese Weisungen ergangen waren, was auf seiten der Vorgesetzten Anlaß zu Tadel und strengen Maßregeln, auf meiner eigenen aber zu großen . . ."

Hier fand ich kein Wort mehr, verwirrte mich, schwieg und zuckte sonderbar mit den Schultern.

„Halt!" sagte er. „Sind Sie denn schwerhörig? Gehen Sie dorthin weiter zurück! Wiederholen Sie, was ich sage!" Und nun begann er unter überaus lächerlichen Verrenkungen seines mageren Mundes und dünnen Bartes „Neunzehn, Siebenundzwanzig" und andere Zahlen sorgfältig zu flüstern, welche pünktlich und exakt zurückzugeben ich mich nicht verdrießen ließ; denn wie alle meine Sinne war auch mein Gehör nicht allein durchschnittsmäßig beschaffen, sondern sogar von besonderer Schärfe und Feinheit, und ich sah keinerlei Anlaß, ein Hehl daraus zu machen. So verstand und wiederholte ich denn die zusammengesetztesten Ziffern, die er nur hauchweise vorbrachte, und meine schöne Gabe schien ihn zu fesseln, denn er trieb den Versuch immer weiter, sandte mich in den entlegensten Winkel des

Raumes, um mir über einen Abstand von sechs oder sieben Metern hinweg vierstellige Zahlen mehr zu verhehlen als mitzuteilen, und richtete gekniffenen Mundes nach dem Kommissionstisch bedeutende Blicke, wenn ich halb ratend alles erfaßte und wiedergab, was er kaum über die Lippen zu lassen geglaubt hatte.

„Nun", sagte er endlich mit gespielter Gleichgültigkeit, „Sie hören recht gut. Treten Sie wieder heran, und sagen Sie uns einmal ganz genau, wie sich das Unwohlsein äußerte, das Sie zuweilen vom Schulbesuch abhielt."

Gefällig kam ich herbei.

„Unser Hausarzt", antwortete ich, „Sanitätsrat Düsing, pflegte es für eine Art Migräne zu erklären."

„So, Sie hatten einen Hausarzt. Sanitätsrat war er? Und für Migräne erklärte er es! Nun, wie trat sie denn also auf, diese Migräne? Beschreiben Sie uns den Anfall! Stellten sich Kopfschmerzen ein?"

„Kopfschmerzen auch!" erwiderte ich überrascht, indem ich ihn achtungsvoll anblickte, „sowie ein Sausen in beiden Ohren und hauptsächlich eine große Not und Furcht oder vielmehr Verzagtheit des ganzen Körpers, welche endlich in heftige Würgekrämpfe übergeht, so daß es mich fast aus dem Bette schleudert . . ."

„Würgekrämpfe?" sagte er. „Andere Krämpfe nicht?"

„Nein, andere gewiß nicht", versicherte ich mit größter Bestimmtheit.

„Aber Ohrensausen."

„Ohrensausen war allerdings vielfach dabei."

„Und wann hat der Anfall sich eingestellt? Etwa wenn eine Erregung vorangegangen war? Bei besonderem Anlaß?"

„Wenn mir recht ist", antwortete ich zögernd und mit suchendem Blick, „so erfolgte er in meiner Schulzeit manches Mal gerade dann, wenn ich in der Klasse einen solchen Anstand gehabt, nämlich ein Ärgernis von jener Art, wie ich sagte . . ."

„Daß Sie gewisse Dinge nicht gehört hatten, so, als ob Sie nicht anwesend gewesen wären?"

„Ja, Herr Chefarzt."

„Hm", sagte er. „Und nun denken Sie einmal nach, und sagen Sie uns gewissenhaft, ob Ihnen nicht irgendwelche Anzeichen aufgefallen sind, die einem solchen Zufall, daß Sie scheinbar nicht anwesend gewesen waren, vorhergingen und ihn regelmäßig ankündigten. Haben Sie keine Scheu! Überwinden Sie eine begreifliche Befangenheit und reden Sie frei, ob Sie dergleichen wohl gegebenen Falles beobachtet haben!"

Ich blickte ihn an, blickte ihm eine geraume Zeit unverwandt in die Augen, indem ich schwer, langsam und sozusagen in bitterer Nachdenklichkeit mit dem Kopfe nickte.

„Ja, mir ist oft sonderbar; sonderbar war und ist mir leider zeitweilig zu Sinn", sprach ich endlich, leise und grüblerisch. „Manches Mal kommt es mir vor, als ob ich plötzlich in die Nähe eines Ofens und Feuers gerückt wäre, ganz so warm berührt es alsdann meine Glieder, anfangs die Beine, hierauf die höheren Teile, und eine Art von Kribbeln und Prickeln ist darin, worüber ich mich wundern muß, und um so mehr, als ich gleichzeitig Farbenspiele vor Augen habe, die sogar hübsch sind, aber mich dennoch erschrecken; und wenn ich nochmals auf das Prickeln zurückkommen darf, so könnte man es auch als Ameisenlaufen bezeichnen."

„Hm. Und hierauf haben Sie dann Verschiedenes nicht gehört."

„Ja, so ist es, Herr Lazarettkommandant! Manches verstehe ich nicht an meiner Natur, und auch zu Hause bereitet sie mir Ungelegenheiten, denn zuweilen merke ich wohl, daß ich bei Tische unversehens meinen Löffel habe fallen lassen und das Tischtuch mit Suppe befleckt habe, und meine Mutter schilt mich hernach, daß ich herangewachsener Mensch in Gegenwart unserer Gäste – Bühnenkünstler und Gelehrte sind es hauptsächlich – mich so tölpelhaft aufführe."

„So, den Löffel lassen Sie fallen! Und bemerken es erst ein bißchen später! Sagen Sie mal, haben Sie Ihrem Hausarzt, diesem Herrn Sanitätsrat oder welchen bürgerlichen Titel er nun führt, niemals etwas von diesen kleinen Unregelmäßigkeiten erzählt?"

Leise und niedergeschlagen verneinte ich diese Frage.

„Und warum nicht?" beharrte jener.

„Weil ich mich schämte", antwortete ich stockend, „und es niemandem sagen mochte; denn mir war, als müsse es ein Geheimnis bleiben. Und dann hoffte ich auch im stillen, daß es sich mit der Zeit verlieren werde. Und nie hätte ich gedacht, daß ich zu jemandem so viel Vertrauen fassen könnte, um ihm einzubekennen, wie sehr sonderbar es mir oftmals ergeht."

„Hm", sagte er, und es zuckte spöttisch in seinem schütteren Bart. „Denn Sie dachten wohl, daß man das alles schlechtweg für Migräne erklären würde. Sagten Sie nicht", fuhr er fort, „daß Ihr Vater Schnapsbrenner war?"

„Ja, das heißt, er besaß eine Schaumweinfabrik am Rheine", sagte ich höflich, indem ich seine Worte zugleich bestätigte und verbesserte.

„Richtig, eine Schaumweinfabrik! Und da war er denn also wohl ein vorzüglicher Weinkenner, Ihr Vater?"

„Das will ich meinen, Herr Stabsphysikus!" sprach ich fröhlich, während am Kommissionstisch eine Bewegung der Heiterkeit sich bemerkbar machte. „Ja, das war er."

„Und auch kein Duckmäuser für seine Person, sondern Liebhaber eines guten Tropfens, nicht wahr, und, wie man sagt, ein rechter Zecher vor dem Herrn?"

„Mein Vater", versetzte ich ausweichend, indem ich meine Munterkeit gleichsam zurücknahm, „war die Lebenslust selbst. Soviel kann ich bejahen."

„So, so, die Lebenslust. Und woran starb er?"

Ich verstummte. Ich blickte ihn an, ich schlug mein Gesicht zu Boden. Und mit veränderter Stimme erwiderte ich: „Wenn ich den Herrn Bataillonsmedikus höflichst bitten dürfte, auf dieser Frage gütigst nicht weiter bestehen zu wollen . . ."

„Sie haben hier keinerlei Auskunft zu verweigern!" antwortete er mit strengem Meckern. „Was ich Sie frage, frage ich mit Bedacht, und Ihre Angaben sind von Wichtigkeit. In Ihrem eigenen Interesse ermahne ich Sie, uns die Todesart Ihres Vaters wahrheitsgemäß zu nennen."

„Er empfing ein kirchliches Begräbnis", sagte ich mit ringender Brust, und meine Erregung war zu groß, als daß ich die Dinge der Ordnung nach hätte vortragen können. „Dafür kann ich Beweis und Papiere beibringen, daß er kirchlich bestattet wurde, und Erkundigungen werden ergeben, daß mehrere Offiziere und Professor Schimmelpreester hinter dem Sarg schritten. Geistlicher Rat Chateau erwähnte selbst in seiner Gedächtnisrede", fuhr ich immer heftiger fort, „daß das Schießzeug unversehens losgegangen sei, als mein Vater prüfungsweise damit hantiert habe, und wenn seine Hand gezittert hat und er nicht völlig Herr seiner selbst war, so geschah es, weil groß Ungemach uns heimgesucht hatte . . ." Ich sagte „groß Ungemach" und gebrauchte auch sonst einige ausschweifende und träumerische Ausdrücke. „Der Ruin hatte mit hartem Knöchel an unsere Tür geklopft", sagte ich außer mir, indem ich sogar zur Erläuterung mit dem gekrümmten Zeigefinger in die Luft pochte, „denn mein Vater war in die Netze böser Menschen gefallen, Blutsauger, die ihm den Hals abschnitten, und es wurde alles verkauft und verschleudert . . ., die Glas . . . harfe", stotterte ich unsinnig und verfärbte mich fühlbar, denn nun sollte das ganz und gar Abenteuerliche mit mir geschehen, „das Äols . . . rad . . ." Und in diesem Augenblick geschah folgendes mit mir.

Mein Gesicht verzerrte sich – aber damit ist wenig gesagt. Es verzerrte sich auf eine meiner Meinung nach völlig neue und schreckenerregende Art, so, wie keine menschliche Leidenschaft, sondern nur teuflischer Einfluß und Antrieb ein Menschenantlitz verzerren kann. Meine Züge wurden buchstäblich nach allen vier Seiten, nach oben und unten, rechts und links auseinandergesprengt, um gleich darauf wieder gegen die Mitte gewaltsam zusammenzuschrumpfen; ein abscheuliches einseitiges Grinsen zerriß danach meine linke, dann meine rechte Wange, während es das zugehörige Auge mit furchtbarer Kraft verkniff, das entgegengesetzte aber so unmäßig erweiterte, daß mich das deutliche und fürchterliche Gefühl ankam, der Apfel müsse herausspringen, und das hätte er immerhin tun mögen – mochte er doch! Es kam nicht darauf an, ob er aussprang, und für zärtliche Sorge um ihn war dies jedenfalls nicht der Augenblick. Wenn aber ein so widernatürliches Mienenspiel nach außen hin wohl jenes äußerste Befremden erregen mochte, das als Entsetzen bezeichnet wird, so bildete es doch nur Einleitung und Anbeginn eines wahren Hexensabbats von Fratzenschneiderei, einer ganzen Grimassenschlacht, die sich während der nächsten Sekunden auf meinem jugendlichen Antlitz abspielte. Die Abenteuer meiner Züge im einzelnen durchzunehmen, die greulichen Stellungen eingehend abzuschildern, in welche mein Mund, meine Nase, meine Brauen und meine Wangen, kurz, alle meine Gesichtsmuskeln gerieten – und zwar unter steter Abwechslung und ohne daß eines der Mißgesichter sich wiederholt hätte –, eine solche Beschreibung wäre ein allzu weitläufiges Unternehmen. Nur soviel sei gesagt, daß gemütliche Vorgänge, die diesen physiognomischen Phänomenen etwa entsprochen hätten, daß Empfindungen so blödseliger Heiterkeit, krassen Erstaunens, irrer

Wollust, entmenschter Qual und zähnefletschender Tollwut schlechterdings nicht von dieser Welt gewesen wären, sondern einem infernalischen Reich hätten angehören müssen, wo unsere irdischen Leidenschaften in ungeheuere Verhältnisse ausgeweitet sich schauderhaft wiederfinden. Ist es aber nicht so, daß Affekte, wovon wir die Miene annehmen, sich ahnungsweise und schattenhaft wahrhaftig in unserer Seele herstellen? Mein übriger Körper verhielt sich inzwischen nicht ruhend, obgleich ich aufrecht an meiner Stelle blieb. Mein Kopf rollte umher und drehte sich mehrmals fast ins Genick, nicht anders, als sei der Leibhaftige im Begriff, mir den Hals zu brechen; meine Schultern und Arme schienen aus den Gelenken gewunden zu werden, meine Hüften verbogen sich, meine Knie kehrten sich gegeneinander, mein Bauch höhlte sich aus, indes meine Rippen die Haut zersprengen zu wollen schienen; meine Zehen verkrampften sich, kein Fingerglied, das nicht phantastisch und klauenhaft verbogen gewesen wäre, und so, gleichsam auf eine höllische Folter gespannt, verharrte ich etwa zwei Dritteile einer Minute.

Ich war ohne Besinnung während dieses unter so harten Bedingungen überaus langwierigen Zeitraumes, zum wenigsten ohne Erinnerung an meine Umgebung und Zuschauerschaft, welche mir gegenwärtig zu halten die Strenge meines Zustandes mich völlig hinderte. Rauhe Zurufe drangen wie aus weiter Ferne an mein Ohr, ohne daß ich in der Lage gewesen wäre, ihnen Gehör zu schenken. Auf einem Stuhle mich wiederfindend, welchen der Oberstabsarzt unter mich zu schieben sich beeilt hatte, verschluckte ich mich heftig mit einigem wärmlich abgestandenen Leitungswasser, das dieser uniformierte Gelehrte mir einzuflößen bemüht war. Mehrere Kommissionsherren waren aufgesprungen und standen mit verstörten, empörten, auch angewiderten Gesichtern über den grünen Tisch gebeugt. Andere legten auf sanftere Art ihre Bestürzung über die gehabten Eindrücke an den Tag. Ich sah einen, der beide geschlossenen Hände an die Ohren gepreßt hielt und, wahrscheinlich vermöge einer Art von Ansteckung, sein eigenes Gesicht zur Grimasse verzogen hatte; einen anderen, der zwei Finger seiner Rechten gegen die Lippen drückte und außerordentlich geschwind mit den Lidern blinzelte. Was aber mich selbst betrifft, so hatte ich nicht so bald mit wiederhergestellter, wenn auch in natürlichem Grade erschrockener

Miene um mich geblickt, als ich mich beeilte, eine Szene zu beendigen, die mir nicht ziemlich scheinen konnte, mich rasch und verwirrt vom Stuhle erhob und neben ihm militärische Haltung annahm, die freilich mit meiner rein menschlichen Verfassung wenig übereinstimmen wollte.

Der Oberstabsarzt war zurückgetreten, noch immer das Wasserglas in der Hand. „Sind Sie bei Sinnen?" fragte er mit einer Mischung von Ärgerlichkeit und Teilnahme in der Stimme . . .

„Zu Befehl, Herr Kriegsarzt", antwortete ich in dienstfertigem Tone.

„Und bewahren Sie eine Erinnerung an das eben Durchlebte?"

„Ich bitte", war meine Erwiderung, „gehorsamst um Vergebung. Ich war einen Augenblick etwas zerstreut."

Kurzes, gewissermaßen bitteres Lachen antwortete mir vom Sitzungstische her. Man wiederholte murmelnd das Wort „zerstreut".

„Sie schienen allerdings nicht ganz bei der Sache zu sein", sagte der Oberstabsarzt trocken. „Hatten Sie sich in erregtem Zustande hier eingefunden? Erwarteten Sie die Entscheidung über Ihre Dienstfähigkeit mit besonderer Spannung?"

„Ich gebe zu", antwortete ich hierauf, „daß es mir eine große Enttäuschung gewesen wäre, abgewiesen zu werden, und ich wüßte nicht, wie ich meiner Mutter mit einem solchen Bescheid unter die Augen treten sollte. Sie sah früher zahlreiche Angehörige des Offizierskorps in ihrem Hause und bringt der Heeresorganisation die wärmste Bewunderung entgegen. Deswegen liegt es ihr besonders am Herzen, daß ich zum Dienste herangezogen werde, und sie verspricht sich davon nicht nur bedeutende Vorteile für meine Bildung, sondern namentlich auch eine wünschenswerte Kräftigung meiner zuweilen schwankenden Gesundheit."

Er schien meine Worte zu verachten und keines Eingehens für würdig zu halten.

„Ausgemustert", sagte er, indem er das Wasserglas auf das Tischchen stellte, dorthin, wo auch sein Handwerkszeug, Meterband, Hörrohr und Hämmerchen, lagen. „Die Kaserne ist keine Heilanstalt", warf er noch über die Schulter gegen mich hin und wandte sich dann zu den Herren am Kommissionstisch.

„Der Gestellungspflichtige", erklärte er mit dünnem Meckern, „leidet an epileptoiden Zufällen, sogenannten Äquivalenten, die hinreichen, seine Diensttauglichkeit unbedingt auszuschließen. Meiner Exploration zufolge liegt erbliche Belastung von seiten eines trunksüchtigen Vaters vor, der nach seinem wirtschaftlichen Zusammenbruch durch Selbstmord endete. Die Erscheinungen der sogenannten Aura waren in den freilich unbeholfenen Schilderungen des Patienten unverkennbar. Ferner stellen sich jene schweren Unlustgefühle, die ihn, wie wir hörten, zuweilen bettlägerig machen und welche der Herr Kollege vom Zivil" (hier zeigte sich wieder ein hölzerner Spott um seine mageren Lippen) „im Sinne der sogenannten Migräne auslegen zu sollen glaubte, wissenschaftlich als Depressionszustände nach vorausgegangenem Anfall dar. Außerordentlich bezeichnend für die Natur des Leidens ist die Verschwiegenheit, die der Patient über seine Erfahrungen beobachtete; denn bei offenbar mitteilsamem Charakter hielt er sie geheim gegen jedermann, wie wir hörten. Es ist bemerkenswert, daß noch heute im Bewußtsein vieler Epileptiker etwas von der mystisch-religiösen Auffassung lebendig scheint, die das Altertum von dieser Nervenkrankheit hegte. Hierher kam der Gestellungspflichtige in aufgeregter und gespannter Verfassung. Schon seine exaltierte Redeweise machte mich stutzig. Auf nervöse Konstitution deutete sodann die äußerst unregelmäßige, wenn auch organisch tadellose Herztätigkeit und das habituelle Schulterzucken, das, wie es scheint, unbeherrschbar ist. Als besonders fesselndes Symptom möchte ich die geradezu erstaunliche Überfeinerung des Gehörsinnes ansprechen, die der Patient bei weiterer Untersuchung an den Tag legte. Ich stehe nicht an, diese übernormale Sinnesverschärfung mit dem beobachteten, ziemlich schweren Anfall in Zusammenhang zu bringen, der sich vielleicht seit Stunden vorbereitete und durch die Erregung, in welche den Patienten meine ihm unliebsamen Fragen versetzten, unmittelbar ausgelöst wurde. Ich empfehle Ihnen" – schloß er seine klare und gelehrte Übersicht, indem er sich lässig und von oben herab wieder zu mir wandte –, „sich in die Behandlung eines verständigen Arztes zu begeben. Sie sind ausgemustert."

„Ausgemustert", wiederholte die scharf näselnde Stimme, die ich kannte.

Entgeistert stand ich und regte mich nicht vom Fleck.

„Sie sind militärfrei und können gehen", ließ sich nicht ohne Beimischung von Teilnahme und Wohlwollen jene Baßstimme hören, deren Besitzer mich feinsinnigerweise für einen Einjährigen gehalten hatte.

Da erhob ich mich auf die Zehenspitzen und sagte mit flehend emporgezogenen Brauen: „Könnte denn nicht ein Versuch gemacht werden? Wäre es nicht möglich, daß das Soldatenleben meine Gesundheit kräftigte?"

Einige Herren am Kommissionstische lachten mit den Schultern, und der Oberstabsarzt blieb hart und unerbittlich.

„Ich wiederhole Ihnen", warf er mir unhöflich vor die Füße hin, „daß die Kaserne keine Heilanstalt ist. Weggetreten!" meckerte er.

„Weggetreten!" wiederholte die scharf näselnde Stimme, und ein neuer Name ward aufgerufen. „Latte" lautete er, wie ich mich erinnere, denn nun war der Buchstabe L an der Reihe, und ein Strolch mit struppiger Brust erschien auf dem Plan. Ich aber verbeugte mich, ich zog mich in den Verschlag zurück, und während ich meine Kleider anlegte, leistete der assistierende Unteroffizier mir Gesellschaft.

Froh zwar, doch ernst gestimmt und ermattet durch so extreme und kaum noch im Bereiche des Menschlichen liegende Erfahrungen, denen ich mich leistend und leidend hingegeben; nachdenklich noch besonders über die bedeutenden Äußerungen, welche der Oberstabsarzt über das frühere Ansehen jener geheimnisvollen Krankheit getan hatte, als deren Träger er mich betrachten durfte, achtete ich kaum auf das vertrauliche Geschwätz, das der billig betreßte Unterbefehlshaber mit dem gewässerten Haar und dem aufgezwirbelten Schnurrbärtchen an mich richtete, und erst später erinnerte ich mich an seine einfachen Worte.

„Schade", sagte er, indem er mir zusah; „schade um Sie, Krull, oder wie Sie sich schreiben! Sie sind ein properer Kerl, Sie hätten es zu was bringen können beim Militär. Das sieht man jedem gleich an, ob er es zu was bringen kann bei uns. Schade um Sie; Sie haben das Zeug auf den ersten Blick, Sie gäben gewiß einen feinen Soldaten ab. Und wer weiß, ob Sie nicht Feldwebel hätten werden können, wenn Sie kapituliert hätten!"

Nachträglich erst, wie gesagt, gelangte diese vertrauliche Ansprache in mein Bewußtsein, und während eilende Räder mich heimwärts trugen, dachte ich bei mir selbst, daß der Mensch wohl damit recht gehabt haben mochte; ja, wenn ich mir einbildete, wie vortrefflich, natürlich und überzeugend der Waffenrock mir angestanden haben würde, wie befriedigend, solange ich ihn getragen hätte, meine Person darin aufgegangen wäre: so wollte fast Bedauern mich anwandeln, daß ich den Zugang zu einer so kleidsamen Daseinsform, einer Welt, in welcher der Sinn für natürlichen Rang offenbar fein entwickelt ist, vorsätzlich links hatte liegenlassen.

Reiferes Nachdenken freilich mußte mich zu der Einsicht führen, daß mein Eintritt in diese Welt dennoch einen groben Fehler und Irrtum bedeutet haben würde. War ich doch nicht im Zeichen des Mars geboren – wenigstens nicht im besonderen und wirklichen Sinn! Denn wenn freilich kriegerische Strenge, Selbstbeherrschung und Gefahr die hervorstechendsten Merkmale meines seltsamen Lebens bildeten, so beruhte es doch in erster Linie auf der Vor- und Grundbedingung der Freiheit – einer Bedingung also, welche mit irgendwelcher Einspannung in ein plump tatsächliches Verhältnis schlechterdings unvereinbar gewesen wäre. Lebte ich folglich soldatisch, so wäre es doch ein tölpelhaftes Mißverständnis gewesen, wenn ich darum als Soldat leben zu sollen geglaubt hätte; ja, wenn es gälte, ein so erhabenes Gefühlsgut wie dasjenige der Freiheit für die Vernunft zu bestimmen und zuzurichten, so ließe sich sagen, daß dies eben: soldatisch, aber nicht als Soldat, figürlich, aber nicht wörtlich, daß im Gleichnis leben zu dürfen eigentlich Freiheit bedeute.

Sechstes Kapitel

Nach diesem Siege, einem wahren Davidssiege, wie ich ihn nennen möchte, kehrte ich vorderhand, da die Zeit für meinen Eintritt in das Pariser Hotel noch nicht gekommen war, zu dem oben mit einigen Strichen geschilderten Dasein auf dem Pflaster Frankfurts zurück – einem Dasein gefühlvoller Einsamkeit im Strudel der Welt. Auf dem Getriebe der Großstadt lose schaukelnd, hätte ich wohl, wenn der Sinn mir darnach gestanden hätte, mancherlei Gelegenheit zu Austausch und Genossenschaft mit allerlei Existenzen gefunden, die man äußerlich als der meinen verwandt oder gleichartig hätte ansprechen können. Doch war dies mein Trachten so wenig, daß ich vielmehr solche Verbindungen entweder ganz vermied oder doch Sorge trug, daß sie zu irgendwelcher Vertraulichkeit keinesfalls gediehen: Denn eine innere Stimme hatte mir früh verkündigt, daß Anschluß, Freundschaft und wärmende Gemeinschaft mein Teil nicht seien, sondern daß ich allein, auf mich selbst gestellt und streng verschlossen meinen besonderen Weg zu machen unnachsichtig gehalten sei; ja, um genau zu sein, so wollte mir scheinen, daß ich, indem ich mich im geringsten gemein machte, mit Konsorten schmollierte oder, wie mein armer Vater gesagt haben würde, mich auf den Frère-et-cochon-Fuß stellte, kurz, mich in laxer Zutunlichkeit ausgäbe, irgendwelchem Geheimnis meiner Natur zu nahe treten, sozusagen meinen Lebenssaft verdünnen und die Spannkräfte meines Wesens aufs schädlichste schwächen und herabsetzen würde.

Darum begegnete ich, etwa an den klebrigen Marmortischchen der kleinen Nachtlokale, die ich besuchte, neugierigen Annäherungsversuchen und Zudringlichkeiten mit jener Höflichkeit, die meinem Geschmack und Charakter bequemer als Grobheit sich darbot und die zudem einen ungleich stärkeren Schutzwall bildet als diese. Denn die Grobheit macht gemein, aber die Höflichkeit ist es, welche Abstände schafft. So war denn sie es auch, die ich zu Hilfe nahm bei unwillkommenen Vorschlägen, die meiner Jugend – nicht zur Überraschung des in der vielfältigen Welt der Gefühle erfahrenen Lesers, so nehme ich an – je und je, mit mehr oder weniger Verblümtheit und Diplomatie von gewisser männlicher Seite unterbreitet wurden – wahrlich kein Wunder bei dem anziehenden Lärvchen, das die Natur mir vermacht, und einer allgemein gewinnenden Kondition, die durch armselige Kleidung, durch den Schal um den Hals, geflicktes Habit und schadhaftes Schuhzeug, nicht unkenntlich gemacht werden konnte. Den Ansuchern, von denen ich spreche und die, versteht sich, den höheren Ständen angehörten, diente diese schlechte Hülle sogar zur Belebung ihrer Wünsche, außerdem zur Ermutigung, während sie mich bei der eleganten Damenwelt notwendig in Nachteil setzen mußte. Ich sagte nicht, daß es mir an freudig aufgefangenen und angemerkten Signalen unwillkürlicher Teilnahme an meiner natürlich bevorzugten Person von dieser Seite ganz gefehlt hätte. Wie manches Mal sah ich das eigensüchtig zerstreute Lächeln eines mattweißen, mit Eau de lis gepflegten Antlitzes sich verwirren bei meinem Anblick und das Gepräge leicht leidender Schwäche annehmen. Deine schwarzen Augen, du Kostbare im brokatenen Abendmantel, merkten groß und fast erschrocken auf, sie durchdrangen meine Lumpen, so daß ich ihre forschende Berührung auf meinem bloßen Leibe empfinden konnte, sie kehrten fragend zur Hülle zurück, dein Blick empfing den meinen, nahm ihn tief auf, indes dein Köpfchen sich wie beim Trinken ein wenig zurückneigte, er gab ihn wieder, tauchte mit süßem und unruhvoll-dringlichem Versuch der Ergründung in meinen – und dann freilich mußtest du dich „gleichgültig" abwenden, mußtest dein rollendes Heim erklettern, und während du schon zur Hälfte im seidenen Gehäuse schwebtest und dein Bedienter mir mit der Miene väterlichen Wohlwollens ein Geldstück verabfolgte, zögerten noch deine rückwärtigen Reize, von geblümtem Gold überspannt, vom Mondschein der großen Lampen der Vorhalle des Opernhauses bestrahlt, gleichsam unschlüssig im engen Rahmen der Wagentür.

Nein doch, an stillen Begegnungen, deren eine ich nicht ohne Bewegung heraufrief, fehlte es nicht durchaus. Im ganzen aber: was sollen Frauen in goldenen Abendmänteln anfangen mit dem, was ich damals darstellte, das heißt: mit einer Jugend, die schon als solche kaum mehr als ein Achselzucken von ihnen zu gewärtigen hat, durch Bettelhaftigkeit der Erscheinung aber, durch das Fehlen von allem, was den Kavalier macht, in ihren Augen vollends entwertet wird und gänzlich aus dem Kreise ihrer Aufmerksamkeit fällt? Die Frau bemerkt nur den „Herrn" – und ich war keiner. Ganz anders nun aber verhält es sich mit gewissen abseits wandelnden Herren, Schwärmern, welche nicht die Frau suchen, aber auch nicht den Mann, sondern etwas Wunderbares dazwischen. Und das Wunderbare war ich. Darum hatte ich so viel ausweichende Höflichkeit nötig, um andringende Begeisterung dieser Art zu dämpfen, ja zuweilen lag es mir ob, flehender Untröstlichkeit verständig-begütigend zuzureden.

Ich verschmähe es, die Moral gegen ein Verlangen ins Feld zu führen, das mir in meinem Fall nicht unverständlich erschien. Vielmehr darf ich mit jenem Lateiner sagen, daß ich nichts Menschliches mir fremd erachte. Zur Geschichte meiner persönlichen Liebeserziehung aber sei folgender Bericht hier schicklich angereiht.

Unter allen Spielarten des Menschlichen, welche die große Stadt meiner Beobachtung darbot, mußte eine gewisse und besondere, deren bloßes Vorkommen in der bürgerlichen Welt der

Phantasie nicht wenig Nahrung bietet, die Achtsamkeit des sich bildenden Jünglings vorzüglich auf sich lenken. Es war dies jene Spezies weiblicher Einwohner, die, bezeichnet als öffentliche Personen und Freudenmädchen, auch wohl einfach als Kreaturen oder, in höherem Tone, als Venuspriesterinnen, Nymphen und Phrynen, entweder in gefriedeten Häusern beieinanderwohnend oder bei Nacht auf bestimmten Straßenzeilen umherstreichend, sich mit obrigkeitlicher Zustimmung oder Duldung einer bedürftigen und zugleich zahlungsfähigen Männerwelt zu vertrautem Umgange feilhalten. Immer schien mir, daß diese Einrichtung, so gesehen, wie man, wenn mir recht ist, alle Dinge sehen sollte, nämlich mit einem frischen und von Gewohnheit nicht befangenen Blick: daß also diese Erscheinung wie ein farbig-abenteuerlicher Rückstand aus grelleren Epochen in unser wohlgesittetes Zeitalter hineinrage, und stets übte sie eine belebende, ja durch ihr bloßes Vorhandensein beglückende Wirkung auf mich aus. Jene besonderen Häuser zu besuchen war ich durch meine große Armut gehindert. Auf der Gasse jedoch und an nächtlich geöffneten Erfrischungsstätten hatte ich ausgiebige Gelegenheit, die lockenden Wesen meinem Studium zu unterziehen, und nicht einseitig blieb diese Teilnahme, sondern wenn ich einer beifälligen Aufmerksamkeit irgend mich erfreuen durfte, so war es seitens der huschenden Nachtvögel, und es währte nicht lange, bis ungeachtet meiner sonst beobachteten Zurückhaltung persönliche Beziehungen zu einigen von ihnen sich hergestellt hatten.

Totenvogel, auch Leichenhühnchen nennt der Volksmund die kleine Sorte von Eulen oder Käuzchen, welche, so heißt es, nachts im Fluge gegen das Fenster Sterbenskranker stoßen und mit dem Rufe „Komm mit!" die ängstliche Seele ins Freie locken. Ist es nicht wunderlich, daß dieser Formel auch die anrüchige Schwesternschaft sich bedient, wenn sie, unter Laternen hinstreichend, die Männer frech und heimlich zur Wollust lädt? Einige sind beleibt wie Sultaninnen und in schwarzen Atlas gepreßt, gegen welchen die Puderweiße des feisten Gesichtes geisterhaft absticht; andere wiederum von verderbter Magerkeit. Ihre Zurichtung ist kraß und auf Wirkung im Hell-Dunkel der nächtlichen Straße berechnet. Himbeerfarbene Lippen glühen den einen im kreidigen Angesicht, während die anderen fettigen Rosenhauch auf ihre Wangen getragen haben. Ihre Brauen sind scharf und deutlich gewölbt, ihre Augen, durch Kohlestriche im Schnitt verlängert und am Rande des unteren Lides geschwärzt, zeigen vermöge der Einspritzung von Drogen oft einen übernatürlichen Glanz. Falsche Brillanten gleißen an ihren Ohren, große Federhüte nicken auf ihren Köpfen, und in der Hand tragen alle ein Täschchen, Ridikül oder Pompadour genannt, worin einiges Toilettengerät, Farbstift und Puder, sowie gewisse Vorkehrungsmittel verborgen sind. So streichen sie, deinen Arm mit ihrem berührend, auf dem Bürgersteige an dir vorüber; ihre Augen, in denen Laternenlicht sich spiegelt, sind aus dem Winkel auf dich gerichtet, ihre Lippen zu einem heißen und unanständigen Lächeln verzerrt, und indem sie dir hastig-verstohlen den Lockruf des Totenvogels zuraunen, deuten sie mit einem kurzen Seitwärtswinken des Kopfes ins Verheißungsvoll-Ungewisse, so, als erwarte den Mutigen, welcher dem Winke, dem Spruche folgt, dort irgendwo ein ungeheueres, nie gekostetes und grenzenloses Vergnügen.

Wie so oft und angelegentlich beobachtete ich von weitem diese kleine geheime Szene, sah auch, wie wohlgekleidete Herren entweder unbewegt widerstanden oder sich auf Verhandlungen einließen und, wenn diese zum Einverständnis gediehen, mit der unzüchtigen Führerin beschwingten Schrittes entschwanden. Denn an mich selber traten die Wesen nicht in diesem Sinne heran, da ja mein ärmlicher Aufzug ihnen keinen praktischen Vorteil von meiner Kundschaft versprach. Wohl aber hatte ich mich bald ihrer privaten und außerberuflichen Gunst zu erfreuen, und wenn ich, eingedenk meiner wirtschaftlichen Ohnmacht, mich ihnen zu nähern nicht wagen durfte, so geschah es nicht selten, daß sie ihrerseits, nach neugierig-beifälliger Prüfung meiner Person, auf kordialische Art das Wort an mich richteten, nach meinem Tun und Treiben kameradschaftlich fragten (worauf ich obenhin antwortete, daß ich zum Zeitvertreibe in Frankfurt mich aufhielte) und bei kleinen Plaudereien, die sich in Hausfluren und Torwegen zwischen mir und einer Gruppe der grellen Geschöpfe entspannen, das Gefallen, welches sie an mir fanden, auf verschiedene Weise und in derber, niedriger Mundart kundtaten. Solche Personen, am Rande bemerkt, sollten nicht sprechen. Wortlos lächelnd, blickend und winkend sind sie bedeutend; aber sobald sie den Mund auftun, laufen sie große Gefahr, uns zu ernüchtern und ihres Nimbus verlustig zu gehen.

Denn das Wort ist der Feind des Geheimnisvollen und ein grausamer Verräter der Gewöhnlichkeit.

Übrigens aber entbehrte mein freundschaftlicher Umgang mit ihnen nicht eines gewissen Reizes der Gefahr, und zwar folgendermaßen. Wer nämlich der menschlichen Sehnsucht berufsmäßig dient und seinen Unterhalt daraus zieht, ist darum seinerseits keineswegs über ebendiese der Menschennatur tief eingeborene Schwäche erhaben; denn er würde sich ihrer Pflege, ihrer Erweckung und Befriedigung nicht so gänzlich gewidmet haben und sich weniger trefflich auf sie verstehen, wenn sie nicht in ihm sogar besonders lebendig, ja, wenn er nicht für seine Person ein rechtes Kind der Sehnsucht wäre. So nun kommt es, daß, wie bekannt, jene Mädchen außer den vielen Liebhabern, denen sie sich geschäftsweise widmen, meistens noch einen Herzensfreund und Hausgeliebten besitzen, welcher, derselben niedrigen Sphäre entstammend, auf ihren eigenen Glückstraum ebenso planmäßig sein Leben gründet, wie sie auf den aller anderen. Denn indem diese Leute, unbedenkliche und zur Gewalttat geneigte Subjekte zumeist, einer solchen die Freuden außeramtlicher Zärtlichkeit spenden, auch ihren Dienst überwachen und regeln und ihr einen gewissen ritterlichen Schutz gewähren, machen sie sich völlig zum Herrn und Meister derselben, nehmen ihr den größeren Teil dessen ab, was sie verdient, und behandeln sie, wenn das Ergebnis sie nicht befriedigt, mit großer Strenge, was jedoch gern und willig ertragen wird. Die Ordnungsmächte sind diesem Gewerbe feindlich gesinnt und verfolgen es beständig. Darum setzte ich mich bei jenen Tändeleien einer doppelten Fährlichkeit aus: erstens der, von der Sittenbehörde für einen der rohen Kavaliere gehalten und angesprochen zu werden; dann aber der andern, die Eifersucht dieser Tyrannen zu wecken und mit ihren Messern Bekanntschaft zu machen, womit sie sehr locker hantieren. So war Vorsicht auf beiden Seiten geboten, und wenn mehr als eine der Schwestern deutlich durchblicken ließ, daß sie nicht übel Lust habe, zusammen mit mir einmal das trockene Geschäft zu vernachlässigen, so stand dem jene zwiefache Rücksicht lange hindernd entgegen, bis sie in einem besonderen Falle sich, zur schwereren Hälfte wenigstens, glücklich behoben zeigte.

Eines Abends also – ich hatte mich mit besonderer Lust und Inständigkeit dem Studium des städtischen Lebens hingegeben, und die Nacht war weit fortgeschritten – rastete ich, vom

Schweifen zugleich ermattet und begeistert, bei meinem Glase Punsch in einem Kaffeehause mittleren Ranges. In den Straßen fauchte ein böser Wind, und Regen, mit Schnee vermischt, ging unablässig hernieder, was mich zögern ließ, meine ziemlich entfernte Lagerstatt aufzusuchen; aber auch mein Unterschlupf befand sich in unwirtlichem Zustande: schon hatte man einen Teil der Stühle auf die Tische getürmt, Scheuerweiber führten feuchte Lappen über den schmutzigen Boden, die Bedienenden rekelten sich in verdrossenem Halbschlummer umher, und wenn ich trotzdem noch blieb, so geschah es hauptsächlich, weil ich vor den Gesichtern der Welt im tiefen Schlafe Zuflucht zu suchen mich heute schwerer als sonst entschließen konnte.

Öde herrschte im Saal. An der einen Wand schlief ein Mann von dem Aussehen eines Viehhändlers über den Tisch gebeugt, die Wange auf seiner ledernen Geldkatze. Ihm gegenüber spielten zwei brillentragende Greise, welche der Schlaf wohl mied, vollständig schweigend Domino. Aber nicht weit von mir, nur um zwei Tischchen entfernt, saß bei einem Gläschen grünen Likörs ein einsames Fräulein, leicht als eine von jenen erkennbar, der ich jedoch noch niemals begegnet war, und wir maßen einander mit wechselseitigem Anteil.

Sie war wunderlich ausländischen Ansehens: denn unter einer rotwollenen, vom Wirbel seitwärts gezogenen Mütze, hing ihr halbkurz geschnittenes schwarzes Haar in glatten Strähnen herab und deckte teilweise die Wangen, welche vermöge stark vortretender Augenknochen weich ausgehöhlt schienen. Ihre Nase war stumpf, ihr Mund geräumig und rot geschminkt, und ihre Augen, die schief standen, die äußeren Winkel nach oben, schimmerten blicklos und ungewiß in der Farbe, ganz eigen und nicht wie bei anderen Menschen. Zur roten Kappe trug sie eine kanariengelbe Jacke, darunter die wenig ausgebildeten Formen des oberen Körpers sich sparsam, doch schmeidig abzeichneten, und wohl sah ich, daß sie hochbeinig war nach Art eines Füllens, was immer meinem Geschmacke zusagte. Ihre Hand, indem sie den grünen Likör zum Munde führte, wies vorn sich verbreiternde und emporgebogene Finger auf, und irgendwie schien sie heiß, diese Hand, ich weiß nicht, warum – vielleicht, weil die Adern des Rückens so stark hervortraten. Dazu hatte die Fremde eine Gewohnheit, die Unterlippe vorwärts und rückwärts zu schieben, indem sie sie an der oberen scheuerte.

Mit ihr also tauschte ich Blicke, obgleich ihre schiefen, schimmernden Augen nie deutlich erkennen ließen, wohin sie sich richteten, und schließlich, nachdem wir einander so eine Weile gemustert, bemerkte ich nicht ohne jugendliche Verwirrung, daß sie mir den Wink, jenen seitlichen Wink ins Buhlerisch-Ungewisse erteilte, womit ihre Gilde den Lockspruch des Totenhühnchens begleitet. In pantomimischer Absicht kehrte ich das Futter einer meiner Taschen nach außen; allein sie antwortete mir mit einem Kopfschütteln, welches besagte, daß ich mir meiner Armut wegen keine Sorgen zu machen brauchte, sie wiederholte das Zeichen, und indem sie ihre Schuldigkeit für den grünen Likör abgezählt auf die Marmorplatte legte, erhob sie sich und ging mit weichen Tritten zur Türe.

Ich folgte ihr ungesäumt. Schneebrei verunreinigte das Trottoir, Regen trieb schräg herab, und große, mißgestaltete Flocken, die er mit sich führte, ließen sich wie weiche, nasse Tiere auf Schultern, Gesicht und Ärmeln nieder. So war ich es wohl zufrieden, daß die fremde Braut einer vorüberwackelnden Droschke winkte. Sie nannte dem Lenker gebrochenen Tonfalles ihr Quartier, das in einer mir unbekannten Straße gelegen war, sie schlüpfte ein, und den klappernden Schlag hinter mir zuziehend, ließ ich mich neben ihr auf dem schäbigen Kissen nieder.

Erst jetzt, da das Nachtgefährt sich wieder in trottendes Rollen gesetzt hatte, begann unser Gespräch – das einzuschalten ich Anstand nehme, da ich billig genug denke, um einzusehen, daß seine Freiheit sich der gesellig mitteilenden Feder versagt. Es entbehrte der Einleitung, dieses Gespräch, es entbehrte jeder höflichen Umständlichkeit; von allem Anfang an und durchaus eignete ihm die unbedingte, enthobene und entbundene Unverantwortlichkeit, die sonst nur dem Traum eigentümlich ist, wo unser Ich mit Schatten ohne gültiges Eigenleben, mit Erzeugnissen seiner selbst verkehrt, wie sie jedoch im wachen Dasein, worin ein Fleisch und Blut wirklich getrennt gegen das andere steht, eigentlich nicht stattfinden kann. Hier fand sie statt, und gern gestehe ich, daß ich in tiefster Seele angesprochen war von der berauschenden Seltsamkeit des Vorkommnisses. Wir waren nicht allein und doch weniger als zwei; denn wenn Zweiheit sonst sogleich einen gesellschaftlichen und gebundenen Zustand schafft, so konnte davon hier nicht die Rede sein. Die Vertraute hatte eine Art, ihr Bein über meines zu legen, als kreuze sie nur ihre eigenen; alles, was sie sagte und tat, war wundersam ungehemmt, kühn und fessellos, wie Gedanken der Einsamkeit es sind, und mit freudiger Leichtigkeit tat ich's ihr gleich.

Knapp zusammengefaßt, lief unser Austausch auf die Bekundung des lebhaften Gefallens hinaus, das wir sogleich aneinander gefunden, auf die Erforschung, Erörterung, Zergliederung dieses Gefallens sowie auf die Abrede, es auf alle Weise zu pflegen, auszubilden und nutzbar zu machen. Ihrerseits spendete die Gefährtin mir manchen Lobspruch, der mich von weitem an gewisse Äußerungen jenes weisen Klerikers, des Geistlichen Rates daheim, erinnerte; nur daß die ihren zugleich allgemeiner und entschiedener waren. Denn auf den ersten Blick, so versicherte sie, erkenne der Kundige, daß ich zum Liebesdienste geschaffen und ausgezeichnet sei, ja mir selbst und der Welt viel Lust und Freude bereiten würde, wenn ich einem so präzisen Berufe Folge leistete und mein Leben gänzlich auf diesem Grunde errichten würde. Sie aber wolle meine Lehrmeisterin sein und mich in eine gründliche Schule nehmen; denn es sei deutlich, daß meine Gaben der Anleitung von fertiger Hand noch bedürften ... Dies entnahm ich ihren Äußerungen, aber nur ungefähr, denn in Übereinstimmung mit ihrer fremden Erscheinung sprach sie gebrochen und fehlerhaft, ja konnte eigentlich überhaupt kein Deutsch, so daß ihre Worte und Wortfügungen oft ganz verkehrt waren und sonderbar ins Unsinnige entglitten, was die Traumhaftigkeit des Zusammenseins sehr erhöhte. Namentlich aber und besonders ist anzumerken, daß ihr Verhalten bar jeder leichtfertigen Heiterkeit war; sondern unter allen Umständen – und wie seltsam waren die Umstände zuweilen – bewahrte sie strengen, fast finsteren Ernst – jetzt und während der ganzen Dauer unseres Umgangs.

Als nun nach langem Geklapper der Wagen hielt, stiegen wir aus, und die Freundin entlohnte den Kutscher. Dann ging es aufwärts in einem dunklen und kalten Stiegenschacht, wo es nach Lampenblak roch, und die Führerin öffnete mir ihr gleich an der Treppe gelegenes Zimmer. Hier war es plötzlich sehr warm: der Geruch des stark überheizten eisernen Ofens mischte sich mit den dichten und blumigen Düften von Schönheitsmitteln, und ein tiefrot gedämpftes Licht entfloß der angezündeten Ampel. Eine verhältnismäßige Pracht umgab mich, denn auf plüschbeschlagenen Tischchen standen in farbigen Vasen trockene Sträuße, welche aus Palmenwedeln, Papierblumen und Pfauenfedern verfertigt waren; weiche Felle lagen umher; ein Himmelbett mit Vorhängen aus rotem, mit goldener Litze besetztem Wollstoff beherrschte das Zimmer, und an Spiegeln war großer Reichtum, denn es fanden sich solche sogar an Stellen, wo man keine zu suchen gewohnt ist: in dem Himmel des Bettes und in der Wand ihm zur Seite. – Da wir nun aber Verlangen trugen, uns ganz zu erkennen, schritten wir gleich zum Werk, und ich verweilte bei ihr bis zum anderen Morgen.

Rozsa, so hieß meine Gegenspielerin, war aus Ungarn gebürtig, doch ungewissester Herkunft; denn ihre Mutter war in einem Wandercirkus durch Reifen, mit Seidenpapier bespannt, gesprungen, und wer ihr Vater gewesen, lag völlig im Dunkel. Früh hatte sie stärksten Hang zu grenzenloser Galanterie gezeigt und war, noch jung, doch nicht ohne ihr Einverständnis, nach Budapest in ein Freudenhaus verschleppt worden, wo sie mehrere Jahre verbrachte, die Hauptanziehung der Anstalt. Aber ein Kaufmann aus Wien, der glaubte, nicht ohne sie leben zu können, hatte sie unter Aufbietung großer List und sogar mit Beihilfe eines Verbandes zur Bekämpfung des Mädchenhandels aus dem Zwinger entführt und bei sich angesiedelt. Älter schon und zum Schlagfluß geneigt, hatte er sich ihres Besitzes im Übermaße erfreut und in ihren Armen unvermutet den Geist aufgegeben, so daß Rozsa sich auf ledigem Fuße gefunden hatte. Von ihren Künsten hatte sie wechselnd in mancherlei Städten gelebt und sich kürzlich in Frankfurt niedergelassen, wo sie, von bloß erwerbender Hingabe keineswegs ausgefüllt und befriedigt, feste Beziehungen zu einem Menschen eingegangen war, welcher – Metzgergesell ursprünglich, aber ausgestattet mit kühnen Lebenskräften und von bösartiger Männlichkeit – Zuhälterei, Erpressung und allerlei Menschenfang zum Berufe erwählt und sich zu Rozsas Gebieter aufgeworfen hatte, deren Glücksgeschäft seine vornehmste Einnahmequelle bildete. Wegen irgendwelcher Bluttat jedoch gefänglich eingezogen, hatte er sie auf längere Zeit sich selbst überlassen müssen, und da sie nicht gewillt war, auf ihr privates Glück zu verzichten, hatte sie ihre Augen auf mich geworfen und den stillen, noch unausgebildeten Jüngling sich zum Herzensgesellschafter ersehen.

Diese kleine Geschichte erzählte sie mir in lässiger Stunde, und ich vergalt ihr mit einem gedrängten Einbekenntnis des eigenen Vorlebens. Übrigens fanden Wort und Geplauder jetzt und in

Zukunft nur spärlich statt bei unserem Verkehre, denn sie beschränkten sich auf die sachlichsten Anweisungen und Verabredungen sowie auf kurze, anfeuernde Zurufe, welche dem Vokabular von Rozsas frühester Jugend, nämlich dem Ausdrucksbereich der Zirkusmenge entstammten. Wenn aber die Rede uns breiter strömte, so war es zu wechselseitigem Lobe und Preise, denn was wir bei erster Prüfung einander verheißen, fand reichste Bestätigung, und die Meisterin ihrerseits namentlich versicherte mir vielmals und ungefragt, daß meine Anstelligkeit und Liebestugend auch ihre schönsten Mutmaßungen überträfe.

Hier, ernsthafter Leser, bin ich in ähnlicher Lage wie schon einmal in diesen Blättern, wo ich von gewissen frühen und glücklichen Griffen in die Süßigkeit des Lebens erzählte und die Warnung beifügte, eine Tat doch ja nicht mit ihrem Namen verwechseln und das Lebendig-Besondere durch das gemein machende Wort obenhin abfertigen zu wollen. Denn wenn ich aufzeichne, daß ich durch mehrere Monate, bis zu meinem Aufbruch von Frankfurt, mit Rozsa in enger Verbindung stand, oft bei ihr weilte, auch auf der Straße die Eroberungen, die sie mit ihren schiefen, schimmernden Augen, mit dem gleitenden Spiel ihrer Unterlippe machte, unterderhand beaufsichtigte, manchmal sogar verborgen zugegen war, wenn sie zahlende Kundschaft bei sich empfing (wobei sie mir wenig Grund zur Eifersucht gab), und mir eine mäßige Teilhaberschaft an dem Gewinne nicht mißfallen ließ, so könnte man wohl versucht sein, meine damalige Existenz mit einem anstößigen Namen zu belegen und sie kurzerhand mit der jener dunklen Galans zusammenwerfen, von denen oben die Rede war. Wer da glaubt, daß die Tat gleichmache, der möge sich immerhin eines so einfachen Verfahrens bedienen. Ich für mein Teil halte es mit der volkstümlichen Weisheit, daß, wenn zweie dasselbe tun, es mitnichten dasselbe ist; ja ich gehe weiter und meine, daß Etikettierungen wie etwa „ein Trunkenbold", „ein Spieler" oder auch „ein Wüstling" den lebendigen Einzelfall nicht nur nicht zu decken und zu verschlingen, sondern ihn unter Umständen nicht einmal ernstlich zu berühren imstande sind. Dies ist meine Denkungsart; andere mögen anders urteilen – über Bekenntnisse, bei denen immerhin in Anschlag zu bringen ist, daß ich sie freiwillig ablege und nach Belieben mit ihnen hinter dem Berge halten könnte.

Wenn ich aber dies Zwischenspiel hier mit so viel Umständlichkeit, als der gute Ton immer zuläßt, behandle, so darum, weil es meiner Einsicht nach für meine Ausbildung von der einschneidendsten Bedeutung war: nicht in dem Sinne, daß es meine äußere Weltläufigkeit sonderlich gefördert, meine bürgerlichen Sitten unmittelbar verfeinert hätte – dazu war jene wilde Blüte des Ostens keineswegs die geeignete Persönlichkeit. Und doch beansprucht das Wort „Verfeinerung" hier seinen Platz, den ich nur gegen besseres Wissen ihm vorenthalten würde. Denn kein anderes bietet der Wortschatz für den Gewinn, den meine Natur aus dem Umgang mit dieser strengen Geliebten und Meisterin zog, deren Ansprüche sich aufs ernsteste mit meinen Gaben maßen. Und zwar ist hier nicht sowohl an eine Verfeinerung *in* der Liebe, als an eine solche *durch* die Liebe zu denken. Diese Betonungen sind wohl zu verstehen, denn sie verweisen auf den Unterschied und zugleich die Verquickung von Mittel und Zweck, wobei jenem eine engere und speziellere, diesem eine viel allgemeinere Bedeutung zukommt. Irgendwo auf diesen Blättern habe ich vorvermerkt, daß es mir bei den außerordentlichen Forderungen, die das Leben an meine Spannkraft stellte, nicht erlaubt war, mich in entnervender Wollust zu verausgaben. Nun denn, während der halbjährigen Lebensperiode, die durch den Namen der wenig artikulierten, aber kühnen Rozsa gekennzeichnet ist, tat ich ebendies – nur daß das Tadelswort „entnervend" einem sanitären Vokabular entstammt, um dessen Anwendbarkeit es in gewissen distinguierteren Fällen recht zweifelhaft bestellt ist. Denn das Entnervende ist es, was uns benervt und uns, gewisse Vorbedingungen als gegeben angenommen, tauglich macht zu Darbietungen und Weltergötzungen, die nicht die Sache des Unbenervten sind. Nicht wenig tue ich mir zugute auf die Erfindung dieses Wortes „Benervung", mit dem ich ganz aus dem Stegreif den Wortschatz bereichere, um es dem tugendhaft absprechenden „entnervend" wissentlich entgegenzustellen. Denn ich weiß bis in den Grund meines Systems hinab, daß ich die Stückchen meines Lebens nicht mit so viel Feinheit und Eleganz hätte vollführen können, ohne durch Rozsas schlimme Liebesschule gegangen zu sein.

Siebentes Kapitel

Als nun zu Michaeli in den mit Bäumen bepflanzten Straßen der Herbst die Blätter löste, war für mich der Augenblick gekommen, die mir durch die Weltverbindungen meines Paten Schimmelpreester bereitete Stellung anzutreten, und eines heiteren Morgens, nach freundlichem Abschied von meiner Mutter, deren Pensionsbetrieb sich, unter Zuziehung einer Magd, einer gewissen bescheidenen Blüte erfreute, trugen eilende Räder den Jüngling und seine wenige, in einem Köfferchen verstaute Habe seinem neuen Lebensziel – keinem geringeren als der französischen Hauptstadt – entgegen.

Sie hasteten, ratterten und stolperten, diese Räder, unter einem aus mehreren ineinandergehenden Abteilen bestehenden Waggon dritter Klasse mit gelben Holzbänken, auf denen eine ungleich verteilte Anzahl bis zum Trübsinn belangloser Mitreisender geringen Schlages während des ganzen Tages ihr Wesen trieben, schnarchten, schmatzten, schwatzten und Karten spielten. Am meisten Herzensanteil noch erweckten mir einige Kinder von zwei bis vier Jahren, obgleich sie zeitweise plärrten, ja brüllten. Ich beschenkte sie aus einer Tüte mit billigen Crème-Hütchen, die die Mutter meiner Zehrung hinzugefügt; denn gern habe ich immer mitgeteilt und später mit den Schätzen, die aus den Händen der Reichen in meine übergingen, so manches Gute getan. Wiederholt kamen diese Kleinen denn auch zu mir getrippelt, legten die klebrigen Händchen an mich und lallten mir etwas vor, was ich ihnen, merkwürdigerweise zu ihrer großen Ergötzung, ganz ebenso erwiderte. Dieser Umgang trug mir von den Erwachsenen, trotz aller gegen sie geübten Zurückhaltung, einen und den anderen wohlwollenden Blick ein – ohne daß es mir eben darum zu tun gewesen wäre. Vielmehr lehrte diese Tagesfahrt mich wieder, daß, je empfänglicher Seele und Sinn geschaffen sind für Menschenreiz, sie in desto tieferen Mißmut gestürzt werden durch den Anblick menschlichen Kroppzeugs. Sehr wohl weiß ich, daß diese Leute nichts können für ihre Häßlichkeit; daß sie ihre kleinen Freuden und oft schweren Sorgen haben, kurz, kreatürlich lieben, leiden und am Leben tragen. Unter dem sittlichen Gesichtspunkt hat zweifellos jeder von ihnen Anspruch auf Teilnahme. Ein so durstiger wie verletzlicher Schönheitssinn jedoch, den die Natur in mich gelegt, zwingt meine Augen, sich von ihnen abzuwenden. Nur in zartestem Alter sind sie erträglich, wie die Kindlein, die ich traktierte und durch ihre eigene Redeweise zu herzlichem Lachen brachte, so der Leutseligkeit meinen Zoll entrichtend.

Übrigens will ich, gewissermaßen auch zur Beruhigung des Lesers, hier einflechten, daß dies für immer das letzte Mal war, daß ich dritter Klasse, als Fahrtgenosse der Unerquicklichkeit, reiste. Das, was man Schicksal nennt und was im Grunde wir selber sind, fand, nach unbekannten, aber unfehlbaren Gesetzen wirkend, binnen kurzem Mittel und Wege zu verhindern, daß es jemals wieder geschah.

Meine Fahrkarte, versteht sich, war in bester Ordnung, und ich genoß es auf eigene Art, daß sie so einwandfrei in Ordnung – daß folglich ich selbst so einwandfrei in Ordnung war und daß die wackeren, in derbe Mäntel gekleideten Schaffner, die mich im Lauf des Tages in meinem hölzernen Winkel besuchten, den Ausweis nachprüften und ihn mit ihrer Zwickzange lochten, ihn mir stets mit stummer dienstlicher Befriedigung zurückreichten. Stumm allerdings und ohne Ausdruck, daß heißt: mit dem Ausdruck beinahe erstorbener und bis zur Affektation gehender Gleichgültigkeit, der mir nun wieder Gedanken eingab über die jede Neugier ausschaltende Fremdheit, mit welcher der Mitmensch, besonders der beamtete, dem Mitmenschen glaubt begegnen zu sollen. Der brave Mann da, der meine legitime Karte zwickte, gewann damit seinen Lebensunterhalt; irgendwo wartete seiner ein Heim, ein Ehering saß ihm am Finger, er hatte Weib und Kinder. Aber ich mußte mich stellen, als ob mir der Gedanke an seine menschlichen Bewandtnisse völlig fernliege, und jede Erkundigung danach, die verraten hätte, daß ich ihn nicht nur als dienstliche Marionette betrachtete, wäre höchst unangebracht gewesen. Umgekehrt hatte auch ich meinen besonderen Lebenshintergrund, nach dem er sich und mich hätte fragen mögen, was ihm aber teils nicht zukam, teils unter seiner Würde war. Die Richtigkeit meines Fahrscheins war alles, was ihn anging von meiner ebenfalls marionettenhaften Passagierperson, und was aus mir wurde, wenn dieser Schein abgelaufen und mir abgenommen war, darüber hatte er toten Auges hinwegzublicken.

Etwas seltsam Unnatürliches und eigentlich Künstliches liegt ja in diesem Gebaren, obgleich man zugeben muß, daß es fortwährend und nach allen Seiten zu weit führen würde, davon abzuweichen, ja daß schon leichte Durchbrechungen meist Verlegenheit zeitigten. Tatsächlich gab mir gegen Abend einer der Beamten, eine Laterne am Gürtel, meine Karte mit einem längeren Blick auf mich und einem Lächeln zurück, das offenbar meiner Jugend galt.

„Nach Paris?" fragte er, obgleich mein Reiseziel ja klar und deutlich war.

„Ja, Herr Inspektor", antwortete ich und nickte ihm herzlich zu. „Dahin geht es mit mir."

„Was wollen Sie denn da?" getraute er sich weiter zu fragen.

„Ja, denken Sie", erwiderte ich, „auf Grund von Empfehlungen soll ich mich dort im Hotel-Gewerbe betätigen."

„Schau, schau!" sagte er. „Na, viel Glück!"

„Viel Glück auch Ihnen, Herr Oberkontrolleur", gab ich zurück. „Und bitte, grüßen Sie Ihre Frau und die Kinder!"

„Ja, danke – nanu!" lachte er bestürzt, in sonderbarer Wortverbindung, und beeilte sich weiterzukommen, strauchelte und stolperte aber etwas dabei, obgleich am Boden gar kein Anstoß vorhanden war; so sehr hatte die Menschlichkeit ihn aus dem Tritt gebracht. –

Auch an der Grenzstation, wo wir alle mit unserem Gepäck den Zug zu verlassen hatten, bei der Zollrevision oder Douane also, fühlte ich mich sehr heiter, leicht und reinen Herzens, da wirklich mein Köfferchen nichts enthielt, was ich vor den Augen der Visitatoren hätte verbergen müssen; und auch die Nötigung zu sehr langem Warten (da begreiflicherweise die Beamten den vornehmen Reisenden den Vorzug geben vor den geringen, deren Habseligkeiten sie dann desto gründlicher herausreißen und durcheinanderwerfen) vermochte die Klarheit meiner Stimmung nicht zu trüben. Auch fing ich mit dem Manne, vor dem ich endlich meine Siebensachen ausbreiten durfte und der zunächst Miene machte, jedes Hemd und jede Socke in der Luft zu schütteln, ob nicht etwas Verbotenes herausfiele, sogleich in vorbereiteten Wendungen zu parlieren an, wodurch ich ihn rasch für mich gewann und ihn davon abhielt, alles zu schütteln. Die Franzosen nämlich lieben und ehren die Rede – durchaus mit Recht! Ist sie es doch, welche den Menschen vom Tier unterscheidet, und die Annahme ist gewiß nicht unsinnig, daß ein Mensch sich desto weiter vom Tiere entfernt, je besser er spricht – und zwar französisch. Denn das Französische erachtet diese Nation für die Menschensprache, gleichwie ich mir vorstelle, daß das fröhliche Völkchen der alten Griechen ihr Idiom für die einzig menschliche Ausdrucksweise, alles andere aber für ein barbarisches Gebelfer und Gequäk mögen gehalten haben – eine Meinung, der die übrige Welt sich unwillkürlich mehr oder weniger anschloß, indem sie jedenfalls das Griechische, wie heute wir das Französische, für das Feinste ansah.

„Bon soir, Monsieur le commissaire!" begrüßte ich den Zöllner, indem ich mit einem gewissen dumpfen Singen auf der dritten Silbe des Wortes „commissaire" verweilte. „Je suis tout à fait à votre disposition avec tout ce que je possède. Voyez en moi un jeune homme très honnête, profondément dévoué à la loi et qui n'a absolument rien à déclarer. Je vous assure que vous n'avez jamais examiné une pièce de bagage plus innocente."

„Tiens!" sagte er und betrachtete mich näher. „Vous semblez être un drôle de petit bonhomme. Mais vous parlez assez bien. Êtes-vous Français?"

„Oui et non", antwortete ich. „A peu près. A moitié . . . à demi, vous savez. En tout cas, moi, je suis un admirateur passionné de la France et un adversaire irréconciliable de l'annection de l'Alsace-Lorraine!"

Sein Gesicht nahm einen Ausdruck an, den ich streng-bewegt nennen möchte.

„Monsieur", entschied er feierlich, „je ne vous gêne plus longtemps. Fermez votre malle et continuez votre voyage à la capitale du monde avec les bons vœux d'un patriote français!"

Und während ich noch unter Danksagungen mein bißchen Unterzeug zusammenraffte, machte er schon sein Kreidezeichen auf den noch offenen Deckel meines Handkoffers. Bei meinem raschen Wiedereinpacken jedoch wollte es das Ungefähr, daß dieses Stück etwas von der Unschuld verlor, die ich ihm mit Recht nachgerühmt hatte, da eine Kleinigkeit mehr darin einging, als vordem darin gewesen war. Neben mir nämlich an der mit Blech bedeckten Schranke und Gepäckbank, hinter der die Revisoren ihres Amtes walteten, unterhielt eine Dame mittleren Alters im Nerzmantel und in einem mit Reiherfedern garnierten glockenförmigen Sammethut, über ihren offenstehenden großen Koffer hinweg, einen ziemlich erregten Disput mit dem sie kontrollierenden Beamten, der offenbar über eines ihrer Besitztümer, irgendwelche Spitzen, die er in Händen hielt, anderer Meinung war als sie. Von ihrem schönen Reisegut, unter welchem der Mann die strittigen Spitzen hervorgezogen, lag mehreres bis zur Vermengung nahe bei meinem eigenen, am allernächsten ein sehr nach Preziosen aussehendes Saffiankästchen, beinahe von Würfelgestalt, und unversehens glitt dasselbe, während mein Freund mir sein Vidi-Zeichen erteilte, mit in mein Köfferchen. Das war mehr ein Geschehen als ein Tun, und es geschah ganz unterderhand, nebenbei und heiter mit unterlaufend, als Produkt sozusagen, der guten Laune, die mein beredtes Wohlverhältnis zu den Autoritäten des Landes mir erregte. Tatsächlich dachte ich während des Restes der Reise kaum noch an den zufälligen Erwerb, und nur ganz flüchtig stieg die Frage mir auf, ob wohl die Dame beim Wiedereinpacken ihrer Effekten das Kästchen vermißt hatte oder nicht. Ich sollte darüber in Bälde Genaueres erfahren.

So rollte denn mein Zug verlangsamten Ganges, nach einer Fahrt, die mit ihren Unterbrechungen zwölf Stunden gedauert hatte, in den Bahnhof des Nordens ein, und während die Porteurs sich der vermögenden, mit Gepäck wohlausgestatteten Reisenden, die zum Teil mit abholenden Freunden und Verwandten Umarmungen und Küsse tauschten, geschäftig schwatzend annahmen; während auch die Schaffner es sich nicht verdrießen ließen, Handtaschen und Plaidrollen aus Türen und Fenstern ihnen zuzureichen, entstieg der einsame Jüngling still im Getümmel seiner Unterkunft für drittklassige Glieder der Gesellschaft und verließ, von niemandem beachtet, sein Köfferchen in eigener Hand, die laute und übrigens wenig ansehnliche Halle. Draußen auf der schmutzigen Straße (es ging ein Sprühregen herab) hob wohl ein und der andere Fiaker-Lenker auffordernd die Peitsche gegen mich, da ich einen Koffer trug, und rief mir ein „Eh! Fahren wir, mon petit?" oder „mon vieux" oder dergleichen zu. Allein, womit sollte ich die Fahrt bezahlen? Ich besaß fast kein Geld, und wenn jenes Kästchen eine Aufbesserung meiner pekuniären Verhältnisse bedeutete, so konnte sein Inhalt jedenfalls hier noch nicht zur Anwendung gelangen. Nebenbei wäre es kaum schicklich gewesen, an meiner zukünftigen Arbeitsstätte in einem Fiaker vorzufahren. Meine Absicht war, den Weg dorthin, der freilich weit sein mochte, zu Fuß zurückzulegen, und bei Vorübergehenden erkundigte ich mich sittsam nach der Richtung, die ich einzuschlagen hätte, um nach der Place Vendôme (ich nannte diskreterweise weder das Hotel noch auch nur die Rue Saint-Honoré) zu gelangen – mehrmals, ohne daß die Leute auch nur ihren Schritt gehemmt und meiner Frage ihr Ohr geliehen hätten. Und doch bot ich keine bettelhafte Erscheinung, denn immerhin hatte meine gute Mutter einige Taler springen lassen, um mich für die Reise ein wenig instandzusetzen und auszustatten. Mein Schuhwerk war neu versohlt und geflickt worden, und mich kleidete eine wärmende Überjacke mit Mufftaschen, zu der ich eine artige Sportmütze trug, unter welcher mein blondes Haar sich blühend hervortat. Aber ein junges Blut, das keinen Gepäckträger in Arbeit setzt, sondern auf der Straße selbst seine Habe schleppt und keines Fiakers mächtig scheint, ist den Zöglingen unserer Zivilisation keines Blickes und Wortes wert, oder richtiger: eine gewisse Angst warnt sie davor, mit ihm im geringsten zu schaffen zu haben; denn er ist einer beunruhigenden Eigenschaft, nämlich der Armut, verdächtig, damit aber auch gleichwohl noch schlimmerer Dinge, und somit scheint es der Gesellschaft am weisesten, über ein solches Fehlprodukt ihrer Ordnung wie blind hinwegzusehen. „Armut", heißt es wohl, „ist keine Schande", aber es heißt nur so. Denn sie ist den Besitzenden höchst unheimlich, ein Makel halb, und halb ein unbestimmter Vorwurf, im ganzen also sehr widerwärtig, und zu unangenehmen Weiterungen mag es führen, sich mit ihr einzulassen.

Dieses Verhalten der Menschen zur Armut ist mir oft schmerzlich auffällig gewesen und war es auch hier. Schließlich hielt ich ein Mütterchen an, das, ich weiß nicht, warum, einen alten, mit irgendwelchem Geschirr gefüllten Kinderwagen vor sich herschob; und sie war es, die mir nicht allein die Richtung wies, in der ich mich zu bewegen hatte, sondern mir auch die Stelle beschrieb, an der ich auf eine Omnibuslinie stoßen würde, die zu dem berühmten Platze führte. Die wenigen Sous, die dieser Transport mich kosten würde, hatte ich allenfalls flüssig, und darum war ich der Auskunft froh. Je länger übrigens die gute Alte, während sie sie mir erteilte, in mein Gesicht blickte, desto breiter verzog sich ihr zahnloser Mund zum freundlichsten Lächeln, und schließlich tätschelte sie mir mit ihrer harten Hand die

Wange, indem sie sagte: „Dieu vous bénisse, mon enfant!" Diese Liebkosung beglückte mich mehr als so manche, die mir in der Folge von schönerer Hand zuteil wurde. –

Paris macht auf den Wanderer, der von jener Ankunftsstation her seine Trottoirs beschreitet, zunächst keineswegs den entzückendsten Eindruck; aber freilich wachsen Pracht und Herrlichkeit, je mehr man sich der splendiden Weite seiner Herzgebiete nähert, und wenn nicht mit Schüchternheit, die ich männlich unterdrückte, so doch mit Staunen und der wohlgefälligsten Ehrerbietung blickte ich, mein Köfferchen auf den Knien, von dem engen Sitz, den ich im Omnibus erobert, hinaus in den flammenden Glanz dieser Avenuen und Plätze, auf das Getümmel ihrer Wagen, das Gedränge der Fußgänger, diese strahlend alles anbietenden Läden, einladenden Café-Restaurants, mit weißem Glüh- oder Bogenlampenlicht das Auge blendenden Theater-Fassaden, während der Conducteur Namen anmeldete, die ich so oft aus dem Munde meines armen Vaters in zärtlicher Betonung vernommen, wie „Place de la Bourse", „Rue du Quatre Septembre", „Boulevard des Capucines", „Place de l'Opéra" und andere mehr.

Das Getöse, durchschrillt von den Schreien der Zeitungsverkäufer, war betäubend, und sinnverwirrend das Licht. Vor den Cafés saßen unter schützender Markise Leute in Hut und Mantel an kleinen Tischen und blickten, den Stock zwischen den Knien, wie von gemieteten Parkettplätzen in den sich vorüberwälzenden Verkehr, während dunkle Gestalten zwischen ihren Füßen Zigarrenstummel aufsammelten. Um diese kümmerten sie sich nicht und nahmen keinen Anstoß an ihrem kriechenden Geschäft. Offenbar betrachteten sie sie als eine stehende und zugelassene Einrichtung der Zivilisation, an deren fröhlichem Tumult sie sich in ihrer Geborgenheit ergötzten.

Es ist die stolze Rue de la Paix, welche den Opernplatz mit der Place Vendôme verbindet, und hier denn, bei der mit einem Standbild des gewaltigen Kaisers gekrönten Säule, verließ ich den Wagen, um zu Fuß mein eigentliches Ziel, die Straße Saint-Honoré, welche, wie der Gebildete weiß, der Rue de Rivoli gleichläuft, aufzusuchen. Leicht war das geschehen, und deutlich genug, in Buchstaben von hinlänglicher Größe und Leuchtkraft, sprang mir schon von weitem der Name des Hotels Saint James and Albany in die Augen.

Dort gab es Départs und Ankünfte. Herrschaften, im Begriffe, ihre mit Koffern beschwerten Mietgefährte zu besteigen, reichten Hausdienern, welche für sie bemüht gewesen waren, Trinkgelder hin, während andere Handlanger das eben abgeladene Gepäck von Neuankömmlingen ins Innere trugen. Freiwillig rufe ich das Lächeln des Lesers hervor, indem ich eine gewisse Zaghaftigkeit einbekenne, die mich vor der Kühnheit beschleichen wollte, dieses anmaßende und kostspielige Haus in vornehmster Lage zu betreten. Vereinigten sich aber nicht Recht und Pflicht, mir Mut zu machen? War ich nicht bestellt und bestallt dahier, und war mein Pate Schimmelpreester nicht ein Duzbruder des Oberherrn dieses Instituts? Dennoch riet Bescheidenheit mir, statt einer der beiden gläsernen Drehtüren, durch welche die Reisenden eintraten, lieber den seitlichen offenen Zugang zu benutzen, dessen die Gepäckschlepper sich bedienten. Diese aber, wofür immer sie mich halten mochten, wiesen mich als unzugehörig zurück, so daß mir nichts übrigblieb, als mit meinem Köfferchen in einen jener prächtigen Windfänge zu treten, bei dessen Drehung mir zu meiner Beschämung auch noch ein dort postierter Page in rotem Schniepel-Jäckchen behilflich war. „Dieu vous bénisse, mon enfant!" sagte ich, unwillkürlich mit den Worten jenes guten Weibes, zu ihm – worüber er in ein ebenso herzliches Gelächter ausbrach wie die Kinder, mit denen ich im Zuge gespaßt hatte.

Ein prachtvoller Kronensaal mit Porphyrsäulen und einer in der Höhe des Entresols umlaufenden Galerie nahm mich auf, wo viel Menschheit hin und wider wogte und reisefertig gekleidete Personen, auch Damen mit zitternden Hündchen auf dem Schoß, wartend die tiefen Fauteuils einnahmen, welche auf Teppichen an den Säulen standen. Ein livrierter Bursche wollte mir in unangebrachtem Diensteifer mein Köfferchen aus der Hand nehmen, aber ich litt es nicht, sondern wandte mich nach rechts zu der als solcher leicht erkennbaren Concierge-Loge, wo ein matt und kalt blickender Herr in goldbetreßtem Gehrock und offenbar an hohe Kontributionen gewöhnt, in drei oder vier Sprachen dem die Loge umdrängenden Publikum Auskünfte erteilte und zwischenein solchen Gästen des Hotels, die danach verlangten, mit distinguiertem Lächeln ihre Zimmerschlüssel überhändigte. Lange mußte ich anstehen, bis ich Gelegenheit fand, ihn zu fragen, ob er wohl meinte, daß Herr Generaldirektor Stürzli im Hause sei, und wo allenfalls mir die Möglichkeit winke, mich ihm zu präsentieren.

„Monsieur Stürzli wollen Sie sprechen?“ fragte er mit kränkendem Erstaunen. „Und wer sind Sie?“

„Ein neuer Angestellter des Etablissements“, gab ich zur Antwort, „dem Herrn Generaldirektor persönlich aufs beste empfohlen.“

„Étonnant!“ erwiderte der dünkelhafte Mann und fügte mit einem Hohn, der mich in tiefster Seele verletzte, hinzu: „Ich zweifle nicht, daß Monsieur Stürzli seit Stunden mit schmerzlicher Ungeduld Ihrem Besuch entgegensieht. Vielleicht bemühen Sie sich einige Schritte weiter zum Bureau de réception.“

„Tausend Dank, Monsieur le concierge“, antwortete ich. „Und mögen auch in Zukunft reiche Trinkgelder Ihnen von allen Seiten zufließen, damit Sie bald in der Lage sind, sich ins Privatleben zurückzuziehen!“

„Idiot!“ hörte ich ihn mir in den Rücken nachrufen. Allein das betraf und berührte mich nicht. Ich trug mein Stück Handgepäck weiter zur Réception, die sich, in der Tat nur wenige Schritte von der Concierge-Loge entfernt, an derselben Seite der Halle befand. Sie war noch umlagerter als jene. Zahlreiche Reisende beanspruchten die Aufmerksamkeit der beiden dort waltenden Herren in strenger Salontoilette, erkundigten sich nach ihren Reservationen, nahmen die Nummern der ihnen zugeteilten Zimmer entgegen, legten schriftlich ihre Personalien nieder. Bis zur Tisch-Schranke vorzudringen kostete mich viel Geduld; doch endlich stand ich einem der beiden Herren, einem noch jungen Mann mit gezwirbeltem Schnurrbärtchen und Pincenez, übrigens von fahler, ungelüfteter Gesichtsfarbe, Aug in Auge gegenüber.

„Sie wünschen ein Zimmer?“ fragte er, da ich bescheidentlich seine Anrede erwartet hatte.

„Oh, nicht doch – nicht so, Herr Direktor“, antwortete ich lächelnd. „Ich gehöre zum Hause, wenn ich bereits so sagen darf. Mein Name ist Krull, mit dem Zunamen Felix, und ich melde mich zur Stelle, um einer Abmachung gemäß, die zwischen Herrn Stürzli und seinem Freunde, meinem Paten Professor Schimmelpreester, getroffen wurde, in diesem Hotel als Hilfskraft zu wirken. Das heißt –“

„Treten Sie zurück!“ befahl er leise und hastig. „Warten Sie!

Treten Sie *ganz* zurück!" Und dabei überschwebte eine leichte Röte seine Zimmerfarbe, und unruhig blickte er um sich, gerade als bereite das Erscheinen eines neuen, noch nicht eingekleideten Angestellten, das Sichtbarwerden eines solchen als menschliche Person vor dem Publikum ihm größte Verlegenheit. Wirklich waren die Blicke einiger der am Desk beschäftigten Personen neugierig auf mich gerichtet. Man unterbrach sich im Ausfüllen der Meldeformulare, um nach mir auszuschauen.

„Certainement, Monsieur le directeur!" antwortete ich gedämpft und zog mich weit hinter diejenigen zurück, die nach mir gekommen waren. Übrigens waren es nicht mehr viele, nach einigen Minuten war es, gewiß nur vorübergehend, vor der Réception ganz leer geworden.

„Nun, und Sie?" wandte sich unter diesen Umständen der Herr mit der Zimmerfarbe an mich, der ich ferne stand.

„L'employé-volontaire Félix Kroull", antwortete ich, ohne mich von der Stelle zu rühren; denn ich wollte ihn zwingen, mich zum Nähertreten einzuladen.

„So kommen Sie doch heran!" sagte er nervös. „Glauben Sie, ich habe Lust, über diesen Abstand hinweg Zurufe mit Ihnen zu tauschen?"

„Ich nahm ihn ein auf Ihren Befehl, Herr Direktor", erwiderte ich, indem ich mich bereitwillig näherte, „und habe nur auf Ihre Gegenorder gewartet."

„Meine Weisung", versetzte er, „war nur zu notwendig. Was haben Sie hier zu suchen? Wie kommen Sie dazu, die Halle einfach wie ein Reisender zu betreten und sich mir nichts, dir nichts unter unsere Clientèle zu mischen?"

„Ich bitte vieltausendmal um Entschuldigung", sagte ich unterwürfig, „wenn das ein Fehler war. Ich wußte keinen anderen Weg als den frontalen durch die Drehtür und die Halle zu Ihnen. Aber ich versichere Sie, daß der schlechteste, dunkelste, geheimste und rückwärtigste Weg mir nicht zu gering gewesen wäre, um nur vor Ihr Angesicht zu gelangen."

„Was sind das für Redensarten!" entgegnete er, und wieder erglomm ein zarter Schein von Farbe auf seinen fahlen Wangen. Diese Neigung zum Erröten gefiel mir an ihm.

„Sie scheinen", fügte er hinzu, „entweder ein Narr oder ein wenig gar zu intelligent zu sein."

„Ich hoffe", erwiderte ich, „meinen Vorgesetzten rasch zu beweisen, daß meine Intelligenz sich genau in den richtigen Grenzen hält."

„Mir ist sehr zweifelhaft", sagte er, „ob Ihnen dazu Gelegenheit gegeben sein wird. Ich wüßte im Augenblick von keinerlei Vakanz im Stabe unserer Angestellten."

„Gleichwohl erlaubte ich mir zu erwähnen", erinnerte ich ihn, „daß es sich um eine feste Abmachung meinetwegen zwischen dem Herrn Generaldirektor und einem Jugendfreunde von ihm handelt, der mich aus der Taufe hob. Absichtlich habe ich nicht nach Herrn Stürzli gefragt, denn ich weiß wohl, daß er nicht vor Ungeduld vergeht, mich in Augenschein zu nehmen, und mache mir keine Illusionen darüber, daß ich diesen Herrn höchstwahrscheinlich spät oder nie zu sehen bekommen werde. Aber daran ist wenig gelegen. Vielmehr war all mein Sinnen und Trachten darauf gerichtet, Ihnen, Monsieur le directeur, meine Aufwartung zu machen und ausschließlich von Ihnen Anweisungen zu erhalten, wie und wo, in welcher Art von Dienst ich mich dem Etablissement nützlich erweisen kann."

„Mon Dieu, mon Dieu!" hörte ich ihn murmeln, während er jedoch einem Bord der Seitenwand ein umfangreiches Buch entnahm, worin er, wiederholt zwei Mittelfinger seiner Rechten an der Lippe benetzend, ärgerlich blätterte. Nachdem er irgendwo haltgemacht, sagte er zu mir: „Auf alle Fälle verschwinden Sie jetzt schleunigst von hier und ziehen sich an einen Ort zurück, der Ihnen besser geziemt als dieser! Ihre Einstellung ist vorgesehen, soviel ist richtig –"

„Das ist aber der springende Punkt", bemerkte ich.

„Mais oui, mais oui! – Bob", wandte er sich rückwärts an einen der halbwüchsigen Chasseurs, welche, die Hände auf ihren Knien und irgendwelcher Mission gewärtig, im Hintergrund des Bureaus auf einer Bank saßen, „zeigen Sie diesem hier den Dortoir des employés Nummer vier im Oberstock! Benutzen Sie den Élévateur de bagage! Sie werden morgen früh von uns hören", warf er mir noch hin. „Fort!"

Der sommersprossige Knabe, ein Engländer offenbar, ging mit mir.

„Sie sollten ein wenig meinen Koffer tragen", sagte ich unterwegs zu ihm. „Ich versichere Sie, daß mir schon beide Arme lahm davon sind."

„Was geben Sie mir dafür?" fragte er in breitem Französisch.

„Ich habe nichts."

„Dann nehme ich ihn auch so. Freuen Sie sich nicht auf den Dortoir Nummer vier! Er ist sehr schlecht. Wir sind alle sehr schlecht untergebracht. Auch die Verpflegung ist schlecht sowie die Bezahlung. Aber an Strike ist nicht zu denken. Zu viele sind bereit, an unsere Stelle zu treten. Man sollte diesen ganzen ausbeuterischen Kasten in Asche legen. Ich bin Anarchist, müssen Sie wissen, voilà ce que je suis."

Es war ein sehr netter, kindlicher Junge. Wir fuhren zusammen im Gepäck-Lift zum fünften Stock, dem Dachgeschoß, hinauf, und dort überließ er es mir, meinen Koffer wieder aufzunehmen, wies auf eine Tür am Gange, der spärlich erleuchtet und ohne Läufer war, und sagte bonne chance.

Das Schild an der Tür besagte das Rechte. Zur Vorsicht klopfte ich an, aber es erfolgte keine Antwort, und obgleich es nach zehn Uhr geworden war, erwies sich der Schlafraum noch als vollkommen finster und leer. Sein Anblick, als ich die elektrische Birne entzündet hatte, die nackt und bloß von der Decke hing, erregte in der Tat geringes Behagen. Acht Betten mit grauen Friesdecken und flachen, sichtlich längere Zeit nicht gewaschenen Kopfkissen, waren kojenartig je zwei und zwei übereinander an den Seitenwänden angeordnet, und zwischen ihnen gab es bis zur Höhe der oberen Lager hinauf offene Wandborde, auf denen die Koffer der hier Nächtigenden untergebracht waren. Sonst bot das Zimmer, dessen einziges Fenster auf einen Luftschacht zu gehen schien, keinerlei Bequemlichkeit, und es war auch kein Raum dafür, da seine Breite bedeutend hinter seiner Länge zurückstand, so daß in der Mitte geringe Bewegungsfreiheit blieb. Man hatte wohl seine Kleider bei Nacht am Fußende seines Bettes oder auf seinem Koffer im Wandbord niederzulegen.

Nun, dachte ich, so hättest du es dich nicht so viel kosten zu lassen brauchen, um der Kaserne zu entgehen, denn spartanischer als dieses Gemach hätte sie dich auch nicht empfangen, wahrscheinlich sogar etwas kosiger. Auf Rosen gebettet aber war ich ja schon lange nicht – schon seit dem In-Luft-Aufgehen meines heiteren Elternhauses nicht mehr gewesen und wußte überdies, daß Mensch und Umstände in einiger Zeit einen leidlichen Akkord eingehen, ja daß diese, so hart sie sich zunächst anlassen mögen, wenn nicht stets, so doch für glücklichere Naturen eine gewisse Biegsamkeit besitzen, die nicht ausschließlich auf Gewöhnung beruht. Dieselben Verhältnisse sind nicht für jedermann dieselben, und das allgemein Gegebene, so möchte ich behaupten, unterliegt sehr weitgehend der Modifizierung durch das Persönliche.

Man verzeihe diese Abschweifung eines zur Weltbemerkung nun einmal aufgelegten Kopfes, der zur Beobachtung des Lebens nicht so sehr durch dessen häßliche und brutale als durch seine zarten und liebenswürdigen Seiten angehalten wird. – Eines der Wandborde war leer, woraus ich schloß, daß auch von den acht Betten eines vakant sein möchte; nur wußte ich nicht, welches – zu meinem Bedauern, denn ich war reisemüde, und meine Jugend verlangte nach Schlaf, während mir doch nichts übrigblieb, als die Ankunft der Zimmergenossen abzuwarten. Eine Weile noch unterhielt ich mich damit, den anstoßenden Waschraum zu inspizieren, zu dem die Seitentür offenstand. Es gab da fünf Waschtisch-Gestelle gemeinster Art mit Linoleum-Vorlagen, Schüsseln und Krügen, Eimern daneben und am Seitengestänge aufgehängten Handtüchern. An Spiegeln fehlte es ganz. Statt dessen waren an Tür und Wänden, wie übrigens auch im Bettgemach, soweit dort der Raum es zuließ, allerlei aus Magazinen geschnittene Bilder lockender Frauenzimmer mit Reißnägeln befestigt. Schlecht getröstet kehrte ich in den Schlafraum zurück, und um etwas zu tun, beschloß ich, vorsorglich schon mein Nachthemd dem Handkoffer zu entnehmen, stieß aber dabei auf das Saffiankästchen, das bei der Gepäckrevision so sanft hineingeglitten war, und machte mich, des Wiedersehens froh, an seine Untersuchung.

Ob nicht die Neugier auf seinen Inhalt all die Zeit schon still in den geheimeren Bezirken meiner Seele gewaltet hatte und der Einfall, das Nachthemd hervorzuziehen, nur ein Vorwand gewesen war, mit dem Kästchen Bekanntschaft zu machen, will ich dahingestellt sein lassen. Auf einem der unteren Betten sitzend, hielt ich es auf meinen Knien und nahm in der dringenden Hoffnung, nicht dabei gestört zu werden, seine Prüfung vor. Es hatte ein leichtes Schloß, das aber offen war, und nur durch einen kleinen, in eine Öse greifenden Haken war es versperrt. Nicht daß ich die Schätze des Märchens darin gefunden hätte; aber sehr lieblich war, was es barg, zum Teil wahrhaft bewundernswert.

Gleich obenauf, in dem Einsatz, der sein samtenes Innere gleichsam in zwei Stockwerke teilte, lag ein Hals- und Brustschmuck großer und mehrreihig angeordneter Goldtopase in ziselierter Fassung, wie ich ihn so herrlich noch in keinem Schaufenster gesehen und wie er in einem solchen auch schwerlich vorkommen mochte, da er sichtlich nicht von moderner Arbeit war, sondern einem historischen Jahrhundert angehörte. Ich darf sagen, es war der Inbegriff der Pracht, und das süße, durchsichtig schimmernde Honiggold der Steine entzückte mich so herzlich, daß sich meine Augen lange nicht davon trennen konnten und ich nur zögernd den Einsatz lüftete, um in das Untere zu schauen. Dieser Teil war tiefer als der obere und weniger ausgefüllt, als dieser es durch den Topasschmuck war. Immerhin lachten mir reizende Dinge daraus entgegen, von denen ich jedes einzelne in genauer Erinnerung habe. Eine lange Kette aus kleinen, in Platin gefaßten Brillanten lag dort zum glitzernden Häufchen zusammengeballt. Es fanden sich ferner: ein sehr schöner, mit Silberranken verzierter Schildpattkamm, besetzt mit zahlreichen, freilich auch nur kleinen Brillanten; eine goldene, aus zwei Stäben bestehende Busennadel mit Platinspangen und oben geschmückt mit einem erbsengroßen, von zehn Brillanten umgebenen Saphir; eine mattgoldene Brosche, welche aufs zierlichste ein Körbchen mit Trauben darstellte; ein Armreif in Gestalt eines starken, nach unten sich verjüngenden Bügels mit Druckfederverschluß, aus Platin ebenfalls, und im Werte erhöht durch eine in den Reif eingelassene, erhabene weiße Perle, umringt von à jour gefaßten Brillanten; dazu drei oder vier höchst angenehme Fingerringe, von denen einer eine graue Perle mit zwei großen und zwei kleinen Brillanten, ein anderer einen dunklen, dreieckigen Rubin, dekoriert mit Brillanten ebenfalls, trug.

Diese lieben Objekte nahm ich einzeln zur Hand und ließ ihre edlen Lichter in dem ordinären Schein der nackten Deckenbirne spielen. Wer aber beschreibt die Bestürzung, deren Beute ich war, als ich, vertieft in diese Unterhaltung, plötzlich eine von oben kommende Stimme vernahm, die trockenen Tones lautete: „Du hast da recht nette Sächelchen."

Wenn es immer etwas Beschämendes hat, sich längere Zeit allein und unbeobachtet geglaubt zu haben, auf einmal aber belehrt zu werden, daß man es nicht war, so verschärften hier die Umstände die Unannehmlichkeit. Ein leichtes Zusammenfahren konnte ich wohl nicht verbergen, bezwang mich aber dann zu vollkommener Ruhe, schloß ohne Überstürzung die Kassette, brachte sie ebenso gemächlich wieder in meinem Koffer unter und erhob mich erst dann, um, etwas zurücktretend, dorthin hinaufzuschauen, von wo die Stimme gekommen war. Wahrhaftig, in dem Bett über dem, auf dem ich gesessen, lag einer und blickte, auf den Ellbogen gestützt, zu mir herab. Meine Umschau war nicht genau genug gewesen, die Gegenwart des Menschen früher wahrzunehmen. Er mochte dort oben gelegen haben, die Decke über den Kopf gezogen. Es war ein junger Mann, der eine Rasur hätte brauchen können, so schwarz war das Kinn ihm schon, mit wirrem Bett-Liege-Haar, einem Backenbärtchen und slawisch geschnittenen Augen. Sein Gesicht war fiebrig gerötet, aber obgleich ich sah, daß er wohl krank sein müsse, gaben Verdruß und Verwirrung mir die ungeschickte Frage ein: „Was machen denn Sie da oben?"

„Ich?" antwortete er. „Es wäre wohl eher an mir, zu fragen, was du da unten Interessantes treibst."

„Wollen Sie mich, bitte, nicht duzen", sagte ich gereizt. „Ich wüßte nicht, daß wir verwandt oder sonst vertraut miteinander wären."

Er lachte und erwiderte nicht ganz zu Unrecht: „Na, was ich da bei dir gesehen, ist schon danach angetan, eine gewisse Vertraulichkeit zwischen uns zu stiften. Dein Mütterlein hat dir das nicht ins Felleisen gepackt. Zeig mal deine Händchen her, wie lang deine Finger sind oder wie lang du sie machen kannst!"

„Reden Sie keinen Unsinn!" sagte ich. „Bin ich Ihnen Rechenschaft schuldig über mein Eigentum, nur weil Sie indiskret genug waren, mir zuzusehen, ohne mich auf Sie aufmerksam zu machen? Das ist sehr schlechter Ton –"

„Ja, du bist mir der Rechte, das Maul aufzureißen", versetzte er. „Laß nur die Ziererei, man ist auch kein Bärenhäuter. Im übrigen kann ich dir sagen, daß ich bis vor ganz kurzem geschlafen habe. Ich liege hier mit Influenza den zweiten Tag und habe dreckige Kopfschmerzen. Da wache ich auf und frage mich, ohne gleich Laut zu geben: Womit spielt der liebliche Knabe da? Denn hübsch bist du, das muß dir der Neid lassen. Wo wäre ich heute mit deinem Frätzchen!"

„Mein Frätzchen ist kein Grund, mich dauernd du zu nennen. Ich werde kein Wort mehr mit Ihnen reden, wenn Sie's nicht lassen."

„Ach Gott, mein Prinz, ich kann ja auch ‚Hoheit' zu Ihnen

sagen. Dabei sind wir doch Kollegen, soviel ich verstehe. Du bist ein Neuer?"

„Die Direktion hat mich allerdings", antwortete ich ihm, „hierher geleiten lassen, damit ich mir ein freies Bett wähle. Morgen soll ich meinen Dienst antreten in diesem Hause."

„Als was?"

„Darüber ist noch nicht verfügt worden."

„Sonderbar. Ich habe in der Küche zu tun, das heißt: im Gardemanger bei den kalten Schüsseln. – Das Bett, auf dem du Platz nahmst, ist nicht frei. Das übernächste Oberbett da, das ist frei. – Was bist du denn für ein Landsmann?"

„Ich bin heute abend aus Frankfurt eingetroffen."

„Und ich bin Kroate", sagte er auf deutsch. „Aus Agram. Dort habe ich auch schon in einer Restaurantküche gearbeitet. Aber seit drei Jahren bin ich in Paris. Weißt du denn Bescheid in Paris?"

„Was meinen Sie mit ‚Bescheid'?"

„Das weißt du ganz gut. Ich meine, ob du eine Ahnung hast, wo du dein Zeug da zu leidlichem Preise versilbern kannst."

„Das wird sich finden."

„Von selber nicht. Und es ist sehr unklug, sich lange mit so einem Funde zu schleppen. Wenn ich dir eine sichere Adresse nenne, wollen wir dann halbpart machen?"

„Was fällt Ihnen ein, halbpart! Und das für nichts als eine Adresse!"

„Die einem Grünschnabel wie dir aber not tut wie's liebe Brot. Überleg dir's. Ich will dir sagen, die Brillantkette –"

Hier wurden wir unterbrochen. Die Tür ging auf, und mehrere junge Leute kamen herein, deren Ruhestunde geschlagen hatte: ein Liftboy in grauer Livree mit rotem Litzenbesatz, zwei Laufjungen in blauem, hochgeschlossenem Kamisol mit zwei Reihen Goldknöpfen daran und Goldstreifen an den Hosen, ein herangewachsener Bursche in blaugestreifter Jacke, der seine Schürze über dem Arm trug und wahrscheinlich im niederen Küchendienst, als Geschirrwäscher oder ähnlich, beschäftigt war. Nicht lange, so folgte ihnen noch ein Chasseur von Bobs Klasse und einer, der, nach dem weißen Kittel zu urteilen, den er zu seinen schwarzen Hosen trug, für einen Kellnerlehrling oder Aide gelten mochte. Sie sagten „Merde!" und, da auch Deutsche dabei waren: „Verflucht noch mal!" und „Hol's der Geier!" – Stoßflüche, die wohl ihrem für diesmal beendeten Tagewerk galten –, riefen zu dem Bettlägerigen hinauf: „Hallo, Stanko, wie schlecht geht es dir?“, gähnten überlaut und fingen gleich alle an, sich auszuziehen. Um mich kümmerten sie sich sehr wenig, sagten höchstens im Scherz zu mir, als ob sie mich erwartet hätten: „Ah, te voilà. Comme nous étions impatients que la boutique deviendrait complète!“ Einer bestätigte mir, daß das Oberbett frei sei, das Stanko mir gewiesen. Ich stieg hinauf, brachte meinen Koffer in dem zugehörigen Wandfach unter, legte, auf dem Bett sitzend, meine Kleider ab und fiel, kaum daß mein Kopf das Kissen berührte, in den süßen und gründlichen Schlaf der Jugend.

Achtes Kapitel

Mehrere Weckuhren gellten und rasselten fast gleichzeitig los, noch im Dunkeln, denn es war erst sechs Uhr, und die zuerst aus den Betten kamen, zündeten die Deckenbirne wieder an. Nur Stanko kümmerte sich nicht um die Reveille und blieb liegen. Da ich vom Schlaf sehr erfrischt und heiter war, konnte mich das lästige Gedränge von zerzausten, gähnenden, die Glieder reckenden und ihre Nachthemden über den Kopf ziehenden Burschen im engen Mittelgange der Koje nicht allzusehr verstimmen. Auch den Streit um die fünf Waschgelegenheiten – fünf für sieben der Reinigung bedürftige Gesellen – ließ ich meinem Frohsinn nichts anhaben, ungeachtet daß das Wasser in den Krügen nicht reichte und einer um den anderen splitternackt auf den Gang hinauslaufen mußte, um aus der Leitung neues zu holen. Auch bekam ich, als ich es den anderen mit Seifen und Planschen gleichgetan, nur ein schon sehr feuchtes Handtuch, das zum Abtrocknen wenig mehr taugte. Dafür durfte ich teilhaben an einigem heißen Wasser, das der Liftboy und der Kellnerlehrling sich gemeinsam auf einem Spirituskocher zum Rasieren bereiteten, und konnte, während ich mit schon geübten Strichen mein Messer über Wangen, Lippe und Kinn führte, mit ihnen in eine Spiegelscherbe blicken, die sie auf den Fenstergriff zu praktizieren gewußt hatten.

„Hé, beauté“, sagte Stanko zu mir, als ich, gescheitelten Haares und reinen Angesichts, um mich fertig anzukleiden und, wie alle es taten, mein Bett in Ordnung zu bringen, in den Schlafraum hinüberkam. „Hans oder Fritz, wie heißt du?"

„Felix, wenn es Ihnen recht ist", antwortete ich.

„Auch gut. Wollen Sie so gut sein, Felix, mir aus der Kantine eine Tasse Café au lait mitzubringen, wenn Sie gefrühstückt haben? Ich bekomme sonst, bis mittags vielleicht eine Schleimsuppe erscheint, überhaupt nichts."

„Mit Vergnügen", erwiderte ich. „Gern will ich das tun. Ich bringe Ihnen vor allem einmal eine Tasse und komme dann sehr bald noch einmal wieder."

Ich sagte das aus zwei Gründen. Erstens, weil beunruhigenderweise mein Koffer zwar ein Schloß hatte, mir aber der Schlüssel dazu fehlte und ich dem Stanko keineswegs über den Weg traute. Zweitens aber, weil ich an das gestrige Gespräch mit ihm wieder anzuknüpfen und zu vernünftigeren Bedingungen die Adresse von ihm zu erfahren wünschte, die er mir angeboten.

In der geräumigen Cantine des employés, zu der man sich über den Gang, bis an sein Ende, begab, war es warm und anmutend durch den Duft des Morgengetränks, das der Cantinier und seine sehr dicke und mütterliche Frau hinter dem Buffet aus zwei blanken Maschinen in Tassen füllten. Der Zucker lag schon in den Schalen, und die Frau goß Milch nach und fügte jeder eine Brioche hinzu. Ein großes Gedränge von allerlei Hotelgesinde aus verschiedenen Dortoirs war hier, Saalkellner darunter in blauen Fräcken mit Goldknöpfen. Meistens trank und aß man im Stehen, aber auch für einige Tischchen war Sorge getragen. Meinem Versprechen gemäß erbat ich von der Mütterlichen eine Tasse „pour le pauvre malade de numéro quatre", und sie reichte mir eine, indem sie mir mit dem Lächeln, an das ich fast von jedermann gewöhnt war, ins Gesicht blickte. „Pas encore équipé?" fragte sie, und ich erklärte ihr kurz meine Lage. Dann eilte ich zu Stanko zurück, ihm seinen Kaffee zu bringen, und wiederholte ihm, daß ich sehr bald wieder vorsprechen würde. Er lachte höhnisch hinter mir drein, da er meine beiden Gründe recht wohl verstand.

Wieder in der Kantine, sorgte ich denn auch für mich, schlürfte meinen Café au lait, der mir außerordentlich mundete, da ich lange nichts Warmes genossen hatte, und aß meine Brioche dazu. Der Raum begann sich zu leeren, da es allgemach sieben Uhr geworden war. So konnte ich es mir an einem der mit Wachstuch bespannten Tischchen bequem machen, zusammen mit einem befrackten Commis de salle schon reiferen Alters, der sich Zeit nahm, ein Päckchen Zigaretten hervorzuziehen und eine der Caporals in Brand zu stecken. Ich brauchte ihn nur anzulächeln und etwas mit einem Auge zu zwinkern, so gab er mir auch eine. Mehr noch: als er nach kurzem Gespräch, worin ich auch ihm über meinen noch schwebenden Zustand Auskunft gab, aufstand und ging, ließ er mir das noch halbvolle Päckchen als Präsent zurück.

Der Rauch des schwarzen, würzigen Knasters ging mir nach dem Frühstück recht wohlig ein, und doch durfte ich mich nicht lange dabei versäumen, sondern mußte zurück zu meinem Patienten. Er empfing mich mit einer Verdrießlichkeit, die leicht als gespielt zu erkennen war.

„Wieder da?" fragte er mürrisch. „Was willst du? Ich brauche deine Gesellschaft nicht. Ich habe Kopf- und Halsschmerzen und gar keine Lust zu schwätzen."

„Es geht Ihnen also nicht besser?" antwortete ich. „Das tut mir leid. Eben wollte ich mich danach erkundigen, ob Sie der Kaffee nicht etwas aufgemuntert hat, den ich Ihnen aus selbstverständlicher Gefälligkeit brachte."

„Ich weiß schon, warum du mir Kaffee gebracht hast. Ich mische mich aber nicht in deine dämlichen Geschäfte. Du Gimpel wirst sie ja doch nur verderben."

„Sie sind es", entgegnete ich, „der von Geschäften anfängt. Ich sehe nicht ein, weshalb ich Ihnen in Ihrer Einsamkeit nicht etwas Gesellschaft leisten sollte, auch ohne Geschäfte. Man wird sich um mich so bald nicht kümmern, und ich habe mehr Zeit, als ich brauchen kann. Fassen Sie es so auf, daß ich etwas davon mit Ihrer Hilfe hinbringen möchte!"

Ich setzte mich auf das Bett unter dem seinen, was aber den Nachteil hatte, daß ich ihn von dort nicht sah. So ist kein Reden, fand ich, und stellte mich notgedrungen wieder vor seinem Lager auf.

Er sagte: „Es ist ein Fortschritt, daß du einsiehst, daß du mich nötig hast und nicht ich dich."

„Wenn ich recht verstehe", erwiderte ich, „spielen Sie auf ein Angebot an, das Sie mir gestern gemacht haben. Sie kommen freundlicherweise darauf zurück. Das verrät aber doch, daß auch Sie ein gewisses Interesse daran haben."

„Ein verflucht geringes. Du Hansdampf wirst deinen Kram ja doch nur verplempern. Wie bist du überhaupt zu ihm gekommen?"

„Durch reinen Zufall. Tatsächlich weil ein vergnügter Augenblick es so wollte und fügte."

„Kennt man. Mag übrigens sein, daß du mit einer Glückshaut geboren bist. Du hast so was. Zeig doch deine Kleinigkeiten noch mal her, daß ich sie ungefähr abschätze."

So erfreut ich war, ihn so viel weicher zu finden, sagte ich doch: „Das will ich lieber nicht, Stanko. Wenn jemand käme, so könnte das leicht zu Mißverständnissen führen."

„Ist übrigens auch nicht nötig", sagte er. „Ich habe gestern alles ziemlich genau gesehen. Mach dir keine Illusionen über den Topasschmuck. Er ist –"

Schon zeigte sich, wie recht ich gehabt hatte, auf Störungen gefaßt zu sein. Ein Scheuerweib mit Eimer, Lappen und Besen kam herein, um im Waschraum die Wasserlachen aufzutrocknen und Ordnung zu machen. Solange sie da war, saß ich auf dem Unterbett, und wir sprachen kein Wort. Erst als sie in ihren klappernden Pantinen wieder hinausgelatscht war, fragte ich ihn, was er habe sagen wollen.

„Ich, sagen?" verstellte er sich aufs neue. „Du wolltest was hören, aber ich wollte gar nichts sagen. Höchstens wollte ich dir raten, dir nicht viel einzubilden auf den Topasschmuck, mit dem du gestern so lange liebäugeltest. So ein Plunder kostet viel, wenn man ihn bei Falize oder Tiffany kauft, aber der Erlös ist ein Dreck."

„Was nennen Sie einen Dreck?"

„Paar hundert Franken."

„Nun, immerhin."

„Du Trottel sagst zu allem gewiß ‚Immerhin!'. Das ist ja mein Ärger. Wenn ich nur mit dir gehen oder gleich die Sache selbst in die Hand nehmen könnte!"

„Nein, Stanko, wie könnte ich das verantworten! Sie haben ja Temperatur und müssen das Bett hüten."

„Schon gut. Im übrigen könnte selbst ich aus dem Kamm und der Brosche kein Rittergut herausschlagen. Auch aus der Busennadel nicht, trotz dem Saphir. Das Beste ist noch die Kette, die ist gut und gern zehntausend Franken wert. Und von den Ringen gleichfalls ist einer oder der andere nicht zu verachten, wenn ich wenigstens an den Rubin und an die graue Perle denke. Kurz, flüchtig überschlagen, achtzehntausend Franken macht alles zusammen schon aus."

„Das war ungefähr auch meine Schätzung."

„Sieh an! Hast du überhaupt einen Schimmer?"

„O doch. Die Juwelierauslagen zu Hause in Frankfurt waren immer mein Lieblingsstudium. Sie meinen aber wohl nicht, daß ich die vollen achtzehntausend werde bekommen können?"

„Nein, Seelchen, das meine ich nicht. Aber wenn du dich nur ein bißchen zu wehren weißt und nicht zu all und jedem dein ‚Immerhin' sagst, so solltest du's gut auf die Hälfte doch bringen können."

„Neuntausend Franken also."

„Zehntausend. Soviel wie in Wahrheit bloß schon die Diamantkette wert ist. Darunter darfst du es, wenn du halbwegs ein Mann bist, keinesfalls tun."

„Und wohin raten Sie mir, mich zu wenden?"

„Aha! Jetzt soll ich dem Schönen was schenken. Jetzt soll ich dem Pinsel aus purer Verliebtheit meine Kenntnisse gratis auf die Nase binden."

„Wer spricht von gratis, Stanko. Ich bin doch natürlich bereit, mich Ihnen erkenntlich zu zeigen. Nur fand und finde ich, was Sie gestern von halbpart sagten, doch etwas übertrieben."

„Übertrieben?" Halbpart ist bei solchem Gemeinschaftsgeschäft die natürlichste Teilung von der Welt, die Teilung, wie sie im Buche steht. Du vergißt, daß du ohne mich so hilflos bist wie der Fisch auf dem Trocknen und daß ich dich außerdem bei der Direktion verpfeifen kann."

„Schämen Sie sich, Stanko! So etwas sagt man nicht einmal, geschweige, daß man es täte. Sie denken auch nicht daran, es zu tun, und müssen mich schon bei der Überzeugung lassen, daß Sie ein paar tausend Franken dem Verpfeifen vorziehen werden, von dem Sie gar nichts haben."

„Du unterstehst dich, mir mit ein paar tausend Franken zu kommen?"

„Darauf läuft es, locker geredet, hinaus, wenn ich Ihnen loyalerweise ein Drittel der zehntausend Franken zubillige, die ich nach Ihrer Meinung lösen muß. Sie sollten mich loben dafür, daß ich mich ein bißchen zu wehren weiß, und sollten das Vertrauen daraus schöpfen, daß ich auch bei dem Halsabschneider meinen Mann stehen werde."

„Komm her!“ sagte er und sagte, als ich nahe zu ihm herangetreten war, gedämpft und deutlich:

„Quatre-vingt-douze, Rue de l'Échelle au Ciel.“

„Quatre-vingt-douze, Rue de ...“

„Échelle au Ciel. Kannst du nicht hören?“

„Was für ein ausgefallener Name!“

„Wenn sie doch seit Hunderten von Jahren so heißt? Nimm den Namen als gutes Omen! Es ist eine sehr würdige kleine Straße, nur etwas weit, irgendwo hinter der Cimetière de Montmartre. Du hilfst dir am besten nach Sacré-Cœur hinauf, was ein klares Ziel ist, gehst durch den Jardin zwischen Kirche und Friedhof und verfolgst die Rue Damrémont in der Richtung auf den Boulevard Ney. Bevor die Damrémont auf die Championnet stößt, geht ein Sträßchen nach links, Rue des Vierges prudentes, und von der zweigt deine Échelle ab. Du kannst im Grunde nicht fehlen.“

„Wie heißt der Mann?“

„Einerlei. Er nennt sich Uhrmacher und ist es auch unter anderm. Mach, und benimm dich nicht gar zu ähnlich wie ein Schaf! Ich habe dir die Adresse nur gesagt, um dich loszuwerden und meine Ruhe zu haben. Was mein Geld betrifft, so merk dir, daß ich dich jederzeit verpfeifen kann.“

Er drehte mir den Rücken.

„Ich bin Ihnen aufrichtig verbunden, Stanko“, sagte ich. „Und seien Sie versichert, daß ich Ihnen keinen Anlaß geben werde, sich bei der Direktion über mich zu beklagen!“

Damit ging ich, im stillen mir die Adresse wiederholend. Ich kehrte in die nun vollkommen verödete Kantine zurück, denn wo sollte ich sonst wohl Aufenthalt nehmen? Ich hatte zu warten, bis man sich drunten meiner erinnern würde. Zwei gute Stunden saß ich, ohne mir die geringste Ungeduld zu erlauben, an einem der Wachstuchtischchen, rauchte noch einige meiner Caporals und hing meinen Gedanken nach. Es war zehn Uhr nach der Wanduhr in der Kantine, als ich auf dem Gang mit spröder Stimme meinen Namen rufen hörte. Ich war noch nicht an der Tür, als der Chasseur schon durch diese hereinrief:

„L'employé Félix Kroull – zum Herrn Generaldirektor!“

„Das bin ich, lieber Freund. Nehmen Sie mich nur mit. Und wär es der Präsident der Republik, ich bin ganz bereit, mich vor ihn zu stellen.“

„Soviel besser, lieber Freund", gab er ziemlich frech meine freundliche Anrede zurück und maß mich mit den Blicken. „Folgen Sie mir, wenn's gefällig ist!"

Wir stiegen eine Treppe hinab, und im vierten Stock, dessen Gänge viel breiter waren als der unsere oben und mit schönen roten Läufern belegt, klingelte er nach einem der Personen-Aufzüge, die hier mündeten. Wir hatten etwas zu warten.

„Wie kommt es denn, daß das Rhinozeros dich selber sprechen will?" fragte mich der Bursche.

„Sie meinen Herrn Stürzli? Beziehungen. Persönliche Verbindungen", warf ich hin. „Warum nennen Sie ihn übrigens Rhinozeros?"

„C'est son sobriquet. Pardon, ich habe ihn nicht erfunden."

„Aber bitte, ich bin dankbar für jede Information", erwiderte ich.

Der Fahrstuhl war sehr hübsch getäfelt und elektrisch erleuchtet, mit einer roten Sammetbank versehen. Ein Jüngling in jener sandfarbenen Livree mit roten Litzen bediente den Schalthebel. Er landete erst zu hoch, dann beträchtlich zu tief, und über die so entstandene steile Stufe ließ er uns einsteigen.

„Tu n'apprendras jamais, Eustache", sagte mein Führer zu ihm, „de manier cette gondole."

„Pour toi je m'échaufferai!" erwiderte der andere grob.

Das mißfiel mir, und ich konnte nicht umhin zu bemerken: „Die Schwachen sollten einander nicht Verachtung erzeigen. Das wird ihre Stellung wenig stärken in den Augen der Mächtigen."

„Tiens", sagte der Zurechtgewiesene. „Un philosophe!"

Wir waren schon unten. Während wir von den Lifts am Rande der Halle hin gegen die Réception und an ihr vorbeigingen, bemerkte ich wohl, daß der Chasseur mich wiederholt neugierig von der Seite ansah. Es war mir immer lieb, wenn ich nicht nur durch die Annehmlichkeiten meines Äußeren, sondern auch durch meine geistigen Gaben Eindruck machte.

Das Privatbureau des Generaldirektors lag hinter der Réception, an einem Gange, dessen andere Türen, der seinen gegenüber, zu Billard- und Leseräumen führten, wie ich sah. Mein Führer klopfte behutsam, öffnete uns auf ein Grunzen im Innern und lieferte mich, die Mütze am Schenkel, mit einer Verbeugung ein.

Herr Stürzli, ein Mann von ungewöhnlicher Körperfülle, mit grauem Spitzbärtchen, das an seinem wulstigen Doppelkinn kein rechtes Unterkommen fand, saß, Papiere durchblätternd, an seinem Schreibtisch, ohne mir vorläufig Beachtung zu schenken. Seine Erscheinung machte mir den Spottnamen, den er beim Personal führte, wohl begreiflich, denn nicht nur, daß sein Rücken überaus massig gewölbt, sein Nacken äußerst speckig gedrungen war, so wies tatsächlich der vordere Teil seiner Nase auch eine hornartig erhabene Warze auf, die die Berechtigung des Namens vollendete. Dabei waren seine Hände, mit denen er die durchgesehenen Papiere der Länge und Breite nach zu einem ordentlichen Haufen zusammenstieß, erstaunlich klein und zierlich im Verhältnis zu seiner Gesamtmasse, die aber überhaupt nichts Unbeholfenes hatte, sondern, wie das zuweilen bei den korpulentesten Leuten vorkommt, eine gewisse elegante Tournure zu bewahren wußte.

„Sie sind also dann", sagte er in schweizerisch gefärbtem Deutsch, noch mit dem Zurechtstoßen der Papiere beschäftigt, „der mir von befreundeter Seite empfohlene junge Mann – Krull, wenn ich nicht irre – c'est ça –, der den Wunsch hat, bei uns zu arbeiten?"

„Ganz wie Sie sagen, Herr Generaldirektor", erwiderte ich, indem ich, wenn auch mit Zurückhaltung, etwas näher herantrat, – und hatte dabei, nicht zum ersten noch letzten Mal, Gelegenheit, ein seltsames Phänomen zu beobachten. Denn da er mich ins Auge faßte, verzerrte sich sein Gesicht zu einem gewissen eklen Ausdruck, der, wie ich genau verstand, auf nichts anderes als auf meine damalige Jugendschöne zurückzuführen war. Männer nämlich, denen der Sinn ganz und gar nach dem Weiblichen steht, wie es bei Herrn Stürzli mit seinem unternehmenden Spitzbärtchen und seinem galanten Embonpoint zweifellos der Fall war, erleiden, wenn ihnen das sinnlich Gewinnende in Gestalt ihres eigenen Geschlechtes entgegentritt, oft eine eigentümliche Beklemmung ihrer Instinkte, welche damit zusammenhängt, daß die Grenze zwischen dem Sinnlichen in seiner allgemeinsten und in seiner engeren Bedeutung nicht so ganz leicht zu ziehen ist, die Konstitution aber dem Mitsprechen dieser engeren Bedeutung und ihrer Gedankenverbindungen lebhaft widerstrebt, wodurch ebenjene Reflexwirkung eklen Grimassierens sich ergibt. Um einen wenig tiefreichenden Reflex, natürlich, kann es sich da nur handeln, denn gesitteterweise wird der Betroffene den fließenden Charakter genannter Grenze eher sich selbst zur Last legen als dem, der sie ihm in aller Unschuld bemerklich macht, und ihn seine ekle Beklemmung nicht entgelten lassen. Das tat auch Herr Stürzli in keiner Weise, besonders da ich angesichts seines Reflexes in ernster, ja strenger Bescheidenheit die Wimpern senkte. Im Gegenteil war er sehr leutselig zu mir und erkundigte sich: „Was macht er denn, mein alter Freund, Ihr Onkel, der Schimmelpreester?"

„Verzeihung, Herr Generaldirektor", erwiderte ich, „er ist nicht mein Onkel, aber mein Pate, was freilich fast mehr noch besagen will. Ich danke der Nachfrage, es geht meinem Paten sehr gut, nach allem, was ich weiß. Er genießt als Künstler des größten Ansehens im ganzen Rheinland und darüber hinaus."

„Ja, ja, kurioser Kauz, kurioses Huhn", sagte er. „Wirklich? Hat er Erfolg? Eh bien, desto besser. Kurioses Huhn. Wir waren hier damals ganz gut miteinander."

„Ich brauche nicht zu sagen", fuhr ich fort, „wie dankbar ich Professor Schimmelpreester dafür bin, daß er ein gutes Wort für mich bei Ihnen, Herr Generaldirektor, eingelegt hat."

„Ja, das hat er. Was, Professor ist er auch? Wieso denn? Mais passons. Geschrieben hat er mir Ihretwegen, und ich habe ihn auch nicht abfallen lassen, weil wir damals hier so manchen Jux miteinander gehabt haben. Aber ich will Ihnen sagen, lieber Freund, es hat seine Schwierigkeiten. Was sollen wir mit Ihnen anfangen? Sie haben doch offenbar im Hoteldienst nicht die geringste Erfahrung, sind überhaupt noch nicht dafür angelernt –"

„Ohne Überhebung glaube ich voraussagen zu können", war meine Erwiderung, „daß eine gewisse natürliche Anstelligkeit überraschend schnell für meine Ungelerntheit aufkommen wird."

„Na", meinte er neckisch, „Ihre Anstelligkeit, die bewährt sich wohl vorwiegend bei hübschen Frauen."

Er sagte das meiner Einsicht nach aus folgenden drei Gründen. Erstens nimmt der Franzose – und ein solcher war Herr Stürzli ja längst – das Wort „hübsche Frau" überhaupt sehr gern in den Mund, zum eigenen Vergnügen und zu dem aller anderen. „Une jolie femme", das ist dortzulande der populärste Scherz, mit dem man sicher ist, sofort den heiter-sympathischsten Anklang zu finden. Es ist das ungefähr, wie wenn man in München das Bier erwähnt. Dort braucht man nur dieses Wort auszusprechen, um allgemeine Aufgeräumtheit zu erzielen. – Dies zum ersten. Zweitens, und tiefer hinabgesehen, wollte Stürzli, indem er von

„hübschen Frauen" sprach und über meine mutmaßliche Anstelligkeit bei ihnen witzelte, die Beklemmung seiner Instinkte bekämpfen, mich in gewissem Sinne loswerden und mich sozusagen nach der weiblichen Seite abschieben. Das verstand ich ganz gut. Drittens aber – man muß sagen: im Widerspruch zu diesem Bestreben – hatte er es darauf abgesehen, mich zum Lächeln zu bringen, was doch nur dazu führen konnte, daß er jene Beklemmung aufs neue erprobte. Offenbar war es ihm verworrenerweise eben darum zu tun. Das Lächeln, so bezwingend es war, mußte ich ihm gewähren und tat es mit den Worten: „Sicherlich stehe ich auf diesem Gebiet, wie auf jedem anderen, weit hinter Ihnen, Herr Generaldirektor, zurück."

Es war schade um diese Artigkeit, denn er hörte gar nicht darauf, sondern sah nur mein Lächeln an, das Gesicht wieder zur Grimasse des Widerwillens verzerrt. Er hatte es nicht anders gewollt, und mir blieb nichts übrig, als, wie vorher, in strenger Sittsamkeit die Augen niederzuschlagen. Auch ließ er's mich nach wie vor nicht entgelten.

„Dies ist alles ganz gut, junger Mann", sagte er, „aber die Frage ist, wie es um Ihre Vorkenntnisse steht. Sie schneien hier so nach Paris herein – sprechen Sie denn auch nur Französisch?"

Das war Wasser auf meine Mühle. In mir jauchzte es auf, denn mit dieser Frage nahm das Gespräch eine Wendung zu meinen Gunsten. Es ist hier der Ort, eine Anmerkung über meine Begabung überhaupt für allerlei Zungen der Völker einzuschalten, die stets enorm und geheimnisvoll war. Universell von Veranlagung und alle Möglichkeiten der Welt in mir hegend, brauchte ich eine fremde Sprache nicht eigentlich gelernt zu haben, um, wenn mir auch nur etwas davon angeflogen war, für kurze Zeit wenigstens, den Eindruck ihrer flüssigen Beherrschung vorzuspiegeln, und zwar unter so übertrieben echter Nachahmung des jeweiligen nationalen Sprachgebarens, daß es ans Possenhafte grenzte. Dieser nachspöttelnde Einschlag meiner Darbietung, die ihrer Glaubwürdigkeit nicht nur nicht gefährlich wurde, sondern sie sogar erhöhte, hing mit einer beglückenden, beinahe ekstatischen Erfülltheit vom Geiste des Fremden zusammen, in den ich mich versetzte oder von dem ich ergriffen wurde – einem Zustande der Inspiration, in welchem mir zu meinem eigenen Erstaunen, das nun wieder den Übermut meiner Travestie verstärkte, die Vokabeln, Gott weiß, woher, nur so zuflogen.

Was nun freilich vorerst einmal das Französische betraf, so hatte ja meine Zungenfertigkeit einen weniger geisterhaften Hintergrund.

„Ah, voyons, Monsieur le directeur général", sprudelte ich los, und zwar mit höchster Affektation. „Vous me demandez sérieusement, si je parle français? Mille fois pardon, mais cela m'amuse! De fait, c'est plus ou moins ma langue maternelle – ou plutôt paternelle, parce que mon pauvre père – qu'il repose en paix! – nourrissait dans son tendre cœur un amour presque passionné pour Paris et profitait de toute occasion pour s'arrêter dans cette ville magnifique dont les recoins les plus intimes lui étaient familiers. Je vous assure: il connaissait des ruelles aussi perdues comme, disons, la Rue de l'Échelle au Ciel, bref, il se sentait chez soi à Paris comme nulle part au monde. La conséquence? Voilà la conséquence. Ma propre éducation fut de bonne part française, et l'idée de la conversation, je l'ai toujours conçue comme l'idée de la conversation française. Causer, c'était pour moi causer en français et la langue française – ah, monsieur, cette langue de l'élégance, de la civilisation, de l'esprit, elle est la langue de la conversation, la conversation elle-même . . . Pendant toute mon enfance heureuse j'ai causé avec une charmante demoiselle de Vevey – Vevey en Suisse – qui prenait soin du petit gars de bonne famille, et c'est elle qui m'a enseigné des vers français, vers exquis que je me répète dès que j'en ai le temps et qui littéralement fondent sur ma langue –

Hirondelles de ma patrie,
De mes amours ne me parlez-vous pas?"

„Hören Sie auf!" unterbrach er mein sturzbachgleiches Geplapper. „Hören Sie sofort auf mit der Poesie! Ich kann keine Poesie vertragen, sie kehrt mir den Magen um. Wir lassen hier in der Halle zum Five o'clock manchmal französische Dichter auftreten, wenn sie etwas anzuziehen haben, und lassen sie ihre Verse rezitieren. Die Damen haben das gern, aber ich halte mich so fern wie möglich davon, der kalte Schweiß bricht mir dabei aus."

„Je suis désolé, Monsieur le directeur général. Je suis violemment tenté de maudire la poésie –"

„Schon gut. Do you speak English?"

Ja, tat ich das? Ich tat es nicht oder konnte doch höchstens für drei Minuten so tun, als täte ich es, soweit eben dasjenige reichte, was irgendwann einmal, in Langenschwalbach, in Frankfurt, vom Tonfall dieser Sprache an mein lauschendes Ohr geweht war, was ich an Brocken ihres Wortschatzes da oder dort aufgelesen. Worauf es ankam, war, aus einem Nichts von Material etwas für den Augenblick hinlänglich Verblendendes zu machen. Darum sagte ich – nicht etwa breit und platt, wie Unwissende sich wohl das Englische vorstellen, sondern mit den Spitzen der Lippen, säuselnd und die Nase dünkelhaft über alle Welt erhoben: „I certainly do, Sir. Of course, Sir, quite naturally I do. Why shouldn't I? I love to, Sir. It's a very nice and comfortable language, very much so indeed, Sir, very. In my opinion, English is the language for the future, Sir. I'll bet you what you like, Sir, that in fifty years from now it will be at least the second language of every human being . . ."

„Warum wenden Sie denn so die Nase in der Luft herum? Das ist nicht nötig. Auch Ihre Theorien sind überflüssig. Ich habe nur nach Ihren Kenntnissen gefragt. Parla italiano?"

In demselben Augenblick wurde ich zum Italiener, und statt säuselnder Verfeinerung überkam mich das feurigste Temperament. Froh erhob sich in mir, was ich je aus dem Munde meines Paten Schimmelpreester, der des öfteren und längeren in jenem sonnigen Lande gewesen war, von italienischen Lauten gehört hatte, und indem ich die Hand mit geschlossenen Fingerspitzen vor dem Gesicht bewegte, plötzlich aber alle ihre fünf Finger weit auseinanderspreizte, rollte und sang ich: „Ma Signore, che cosa mi domanda? Son veramente innamorato di questa bellissima lingua, la più bella del mondo. Ho bisogno soltanto d'aprire la mia bocca e involontariamente diventa il fonte di tutta l'armonia di quest' idioma celeste. Sì, caro Signore, per me non c'è dubbio che gli angeli nel cielo parlano italiano. Impossible d'imaginare che queste beate creature si servano d'una lingua meno musicale . . ."

„Halt!" befahl er. „Sie fallen schon wieder ins Poetische, und Sie wissen doch, daß mir schlecht davon wird. Können Sie das nicht lassen? Für einen Hotelangestellten schickt es sich nicht. Aber Ihr Akzent ist nicht übel, und über einige Sprachkenntnisse verfügen Sie, wie ich sehe. Das ist mehr, als ich erwartet hatte. Wir wollen einen Versuch mit Ihnen machen, Knoll –"

„Krull, Herr Generaldirektor."

„Ne me corrigez pas! Meinetwegen könnten Sie Knall heißen. Welches ist Ihr Rufname?"

„Felix, Herr Generaldirektor."

„Das paßt mir auch nicht. Felix – Felix, das hat etwas zu Privates und Anspruchsvolles. Sie werden Armand genannt werden . . ."

„Es macht mir die größte Freude, Herr Generaldirektor, meinen Namen zu wechseln."

„Freude oder nicht. Armand hieß der Liftboy, der zufällig heute abend den Dienst quittiert. Sie können morgen statt seiner eintreten. Wir wollen einen Versuch als Liftboy mit Ihnen machen."

„Ich wage zu versprechen, Herr Generaldirektor, daß ich mich anstellig erweisen und meine Sache sogar besser machen werde als Eustache . . ."

„Was ist mit Eustache?"

„Er fährt zu hoch und zu tief und macht böse Stufen, Herr Generaldirektor. Allerdings nur, wenn er seinesgleichen fährt. Mit Herrschaften, wenn ich ihn recht verstand, gibt er besser acht. Diese Ungleichmäßigkeit in der Ausübung seines Amtes fand ich nicht löblich."

„Was haben Sie hier zu loben! Sind Sie übrigens Sozialist?"

„Nicht doch, Herr Generaldirektor! Ich finde die Gesellschaft reizend, so wie sie ist, und brenne darauf, ihre Gunst zu gewinnen. Ich meine nur, wenn man seine Sache kann, sollte man es gar nicht fertigbringen, darin zu pfuschen, auch wenn es nicht so sehr darauf ankommt."

„Sozialisten nämlich können wir in unserem Betrieb ganz und gar nicht brauchen."

„Ça va sans dire, Monsieur le . . ."

„Gehen Sie jetzt, Knull! Lassen Sie sich im Magazin drunten, im Souterrain, die gehörige Livree anpassen! Die wird von uns geliefert, nicht aber gehöriges Schuhwerk, und ich mache Sie aufmerksam, daß das Ihre –"

„Das ist ein ganz vorübergehender Fehler, Herr Generaldirektor. Er wird bis morgen zu voller Zufriedenheit behoben sein. Ich weiß, was ich dem Etablissement schuldig bin, und versichere, daß meine Erscheinung in keinem Punkt zu wünschen übriglassen wird. Ich freue mich außerordentlich auf die Livree, wenn ich das sagen darf. Mein Pate Schimmelpreester liebte es, mich in die verschiedensten Kostüme zu stecken, und lobte mich immer dafür, wie richtig ich mich in einem jeden ausnahm, obgleich das Angeborene ja eigentlich kein Lob verdient. Aber eine Liftboy-Montur habe ich noch nie probiert."

„Es wird kein Unglück sein", sagte er, „wenn Sie darin den hübschen Frauen gefallen. Adieu, Sie sind dann für heute hier nicht mehr nötig. Sehen Sie sich Paris an heute nachmittag! Fahren Sie morgen früh mit Eustache oder einem andern ein paarmal auf und ab, und lassen Sie sich den Mechanismus zeigen, der einfach ist und nicht über Ihren Verstand gehen wird."

„Er will mit Liebe gehandhabt sein" war meine Erwiderung. „Ich werde nicht ruhen, bis ich nicht die kleinste Stufe mehr mache. Du reste, Monsieur le directeur général", fügte ich hinzu und ließ meine Augen schmelzen, „les paroles me manquent pour exprimer . . ."

„C'est bien, c'est bien, ich habe zu tun", sagte er und wandte sich ab, nicht ohne daß sein Gesicht sich wieder zu jener eklen Grimasse verzog. Mich konnte das nicht verdrießen. Spornstreichs – denn es lag mir daran, noch vor Mittag besagten Uhrmacher zu erreichen – begab ich mich eine Treppe hinab ins Kellergeschoß, fand ohne Mühe die mit „Magasin" bezeichnete Tür und klopfte. Ein kleiner Alter las durch seine Brille die Zeitung in dem Raum, der einem Trödelspeicher oder der Kostümkammer eines Theaters glich, so viel bunter Bedientenstaat war dort aufgehängt. Ich brachte mein Anliegen vor, das im Handumdrehen Erledigung finden sollte.

„Et comme ça", sagte der Alte, „tu voudrais t'apprêter, mon petit, pour promener les jolies femmes en haut et en bas?"

Diese Nation kann es nicht lassen. Ich zwinkerte und bestätigte, daß das mein Wunsch und Auftrag sei.

Nur flüchtig maß er mich mit den Augen, nahm eine der sandfarbenen, rot garnierten Livreen, Jacke und Hose, von der Stange und packte sie mir ganz einfach auf den Arm.

„Wäre nicht eine Anprobe ratsam?" fragte ich.

„Nicht nötig, nicht nötig. Was ich dir gebe, das paßt. Dans cet emballage la marchandise attirera l'attention des jolies femmes."

Der verhutzelte Alte hätte wirklich etwas anderes im Kopf haben können. Aber er redete wohl ganz mechanisch, und ebenso mechanisch zwinkerte ich zurück, nannte ihn zum Abschied „mon oncle" und schwor, daß ich ihm allein meine Carrière zu danken haben würde.

Mit dem Aufzug, der bis hier hinunterging, fuhr ich zum fünften Stock hinauf. Ich hatte Eile, denn immer beunruhigte mich ein wenig die Frage, ob denn auch Stanko in meiner Abwesenheit meinen Koffer in Frieden lassen würde. Unterwegs gab es Klingelzeichen und Aufenthalte. Herrschaften, bei deren Eintritt ich mich bescheiden an die Wand drückte, beanspruchten den Lift: schon gleich in der Halle eine Dame, die nach dem zweiten Stock, im ersten ein englisch sprechendes Ehepaar, das nach dem dritten verlangte. Die einzelne Dame, welche zuerst einstieg, erregte meine Aufmerksamkeit – und allerdings ist hier das Wort „erregen" am Platze, denn ich betrachtete sie mit einem Herzklopfen, das nicht der Süßigkeit entbehrte. Ich kannte diese Dame. Obgleich sie keinen Glockenhut mit Reiherfedern, sondern eine andere, breitrandige und mit Atlas garnierte Kreation auf dem Kopfe trug, über die ein weißer, unterm Kinn zur Schlinge gebundener und lang auf den Mantel herabhängender Schleier gelegt war, und obgleich auch dieser Mantel ein anderer war als gestern, ein leichterer, hellerer, mit großen umsponnenen Knöpfen, konnte nicht der geringste Zweifel sein, daß ich meine Nachbarin von der Douane, die Dame vor mir hatte, mit der mich der Besitz des Kästchens verband. Ich erkannte sie vor allem an einem Aufreißen der Augen wieder, das sie während der Auseinandersetzung mit dem Zöllner beständig geübt hatte, das aber offenbar eine stehende Gewohnheit war, da sie es auch jetzt, ganz ohne Anlaß, jeden Augenblick wiederholte. Überhaupt ließen ihre an sich nicht unschönen Züge eine Neigung zu nervöser Verzerrung merken. Sonst gab es nichts, soviel ich sah, an der Komplexion dieser Brünetten von vierzig Jahren, was mir die zarten Beziehungen hätte verleiden können, in denen ich zu ihr stand. Ein kleines dunkles Flaumbärtchen auf der Oberlippe kleidete sie nicht übel. Auch hatten ihre Augen die goldbraune Farbe, die mir stets an Frauen gefiel. Wenn sie sie nur nicht immerfort so unerfreulich aufgerissen hätte! Ich hatte das Gefühl, ihr die zwanghafte Gewohnheit gütlich ausreden zu sollen.

Aber so waren wir denn gleichzeitig hier abgestiegen – wenn ich auf meinen Fall das Wort Absteigen anwenden durfte. Ein bloßer Zufall hatte verhindert, daß ich ihr nicht schon vor dem leicht errötenden Herrn in der Réception wiederbegegnet war. Ihre Nähe im engen Raum des Fahrstuhls benahm mir recht eigentümlich den Sinn. Ohne von mir zu wissen, ohne mich je gesehen zu haben, ohne meiner auch jetzt gewahr zu werden, trug sie mich gestaltlos in ihren Gedanken seit dem Augenblick, gestern abend oder heute morgen, wo ihr beim Ausleeren ihres

Koffers das Fehlen des Kästchens auffällig geworden war. Dieser Nachstellung einen feindseligen Sinn beizulegen, konnte ich mich, sosehr das den um mich besorgten Leser verwundern mag, nicht überwinden. Daß ihr Meingedenken, ihr Fragen nach mir die Form gegen mich gerichteter Schritte annehmen könnte, daß sie vielleicht von solchen Schritten gerade zurückkehrte, diese naheliegende Möglichkeit kam mir flüchtig zwar in den Sinn, brachte es aber dort zu keiner ernstlichen Glaubwürdigkeit und vermochte nicht aufzukommen gegen den Zauber einer Situation, in welcher der Fragenden der Gegenstand ihres Fragens, ohne daß sie es ahnte, so nahe war. Wie bedauerte ich – bedauerte es für uns beide –, daß diese Nähe so kurz befristet war, nur bis zur zweiten Etage reichte! Als die, in deren Gedanken ich war, ausstieg, sagte sie zu dem rothaarigen Liftführer: „Merci, Armand."

Es hatte sein Auffallendes und zeugte von ihrer Leutseligkeit, daß sie, so kürzlich erst angekommen, schon den Namen des Burschen wußte. Vielleicht kannte sie ihn länger und war ein wiederkehrender Gast des Saint James and Albany. Auch war ich betroffener noch von dem Namen selbst und davon, daß gerade Armand es war, der uns gefahren hatte. Dies Zusammensein im Fahrstuhl war reich an Beziehungen.

„Wer ist diese Dame?" fragte ich den Rothaarigen von rückwärts im Weiterfahren.

Lümmelhafterweise antwortete er überhaupt nicht. Trotzdem fügte ich beim Aussteigen im vierten Stock die Frage hinzu: „Sind Sie jener Armand, der heute abend quittiert?"

„Das geht dich einen Dreck an", grobiante er.

„Etwas mehr als das", erwiderte ich, „geht es mich doch an. Ich bin nämlich jetzt Armand. Ich trete in Ihre Fußstapfen. Ich bin Ihr Nachfolger, und ich gedenke eine weniger ungehobelte Figur abzugeben als Sie."

„Imbécile!" grüßte er mich, indem er mir das Türgatter vor der Nase zuriß. –

Stanko schlief, als ich droben das Dortoir No. 4 wieder betrat. In aller Eile tat ich das Folgende: Ich nahm meinen Koffer vom Bord, trug ihn in den Waschraum, nahm das Kästchen heraus, das der ehrliche Stanko gottlob unangetastet gelassen, und nachdem ich mich meines Jacketts und meiner Weste entledigt, legte ich mir den reizenden Topasschmuck um den Hals und sicherte mit einiger Mühe seinen Druckfederverschluß im Nacken. Darüber dann legte ich jene Kleidungsstücke wieder an und stopfte die übrigen Kleinodien, die nicht soviel Platz einnahmen, besonders die Brillantkette, rechts und links in die Taschen. Dies vollbracht, versorgte ich den Koffer wieder an seinen Ort, hängte meine Livree in den Schrank neben der Tür auf dem Gange, legte Überjacke und Mütze an und lief – ich glaube, aus Abneigung, wieder mit Armand fahren zu müssen – alle fünf Treppen hinunter, um mich auf den Weg nach der Rue de l'Échelle au Ciel zu machen.

Die Taschen voller Schätze, besaß ich doch die paar Sous nicht mehr, einen Omnibus nehmen zu können. Ich mußte laufen, und zwar unter Schwierigkeiten, denn es galt, sich zurechtzufragen, und außerdem litt meine Beschwingtheit bald unter der Schwere der Füße, die ein steigendes Terrain erzeugt. Es waren gewiß drei Viertelstunden, die ich brauchte, um den Friedhof Montmartre zu erreichen, dem mein Fragen gegolten hatte. Von da freilich fand ich, da Stankos Angaben sich als durchaus zuverlässig erwiesen, schnell meinen Weg durch die Rue Damrémont zum Nebengäßchen der „Klugen Jungfrauen" und war, in dieses eingebogen, mit wenigen Schritten am Ziel.

Eine Mammutsiedlung wie Paris setzt sich aus vielen Quartieren und Gemeinden zusammen, von denen die wenigsten die Majestät des Ganzen erraten lassen, dem sie zugehören. Hinter der Prachtfassade, die die Metropole dem Fremden zukehrt, hegt sie das Kleinbürgerlich-Kleinstädtische, das darin sein selbstgenügsames Wesen treibt. Von den Bewohnern der Straße „Zur Himmelsleiter" hatte vielleicht so mancher in Jahr und Tag das Geglitzer der Avenue de l'Opéra, den Welttumult des Boulevard des Italiens nicht gesehen. Idyllische Provinz umgab mich. Auf dem schmalen, mit Katzenköpfen gepflasterten Fahrdamm spielten Kinder. An den friedlichen Trottoirs reihten sich schlichte Wohnhäuser, in deren Erdgeschossen hie und da ein Laden, ein Krämer-, ein Fleischer- oder Bäckergeschäft, eine Sattlerwerkstatt sich mit genügsamen Auslagen empfahl. Ein Uhrmacher mußte auch da sein. Nummer 92 war bald gefunden. „Pierre Jean-Pierre, Horloger" war an der Ladentür zu lesen, zur Seite des Schaufensters, das allerlei Zeitmesser, Taschenuhren von Herren- und Damenformat, blecherne Wecker und billige Kamin-Pendulen zeigte.

Ich drückte die Klinke und trat ein unter dem Gebimmel einer

Glocke, die durch das Öffnen der Tür in Bewegung gesetzt wurde. Der Inhaber saß, den Holzrahmen einer Lupe ins Auge geklemmt, hinter dem vitrinenartigen Ladentisch, in dessen gläsernem Inneren ebenfalls Uhren und Ketten ausgelegt waren, und musterte das Räderwerk einer Taschenuhr, deren Besitzer offenbar über sie zu klagen hatte. Das mehrstimmige Tick-Tack der herumstehenden Stutz- und Standuhren erfüllte den Laden.

„Guten Tag, Meister", sagte ich. „Wissen Sie, daß ich Lust hätte, mir eine Uhr für meine Westentasche, auch wohl mit einer hübschen Kette, zu kaufen?"

„Es wird Sie niemand daran hindern, mein Kleiner", antwortete er, indem er die Linse vom Auge nahm. „Eine goldene soll es vermutlich nicht sein?"

„Nicht notwendigerweise", erwiderte ich. „Ich lege keinen Wert auf Glanz und Flitter. Die innere Qualität, die Präzision, das ist es, worauf es mir ankommt."

„Gesunde Grundsätze. Eine silberne also", sagte er, öffnete die innere Glaswand des Ladentisches und nahm von seiner Ware einige Stücke heraus, die er mir auf der Platte vorlegte.

Es war ein hageres Männchen mit aufrechtstehendem gelbgrauem Haar und jener Art von Backen, die viel zu hoch, gleich unter den Augen ansetzen und den Teil des Gesichtes, wo eigentlich die Backen sich runden sollten, fahl überhängen. Eine leider vorkommende, unerfreuliche Bildung.

Die silberne Remontoir-Uhr in Händen, die er mir gerade empfohlen, fragte ich nach ihrem Preise. Er betrug fünfundzwanzig Franken.

„Nebenbei, Meister", sagte ich, „meine Absicht ist nicht, diese Uhr, die mir sehr gut gefällt, in bar zu bezahlen. Ich möchte vielmehr unser Geschäft auf die ältere Form des Tauschhandels zurückführen. Sehen Sie diesen Ring!" Und ich zog den Reif mit der grauen Perle hervor, den ich für diesen Augenblick an besonderem Ort, nämlich in dem aufgenähten Nebentäschchen meiner rechten Jackett-Tasche, bereitgehalten hatte. „Meine Idee war", erläuterte ich, „Ihnen dies hübsche Stück zu verkaufen und die Differenz zwischen seinem Wert und dem Preis der Uhr von Ihnen entgegenzunehmen – anders gesagt, Ihnen die Uhr von dem Ertrag des Ringes zu bezahlen –, noch anders gewendet, Sie zu ersuchen, den Preis der Uhr, mit dem ich ganz einverstanden bin, einfach von den, sagen wir, zweitausend Franken abzuziehen, die Sie mir zweifellos für den Ring bieten werden. Wie denken Sie über diese kleine Transaktion?"

Scharf, mit zusammengekniffenen Augen, betrachtete er den Ring in meiner Hand und blickte dann auf dieselbe Art mir selbst ins Gesicht, während ein leichtes Beben in seine unrichtigen Wangen trat.

„Wer sind Sie, und woher haben Sie diesen Ring?" fragte er mit gepreßter Stimme. „Für was halten Sie mich, und was für Geschäfte schlagen Sie mir vor? Verlassen Sie sofort den Laden eines Ehrenmannes!"

Betrübt senkte ich das Haupt und sagte nach kurzem Schweigen mit Wärme: „Meister Jean-Pierre, Sie befinden sich in einem Irrtum. In einem Irrtum des Mißtrauens, mit dem ich wohl freilich zu rechnen hatte und vor dem dennoch Ihre Menschenkenntnis Sie bewahren sollte. Sie fassen mich ins Auge – nun? Sehe ich aus wie ein – wie jemand, für den Sie befürchten mich halten zu müssen? Ich kann Ihren ersten Gedanken nicht schelten, er ist begreiflich. Aber Ihr zweiter – ich wäre enttäuscht, wenn er nicht besser Ihren persönlichen Eindrücken folgte."

Er fuhr fort, mit einem knappen Aufundabgehen seines Kopfes den Ring und mein Gesicht zu bespähen.

„Woher kennen Sie meine Firma?" wollte er wissen.

„Von einem Arbeitskollegen und Stubengenossen", antwortete ich. „Er ist nicht ganz wohl augenblicklich. Wenn Sie wollen, richte ich ihm Ihre Genesungswünsche aus. Er heißt Stanko."

Noch zögerte er, mit bebenden Backen auf und ab spähend. Aber ich sah wohl, wie die Begierde nach dem Ring die Oberhand gewann über seine Ängstlichkeit. Mit einem Blick auf die Tür nahm er mir jenen aus der Hand und setzte sich schnell damit an seinen Platz hinter dem Ladentisch, um das Objekt durch seine Uhrmacherlupe zu prüfen.

„Sie hat einen Fehler", sagte er und meinte die Perle.

„Nichts könnte mir neuer sein", erwiderte ich.

„Das glaube ich Ihnen. Nur der Fachmann sieht das."

„Nun, ein Fehler so versteckter Art kann bei der Schätzung kaum ins Gewicht fallen. Und die Brillanten, wenn ich fragen darf?"

„Quark, Splitter, Rosen, abgesprengtes Zeug und bloße Dekoration. – Hundert Franken", sagte er und warf den Ring zwischen uns beide, aber näher zu mir, auf die Glasplatte.

„Ich höre doch wohl nicht recht!"

„Wenn Sie meinen, nicht recht zu hören, mein Junge, so nehmen Sie Ihren Plunder und trollen Sie sich."

„Aber dann kann ich ja die Uhr nicht kaufen."

„Je m'en fiche", sagte er. „Adieu."

„Hören Sie, Meister Jean-Pierre", begann ich nun. „Ich kann Ihnen in aller Höflichkeit den Vorwurf nicht ersparen, daß Sie die Geschäfte mit Nachlässigkeit behandeln. Durch übertriebene Knauserigkeit gefährden Sie den Fortgang von Verhandlungen, die kaum begonnen haben. Sie lassen die Möglichkeit außer acht, daß dieser Ring, kostbar, wie er ist, nicht der hundertste Teil dessen sein könnte, was ich Ihnen anzubieten habe. Diese Möglichkeit ist aber eine Tatsache, und Sie sollten Ihr Verhalten gegen mich danach einrichten."

Er sah mich groß an, und das Beben seiner mißschaffenen Backen verstärkte sich außerordentlich. Wieder warf er einen Blick auf die Tür und sagte dann mit dem Kopf winkend zwischen den Zähnen: „Komm hier herein!"

Er nahm den Ring, ließ mich um den Vitrinentisch herumgehen und öffnete mir den Eingang zu einer ungelüfteten, fensterlosen Hinterstube, über deren rundem, mit Plüsch und Häkelzeug bedecktem Mitteltisch er eine sehr hell und weiß brennende Gas-Hängelampe entzündete. Auch ein „Safe" oder feuerfester Geldschrank sowie ein kleiner Schreibsekretär waren in dem Raum zu sehen, so daß dieser zwischen kleinbürgerlichem Wohnzimmer und Geschäftsbureau die Mitte hielt.

„Los! Was hast du?" sagte der Uhrmacher.

„Erlauben Sie mir, ein wenig abzulegen", versetzte ich und entledigte mich meiner Überjacke. „So geht es besser." Und stückweise zog ich aus meinen Taschen den Schildpattkamm, die Busennadel mit dem Saphir, die Brosche in Form eines Fruchtkörbchens, den Armreif mit der weißen Perle, den Rubinring und als großen Trumpf die Brillantkette, legte das alles, wohl voneinander gesondert, auf die gehäkelte Decke des Tisches nieder. Schließlich knöpfte ich mit Verlaub meine Weste auf, nahm mir den Topasschmuck vom Halse und fügte auch ihn der Bescherung auf dem Tische hinzu.

„Was meinen Sie dazu?" fragte ich mit ruhigem Stolz.

Ich sah, wie er ein Glitzern seiner Augen, ein Schmatzen seiner Lippen nicht ganz verbergen konnte. Aber er gab sich den

Anschein, als wartete er auf mehr, und erkundigte sich schließlich trockenen Tones: „Nun? Das ist alles?"

„Alles?" wiederholte ich. „Meister, Sie sollten nicht tun, als ob es nicht lange her wäre, daß Ihnen eine solche Kollektion zum Kaufe angeboten wurde."

„Du möchtest sie sehr gern loswerden, deine Kollektion?"

„Überschätzen Sie nicht die Hitzigkeit meines Wunsches", erwiderte ich. „Wenn Sie mich fragen, ob ich mich ihrer zu einem vernünftigen Preis zu entäußern wünsche, so kann ich zustimmen."

„Recht so", gab er zurück. „Kühle Vernunft ist dir in der Tat anzuraten, mein Bürschchen."

Damit zog er sich einen der den Tisch umstehenden, mit Teppichstoff überzogenen Fauteuils heran und setzte sich zur Prüfung der Gegenstände. Ohne Einladung nahm auch ich einen Stuhl, schlug ein Bein über das andere und sah ihm zu. Deutlich sah ich, wie seine Hände zitterten, während er ein Stück nach dem anderen aufnahm, es musterte und es dann mehr auf die Tischdecke zurückwarf, als daß er es zurückgelegt hätte. Das sollte das Zittern der Gier wohl gutmachen, wie er denn auch wiederholt die Achseln zuckte, besonders als er – und das geschah zweimal – die Brillantkette von der Hand hängen und sie dann rundum, die Steine anhauchend, langsam zwischen den Fingern hindurchgehen ließ. Desto absurder klang es, als er schließlich, mit der Hand durch die Luft über das Ganze hinfahrend, sagte: „Fünfhundert Franken."

„Wofür, wenn ich fragen darf?"

„Für alles zusammen."

„Sie scherzen."

„Mein Junge, zum Scherzen ist für keinen von uns ein Anlaß. Willst du mir deinen Fang für fünfhundert dalassen? Ja oder nein."

„Nein", sagte ich und stand auf. „Ich bin sehr weit entfernt davon. Ich nehme, wenn Sie erlauben, meine Andenken wieder zu mir, da ich sehe, daß ich aufs unwürdigste übervorteilt werden soll."

„Die Würde", spottete er, „steht dir gut. Für deine Jahre ist auch deine Charakterstärke beachtenswert. Ich will sie honorieren und sechshundert sagen."

„Das ist ein Schritt, mit dem Sie nicht die Region des Lächerlichen verlassen. Ich sehe jünger aus, lieber Herr, als ich bin, und es führt zu nichts, mich als Kind zu behandeln. Ich kenne den Realwert dieser Dinge, und obgleich ich nicht einfältig genug bin zu glauben, daß ich auf ihm bestehen kann, werde ich nicht dulden, daß sich die Leistung des Käufers in unmoralischem Grade davon entfernt. Schließlich weiß ich, daß es auch auf diesem Geschäftsgebiet eine Konkurrenz gibt, die ich zu finden wissen werde."

„Du hast da ein geöltes Mundwerk – zu deinen übrigen Talenten. Auf den Gedanken kommst du aber nicht, daß die Konkurrenz, mit der du mir drohst, recht wohl organisiert sein und sich auf gemeinsame Grundsätze festgelegt haben könnte."

„Die Frage ist einfach, Meister Jean-Pierre, ob *Sie* meine Sachen kaufen wollen oder ob sie ein anderer kaufen soll."

„Ich bin geneigt, sie dir abzunehmen, und zwar, wie wir im voraus ausgemacht, zu einem vernünftigen Preise."

„Und der wäre?"

„Siebenhundert Francs – mein letztes Wort."

Schweigend begann ich, das Schmuckwerk, vor allem die Brillantkette, wieder in meinen Taschen zu verstauen.

Mit bebenden Backen sah er mir zu.

„Dummkopf", sagte er, „du weißt dein Glück nicht zu schätzen. Bedenke doch, was für eine Masse Geld das ist, sieben- oder achthundert Franken – für mich, der ich sie allenfalls anlegen will, und für dich, der sie einstecken soll! Was kannst du dir für, sagen wir, achthundertfünfzig Francs alles kaufen – hübsche Frauen, Kleider, Theaterbilletts, gute Diners. Statt dessen willst du, wie ein Narr, das Zeug noch länger in deinen Taschen herumschleppen. Weißt du, ob nicht draußen die Polizei auf dich wartet? Stellst du mein Risiko in Rechnung?"

„Haben Sie", sagte ich dagegen aufs Geratewohl, „von diesen Gegenständen etwas in der Zeitung gelesen?"

„Noch nicht."

„Sehen Sie? Obgleich es sich doch um einen realen Gesamtwert von rund und nett achtzehntausend Franken handelt. Ihr Risiko ist überhaupt nur theoretisch. Dennoch will ich es veranschlagen, als ob es das nicht wäre, da ich mich tatsächlich in einer momentanen Geldverlegenheit befinde. Geben Sie mir die Hälfte des Wertes, neuntausend Franken, und der Handel soll richtig sein."

Er machte mir ein großes Gelächter vor, wobei es kein Vergnügen war, all seiner schadhaften Zahnstummel ansichtig zu werden. Quiekend wiederholte er aber- und abermals die genannte Ziffer. Schließlich meinte er ernstlich: „Du bist verrückt."

„Ich nehme das", sagte ich, „als Ihr erstes Wort nach dem letzten, das Sie vorhin gesprochen haben. Auch von diesem werden Sie abkommen."

„Hör, Junge, es ist gewiß das allererste Geschäft dieser Art, das du Grünschnabel abzuschließen versuchst?"

„Und wenn es so wäre?" erwiderte ich. „Achten Sie den frischen Anlauf einer neu auftretenden Begabung! Stoßen Sie sie nicht durch stupide Filzigkeit zurück, sondern suchen Sie sie durch eine offene Hand für Ihr Interesse zu gewinnen, denn noch manches mag sie Ihnen zutragen, statt sich an Abnehmer zu wenden, die mehr Blick für das Glückhafte, mehr Sinn für das Jugendlich-Aussichtsreiche haben!"

Betroffen sah er mich an. Kein Zweifel, er erwog meine schönen Worte in seinem verschrumpften Herzen, während er mir auf die Lippen blickte, mit denen ich sie gesprochen. Sein Zögern benutzte ich, um hinzuzufügen: „Es hat wenig Sinn, Meister Jean-Pierre, daß wir uns in pauschalen Überschlägen, Angeboten und Gegenangeboten ergehen. Die Kollektion will im einzelnen durchgeschätzt und berechnet sein. Wir müssen uns Zeit dazu nehmen."

„Meinetwegen", sagte er. „Rechnen wir's durch."

Ich hatte da einen groben Fehler gemacht. Gewiß hätte ich, wenn wir beim Pauschalen geblieben wären, nie und nimmer die 9000 Franken halten können, aber das Ringen und Feilschen um den Preis jedes Stückes, das nun begann, während wir am Tische saßen und der Uhrmacher die abscheulichen Schätzungen, die er durchpreßte, auf seinem Schreibblock notierte, brachte mich gar zu kläglich davon herunter. Es dauerte lange, wohl drei Viertelstunden oder darüber. Zwischendurch ging die Ladenglocke, und Jean-Pierre ging hinüber, nachdem er mir flüsternd befohlen: „Du muckst dich nicht!"

Er kam wieder, und das Markten ging weiter. Ich brachte die Brillantkette auf 2000 Franken, aber wenn das ein Sieg war, so war es mein einziger. Vergebens rief ich des Himmels Zeugenschaft an für die Schönheit des Topasschmuckes, die Kostbarkeit des Saphirs, der die Busennadel schmückte, der weißen Perle des

Armreifs, des Rubins und der grauen Perle. Die Ringe zusammen ergaben fünfzehnhundert, alles übrige außer der Kette hielt sich im erfochtenen Preis zwischen 50 und höchstens 300. Die Addition ergab 4450 Francs, und mein Schurke tat noch, als entsetze er sich davor und ruiniere sich und den ganzen Stand. Er erklärte auch, unter diesen Umständen komme die silberne Uhr, die ich kaufen müsse, statt auf 25 auf 50 Franken zu stehen – auf so viel also, wie er für die reizende goldene Traubenbrosche zahlen wollte. Das Endresultat, demnach, war 4400. Und Stanko? dachte ich. Meine Einnahme war schwer belastet. Dennoch blieb mir nichts übrig, als mein „Entendu" zu sprechen. Jean-Pierre schloß den eisernen Tresor auf, versorgte unter meinen bedauernden Abschiedsblicken seinen Erwerb darin und legte mir vier Tausend-Franc-Noten und vier Hunderter auf den Tisch.

Ich schüttelte den Kopf.

„Wollen Sie mir das etwas kleiner machen", sagte ich, indem ich ihm die Tausender wieder zuschob, und er antwortete:

„Nun, bravo! Ich habe nur deinen Takt ein wenig auf die Probe gestellt. Du möchtest bei deinen Einkäufen nicht zu großspurig auftreten, wie ich sehe. Das gefällt mir. Du gefällst mir überhaupt", fuhr er fort, indem er mir die Tausend-Franc-Billetts in Hunderter, auch in einiges Gold und Silber auflöste, „und ich hätte nicht so unerlaubt generös mit dir abgeschlossen, wenn du mir nicht wirklich Vertrauen einflößtest. Sieh, ich möchte die Verbindung mit dir gern aufrechterhalten. Es mag sein, es mag durchaus sein, daß was los ist mit dir. Du hast so was Sonniges. Wie heißt du eigentlich?"

„Armand."

„Nun, Armand, erweise dich dankbar, indem du wiederkommst! Hier ist deine Uhr. Ich schenke dir diese Kette dazu." (Sie war rein gar nichts wert.) „Adieu, mein Kleiner! Komm wieder! Ich habe mich etwas verliebt in dich, bei unseren Geschäften."

„Sie haben Ihre Gefühle gut zu beherrschen gewußt."

„Sehr schlecht, sehr schlecht!"

So scherzend trennten wir uns. Ich nahm einen Omnibus zum Boulevard Haussmann und fand in einer seiner Nebenstraßen ein Schuhgeschäft, wo ich mir ein Paar hübsche, zugleich solide und schmiegsame Knöpfstiefel anpassen ließ, die ich gleich an den Füßen behielt, indem ich erklärte, daß ich die alten nicht wiederzusehen wünschte. Im Kaufhaus „Printemps" sodann, nahebei, erstand ich, von Abteilung zu Abteilung schlendernd, zunächst einige kleinere Nutzbarkeiten: drei, vier Krägen, eine Krawatte, auch ein seidenes Hemd, ferner einen weichen Hut, statt der Mütze, die ich in der Mufftasche meiner Überjacke barg, einen Regenschirm, der in einer Spazierstock-Hülse steckte und mir außerordentlich gefiel, wildlederne Handschuhe und eine Brieftasche aus Eidechsenhaut. Danach ließ ich mich ins Konfektions-Rayon weisen, wo ich von der Stange weg einen sehr angenehmen Uni-Anzug aus leichtem und warmem grauem Wollstoff kaufte, der mir paßte wie angemessen und mir mit dem stehenden Umlegekragen, der blau und weiß gesprenkelten Krawatte ausgezeichnet zu Gesichte stand. Auch ihn legte ich nicht erst wieder ab, bat, mir die Hülle, in der ich gekommen war, zuzusenden, und ließ als Adresse spaßeshalber „Pierre Jean-Pierre, quatre-vingt-douze, Rue de l'Échelle au Ciel" notieren.

Mir war recht wohl, als ich, so aufgefrischt, die Krücke meines Stockschirmes über den Arm gehängt und den kleinen hölzernen Träger meines weißen, mit rotem Bande verschnürten Einkaufspaketes bequem zwischen den behandschuhten Fingern, den „Printemps" verließ – recht wohl in dem Gedanken an die Frau, die mich bildlos im Sinne trug und nun, so fand ich, einem Bilde nachfragte, das ihrer und ihres Fragens würdiger war als bisher. Gewiß hätte sie mit mir ihre Freude daran gehabt, daß ich meine äußere Person in eine unseren Beziehungen angemessenere Verfassung gebracht hatte. Der Nachmittag aber war vorgeschritten nach diesen Erledigungen, und ich spürte Hunger. In einer Brasserie ließ ich mir ein keineswegs schlemmerhaftes, aber kräftiges Mahl vorsetzen, bestehend aus einer Fischsuppe, einem guten Beefsteak mit Beilagen, Käse und Obst, und trank zwei Bock dazu. Wohlgesättigt beschloß ich, mir die Lebenslage zu gönnen, um die ich gestern im Vorbeifahren diejenigen, die sich ihrer erfreuten, beneidet hatte: nämlich vor einem der Cafés des Boulevard des Italiens zu sitzen und den Verkehr zu genießen. So tat ich. In der Nähe eines wärmenden Kohlenbeckens nahm ich an einem Tischchen Platz, trank rauchend meinen Double und blickte abwechselnd in den bunten und lärmenden Zug des Lebens dort vor mir und hinab auf den einen meiner bildhübschen neuen Knöpfstiefel, den ich bei übergeschlagenem Bein in der Luft wippen ließ. Wohl eine Stunde saß ich dort, so sehr gefiel es mir, und noch länger wäre ich wahrscheinlich geblieben, wenn es nicht der Abfall klaubenden Kriecher unter meinem Tisch und um ihn herum allmählich zu viele geworden wären. Ich hatte nämlich einem zerlumpten Greise und einem gleichfalls sehr abgerissenen Knaben, die meine Zigarettenreste aufhoben – dem einen einen Franc, dem anderen zehn Sous zu ihrer ungläubigen Glückseligkeit diskret hinabgereicht, und das verursachte bedrängenden Zuzug von ihresgleichen, dem ich, da der einzelne unmöglich allem Elend der Welt abhelfen kann, am Ende zu weichen hatte. Dennoch will ich nur bekennen, daß der Vorsatz zu solchen Darreichungen, der schon vom gestrigen Abend stammte, seine Rolle gespielt hatte bei meinem Verlangen nach diesem Aufenthalt.

Übrigens waren es nicht zuletzt Überlegungen finanzieller Art gewesen, die mich beschäftigt hatten, während ich dort saß, und sie fuhren fort, es zu tun bei meinem ferneren Zeitvertreib. Wie war es mit Stanko? Seiner gedenkend stand ich vor einer schwierigen Wahl. Ich konnte ihm entweder eingestehen, daß ich zu ungeschickt, zu kindisch gewesen war, den von ihm mit so viel Entschiedenheit angesetzten Preis für meine Ware auch nur im entferntesten zu erzielen und ihn nach Maßgabe dieses beschämenden Mißerfolgs mit allenfalls 1500 Franken abfinden. Oder ich konnte ihn zu meinen Ehren und zu seinem Vorteil belügen und ihm vormachen, ich hätte das geforderte Ergebnis wenigstens annähernd erreicht, in welchem Fall ich ihm das Doppelte auszufolgen hatte, so daß für mich von dem Ertrag all der Herrlichkeiten ein Sümmchen übrigblieb, das den ersten schamlosen Angeboten Meister Jean-Pierres recht kläglich nahekam. Wofür würde ich mich entscheiden? Im Grunde ahnte mir, daß mein Stolz oder meine Eitelkeit sich als stärker erweisen würde als meine Habsucht.

Den Zeitvertreib nach dem Kaffeestündchen angehend, so ergötzte ich mich für geringes Eintrittsgeld am Beschauen eines herrlichen Rundgemäldes, das in voller Landschaftsausdehnung, mit brennenden Dörfern und wimmelnd von russischen, österreichischen und französischen Truppen die Schlacht von Austerlitz darstellte: so vorzüglich, daß man kaum vermochte, die Grenze zwischen dem nur Gemalten und den vordergründigen Wirklichkeiten, weggeworfenen Waffen und Tornistern und gefallenen Kriegerpuppen, wahrzunehmen. Auf einem Hügel beobachtete der Kaiser Napoleon, umgeben von seinem Stabe, die strategische Lage durch ein Fernrohr. Gehoben von diesem Anblick, besuchte ich auch noch ein anderes Spektakel, ein Panoptikum, wo man auf Schritt und Tritt zu seiner schreckhaften Freude mit allerlei Potentaten, Groß-Defraudanten, ruhmgekrönten Künstlern und namhaften Frauenmördern zusammenstieß, jeden Augenblick gewärtig, von ihnen auf du und du angeredet zu werden. Der Abbé Liszt saß da mit langem weißem Haar und den natürlichsten Warzen im Gesicht an einem Flügel und griff, den Fuß auf dem Pedal und die Augen gen Himmel gerichtet, mit wächsernen Händen in die Tasten, während nahebei General Bazaine einen Revolver gegen seine Schläfe richtete, aber nicht abdrückte. Es waren packende Eindrücke für ein junges Gemüt, allein meine aufnehmenden Fähigkeiten waren trotz Liszt und Lesseps nicht erschöpft. Der Abend war eingefallen über vorstehenden Erlebnissen; strahlend wie gestern, mit bunten, wechselweise erlöschenden und wiederaufflammenden Werbelichtern winkend, erleuchtete sich Paris, und nach einigem Flanieren verbrachte ich anderthalb Stunden in einem Varieté-Theater, wo Seelöwen brennende Petroleumlampen auf der Nase balancierten, ein Zauberkünstler jemandes goldene Uhr in einem Mörser zerstampfte, um sie dann einem völlig unbeteiligten Zuschauer, der weit zurück im Parterre gesessen hatte, wohlbehalten aus der hinteren Hosentasche zu ziehen, eine bleiche Diseuse in langen schwarzen Handschuhen mit Grabesstimme düstere Unanständigkeiten in den Saal lancierte und ein Herr meisterhaft aus dem Bauche sprach. Ich konnte das Ende des wundervollen Programms nicht abwarten, denn wenn ich noch irgendwo eine Schokolade trinken wollte, so mußte ich mich eilen, nach Hause zu kommen, bevor der Schlafraum sich bevölkerte.

Durch die Avenue de l'Opéra und die Rue des Pyramides kehrte ich in die heimische Rue Saint-Honoré zurück und streifte in der Nähe des Hotels meine Handschuhe ab, da sie mir unter den verschiedenen Aufbesserungen meiner Toilette den Ausschlag nach der Seite des Herausfordernden zu geben schienen. Übrigens beachtete mich niemand, als ich mit einem Ascenseur, der bis zum vierten Stockwerk von Gästen nicht leer wurde, dorthin hinauffuhr. Stanko machte große Augen, als ich eine Treppe höher bei ihm eintrat und er mich im Schein der Hängelampe musterte.

„Nom d'un chien!" sagte er. „Er hat sich herausgeputzt. Demnach sind die Geschäfte flott gegangen?"

„Leidlich", versetzte ich, während ich ablegte und vor sein Bett trat. „Recht leidlich, Stanko, das darf ich sagen, wenn auch nicht all unsere Hoffnungen sich erfüllt haben. Der Mann ist jedenfalls nicht der Schlimmste seiner Gilde, durchaus erweist er sich als umgänglich, wenn man ihn zu nehmen versteht und den Nacken steifhält. Auf neuntausend habe ich es gebracht. Erlauben Sie nun, daß ich meinen Verpflichtungen nachkomme!" Und indem ich in meinen Knöpfstiefeln auf den Rand des Unterbettes stieg, zählte ich ihm aus meiner überfüllten Eidechsentasche dreitausend Franken auf die Friesdecke.

„Gauner!" sagte er. „Du hast zwölftausend bekommen."

„Stanko, ich schwöre Ihnen . . ."

Er brach in Lachen aus.

„Schatz, echauffiere dich nicht!" sagte er. „Ich glaube weder, daß du zwölftausend, noch daß du neuntausend bekommen hast. Du hast höchstens fünftausend bekommen. Sieh mal, ich liege hier, und mein Fieber ist heruntergegangen. Da wird der Mensch weich und rührsam vor Mattigkeit nach verflogenem Schwips. Darum will ich dir nur gestehen, daß ich selber nicht mehr als irgendwas zwischen vier- und fünftausend herausgedrückt hätte. Hier hast du tausend wieder. Wir sind beide anständige Kerle, sind wir das nicht? Ich bin entzückt von uns. Embrassons-nous! Et bonne nuit!"

Neuntes Kapitel

Es ist wirklich nichts leichter, als einen Lift zu bedienen. Man kann es beinahe sofort, und da ich mir selbst und, wie so mancher Blick mich merken ließ, auch der auf- und abfahrenden schönen Welt nicht wenig in meiner schmukken Livree gefiel, dazu viel innere Erfrischung fand an dem neuen Namen, den ich nun führte, so machte der Dienst mir anfangs entschiedene Freude. Allein, ein Kinderspiel an und für sich, ist dieser Dienst, wenn man ihn mit kurzen Unterbrechungen von sieben Uhr morgens bis gegen Mitternacht zu versehen hat, recht sehr ermüdend, und einigermaßen gebrochen an Leib und Seele erklettert der Mensch nach einem solchen Arbeitstage sein Oberbett. Sechzehn Stunden lang, nur ausgenommen die kurzen Fristen, in denen schichtweise dem Personal in einem zwischen Küche und Speisesaal gelegenen Raum die Mahlzeiten verabfolgt wurden – sehr schlechte Mahlzeiten, da hatte der kleine Bob nur zu recht gehabt, Mahlzeiten, zum Murren stimmend, aus allerlei Resten unfreundlich zusammengekesselt –, ich fand diese zweifelhaften Ragouts, Hachés und Fricassées, zu denen ein saurer petit vin du pays mit Geiz geschenkt wurde, ernstlich kränkend und habe tatsächlich nur im Zuchthause unlustiger gespeist –: so viele Stunden also war man ohne ein Niedersitzen, in eingeschlossener, von den Parfums der Fahrgäste geschwängerter Luft auf den Beinen, handhabte seinen Hebel, blickte aufs Klingelbrett, machte halt da und dort im Auf- und Abgleiten, nahm Gäste auf, ließ welche aussteigen und wunderte sich über die hirnlose Ungeduld von Herrschaften, die drunten in der Halle unaufhörlich nach einem schellten, da man doch nicht sogleich aus dem vierten Stock zu ihren Diensten hinunterstürzen konnte, sondern erst dort oben und in tieferen Etagen hinauszutreten und mit artiger Verbeugung und seinem besten Lächeln abwärts Verlangende einzulassen hatte.

Ich lächelte viel, sagte: „M'sieur et dame –" und „Watch your step!", was ganz unnötig war, denn höchstens am ersten Tag war ich hie und da uneben gelandet, dann verursachte ich niemals eine Stufe mehr, vor der ich zu warnen gehabt hätte, oder glich sie dort sofort vollkommen aus. Älteren Damen legte ich leicht die Hand zur Stütze unter den Ellbogen beim Aussteigen, als ob es mit diesem irgendwelche Schwierigkeiten gehabt hätte, und empfing den leicht verwirrten, zuweilen auch melancholisch-koketten Dankesblick, mit dem das Abgelebte die Galanterie der Jugend quittiert. Andere freilich verbissen sich jedes Entzücken oder hatten das nicht einmal nötig, da ihr Herz erkaltet und nur noch Klassenhochmut darin übriggeblieben war. Übrigens tat ich es auch bei jungen Frauen, und da gab es manches zarte Erröten, nebst einem gelispelten „Merci" für eine Aufmerksamkeit, die mir das eintönige Tagewerk versüßte, da ich sie im Grunde nur einer zudachte und mich nur für sie gewissermaßen darin übte. Auf sie wartete ich, die ich bildhaft – und die mich bildlos – im Sinne trug, die Herrin des Kästchens, die Spenderin meiner Knöpfstiefel, meines Stockschirmes und meines Ausgehe-Anzugs, sie, mit der ich in zartem Geheimnis lebte, – und konnte, wenn sie nicht jäh wieder abgereist war, unmöglich lange auf sie zu warten haben.

Am zweiten Tage schon, nachmittags gegen fünf – auch Eustache war mit seinem Gefährt gerade unten – erschien sie in der Ascenseur-Nische der Halle, den Schleier über dem Hut, wie ich sie schon gesehen. Der gänzlich alltägliche Kollege und ich standen vor unseren offenen Türen, und sie trat mitten vor uns hin, indem sie mich ansah, kurz die Augen aufriß und lächelnd auf ihren Füßen schwankte, ungewiß, für welchen Fahrstuhl sie sich entscheiden sollte. Es war gar kein Zweifel, daß es sie zu meinem zog; aber da Eustache schon beiseite getreten war und sie mit der Hand in seinen lud, so dachte sie wohl, er sei dienstlich an der Reihe, trat, nicht ohne sich unverhohlen über die Schulter, mit erneutem Augenaufreißen nach mir umzusehen, bei ihm ein und entglitt.

Das war alles für diesmal, außer daß ich, bei einem neuen unteren Zusammentreffen mit Eustache, von ihm ihren Namen erfuhr. Sie hieß Madame Houpflé und war aus Straßburg. „Impudemment riche, tu sais", fügte Eustache hinzu, worauf ich nur mit einem kühlen „Tant mieux pour elle" erwiderte.

Am folgenden Tag um dieselbe Stunde, als eben die beiden anderen Lifts unterwegs waren und ich allein vor dem meinen stand, war sie wieder da, in einer sehr schönen, langschößigen Nerzjacke diesmal und einem Barett aus dem gleichen Pelzwerk, vom Shopping kommend, denn sie trug mehrere, wenn auch nicht große, elegant eingeschlagene und verschnürte Pakete im Arm und in der Hand. Befriedigt nickte sie bei meinem Anblick, sah lächelnd meiner von einem ehrerbietigen „Madame –" begleiteten Verbeugung zu, die etwas von einer Aufforderung zum Tanze hatte, und ließ sich mit mir in dem erleuchteten Schwebestübchen einschließen. Währenddessen klingelte es vom vierten Stock.

„Deuxième, n'est-ce pas, Madame?" fragte ich, da sie mir keine Weisung gegeben hatte.

Sie war nicht in den Hintergrund des kleinen Raumes getreten, stand nicht hinter mir, sondern neben mir an der Tür und sah abwechselnd auf meine den Hebel haltende Hand und in mein Gesicht.

„Mais oui, deuxième", sagte sie. „Comment savez-vous?"

„Je le sais, tout simplement."

„Ah? – Der neue Armand, wenn ich nicht irre?"
„Zu Diensten, Madame."
„Man kann sagen", gab sie zurück, „daß dieser Wechsel einen Fortschritt in der Zusammensetzung des Personals bedeutet."
„Trop aimable, Madame."
Ihre Stimme war ein sehr wohliger, nervöser, bewegter Alt. Aber während ich es dachte, sprach sie von meiner eigenen.
„Ich möchte Sie", sprach sie, „wegen Ihrer angenehmen Stimme loben." – Die Worte des Geistlichen Rates Chateau!
„Je serais infiniment content, Madame", erwiderte ich, „si ma voix n'offensait pas votre oreille!"
Es klingelte wiederholt von oben. Wir waren im zweiten Stock. Sie fügte hinzu: „C'est en effet une oreille musicale et sensible. Du reste, l'ouïe n'est pas le seul de mes sens qui soit susceptible."
Sie war erstaunlich! Ich unterstützte sie zart beim Hinaustreten, als ob es da irgend etwas zu unterstützen gegeben hätte, und sagte: „Erlauben Sie, daß ich Sie endlich von Ihren Lasten befreie, Madame, und sie Ihnen auf Ihr Zimmer trage!"
Damit nahm ich ihr die Pakete ab, sammelte sie einzeln von ihr ein und folgte ihr damit, meinen Lift einfach im Stich lassend, den Korridor entlang. Es waren nur zwanzig Schritte. Sie öffnete zur Linken No. 23 und betrat, mir voran, ihr Schlafzimmer, dessen Tür zum Salon offenstand – ein luxuriöses Schlafzimmer, parkettiert, mit großem Perserteppich, Kirschholzmöbeln, blitzendem Gerät auf dem Toilettetisch, einer breiten, mit gesteepptem Atlas bedeckten Messing-Bettstatt und einer grausamtenen Chaiselongue. Auf diese sowie auf die gläserne Platte des Tischchens legte ich die Pakete, während Madame ihr Barett abnahm und ihre Pelzjacke öffnete.
„Meine Zofe ist nicht zur Hand", sagte sie. „Sie hat ihr Zimmer eine Treppe höher. Würden Sie Ihre Aufmerksamkeit vollenden, indem Sie mir aus diesem Kleidungsstück helfen?"
„Mit außerordentlichem Vergnügen", erwiderte ich und machte mich ans Werk. Während ich aber damit beschäftigt war, ihr das erwärmte, mit Seide gefütterte Pelzwerk von den Schultern zu streifen, wandte sie den Kopf im reichen braunen Haar, worin über der Stirn eine gewellte weiße Strähne, erbleicht vor dem übrigen, sich freimütig hervortat, zu mir herum, und indem sie die Augen zuerst kurz aufriß, sie dann jedoch zwischen den

wieder verengten Lidern traumhaft verschwimmen ließ, sprach sie das Wort:

„Du entkleidest mich, kühner Knecht?"

Eine unglaubliche Frau und sehr ausdrucksvoll! Verblüfft, aber gefaßt, ordnete ich meine Antwort wie folgt: „Wollte Gott, Madame, meine Zeit erlaubte mir, den Dingen diese Deutung zu geben und in einer so reizenden Beschäftigung nach Belieben fortzufahren!"

„Du hast keine Zeit für mich?"

„Unglücklicherweise nicht in diesem Augenblick, Madame. Mein Ascenseur wartet draußen. Er steht offen da, während von oben und unten nach ihm geläutet wird und vielleicht in diesem Stockwerk Gäste sich vor ihm ansammeln. Ich würde meinen Posten verlieren, wenn ich ihn länger vernachlässigte . . ."

„Aber du hättest Zeit für mich – wenn du Zeit für mich hättest?"

„Unendlich viel, Madame!"

„*Wann* wirst du Zeit für mich haben?" fragte sie, wiederholt zwischen der jähen Erweiterung ihrer Augen und dem schwimmenden Blicke wechselnd, und trat in dem eng den Körperformen sich anschmiegenden Tailormade von blaugrauer Farbe, das sie trug, dicht vor mich hin.

„Um elf Uhr werde ich dienstfrei sein", erwiderte ich gedämpft.

„Ich werde dich erwarten", sagte sie in demselben Ton. „Dies zum Pfande!" Und ehe ich mich's versah, war mein Kopf zwischen ihren Händen und ihr Mund auf dem meinen, zu einem Kuß, der recht weit ging – weit genug, um ihn zu einem ungewöhnlich bindenden Pfande zu machen.

Gewiß war ich etwas bleich, als ich ihre Pelzjacke, die ich noch immer in Händen gehalten, auf die Chaiselongue niederlegte und mich zurückzog. Wirklich standen, ratlos wartend, drei Personen vor dem offenen Lift, bei denen ich mich nicht nur wegen meines durch einen dringenden Auftrag verursachten Säumens zu entschuldigen hatte, sondern auch dafür, daß ich sie, bevor ich sie hinabbrachte, erst in den vierten Stock hinauffuhr, von wo ich gerufen worden, wo aber niemand mehr war. Unten bekam ich der Verkehrsstockung wegen, die ich angerichtet, Grobheiten zu hören, die ich mit der Erklärung abwehrte, ich hätte notwendig eine von plötzlicher Schwäche befallene Dame zu ihrem Zimmer geleiten müssen.

Madame Houpflé – und Schwäche! Eine Frau von solcher Bravour! Diese, so dachte ich, wurde ihr freilich erleichtert durch ihr dem meinen so überlegenes Alter und dazu durch meine untergeordnete soziale Stellung, der sie einen so seltsam gehobenen Ausdruck verliehen hatte. „Kühner Knecht" hatte sie mich genannt – eine Frau von Poesie! „Du entkleidest mich, kühner Knecht?" Das packende Wort lag mir den ganzen Abend im Sinn, diese ganzen sechs Stunden, die hinzubringen waren, bis ich „Zeit für sie haben" würde. Es kränkte mich etwas, das Wort, und erfüllte mich doch auch wieder mit Stolz – sogar auf meine Kühnheit, die ich gar nicht besessen, sondern die sie mir einfach unterstellt und zudiktiert hatte. Jedenfalls besaß ich sie nun im Überfluß. Sie hatte sie mir eingeflößt – besonders noch durch jenes sehr bindende Unterpfand.

Um sieben Uhr fuhr ich sie zum Diner hinunter: zu anderen Gästen in Abendtoilette, die ich aus den oberen Stockwerken geholt und die sich zum Speisen begaben, trat sie bei mir ein, in einem wundervollen weißen Seidenkleid mit kurzer Schleppe, Spitzen und gestickter Tunika, deren Taille ein schwarzes Sammetband gürtete, um den Hals ein Collier milchig schimmernder, untadelig gestalteter Perlen, das zu ihrem Glück – und zu Meister Jean-Pierres Mißgeschick – nicht in dem Kästchen gewesen war. Die Vollendung, mit der sie mich übersah – und das nach einem so weitgehenden Kuß! –, mußte ich bewundern, rächte mich aber dafür, indem ich nicht ihr, sondern einer gespenstisch aufgeputzten Greisin beim Austritt die Hand unter den Ellbogen legte. Mir ist, als hätte ich sie lächeln gesehen über meine mildtätige Galanterie.

Zu welcher Stunde sie in ihre Zimmer zurückkehrte, blieb mir verborgen. Einmal aber mußte es elf Uhr werden, um welche Stunde der Dienst zwar weiterging, aber nur noch von *einem* Lift unterhalten wurde, während die Führer der beiden anderen Feierabend hatten. Ich war heute einer von ihnen. Um mich nach der Tagesfron zum zartesten aller Stelldichein etwas zu erfrischen, suchte ich zuerst unseren Waschraum auf und stieg dann zu Fuß in den zweiten Stock hinab, dessen Korridor mit seinem den Schritt zur Lautlosigkeit dämpfenden roten Läufer um diese Stunde schon in unbegangener Ruhe lag. Ich fand es schicklich, an der Tür von Mme. Houpflés Salon, No. 25, zu klopfen, erhielt aber dort keine Antwort. So öffnete ich die Außentür von 23, ihrem Schlafzimmer, und pochte mit hingeneigtem Ohr diskret an die innere.

Ein fragendes „Entrez?" von leise verwunderter Betonung kam zurück. Ich folgte ihm, da ich die Verwunderung in den Wind schlagen durfte. Das Zimmer lag im rötlichen Halbdunkel des seidenbeschirmten Nachttischlämpchens, von dem es allein erhellt war. Die kühne Bewohnerin – gern und mit Recht übertrug ich auf sie das Beiwort, das sie mir verliehen – erblickte mein rasch die Umstände erforschendes Auge im Bette, unter purpurner Atlas-Steppdecke – in der prächtigen Messing-Bettstatt, die, das Kopfende zur Wand gekehrt und die Chaiselongue zu ihren Füßen, freistehend ziemlich nahe dem dicht verhangenen Fenster aufgeschlagen war. Meine Reisende lag dort, die Arme hinter dem Kopf verschränkt, in einem batistenen Nachtgewande mit kurzen Ärmeln und einem von Spitzen umrahmten quellenden Décolleté. Sie hatte ihren Haarknoten zur Nacht gelöst und die Flechten auf eine sehr kleidsame, lockere Art kranzförmig um den Kopf gewunden. Zur Locke gewellt ging die weiße Strähne von ihrer nicht mehr furchenfreien Stirn zurück. Kaum hatte ich die Tür geschlossen, als ich hinter mir den Riegel vorfallen hörte, der vom Bette aus durch einen Zug zu dirigieren war.

Sie riß die goldenen Augen auf, für einen jähen Moment nur, wie gewöhnlich; aber ihre Züge blieben in einer Art nervöser Lügenhaftigkeit leicht verzerrt, als sie sagte: „Wie? Was ist das? Ein Hausangestellter, ein Domestik, ein junger Mann vom Gesinde tritt bei mir ein, zu dieser Stunde, da ich bereits der Ruhe pflege?"

„Sie haben den Wunsch geäußert, Madame –", erwiderte ich, indem ich mich ihrem Lager näherte.

„Den Wunsch? Tat ich das? Du sagst ‚den Wunsch' und gibst vor, den Befehl zu meinen, den eine Dame einem kleinen Bedienten, einem Liftjungen erteilt, meinst aber in deiner ungeheuren Keckheit, ja Unverschämtheit ‚das Verlangen', ‚das heiße, sehnsüchtige Begehren', meinst es ganz einfach und mit Selbstverständlichkeit, weil du jung bist und schön, so schön, so jung, so dreist . . . ‚den Wunsch'! Sag mir doch wenigstens, du Wunschbild, Traum meiner Sinne, Mignon in Livree, süßer Helot, ob du in deiner Frechheit diesen Wunsch ein wenig zu teilen wagtest!"

Damit nahm sie mich bei der Hand und zog mich auf den Rand ihres Bettes nieder zu schrägem Kantensitz: ich mußte der

Balance wegen meinen Arm ausstrecken über sie hin und mich gegen die Rückwand des Bettes stützen, so daß ich über ihre von feinem Leinen und Spitzen wenig verhüllte Nacktheit gebeugt saß, deren Wärme mich duftig berührte. Leicht gekränkt, wie ich zugebe, durch ihre immer wiederholte Erwähnung und Betonung meines niedrigen Standes – was hatte und wollte sie nur damit? –, neigte ich mich statt aller Antwort vollends zu ihr hinab und senkte meine Lippen auf ihre. Nicht nur aber, daß sie den Kuß noch weitgehender ausgestaltete als den ersten vom Nachmittag, wobei es an meinem Entgegenkommen nicht fehlte – so nahm sie auch meine Hand aus ihrer Stütze und führte sie in ihr Décolleté zu ihren Brüsten, die sehr handlich waren, führte sie da am Gelenk herum auf eine Weise, daß meine Männlichkeit, wie ihr nicht entgehen konnte, in den bedrängendsten Aufstand geriet. Von dieser Wahrnehmung gerührt, gurrte sie weich, mit einer Mischung aus Mitleid und Freude: „O holde Jugend, viel schöner als dieser Leib, dem es vergönnt ist, sie zu entflammen!"

Damit begann sie, mit beiden Händen an dem Kragenverschluß meiner Jacke zu nesteln, ihn aufzuhaken und mit unglaublicher Geschwindigkeit ihre Knöpfe zu öffnen.

„Fort, fort, hinweg damit und damit auch", hasteten ihre Worte. „Ab und hinweg, daß ich dich sehe, daß ich den Gott erblicke! Hilf rasch! Comment, à ce propos, quand l'heure nous appelle, n'êtes-vous pas encore prêt pour la chapelle? Déshabillez-vous vite! Je compte les instants! La parure de noce! So nenn' ich deine Götterglieder, die anzuschaun mich dürstet, seit ich zuerst dich sah. Ah so, ah da! Die heilige Brust, die Schultern, der süße Arm! Hinweg denn endlich auch hiermit – oh, là, là, das nenne ich Galanterie! Zu mir denn, bien-aimé! Zu mir, zu mir . . ."

Nie gab es eine ausdrucksvollere Frau! Das war Gesang, was sie von sich gab, nichts anderes. Und sie fuhr fort, sich auszudrücken, als ich bei ihr war, es war ihre Art, alles in Worte zu fassen. In ihren Armen hielt sie den Zögling und Eingeweihten der gestrengen Rozsa. Er machte sie sehr glücklich und durft' es hören, daß er es tat: „O Süßester! O Engel du der Liebe, Ausgeburt der Lust! Ah, ah, du junger Teufel, glatter Knabe, wie du das kannst! Mein Mann kann gar nichts, überhaupt nichts, mußt du wissen. O du Beseliger, du tötest mich! Die Wonne raubt mir den Atem, bricht mein Herz, ich werde sterben an deiner Liebe!" Sie biß mich in die Lippe, in den Hals. „Nenne mich du!" stöhnte sie plötzlich, nahe dem Gipfel. „Duze mich derb zu meiner Erniedrigung! J'adore d'être humiliée! Je l'adore! Oh, je t'adore, petit esclave stupide qui me déshonore . . ."

Sie verging. Wir vergingen. Ich hatte ihr mein Bestes gegeben, hatte, genießend, wahrlich abgezahlt. Wie aber hätte es mich nicht verdrießen sollen, daß sie auf dem Gipfel von Erniedrigung gestammelt und mich einen dummen kleinen Sklaven genannt hatte? Wir ruhten noch verbunden, noch in enger Umarmung, doch erwiderte ich aus Mißmut über dieses „qui me déshonore" nicht ihre Dankesküsse. Den Mund an meinem Körper, hauchte sie wieder: „Nenne mich du, geschwind! Ich habe dies Du von dir zu mir noch nicht vernommen. Ich liege hier und mache Liebe mit einem zwar göttlichen, doch ganz gemeinen Domestikenjungen. Wie mich das köstlich entehrt! Ich heiße Diane. Du aber, mit deinen Lippen, nenne mich Hure, ausdrücklich ‚du süße Hure'!"

„Süße Diane!"

„Nein, sag ‚du Hure'! Laß mich meine Erniedrigung so recht im Worte kosten . . ."

Ich löste mich von ihr. Wir lagen, die Herzen noch hoch klopfend, beieinander. Ich sagte: „Nein, Diane, du wirst solche Worte von mir nicht hören. Ich weigere mich. Und ich muß gestehen, es ist für mich recht bitter, daß du Erniedrigung findest in meiner Liebe . . ."

„Nicht in deiner", sagte sie, indem sie mich an sich zog. „In meiner! In meiner Liebe zu euch nichtigen Knaben! Ach, holder Dümmling, du verstehst das nicht!" Und dabei nahm sie meinen Kopf und stieß ihn mehrmals in einer Art von zärtlicher Verzweiflung gegen den ihren. „Ich bin Schriftstellerin, mußt du wissen, eine Frau von Geist. Diane Philibert – mein Mann, er heißt Houpflé, c'est du dernier ridicule –, ich schreibe unter meinem Mädchennamen Diane Philibert, sous ce nom de plume. Natürlich hast du den Namen nie gehört – wie solltest du wohl? –, der auf so vielen Büchern zu lesen ist, es sind Romane, verstehst du, voll Seelenkunde, pleins d'esprit, et des volumes de vers passionnés . . . Ja, mein armer Liebling, deine Diane, sie ist d'une intelligence extrême. Der Geist jedoch – ach!" –, und sie stieß wieder, etwas härter sogar als vorhin, unsere Köpfe zusammen –, „wie solltest du das begreifen! Der Geist ist wonnegierig nach dem Nicht-Geistigen, dem Lebendig-Schönen dans sa stupidité, verliebt, oh, so bis zur Narrheit und letzten Selbstverleugnung und Selbstverneinung verliebt ist er ins Schöne und Göttlich-Dumme, er kniet vor ihm, er betet es an in der Wollust der Selbstentsagung, Selbsterniedrigung, und es berauscht ihn, von ihm erniedrigt zu werden . . ."

„Nun, liebes Kind", so unterbrach ich sie denn doch. „Schön hin und her – wenn die Natur es mit mir recht gemacht –, für gar so auf den Kopf gefallen solltest du mich nicht halten, auch wenn ich deine Romane und Gedichte . . ."

Sie ließ mich nicht weiterreden. Sie war auf unerwünschte Weise entzückt.

„Du nennst mich ‚liebes Kind'?" rief sie, indem sie mich stürmisch umfing und ihren Mund an meinem Hals vergrub. „Ah, das ist köstlich! Das ist viel besser noch als ‚süße Hure'! Das ist viel tiefere Wonne als alle, die du Liebeskünstler mir angetan! Ein kleiner nackter Lifttreiber liegt bei mir und nennt mich ‚liebes Kind', mich, Diane Philibert! C'est exquis . . ., ça me transporte! Armand, chéri, ich wollte dich nicht kränken. Ich wollte nicht sagen, daß du besonders dumm bist. Alle Schönheit ist dumm, weil sie ganz einfach ein Sein ist, Gegenstand der Verherrlichung durch den Geist. Laß dich sehen, ganz sehen – hilf Himmel, bist du schön! Die Brust so süß in ihrer weichen und klaren Strenge, der schlanke Arm, die holden Rippen, eingezogenen Hüften, und ach, die Hermes-Beine . . ."

„Aber geh, Diane, das ist nicht recht. Ich bin es doch, der alles Schöne in dir . . ."

„Unsinn! Das bildet ihr euch nur ein. Wir Weiber mögen von Glück sagen, daß unsere runden Siebensachen euch so gefallen. Aber das Göttliche, das Meisterstück der Schöpfung, Standbild der Schönheit, das seid ihr, ihr jungen, ganz jungen Männer mit den Hermesbeinen. Weißt du, wer Hermes ist?"

„Ich muß gestehen, im Augenblick . . ."

„Céleste! Diane Philibert macht Liebe mit einem, der von Hermes nie gehört hat! Wie das den Geist köstlich erniedrigt! Ich will dir sagen, süßer Tropf, wer Hermes ist. Er ist der geschmeidige Gott der Diebe."

Ich stutzte und wurde rot. Ich sah sie nahe an, vermutete und ließ die Vermutung wieder fallen. Ein Gedanke kam mir, doch stellte ich ihn noch zurück; sie übersprach ihn auch mit den

Geständnissen, die sie in meinem Arm ablegte, raunend und dann wieder die Stimme warm und sanghaft erhebend.

„Willst du glauben, Geliebter, daß ich nur dich, immer nur dich geliebt habe, seit ich empfinde? Will sagen, natürlich nicht dich, doch die Idee von dir, den holden Augenblick, den du verkörperst? Nenn es Verkehrtheit, aber ich verabscheue den Vollmann mit dem Vollbart, die Brust voller Wolle, den reifen und nun gar den bedeutenden Mann – affreux, entsetzlich! Bedeutend bin ich selbst – das gerade würde ich als pervers empfinden: de me coucher avec un homme penseur. Nur euch Knaben hab ich geliebt von je – als Mädchen von dreizehn war ich vernarrt in Buben von vierzehn, fünfzehn. Der Typus wuchs ein wenig mit mir und meinen Jahren, aber über achtzehn hat er's, hat mein Geschmack, hat meiner Sinne Sehnsucht es nie hinausgebracht ... Wie alt bist du?"

„Zwanzig", gab ich an.

„Du siehst jünger aus. Beinahe bist du schon etwas zu alt für mich."

„Ich, zu alt für dich?"

„Laß, laß nur! Wie du bist, bist du mir recht bis zur Glückseligkeit. Ich will dir sagen ... Vielleicht hängt meine Leidenschaft damit zusammen, daß ich nie Mutter war, nie Mutter eines Sohnes. Ich hätte ihn abgöttisch geliebt, wär' er nur halbwegs schön gewesen, was freilich unwahrscheinlich, wäre er mir von Houpflé gekommen. Vielleicht, sag ich, ist diese Liebe zu euch versetzte Mutterliebe, die Sehnsucht nach dem Sohn ... Verkehrtheit, sagst du? Und ihr? Was wollt ihr mit unseren Brüsten, die euch tränkten, unserem Schoß, der euch gebar? Wollt ihr nicht nur zurück zu ihnen, nicht wieder Brustkinder sein? Ist es nicht die Mutter, die ihr unerlaubterweise im Weibe liebt? Verkehrtheit! Die Liebe ist verkehrt durch und durch, sie kann gar nicht anders sein als verkehrt. Setze die Sonde an bei ihr, wo du willst, so findest du sie verkehrt ... Aber traurig ist es freilich und schmerzensreich für eine Frau, den Mann nur ganz, ganz jung, als Knaben nur zu lieben. C'est un amour tragique, irraisonnable, nicht anerkannt, nicht praktisch, nichts fürs Leben, nichts für die Heirat. Man kann sich mit der Schönheit nicht verheiraten. Ich, ich habe Houpflé geheiratet, einen reichen Industriellen, damit ich im Schutze seines Reichtums meine Bücher schreiben kann, qui sont énormément intelligents. Mein Mann kann gar nichts, wie ich dir sagte, wenigstens bei mir. Il me trompe, wie man das nennt, mit einer Demoiselle vom Theater. Vielleicht kann er was bei der – ich möchte es bezweifeln. Es ist mir auch gleichviel – diese ganze Welt von Mann und Weib und Ehe und Betrug ist mir gleichviel. Ich lebe in meiner sogenannten Verkehrtheit, in meines Lebens Liebe, die allem zum Grunde liegt, was ich bin, in dem Glück und Elend dieses Enthusiasmus mit seinem teueren Schwur, daß nichts, nichts in dem ganzen Umkreis der Phänomene dem Reiz gleichkommt jugendlicher Früh-Männlichkeit – in der Liebe zu euch, zu dir, du Wunschbild, dessen Schönheit ich küsse mit meines Geistes letzter Unterwürfigkeit! Ich küsse deine anmaßenden Lippen über den weißen Zähnen, die du im Lächeln zeigst. Ich küsse die zarten Sterne deiner Brust, die goldenen Härchen auf dem brünetten Grunde deines Unterarms. Was ist das? Woher nimmst du bei deinen blauen Augen und blonden Haaren diesen Teint, den hellen Bronzeton deiner Haut? Du bist verwirrend. Ob du verwirrend bist! La fleur de ta jeunesse remplit mon cœur âgé d'une éternelle ivresse. Nie endigt dieser Rausch; ich werde mit ihm sterben, doch immer wird mein Geist, ihr Ranken, euch umwerben. Du auch, bien aimé, du alterst hin zum Grabe gar bald, doch das ist Trost und meines Herzens Labe: ihr werdet immer sein, der Schönheit kurzes Glück, holdseliger Unbestand, ewiger Augenblick!"

„Wie sprichst du nur?"

„Wie denn? Bist du verwundert, daß man in Versen preist, was man so heiß bewundert? Tu ne connais pas donc le vers alexandrin – ni le dieu voleur, toi-même si divin?"

Beschämt wie ein kleiner Junge, schüttelte ich den Kopf. Sie wußte sich darob nicht zu lassen vor Zärtlichkeit, und ich muß gestehen, daß so viel Lob und Preis, in Verse ausartend zuletzt sogar, mich stark erregt hatte. Obgleich das Opfer, das ich bei unserer ersten Umarmung gebracht, nach meiner Art der äußersten Verausgabung gleichgekommen war, fand sie mich wieder in großer Liebesform – fand mich so mit jener Mischung aus Rührung und Entzücken, das ich schon an ihr kannte. Wir einten uns aufs neue. Ließ sie aber von dem, was sie die Selbstentäußerung des Geistes nannte, von dieser Erniedrigungsnarretei wohl ab? Sie tat es nicht.

„Armand", flüsterte sie an meinem Ohr, „treibe es wüst mit

mir! Ich bin ganz dein, bin deine Sklavin! Geh mit mir um wie mit der letzten Dirne! Ich verdiene es nicht anders, und Seligkeit wird es mir sein!"

Ich hörte darauf gar nicht. Wir erstarben wieder.

In der Ermattung aber grübelte sie und sagte plötzlich: „Hör, Armand."

„Was denn?"

„Wenn du mich etwas schlügest? Derb schlügest, meine ich? Mich, Diane Philibert? So recht geschähe mir, ich würde es dir danken. Da liegen deine Hosenträger, nimm sie, Liebster, drehe mich um und züchtige mich aufs Blut!"

„Ich denke nicht daran, Diane. Was mutest du mir zu? Ich bin solch ein Liebhaber nicht."

„Ach, wie schade! Du hast zu viel Respekt vor der feinen Dame."

Da kehrte mir der Gedanke wieder, der mir vorhin entglitten war. Ich sagte: „Höre nun du, Diane! Ich will dir etwas beichten, was dich vielleicht in seiner Art entschädigen kann für das, was ich dir aus Gründen des Geschmackes abschlagen muß. Sage mir doch: als du nach deiner Ankunft hier deinen Koffer, den großen, auspacktest oder auspacken ließest, hast du da vielleicht nicht etwas vermißt?"

„Vermißt? Nein. Aber ja! Wie weißt du?"

„Ein Kästchen?"

„Ein Kästchen, ja! Mit Schmuck. Wie weißt du denn?"

„Ich habe es genommen."

„Genommen? Wann?"

„Bei der Douane standen wir nebeneinander. Du warst beschäftigt, und da nahm ich es."

„Du hast es gestohlen? Du bist ein Dieb? Mais ça c'est suprême! Ich liege im Bett mit einem Diebe! C'est une humiliation merveilleuse, tout à fait excitante, un rêve d'humiliation! Nicht nur ein Domestik – ein ganz gemeiner Dieb!"

„Ich wußte, daß es dir Freude machen würde. Aber damals wußte ich das nicht und muß dich um Verzeihung bitten. Ich konnte nicht vorhersehen, daß wir uns lieben würden. Sonst hätte ich dir den Kummer und Schreck nicht angetan, deinen wunderschönen Topasschmuck, die Brillanten und all das andere entbehren zu müssen."

„Kummer? Schrecken? Entbehren? Liebster, Juliette, meine

Zofe, hat eine Weile gesucht. Ich, ich habe mich keine zwei Augenblicke um den Plunder gekümmert. Was gilt der mir? Du hast ihn gestohlen, Süßer – so ist er dein. Behalt ihn! Was machst du übrigens damit? Doch einerlei. Mein Mann, der morgen kommt mich holen, ist ja so reich! Er macht Klosettschüsseln, mußt du wissen. Die braucht jeder, wie du dir denken kannst. Straßburger Klosettschüsseln von Houpflé, die sind sehr gefragt, die gehen nach allen Enden der Welt. Er behängt mich mit Schmuck im Überfluß, aus lauter schlechtem Gewissen. Er wird mich mit dreimal schöneren Dingen behängen, als die du mir gestohlen. Ach, wieviel kostbarer ist mir der Dieb als das Gestohlene! Hermes! Er weiß nicht, wer das ist, und ist es selbst! Hermès, Hermès! – Armand?"

„Was willst du sagen?"

„Ich habe eine wundervolle Idee."

„Und welche?"

„Armand, du sollst bei mir stehlen. Hier unter meinen Augen. Das heißt, ich schließe meine Augen und tue vor uns beiden, als ob ich schliefe. Aber verstohlen will ich dich stehlen sehen. Steh auf, wie du da bist, diebischer Gott, und stiehl! Du hast mir bei weitem nicht alles gestohlen, was ich mit mir führe, und ich habe für die paar Tage, bis mein Mann mich holt, nichts im Bureau deponiert. Da im Eckschränkchen, in der oberen Lade zur Rechten liegt der Schlüssel zu meiner Kommode. Darin findest du unter der Wäsche allerlei. Auch Bargeld ist da. Schleich herum mit Katzentritten im Zimmer und mause! Nicht wahr, du wirst deiner Diane diese Liebe erweisen!"

„Aber, liebes Kind – ich sage so, weil du es gerne hörst aus meinem Mund –, liebes Kind, das wäre nicht schön und gar nicht gentlemanlike nach dem, was wir einander geworden . . ."

„Tor! Es wird die reizendste Erfüllung unserer Liebe sein!"

„Und morgen kommt Monsieur Houpflé. Was wird er . . ."

„Mein Mann? Was hat der zu sagen? Beiläufig erzähl ich ihm mit dem gleichgültigsten Gesicht, ich sei auf der Reise ausgeplündert worden. Das kommt vor, nicht wahr, wenn man als reiche Frau ein wenig unachtsam ist. Hin ist hin und der Räuber längst über alle Berge. Nein, mit meinem Mann laß mich nur fertig werden!"

„Aber, süße Diane, unter deinen Augen . . ."

„Ach, daß du keinen Sinn hast für die Lieblichkeit meines Einfalls! Gut, ich will dich nicht sehen. Ich lösche dieses Licht." Und wirklich drehte sie das rotbeschirmte Lämpchen auf dem Nachttische ab, so daß Finsternis uns umhüllte. „Ich will dich nicht sehen. Ich will nur hören, wie leise das Parkett knackt unter deinem Diebestritt, nur deinen Atem hören beim Stehlen und wie sacht in deinen Händen das Diebesgut klirrt. Fort, stiehl dich entschlüpfend weg von meiner Seite, schleiche, finde und nimm! Es ist mein Liebeswunsch . . ."

So war ich ihr denn zu Willen. Behutsam hob ich mich fort von ihr und nahm im Zimmer, was sich da bot – überbequem zum Teil, denn gleich auf dem Nachttisch in einem Schälchen waren Ringe, und die Perlenkette, die sie zum Diner getragen, lag offen auf der Glasplatte des von Fauteuils umstandenen Tisches. Trotz tiefer Dunkelheit fand ich auch gleich im Eckschränkchen den Schlüssel zur Kommode, öffnete deren oberste Schublade fast lautlos und brauchte nur ein paar Wäschestücke aufzuheben, um auf Geschmiedetes sowohl, Gehänge, Reifen, Spangen, wie auf einige bedeutend große Geldscheine zu stoßen. Dies alles brachte ich ihr anstandshalber ans Bett, als hätte ich es für sie eingesammelt.

Aber sie flüsterte: „Närrchen, was willst du? Es ist ja dein Liebes-Diebsgut. Stopf es in deine Kleider, zieh sie an und mach dich aus dem Staube, wie sich's gehört! Mach schnell und flieh! Ich habe alles gehört, ich habe dich atmen hören beim Stehlen, und nun telephoniere ich nach der Polizei. Oder tue ich das lieber nicht? Was meinst du? Wie weit bist du? Bald fertig? Hast du deine Livree wieder an mit allem, was an Liebes- und Diebesgut darin? Meinen Schuhknöpfer hast du wohl nicht gestohlen, hier ist er . . . Adieu, Armand! Leb ewig, ewig wohl, mein Abgott! Vergiß nicht deine Diane, denn bedenke, in ihr dauerst du. Nach Jahr und Jahren, wenn – le temps t'a détruit, ce cœur te gardera dans ton moment bénit. Ja, wenn das Grab uns deckt, mich und dich auch, Armand, tu vivras dans mes vers et dans mes beaux romans, die von den Lippen euch – verrat der Welt es nie! – geküßt sind allesamt. Adieu, adieu, chéri . . ."

DRITTES BUCH

Erstes Kapitel

Man wird es begreiflich, ja löblich finden, daß ich der vorstehenden außerordentlichen Episode nicht nur ein ganzes Kapitel gewidmet, sondern mit ihr auch den zweiten Teil dieser Geständnisse nicht ohne Feierlichkeit abgeschlossen habe. Es war, so kann ich wohl sagen, ein Erlebnis fürs Leben, und kaum hätte es des innigen Ansuchens der Heldin bedurft, sie nie zu vergessen. Eine in so vollendetem Sinn kuriose Frau wie Diane Houpflé und die wunderbare Begegnung mit ihr sind nicht danach angetan, je vergessen zu werden. Das soll nicht heißen, daß die Situation, in welcher der Leser uns beide belauschen durfte, als bloße Situation eben, gänzlich vereinzelt dasteht in meiner Laufbahn. Nicht immer sind alleinreisende Damen, und namentlich ältere, *nichts weiter* als entsetzt über die Entdeckung, daß ein junger Mann sich bei Nacht in ihrem Schlafzimmer zu schaffen macht; nicht immer ist oder bleibt es in solchem unverhofften Fall ihr einziger Impuls, Alarm zu schlagen. Aber wenn ich solche Erfahrungen gemacht habe (ich habe sie gemacht), so standen sie doch an bedeutender Eigenart weit zurück hinter denen jener Nacht, und auf die Gefahr, das Interesse des Lesers an meinen weiteren Bekenntnissen lahmzulegen, muß ich erklären, daß ich in der Folge, so hoch ich es in unserer Gesellschaft auch brachte, nie wieder erlebt habe, in sogenannten Alexandriner-Versen angesprochen zu werden.

Für das Liebes-Diebsgut, das dank dem barocken Einfall einer Dichterin in meinen Händen zurückgeblieben war, erhielt ich von Meister Pierre Jean-Pierre, der mir nicht genug auf die Schulter klopfen konnte, sechstausend Franken. Da aber Dianens Kommodenschublade dem stehlenden Gotte auch bares Geld, nämlich vier unter der Wäsche versorgte Tausendfrankenscheine geboten hatte, so war ich nunmehr, mit dem, was ich zuvor besessen, ein Mann von 12 350 Francs – Herr eines Kapitals also, das ich natürlich nicht lange, so wenige Tage wie möglich, auf mir herumtrug, sondern das ich bei erster Gelegenheit beim Crédit Lyonnais unter dem Namen Armand Kroull auf Scheck-Konto hinterlegte, abzüglich nur eines Taschengeldes von ein paar hundert Francs zur Bestreitung meiner Ausgaben an freien Nachmittagen.

Mit Beifall und dem Gefühl der Beruhigung wird der Leser von diesem Verhalten Kenntnis nehmen. Leicht wäre ein junger Fant vorzustellen, der, durch Fortunens versucherische Gunst zu solchen Mitteln gelangt, sofort seinen unbezahlten Arbeitsplatz verlassen, sich eine hübsche Junggesellenwohnung genommen und sich in dem alle Genüsse anbietenden Paris gute Tage gemacht hätte – bis zur freilich absehbaren Erschöpfung seines Schatzes. Ich dachte nicht daran; oder wenn ich daran dachte, so verwarf ich den Gedanken doch, so rasch, wie er aufgetaucht war, mit sittlicher Entschiedenheit. Wozu sollte seine Verwirklichung führen? Wo würde ich stehen, wenn früher oder später, je nach der Munterkeit meines Lebenswandels, das Glücksgut aufgebraucht sein würde? Zu wohl bewahrte ich bei mir die Worte meines Paten Schimmelpreester (mit dem ich hie und da Ansichtskarten mit kurzem Text wechselte) – seine Worte über die Hotellaufbahn und die schönen Ziele, zu denen sie sowohl in geradem Fortschreiten wie auf dem oder jenem abzweigenden Seitenpfade führen könne, als daß ich nicht rasch der Versuchung hätte Herr werden müssen, mich ihm undankbar zu erweisen und die Chance hinzuwerfen, die seine Weltverbindung mir geboten hatte. Zwar dachte ich, indem ich an meinem Ausgangsposten charaktervoll festhielt, wenig oder gar nicht an das „gerade Fortschreiten" von ihm und sah mich nicht als Oberkellner, Concierge oder auch Empfangsherr enden. Desto mehr lagen die glückhaften „Abzweigungen" mir dabei im Sinn, und ich hatte mich nur zu hüten, das erste beste Sackgäßlein, wie mir sich *hier* eines anbot, für einen vertrauenswürdigen Seitenpfad zum Glück zu halten.

Auch als Inhaber eines Scheckbuches also blieb ich Liftboy im Hotel Saint James and Albany, und es entbehrte nicht des Reizes, diese Figur auf einem geheimen pekuniären Hintergrunde abzugeben, durch den meine kleidsame Livree in der Tat zu einem Kostüm gestempelt wurde, wie einst mein Pate es mir probeweise hätte anlegen können. Mein heimlicher Reichtum – denn als solcher wollten meine im Traum erhaschten Rücklagen mir erscheinen – machte diese Tracht, nebst dem Dienst, den ich darin versah, zu einer Vorspiegelung, einer bloßen Bewährung meines „Kostümkopfes"; ja wenn ich mich später mit verblendendem Erfolge für mehr ausgab, als ich war, so gab ich mich vorläufig für weniger aus, und es ist noch die Frage, welchem Truge ich mehr innere Erheiterung, mehr Freude am Verzaubert-Märchenhaften abgewann.

Schlecht verköstigt und schlecht beherbergt war ich in diesem der Zahlkraft üppig sich anbietenden Hause, das ist wahr; aber in beiderlei Hinsicht war ich wenigstens kostenlos versorgt, und wenn ich auch noch keinen Lohn empfing, so konnte ich doch nicht nur meine Mittel schonen, sondern im kleinen flossen mir auch neue zu in Form von Pourboires, oder – ich ziehe vor zu sagen: Douceurs, mit denen das reisende Publikum mich laufend versah – mich so gut wie meine Kollegen vom Fahrstuhlbetrieb, oder, um genau zu sein: etwas besser, etwas lieber als sie, mit einiger Bevorzugung, in der sich einfach der menschliche Sinn für den feineren Stoff bekundete und die mir denn auch einsichtigerweise von jenen gröberen Genossen nicht einmal neidisch verübelt wurde. Ein Franc, zwei oder drei, selbst fünf, in vereinzelten Fällen verstohlener Zügellosigkeit geradezu zehn Franken – sie wurden mir von Abreisenden oder von Verweilenden, die sich in Abständen von acht bis vierzehn Tagen einmal erkenntlich zeigten, in die nicht etwa erhobene, sondern anspruchslos niederhängende Hand geschoben, abgewandten Gesichts oder mit einem lächelnden Blick in die Augen – von Frauen und sogar von Herren, die freilich als Ehemänner öfters von ihren Damen dazu angehalten werden mußten. Ich erinnere mich an so manche kleine eheliche Szene, die ich nicht wahrnehmen sollte und nicht wahrzunehmen mir denn auch den Anschein gab, an kleine Ellbogenstöße in die Seite des Kavaliers, begleitet von einem Gemurmel wie: „Mais donnez donc quelque chose à ce garçon, give him something, he is nice", worauf denn der Gatte unter einem Gegengemurmel sein Portemonnaie zog und noch hören mußte: „Non, c'est ridicule, that's not enough, don't be so stingy!" – Auf zwölf bis fünfzehn Franken brachte ich es immer pro Woche – ein angenehmer Beitrag zu den Unterhaltungskosten der vierzehntäglichen halben Frei-Tage, die, karg genug, die Verwaltung des Etablissements gewährte.

Zuweilen traf es sich, daß ich diese Nachmittage und Abende zusammen mit Stanko verbrachte, der vom Krankenlager längst wieder zu seinen kalten Schüsseln im Gardemanger, diesem Arrangement von Leckerbissen für große Buffets, zurückgekehrt war. Er war mir gut, und auch ich konnte ihn leiden und ließ mir das Selbander mit ihm in Cafés und Zerstreuungslokalen gefallen, obgleich seine Begleitung nicht eben eine Zierde war. Er wirkte ziemlich strizzihaft und zweideutig exotisch in seiner Ziviltracht, deren Geschmack zu sehr aufs Großkarierte und Kunterbunte ging, und viel günstiger nahm er sich zweifellos aus in seinem weißen Berufshabit, die zukünftige hohe Leinenmütze der Köche auf dem Kopf. So ist es: der arbeitende Stand sollte sich nicht „fein machen" – nicht nach städtisch bürgerlichem Vorbild. Er tut es nur ungeschickt und erweist seinem Ansehen keinen Gefallen damit. In diesem Sinn habe ich mehr als einmal meinen Paten Schimmelpreester sich äußern hören, und Stankos Anblick erinnerte mich an seine Worte. Die Erniedrigung des Volkes, sagte er, durch die Anpassung ans Feine, wie die Normierung der Welt durchs Bürgerliche sie mit sich bringe, sei zu beklagen. Die festtägliche Volkstracht des Bauern, der Gildenaufzug des Handwerkers von einst seien zweifellos erfreulicher gewesen als Federhut und Schleppkleid für die plumpe Magd, die am Sonntag die Dame zu spielen versucht, und die ebenso unbeholfen den Feinen nachstrebende Feierkluft des Fabrikarbeiters. Da aber die Zeit vorüber sei und vergangen, wo die Stände sich in malerischer Eigenwürde voneinander abhoben, wäre er für eine Gesellschaft, in der es Stände überhaupt nicht, weder Magd noch Dame, weder den feinen Herrn noch den unfeinen mehr gäbe und alle das gleiche trügen. – Goldene Worte, mir aus der Seele gesprochen. Was, dachte ich, hätte ich selbst gegen Hemd, Hose, Gürtel, und damit Punktum? Es sollte mir schon anstehen, und auch Stanko würde es besser passen als die danebengehende Feinheit. Überhaupt steht dem Menschen alles, nur das Verkehrte, Dumme und Halbschlächtige nicht.

Soviel am Rande und als à propos. Mit Stanko also, dann und wann, eine Zeitlang, besuchte ich die Cabarets, die Café-Terrassen, zumal die des Café de Madrid, wo es um die Stunde des Theaterschlusses sehr bunt und lehrreich zugeht, aber einmal besonders auch die Gala-Soirée des eben für einige Wochen in Paris gastierenden Zirkus Stoudebecker. Über diesen denn doch hier zwei Worte oder einige mehr! Ich würde es meiner Feder nicht verzeihen, wenn sie ein solches Erlebnis nur eben streifte, ohne ihm etwas von der Farbe zu verleihen, die es in so hohem Maße besaß.

Das berühmte Unternehmen hatte das weite Rund seines Zeltes nahe dem Théâtre Sarah Bernhardt und der Seine, am Square St.-Jacques aufgeschlagen. Der Zudrang war ungeheuer, da augenscheinlich die Darbietungen dem Besten gleichkamen oder es übertrafen, was je auf diesem Felde eines kühnen und hochdisziplinierten Hautgoût angeboten worden war. Welch ein Angriff auf die Sinne, die Nerven, die Wollust in der Tat, ein solches in ununterbrochenem Wechsel der Gesichte sich abrollendes Programm phantastischer, an die Grenze des Menschenmöglichen gehender, aber mit leichtem Lächeln und unter Kußhänden vollbrachter Leistungen, deren Grundmodell der Salto mortale ist; denn mit dem Tode, dem Genickbruch spielen sie alle, geschult zur Grazie im äußersten Wagnis, unterm Geschmetter einer Musik, deren Ordinärheit zwar mit dem rein körperlichen Charakter dieser Vorführungen, aber nicht mit ihrer Hochgetriebenheit übereinstimmt und die atembenehmend aussetzt, wenn es zum Letzten, nicht zu Vollbringenden kommt, das dennoch vollbracht wird.

Mit kurzem Kopfnicken (denn der Zirkus kennt nicht die Verbeugung) quittiert der Artist den rauschenden Beifall der die Runde füllenden Menge, dieses einzigartigen Publikums, das sich aus gierigem Schaupöbel und einer Pferde-Lebewelt von roher Eleganz erregend und beklemmend zusammensetzt. Kavallerie-Offiziere, die Mütze schief, in den Logen; junge Fêtards, rasiert, mit Augenglas, Nelken und Chrysanthemen im Aufschlag ihrer weiten gelben Paletots; Kokotten, vermischt mit neugieriger Damenwelt aus vornehmen Faubourgs, in Gesellschaft kennerischer Kavaliere im grauen Gehrock und grauen Zylinder, denen das Doppelperspektiv sportlich auf der Brust hängt wie beim Rennen in Longchamp. Dazu all die betörende, die Menge erregende Leiblichkeit der Manege, die prächtigen, farbigen Kostüme, der glitzernde Flitter, der Stallgeruch, mit seiner Schärfe dem Ganzen die Atmosphäre verleihend, die weiblichen und männlichen Nacktheiten. Jeder Geschmack ist versorgt, jede Lust gestachelt, durch Brüste und Nacken, durch Schönheit auf begreiflichster Stufe, durch wilden Menschenreiz, der sich der sehnenden Grausamkeit der Menge hinwirft in erregenden Körpertaten. Besessen sich gebärdende Reitweiber der Pußta, die unter heiseren Schreien zu berserkerhaften, in Taumel versetzenden Voltigierkünsten das ungesattelte, augenrollende Pferd bespringen. Gymnastiker in der wuchsverklärenden rosa Haut ihres Trikots, strotzende, enthaarte Athletenarme, von den Frauen mit sonderbar kaltem Gesichtsausdruck fixiert, und anmutige Knaben. Wie sehr sagte eine Truppe von Springern und Equilibristen mir zu, die sich nicht nur in gesucht zivilen, aus dem Rahmen des Phantastischen fallenden Sportanzügen, sondern auch in dem Trick gefielen, jede ihrer zum Teil haarsträubenden Übungen vorher in leichter Beratung scheinbar erst zu verabreden. Ihr Bester, und offenbar der Liebling aller, war ein Fünfzehnjähriger, der, von einem federnden Brett in die Höhe geschnellt, sich zweieinhalb Mal in der Luft überschlug und dann, ohne auch nur zu schwanken, auf den Schultern seines Hintermannes, eines älteren Bruders, wie es schien, zu stehen kam, was freilich erst beim dritten Mal gelang. Zweimal mißlang es, er verfehlte die Schultern, fiel davon herunter, und sein Lächeln und Kopfschütteln über den Mißerfolg waren ebenso bezaubernd wie die ironisch galante Geste, mit der der Ältere ihn zur Rückkehr aufs Schnellbrett einlud. Möglicherweise war alles Absicht, denn desto rauschender, mit Bravogegröl vermischt, war selbstverständlich der Beifall der Masse, als er beim dritten Mal nach seinem Salto mortale wirklich nicht nur ohne Wank dort oben stand, sondern auch durch ein „me voilà" – Ausbreiten der Hände – den Applaus zum Sturm anfachen konnte. Gewiß aber war er beim kalkulierten oder halb gewollten Mißlingen dem Bruch der Wirbelsäule näher gewesen als im Triumph.

Was für Menschen, diese Artisten! Sind es denn welche? Die Clowns gleich zum Beispiel, grundsonderbare Spaßmacherwesen mit kleinen roten Händen, kleinen, dünn beschuhten Füßen, roten Schöpfen unter dem kegelförmigen Filzhütchen, mit ihrem Kauderwelsch, ihrem auf den Händen Gehen, über alles Stolpern und Hinschlagen, sinnlosen Herumrennen und vergeblichen Helfenwollen, ihren zum johlenden Jubel der Menge entsetzlich fehlschlagenden Versuchen, die Kunststücke ihrer ernsten Kollegen – sagen wir: auf dem Drahtseile – nachzuahmen, sind diese alterslos-halbwüchsigen Söhne des Unsinns, über die Stanko und ich so herzlich lachten (ich aber tat es in nachdenklichster Hingezogenheit), sind sie, mit ihren mehlweißen und zur äußersten

Narretei aufgeschminkten Gesichtern – triangelförmige Brauen, senkrechte Trieflinien unter den rötlichen Augen, Nasen, die es nicht gibt, zu blödsinnigem Lächeln emporgeschwungene Mundwinkel –, Masken also, welche in einem sonst nie vorkommenden Widerspruch stehen zu der Herrlichkeit ihrer Kostüme – schwarzer Atlas etwa, mit silbernen Schmetterlingen bestickt, ein Kindertraum –, sind sie, sage ich, Menschen, Männer, vorstellungsweise irgendwie im Bürgerlichen und Natürlichen unterzubringende Personen? Nach meinem Dafürhalten ist es bloße Sentimentalität, zu sagen, sie seien „auch Menschen", mit den Herzlichkeiten von solchen, womöglich mit Weib und Kind. Ich erweise ihnen Ehre, ich verteidige sie gegen humane Abgeschmacktheit, indem ich sage: nein, sie sind es nicht, sie sind ausgefallene, das Zwerchfell zum Schüttern bringende Unholde der Lächerlichkeit, glitzernde, dem Leben nicht angehörige Mönche der Ungereimtheit, kobolzende Zwitter aus Mensch und närrischer Kunst.

Alles muß „menschlich" sein für die Gewöhnlichkeit, und man glaubt noch wunder wie warmherzig wissend hinter den Schein zu blicken, wenn man das Menschliche dort aufzufinden und nachzuweisen behauptet. War Andromache etwa menschlich, „La fille de l'air", wie sie auf dem langen Programmzettel hieß? Noch heute träume ich von ihr, und obgleich ihre Person und Sphäre dem Närrischen so fern waren wie möglich, war sie es eigentlich, die ich im Sinne hatte, als ich mich ausließ über die Clowns. Sie war der Stern des Cirkus, die große Nummer, und tat eine Hochtrapez-Arbeit ganz ohnegleichen. Sie tat sie – und das war eine sensationelle Neuerung, etwas Erstmaliges in der Cirkusgeschichte – ohne ein unten ausgespanntes Sicherheits- und Fangnetz, zusammen mit einem Partner von respektablem, aber mit dem ihren nicht zu vergleichenden Können, der ihr, bei persönlicher Zurückhaltung, in der Tat nur die Hand bot bei ihren überkühnen, in wunderbarer Vollendung ausgeführten Evolutionen im Luftraum zwischen den beiden stark schwingenden Trapezen, ihr ihre Taten gewissermaßen nur einrichtete. War sie zwanzig Jahre alt, oder weniger, oder mehr? Wer will es sagen. Ihre Gesichtszüge waren streng und edel und wurden merkwürdigerweise nicht verunschönt, nein, nur noch klarer und anziehender durch die elastische Kappe, die sie zur Arbeit über ihr voll aufgeknotetes braunes Haar zog, da dieses sich ohne solche Befestigung beim Kopfüber, Kopfunter ihrer Taten notwendig hätte auflösen müssen. Sie war von etwas mehr als mittlerer Weibesgröße und trug einen knappen und schmiegsamen, mit Schwan besetzten Silberpanzer, dem an den Schultern, zur Bestätigung ihres Titels als „Tochter der Lüfte" ein paar kleine Flügel aus weißem Gefieder angesetzt waren. Als ob die ihr beim Fliegen hätten helfen können! Ihre Brust war geringfügig, ihr Becken schmal, die Muskulatur ihrer Arme, wie sich versteht, stärker ausgebildet als sonst bei Frauen, und ihre greifenden Hände zwar nicht von männlicher Größe, aber doch auch nicht klein genug, um die Frage ganz auszuschalten, ob sie, in Gottes Namen, denn vielleicht heimlich ein Jüngling sei. Nein, die weibliche Artung ihrer Brust war immerhin unzweideutig, und so doch auch, bei aller Schlankheit, die Form ihrer Schenkel. Sie lächelte kaum. Ihre schönen Lippen, fern von Verpreßtheit, standen meist leicht geöffnet, aber das taten freilich auch, gespannt, die Flügel ihrer griechisch gestalteten, ein wenig niedergehenden Nase. Sie verschmähte jedes Liebäugeln mit dem Publikum. Kaum daß sie, nach einer Tour de force auf der hölzernen Querstange eines der Geräte ausruhend, eine Hand am Seil, den anderen Arm ein wenig zum Gruße ausstreckte. Aber ihre ernsten Augen, geradeaus blickend unter den ebenmäßigen, nicht gerunzelten, aber unbeweglichen Brauen, grüßten nicht mit.

Ich betete sie an. Sie stand auf, setzte das Trapez in stärkstes Schwingen, schnellte sich ab und flog an ihrem Mitspieler vorbei, der vom anderen kam, zu diesem ihr entgegenpendelnden hinüber, packte mit ihren weder männlichen noch weiblichen Händen die runde Stange, vollführte um sie herum, bei völlig ausgestrecktem Körper, den Total- oder sogenannten Riesenschwung, dessen die wenigsten Turner mächtig sind, und benutzte den dadurch empfangenen furchtbaren Antrieb zum Rückfluge, wieder an dem Gefährten vorbei, gegen das ihr zuschwingende Trapez, von dem sie gekommen, wobei sie halbwegs in der Luft noch einen Salto mortale schlug, um dann die fliegende Stange zu fangen, sich mit einem leichten Anschwellen ihrer Armmuskeln daran hochzuziehen und blicklos, die Hand hebend, darauf niederzusitzen.

Es war nicht glaubwürdig, untunlich und dennoch getan. Ein Schauer der Begeisterung überrieselte den, der es sah, und kalt trat es ihm ans Herze. Die Menge verehrte sie mehr, als daß sie sie bejubelte, betete sie an, wie ich, in der Totenstille, die das Aussetzen der Musik bei ihren waghalsigsten Unternehmungen und Vollbringungen erzeugte. Daß die präziseste Berechnung Lebensbedingung war bei allem, was sie tat, versteht sich am Rande. Genau im rechten Augenblick, auf den Bruchteil einer Sekunde genau, hatte das zu erfliegende, vom Partner verlassene Trapez ihr entgegenzupendeln und nicht etwa eben von ihr zurückzuschwanken, wenn sie nach dem Riesenschwung drüben, dem Salto unterwegs landen wollte. War die Stange nicht da, griffen ihre herrlichen Hände ins Leere, so stürzte sie – stürzte, vielleicht kopfüber, aus ihrem Kunstelement, der Luft, hinab in den gemeinen Grund, der der Tod war. – Diese stets aufs Haar genau auszukalkulierende Knappheit der Bedingungen ließ erbeben.

Aber wiederholt frage ich hier: War Andromache etwa menschlich? War sie es außerhalb der Manege, hinter ihrer Berufsleistung, ihrer ans Unnatürliche grenzenden, für eine Frau tatsächlich unnatürlichen Produktion? Sie sich als Gattin und Mutter vorzustellen war einfach läppisch; eine Gattin und Mutter, oder jemand auch nur, der es möglicherweise sein könnte, hängt nicht mit den Füßen kopfab am Trapez, schaukelt sich so daran, daß es sich fast überschlägt, löst sich ab, fliegt durch die Luft zu dem Partner hinüber, der sie an den Händen ergreift, sie daran hin- und herschwingt und sie im äußersten Schwunge fahrenläßt, damit sie unter Exekutierung des berühmten Luftsaltos zum anderen Gerät zurückkehre. Dies war ihre Art, mit dem Manne zu verkehren; eine andere war bei ihr nicht erdenklich, denn zu wohl erkannte man, daß dieser strenge Körper das, was andere der Liebe geben, an seine abenteuerliche Kunstleistung verausgabte. Sie war kein Weib; aber ein Mann war sie auch nicht und also kein Mensch. Ein ernster Engel der Tollkühnheit war sie mit gelösten Lippen und gespannten Nüstern, eine unnahbare Amazone des Luftraumes unter dem Zeltdach, hoch über der Menge, der vor starrer Andacht die Begierde nach ihr verging.

Andromache! Schmerzlich zugleich und erhebend lag mir ihr Wesen im Sinn, als längst ihre Nummer vorüber und anderes an ihre Stelle getreten war. Die sämtlichen Stallmeister und -diener bildeten Spalier: Direktor Stoudebecker kam mit seinen zwölf Rapphengsten herein, ein vornehmer älterer Sportsherr mit grauem Schnurrbart, in Balltoilette, das Band der Ehrenlegion im Knopfloch, in einer Hand die Reitpeitsche zusammen mit einer langen Peitsche von eingelegter Arbeit, die, wie man wissen wollte, der Schah von Persien ihm geschenkt hatte und mit der er wundervoll zu knallen verstand. Seine spiegelnden Lackschuhe standen im Sand der Manege, während er leise persönliche Worte an diesen und jenen seiner prachtvollen Zöglinge mit den von weißem Zaumzeug stolz angezogenen Köpfen richtete, die um ihn herum zu einer nachgiebigen Musik ihre Pas, Kniebeugen und Drehungen ausführten und vor seiner erhobenen Reitpeitsche in gewaltiger Rundparade auf die Hinterbeine stiegen. Ein prächtiger Anblick, aber ich gedachte Andromaches. Herrliche Tierleiber, und zwischen Tier und Engel, so sann ich, stehet der Mensch. Näher zum Tiere stehet er, das wollen wir einräumen. Sie aber, meine Angebetete, obgleich Leib ganz und gar, aber keuscher, vom Menschlichen ausgeschlossener Leib, stand viel weiter hin zu den Engeln.

Dann wurde die Manege mit Gittern umgeben, denn der Löwenkäfig rollte herein, und das Gefühl feiger Sicherheit sollte der Menge das Gaffen würzen. Der Dompteur, Monsieur Mustafa, ein Mann mit goldenen Ringen in den Ohren, nackt bis zum Gürtel, in roten Pluderhosen und roter Mütze, trat durch eine kleine, rasch geöffnete und ebenso geschwind hinter ihm wieder geschlossene Pforte zu den fünf Bestien hinein, deren scharfer Raubtiergeruch sich mit dem des Pferdestalles mischte. Sie wichen vor ihm zurück, hockten widerspenstig zögernd unter seinen Zurufen einer nach dem andern auf den fünf herumstehenden Taburetts nieder, fauchten mit gräßlich krausgezogenen Nasen und schlugen mit den Tatzen nach ihm – mag sein in halb freundschaftlichem Sinn, in dem aber doch auch viel Wut einschlägig war, weil sie wußten, daß sie nun wieder ganz gegen Natur und Neigung durch Reifen zu springen genötigt sein würden, und zwar schließlich durch brennende. Ein paar von ihnen erschütterten die Luft mit dem Donnergebrüll, vor dem die zartere Tierwelt des Urwaldes erbebt und flieht. Der Bändiger beantwortete es mit einem Revolverschuß in die Luft, vor dem sie sich fauchend duckten, da sie einsahen, daß ihr Naturgedröhn durch den schmetternden Knall übertrumpft war. Mustafa zündete sich danach renommistischerweise eine Zigarette an, was sie ebenfalls mit tiefem Ärger ansahen, und sprach dann cinen Namen,

Achille oder Néron, forderte leise, aber äußerst bestimmt den ersten zur Leistung auf. Eine nach der anderen hatten die Königskatzen sich widerwillig von ihren Taburetts hinabzubequemen und den Sprung, hin und zurück, zu tun durch den hochgehaltenen Reifen, der schließlich, wie ich sagte, ein in Brand gesetzter Pechring war. Wohl oder übel sprangen sie durch die Flammen, und schwer war das nicht für sie, aber beleidigend. Sie kehrten grollend auf ihre Hocker zurück, die schon an und für sich kränkende Sitze waren, und blickten gebannt auf den rotbehosten Mann, der immerfort leicht den Kopf von der Stelle rückte, um abwechselnd mit seinen dunklen Augen den grünen, von Furcht und einem gewissen anhänglichen Haß verkniffenen Blick der Bestien zu fassen. Kurz wandte er sich um, wenn er im Rücken eine Unruhe erlauschte, und stillte sie durch ein gleichsam erstauntes Hinsehen, durch die leise und feste Nennung eines Namens.

Jeder fühlte, in welcher nicht im mindesten geheueren, ganz und gar nicht berechenbaren Gesellschaft er sich dort drinnen befand, und das war der Kitzel, für den der in Sicherheit sitzende Schaupöbel bezahlt hatte. Jedem war bewußt, daß sein Revolver ihm wenig helfen würde, wenn die fünf Gewaltigen aus ihrem Wahn, hilflos vor ihm zu sein, erwachten und ihn in Stücke rissen. Mein Eindruck war, daß, wenn er sich nur irgendwie verletzte und sie sein Blut sähen, es um ihn geschehen wäre. Ich begriff auch, daß, wenn er halbnackt zu ihnen hineinging, es dem Pöbel zuliebe geschah: nämlich, damit dessen feige Lust verschärft werde durch den Anblick des Fleisches, in das sie – wer weiß, hoffentlich geschah es – ihre entsetzlichen Tatzen schlagen würden. Da ich aber immerfort Andromaches gedachte, fühlte ich mich versucht und fand es allenfalls richtig, sie mir als Mustafas Geliebte vorzustellen. Eifersucht ging mir wie ein Messerstich in das Herz bei dem bloßen Gedanken, sie verschlug mir tatsächlich den Atem, und ich erstickte hastig die Einbildung. Kameraden der Todesnähe, das mochten sie sein, aber kein Liebespaar, nein, nein, es wäre ihnen auch beiden schlecht bekommen! Die Löwen hätten es gemerkt, wenn er gebuhlt hätte, und ihm den Gehorsam gekündigt. Und sie, sie hätte fehlgegriffen, ich war dessen sicher, wenn sich der Kühnheitsengel zum Weibe erniedrigt hätte, und wäre schmählichtödlich zur Erde gestürzt ...

Was gab es noch, nachher und vorher, im Zirkus Stoudebecker? Sehr Mannigfaltiges, einen Überfluß gelenkiger Wunder. Wenig frommte es, sie alle heraufzurufen. Das weiß ich, daß ich von Zeit zu Zeit meinen Gesellen, den Stanko, von der Seite betrachtete, der sich, wie alles Volk ringsumher, in schlaffem, blödem Genießen diesem nicht endenden Andrang blendender Kunstfertigkeit, dieser farbigen Kaskade betörender, berauschender Leistungen und Gesichte überließ. Nicht dies war meine Sache, nicht dies meine Art, den Erscheinungen zu begegnen. Wohl entging mir nichts, wohl nahm ich inständig prüfend jede Einzelheit in mich. Es war Hingebung, aber sie hatte – wie soll ich es sagen – etwas Aufsässiges, ich steifte den Rücken dabei, meine Seele – wie soll ich es nur sagen! – übte einen Gegendruck aus gegen die sie bestürmenden Eindrücke, es war – ich sage es nicht richtig, aber ungefähr richtig – bei aller Bewunderung etwas von Bosheit in ihrem eindringlichen Betrachten der Tricks, Künste, Wirkungen. Die Menge rings um mich her gor in Lust und Belustigung – ich aber, gewissermaßen, schloß mich aus von ihrem Gären und Gieren, kühl wie einer, der sich vom „Bau", vom Fach fühlt. Nicht vom circensischen Fach, vom Salto-mortale-Fach, natürlich, konnte ich mich fühlen, aber vom Fache im allgemeineren, vom Fach der Wirkung, der Menschenbeglückung und -bezauberung. Darum rückte ich innerlich ab von den vielen, die nur das selbstvergessen genießende Opfer des Reizes waren, fern von dem Gedanken, sich mit ihm zu messen. Sie genossen nur, und Genuß ist ein leidender Zustand, in welchem niemand sich genügt, der sich zum Tätigen, zum Selber-Ausüben geboren fühlt.

Von solchem Verhalten war meinem Nachbarn, dem braven Stanko, rein gar nichts gegeben, und so waren wir ungleiche Gesellen, mit deren Genossenschaft es nicht eben weit reichte. Beim Flanieren hatte ich größere Augen als er für die weiträumige Herrlichkeit des Pariser Stadtbildes, gewisser glorreicher Perspektiven von unglaublicher Vornehmheit und Pracht, die es bietet, und mußte immer an meinen armen Vater und das bis zur Schwäche hingenommene „Magnifique! Magnifique!" denken, mit dem er sich stets daran erinnert hatte. Da ich jedoch von meiner Bewunderung weiter kein Wesens machte, bemerkte jener kaum den Unterschied in der Empfänglichkeit unserer Seelen. Was er dagegen allmählich bemerken mußte, war, daß es auf eine ihm rätselhafte Weise mit unserer Freundschaft nicht recht vorwärtsgehen, zu rechter Vertraulichkeit zwischen uns nicht kommen wollte – was sich doch einfach aus meiner natürlichen Neigung zur Eingezogenheit und Verschlossenheit, diesem inneren Beharren auf Einsamkeit, Abstand, Reserve erklärte, dessen ich schon weiter oben gedachte und an dem ich, als einer Grundbedingung meines Lebens, auch wenn ich gewollt hätte, nichts hätte ändern können.

Es ist nicht anders: das scheue und nicht sowohl stolze als in sein Schicksal willigende Gefühl eines Menschen, daß es etwas Besonderes mit ihm ist, schafft um ihn herum eine Luftschicht und Ausstrahlung von Kühle, in welcher, beinahe zu seinem eigenen Bedauern, treuherzige Anträge der Freundschaft und Camaraderie, sie wissen nicht, wie, sich verfangen und steckenbleiben. So ging es Stanko mit mir. Er ließ es an Zutraulichkeit nicht fehlen und sah doch, daß ich ihr mehr duldend begegnete als sie erwiderte. So erzählte er mir eines Nachmittags, als wir in einem Bistro beim Weine saßen, daß er, bevor er nach Paris gekommen, in seiner Heimat eine einjährige Gefängnisstrafe abzusitzen gehabt habe, irgendeiner Einsteigerei wegen, bei der er, nicht durch eigene Ungeschicklichkeit, sondern durch die Dummheit seines Mitgesellen, hereingefallen war. Ich nahm das sehr heiter und teilnehmend auf, und es fehlte viel, daß durch diese mich keineswegs überraschende Eröffnung unser Umgang Schaden gelitten hätte. Ein nächstes Mal aber ging er weiter und ließ mich merken, daß seine Zutunlichkeit einen Hintergrund von Berechnung hatte, der mir mißfiel. Er sah einen Glückspilz von kindlicher Geriebenheit und begünstigter Hand in mir, mit dem zusammen gut arbeiten sein würde, und aus unzarter Verkennung der Tatsache, daß ich nicht zum Bruder Spießgesellen geboren war, machte er mir Vorschläge, eine gewisse Villa in Neuilly betreffend, die er ausbaldowert hatte und wo sich mit Leichtigkeit, fast ohne Risiko, mitsammen ein einträglich Ding würde drehen lassen. Daß er bei mir auf gleichgültige Ablehnung stieß, verdroß ihn sehr, und ärgerlich fragte er mich, was das denn für eine Zimperlichkeit von mir sei und für was alles ich mich eigentlich zu gut dünkte, wo er doch ganz wohl über mich Bescheid wisse. Da ich immer Leute verachtet habe, die da glaubten, Bescheid über mich zu wissen, so zuckte ich nur die Achseln und sagte, das möchte schon sein, ich hätte aber doch keine Lust. Worauf er mit einem „Trottel!" oder „Imbécile!" abschloß.

Auch daß ich ihm diese Enttäuschung bereitete, führte unmittelbar noch keinen Bruch unserer Beziehungen herbei; aber es kühlte sie ab, lockerte sie und löste sie schließlich auf, so daß wir, ohne gerade verfeindet zu sein, doch nicht mehr miteinander ausgingen.

Zweites Kapitel

Den Liftdienst versah ich den ganzen Winter hindurch, und trotz der Beliebtheit, deren ich mich bei meinem wechselnden Publikum erfreute, begann er mich bald schon zu langweilen. Ich hatte Grund zu fürchten, daß es damit immer so weitergehen, daß man mich sozusagen darin vergessen, mich alt und grau dabei werden lassen möchte. Was ich von Stanko gehört, bestärkte mich in dieser Besorgnis. Seinerseits trachtete er danach, in die Hauptküche mit den beiden großen Kochherden, den vier Bratöfen, dem Grillapparat und dem Flambeau versetzt zu werden und es dort mit der Zeit – wenn nicht gerade zum Küchenchef, so etwa doch zum Vice-Küchenleiter zu bringen, der die Ordres aus dem Speisesaal von den Kellnern entgegennimmt und sie an die Schar der Köche weitergibt. Aber es sei geringe Aussicht auf solches Vorwärtskommen, hatte er gemeint; die Neigung sei groß, einen Mann an der Stelle zu verbrauchen, wo er nun einmal sei, und auch mir sagte er schwarzseherisch voraus, daß ich ewig, wenn auch nicht immer als Volontär, an den Lift gebunden bleiben und nie den Betrieb des Welthauses unter einem anderen Gesichtswinkel als diesem speziellen und beschränkten kennenlernen würde.

Eben das ängstigte mich. Ich fühlte mich eingesperrt in meine Ascenseur-Nische und den Schacht, worin ich mein Fahrzeug auf und ab steuerte, ohne daß mir ein Blick oder mehr als ein kurzer Gelegenheitsblick gewährt gewesen wäre auf die kostbaren Gesellschaftsbilder der Halle zur Fünf-Uhr-Teezeit, wenn gedämpfte Musik sie durchschwebte, Rezitatoren und griechisch gewandete Tänzerinnen der schönen Welt Unterhaltung boten, die an ihren gepflegten Tischchen in Korbsesseln lehnte, zum goldenen Tranke Petits fours und erlesene kleine Sandwiches kostete, die Finger danach zum Entkrümeln mit einer Art von leichtem Getriller in der Luft bewegend, und auf dem Läufer der königlichen, zu einer mit Blumenbosketts geschmückten Empore führenden Freitreppe, zwischen Palmenwedeln, die aus skulpturierten Vasenkästen stiegen, einander begrüßte, Bekanntschaft machte, mit distinguiertem Mienenspiel und Kopfbewegungen, die auf Geist schließen ließen, Scherzworte tauschte und leichtlebiges Lachen ertönen ließ. Wie gut mußte es sein, sich dort zu bewegen und aufzuwarten, im Bridge-Zimmer der Damen oder auch im Speisesaal beim Diner, zu dem ich die befrackten Herren und von Schmuck funkelnden Frauen hinabbrachte. Kurz, ich war unruhig, es verlangte mich nach Ausweitung meines Daseins, nach reicheren Möglichkeiten des Austausches mit der Welt, und wirklich: das wohlgeneigte Glück ließ sie mir zuteil werden. Mein Wunsch, von der Lifttreiberei loszukommen und in neuer Tracht eine neue Tätigkeit von weiterem Horizont zu gewinnen, erfüllte sich: zu Ostern trat ich in den Kellnerdienst über, und das ging vor sich wie folgt.

Der Maître d'hôtel, Monsieur Machatschek mit Namen, war ein Mann von großer Stellung, der mit viel Autorität und in täglich frischer Stärkwäsche sein Bauchgewölbe im Speisesaal herumtrug. Der rasierte Speck seines Mondgesichts schimmerte. Aufs schönste verfügte er über jene hoch- und fernhin winkende Armbewegung, mit welcher der Herr der Tische neu eintretende Gäste zu ihren Plätzen entbietet, und seine Art, Mißgriffe und Ungeschicklichkeiten des Personals nur im Vorbeigehen aus dem Mundwinkel zu rügen, war so diskret wie beißend. – Er also ließ mich, auf eine Weisung der Direktion, wie ich annehmen muß, eines Vormittags zu sich rufen und nahm meine Aufwartung in einem kleinen, an die prächtige Salle à manger stoßenden Bureau entgegen.

„Kroull?" sagte er. „Armand gerufen? Voyons, voyons. Eh bien, ich habe von Ihnen gehört – nicht gerade Nachteiliges und nicht ganz und gar Falsches, wie mir auf den ersten Blick scheint. Er kann täuschen, pourtant. Sie sind sich klar darüber, daß Ihre bisher dem Hause geleisteten Dienste ein Kinderspiel waren und eine geringe Bewährung der Gaben bedeuteten, über die Sie etwa verfügen? Vous consentez? Man hat vor, hier im Restaurantbetrieb womöglich etwas aus Ihnen zu machen – si c'est faisable. Fühlen Sie einen gewissen Beruf in sich zur Sommellerie, ein *gewisses* Talent, sage ich – kein ganz exzeptionelles und glänzendes, wie Sie da versichern, das heißt die Selbstempfehlung zu weit treiben, obgleich Courage auch wieder nicht schaden kann –, ein gewisses Talent also zum eleganten Servieren und allen feineren Aufmerksamkeiten, die dazugehören? Zum leidlich gewandten Umgang mit einem Publikum wie dem unseren? Angeboren? Natürlich ist dergleichen angeboren, aber was Ihnen nach Ihrer Meinung alles angeboren ist, das ist bestürzend. Übrigens kann ich nur wiederholen, daß ein gesundes Selbstvertrauen kein Nachteil ist. Einige Sprachkenntnisse besitzen Sie? Ich habe nicht gesagt: umfassende, wie Sie sich ausdrücken, sondern: die nötigsten. Bon. Es sind das alles übrigens erst spätere Fragen. Sie stellen sich wohl den Gang der Dinge nicht anders vor, als daß Sie von unten beginnen müssen. Ihre Beschäftigung wird vorderhand darin bestehen, von dem abservierten Geschirr, das aus dem Saal kommt, die Reste zu streifen, bevor es zur eigentlichen Reinigung in die Spülküche geht. Sie werden für diese Tätigkeit ein Monats-Salaire von vierzig Franken beziehen – eine fast übertrieben hohe Bezahlung, wie Ihre Miene mir zu bezeugen scheint. Es ist übrigens nicht üblich, im Gespräch mit mir zu lächeln, bevor ich selber lächle. Ich bin es, der das Zeichen zum Lächeln zu geben hat. Bon. Die weiße Jacke für Ihre Arbeit als Abkratzer wird Ihnen geliefert. Sind Sie in der Lage, sich unseren Kellnerfrack anzuschaffen, wenn man Sie eines Tages zum Abservieren im Saale heranzieht? Sie wissen wohl, diese Anschaffung hat auf eigene Kosten zu geschehen. *Durchaus* sind Sie in der Lage dazu? Ausgezeichnet. Ich sehe, bei Ihnen stößt man auf keine Schwierigkeiten. Auch mit der notwendigen Wäsche, anständigen Frackhemden, sind Sie versehen? Sagen Sie mir doch: Sind Sie vermögend von Hause aus? Ein wenig? À la bonne heure. Ich denke, Kroull, wir werden Ihr Gehalt in absehbarer Zeit auf fünfzig bis sechzig Francs erhöhen können. Die Adresse des Schneiders, der unsere Fräcke anfertigt, erfahren Sie vorn im Bureau. Sie können, wann Sie wollen, zu uns herüberkommen. Uns fehlt eine Hilfe, und für die Liftvakanz sind hundert Anwärter da. À bientôt, mon garçon. Wir nähern uns der Mitte des Monats, Sie werden also für diesmal fünfundzwanzig Franken erheben können, denn ich schlage vor, wir beginnen mit sechshundert pro Jahr. Diesmal ist Ihr Lächeln zulässig, denn ich bin Ihnen darin vorangegangen. Das war alles. Sie können gehen."

So Machatschek im Austausch mit mir. Das folgenschwere Gespräch führte zunächst zu einem Abstieg in meiner Lebenshaltung und dem, was ich vorstellte, das ist nicht zu leugnen. Ich hatte meine Liftboy-Livree im Magazin wieder einzuliefern und erhielt dafür nur die weiße Jacke, zu der ich mir schleunig eine brauchige Hose besorgen mußte, da ich unmöglich die zu meinem Ausgeh-Anzug gehörige bei der Arbeit abnützen durfte. Diese Arbeit, die Vorreinigung abgespeisten Geschirrs, das Einstreifen des Liegengelassenen in Abfallzuber war ein wenig erniedrigend im Vergleich mit meiner bisherigen, immerhin edleren Beschäftigung, und anfangs auch ekelerregend. Übrigens reichten meine Aufgaben bis in die Spülküche hinein, wo das Service, von Hand zu Hand gehend, eine Folge von Waschungen durchlief, um bei den Abtrocknern zu landen, zu denen ich mich zeitweise, angetan mit einer weißen Schürze, gesellt fand. So stand ich gleichsam am Anfang und am Ende der Wiederherstellungsprozedur.

Gute Miene zu machen zum Unangemessenen und sich mit den Genossen, denen es angemessen ist, auf einen kordialen Fuß zu stellen ist nicht schwer, wenn man das Wort „vorläufig" dabei im Herzen trägt. So gewiß war ich des den Menschen bei allem Bestehen auf Gleichheit tief eingeborenen Sinnes fürs Ungleiche und Natürlich-Bevorzugte, so gewiß ihres Triebes, diesem Sinn Genüge zu tun, so überzeugt also, daß man mich nicht lange auf dieser Stufe festhalten werde, ja sie mich eigentlich nur der Form wegen hatte einnehmen lassen, daß ich gleich anfangs schon, gleich nach meinem Gespräch mit Monsieur Machatschek, sobald ich nur frei dafür war, die Bestellung eines Kellner-Frack-Anzuges à la Saint James and Albany bei dem Uniform- und Livreeschneider getätigt hatte, dessen Atelier sich gar nicht weit vom Hotel, in der Rue des Innocents, befand. Es war eine Investierung von fünfundsiebzig Franken, einem zwischen der Firma und dem Hotel vereinbarten Spezialpreis, den Unbemittelte nach und nach von ihrem Lohn zu bestreiten hatten, den aber ich, versteht sich, bar erlegte. Das Habit war außerordentlich hübsch, wenn man es zu tragen wußte: zu schwarzen Hosen ein dunkelblauer Frack mit einigem Samtbesatz am Kragen und goldenen Knöpfen, die in verkleinerter Gestalt an der ausgeschnittenen Weste wiederkehrten. Ich hatte herzliche Freude an dem Erwerb, hängte ihn im Schranke draußen vorm Schlafraum neben meinem Zivilanzug auf und hatte auch für die zugehörige weiße Schleife sowie für Emailleknöpfe zum Hemdverschluß Sorge getragen. So aber kam es, daß, als nach fünf Wochen Geschirrdienst einer der beiden unteren Oberkellner, welche Herrn Machatschek in schwarzen Fräcken mit schwarzen Schleifen zur Seite standen, mir eröffnete, man brauche mich im Saal, und mir auftrug, mich schleunig für diesen zu adjustieren, ich ihm erwidern konnte, ich sei in völliger Bereitschaft, dort zu erscheinen, und stände in jedem beliebigen Augenblick zur Verfügung.

Der nächste Tag also schon sah mich in voller Parure bei der Mittagsmahlzeit im Saale debütieren, diesem herrlichen, kirchenweiten Raum mit seinen kannelierten Säulen, auf deren vergoldeten Kronen in weißem Stuck die Deckenflächen ruhten, mit seinen rot beschirmten Wandleuchtern, rot wallenden Fenster-Draperien und der Unzahl von weißdamastenen, mit Orchideen geschmückten Rundtischen und Tischchen, um welche Sessel aus weißem Schleiflack-Holz mit roten Polstern standen und auf denen die zu Fächern und Pyramiden gefältelten Servietten, die glänzenden Bestecke und zarten Gläser, die in blitzenden Kühlkübeln oder leichten Körben lehnenden Weinflaschen paradierten, die herbeizubringen das Sonderamt des mit Kette und Küferschürzchen ausgezeichneten Kellner-Kellermeisters war. Lange bevor die ersten Gäste zum Luncheon sich einfanden, war ich zur Hand gewesen, hatte geholfen, auf einer bestimmten Gruppe von Tischen, denen ich als zweiter, als Hilfs-Anwärter zugeteilt war, die Couverts zu legen, die Menukarten zu verteilen, und ließ es mir dann nicht nehmen, das Speisepublikum dieser Tische, dort wenigstens, wo der mir übergeordnete Haupt- und Servierkellner eben nicht sein konnte, mit markierter Herzensfreude zu begrüßen, den Damen die Stühle unterzuschieben, ihnen die Karten zu reichen, Wasser einzuschenken, kurz, diesen Pfleglingen, ohne Ansehen ihrer ungleichen Reize, meine Gegenwart artig einprägsam zu machen.

Recht und Möglichkeit dazu reichten fürs erste nicht weit. Ich hatte nicht die Bestellungen entgegenzunehmen, nicht die Schüsseln anzubieten; meines Amtes war nur, nach jedem Gange abzuräumen, die benutzten Teller und Bestecke hinauszutragen und nach dem Entremets, bevor das Dessert gereicht wurde, die Tischtücher mit Bürste und flacher Schaufel von Brosamen zu reinigen. Jene höheren Pflichten standen Hector, meinem

Supérieur, einem schon etwas angejahrten Manne mit schläfriger Miene, zu, in dem ich sogleich jenen Commis de salle wiedererkannt hatte, mit dem ich an meinem ersten Morgen in der Kantine droben am Tische gesessen und der mir seine Zigaretten geschenkt hatte. Auch er erinnerte sich meiner mit einem „Mais oui, c'est toi", begleitet von einer müde abwinkenden Handbewegung, die für sein Verhalten zu mir bezeichnend blieb. Es war von allem Anbeginn ein eher verzichtendes, als kommandierendes und zurechtweisendes Verhalten. Er sah wohl, daß die Clientèle, daß besonders die Damen, alte und junge, sich an mich hielten, mich heranwinkten und nicht ihn, wenn es sie nach irgendeiner Sonderzutat, englischem Senf, der Worcester-Sauce, Tomato Ketchup, verlangte – Wünsche, die in so manchem mir ganz gut erkennbaren Fall der reine Vorwand waren, um mich an den Tisch zu ziehen, sich an meinem „Parfaitement, Madame", „Tout de suite, Madame" zu erfreuen und, wenn ich das Geforderte überbrachte, das „Merci, Armand" mit einem schräg aufwärts strahlenden Blick zu begleiten, der sachlich kaum gerechtfertigt war.

Nach einigen Tagen sagte Hector zu mir, während ich ihm am Anrichtetischchen beim Ablösen von Seezungenfilets von der Gräte behilflich war: „Die würden es viel lieber sehen, wenn du ihnen das Zeug serviertest, au lieu de moi – sind ja alle einträchtig vergafft in dich, toute la canaille friande! Du wirst mich bald an die Wand gedrückt haben und die Tische bekommen. Bist eine Attraktion – et tu n'as pas l'air de l'ignorer. Die Bonzen wissen es auch und schieben dich vor. Hast du gehört – natürlich hast du's gehört –, wie Monsieur Cordonnier" (das war der Unter-Oberkellner, der mich geholt hatte) „vorhin zu dem schwedischen Ehepaar sagte, mit dem du so lieblich geplaudert hattest: ‚Joli petit charmeur, n'est-ce pas?' Tu iras loin, mon cher – mes meilleurs vœux, ma bénédiction."

„Du übertreibst, Hector", erwiderte ich. „Ich muß noch viel von dir lernen, bevor ich daran denken könnte, dich auszustechen, wenn das meine Absicht wäre."

Ich sagte da mehr, als meine Meinung war. Denn als an einem der folgenden Tage, während des Diners, Monsieur Machatschek selbst seinen Bauch zu mir heranschob, neben mir stehenblieb, derart, daß unsere Gesichter nach entgegengesetzten Richtungen gekehrt waren, und mir aus dem Mundwinkel zuraunte: „Nicht schlecht, Armand. Sie arbeiten nicht ganz schlecht. Ich empfehle Ihnen, gut achtzugeben auf Hector, wie er serviert, vorausgesetzt, Sie legen Wert darauf, das auch einmal zu tun" – da antwortete ich, ebenfalls mit halber Stimme: „Tausend Dank, Maître, aber ich kann es schon, und besser als er. Ich kann es nämlich, verzeihen Sie, von Natur. Ich dränge Sie nicht, mich auf die Probe zu stellen. Sobald Sie sich aber dazu entschließen, werden Sie meine Worte bestätigt finden."

„Blagueur!" sagte er und ruckte nicht nur kurz auflachend den Bauch, sondern sah auch dabei zu einer Dame in Grün und mit hoher kunstblonder Frisur hinüber, die diesen kleinen Wortwechsel beobachtet hatte, zwinkerte ihr mit einem Auge zu und deutete dabei seitlich mit dem Kopfe auf mich, bevor er mit seinen kurzen, betont elastischen Schritten weiterging. Auch dabei ließ er noch einmal belustigt den Bauch rucken.

Der Kaffee-Dienst führte mich bald auch in die Halle hinaus, wo ich ihn zweimal des Tages zusammen mit einigen Kollegen zu versehen hatte. Er erweiterte sich binnen kurzem zur Tee-Bedienung daselbst am Nachmittag; und da unterdessen Hector zu einer anderen Tischgruppe im Saal versetzt worden und es mir zugefallen war, an derjenigen zu servieren, bei der ich den Aide gespielt, so hatte ich fast übermäßig viel zu tun und war abends, gegen Ende des vielfältigen Tagewerks, das man mir auferlegte, also beim Reichen von Kaffee und Likören, Whisky-Soda und Infusion de tilleul nach dem Diner in der Halle, meistens so müde, daß der Sympathie-Austausch zwischen mir und der Welt an Seele verlor, die Gefälligkeitsspannkraft meiner Bewegungen zu ermatten drohte und mein Lächeln zu einer leicht schmerzhaften Maskenhaftigkeit erstarrte.

Am Morgen jedoch erstand meine elastische Natur aus solcher Ermattung zu froher Frische, und schon sah man mich wieder zwischen Frühstückszimmer, Getränkeküche und Hauptküche hin- und hereilen, um jenen Gästen, die nicht den Zimmerdienst in Anspruch nahmen und nicht im Bette frühstückten, den Tee, das Oatmeal, den Toast, das Eingemachte, den gebackenen Fisch, die Pfannkuchen in Sirup zu servieren; sah mich sodann im Saal, mit Hilfe eines Tölpels von Zweitem, meine sechs Tische zum Luncheon instand setzen, den Damast über die weiche Fries-Unterlage spreiten, die Couverts auflegen, und von zwölf Uhr an, den Schreibblock in der Hand, bei denen, die sich zum Speisen eingefunden, Bestellungen entgegennehmen. Wie wohl verstand ich es doch, Schwankende dabei mit der weichen, diskret zurückhaltenden Stimme, die dem Kellner ansteht, zu beraten, wie wohl, allen Darreichungen und Versehungen den lieblosen Charakter des Vorwerfens fernzuhalten, alle vielmehr auf eine Art zu tätigen, als handle es sich um einen persönlichen Liebesdienst. Gebeugt, eine Hand nach guter Servierschule auf dem Rücken, bot ich meine Schüsseln an, übte zwischenein aber auch die feine Kunst, Gabel und Löffel in geschickter Kombination nur mit der Rechten handhabend, denen, die es liebten, selbst vorzulegen, wobei der Betreute, er oder sie, besonders sie, mit angenehmem Befremden meine tätige Hand beobachten mochte, die nicht die eines gemeinen Mannes war.

Kein Wunder denn, alles in allem, daß man, wie Hector gesagt hatte, mich „vorschob", das Wohlgefallen ausnutzte, das mir aus der überfütterten Luxusgesellschaft des Hauses entgegenschlug. Man gab mich ihm preis, diesem mich umbrodelnden Wohlgefallen, und ließ es mein Kunststück sein, es sowohl durch schmelzendes Entgegenkommen anzuspornen, als es auch wieder durch sittige Reserve einzudämmen.

Um das Bild rein zu halten, das diese Erinnerungen dem Leser von meinem Charakter vermitteln, sei folgendes hier zu meinen Ehren angemerkt. Niemals habe ich eitles und grausames Gefallen gefunden an den Schmerzen von Mitmenschen, denen meine Person Wünsche erregte, welche zu erfüllen die Lebensweisheit mir verwehrte. Leidenschaften, deren Gegenstand man ist, ohne selbst von ihnen berührt zu sein, mögen Naturen, ungleich der meinen, einen Überlegenheitsdünkel von unschöner Kälte oder auch jenen verachtenden Widerwillen einflößen, der dazu verleitet, die Gefühle des anderen ohne Erbarmen mit Füßen zu treten. Wie sehr verschieden bei mir! Ich habe solche Gefühle stets geachtet, sie aus einer Art von Schuldbewußtsein aufs beste geschont und durch ein begütigendes Verhalten die Befallenen zu verständiger Entsagung anzuhalten gesucht – wofür ich aus der hier abzuhandelnden Periode meines Lebens das zwiefache Beispiel der kleinen Eleanor Twentyman aus Birmingham und des Lord Kilmarnock, eines Angehörigen des schottischen Hochadels, anführen will – aus dem Grund, weil beide gleichzeitig spielende Fälle auf unterschiedliche Art Versuchungen darstellten zum vorzeitigen Ausbrechen aus der gewählten Laufbahn,

Lockungen, mich in einen der Seitenpfade zu werfen, von denen mein Pate mir gesprochen, die man aber nicht genau genug auf ihr Wohin und Wieweit prüfen konnte.

Twentymans, Vater, Mutter und Tochter nebst einer Zofe, bewohnten mehrere Wochen lang eine Suite im Saint James and Albany, was allein auf eine erfreuliche Vermögenslage schließen ließ. Sie wurde bestätigt und unterstrichen durch prachtvolle Juwelen, die Mrs. Twentyman beim Diner zur Schau trug und um die es, so muß man sagen, schade war. Denn Mrs. Twentyman war eine freudlose Frau – freudlos für den Anschauenden und wahrscheinlich auch nach ihrem eigenen Befinden –, welche offenbar durch den erfolggekrönten Birminghamschen Gewerbefleiß ihres Gatten aus kleinbürgerlicher Sphäre in Verhältnisse aufgestiegen war, die sie steif und starr machten. Mehr Gutmütigkeit ging aus von Mr. Twentyman mit seinem roten Portweingesicht; doch versiegte seine Jovialität zum besten Teil in der ihn umhüllenden Schwerhörigkeit, von welcher der leer-horchende Ausdruck seiner wasserblauen Augen zeugte. Er bediente sich eines schwarzen Hörrohrs, in das seine Gattin sprechen mußte, wenn sie, was selten vorkam, ihm etwas zu sagen hatte, und das er auch mir hinhielt, wenn ich ihn bei seiner Bestellung beriet. Sein Töchterchen, die siebzehn- oder achtzehnjährige Eleanor, die ihm an meinem Tisch Nr. 18 gegenübersaß, pflegte zuweilen, auch wohl durch sein Winken dazu berufen, aufzustehen und sich zu einer kurzen, durchs Rohr gepflogenen Konversation zu ihm hinüberzuverfügen.

Seine Zärtlichkeit für das Kind war offensichtlich und gewinnend. Was Mrs. Twentyman betrifft, so will ich ihr mütterliche Gefühle gar nicht abstreiten, aber eher als in lieben Blicken und Worten äußerten sie sich in kritischer Überwachung von Eleanors Tun und Lassen, zu der Mrs. Twentyman öfters die Schildpattlorgnette an die Augen führte, nie ohne etwas an der Frisur der Tochter, an ihrer Haltung zu beanstanden, ihr das Kneten von Brotkügelchen, das Abnagen eines Hühnerbeines aus der Hand, das neugierige Umherblicken im Saal zu verweisen – und so fort. Aus all dieser Kontrolle sprach eine erzieherische Unruhe und Besorgnis, die Miss Twentyman beschwerlich genug sein mochte, die aber meine ebenfalls beschwerlichen Erfahrungen mit ihr mich zwingen, als ziemlich berechtigt anzuerkennen.

Sie war ein blondes Ding, hübsch nach Art eines Zickleins, mit den rührendsten Schlüsselbeinen von der Welt, wenn abends ihr seidenes Kleidchen ein wenig ausgeschnitten war. Da ich von je eine Schwäche für den angelsächsischen Typ gehegt habe und sie diesen sehr ausgeprägt darstellte, so sah ich sie gern – sah sie übrigens immerfort, bei den Mahlzeiten, nach den Mahlzeiten und bei der Tee-Musik, zu der die Twentymans, wenigstens anfangs, ebenfalls Platz zu nehmen pflegten, wo ich bediente. Ich war gut zu meinem Zicklein, umgab sie mit der Aufmerksamkeit eines ergebenen Bruders, legte ihr das Fleisch vor, brachte ihr das Dessert zum zweitenmal, versah sie mit Grenadine, die sie sehr gern trank, hüllte zärtlich ihre dünnen schneeweißen Schülterchen in den gestickten Umhang, wenn sie sich vom Diner erhob – und tat mit alldem entschieden zuviel, versündigte mich unbedacht an diesem nur zu empfänglichen Seelchen, indem ich zu wenig dem besonderen Magnetismus Rechnung trug, der, ob ich wollte oder nicht, ausging von meinem Sein auf jedes nicht völlig stumpfe Mitwesen – ausgegangen wäre, so wage ich zu behaupten, auf jedes, auch dann, wenn meine „sterbliche Hülle", wie man's am Ende nennt, mein Lärvchen also, weniger für sich gesprochen hätte; denn dieses war nur die Erscheinung, das Gebilde tieferer Kräfte, der Sympathie.

Kurzum, gar bald mußte ich gewahr werden, daß die Kleine sich über und über in mich verliebt hatte, und das war natürlich nicht meine Wahrnehmung allein, sondern die scharf besorgte Schildpattlorgnette Mrs. Twentymans erspähte es auch, wie mir ein zischendes Flüstern bestätigte, das sich einmal beim Lunch hinter meinem Rücken vernehmen ließ:

„Eleanor! If you don't stop staring at the boy, I'll send you up to your room and you'll have to eat alone till we leave!"

Ja, leider, das Zicklein beherrschte sich schlecht, sie kam gar nicht darauf, es zu tun und irgendein Hehl daraus zu machen, daß es um sie geschehen war. Ihre blauen Augen hingen ständig an mir, verzückt und traumverloren, und wenn die meinen ihnen begegneten, so senkte sie wohl, das Gesicht mit Blut übergossen, den Blick auf ihren Teller, hob ihn aber gleich wieder, als dürfe sie es nicht fehlen lassen, gewaltsam aus der Glut ihres Angesichts hingebend zu mir auf. Man durfte die Wachsamkeit der Mutter nicht schelten; wahrscheinlich war sie gewarnt durch frühere Anzeichen dafür, daß dieses Kind Birminghamer

Wohlanständigkeit zur Zügellosigkeit neigte, zu einem unschuldig-wilden Glauben an das Recht und sogar die Pflicht, sich offen der Leidenschaft zu überlassen. Gewiß tat ich nichts, dem Vorschub zu leisten, nahm mich schonend und fast ermahnend zurück, ging in meinem Verhalten zu ihr nicht über die dienstlich gebotenste Aufmerksamkeit hinaus und billigte die für Eleanor freilich sehr grausame, zweifellos von der Mutter verordnete Maßnahme, daß Twentymans, anfangs der zweiten Woche, den Tisch bei mir aufgaben und in einen entfernten Teil des Saales verzogen, wo Hector bediente.

Aber mein wildes Zicklein wußte Auskunft. Plötzlich erschien sie, schon acht Uhr früh, bei mir unten zum Petit déjeuner, während sie doch bis dahin, wie ihre Eltern, auf ihrem Zimmer gefrühstückt hatte. Gleich beim Hereinkommen wechselte sie die Farbe, suchte mich mit ihren geröteten Augen und fand – denn um diese Stunde war der Frühstücksraum noch dünn besetzt – nur zu leicht Platz in meinem Dienstbereich.

„Good morning, Miss Twentyman. Did you have a good rest?"

„Very little rest, Armand, very little", lispelte sie.

Ich zeigte mich betrübt, das zu hören. „Aber dann", sagte ich, „wäre es vielleicht weiser gewesen, noch ein wenig im Bett zu bleiben und dort Ihren Tee und Ihr Porridge zu haben, die ich Ihnen nun gleich bringen werde, die Sie aber, glaube ich, droben ungestörter würden genießen können. Es ist so ruhig und friedlich dort im Zimmer, in Ihrem Bett ..." Was antwortete dieses Kind?

„No, I prefer to suffer."

„But you are making me suffer, too", erwiderte ich leise, indem ich ihr auf der Karte die Marmelade zeigte, die sie nehmen sollte.

„Oh, Armand, then we suffer together!" sagte sie und schlug ihre unausgeruhten Augen tränend zu mir auf.

Was sollte daraus werden? Ich wünschte mir herzlich die Abreise, aber die zog sich hin, und verständlich war es ja, daß Mr. Twentyman sich nicht durch eine Liebesgrille seines Töchterchens, von der er durchs schwarze Rohr gehört haben mochte, seinen Pariser Aufenthalt verkürzen lassen wollte. Miss Twentyman aber kam jeden Morgen, wenn ihre Eltern noch schliefen – sie schliefen bis zehn Uhr, so daß Eleanor, wenn ihre Mutter sich nach ihr umsah, vorgeben konnte, ihr Frühstücksgeschirr sei vom Zimmerkellner schon weggeräumt –, und ich hatte meine liebe Not mit ihr, vor allem damit, ihren Ruf zu schützen und ihren mißlichen Zustand, ihre Versuche, mir die Hand zu drücken und anderen berauschten Leichtsinn mehr, vor etwa Umsitzenden zu verbergen. Meinen Warnungen, daß die Eltern ihr doch eines Tages auf die Schliche kommen, ihr Frühstücksgeheimnis entdecken würden, blieb sie taub. Nein, Mrs. Twentyman schlief morgens am festesten, und wieviel lieber war sie ihr doch, wenn sie schlief, als wenn sie wach war und sie überwachte! Mummy liebte sie nicht, sie war nur scharf auf sie durch die Lorgnette. Daddy, der liebte sie, nahm aber ihr Herz nicht ernst, was Mummy immerhin tat, wenn auch im bösen, und Eleanor war geneigt, ihr das zugute zu halten.

„For I love you!"

Ich wollte das vorläufig nicht gehört haben. Als ich aber zu ihrer Bedienung wiederkam, sagte ich unterderhand und redete ihr zu: „Miss Eleanor, was Sie da vorhin fallenließen von ‚love', das ist nur Einbildung und purer Nonsense. Ihr Daddy hat ganz recht, es nicht ernst zu nehmen, wenn Ihre Mummy auch wieder recht hat, es ernst zu nehmen, als Nonsense nämlich, und es Ihnen zu verwehren. Nehmen doch, bitte, Sie selbst es nicht gar so ernst, zu Ihrem und meinem Leide, sondern suchen Sie ein wenig Spott dafür aufzubringen – was ich nicht tue, gewiß nicht, weit entfernt davon, tun Sie es aber! Was soll es denn fruchten? Es ist ja ganz unnatürlich. Da sind Sie nun die Tochter eines so hoch zu Reichtum gekommenen Mannes wie Mr. Twentyman, der einige Wochen mit Ihnen im Saint James and Albany wohnt, wo ich aufwarte, ein Kellner. Ich bin doch nur ein Kellner, Miss Eleanor, ein niederes Glied unserer Gesellschaftsordnung, der ich Ehrerbietung entgegenbringe, Sie aber verhalten sich aufrührerisch gegen sie und abnormal, indem Sie mich nicht nur nicht gänzlich übersehen, wie es natürlich wäre und wie Ihre Mummy es mit Recht verlangt, sondern, während Ihre Eltern durch friedlichen Schlummer verhindert sind, die Gesellschaftsordnung zu schützen, heimlich zum Frühstück kommen und mir von ‚love' reden. Das ist aber eine verbotene ‚love', zu der ich nicht die Hand bieten kann, und muß mich sträuben gegen die Freude darüber, daß Sie mich gern sehen. Ich darf Sie gern sehen, wenn ich's für mich behalte, das wohl. Aber daß Sie, Mr. and Mrs. Twentymans Tochter, mich gern sehen, das geht nicht und ist wider die Natur. Es ist auch nur Augenverblendung und kommt größtenteils von diesem Frack à la Saint James and Albany mit dem Sammetbesatz und den Goldknöpfen, der nichts als der Putz meiner niederen Stellung ist und ohne den ich nach gar nichts aussähe, ich versichere Sie! So etwas wie Ihre ‚love', das fliegt einen wohl an auf Reisen und angesichts solchen Frackes, und wenn man fort ist, wie Sie fort sein werden sehr bald, so vergißt man's bis zur nächsten Station. Überlassen Sie mir die Erinnerung an unsere Begegnung dahier, dann ist das Gedächtnis daran irgendwo aufgehoben, ohne doch Sie zu beschweren!"

Konnte ich mehr für sie tun, und war es nicht liebreich geredet? Sie aber weinte nur, so daß ich froh sein mußte, wenn in der Nähe die Tische leer waren, zieh mich schluchzend der Grausamkeit und wollte nichts wissen von der natürlichen Gesellschaftsordnung und der Unnatur ihrer Vernarrtheit, sondern bestand jeden Morgen darauf, wenn wir nur einmal ganz allein und ungestört sein könnten und freie Hand hätten, in Wort und Tat, dann würde sich schon alles finden und zum Glücke ordnen, vorausgesetzt, daß ich sie ein wenig liebhätte, was ich gar nicht bestritt, jedenfalls nicht meine Dankbarkeit für ihre Zuneigung; doch wie sollte das Rendezvous zum Alleinsein in Freiheit zu Wort und Tat sich wohl herstellen lassen? Das wußte sie auch nicht, ließ aber deshalb nicht ab von ihrem Begehren und machte es mir zur Auflage, eine Möglichkeit zu seiner Erfüllung auszufinden.

Kurzum, meine liebe Not hatte ich mit ihr. Und wenn nur nicht zur selben Zeit, und gar nicht nur nebenbei, die Geschichte mit Lord Kilmarnock gespielt hätte! – keine geringere Prüfung, wahrhaftig, da es hier nicht um einen Klein-Mädchen-Wildfang des Gefühls, sondern um eine Persönlichkeit ernsten Gewichtes ging, deren Empfindungen etwas wogen auf der Waage der Menschheit, so daß man weder ihm raten konnte, ihrer zu spotten, noch selbst Spott darüber aufzubringen vermochte. Ich wenigstens war nicht der Jüngling dazu.

Der Lord, der vierzehn Tage bei uns wohnte und an einem meiner Tischchen für Einzelpersonen speiste, war ein Mann von sichtlicher Vornehmheit, um die Fünfzig, mäßig hoch gewachsen, schlank, äußerst akkurat gekleidet, mit noch ziemlich dichtem, eisenfarbig ergrautem, sorgfältig gescheiteltem Haar und einem gestutzten, ebenfalls leicht ergrauten Schnurrbart, der den bis zur Anmut feinen Schnitt des Mundes der Beobachtung freigab. Gar nicht fein geschnitten und wenig aristokratisch war die überstarke, fast klobige Nase, die, einen tiefen Einschnitt bildend zwischen den etwas schräg gesträubten Brauen, den grün-grauen Augen, welche sich mit einer gewissen Anstrengung und Überwindung offen zeigten, gerade und schwer aus dem Gesicht hervorsprang. War dies zu bedauern, so erfreute wiederum die stets peinlich saubere, letzte Weichheit erzielende Rasur von Wangen und Kinn, die überdies von einer Creme glänzten, mit der der Lord sich nach der Säuberung einrieb. Fürs Taschentuch benutzte er ein Veilchenwasser, dessen Duft von unglaublicher, mir sonst nie vorgekommener Natürlichkeit und Frühlingsfrische war.

Sein Eintritt in den Saal war immer von einer Befangenheit, die bei einem so großen Herrn hätte befremden können, seinem Ansehen aber, wenigstens in meinen Augen, keinen Abbruch tat. Zuviel Würde stand ihr entgegen, und sie ließ nur vermuten, es sei etwas Besonderes mit ihm und er fühle sich darum bemerkt und beobachtet. Seine Stimme war sanft, und ich begegnete ihr mit einer noch sanfteren, um zu spät gewahr zu werden, daß das nicht gut für ihn war. Sein Wesen war von der melancholisch umflorten Freundlichkeit eines Mannes, der viel gelitten hat; und sollte die ein gut gearteter Mensch nicht erwidern, wie ich es zartsinnig-pfleglich bei seiner Bedienung tat? Es war aber nicht gut für ihn. Wenig zwar sah er mich an bei den kurzen Bemerkungen über das Wetter, das Menu, auf die sich anfangs beim Service unser Austausch beschränkte – wie er überhaupt seine Augen wenig gebrauchte, sie zurückhielt und schonte, gerade als ob er besorgte, sich durch ihren Gebrauch in Ungelegenheiten zu stürzen. Eine Woche dauerte es, bis die Beziehungen zwischen uns sich lockerten und aus dem Rahmen des rein Formellen und Konventionellen traten; bis ich mit einem Vergnügen, dem es an Besorgnis nicht fehlte, Anzeichen persönlicher Teilnahme an mir bei ihm wahrnahm – eine Woche: das ist wohl das Minimum an Zeit, dessen eine Seele bedarf, um im täglich wiederholten Umgang mit einer fremden Erscheinung gewisse Veränderungen zu erfahren – besonders bei so sparsamem Gebrauch der Augen.

Nun fragte er, wie lange ich hier schon diente, fragte nach meiner Herkunft, meinem Alter, dessen zarte Ziffer er mit einem gerührt-achselzuckenden „Mon Dieu!“ oder „Good heavens!“ –

er sprach ebensooft englisch wie französisch – zur Kenntnis nahm. Wenn ich also deutsch sei von Geburt, erkundigte er sich, warum ich dann den französischen Namen Armand trüge. Ich trüge ihn nicht, antwortete ich, ich führte ihn bloß, gemäß einer Verfügung von oben. In Wirklichkeit hieße ich Felix. „Ah, hübsch", sagte er. „Wenn es nach mir ginge, würde Ihnen Ihr wirklicher Name zurückgegeben." Und es stimmte nicht recht mit seiner überlegenen Stellung überein und gab mir den Eindruck leichter Unbalanciertheit, daß er die Mitteilung hinzufügte, sein eigener Taufname sei Nectan – welches nämlich der Name eines Königs der Pikten, der Urbevölkerung Schottlands, gewesen sei. Ich beantwortete dies zwar mit einer Mimik achtungsvollen Interesses, aber die Frage drängte sich auf, was ich damit anfangen sollte, daß er Nectan hieß. Es war mir nichts nütze, denn ich hatte ihn Mylord zu nennen und nicht Nectan.

Nach und nach erfuhr ich, daß er auf einem Schloß unweit der Stadt Aberdeen zu Hause sei, wo er allein mit einer älteren, leider kränklichen Schwester lebte, daß er außerdem aber ein Sommerhaus an einem der Seen der Highlands besitze, in einer Gegend, wo die Leute auch Gälisch sprächen (er konnte es auch ein wenig) und wo es sehr schön und romantisch sei, die Berghänge jach und zerklüftet, die Luft mit würzigen Heidekrautdüften erfüllt. Übrigens sei es auch nahe Aberdeen sehr schön, die Stadt biete jedwede Unterhaltung für den, dem es darum zu tun sei, die Luft wehe kräftig und rein von der Nordsee. Ferner bekam ich zu wissen, daß er die Musik liebe und Orgel spiele. Im Hause am Bergsee zur Sommerzeit sei es freilich nur ein Harmonium.

Für diese Eröffnungen, die nicht gesprächig-zusammenhängend, sondern unterderhand, hie und da, hingeworfen und fragmentarisch kamen und, mit Ausnahme etwa von „Nectan", als übertriebene Mitteilsamkeit nicht auffallen konnten bei einem Alleinreisenden, der zum Plaudern niemanden hat als den Kellner, war die Gelegenheit am günstigsten, wenn der Lunch serviert war und der Lord, wie er mittags zu tun pflegte, seinen Kaffee nicht in der Halle nahm, sondern dazu, ägyptische Zigaretten rauchend, an seinem Tischchen in dem fast leeren Saale sitzen blieb. Von dem Kaffee nahm er stets mehrere Täßchen, hatte aber vorher weder etwas getrunken noch irgend ausgiebig gegessen. Tatsächlich aß er fast nichts, und man mußte sich wundern, wie er bei dem, was er zu sich nahm, überhaupt bestehen konnte. Mit der Suppe zwar nahm er einen guten Anlauf: starke Consommé, Mockturtle- und Oxtail-Soup verschwanden rasch aus seinem Teller. Von sonst allem aber, was ich an guten Dingen ihm auflegte, kostete er nur einen oder zwei Bissen, zündete sich sofort wieder eine Zigarette an und ließ jedes Gericht fast unberührt abtragen. Auf die Dauer konnte ich eine Bemerkung darüber nicht unterdrücken.

„Mais vous ne mangez rien, Mylord", sagte ich bekümmert. „Le chef se formalisera, si vous dédaignez tous ses plats."

„Was wollen Sie, es fehlt an Appetit", antwortete er. „Es fehlt immer daran. Nahrungsaufnahme – ich habe eine ausgesprochene Abneigung dagegen. Vielleicht ist sie das Zeichen einer gewissen Selbstverneinung."

Das Wort, das ich noch nie gehört hatte, erschreckte mich und forderte meine Höflichkeit heraus.

„Selbstverneinung?!" rief ich leise. „Darin, Mylord, kann niemand Ihnen folgen und zustimmen. Es muß unbedingt dem lebhaftesten Widerspruch begegnen!"

„Wirklich?" frug er und wandte mir langsam den von unten, von der Tischplatte her gegen mein Gesicht aufsteigenden Blick zu. Sein Blick hatte immer etwas Erzwungenes und etwas von Überwindung. Doch diesmal war seinen Augen anzusehen, daß die Anstrengung gern geschah. Sein Mund lächelte mit feiner Schwermut. Darüber aber sprang mir gerade und schwer die überdimensionierte Nase entgegen.

Wie kann man nur, dachte ich, einen so feinen Mund und eine so klobige Nase haben?

„Wirklich!" bestätigte ich in einiger Verwirrung.

„Vielleicht, mon enfant", sagte er, „erhöht Selbstverneinung die Fähigkeit zur Bejahung des anderen."

Damit stand er auf und ging aus dem Saal. In mancherlei Gedanken blieb ich am Tischchen zurück, das ich abräumte und neu instand setzte.

Es litt wenig Zweifel, daß die tägliche mehrmalige Berührung mit mir für den Lord nicht gut war. Aber ich konnte sie weder abstellen noch sie unschädlich machen, indem ich aus meinem Verhalten zu ihm alle zarte Zuvorkommenheit tilgte, es steif und schnöde gestaltete und so Gefühle verwundete, die ich großgezogen hatte. Mich über sie lustig zu machen war ich weit weniger noch in der Lage als im Falle der kleinen Eleanor, freilich auch nicht in der, mich nach ihrem Wesen auf sie einzulassen. Dies ergab einen beschwerlichen Konflikt, der zur Versuchung werden sollte durch den unerwarteten Antrag, den er mir machte – unerwartet, was seinen sachlichen Inhalt betraf, wenn auch sonst keineswegs.

Es geschah gegen Ende der zweiten Woche, beim Kaffee-Service nach dem Diner, in der Halle. Ein kleines Orchester konzertierte nahe dem Eingang zum Saal hinter einem Pflanzengehege. Entfernt davon, am anderen Ende des Raumes, hatte der Lord ein etwas für sich stehendes Tischchen gewählt, das er übrigens schon mehrmals benutzt und auf das ich ihm seinen Mokka gestellt hatte. Als ich wieder an ihm vorbeiging, verlangte er nach einer Zigarre. Ich brachte ihm zwei Schachteln mit Importen, beringten und unberingten.

Er betrachtete sie und sagte: „Welche soll ich denn nehmen?"

„Der Händler", antwortete ich, „empfiehlt diese." Und ich deutete auf die beringten. „Persönlich würde ich, wenn es erlaubt ist, eher zur anderen raten."

Ich konnte es nicht unterlassen, ihm Gelegenheit zur Courtoisie zu geben.

„So werde ich mich an Ihr Urteil halten", sagte er denn auch, griff aber noch nicht zu, sondern ließ mich die beiden Kistchen weiter ihm darbieten und blickte auf sie nieder.

„Armand?" fragte er leise in die Musik hinein.

„Mylord?"

Er änderte die Anrede und sagte: „Felix?"

„Mylord befehlen?" frug ich lächelnd.

„Sie hätten nicht Lust", kam es von ihm, ohne daß er die Augen von den Zigarren erhoben hätte, „den Hoteldienst mit einer Stellung als Kammerdiener zu vertauschen?"

Da hatte ich es.

„Wie das, Mylord?" fragte ich scheinbar verständnislos.

Er wollte gehört haben „Bei wem?" und antwortete mit leichtem Achselzucken: „Bei mir. Das ist sehr einfach. Sie begleiten mich nach Aberdeen und Schloß Nectanhall. Sie entledigen sich dieser Livree und tauschen ein Zivil von Distinktion dafür ein, das Ihre Stellung markiert und Sie von der anderen Dienerschaft unterscheidet. Es ist allerlei Dienerschaft da: Ihre Pflichten würden sich ganz auf die Betreuung meiner Person beschränken. Sie würden immer um mich sein, auf dem Schloß und im

Sommerhaus in den Bergen. Ihr Salaire", fügte er hinzu, „wird vermutlich das Doppelte und Dreifache des hier bezogenen ausmachen."

Ich schwieg, ohne daß er mich durch einen Blick zum Reden angespornt hätte. Vielmehr nahm er mir eins der Kistchen aus der Hand und verglich diese Sorte mit der anderen.

„Das will sehr sorgfältig überlegt sein, Mylord", ließ ich mich schließlich vernehmen. „Ich brauche nicht zu sagen, daß Ihr Anerbieten mich außerordentlich ehrt. Aber es kommt so überraschend . . . Ich muß um Bedenkzeit bitten."

„Zum Bedenken", erwiderte er, „ist wenig Zeit. Wir haben Freitag: ich reise im Laufe des Montag. Kommen Sie mit mir! Es ist mein Wunsch."

Er nahm eine der von mir empfohlenen Zigarren, betrachtete sie rundherum und führte sie an die Nase. Kein Beobachter hätte erraten, was er dabei sagte. Er sagte leise: „Es ist der Wunsch eines einsamen Herzens."

Welcher Unmensch will mir meine Ergriffenheit verargen? Und dabei wußte ich schon, daß ich mich nicht entschließen würde, diesen Seitenpfad einzuschlagen.

„Ich verspreche Euer Lordschaft", murmelte ich, „daß ich die gegebene Frist zur Überlegung sorgfältig nutzen werde." Und zog mich zurück.

Er hat, dachte ich, eine gute Zigarre zu seinem Kaffee. Diese Verbindung ist äußerst behaglich, und das Behagen ist immerhin eine mindere Form des Glücks. Mit der muß man sich unter Umständen begnügen.

Der Gedanke war ein stiller Versuch, ihm behilflich zu sein, sich zu helfen. Aber es kamen nun einige sehr bedrückende Tage, denn bei jeder Hauptmahlzeit und auch nach dem Tee blickte der Lord einmal auf und fragte: „Nun?"

Entweder schlug ich nur die Wimpern nieder und hob die Schultern, als seien sie schwer beladen, oder ich antwortete sorgenvoll: „Noch bin ich nicht zur Entscheidung gediehen."

Sein feiner Mund wurde zusehends bitterer. Aber mochte seine leidende Schwester auch einzig sein Glück im Auge haben – bedachte er die penible Rolle, die ich unter der zahlreichen Dienerschaft, von der er gesprochen, und selbst unter der gälischen Gebirgsbevölkerung zu spielen haben würde? Nicht die Laune des großen Herrn, sagte ich mir, würde der Hohn treffen, sondern das Spielzeug seiner Laune. Insgeheim, bei allem Mitgefühl, beschuldigte ich ihn des Egoismus. Und wenn ich nur nicht außerdem immerfort Eleanor Twentymans Verlangen nach freier Hand zu Wort und Tat im Zaume zu halten gehabt hätte!

Beim Sonntagsdiner wurde viel Champagner getrunken im Saal. Der Lord trank zwar keinen, aber bei Twentymans drüben knallte der Pfropfen, und ich dachte bei mir, daß das nicht gut sei für Eleanor. Es sollte sich die Berechtigung dieser Sorge erweisen.

Nach Tische, wie gewöhnlich, servierte ich Kaffee in der Halle, an welche, getrennt von ihr durch eine mit grüner Seide bespannte Glastür, ein Bibliotheksraum mit Lederfauteuils und langem Zeitungstisch stieß. Sehr wenig war das Zimmer benutzt; nur morgens saßen dort meistens einige Leute und lasen die neu ausgelegten Blätter. Man sollte diese eigentlich nicht aus der Bibliothek entfernen, aber jemand hatte das Journal des Débats mit in die Halle genommen und es beim Weggehen auf dem Stuhl an seinem Tischchen liegenlassen. Ich rollte es ordnungsliebend um seine Stange und trug es ins leere Lesezimmer hinüber. Eben hatte ich es auf dem Langtisch in Reihe und Glied versorgt, als Eleanor sich einfand und klar bewies, daß ein paar Gläser Moët-Chandon ihr den Rest gegeben hatten. Sie kam auf mich zu, schlang mit Zittern und Beben die bloßen Ärmchen um meinen Hals und stammelte: „Armand, I love you so desperately and helplessly, I don't know what to do, I am so deeply, so utterly in love with you that I am lost, lost, lost . . . Say, tell me, do you love me a little bit, too?"

„For heaven's sake, Miss Eleanor, be careful, somebody might come in . . . for instance, your mother. How on earth did you manage to escape her? Of course, I love you, sweet little Eleanor! You have such moving collarbones, you are such a lovely child in every way . . . But now get your arms off my neck and watch out . . . This is extremely dangerous."

„What do I care about danger! I love you, I love you, Armand, let's flee together, let's die together, but first of all kiss me . . . Your lips, your lips, I am parched with thirst for your lips . . ."

„Nein, dear Eleanor", sagte ich, indem ich versuchte, ohne Gewaltanwendung ihre Arme von mir zu lösen, „wir wollen damit nicht anfangen. Ohnedies haben Sie Champagner getrunken, mehrere Gläser, schien mir, und wenn ich Sie nun auch noch küsse, so ist es gänzlich aus mit Ihnen, Sie sind dann vernünftigen

Vorstellungen überhaupt nicht mehr zugänglich. Ich habe Ihnen doch so herzlich vor Augen gehalten, wie unnatürlich es ist für die Tochter eines durch Reichtum hochgestellten Elternpaars wie Mr. und Mrs. Twentyman, sich in den erstbesten Kellnerburschen zu vernarren. Es ist die reine Verirrung, und sollte sie auch Ihrer Natur und Anlage entsprechen, so müssen Sie sie doch um des gesellschaftlichen Naturgesetzes und der guten Sitte willen überwinden. Nicht wahr, nun sind Sie ein gutes, verständiges Kind und lassen mich los und gehen zu Mummy."

„O Armand, was sind Sie so kalt, so grausam, und haben doch gesagt, daß Sie mich ein wenig lieben? Zu Mummy, ich hasse Mummy, und sie haßt mich, aber Daddy, der liebt mich, und ich bin sicher, daß er sich in alles finden wird, wenn wir ihn vor vollendete Tatsachen stellen. Wir müssen nur einfach fliehen – fliehen wir diese Nacht mit dem Expreß, zum Beispiel nach Spanien, nach Marokko, ich bin ja gekommen, Ihnen dies vorzuschlagen. Da wollen wir uns verstecken, und ich will Ihnen ein Kind schenken, das wird die vollendete Tatsache sein, und Daddy wird sich dareinfinden, wenn wir uns ihm mit dem Kinde zu Füßen werfen, und wird uns sein Geld geben, daß wir reich und glücklich sind . . . Your lips!"

Und das wilde Kind tat wahrhaftig, als wollte sie gleich hier auf der Stelle ein Kind von mir empfangen.

„Nun genug, entschieden genug, dear little Eleanor", sagte ich und nahm endlich sanft, aber ernstlich ihre Arme von mir herunter. „Das alles sind ganz verquere Träume, um derentwillen ich nicht meinen Weg verlassen und solchen Seitenpfad einschlagen kann. Es ist gar nicht recht von Ihnen und stimmt wenig mit der Versicherung Ihrer Liebe überein, daß Sie mir so zusetzen mit Ihrem Anliegen und mich durchaus in die Quere locken wollen, wo ich's doch ohnedies schwer und noch andere Sorgen, noch anderweitig meine liebe Not habe als nur mit Ihnen. Sie sind recht egoistisch, wissen Sie das wohl? Aber so seid ihr alle, und ich zürne Ihnen nicht, sondern danke Ihnen und werde die kleine Eleanor nicht vergessen. Jetzt aber lassen Sie mich meinem Dienst nachgehen in der Halle."

„Ohuhu!" weinte sie los. „No kiss! No child! Poor, unhappy me! Poor little Eleanor, so miserable and disdained!" Und die Händchen vorm Gesicht, warf sie sich in einen Ledersessel und schluchzte herzbrechend. Ich wollte zu ihr treten, um sie tröstlich zu streicheln, bevor ich ging. Das aber war einem anderen vorbehalten. Es kam nämlich in diesem Augenblick jemand herein – nicht irgend jemand, es war Lord Kilmarnock von Nectanhall. In seinem vollkommenen Abendanzug, die Füße nicht in Lack, sondern in mattes, schmiegsames Lammleder gekleidet, die Rasur blinkend von Creme, trat er ein, die schwer starrende Nase voran. Den Kopf ein wenig zur Schulter geneigt, betrachtete er unter seinen schrägen Brauen sinnend die in ihre Hände Weinende, trat zu ihrem Stuhl und streichelte ihr mit dem Fingerrücken mildtätig die Wange. Mit überschwemmten Augen und offenen Mundes sah sie verblüfft zu dem Fremden auf, sprang vom Stuhl und lief wie ein Wiesel durch die andere Tür, die der Glastür entgegengesetzte, hinaus.

Sinnend wie zuvor, blickte er ihr nach. Dann wandte er sich mit Ruhe und vorzüglichem Anstand zu mir.

„Felix", sprach er, „der letzte Augenblick zur Entscheidung ist gekommen. Ich reise morgen, schon früh. Noch in der Nacht müßten Sie Ihre Habe packen, um mich nach Schottland zu begleiten. Welches ist Ihr Entschluß?"

„Mylord", erwiderte ich, „ich danke ergebenst und bitte um Nachsicht. Ich fühle mich der mir gütigst angebotenen Stellung nicht gewachsen und bin zu der Überzeugung gediehen, daß ich besser davon absehe, diesen von meinem Wege abzweigenden Pfad einzuschlagen."

„Ich kann", sagte er hierauf, „was Sie von Unzulänglichkeit vorgeben, nicht ernst nehmen. Im übrigen", setzte er hinzu und warf einen Blick auf die Ausgangstür, „habe ich den Eindruck, daß Ihre Angelegenheiten hier abgeschlossen sind."

So nahm ich mich denn zusammen, ihm zu antworten: „Ich muß auch diese hier abschließen und darf Eurer Lordschaft recht glückliche Reise wünschen."

Er senkte das Haupt und hob es nur langsam wieder, um mir nach seiner Art, die voller Selbstbezwingung war, in die Augen zu blicken.

„Felix", sagte er, „Sie fürchten nicht, die größte Fehlentscheidung Ihres Lebens zu treffen?"

„Ebendas fürchte ich, Mylord, und daher mein Entschluß."

„Weil Sie sich der Stellung, die ich Ihnen biete, nicht gewachsen fühlen? Ich sollte mich sehr täuschen, wenn Sie nicht mit mir in dem Gefühl übereinstimmten, daß Sie noch für ganz andere Stellungen geboren sind. Meine Anteilnahme an Ihnen eröffnet Möglichkeiten, die Sie bei Ihrem Nein nicht in Rechnung stellen. Ich bin kinderlos und Herr meiner Handlungen. Es gibt Fälle von Adoption ... Sie könnten eines Tages als Lord Kilmarnock und Erbe meiner Besitzungen erwachen."

Das war stark. Er ließ wahrhaftig alle Minen springen. In meinem Kopf tummelten sich die Gedanken, aber zur Zurücknahme meiner Absage ordneten sie sich nicht. Es würde eine mißliche Lordschaft sein, die seine Anteilnahme mir da in Aussicht stellte, mißlich in den Augen der Leute und nicht von der rechten Durchschlagskraft. Aber das war nicht die Hauptsache. Die Hauptsache war, daß ein Instinkt, seiner selbst sehr sicher, Partei nahm in mir gegen eine mir präsentierte und obendrein schlackenhafte Wirklichkeit – zugunsten des freien Traumes und Spieles, selbstgeschaffen und von eigenen Gnaden, will sagen: von Gnaden der Phantasie. Wenn ich als Knabe erwacht war mit dem Beschluß, ein achtzehnjähriger Prinz namens Karl zu sein, und an dieser reinen und reizenden Erdichtung, solange ich wollte, in Freiheit festgehalten hatte – das war das Rechte gewesen und nicht, was dieser Mann mit der starrenden Nase mir in seiner Anteilnahme bot.

Ich habe sehr rasch, abgekürzt und mit der Eile, die damals meine Gedanken antrieb, zusammengefaßt, was in mir vorging. Ich sagte fest: „Verzeihen Sie mir, Mylord, wenn ich meine Antwort auf die Wiederholung meiner besten Reisewünsche beschränke."

Da erbleichte er, und plötzlich sah ich sein Kinn erzittern.

Der Unmensch, wo ist er, der mich schilt, weil bei diesem Anblick auch mir die Augen sich röteten, vielleicht sogar feuchteten, aber nein, doch wohl nur etwas röteten? Anteilnahme ist Anteilnahme – ein Kujon, der gar keine Dankbarkeit dafür aufbringt. Ich sagte: „Aber Mylord, nehmen Sie es sich nicht so zu Herzen! Sie haben mich getroffen und mich regelmäßig gesehen und Anteilnahme gefaßt an meiner Jugend, und ich bin aufrichtig erkenntlich dafür, aber es steht doch recht zufällig um diese Anteilnahme, sie könnte ebensogut auf einen anderen gefallen sein. Bitte – ich möchte Sie nicht verletzen noch mir die Ehre schmälern, aber wenn ich auch ganz genauso, wie ich geschaffen bin, nur einmal da bin – jeder ist ja nur einmal da –, so laufen doch von meinem Alter und natürlichen Bau Millionen herum, und abgerechnet das bißchen Einmaligkeit ist einer wie der andere beschaffen. Ich kannte eine Frau, die nahm ausdrücklich in Bausch und Bogen Anteil an dem Genre – es wird bei Ihnen im Grunde ebenso sein. Das Genre ist allezeit da und überall. Sie kehren nun nach Schottland zurück – als ob es da nicht reizend vertreten wäre und als ob Sie mich nötig hätten, um Anteil zu nehmen! Dort trägt es karierte Röckchen, soviel ich weiß, zu bloßen Beinen, es muß ja ein Vergnügen sein! Dort also können Sie sich aus dem Genre einen brillanten Kammerdiener erwählen und können gälisch mit ihm plaudern und ihn am Ende gar adoptieren. Vielleicht, daß er nicht so besonders geschickt ist, den Lord abzugeben, aber das findet sich, und wenigstens ist er doch ein Landeskind. Ich stelle ihn mir so nett vor, daß ich überzeugt bin, es wird Ihnen in seiner Gesellschaft unsere zufällige Begegnung hier vollständig aus dem Sinne kommen. Lassen Sie die Erinnerung daran meine Sache sein, bei mir ist sie wohl aufgehoben. Denn ich verspreche Ihnen, daß ich dieser Tage, in denen ich Sie bedienen und Sie bei der Zigarrenwahl beraten durfte, und des gewiß flüchtigen Anteils, den Sie an mir nahmen, allezeit mit der wärmsten Ehrerbietung gedenken werde. Und essen Sie auch mehr, Mylord, wenn ich bitten darf! Denn was die Selbstverneinung betrifft, darin kann kein Mensch von Herz und Verstand Ihnen zustimmen."

So sprach ich, und etwas wohl tat es ihm doch, wenn er auch bei meiner Erwähnung dessen im bunten Röckchen das Haupt geschüttelt hatte. Er lächelte ganz so feinen und traurigen Mundes wie damals, als ich ihm zuerst die Selbstverneinung verwiesen hatte. Dabei nahm er einen sehr schönen Smaragd vom Finger – ich hatte ihn oft an seiner Hand bewundert und trage ihn diesen Augenblick, während ich die Zeilen hier verfasse. Nicht, daß er ihn mir an den Finger steckte, er tat das nicht, sondern gab ihn mir eben nur und sagte sehr leise und abgebrochen: „Nehmen Sie den Ring. Ich wünsche es. Ich danke Ihnen. Leben Sie wohl."

Dann wandte er sich und ging. Nicht genug kann ich die Dezenz dieses Mannes dem Publikum zur Würdigung empfehlen.

Und soviel denn also von Eleanor Twentyman und Nectan Lord Kilmarnock.

Drittes Kapitel

Ich kann mein inneres Verhalten zur Welt, oder zur Gesellschaft, nicht anders als widerspruchsvoll bezeichnen. Bei allem Verlangen nach Liebesaustausch mit ihr eignete ihm nicht selten eine sinnende Kühle, eine Neigung zu abschätzender Betrachtung, die mich selbst in Erstaunen setzte. Ein Beispiel dafür ist der Gedanke, der mich zuweilen beschäftigte, wenn ich gerade, im Speisesaal oder in der Halle, die Hände mit der Serviette auf dem Rücken, einige Minuten müßig stand und die von den Blaufräcken umschwänzelte und verpflegte Hotel-Gesellschaft überblickte. Es war der Gedanke der *Vertauschbarkeit.* Den Anzug, die Aufmachung gewechselt, hätten sehr vielfach die Bedienenden ebensogut Herrschaft sein und hätte so mancher von denen, welche, die Zigarette im Mundwinkel, in den tiefen Korbstühlen sich rekelten – den Kellner abgeben können. Es war der reine Zufall, daß es sich umgekehrt verhielt – der Zufall des Reichtums; denn eine Aristokratie des Geldes ist eine vertauschbare Zufallsaristokratie.

Darum gelangen mir diese Gedankenexperimente öfters recht gut, wenn auch nicht immer, da ja erstens doch die Gewohnheit des Reichtums eine wenigstens oberflächliche Verfeinerung zeitigt, die mir das Spiel erschwerte, und zweitens in den polierten Pöbel der Hotel-Sozietät immer auch eigentliche, vom Gelde unabhängige, wenn auch mit Geld versehene Vornehmheit eingesprengt war. Zuweilen mußte ich geradezu mich selbst einsetzen und konnte niemanden sonst vom Kellner-Corps dazu brauchen, wenn der Rollentausch phantasieweise gelingen sollte: so in dem Fall eines wirklich angenehmen jungen Kavaliers von leichtem und sorglos-anmutigem Betragen, der, ohne im Hotel zu wohnen, nicht selten, ein- oder zweimal die Woche, bei uns zum Diner hospitierte, und zwar in meinem Rayon. Er hatte dann bei Machatschek, für dessen besondere Gunst er offenbar zu sorgen wußte, telephonisch ein einsitziges Tischchen bestellt, und jener pflegte mich im voraus mit den Augen auf das Gedeck hinzuweisen, indem er sagte: „Le Marquis de Venosta. Attention."

Auch mit mir stellte Venosta, der ungefähr meines Alters war, sich auf einen kordialen und ungezwungenen, beinahe freundschaftlichen Fuß. Ich sah ihn gern hereinkommen in seiner bequemen, unbekümmerten Manier, schob ihm den Stuhl zurecht, wenn Maître Machatschek das nicht etwa selbst tat, und erwiderte mit der gebotenen Färbung von Ehrerbietung seine Frage nach meinem Ergehen.

„Et vous, Monsieur le Marquis?"

„Comme ci – comme ça. – Ißt man leidlich bei Ihnen heute abend?"

„Comme ci – comme ça – und das will sagen: sehr gut, genau wie in Ihrem Fall, Monsieur le Marquis."

„Farceur!" lachte er. „Sie wissen viel von meinem Wohlbefinden!"

Hübsch war er weiter nicht, wenn auch von eleganter Erscheinung, mit sehr feinen Händen und nett onduliertem braunem Haar. Aber er hatte zu dicke, gerötete Kinderbacken und kleine, verschmitzte Äuglein darüber, die mir übrigens gut gefielen und deren anschlägige Lustigkeit die Melancholie Lügen strafte, die er manchmal an den Tag zu legen liebte.

„Sie wissen viel von meinem Wohlbefinden, mon cher Armand, und haben leicht reden. Augenscheinlich sind Sie begabt für Ihr Metier und also glücklich, während mir sehr zweifelhaft ist, ob ich Talent habe zu dem meinen."

Er war nämlich Maler, studierte an der Académie des Beaux Arts und zeichnete Akt in dem Atelier seines Professors. Das und Weiteres ließ er mich wissen bei den abgerissenen kleinen Gesprächen, die zwischen uns stattfanden, während ich ihm sein Diner servierte, beim Vorlegen, beim Tellerwechseln, und die mit freundlichen Erkundigungen von seiner Seite nach meiner Herkunft, meinen Umständen begonnen hatten. Diese Fragen gaben Zeugnis von seinem Eindruck, daß ich nicht der erste beste war, und ich beantwortete sie unter Vermeidung von Einzelheiten, die diesen Eindruck hätten abschwächen können. Abwechselnd sprach er deutsch und französisch mit mir bei diesem zerstückelten Austausch. Das erstere konnte er gut, da seine Mutter, „ma pauvre mère", von deutschem Adel war. Er war in Luxemburg zu Hause, wo seine Eltern, „mes pauvres parents", in der Nähe der Hauptstadt ein parkumgebenes Stammschloß aus dem siebzehnten Jahrhundert bewohnten, das nach seiner Angabe ganz so aussah wie die englischen Castles, die auf den Tellern abgebildet waren, worauf ich ihm seine zwei Bratenschnitten und sein Stück Eisbombe legte. Sein Vater war großherzoglicher Kammerherr „und all das", hatte aber nebenbei, oder eigentlich wohl hauptsächlich, seine Hand in der Stahlindustrie und war also „hübsch reich", wie Louis, der Sohn, naiv und mit einer Handbewegung hinzufügte, die besagte: „Was wollen Sie, daß der wäre! Hübsch reich ist er natürlich." Als ob man es ihm und seiner Lebensweise, dem dicken goldenen Kettenarmband unter seiner Manschette mit den Edelsteinknöpfen und seinen Perlen in der Hemdbrust nicht angemerkt hätte!

„Mes pauvres parents" hießen die Eltern also in seinem Munde aus empfindsamer Konvention, aber doch auch in einem gewissen wirklich bemitleidenden Sinn, weil sie nach seiner eigenen Meinung einen recht nichtsnutzigen Sohn hatten. Er hatte eigentlich an der Sorbonne die Rechtswissenschaft betreiben sollen, hatte aber dies Studium sehr bald aus übergroßer Langeweile fallenlassen und sich unter nur halber und bekümmerter Zustimmung derer in Luxemburg den schönen Künsten zugewandt – und das bei sehr geringem Glauben an seine Befähigung dazu. Aus seinen Worten ging hervor, daß er sich mit einer gewissen betrübten Selbstgefälligkeit als ein verzogenes Sorgenkind betrachtete, das seinen Eltern wenig Freude machte und, ohne daran etwas ändern zu können und zu wollen, ihnen nur zu recht gab in ihrer Besorgnis, daß er es auf nichts abgesehen habe, als zu bummeln und sich bohèmehaft zu deklassieren. Was diesen zweiten Punkt betraf, so war, wie mir bald klar wurde, dabei nicht allein sein mutlos und lässig angestrebtes Künstlertum, sondern auch ein unstandesgemäßes Liebesengagement im Spiel.

Von Zeit zu Zeit nämlich kam der Marquis zum Diner nicht allein, sondern auf allerliebste Weise zu zweit. Er hatte dann bei Machatschek einen größeren Tisch bestellt, den dieser mit Blumen besonders heiter hatte schmücken lassen, und erschien um sieben Uhr in Gesellschaft eines Persönchens, das nun wirklich ausnehmend hübsch war – ich konnte seinen Geschmack nicht beanstanden, obgleich es ein Geschmack für die beauté de diable und für das voraussichtlich rasch Vergängliche war. Vorläufig, in ihrer Jugendblüte, war Zaza – so nannte er sie – das reizendste Ding von der Welt – Pariserin von Geblüt, type grisette, aber gehoben durch Abendkleider aus teueren Ateliers, weiß oder farbig, die er ihr natürlich hatte machen lassen, und durch raren alten Schmuck, der selbstverständlich auch sein Geschenk war –

eine vollschlanke Brünette mit wunderschönen, immer entblößten Armen, einer etwas phantastisch gebauschten und den Nacken bedeckenden Frisur, die zuweilen durch ein sehr kleidsames, turbanartiges Kopftuch mit seitlich herabhängenden Silberfransen und einem Federaufsatz über der Stirn verhüllt war – mit Stumpfnase, süßem Plappermäulchen und dem ausgepichtesten Augenspiel.

Es war ein Vergnügen, das Pärchen zu bedienen, so wundervoll unterhielten sie sich bei ihrer Flasche Champagner, die immer, wenn Zaza mitkam, eintrat für die halbe Flasche Bordeaux, die Venosta trank, wenn er allein war. Kein Zweifel – und auch gar kein Wunder –, daß er bis zur Selbstvergessenheit und zur völligen Gleichgültigkeit gegen alle Beobachtung verliebt in sie war, behext von dem Anblick ihres appetitlichen Décolletés, ihrem Geplauder, den kleinen Zaubereien ihrer schwarzen Augen. Und sie – ich will es meinen, daß sie sich eine Zärtlichkeit gefallen ließ und sie vergnügt erwiderte, sie auf alle Weise anzufeuern suchte, mit der sie einfach das Große Los gezogen hatte und auf die sich so glänzende Zukunftsspekulationen gründen ließen. Ich pflegte sie „Madame" anzureden; aber einmal, beim vierten oder fünften Mal, unternahm ich es, „Madame la Marquise" zu ihr zu sagen, womit ich großen Effekt erzielte. Sie errötete vor freudigem Schrecken und warf ihrem Freunde einen fragenden Liebesblick zu, den seine lustigen Augen mit sich nahmen, während sie in einiger Verlegenheit auf seinen Teller niedergingen.

Natürlich kokettierte sie auch mit mir, und der Marquis stellte sich eifersüchtig, obgleich er ihrer wahrhaftig sicher sein konnte.

„Zaza, du wirst mich zur Raserei bringen – tu me feras voir rouge –, wenn du das Äugeln nicht läßt mit diesem Armand. Es würde dir nichts ausmachen, was, an einem Doppelmord die Schuld zu tragen, kombiniert mit einem Selbstmord . . . Gesteh es nur, du hättest nichts dagegen, wenn er hier im Smoking mit dir am Tische säße und ich im blauen Frack euch bediente."

Wie seltsam, daß er von sich aus das stehende Gedankenexperiment meiner Muße, diesen stillen Versuch des Rollentausches in Worte faßte! Während ich jedem von beiden eine Menukarte zur Auswahl des Desserts überreichte, war ich keck genug, anstelle Zazas zu erwidern: „Da fiele Ihnen der schwierigste Part zu, Herr Marquis, denn die Kellnerei ist ein Handwerk, Marquis zu sein aber eine Existenz, pure et simple."

„Excellent!" rief sie lachend aus dem Vergnügen ihrer Rasse am netten Wort.

„Und Sie sind sicher", wollte er wissen, „daß Sie der Existenz pure et simple besser gewachsen wären als ich dem Handwerk?"

„Ich glaube, es wäre weder höflich noch zutreffend", erwiderte ich, „Ihnen eine besondere Anlage zum Aufwärter zuzuschreiben, Herr Marquis."

Sie amüsierte sich sehr.

„Mais il est incomparable, ce gaillard!"

„Deine Bewunderung wird mich töten", sagte er mit theatralischer Verzweiflungsgebärde. „Und dabei ist er doch schließlich nur ausgewichen."

Ich ließ es dabei sein Bewenden haben und zog mich zurück. Der Abendanzug aber, worin er mich vorstellungsweise seinen Platz hatte einnehmen lassen, war vorhanden – ganz kürzlich hatte ich ihn mir zugelegt und hielt ihn nebst anderen Dingen in einem Stübchen verborgen, das ich mir nun doch, nicht fern vom Hotel, in einem stillen Winkel des Zentrums gemietet hatte, nicht, um dort zu schlafen – das kam nur ganz ausnahmsweise vor –, sondern um meine Privatgarderobe dort aufzubewahren und mich ungesehen umkleiden zu können, wenn ich an meinen freien Abenden ein etwas höheres Leben führen wollte, als ich in Stankos Gesellschaft geführt. Das Haus, in dem ich gemietet hatte, lag in einer kleinen Cité, einem mit Gittertoren abgeschlossenen Häuserwinkel, in den man durch die schon stille Rue Boissy d'Anglas gelangte. Es gab da weder Läden noch Restaurants; nur ein paar kleine Hotels und Privathäuser von der Art, wo man durch die nach der Straße offenstehende Tür der Portiersloge die dicke Concierge wirtschaften sieht, und der Mann sitzt bei einer Flasche Wein, daneben die Katze. In einem solchen Hause also war ich seit kurzem Aftermieter bei einer freundlichen, mir wohlgeneigten älteren Witib, die die Hälfte der zweiten Etage, ein Appartement von vier Zimmern, bewohnte. Eines davon hatte sie mir für ein mäßiges Monatsentgelt überlassen – eine Art von kleinem Schlafsalon mit Feldbett und Marmorkamin, dem Spiegel darüber, der Pendule auf der Platte, wackeligem Polstermobiliar und verrußten Samtvorhängen an dem bis zum Boden reichenden Fenster, durch das man auf einen eng umbauten, in der Tiefe von den Glasdächern der Küchen gedeckten Hof blickte. Darüber hinweg ging die Aussicht auf die Rückfronten vornehmer Häuser des Faubourg St.-Honoré, wo man am Abend in erleuchteten Wirtschaftsräumen und Schlafzimmern Diener, Zofen und Köche umherwandeln sah. Dort drüben irgendwo, übrigens, residierte der Fürst von Monaco, und ihm gehörte diese ganze friedliche kleine Cité, für die er, sobald ihm der Sinn danach stand, fünfundvierzig Millionen bekommen konnte. Dann würde sie abgerissen werden. Aber er schien das Geld nicht zu brauchen, und so blieb ich, auf Abruf, Gast dieses Monarchen und Großcroupiers, ein Gedanke, dessen eigentümlichen Reiz ich nicht verkannte.

Mein hübsches Ausgeh-Habit aus dem „Printemps" war in dem Schrank auf dem Gange vor dem Dortoir Nummer 4 an seinem Platz. Die neuen Errungenschaften aber, ein Smoking-Anzug, ein Abendmantel mit seidengefütterter Pelerine, bei dessen Auswahl ich unwillkürlich von einem immer frisch gebliebenen Jugendeindruck, der Erinnerung an Müller-Rosé als Attaché und Schürzenjäger, bestimmt gewesen war, dazu ein matter Zylinderhut und ein Paar Lackschuhe, hätte ich im Hotel nicht sehen lassen dürfen; ich hielt sie mir in dem „Cabinet de toilette" meines Mietszimmers bereit, einem tapezierten Verschlag, wo ein Kretonnevorhang sie beschützte, und etwas weiße Stärkwäsche, schwarzseidene Socken und Schleifenbinder lagen in der Louis-Seize-Kommode des Zimmers. Der Gesellschaftsanzug mit seinen Atlasrevers war nicht gerade nach Maß gemacht, er war von der Stange weg gekauft und nur ein wenig adaptiert, saß aber meiner Figur so vollkommen, daß ich den Kenner hätte sehen mögen, der nicht geschworen hätte, er sei mir vom teuersten Schneider angemessen worden. Wozu legte ich ihn und die anderen schönen Dinge in der Stille meiner Privatwohnung an?

Aber ich sagte es schon: um darin von Zeit zu Zeit, gleichsam versuchs- und übungsweise ein höheres Leben zu führen, in einem eleganten Restaurant der Rue de Rivoli, der Avenue des Champs-Élysées oder in einem Hotel vom Range des meinigen, einem noch feineren womöglich, im Ritz, im Bristol, im Meurice zu speisen und etwa nachher in einem guten Theater, sei es einem dem gesprochenen Drama geweihten oder der Opéra Comique, der Großen Oper selbst einen Logenplatz einzunehmen. Es lief dies, wie man sieht, auf eine Art von Doppelleben hinaus, dessen Anmutigkeit darin bestand, daß es ungewiß blieb, in welcher Gestalt ich eigentlich ich selbst und in welcher ich nur verkleidet war: wenn ich als livrierter Commis de salle den Gästen des Saint James and Albany schmeichlerisch aufwartete oder wenn ich als unbekannter Herr von Distinktion, der den Eindruck machte, sich ein Reitpferd zu halten, und gewiß, wenn er sein Diner eingenommen, noch mehrere exklusive Salons besuchen würde, mich bei Tische von Kellnern bedienen ließ, deren keiner, wie ich fand, mir in dieser meiner anderen Eigenschaft gleichkam. Verkleidet also war ich in jedem Fall, und die unmaskierte Wirklichkeit zwischen den beiden Erscheinungsformen, das Ich-selber-Sein, war nicht bestimmbar, weil tatsächlich nicht vorhanden. Ich will auch nicht sagen, daß ich einer der beiden Rollen, ich meine: der des Herrn von Distinktion, mit aller Bestimmtheit den Vorzug gegeben hätte. Ich bediente zu gut und erfolgreich, als daß ich mich unbedingt glücklicher hätte fühlen sollen, wenn ich der war, der sich bedienen ließ – wozu übrigens ebensoviel natürlich-überzeugende Anlage gehört wie zum anderen. Aber der Abend sollte kommen, der mich auf diese andere Anlage und Spielbegabung, diejenige zur Herrschaftlichkeit, entscheidend und auf freilich höchst beglückende, ja berauschende Art verwies.

Viertes Kapitel

Es war ein Juli-Abend noch vor dem Nationalfeiertag, an welchem die Theatersaison endet, und im Genuß eines der Urlaube, die mir alle vierzehn Tage einmal von meinem Etablissement gegönnt waren, beschloß ich, wie schon ein paarmal vorher, auf der hübschen, gärtnerisch geschmückten Dachterrasse des Grand-Hôtel des Ambassadeurs am Boulevard St.-Germain zu dinieren, von deren luftiger Höhe man über die Blumenkästen der Brüstung hinweg sich eines weiten Blicks über die Stadt, die Seine hin, einerseits auf die Place de la Concorde und den Madeleine-Tempel, andererseits auf das Wunderwerk der Weltausstellung von 1889, den Eiffelturm, erfreute. Man fuhr dorthinauf im Lift über fünf oder sechs Stockwerke und hatte es kühl, umgeben von gedämpft konversierender guter Gesellschaft, deren Blicke jede Neugier vermieden und in die ich mich leichthin und ohne Tadel einfügte. Um die mit Schirmlämpchen versehenen Speisetische saßen in Korbfauteuils Frauen in hellen

Kleidern und modisch umfangreichen, kühn geschwungenen Hutkreationen und schnurrbärtige Herren in korrektem Abendanzug gleich mir, einige sogar im Frack. Über einen solchen verfügte ich freilich nicht, aber meine Eleganz genügte vollauf, und sorglos konnte ich mich an dem freien Tische niederlassen, den der hier amtierende Oberkellner mir anwies und von dem er das zweite Couvert entfernen ließ. Über die angenehme Mahlzeit hinaus sah ich einem genußreichen Abend entgegen, denn in der Tasche hatte ich ein Billett für die Opéra Comique, wo man heute meine Lieblingsoper, „Faust", des verstorbenen Gounod melodienreiches Meisterwerk, gab. Ich hatte es schon einmal gehört und freute mich darauf, die lieblichen Eindrücke von damals aufzufrischen.

Das nun sollte nicht sein. Ganz anderes und für mein Leben Bedeutenderes behielt an diesem Abend das Schicksal mir vor.

Ich hatte eben dem zu mir geneigten Kellner an Hand des Menus meine Wünsche mitgeteilt und die Weinkarte gefordert, als meine Augen bei einem lässigen und absichtlich etwas müden Hingleiten über die Speisegesellschaft einem anderen Augenpaar begegneten, einem lustig anschlägigen – den Augen des jungen Marquis de Venosta, der, gekleidet wie ich, in einiger Entfernung von mir, allein, an einem Einzeltischchen sein Mahl hielt. Begreiflicherweise erkannte ich ihn früher als er mich. Wie hätte es mir auch nicht leichter fallen sollen, meinen Augen zu trauen, als es ihm fallen mußte zu glauben, daß er recht sähe. Nach kurzem Stirnrunzeln malte sich das heiterste Erstaunen in seinem Gesicht; denn obgleich ich zögerte, ihn zu grüßen (ich war nicht ganz sicher, ob es taktvoll sein würde), machte das unwillkürliche Lächeln, mit dem ich seinem Spähen begegnete, ihn meiner Identität – der Identität zwischen dem Kavalier und dem Kellner – gewiß. Mit einem schrägen Zurückwerfen des Kopfes, einem leichten Ausbreiten der Hände deutete er seine Überraschung, sein Vergnügen an, legte seine Serviette nieder und kam zwischen den Tischen hin zu mir herüber.

„Mon cher Armand, sind Sie es, oder sind Sie es nicht? Aber verzeihen Sie meinen flüchtigen Zweifel! Und verzeihen Sie auch, daß ich mich aus Gewohnheit Ihres Vornamens bediene – unglücklicherweise ist mir Ihr Familienname unbekannt geblieben, oder aber er ist mir entfallen. Für uns waren Sie immer einfach Armand . . ."

Ich hatte mich erhoben und schüttelte ihm die Hand, die er mir natürlich bisher noch nie gereicht hatte.

„Nicht einmal mit dem Vornamen", sagte ich lachend, „stimmt es so ganz, Marquis. Armand ist nur ein Nom de guerre oder d'affaires. Genau genommen heiße ich Felix – Felix Kroull – entzückt, Sie zu sehen."

„Mon cher Kroull, natürlich, wie konnte es mir aus dem Sinn kommen! Entzückt auch meinerseits, ich versichere Sie! Comment allez-vous? Sehr gut, allem Anschein nach, obgleich der Anschein . . . Ich biete den gleichen, und trotzdem geht es mir schlecht. Doch, doch, schlecht. Aber lassen wir's. Und Sie – soll ich glauben, daß Sie Ihre uns so erfreuliche Tätigkeit im Saint James and Albany quittiert haben?"

„Nicht doch, Marquis. Die läuft nebenher. Oder dies hier läuft nebenher. Ich bin hier und dort."

„Très amusant. Sie sind ein Zauberer. Aber ich inkommodiere Sie. Ich überlasse Sie . . . Vielmehr nein, wir sollten zusammenrücken. Ich kann Sie zu mir nicht hinüberbitten, mein Tisch ist zu klein. Aber ich sehe, bei Ihnen ist Platz. Zwar habe ich mein Dessert schon gehabt, aber wenn es Ihnen recht ist, nehme ich den Kaffee bei Ihnen. Oder verlangt Sie nach Einsamkeit?"

„Nicht doch, Sie sind willkommen, Marquis", antwortete ich gelassen. Und zum Kellner gewandt: „Einen Stuhl für diesen Herrn!" Absichtlich zeigte ich mich nicht geschmeichelt und sagte von Ehre und Auszeichnung nichts, sondern begnügte mich damit, seinen Vorschlag eine gute Idee zu nennen. Er setzte sich mir gegenüber, und während ich mein Diner bestellte, ihm aber Kaffee nebst „Fine" serviert wurde, hörte er nicht auf, mich, etwas vorgebeugt über den Tisch hin, angelegentlich zu betrachten. Offenbar beschäftigte ihn meine geteilte Existenz, an deren besserem Verständnis ihm viel gelegen schien.

„Nicht wahr", sagte er, „meine Gegenwart geniert Sie nicht beim Essen? Ich wäre unglücklich, Ihnen lästig zu fallen. Am wenigsten möchte ich das tun durch Insistenz, die immer ein Merkmal schlechter Kinderstube ist. Ein erzogener Mensch geht leise über alles hinweg, akzeptiert die Vorkommnisse, ohne zu fragen. Das kennzeichnet den Mann von Welt, wie ich angeblich einer bin. Gut, ich bin einer. Aber bei so mancher Gelegenheit, zum Beispiel bei dieser, werde ich gewahr, daß ich ein Weltmann bin ohne Weltkenntnis, ohne Lebenserfahrung, die uns doch eigentlich erst berechtigt, über die verschiedensten Erscheinungen weltmännisch hinwegzusehen. Es ist kein Vergnügen, den Weltmann zu spielen, eingehüllt in Dummheit ... Sie werden verstehen, daß unsere Begegnung hier mir ebenso merkwürdig wie erfreulich ist und meinen Wissensdurst reizt. Geben Sie zu, daß Ihre Redewendungen vom ‚Nebenherlaufen' und vom ‚Hier und dort' etwas Intrigierendes haben – für den Unerfahrenen. Um Gottes willen, essen Sie weiter, und sagen Sie kein Wort! Lassen Sie mich schwatzen und mir die Lebensweise eines Altersgenossen versuchsweise zurechtlegen, der offenbar weit mehr Weltmann ist als ich. Voyons. Sie sind also, wie man nicht erst hier und heute sieht, sondern schon immer sah, aus guter Familie – bei uns Adligen, verzeihen Sie das harte Wort, sagt man einfach ‚von Familie'; aus *guter* Familie kann nur der Bürgerliche sein. Komische Welt! – Aus guter Familie denn – und haben sich eine Laufbahn gewählt, die Sie zweifellos zu Zielen führen wird, wie sie Ihrer Herkunft entsprechen, bei der es aber besonders darauf ankommt, von der Pike auf zu dienen und vorübergehend Stellungen einzunehmen, die den weniger Scharfblickenden darüber täuschen können, daß er es nicht mit einem Menschen der Unterklasse, sondern sozusagen mit einem verkappten Gentleman zu tun hat. Richtig? – A propos: Es ist sehr nett von den Engländern, daß sie das Wort ‚gentleman' in der Welt verbreitet haben. So hat man doch eine Bezeichnung für den, der zwar kein Edelmann ist, aber verdiente, es zu sein, es mehr verdiente als so mancher, der es ist und postalisch mit ‚Hochgeboren' adressiert wird, während der Gentleman nur ‚Hochwohlgeboren' heißt – ‚nur' – und dabei um ein ‚wohl' ausführlicher ... *Ihr* Wohl! Ich lasse mir gleich auch noch zu trinken kommen. Das heißt, wenn Sie Ihre halbe Flasche geleert haben, so lassen wir uns zusammen eine ganze kommen ... Mit dem ‚Hochgeboren' und ‚Hochwohlgeboren' ist es gerade wie mit der ‚Familie' und der ‚*guten* Familie', ganz analog ... Wenn das nicht Schwatzen ist, was ich da treibe! Es ist nur, damit Sie in Ruhe speisen und sich um mich nicht kümmern. Nehmen Sie nicht die Ente, sie ist schlecht gebraten. Nehmen Sie von der Hammelkeule, ich habe bestätigt gefunden, was mir der Maître versicherte, daß sie genügend lange in Milch gelegen hat ... Enfin! Was sagte ich in bezug auf Sie? Während Ihr Pikendienst Sie als einen Angehörigen der unteren

Klassen erscheinen läßt – es muß Ihnen geradezu Spaß machen, denke ich mir –, halten Sie natürlich innerlich an Ihrem Stande als Gentleman fest und kehren zwischendurch auch äußerlich zu ihm zurück, wie heute abend. Sehr, sehr hübsch. Aber mir vollkommen neu und verblüffend – da zeigt sich, wie wenig man, und sei man ein Weltmann, vom Leben der Menschen weiß. Technisch, verzeihen Sie, muß das ‚Hier und dort' gar nicht ganz einfach sein. Sie sind von Hause aus bemittelt, nehme ich an – bemerken Sie wohl, ich frage nicht danach, ich nehme an, was auf der Hand liegt. So sind Sie in der Lage, sich neben Ihrer dienstlichen eine Gentlemansgarderobe zu halten, und daß Sie in der einen so überzeugend wirken wie in der anderen, ist das Interessanteste."

„Kleider machen Leute, Marquis – oder besser wohl umgekehrt: Der Mann macht das Kleid."

„Und Ihre Daseinsform habe ich also ungefähr richtig gedeutet?"

„Recht zutreffend." Und ich sagte ihm, daß ich allerdings einige Mittel besäße – oh, durchaus bescheidene – und daß ich mir in der Stadt eine kleine Privatwohnung hielte, wo ich die Verwandlung meines Äußeren vornähme, in der ich jetzt das Vergnügen hätte, ihm gegenüberzusitzen.

Ich sah wohl, daß er meine Art zu essen beobachtete, und verlieh ihr, unter Vermeidung aller Affektation, eine gewisse wohlerzogene Strenge, aufrecht, Messer und Gabel bei angezogenem Ellbogen handhabend. Daß ihn mein Betragen beschäftigte, verriet er durch einige Bemerkungen über fremde Speisesitten. In Amerika, so habe er gehört, erkenne man den Europäer daran, daß er die Gabel mit der linken Hand zum Munde führe. Der Amerikaner schneide sich alles erst einmal vor, lege das Messer dann fort und speise mit der Rechten. „Hat etwas Kindliches, nicht wahr?" Übrigens wisse er es nur vom Hörensagen. Er sei nicht drüben gewesen, habe auch gar keine Lust zu reisen – gar keine –, nicht die geringste. – Ob ich schon etwas von der Welt gesehen?"

„Mein Gott, nein, Marquis – und ja! dann doch wieder. Außer ein paar hübschen Taunusbädern nur Frankfurt am Main. Aber dann Paris. Und Paris ist viel."

„Es ist alles!" sagte er mit Emphase. „Für mich ist es alles, und um mein Leben möchte ich es nicht verlassen, werde es aber doch tun müssen, reisen müssen, Gott sei's geklagt, ganz wider Wunsch und Willen. Ein Familiensohn, lieber Kroull – ich weiß nicht, wieweit Sie's noch sind und am Gängelband hängen –, sind Sie doch nur aus guter Familie, während ich, hélas, von Familie bin . . ."

Er bestellte schon, da ich noch kaum mit meiner Pêche Melba fertig war, die vorhin für uns beide in Aussicht genommene Flasche Lafitte.

„Ich fange einmal an damit", sagte er. „Haben Sie Ihren Kaffee gehabt, so stoßen Sie zu mir, und bin ich schon zu weit vorgeschritten, so nehmen wir eine neue."

„Nun, Marquis, Sie haben es gut vor. Unter meiner Obhut im Saint James and Albany pflegten Sie mäßig zu sein."

„Sorgen, Kummer, Herzensnot, lieber Kroull! Was wollen Sie, da bleibt nur der Bechertrost, und man lernt die Gabe des Bacchus schätzen. So heißt er doch? ‚Bacchus', nicht ‚Bachus', wie man aus Bequemlichkeit meistens sagt. Ich nenne es Bequemlichkeit, um kein härteres Wort zu brauchen. Sind Sie stark in der Mythologie?"

„Nicht sehr, Marquis. Da ist zum Beispiel der Gott Hermes. Aber über den bin ich kaum hinausgekommen."

„Was haben Sie's nötig! Gelehrsamkeit, aufdringliche zumal, ist nicht Sache des Gentlemans, das hat er vom Edelmann. Es ist gute Überlieferung aus Zeiten, wo der Mann von Adel nur anständig zu Pferde zu sitzen brauchte und sonst überhaupt nichts lernte, schon gleich nicht Lesen und Schreiben. Die Bücher überließ er den Pfaffen. Davon ist unter meinen Standesgenossen viel übriggeblieben. Die meisten von ihnen sind elegante Trottel, und nicht einmal immer charmant. – Reiten Sie? – Erlauben Sie jetzt, daß ich Ihnen einschenke von diesem Sorgenbrecher! Ihr Wohl noch einmal! Oh – meines, da haben Sie gut wünschen und darauf trinken. Dem ist so leicht nicht zu helfen. – Sie reiten also nicht? Ich bin überzeugt, daß Sie aufs beste dafür veranlagt, geradezu dafür geboren sind und im Bois jeden Kavalier ausstechen würden."

„Ich gestehe Ihnen, Marquis: Fast glaube ich es selbst."

„Das ist nicht mehr als gesundes Selbstvertrauen, lieber Kroull. Ich nenne es gesund, weil ich es teile, weil ich Ihnen selbst Vertrauen entgegenbringe, nicht nur in diesem Punkt . . . Lassen Sie mich ganz offen sein. Ich habe nicht den Eindruck, daß

Sie Ihrerseits eigentlich ein Mann der Vertraulichkeit und der Herzensergießung sind. Mit einem Letzten halten Sie zurück. Irgendwie ist es ein Geheimnis mit Ihnen. Pardon, ich bin indiskret. Daß ich so spreche, zeigt Ihnen meine eigene Lockerheit und Mitteilsamkeit, eben mein Vertrauen zu Ihnen . . ."

„Für das ich Ihnen aufrichtig verbunden bin, lieber Marquis. Darf ich mir erlauben, mich nach Mademoiselle Zazas Befinden zu erkundigen? Fast war ich erstaunt, Sie ohne sie hier zu finden."

„Wie nett, daß Sie nach ihr fragen! Nicht wahr, Sie finden sie reizend. Wie sollten Sie nicht? Ich erlaube es Ihnen. Ich erlaube der ganzen Welt, sie reizend zu finden. Und doch möchte ich sie wieder der Welt entziehen und sie allein ganz für mich haben. Das liebe Kind hat zu tun heute abend in ihrem kleinen Theater, den ‚Folies musicales'. Sie ist ja vom Soubrettenfach, wußten Sie das nicht? Zur Zeit tritt sie auf in ‚Le don de la fée'. Aber ich habe das Ding schon so oft gesehen, daß ich nicht jedesmal wieder da-beisein kann. Es macht mich auch etwas nervös, daß sie so wenig anhat bei ihren Couplets – das Wenige ist geschmackvoll, aber es ist wenig, und jetzt leide ich darunter, obgleich es anfangs gerade Schuld daran trug, daß ich mich so unsinnig in sie verliebte. Haben Sie jemals leidenschaftlich geliebt?"

„Ich bin ganz gut in der Lage, Ihnen zu folgen, Marquis."

„Daß Sie in Liebesdingen Bescheid wissen, glaube ich ohne Ihre Versicherung. Und doch scheinen Sie mir der Typ, der mehr geliebt wird, als daß er selber liebte. Habe ich unrecht? Gut, lassen wir's in der Schwebe. Zaza hat noch im dritten Akt zu singen. Dann werde ich sie abholen, und wir werden in der kleinen Wohnung, die ich ihr eingerichtet habe, den Tee miteinander nehmen."

„Meinen Glückwunsch! Das bedeutet aber, daß wir uns mit unserem Lafitte werden beeilen und diese hübsche Sitzung bald werden aufheben müssen. Für mein Teil habe ich ein Billett für die Opéra Comique in der Tasche."

„Wirklich? Eile habe ich nicht gern. Ich kann der Kleinen auch telephonieren, daß sie mich etwas später zu Hause erwarten soll. Und Sie, hätten Sie etwas dagegen, erst zum zweiten Akt in Ihre Loge zu kommen?"

„Nicht viel. ‚Faust' ist eine reizende Oper. Aber wie sollte es mich dringlicher zu ihr ziehen, als es Sie zu Mademoiselle Zaza zieht."

„Ich würde nämlich gern noch etwas eingehender mit Ihnen plaudern und Ihnen von meinen Sorgen sprechen. Denn daß ich in einer Bredouille bin, einer schweren, einer Herzensbredouille, müssen Sie schon manchem Wort entnommen haben, das mir heute abend entschlüpfte."

„Ich tat es, lieber Marquis, und habe nur auf einen Wink gewartet, mich nach der Art Ihrer Verlegenheiten mit Teilnahme erkundigen zu dürfen. Sie betreffen Mademoiselle Zaza?"

„Wen denn wohl sonst! Haben Sie gehört, daß ich reisen soll? Für ein Jahr auf Reisen gehen?"

„Ein ganzes Jahr gleich! Warum denn?"

„Ach, lieber Freund, die Sache ist diese. Meine armen Eltern – ich habe Ihnen ja gelegentlich von ihnen erzählt – sind von meiner nun schon ein Jahr währenden Liaison mit Zaza unterrichtet – und es bedurfte dazu gar keines Klatsches und keiner anonymen Briefe –, ich selbst war kindisch und treuherzig genug, von meinem Glück, meinen Wünschen allerlei durchsickern zu lassen, wenn ich ihnen schrieb. Mir liegt das Herz auf der Zunge, wissen Sie, und von ihm zu meiner Feder ist auch nur ein kurzer, leichter Weg. Mit Recht haben die lieben alten Herrschaften den Eindruck, daß es mir Ernst ist mit der Affaire, daß ich vorhabe, das Mädchen – oder die ‚Person', wie sie natürlich sagen – zu heiraten, und sind, wie ich es nicht anders hätte erwarten dürfen, außer sich darüber. Sie waren hier, bis vorgestern noch – ich habe schwere Tage hinter mir, eine Woche unaufhörlicher Auseinandersetzungen. Mein Vater sprach mit sehr tiefer Stimme und meine Mutter mit einer sehr hohen, von Tränen vibrierenden – der eine französisch, die andere deutsch. O bitte, es fiel kein hartes Wort, außer dem wiederkehrenden Worte ‚Person', das mir allerdings weher tat, als wenn sie mich einen Narren und Unzurechnungsfähigen, einen Schänder der Familienehre genannt hätten. Das taten sie nicht; sie beschworen mich nur immer wieder, ihnen und der Gesellschaft keinen Grund zu solchen Bezeichnungen zu geben, und ich versicherte sie, mit ebenfalls sehr tiefer und vibrierender Stimme, daß es mir überaus leid ist, ihnen Kummer zu bereiten. Denn sie lieben mich ja und wollen mein Bestes, nur verstehen sie sich nicht darauf – in der Tat so wenig, daß sie für den Fall, daß ich meine skandalösen Absichten ausführte, sogar von Enterbung sprachen. Sie gebrauchten nicht das Wort, weder auf französisch noch auf deutsch, ich sagte ja, daß sie aus Liebe überhaupt mit harten Worten zurückhielten. Aber die Sache deuteten sie umschreibend an, als Konsequenz, als Drohung. Nun glaube ich zwar, daß ich bei den Verhältnissen meines Vaters und in Anbetracht der Hand, die er in der Luxemburger Stahlindustrie hat, aufs Pflichtteil gesetzt, immer noch ganz auskömmlich zu leben hätte. Aber mit der Enterbung wäre doch weder mir noch Zaza eigentlich gedient. Es würde ihr wenig Freude machen, einen Enterbten zu heiraten, das werden Sie verstehen."

„So ziemlich. Ich kann mich da allenfalls in Mademoiselle Zazas Seele versetzen. Aber nun, die Reise?"

„Mit der verdammten Reise ist es so: Die Eltern wollen mich loseisen – ‚man muß dich nur einmal loseisen', sagte mein Vater, indem er mitten im Französischen dies deutsche Wort gebrauchte – ein ganz unangebrachtes Wort, ob es nun mit Eis oder mit Eisen zu tun hat. Denn ich sitze weder im Eise wie ein Polarfahrer – die Wärme von Zazas Bett und ihres süßen Körpers macht diesen Vergleich einfach lächerlich –, noch sind es eiserne Fesseln, die mich halten, sondern die lieblichsten Rosenketten, deren Festigkeit ich allerdings nicht bestreite. Ich soll sie aber zerreißen, wenigstens versuchsweise, das ist die Idee, und dazu soll die Weltreise dienen, die die Eltern mir ausgiebig finanzieren wollen – sie meinen es ja so gut! Weg soll ich einmal – und zwar für lange – von Paris, vom Théâtre des Folies musicales und von Zaza, soll fremde Länder und Menschen sehen und dadurch auf andere Gedanken kommen, mir ‚die Grillen aus dem Kopfe schlagen' – ‚Grillen' nennen sie das – und als ein anderer Mensch zurückkehren, ein anderer Mensch! Könnten Sie wünschen, ein anderer Mensch zu werden, ein anderer, als der Sie sind? Sie blicken vage, aber ich, ich wünsche es nicht im geringsten. Ich wünsche zu bleiben, der ich bin, und mir nicht durch eine Reisekur, wie man sie mir verordnet, Herz und Hirn umdrehen zu lassen, mich mir selbst zu entfremden und Zaza zu vergessen. Das ist natürlich möglich. Durch lange Abwesenheit, eingreifenden Luftwechsel und tausend neue Erlebnisse läßt es sich bewerkstelligen. Aber gerade weil ich das theoretisch für möglich halte, verabscheue ich das Experiment so gründlich."

„Bedenken Sie immerhin", sagte ich, „daß Sie, sollten Sie ein anderer geworden sein, Ihr früheres Selbst, das gegenwärtige, nicht vermissen und ihm nicht nachtrauern würden, einfach, weil Sie es nicht mehr sind."

„Ist das ein Trost für mich, wie ich da bin? Wer kann vergessen wollen? Vergessen ist das erbärmlichste, unwünschbarste Ding von der Welt."

„Und doch wissen Sie im Grunde, daß Ihr Abscheu vor dem Experiment kein Beweis gegen sein Gelingen ist."

„Ja, theoretisch. Praktisch kommt es nicht in Betracht. Meine Eltern wollen in aller Liebe und Fürsorge einen Gefühlsmord begehen. Sie werden scheitern, ich bin dessen so sicher wie meiner selbst."

„Das will etwas heißen. Und darf ich fragen, ob Ihre Eltern bereit sind, das Experiment eben als Experiment gelten zu lassen und, wenn es fehlschlägt, sich in Ihre Wünsche und deren erprobte Widerstandsfähigkeit zu fügen?"

„Ich habe sie das auch gefragt. Aber ich habe kein klares Ja erlangen können. Mich erst einmal ‚loszueisen', darauf kommt ihnen alles an, und darüber denken sie nicht hinaus. Das ist eben das Unfaire, daß ich ein Versprechen habe geben müssen, aber keines dagegen empfangen habe."

„Sie haben also in die Reise gewilligt?"

„Was sollte ich machen? Ich kann doch Zaza nicht der Enterbung aussetzen. Ich habe es ihr auch gesagt, daß ich versprochen habe zu reisen, und sie hat sehr geweint, teils über die lange Trennung, teils weil sie natürlich Angst hat, die Kur meiner Eltern könnte anschlagen und ich könnte anderen Sinnes werden. Ich verstehe diese Angst. Hege ich sie zuweilen doch selbst. Ach, lieber Freund, was für ein Dilemma! Ich muß reisen und will es nicht; habe mich verpflichtet zu reisen – und kann es nicht. Was soll ich tun? Wer hilft mir da heraus?"

„Wirklich, Sie sind zu beklagen, lieber Marquis", sagte ich. „Ich fühle ganz mit Ihnen, aber was Sie auf sich genommen haben, nimmt keiner Ihnen ab."

„Nein, keiner."

„Keiner."

Das Gespräch versickerte für einige Augenblicke. Er drehte sein Glas. Plötzlich erhob er sich und sagte: „Fast hätte ich vergessen ... Ich muß meiner Freundin telephonieren. Wollen Sie mich einen Augenblick ..."

Er ging. Es war schon ziemlich leer geworden auf der Dachterrasse. Nur an zwei anderen Tischen wurde noch bedient. Die Mehrzahl der Kellner stand müßig. Ich vertrieb mir die Zeit mit dem Rauchen einer Zigarette. Als Venosta zurückkam, bestellte er eine neue Flasche Château Lafitte und begann dann wieder: „Lieber Kroull, ich habe Ihnen da von einem Konflikt mit meinen Eltern gesprochen, einem für beide Teile sehr schmerzlichen. An der schuldigen Pietät und Achtung, hoffe ich, habe ich es dabei in meinen Ausdrücken nicht fehlen lassen noch an der Dankbarkeit, die mir trotz allem ihre liebende Fürsorge einflößt, nicht zuletzt das großzügige Angebot, womit sie diese Fürsorge bekunden, möge es auch den Charakter einer Auflage, eines Zwangsangebots tragen. Nur meine besondere Lage macht ja diese Einladung zu einer Weltreise mit allen Bequemlichkeiten zu einer so unerträglichen Zumutung, daß ich kaum verstehe, wie ich schließlich doch darauf eingehen konnte. Für jeden anderen jungen Mann, sei er von Familie oder aus guter Familie, wäre diese Einladung ja ein in allen Farben der Neuigkeit und des Abenteuers spielendes Himmelsgeschenk. Ich selbst, selbst ich, in meiner Lage, ertappe mich zuweilen dabei – ertappe mich wie auf einem Verrat an Zaza und unserer Liebe –, daß ich mir in meiner Phantasie die bunten Reize eines solchen Reisejahres ausmale, die Fülle der Gesichte, Begegnungen, Erfahrungen, Genüsse, die es unzweifelhaft mit sich brächte, wäre man für all das nur empfänglich. Bedenken Sie – die weite Welt, der Orient, Nord- und Südamerika, Ostasien. In China soll man Dienerschaft die Fülle haben. Ein europäischer Junggeselle hat ihrer ein Dutzend. Einer ist nur dafür da, ihm die Visitenkarten voranzutragen – er läuft damit vor ihm her. Von einem tropischen Sultan habe ich gehört, daß er bei einem Sturz vom Pferd die Vorderzähne eingebüßt hat und sich hier in Paris goldene Zähne hat machen lassen. Mitten in jeden davon ist ein Brillant eingesetzt. Seine Geliebte geht in Nationaltracht, das heißt, um die Beine hat sie ein kostbares Tuch geschlungen, vorn geknotet, unter den biegsamsten Hüften, denn überhaupt ist sie schön wie ein Märchen. Um den Hals trägt sie drei, vier Reihen Perlen und darunter ebenso viele Reihen Brillanten von Fabelgröße."

„Haben Ihre verehrten Eltern es Ihnen beschrieben?"

„Nicht gerade sie. Sie waren ja nicht da. Aber ist es nicht sehr wahrscheinlich und ganz, wie man es sich vorstellt, besonders die Hüften? Ich sage Ihnen: bevorzugten Gästen, Gästen von Distinktion, soll der Sultan seine Geliebte gelegentlich abtreten. Auch das habe ich natürlich nicht von meinen Eltern – die wissen gar nicht, was sie mir mit der Weltreise alles bieten, aber muß ich ihnen bei noch soviel Unempfänglichkeit nicht theoretisch sehr dankbar sein für ihre großzügige Auflage?"

„Unbedingt, Marquis. Aber Sie übernehmen meine Rolle, sprechen sozusagen mit meinem Munde. Es wäre ja an mir, Sie nach Möglichkeit mit dem Gedanken der von Ihnen so verabscheuten Reise zu versöhnen, nämlich durch den Hinweis auf alle die Vorteile, die sie Ihnen böte – Ihnen bieten wird –, und während Sie telephonierten, nahm ich mir vor, gerade diesen Versuch zu machen."

„Sie hätten tauben Ohren gepredigt – und hätten Sie mir hundertmal gestanden, wie sehr Sie mich beneiden, allein um die Hüften."

„Beneiden? Nun, Marquis, das ist nicht ganz richtig. Der Neid hätte mich nicht inspiriert bei meinen gutgemeinten Vorhaltungen. Ich bin nicht sonderlich reiselustig. Was braucht ein Pariser in die Welt zu gehen? Sie kommt ja zu ihm. Sie kommt zu uns ins Hotel, und wenn ich um die Zeit des Theaterschlusses auf der Terrasse des Café de Madrid sitze, so habe ich sie bequem zur Hand und vor Augen. Ich brauche Ihnen das nicht zu beschreiben."

„Nein, aber bei dieser Blasiertheit haben Sie sich zuviel vorgenommen, wenn Sie gedachten, mir die Reise plausibel zu machen."

„Lieber Marquis, ich versuche es trotzdem. Wie sollte ich nicht darauf sinnen, mich für Ihr Vertrauen erkenntlich zu erweisen? Ich habe schon daran gedacht, Ihnen vorzuschlagen, Mademoiselle Zaza einfach auf die Reise mitzunehmen."

„Unmöglich, Kroull. Wo denken Sie hin? Sie meinen es gut, aber wo denken Sie hin! Zazas Kontrakt mit den ‚Folies musicales' lasse ich beiseite. Kontrakte kann man brechen. Aber ich kann nicht mit Zaza reisen und sie zugleich verstecken. Ohnehin hat es seine Schwierigkeiten, eine Frau, mit der man nicht verheiratet ist, durch die Welt zu führen. Aber ich wäre ja auch nicht unbeobachtet, meine Eltern haben Beziehungen da und dort, zum Teil offizieller Art, und unvermeidlich würden sie erfahren, wenn ich durch das Mitnehmen Zazas die Reise um ihren Sinn und Zweck brächte. Sie wären außer sich! Sie würden mir die Kreditbriefe sperren. Da ist zum Beispiel ein längerer Besuch auf einer argentinischen Estancia vorgesehen, bei einer Familie, deren Bekanntschaft die Eltern einmal in einem französischen Bade gemacht haben. Soll ich Zaza wochenlang allein in Buenos Aires zurücklassen, allen Gefahren dieses Pflasters ausgesetzt? Ihr Vorschlag ist undiskutierbar."

„Ich wußte es beinahe, als ich ihn machte. Ich ziehe ihn zurück."

„Das heißt, Sie lassen mich im Stich. Sie ergeben sich für mich darein, daß ich allein reisen muß. Sie haben gut sich ergeben! Aber ich kann es nicht. Ich muß reisen und will dableiben. Das heißt: ich muß nach dem Unvereinbaren trachten, zugleich zu reisen und dazubleiben. Das heißt wiederum: ich muß mich verdoppeln, mich zweiteilen; ein Teil von Louis Venosta muß reisen, während der andere in Paris bei seiner Zaza bleiben darf. Ich lege Wert darauf, daß dies der eigentliche wäre. Kurzum, die Reise müßte nebenherlaufen. Louis Venosta müßte hier und dort sein. Folgen Sie dem Ringen meiner Gedanken?"

„Ich versuche es, Marquis. Mit anderen Worten: es müßte *so aussehen,* als ob Sie reisten, in Wirklichkeit aber blieben Sie zu Hause."

„Verzweifelt richtig!"

„Verzweifelt darum, weil niemand aussieht wie Sie."

„In Argentinien weiß niemand, wie ich aussehe. Ich habe nichts dagegen, anderwärts anders auszusehen. Es wäre mir geradezu lieb, wenn ich dort besser aussähe als hier."

„So müßte also Ihr Name reisen, verbunden mit einer Person, die nicht Sie wäre."

„Die aber nicht die erstbeste sein dürfte."

„Das will ich meinen. Man könnte da nicht wählerisch genug sein."

Er schenkte sich voll ein, trank in großen Schlucken aus und setzte das Glas nachdrücklich auf den Tisch.

„Kroull", sagte er, „was an mir liegt, meine Wahl ist getroffen."

„So rasch? Bei so wenig Umschau?"

„Wir sitzen uns hier doch schon eine ganze Weile gegenüber."

„Wir? Was haben Sie im Sinn?"

„Kroull", wiederholte er, „ich nenne Sie bei Ihrem Namen, der

der Name eines Mannes aus guter Familie ist und den man natürlich auch nur vorübergehend nicht leicht verleugnet, selbst wenn man dafür das Ansehen eines Mannes von Familie gewinnt. Wären Sie dazu fähig, um einem Freund aus der Not zu helfen? Sie haben mir gesagt, Sie seien nicht reiselustig. Aber geringe Reiselust, wie leicht fällt die ins Gewicht gegen meinen Horror, Paris zu verlassen! Sie haben mir auch gesagt, ja wir sind übereingekommen, was ich meinen Eltern versprochen, das nähme keiner mir ab. Wie, wenn Sie es mir abnähmen?"

„Mir scheint, lieber Marquis, Sie verlieren sich im Phantastischen."

„Warum? Und warum sprechen Sie vom Phantastischen wie von einer Ihnen vollkommen fremden Sphäre? Es ist doch mit Ihnen etwas Besonderes, Kroull! Ich nannte Ihre Besonderheit intrigierend, ich nannte sie schließlich sogar geheimnisvoll. Wenn ich dafür ‚phantastisch' gesagt hätte – könnten Sie mir böse sein?"

„Nein doch, da Sie es nicht böse meinen."

„Nichts weniger als das! Und darum können Sie auch nicht böse darüber sein, daß Ihre Person mich auf diesen Gedanken gebracht hat – daß während dieser unserer Begegnung meine Wahl – meine sehr wählerische Wahl! – auf Sie gefallen ist!"

„Auf mich als auf denjenigen, der draußen Ihren Namen führen, Sie darstellen, in den Augen der Leute *Sie* sein soll, der Sohn Ihrer Eltern, nicht nur von Ihrer Familie, sondern Sie selbst? Haben Sie sich das überlegt, wie es überlegt zu werden verdient?"

„Wo ich wirklich bin, bleibe ich ja, der ich bin."

„Aber in der Welt draußen sind Sie ein anderer, nämlich ich. Man sieht Sie in mir. Sie treten mir Ihre Person ab für die Augen der Welt. ‚Wo ich wirklich bin', sagen Sie. Aber wo wären Sie wirklich? Würde das nicht etwas ungewiß, wie für mich so für Sie? Und wenn diese Ungewißheit mir recht sein könnte, wäre sie es auch Ihnen? Wäre es Ihnen nicht unbehaglich, nur sehr lokal Sie selbst zu sein, in der übrigen Welt aber, also überwiegend, als ich, durch mich, in mir zu existieren?"

„Nein, Kroull", sagte er mit Wärme und reichte mir über den Tisch hin die Hand. „Es wäre mir nicht – Sie wären mir nicht unbehaglich. Für Louis Venosta wäre es nicht so übel, wenn Sie ihm Ihre Person abträten und er in Ihrer Gestalt herumginge, wenn also sein Name mit Ihrer Gestalt verbunden wäre, wie es ja nun, falls es Ihnen recht ist, draußen der Fall sein soll. Ich habe den dunklen Verdacht, daß es auch anderen Leuten gar nicht mißfiele, wenn diese Verbindung von Natur bestände. Die müssen vorliebnehmen mit der Wirklichkeit, deren Schwanken mir wenig Sorge macht. Denn wirklich bin ich dort, wo ich bei Zaza bin. Sie aber sind mir recht als Louis Venosta anderwärts. Mit dem größten Vergnügen erscheine ich den Leuten als Sie. Sie sind hier und dort ein patenter Kerl, in beiderlei Gestalt, als Gentleman wie als Commis de salle. Sie haben Manieren, wie ich sie manchem meiner Standesgenossen gönnen würde. Sie sprechen Sprachen, und wenn die Rede auf Mythologie kommt, was fast nie geschieht, so reichen Sie mit Hermes vollkommen aus. Mehr verlangt kein Mensch von einem Edelmann – sogar kann man sagen, daß Sie als Bürgerlicher zu mehr verpflichtet wären. Sie werden diese Erleichterung bei Ihren Entschlüssen in Anschlag bringen. Und also: Sie sind einverstanden? Sie werden mir diesen großen Freundesdienst erweisen?"

„Sind Sie sich klar darüber", sagte ich, „lieber Marquis, daß wir uns bis jetzt in den luftigsten Räumen bewegen und auf nichts Gegenständliches, auf keine der hundert Schwierigkeiten, mit denen zu rechnen wäre, überhaupt schon zu sprechen gekommen sind?"

„Sie haben recht", antwortete er. „Sie tun vor allem recht, mich zu erinnern, daß ich noch einmal telephonieren muß. Ich muß Zaza erklären, daß ich so bald nicht kommen kann, weil ich in einer Unterredung begriffen bin, bei der unser Glück auf dem Spiele steht. Entschuldigen Sie mich!"

Und er ging wieder – um länger auszubleiben als das vorige Mal. Über Paris war die Dunkelheit eingefallen, und seit längerem schon lag die Dachterrasse im weißen Licht ihrer Bogenlampen. Sie hatte sich vollends geleert um diese Stunde und würde sich wohl erst nach Schluß der Theater wieder beleben. In meiner Tasche fühlte ich mein Opernbillett verfallen – ohne dem stillen Vorgang, der mir sonst schmerzlich gewesen wäre, viel Beachtung zu schenken. In meinem Kopfe tummelten sich die Gedanken, überwacht, so darf ich sagen, von der Vernunft, die sie, wenn auch mit Mühe, zur Bedachtsamkeit anhielt und ihnen nicht gestattete, in Rausch aufzugehen. Ich war froh, ein wenig allein gelassen zu sein, um ungestört die Lage mustern und manches bei mir selbst vorwegnehmen zu können, was bei der Fortsetzung des Gesprächs zu erörtern war. Der Seitenpfad, die glückhafte Abzweigung von dem Wege, den mein Pate mir eröffnet hatte, indem er selbst auf solche Gelegenheiten hingewiesen, bot sich hier überraschend an, und zwar in so verlockender Gestalt, daß es der Vernunft recht lästig fiel, zu prüfen, ob es nicht eine Sackgasse war, die mich lockte. Sie hielt mir vor, daß es eine Straße der Gefahren war, die ich antreten würde, eine Straße, zu deren Begehen ein sicherer Fuß gehörte. Sie tat es mit bemühtem Nachdruck und erreichte damit doch nur, daß sie den Reiz eines Abenteuers erhöhte, das alle meine Gaben zu kühner Bewährung aufrief. Umsonst warnt man den Mutigen vor einer Sache, indem man ihm nachweist, daß Mut dazu gehöre. Ich stehe nicht an zu sagen, daß ich, lange bevor mein Partner zurückkehrte, entschlossen war, mich in das Abenteuer zu werfen, ja daß ich dazu entschlossen gewesen war in dem Augenblick schon, als ich ihm sagte, daß *keiner* ihm sein Versprechen abnähme. Und meine Sorge galt weniger den praktischen Schwierigkeiten, die sich uns bei der Ausführung des Planes entgegenstellten, als der Gefahr, ich möchte mich durch die Fertigkeit, mit der ich diesen Schwierigkeiten begegnete, vor ihm in ein zweifelhaftes Licht setzen.

Übrigens war das Licht, in dem er mich sah, zweifelhaft ohnedies; die Bezeichnungen, mit denen er meine Existenz versehen: „intrigierend", „geheimnisvoll", „phantastisch" gar, deuteten darauf hin. Ich machte mir keine Illusionen darüber, daß er seinen Antrag nicht jedem Kavalier gemacht hätte und, indem er ihn mir machte, mich zwar ehrte, jedoch auf etwas zweifelhafte Weise. Dennoch konnte ich die Wärme des Händedrucks nicht vergessen, mit dem er mir versichert hatte, daß es ihm „nicht unbehaglich" sein würde, draußen in meiner Person zu wandeln; und ich sagte mir, daß, wenn hier ein Spitzbubenstreich begangen werden sollte, er, der darauf brannte, seine Eltern zu täuschen, mehr Anteil daran haben werde als ich, wenn ich gleich der Aktivere dabei sei. Als er von seinem Telephongespräch zurückkehrte, nahm ich denn auch ganz deutlich wahr, daß ihn die Idee zum guten Teil um ihrer selbst willen, eben als Spitzbubenstreich belebte und begeisterte. Seine Kinderbacken waren hoch gerötet, nicht vom Weine allein, und in seinen Äuglein glitzerte die Verschmitztheit. Wahrscheinlich hatte er noch das silberne

Lachen im Ohr, mit dem Zaza seine Andeutungen beantwortet haben mochte.

„Mein lieber Kroull", sagte er, indem er sich wieder zu mir setzte, „wir standen schon immer auf gutem Fuß miteinander, aber wer hätte vor kurzem gedacht, daß wir einander so nahekommen würden – bis zur Verwechslung nahe! Wir haben uns da ewas so Amüsantes ausgedacht, oder, wenn noch nicht ausgedacht, so doch entworfen, daß mir das Herz im Leibe lacht. Und Sie? Machen Sie kein so ernstes Gesicht! Ich appelliere an Ihren Humor, an Ihren Sinn für einen guten Spaß – für einen so guten, daß es jede Mühe lohnt, ihn auszuarbeiten, ganz abgesehen von seiner Notwendigkeit für ein liebend Paar. Daß aber für Sie, den Dritten, nichts dabei abfalle, werden Sie nicht behaupten wollen. Es fällt eine Menge – es fällt eigentlich aller Spaß für Sie dabei ab. Wollen Sie das leugnen?"

„Ich bin gar nicht gewohnt, das Leben als einen Spaß aufzufassen, lieber Marquis. Leichtlebigkeit ist nicht meine Sache, gerade im Spaß nicht; denn es gibt Späße, die sehr ernst genommen werden wollen, oder es ist nichts damit. Ein guter Spaß kommt nur zustande, wenn man all seinen Ernst an ihn setzt."

„Sehr gut. Das wollen wir tun. Sie sprachen von Problemen, Schwierigkeiten: Worin sehen Sie sie in erster Linic?"

„Am besten, Marquis, Sie lassen mich selbst ein paar Fragen stellen. Wohin geht die Ihnen auferlegte Reise?"

„Ah, mein guter Papa hat da in seiner Fürsorge eine sehr hübsche, für jeden anderen als mich höchst attraktive Route zusammengestellt: die beiden Amerika, die Südsee-Inseln und Japan, gefolgt von einer interessanten Seefahrt nach Ägypten, Konstantinopel, Griechenland, Italien und so weiter. Eine Bildungsreise, wie sie im Buche steht, wie ich sie mir, wenn Zaza nicht wäre, nicht besser wünschen könnte. Nun sind Sie es, den ich dazu beglückwünsche."

„Für die Kosten kommt Ihr Herr Papa auf?"

„Selbstverständlich. Er hat nicht weniger als 20 000 Francs dafür ausgeworfen, in dem Wunsch, daß ich standesgemäß reise. Die Fahrkarte nach Lissabon und das Schiffsbillett nach Argentinien, wohin ich zuerst fahren soll, sind noch nicht einmal darin eingeschlossen. Papa hat sie mir selbst besorgt und auf der *Cap Arcona* eine Kajüte für mich belegt. Die zwanzigtausend hat er bei der Banque de France hinterlegt, aber in Form eines sogenannten Zirkular-Kreditbriefes, der auf die Banken an den Hauptstationen der Reise lautet, sind sie in meinen Händen."

Ich wartete.

„Den Kreditbrief übergebe ich natürlich Ihnen", setzte er hinzu.

Ich schwieg noch immer.

Er ergänzte: „Die schon gekauften Fahrkarten natürlich auch."

„Und wovon", fragte ich, „wollen Sie leben, während Sie in meiner Person Ihr Geld verzehren?"

„Wovon ich – ach so! Sie machen mich ganz perplex. Sie haben aber auch eine Art zu fragen, als ob Sie es darauf absähen, mich in Ratlosigkeit zu versetzen. Ja, lieber Kroull, wie machen wir denn das? Ich bin wirklich nicht gewöhnt, darüber nachzudenken, wovon ich das nächste Jahr leben soll."

„Ich wollte Sie nur darauf aufmerksam machen, daß es nicht so einfach ist, seine Person auszuleihen. Doch stellen wir die Frage zurück! Ich lasse mich ungern zu ihrer Beantwortung drängen, denn das heißt etwas wie Gerissenheit bei mir voraussetzen, aber wo es Gerissenheit gilt, bin ich schlecht zu gebrauchen. Gerissenheit ist nicht gentlemanlike."

„Ich hielt nur für möglich, lieber Freund, daß es Ihnen gelänge, aus Ihrer anderen Existenz etwas Gerissenheit in die als Gentleman hinüberzuretten."

„Was die beiden Existenzen verbindet, ist etwas viel Dezenteres. Es sind einige bürgerliche Ersparnisse, ein kleines Bankkonto . . ."

„Auf das ich unter keinen Umständen zurückgreifen kann!"

„Wir werden es irgendwie in unsere Kalkulation einbeziehen müssen. Haben Sie übrigens etwas zu schreiben bei sich?"

Er befühlte rasch seine Taschen. „Ja, meinen Füllfederhalter. Aber kein Papier."

„Hier ist welches." Und ich riß ein Blatt aus meinem Taschenbuch. „Es würde mich interessieren, Ihren Namenszug zu sehen."

„Warum? – Wie Sie wollen." Hand und Feder sehr schräg nach links gestellt, malte er seine Unterschrift hin und schob sie mir zu. Schon umgekehrt war sie sehr drollig anzusehen gewesen. Sie verschmähte den Schnörkel am Schluß, fing vielmehr gleich damit an. Das zeichnerisch aufgeplusterte L setzte seine untere Schleife weit rechtshin fort, ließ sie am Bogen zurückkehren und das Initial selbst von vorn durchstreichen, um dann, eingeschlossen vom vorgebildeten Oval, in enger und links geneigter Steilschrift als -ouis Marquis de Venosta weiterzulaufen. – Ich konnte mich eines Lächelns nicht enthalten, nickte ihm aber beifällig zu.

„Vererbt oder selbst erfunden?" fragte ich, indem ich die Füllfeder an mich nahm.

„Vererbt", sagte er. „Papa macht es geradeso. Nur nicht so gut", fügte er bei.

„Sie haben ihn also überflügelt", sprach ich mechanisch, denn ich war mit einem ersten Versuch der Nachahmung beschäftigt, der recht gut ausfiel. „Ich brauche es gottlob nicht besser zu machen als Sie. Das wäre sogar ein Fehler." Dabei fertigte ich eine zweite Kopie – zu meiner geringeren Zufriedenheit. Die dritte aber war ohne Tadel. Ich strich die beiden oberen aus und reichte ihm das Blatt. Er war verblüfft.

„Unglaublich!" rief er. „Meine Schrift, wie heruntergerissen! Und Sie wollen nichts von Gerissenheit hören! Ich bin aber selbst nicht so ungerissen, wie Sie wohl glauben, und verstehe ganz gut, warum Sie das üben. Sie brauchen meine Unterschrift zum Erheben der Kreditbrief-Beträge."

„Wie zeichnen Sie, wenn Sie an Ihre Eltern schreiben?"

Er stutzte und rief: „Natürlich, ich muß von einigen Stationen wenigstens den Alten schreiben, zum mindesten Postkarten. Mensch, Sie denken an alles! Ich heiße Loulou zu Hause, weil ich mich selbst als Kind so genannt habe. Ich mache das so."

Er machte es nicht anders als mit dem vollen Namen: malte das plustrige L, zog das Oval und kreuzte damit von vorn die Arabeske, die dann im Gehäuse als -oulou schräg links gesteilt weiterging.

„Gut", sagte ich, „das können wir. Haben Sie irgendein Blatt von Ihrer Hand bei sich?"

Er bedauerte, keines zu haben.

„So schreiben Sie bitte." Ich reichte ihm frisches Papier. „Schreiben Sie: ‚Mon cher Papa, allerliebste Mama, von diesem bedeutenden Punkt meiner Reise, einer höchst sehenswerten Stadt, sende ich Euch meine dankbaren Grüße. Ich schwelge in neuen Eindrücken, die mich so manches vergessen lassen, was mir in früheren Zeiten unentbehrlich schien. Euer Loulou.' So ungefähr."

„Nein, genau so! Das ist ja vorzüglich. Kroull, vous êtes admirable! Wie Sie das aus dem Ärmel schütteln –" Und er schrieb meine Sätze, die Hand links gedreht, in Steillettern, die ebenso eng ineinanderhingen wie die meines seligen Vaters weit auseinandergezogen gewesen, die aber um nichts schwerer nachzuahmen waren als diese. Ich steckte das Muster zu mir. Ich fragte ihn nach den Namen des Dienstpersonals auf dem Schlosse zu Hause, nach dem Koch, der Ferblantier, und dem Kutscher, der Klosmann hieß, nach dem Kammerdiener des Marquis, einem schon zittrigen hohen Sechziger namens Radicule, und der Zofe der Marquise, Adelaide gerufen. Selbst nach den Haustieren, den Reitpferden, dem Windspiel Fripon, dem Malteser Schoßhündchen der Marquise, Minime, einem Wesen, das viel an Diarrhöe litt, erkundigte ich mich genau. Unsere Heiterkeit wuchs, je länger die Sitzung dauerte, aber Loulous Geistesklarheit und Unterscheidungsgabe erfuhr mit der Zeit eine gewisse Herabsetzung. Ich wunderte mich, daß er nicht auch nach England, nach London gehen sollte. Der Grund war, daß er es schon kannte, in London sogar zwei Jahre als Zögling einer Privatschule verbracht hatte. „Trotzdem", sagte er, „wäre es sehr gut, wenn London in das Programm einbezogen werden könnte. Wie leicht könnte ich dann den Alten ein Schnippchen schlagen und mitten in der Reise von dort einen Sprung nach Paris und zu Zaza tun!"

„Aber Sie sind ja die ganze Zeit bei Zaza!"

„Richtig!" rief er. „Das ist ja das wahre Schnippchen. Ich dachte da an ein falsches, das gegen das wahre nicht in Betracht kommt. Pardon. Ich bitte recht sehr um Entschuldigung. Das Schnippchen ist, daß ich in neuen Eindrücken schwelge, indessen aber bei Zaza bleibe. Wissen Sie, daß ich auf meiner Hut sein muß und mich nicht etwa von hier aus nach Radicule, Fripon und Minime erkundigen darf, während ich gleichzeitig vielleicht von Sansibar aus nach ihrem Befinden frage? Das wäre natürlich nicht zu vereinigen, obgleich eine Vereinigung der Personen – bei weiter Entfernung voneinander – stattzufinden hat . . . Hören Sie, die Situation bringt es mit sich, daß wir auf den Duzfuß miteinander treten sollten! Haben Sie etwas dagegen? Wenn ich zu mir selber spreche, sage ich auch nicht Sie zu mir. Ist das ausgemacht? Trinken wir aus darauf! Dein Wohl denn, Armand – ich meine Felix – ich meine Loulou. Merke wohl, du darfst nicht von Paris aus dich nach Klosmann und Adelaide erkundigen, sondern nur von

Sansibar aus. Übrigens gehe ich meines Wissens gar nicht nach Sansibar und du also auch nicht. Aber gleichviel – wo ich nun auch vorwiegend sei, soweit ich hierbleibe, muß ich jedenfalls aus Paris verschwinden. Da siehst du, wie scharf ich denke. Zaza und ich, wir müssen uns dünnemachen, um mich einer spitzbübischen Redewendung zu bedienen. Sagen die Spitzbuben etwa nicht ‚sich dünnemachen'? Aber wie sollst du, ein Gentleman und nun ein junger Mann von Familie, das wissen! Ich muß meine Wohnung kündigen und die Zazas auch. Wir werden zusammen in eine Vorstadt ziehen, eine hübsche Vorstadt, sei es Boulogne oder Sèvres, und was von mir übrig ist – es ist genug, denn es ist bei Zaza –, tut vielleicht gut, einen anderen Namen anzunehmen – die Logik scheint mir zu verlangen, daß ich mich Kroull nenne –, allerdings muß ich dafür deine Unterschrift erlernen, wozu hoffentlich meine Gerissenheit reicht. Dort also, während ich reise, in Versailles oder weiter fort, werde ich Zaza und mir ein Liebesnest einrichten, ein glückselig spitzbübisches . . . Aber, Armand, ich meine: cher Louis", und er machte seine Äuglein so groß, wie er konnte, „beantworte mir, wenn du kannst, eine Frage: Wovon sollen wir leben?"

Ich antwortete ihm, wir hätten die Frage bereits gelöst, indem wir sie nur berührten. Ich geböte über ein Bankkonto von 12 000 Francs, das im Austausch mit dem Kreditbrief zu seiner Verfügung stehe.

Er war zu Tränen gerührt. „Ein Gentleman!" rief er aus. „Ein Edelmann von Kopf zu Fuß! Wenn *du* kein Recht hast, Minime und Radicule grüßen zu lassen, wer hätte es dann? In ihrem Namen werden unsere Eltern herzlich zurückgrüßen. Ein letztes Glas auf das Wohl des Gentlemans, der wir sind!"

Unser Zusammensein hier oben hatte die stillen Stunden der Theaterzeit überdauert. Wir brachen auf, als die Hochterrasse sich in der milden Nacht wieder zu füllen begann. Gegen meinen Protest bezahlte er beide Diners und vier Flaschen Lafitte. Er war sehr wirr, vor Freude zugleich und vom Wein. „Zusammen, alles zusammen!" wies er den kassierenden Oberkellner an. „Wir sind ein und derselbe. Armand de Kroullosta ist unser Name."

„Sehr wohl", entgegnete der Mann mit allduldsamem Lächeln, das ihm um so leichter fallen mochte, als sein Trinkgeld enorm war.

Venosta brachte mich in einem Fiacre zu meinem Revier, wo

er mich absetzte. Unterwegs hatten wir ein weiteres Zusammentreffen verabredet, bei dem ich ihm meinen Barbesitz und er mir seinen Kreditbrief nebst den vorhandenen Fahrscheinen überhändigen sollte.

„Bonne nuit, à tantôt, Monsieur le Marquis", sagte er mit betrunkener Grandezza, als er mir zum Abschied die Hand schüttelte – ich hörte die Anrede zum erstenmal aus seinem Munde, und der Gedanke an den Ausgleich von Sein und Schein, den das Leben mir gewähren, an den Schein, den es dem Sein gebührend hinzufügen wollte, überrieselte mich mit Freude.

Fünftes Kapitel

Wie doch das erfinderische Leben die Träume unserer Kindheit zu verwirklichen – sie gleichsam aus Nebelzustand in den der Festigkeit zu überführen weiß! Hatte ich die Reize des Inkognitos, die ich jetzt kostete, indem ich noch eine kleine Weile mein dienendes Handwerk weiterbetrieb, nicht phantasieweise schon als Knabe vorweggenommen, ohne daß sonst irgend jemand von meiner Prinzlichkeit eine Ahnung hatte? Ein so lustiges wie süßes Kinderspiel. Jetzt war es Wirklichkeit geworden in dem Maße, bis zu dem Grade, daß ich für eine Frist, über die hinaus zu sorgen ich mich weigerte, nämlich für ein Jahr, den Adelsbrief eines Markgrafen sozusagen in der Tasche hatte – ein köstliches Bewußtsein, das ich wie einst vom Augenblick des Erwachens an durch den Tag trug, wiederum ohne daß meine Umgebung, das Haus, in dem ich den blaubefrackten Bediensteten spielte, sich dessen im geringsten versah.

Mitfühlender Leser! Ich war sehr glücklich. Ich war mir kostbar und liebte mich – auf jene gesellschaftlich nur ersprießliche Art, welche die Liebe zu sich selbst als Liebenswürdigkeit gegen andere nach außen schlagen läßt. Einen Dummkopf hätte das Bewußtsein, in dem ich wandelte, vielleicht zur Bekundung von Dünkel, zur Unbotmäßigkeit und Frechheit nach oben, zu hochnäsiger Unkameradschaftlichkeit nach unten verführt. Was mich betrifft, so war meine Artigkeit gegen die Gäste des Speisesaals nie gewinnender, die Stimme, mit er ich zu ihnen sprach, nie weich verhaltener, mein Betragen gegen diejenigen, die mich für ihren Standesgenossen hielten, die Kellnerkollegen, die Schlafgenossen im Oberstock, nie heiter-kordialer gewesen als in jenen Tagen – gefärbt, das mag sein, von meinem Geheimnis, umspielt von einem Lächeln, das aber dieses Geheimnis mehr hütete, als es verriet: es hütete schon aus purer Besonnenheit, denn ich konnte wenigstens anfangs nicht unbedingt sicher sein, ob nicht der Träger meines nun wahren Namens vielleicht schon am Morgen nach unserer Ratssitzung, in ernüchterter Verfassung, die Abrede bereut hatte und sie zurücknehmen werde. Ich war vorsichtig genug, nicht von heute auf morgen meinen Brotgebern den Dienst aufzusagen; im Grunde aber konnte ich meiner Sache sicher sein. Zu glücklich war Venosta über die gefundene – von mir früher als von ihm gefundene – Lösung gewesen, und Zazas Magnetismus war mir Gewähr seiner Treue.

Ich täuschte mich nicht. Am Abend des 10. Juli hatte unsere große Verabredung stattgefunden, und nicht wohl vor dem 24. konnte ich mich zu der weiteren, abschließenden Begegnung mit ihm freimachen. Aber schon am 17. oder 18. sah ich ihn wieder, da er an einem dieser Abende mit seiner Freundin bei mir im Speisesaal dinierte, nicht ohne mich, indem er meine Beharrlichkeit anrief, der seinen sicher zu machen. „Nous persistons, n'est-ce pas?" raunte er mir beim Servieren zu, und was ich zurückgab, war ein so bestimmtes wie diskretes „C'est entendu". Ich bediente ihn mit einer Achtung, die im Grunde auf Selbstachtung hinauslief, und nannte Zaza, die es an schelmischem Augenspiel und heimlichem Gezwinker nicht fehlen ließ, mehr als einmal „Madame la Marquise" – ein einfacher Tribut der Dankbarkeit.

Danach nun hatte es nichts Leichtsinniges mehr, Monsieur Machatschek zu eröffnen, Familienumstände nötigten mich, am 1. August den Dienst im Saint James and Albany zu quittieren. Er wollte davon nichts hören, sagte, ich hätte den vorgeschriebenen Kündigungstermin versäumt, ich sei unentbehrlich, ich würde nach solchem Weglaufen nie wieder eine Anstellung finden, er werde mein Salaire für den laufenden Monat einbehalten und so fort. Was er damit erreichte, war nur, daß ich mit einer scheinbar nachgiebigen Verneigung beschloß, das Haus schon vor dem Ersten, und zwar sofort, zu verlassen. Denn wenn die Zeit mir lang wurde bis zum Eintritt in meine neue und höhere Existenz – in Wirklichkeit war sie zu kurz, nämlich für meine

Reisevorbereitungen, die Beschaffung der Ausstattung, die ich meinem Stande schuldete. Ich wußte: am 15. August ging mein Schiff, die *Cap Arcona*, von Lissabon. Acht Tage vorher meinte ich doch, mich dahin begeben zu sollen – und da sieht man, wie wenig die mir verbleibende Frist für die notwendigen Anfertigungen und Einkäufe ausreichte.

Auch dies besprach ich mit dem zu Hause bleibenden Reisenden, als ich ihn nach der Abhebung meines Barvermögens, das heißt: nach dessen Überschreibung auf seinen, auf meinen Namen, von meinem Privat-Refugium aus in seiner hübschen Drei-Zimmer-Wohnung in der Rue Croix des Petits Champs aufsuchte. Das Hotel hatte ich in aller Stille und Morgenfrühe unter verachtungsvoller Zurücklassung meiner Livree und gleichmütigem Verzicht auf meine letzte Monatslöhnung verlassen. Es kostete mich einige Selbstüberwindung, dem Diener, der mir bei Venosta öffnete, meinen abgetragenen, mir längst schon widrig gewordenen Namen anzugeben, und nur der Gedanke half mir darüber hinweg, daß ich mich zum letzten Mal mit ihm zu bezeichnen hatte. Louis empfing mich mit der aufgeräumtesten Herzlichkeit und hatte nichts Eiligeres zu tun, als mir den so wichtigen Zirkular-Kreditbrief für unsere Reise zu überhändigen: ein Doppelpapier, dessen einer Teil das eigentliche Kredit-Dokument, will sagen: die Bestätigung der Bank darstellte, daß der zu ihren Lasten Reisende Abhebungen bis zur Höhe der Gesamtsumme vornehmen könne, der andere die Liste der korrespondierenden Banken in den Städten enthielt, die der Inhaber zu besuchen gedachte. In diesem Büchlein war, auf der Innenseite, als Mittel der Identifikation, die Unterschriftsprobe des Berechtigten anzubringen, und Loulou hatte die Signatur in seiner mir so ganz geläufigen Art schon geleistet. Sodann übergab er mir nicht nur das Eisenbahnbillett nach der portugiesischen Hauptstadt und die Schiffskarte nach Buenos Aires, sondern es hatte der gute Junge auch einige sehr angenehme Abschiedsangebinde für mich vorbereitet: eine flache goldene Remontoir-Uhr mit Monogramm, nebst feingegliederter Platinkette und schwarzseidener, ebenfalls mit dem L. d. V. in Gold versehener Châtelaine für den Abend, dazu eine jener unter der Weste laufenden und zur hinteren Hosentasche führenden Goldketten, an der man damals Feuerzeug, Messer, Bleistift und ein zierliches Zigaretten-Etui, golden ebenfalls, zu tragen liebte. War all dies nur erfreulich, so erhob sich zu einer gewissen Feierlichkeit der Augenblick, als er mir eine genaue Kopie seines Siegelringes, die er sinnigerweise hatte anfertigen lassen, mit dem in Malachit geprägten Familienwappen, einem von Türmen flankierten und von Greifen bewachten Burgtor, an den Finger steckte. Diese Handlung, ein pantomimisches „Sei wie ich!", erweckte zu viele Erinnerungen an bereits unserem Kindersinn vertraute Einkleidungs- und Erhöhungsgeschichten, als daß sie mich nicht eigentümlich hätte ergreifen sollen. Aber Loulous Äuglein lachten verschmitzter dabei als je und zeigten recht deutlich, daß es ihm darum zu tun war, keine Einzelheit eines Juxes zu versäumen, der ihm an und für sich und ganz abgesehen von seinem Zweck den größten Spaß machte.

So manches besprachen wir noch, bei mehreren Gläschen Benediktiner Likör und sehr guten ägyptischen Zigaretten. Seiner Handschrift wegen machte er sich nicht die geringsten Sorgen mehr, hieß aber meinen Vorschlag sehr gut, ihm Briefe, die ich unterwegs von den Eltern empfangen würde, an seine schon feststehende neue Adresse (Sèvres, Seine et Oise, Rue Brancas) einzusenden, damit ich auf etwa vorkommende und nicht vorauszusehende Einzelheiten familiärer und gesellschaftlicher Art nach seinen Winken, wenn auch verspätet und nachträglich, einzugehen vermöchte. Was ihm noch einfiel, war, daß er sich ja in der Malerei versuchte und daß ich an seiner Stelle wohl auch, wenigstens gelegentlich, Anzeichen davon würde an den Tag legen müssen. Wie ich das, nom d'un nom, denn machen wolle! – Wir dürften, sagte ich, deswegen nicht verzagen. Und ich ließ mir sein Skizzenbuch reichen, das einige auf rauhem Papier mit sehr weichem Bleistift oder Kreide ausgeführte Landschaftswischereien, außerdem mehrere weibliche Porträtköpfe, Halb- und Ganzakte zeigte, zu denen offenbar Zaza ihm Modell gestanden oder – gelegen hatte. Den Köpfen, entworfen – ich möchte sagen – mit einer gewissen ungerechtfertigten Kühnheit, war Ähnlichkeit zuzugestehen –, nicht viel, aber sie war vorhanden. Die Landschaftsskizzen angehend, so war ihnen etwas unkontrollierbar Schattenhaftes und gegenständlich kaum Erkennbares verliehen, einfach dadurch, daß alle Linien, kaum gezogen, mit einem Wisch-Utensil so gut wie aufgehoben und ineinander genebelt waren – eine künstlerische oder auch schwindelhafte Methode, ich bin nicht berufen, das zu entscheiden, wohl aber entschied ich sofort, daß, ob es nun Mogelei zu nennen war oder nicht, ich es jedenfalls auch könne. Ich erbat mir einen seiner weichen Stifte, dazu das mit einer vom vielen Gebrauch schon ganz geschwärzten Filzkappe versehene Stäbchen, womit er seinen Produkten die Weihe der Unklarheit gab, und zeichnete, nachdem ich flüchtig in die Luft geblickt, stümperhaft genug, eine Dorfkirche mit vom Sturme gebeugten Bäumen daneben, indem ich aber schon während der Arbeit die Kinderei mit dem Filzwisch in lauter Genialität hüllte. Louis schien etwas betreten, als ich ihm das Blatt zeigte, doch auch erfreut, und erklärte, daß ich mich unbedenklich damit sehen lassen könne.

Um seiner Ehre willen beklagte er es, daß mir keine Zeit blieb, nach London zu fahren, um mir bei dem berühmten Schneider Paul, den er selbst oft beschäftigte, die notwendigen Anzüge, den Frack, den Gehrock, den Cutaway mit feingestreiftem Beinkleid, die hellen, dunklen, marineblauen Sakkos machen zu lassen, zeigte sich aber desto angenehmer berührt von meiner genauen Kenntnis dessen, was mir not tat an standesgemäßer Equipierung mit leinener und seidener Leibwäsche, allerlei Schuhwerk, Hüten und Handschuhen. Vieles davon hatte ich Muße, mir noch in Paris anzuschaffen, ja hätte ganz gut ein paar sogleich benötigte Anzüge noch hier in Maßarbeit geben können, verzichtete aber auf diese Umständlichkeit mit der frohen Begründung, daß eine auch nur leidliche Konfektion sich an mir ausnehme wie teuerstes Maßwerk.

Die Beschaffung eines Teils des Erforderlichen, besonders der weißen Tropengarderobe, wurde bis Lissabon verschoben. Venosta überließ mir für meine Pariser Einkäufe ein paar hundert Franken, welche die Eltern ihm für seine Reise-Adjustierung zurückgelassen, und vermehrte sie um einige weitere hundert von dem Kapital, das ich ihm zugebracht. Aus freiem Anstand versprach ich, ihm diese Gelder aus meinen Ersparnissen während der Reise zurückzuerstatten. Sein Skizzenbuch, Zeichenstifte und den hilfreichen Wischer gab er mir auch, ein Päckchen Visitenkarten mit unserem Namen und seiner Adresse obendrein; umarmte mich, indem er mich unter unbändigem Lachen auf den Rücken klopfte, wünschte mir die erdenklichste Schwelgerei in neuen Eindrücken und entließ mich so in die Weite. –

Zwei Wochen und wenige Tage noch, geneigter Leser, und ich rollte ihr entgegen, dieser Weite, wohl installiert in einem spiegelgeschmückten, grauplüschenen Halbcoupé erster Klasse des

Nord-Süd-Expreß, am Fenster, den Arm auf die Klapplehne der Sofabank gestützt, das Hinterhaupt am Spitzenschutz der bequemen Rückenlehne, ein Bein über das andere geschlagen, gekleidet in wohlgebügelten englischen Flanell mit hellen Gamaschen über den Lackstiefeln. Mein dicht gepackter Kajütenkoffer war aufgegeben, mein Handgepäck aus Kalbs- und Krokodilsleder, durchaus mit dem eingepreßten Monogramm L. d. V. und der neunzackigen Krone versehen, lag über mir im Netze.

Mich verlangte nach keiner Beschäftigung, keiner Lektüre. Zu sitzen und zu sein, was ich war – welcher Unterhaltung sonst noch bedurfte es? Sanft und träumerisch war meine Seele davon bewegt, aber derjenige würde fehlgehen, der glaubte, meine Zufriedenheit habe allein, oder auch nur vorwiegend, dem Umstand gegolten, daß ich nun so sehr vornehm war. Nein, die Veränderung und Erneuerung meines abgetragenen Ich überhaupt, daß ich den alten Adam hatte ausziehen und in einen anderen hatte schlüpfen können, dies eigentlich war es, was mich erfüllte und beglückte. Nur fiel mir auf, daß mit dem Existenzwechsel nicht allein köstliche Erfrischung, sondern auch eine gewisse Ausgeblasenheit meines Inneren verbunden war – insofern nämlich, als ich alle Erinnerungen, welche meinem ungültig gewordenen Dasein angehörten, aus meiner Seele zu verbannen hatte. Wie ich hier saß, hatte ich auf sie kein Anrecht mehr – was gewiß kein Verlust war. Meine Erinnerungen! Es war ganz und gar kein Verlust, daß sie nicht mehr die meinen zu sein hatten. Nur war es nicht ganz leicht, andere, die mir jetzt zukamen, mit einiger Genauigkeit an ihre Stelle zu setzen. Ein eigentümliches Gefühl von Gedächtnisschwäche, ja Gedächtnisleere wollte mich ankommen in meinem luxuriösen Winkel. Ich bemerkte, daß ich nichts von mir wußte, als daß ich meine Kindheit und erste Jugend auf einem Edelsitz im Luxemburgischen verbracht hatte, und höchstens ein paar Namen, wie Radicule und Minime, verliehen meiner neuen Vergangenheit einige Präzision. Ja, wollte ich mir auch nur das Aussehen des Schlosses, in dessen Mauern ich aufgewachsen war, genauer vor Augen führen, so war ich genötigt, die Abbildungen englischer Castles auf dem Porzellan zu Hilfe zu nehmen, von dem ich einst, in niedriger Daseinsform, die Speisereste abzustreifen gehabt hatte – was einem ganz unzulässigen Hineintragen abgelegter Erinnerungen in die mir nun allein zustehenden gleichkam.

Solche Erwägungen oder Betrachtungen gingen dem Träumer durch den Sinn beim rhythmischen Stampfen und Eilen des Zuges, und keineswegs sage ich, daß sie mir Kummer bereiteten. Im Gegenteil: jene innere Leere, die verschwommene Ungefährheit meiner Erinnerung vereinigten sich, wie mir schien, auf eine gewisse melancholisch schickliche Weise mit meiner Vornehmheit, und gern erlaubte ich ihnen, dem Blick, mit dem ich vor mich hinsah, einen Ausdruck still verträumter, sanft schwermütiger und nobler Unwissenheit zu verleihen.

Der Zug hatte Paris um sechs Uhr verlassen. Die Dämmerung sank, das Licht ging an, und noch schmucker erschien darin meine Privat-Behausung. Der Schaffner, schon höher an Jahren, erbat sich die Erlaubnis zum Eintreten durch sachtes Klopfen, legte salutierend die Hand an die Mütze und wiederholte die Ehrenbezeigung, als er mir meine Fahrkarte zurückgab. Dem biederen Manne, dem eine loyale und bewahrende Gesinnung vom Gesicht zu lesen war und der auf seinem Gang durch den Zug mit allen Schichten der Gesellschaft, auch mit ihren fragwürdigen Elementen, in dienstliche Berührung kam, tat es sichtlich wohl, in mir ihre wohlgeraten-vornehme, das Gemüt durch bloße Anschauung reinigende Blüte zu grüßen. Wahrhaftig brauchte er sich keine Sorge um mein Fortkommen zu machen, wenn ich nicht mehr sein Passagier sein würde. Für mein Teil ersetzte ich die menschliche Erkundigung nach seinem Familienleben durch ein huldvolles Lächeln und Nicken von Hoch zu Nieder, das ihn gewiß in seiner erhaltenden Sinnesart bis zur Kampfbereitschaft bestärkte.

Auch der Mann, welcher Platzkarten für das Diner im Speisewagen anzubieten hatte, meldete sich durch behutsames Klopfen. Ich nahm ihm eine Nummer ab; und da wenig später draußen ein Gong zur Mahlzeit rief, zog ich zwecks einiger Erfrischung meine wohleingerichtete Handtasche für den Nacht- und Toilettebedarf zu Rate, verbesserte vor dem Spiegel den Sitz meiner Krawatte und begab mich ein paar Wagen weiter zum Waggon-Restaurant, dessen korrekter Vorsteher mich unter einladendem Gestenspiel zu meinem Platz geleitete und mir den Stuhl unterschob.

An dem Tischchen saß bereits, mit den Hors-d'œuvres beschäftigt, ein älterer Herr, zierlich von Figur, etwas altmodisch gekleidet (mir schwebt ein vatermörderähnlicher Kragen vor, den er trug) und mit grauem Bärtchen, der, als ich ihm artig den Abendgruß bot, mit Sternenaugen zu mir aufblickte. Ich bin außerstande zu sagen, worauf eigentlich das Sternenartige seines Blickes beruhte. Waren seine Augensterne besonders hell, milde, strahlend? Gewiß, das waren sie wohl – aber waren es darum schon Sternenaugen? „Augenstern" ist ja ein geläufiges Wort, aber da es nur etwas Physisches sachlich bei Namen nennt, deckt es sich keineswegs mit der Bezeichnung, die sich mir aufdrängte, da doch etwas eigentümlich Moralisches im Spiele sein muß, wenn aus Augensternen, die jeder hat, Sternenaugen werden sollen.

Ihr Blick wich nicht so bald von mir; er begleitete mein Niedersitzen, hielt den meinen fest, und während er anfangs nur in einem Schauen von sanftem Ernst bestanden hatte, erblinkte nach kurzem ein gewissermaßen zustimmendes, oder soll ich sagen: beifälliges Lächeln darin, begleitet im Bärtchen von einem Schmunzeln des Mundes, der, sehr verspätet, als ich schon saß und nach der Menukarte griff, meinen Gruß erwiderte. Es war gerade, als hätte ich diese Höflichkeit verabsäumt und der Sternenäugige ginge mir darin mit belehrendem Beispiel voran. Unwillkürlich wiederholte ich also mein „Bonsoir, Monsieur", er aber schloß daran die Worte: „Ich wünsche recht guten Appetit, mein Herr." Mit dem Zusatz: „Ihre Jugend wird es daran nicht fehlen lassen."

Bedenkend, daß ein Mann mit Sternenaugen sich an Ungewöhnlichem dies und das erlauben könne, erwiderte ich mit einer lächelnden Verbeugung, übrigens schon der Platte mit Ölsardinen, Gemüsesalat und Sellerie zugewandt, die man mir anbot. Da ich Durst hatte, gab ich dabei eine Flasche Ale in Auftrag, was der Graubart nun wieder, ohne den Vorwurf unerbetener Einmischung zu scheuen, mit einigen Worten guthieß.

„Sehr vernünftig", sagte er. „Sehr vernünftig, daß Sie sich ein kräftiges Bier zum Abendessen bestellen. Das beruhigt und fördert den Schlaf, während Wein meist erregend wirkt und den Schlaf beeinträchtigt, es sei denn, daß man sich schwer damit betrinkt."

„Was sehr gegen meinen Geschmack wäre."

„Ich nahm es an. – Übrigens wird nichts uns hindern, unsere Nachtruhe beliebig zu verlängern. Wir werden nicht vor Mittag in Lisboa sein. Oder liegt Ihr Ziel näher?"

„Nein, ich fahre bis Lissabon. Eine weite Reise."

„Wohl die weiteste, die Sie bisher unternahmen?"

„Aber eine verschwindende Strecke", sagte ich, ohne seine Frage direkt zu beantworten, „im Vergleich mit all denen, die noch vor mir liegen."

„Sieh da!" versetzte er und stutzte scherzhaft beeindruckt mit Kopf und Brauen. „Sie sind darauf und daran, eine ernstliche Inspektion dieses Sternes und seiner gegenwärtigen Bewohnerschaft vorzunehmen."

Seine Bezeichnung der Erde als „Stern" tat es mir sonderbar an, im Zusammenhang mit der Beschaffenheit seiner Augen. Dazu erregte mir gleich das Wort „gegenwärtig", das er der „Bewohnerschaft" beigab, ein Gefühl bedeutsamer Weitläufigkeit. Und dabei hatte seine Redeweise nebst dem sie begleitenden Mienenspiel viel von der Art, in der man zu einem Kinde, allerdings einem sehr feinen, spricht – etwas zart Neckisches. In dem Bewußtsein, noch jünger auszusehen, als ich war, ließ ich es mir gefallen.

Er hatte die Suppe abgelehnt und saß müßig mir gegenüber, höchstens damit beschäftigt, sich von seinem Vichy-Wasser einzuschenken, was mit Vorsicht zu geschehen hatte, da der Wagen stark rüttelte. Ich hatte vom Essen nur etwas verdutzt zu ihm aufgeblickt, ohne auf seine Worte weiter einzugehen. Aber offenbar wünschte er, die Konversation nicht abreißen zu lassen, denn er fing wieder an:

„Nun, so weit Ihre Reise Sie immer führen möge – Sie sollten den Anfang davon nicht auf die leichte Achsel nehmen, nur weil er eben bloß ein Anfang ist. Sie kommen in ein sehr interessantes Land von großer Vergangenheit, dem jede Reiselust Dank schuldet, da es ihr in früheren Jahrhunderten so manche Wege zuerst geöffnet hat. Lissabon, in dem Sie sich hoffentlich nicht zu flüchtig umsehen werden, war einmal die reichste Stadt der Welt, dank jenen Entdeckungsfahrten – schade, daß Sie nicht fünfhundert Jahre früher dort vorgesprochen haben –, Sie hätten es damals eingehüllt gefunden in den Duft der Gewürzwaren überseeischer Reiche und hätten es Gold scheffeln sehen. An all dem schönen Außenbesitz hat die Geschichte betrübliche Reduktionen vorgenommen. Aber, Sie werden sehen, reizvoll sind Land und Leute geblieben. Ich nenne die Leute, weil doch in aller Reiselust ein gut Teil Verlangen steckt nach nie erfahrener Menschlichkeit, ein gut Teil von Neubegierde, in fremde Augen, fremde Physiognomien zu blicken, sich an einer unbekannten menschlichen Körperlichkeit und Verhaltensweise zu erfreuen. Oder wie meinen Sie?"

Was sollte ich meinen? Zweifellos werde er recht haben, sagte ich, wenn er die Reiselust zum Teil auf diese Art Neugier oder „Neubegierde" zurückführe.

„So werden Sie", fuhr er fort, „in dem Lande, dem Sie entgegenfahren, einer durch ihre Kunterbuntheit recht unterhaltenden Rassenmischung begegnen. Gemischt war schon die Urbevölkerung, Iberer, wie Sie natürlich wissen, mit keltischem Einschlag. Aber im Lauf von zweitausend Jahren haben Phönizier, Karthager, Römer, Vandalen, Sueven und Westgoten, dazu besonders die Araber, die Mauren mitgearbeitet, den Typ zu schaffen, der Sie erwartet – einen netten Zuschuß von Negerblut nicht zu vergessen, von den vielen schwarzhäutigen Sklaven her, die eingeführt wurden zu der Zeit, als man die ganze afrikanische Küste besaß. Sie dürfen sich nicht wundern über eine gewisse Qualität des Haares, gewisse Lippen, einen gewissen melancholischen Tierblick, die wohl einmal auftreten. Aber das maurisch-berberische Rassenelement, so werden Sie finden, wiegt entschieden vor – aus einer langen Periode arabischer Herrschaft. Das Gesamtresultat ist ein nicht eben reckenhafter, aber recht liebenswürdiger Schlag: dunkelhaarig, von etwas gelblicher Haut und eher zierlich von Statur, mit hübschen, intelligenten braunen Augen . . ."

„Ich freue mich aufrichtig", sagte ich und fügte hinzu: „Darf ich fragen, mein Herr, ob Sie selbst Portugiese sind?"

„Doch nicht", antwortete er. „Aber schon lange bin ich dort eingewurzelt. Nur auf einen Sprung war ich jetzt in Paris – in Geschäften. In amtlichen Geschäften. – Was ich sagen wollte: Das arabisch-maurische Gepräge werden Sie bei einiger Umschau auch in der Architektur des Landes überall wiederfinden. Was Lissabon betrifft, so muß ich Sie auf seine Armut an historischen Baulichkeiten vorbereiten. Die Stadt, wissen Sie, liegt in einem Erdbebenzentrum, und allein das große Beben im vorigen Jahrhundert hat sie zu zwei Dritteln in Schutt gelegt. Nun, sie ist wieder zu einem recht schmucken Platz geworden und bietet Sehenswürdigkeiten, auf die ich Sie nicht genug hinweisen kann. Unser Botanischer Garten auf den westlichen Anhöhen, das sollte Ihr erster Gang sein. Er hat in ganz Europa nicht seinesgleichen dank einem Klima, worin die tropische Flora ebenso gedeiht wie die der mittleren Zone. Von Araukarien, Bambus, Papyros, Yuccas und jeder Art Palmen strotzt der Garten. Aber mit eigenen Augen werden Sie Pflanzen dort sehen, die eigentlich gar nicht der gegenwärtigen Vegetation unseres Planeten angehören, sondern einer früheren, nämlich Farnbäume. Gehen Sie sogleich und sehen Sie sich die Baumfarne aus der Steinkohlenzeit an! Das ist mehr als kurzatmige Kulturhistorie. Das ist Erdaltertum."

Wieder kam das Gefühl unbestimmter Weitläufigkeit mich an, das seine Worte mir schon einmal erregt hatten.

„Ich werde gewiß nicht verfehlen", versicherte ich.

„Sie müssen verzeihen", glaubte er anfügen zu sollen, „daß ich Sie in dieser Weise mit Direktiven versehe und Ihre Schritte zu lenken suche. Wissen Sie aber, woran Sie mich erinnern?"

„Ich bitte, es mir zu sagen", antwortete ich lächelnd.

„An eine Seelilie."

„Das klingt nicht wenig schmeichelhaft."

„Nur weil es Ihnen wie der Name einer Blume klingt. Die Seelilie ist aber keine Blume, sondern eine festsitzende Tierform der Tiefsee, zum Kreis der Stachelhäuter gehörig und davon wohl die altertümlichste Gruppe. Wir haben eine Menge Fossilien davon. Solche an ihren Ort gebundenen Tiere neigen zu blumenhafter Form, will sagen zu einer stern- und blütenartigen Rundsymmetrie. Der Haarstern von heute, Nachkomme der frühen Seelilie, sitzt nur noch in seiner Jugend an einem Stiele im Grunde fest. Dann macht er sich frei, emanzipiert sich und abenteuert schwimmend und kletternd an den Küsten herum. Verzeihen Sie die Gedankenverbindung, aber so, eine moderne Seelilie, haben Sie sich vom Stengel gelöst und gehen auf Inspektionsfahrt. Man ist versucht, den Neuling der Beweglichkeit ein wenig zu beraten . . . Übrigens: Kuckuck."

Einen Augenblick dachte ich, es sei nicht ganz richtig mit ihm, verstand dann aber, daß er, obwohl so viel älter als ich, sich mir vorgestellt hatte.

„Venosta", beeilte ich mich mit etwas schräger Verneigung gegen ihn zu erwidern, da man mir gerade von links den Fisch servierte.

„*Marquis* Venosta?" fragte er mit leichtem Emporziehen der Brauen.

„Bitte", antwortete ich anheimstellend und beinahe abwehrend.

„Von der Luxemburger Linie, nehme ich an. Ich habe die Ehre, eine römische Tante von Ihnen zu kennen, Contessa Paolina Centurione, die ja eine geborene Venosta ist, vom italienischen Stamm. Und der ist wieder mit den Széchényis in Wien und also mit den Esterhazys von Galantha versippt. Sie haben, wie Sie wissen, überall Vettern und Nebenverwandte, Herr Marquis. Meine Beschlagenheit darf Sie nicht überraschen. Geschlechts- und Abstammungskunde ist mein Steckenpferd – besser gesagt: meine Profession. Professor Kuckuck", vervollständigte er seine Vorstellung. „Paläontolog und Direktor des Naturhistorischen Museums in Lissabon, eines noch nicht genügend bekannten Instituts, dessen Gründer ich bin."

Er zog sein Täschchen und reichte mir seine Karte hinüber, was mich bestimmte, ihm auch meine, das heißt: diejenige Loulous, zu geben. Auf seiner fand ich seine Vornamen: Antonio José, seinen Titel, sein Amtsverhältnis und seine Lissabonner Adresse. Was die Paläontologie betraf, so hatten mir seine Reden über die Bewandtnis, die es mit diesem Fach hatte, einige Fingerzeige gegeben.

Wir lasen beide mit dem Ausdruck von Achtung und Vergnügen. Dann steckten wir die beiderseitigen Karten zu uns, indem wir kurz dankende Verbeugungen tauschten.

„Ich kann wohl sagen, Herr Professor", fügte ich artig hinzu, „daß ich Glück gehabt habe mit meiner Tischanweisung."

„Durchaus meinerseits", erwiderte er. – Wir hatten bisher französisch gesprochen; jetzt erkundigte er sich: „Ich vermute, Sie beherrschen das Deutsche, Marquis Venosta? Ihre Frau Mutter, soviel ich weiß, stammt aus dem Gothaischen – meiner eigenen Heimat nebenbei –, eine geborene Baroneß Plettenberg, wenn ich nicht irre? Sehen Sie, ich bin im Bilde. Wir können also wohl . . ."

Wie hatte Louis nur versäumen können, mich zu instruieren, daß meine Mutter eine Plettenberg war! Ich fing es als Neuigkeit auf und ließ es mir zur Bereicherung meines Gedächtnisses dienen.

„Aber gern", antwortete ich, die Sprache wechselnd, auf seinen Vorschlag. „Mein Gott, als ob ich nicht während meiner ganzen Kindheit reichlich deutsch geplappert hätte, nicht nur mit Mama, sondern auch mit unserem Kutscher Klosmann!"

„Und ich", versetzte Kuckuck, „bin meiner Muttersprache fast ganz entwöhnt und nehme nur zu gern die Gelegenheit wahr, mich wieder einmal in ihren Formen zu bewegen. Ich bin jetzt siebenundfünfzig – fünfundzwanzig Jahre sind es schon, daß ich nach Portugal kam. Ich habe ein Landeskind geheiratet – eine geborene da Cruz, da wir schon bei Namen und Herkünften sind –, erzportugiesisches Blut, und dem liegt, wenn schon fremd geredet werden soll, das Französische entschieden näher als das Deutsche. Auch unsere Tochter, bei aller Zärtlichkeit, die sie mir trägt, ist sprachlich dem Papa nicht entgegengekommen und zieht es vor, neben dem Portugiesischen sehr reizend Französisch zu plaudern. Überhaupt ein reizendes Kind. Zouzou nennen wir sie."

„Nicht Zaza?"

„Nein, Zouzou. Es kommt von Suzanna. Woher mag Zaza kommen?"

„Ich kann es beim besten Willen nicht sagen. Ich bin dem Namen gelegentlich begegnet – in Künstlerkreisen."

„Sie bewegen sich in Künstlerkreisen?"

„Unter anderem. Ich bin selbst ein wenig Künstler, Maler, Graphiker. Ich studierte bei Professor Estompard, Aristide Estompard von der Académie des Beaux Arts."

„Oh, ein Künstler zu alledem. Sehr erfreulich."

„Und Sie, Herr Professor, waren in Paris gewiß im Auftrage Ihres Museums?"

„Sie erraten es. Zweck meiner Reise war, vom Paläozoologischen Institut ein paar uns wichtige Skelettfragmente zu erwerben – Schädel, Rippen und Schulterblatt einer längst ausgestorbenen Tapir-Art, von der über viele Entwicklungsstufen hin unser Pferd abstammt."

„Wie, das Pferd stammt vom Tapir?"

„Und vom Nashorn. Ja, Ihr Reitpferd, Herr Marquis, hat sehr verschiedene Erscheinungsformen durchlaufen. Zeitweise, obgleich schon Pferd, hatte es Liliput-Format. Oh, wir haben gelehrte Namen für alle seine früheren und frühesten Zustände. Namen, die alle auf ‚hippos', ‚Pferd', ausgehen, angefangen mit ‚Eohippos' – jener Stamm-Tapir nämlich lebte im Erdalter des Eozäns."

„Im Eozän. Ich verspreche Ihnen, Professor Kuckuck, mir das Wort zu merken. Wann schrieb man das Eozän?"

„Kürzlich. Es ist Erdenneuzeit, etwelche hunderttausend Jahre zurück, als zuerst die Huftiere aufkamen. – Übrigens wird es Sie als Künstler interessieren, daß wir Spezialisten beschäftigen, Meister in ihrer Art, die nach den Skelettfunden all die vergangenen Tierformen höchst anschaulich und lebensvoll rekonstruieren, wie auch den Menschen von einst."

„Den Menschen!"

„Wie auch den Menschen."

„Den Menschen des Eozäns?"

„Das wird ihn schwerlich gekannt haben. Wir müssen gestehen, sein Andenken verliert sich ein wenig im Dunkeln. Daß seine Ausbildung sich spät, erst im Rahmen der Entwicklung der Säugetiere vollzogen hat, liegt wissenschaftlich auf der Hand. Er ist, wie wir ihn kennen, ein Spätkömmling dahier, und die biblische Genesis hat vollkommen recht, in ihm die Schöpfung gipfeln zu lassen. Nur kürzt sie den Prozeß ein wenig drastisch ab. Das organische Leben auf Erden ist schlecht gerechnet fünfhundertfünfzig Millionen Jahre alt. Bis zum Menschen hat es sich Zeit genommen."

„Sie sehen mich außerordentlich gepackt durch Ihre Angaben, Herr Professor."

Ich war es. Ich war außerordentlich gepackt – schon jetzt, und dann in immer wachsendem Maß. Mit so gespannter, mein Innerstes erfüllender Anteilnahme hörte ich diesem Manne zu, daß ich fast ganz das Essen darüber vergaß. Man bot mir die Schüsseln, und ich nahm davon auf meinen Teller, führte auch wohl einen Bissen zum Munde, hielt aber dann die Kiefer still, um seinen Worten zu lauschen, indem ich, Gabel und Messer untätig in Händen, in sein Gesicht, seine „Sternenaugen" blickte. Ich kann die Aufmerksamkeit nicht nennen, mit der meine Seele alles, was er in der Folge noch sagte, in sich sog. Aber wäre ich ohne sie, ohne diese Inständigkeit der Aufnahme, wohl heute, nach so vielen Jahren, imstande, dieses Tischgespräch wenigstens in seinen Hauptpunkten fast wörtlich, ich glaube: ganz wörtlich wiederzugeben? Er hatte von Neugier, einer Neubegier gesprochen, die den wesentlichsten Bestandteil der Reiselust bilde, und schon darin hatte, so erinnere ich mich, etwas eigentümlich Herausforderndes, ins Gefühl Dringendes gelegen. Gerade diese Art von Provokation und Berührung heimlichster Fibern sollte sich im Verlauf seiner Reden und Auskünfte bis zur berauschenden Unermeßlichkeit des Reizes steigern, obgleich er ständig sehr ruhig, kühl, gemessen, zuweilen mit einem Lächeln auf den Lippen sprach . . .

„Ob ihm noch eine ebenso lange Frist bevorsteht, dem Leben", fuhr er fort, „wie die, die hinter ihm liegt, kann niemand sagen. Seine Fähigkeit ist freilich enorm, besonders in seinen untersten Formen. Wollen Sie glauben, daß die Sporen gewisser Bakterien die unbehagliche Temperatur des Weltraums, minus zweihundert Grad, volle sechs Monate aushalten, ohne zugrunde zu gehen?"

„Das ist bewundernswert."

„Und doch sind Entstehung und Bestand des Lebens an bestimmte, knapp umschriebene Bedingungen gebunden, die ihm nicht allezeit geboten waren noch allezeit geboten sein werden. Die Zeit der Bewohnbarkeit eines Sternes ist begrenzt. Es hat das Leben nicht immer gegeben und wird es nicht immer geben. Das Leben ist eine Episode, und zwar, im Maßstabe der Äonen, eine sehr flüchtige."

„Das nimmt mich ein für dasselbe", sagte ich. Das Wort „dasselbe" gebrauchte ich aus purer Erregung und weil mir daran lag, mich über den Gegenstand formell und buchdeutsch auszudrücken. „Es gibt da", setzte ich hinzu, „ein Liedchen: ‚Freut euch des Lebens, weil noch das Lämpchen glüht.' Ich habe es früh erklingen hören und immer gern gehabt, aber durch Ihre Worte von der ‚flüchtigen Episode' nimmt es nun freilich eine ausgedehntere Bedeutung an."

„Und wie das Organische sich beeilt hat", sprach Kuckuck weiter, „seine Arten und Formen zu entwickeln, gerade als ob es gewußt hätte, daß das Lämpchen nicht ewig glühen wird. Besonders gilt das für seine Frühzeit. Im Kambrium – so nennen wir die unterste Erdschicht, die tiefste Formation der paläozoischen Periode – steht es um die Pflanzenwelt freilich noch dürftig: Seetange, Algen, weiter kommt noch nichts vor – das Leben stammt aus dem Salzwasser, dem warmen Urmeer, müssen Sie wissen. Aber das Tierreich ist da sofort nicht nur durch einzellige Urtiere, sondern durch Hohltiere, Würmer, Stachelhäuter, Gliederfüßler vertreten, das will sagen: durch sämtliche Stämme mit Ausnahme der Wirbeltiere. Es scheint, von den fünfhundertfünfzig Millionen Jahren hat es keine fünfzig gedauert, bis die ersten Vertebraten aus dem Wasser an Land gingen, von dem damals schon einiges bloßlag. Und dann ist es mit der Evolution, der Aufspaltung der Arten dermaßen vorangegangen, daß nach bloßen zweihundertfünfzig weiteren Jahrmillionen die ganze Arche Noah einschließlich der Reptilien da war – nur die Vögel und Säugetiere standen noch aus. Und das alles vermöge der einen Idee, die die Natur in anfänglichen Zeiten faßte und mit der zu arbeiten sie bis hin zum Menschen nicht abgelassen hat –"

„Ich bitte recht sehr, mir dieselbe zu nennen!"

„Oh, es ist nur die Idee des Zellenzusammenlebens, nur der Einfall, das glasig-schleimige Klümpchen des Urwesens, des Elementarorganismus nicht allein zu lassen, sondern, anfangs aus wenigen davon, dann aus Abermillionen, übergeordnete Lebensgebilde, Vielzeller, Großindividuen herzustellen, sie Fleisch und Blut bilden zu lassen. Was wir das ‚Fleisch' nennen und was die Religion als schwach und sündig, als ‚der Sünde bloß', mißbilligt, ist ja nichts als solche Ansammlung organisch spezialisierter Kleinindividuen, Vielzelligkeitsgewebe. Mit wahrem Eifer hat die Natur diese ihre eine, ihr teuere Grundidee verfolgt – mit Übereifer zuweilen –, ein paarmal hat sie sich dabei zu Ausschweifungen hinreißen lassen, die sie reuten. Tatsächlich hielt sie schon bei den Säugetieren, als sie noch eine Wucherung von Leben zuließ wie den Blauwal, groß wie zwanzig Elefanten, ein Monstrum, auf Erden gar nicht zu halten und zu ernähren – sie schickte es ins Meer, wo es nun als riesige Trantonne, mit zurückgebildeten Hinterbeinen, Flossen und Ölaugen, seiner Daseinsmasse zu mäßiger Freude, Jagdwild der Fettindustrie, in unbequemer Lage seine Jungen säugt und Krebschen schlingt. Aber viel früher schon, anfangs des Mittelalters der Erde, Triasformation, lange bevor ein Vogel sich in die Lüfte schwang oder ein Laubbaum grünte, finden wir Ungeheuer, Reptile, die Dinosaurier – Burschen von einer Raumbeanspruchung, wie sie hienieden nicht schicklich ist. So ein Individuum war hoch wie ein Saal und lang wie ein Eisenbahnzug, es wog vierzigtausend Pfund. Sein Hals war wie eine Palme und der Kopf im Verhältnis zum Ganzen lächerlich klein. Dieses übermäßige Körpergewächs muß strohdumm gewesen sein. Übrigens gutmütig, wie die Unbehilflichkeit es mit sich bringt . . ."

„Also wohl nicht sehr sündig, trotz so vielem Fleisch."

„Aus Dummheit wohl nicht. – Was soll ich Ihnen noch von

den Dinosauriern sagen? Vielleicht dies: sie hatten eine Neigung zum Aufrechtgehen."

Und Kuckuck richtete seine Sternenaugen auf mich, unter deren Blick etwas wie Verlegenheit mich überkam.

„Nun", sagte ich mit gemachter Nonchalance, „dem Hermes werden diese Herrschaften wenig geglichen haben beim Aufrechtgehen."

„Wie kommen Sie auf Hermes?"

„Verzeihung, bei meiner Erziehung auf dem Schloß wurde aufs Mythologische immer viel Wert gelegt. Eine persönliche Liebhaberei meines Hauslehrers . . ."

„Oh, Hermes", erwiderte er. „Eine elegante Gottheit. – Ich nehme keinen Kaffee", sagte er zum Kellner. „Geben Sie mir noch eine Flasche Vichy! – Ein eleganter Gott", wiederholte er. „Und maßvoll als Gebilde, nicht zu klein, nicht zu groß, von Menschenmaß. Ein alter Baumeister pflegte zu sagen, daß, wer bauen wolle, zuerst die Vollkommenheit der menschlichen Figur erkannt haben müsse, denn in dieser seien die tiefsten Geheimnisse der Proportion verborgen. Mystiker der Verhältnismäßigkeit wollen wissen, daß der Mensch – und also der menschengestaltige Gott – nach seinem Wuchs die genaue Mitte halte zwischen der Welt des ganz Großen und der des ganz Kleinen. Sie sagen, der größte materielle Körper im All, ein roter Riesenstern, sei ebensoviel größer als der Mensch, wie der winzigste Bestandteil des Atoms, ein Etwas, das man um hundert Billionen im Durchmesser vergrößern müßte, um es sichtbar zu machen, kleiner ist als er."

„Da sieht man, was es hilft, aufrecht zu gehen, wenn man das Wohlmaß nicht hält."

„Sehr anschlägig nach allem, was man hört", fuhr mein Tischgenosse fort, „soll er gewesen sein, Ihr Hermes, in seiner griechischen Proportioniertheit. Das Zellengewebe seines Gehirns, wenn man bei einem Gott davon sprechen darf, muß also besonders pfiffige Formen angenommen haben. Aber eben: stellt man ihn sich nicht aus Marmor, Gips oder Ambrosia vor, sondern als lebendigen Leib von menschenförmigem Bau, so ist doch auch bei ihm viel Natur-Altertum rückständig. Es ist ja bemerkenswert, wie urtümlich, im Gegensatz zum Gehirn, Arme und Beine des Menschen geblieben sind. Sie haben alle Knochen bewahrt, die man schon bei den primitivsten Landtieren findet."

„Das ist packend, Herr Professor. Es ist nicht die erste packende Mitteilung, die Sie mir machen, aber sie gehört zu den packendsten. Die Knochen der menschlichen Arme und Beine wie bei den urtümlichsten Landtieren! Nicht daß ich mich daran stieße, aber es packt mich. Ich rede nicht von den berühmten Hermesbeinen. Aber nehmen Sie einen reizenden vollschlanken Frauenarm, wie er uns, wenn wir Glück haben, wohl umschließt – zum Kuckuck – Pardon, ich wollte keinen Mißbrauch –, aber man sollte nicht denken –"

„Es scheint mir, lieber Marquis, ein gewisser Extremitätenkult bei Ihnen vorzuliegen. Er hat seinen guten Sinn als Abneigung eines entwickelten Wesens gegen die fußlose Wurmform. Was aber den vollschlanken Frauenarm angeht, so sollte man bei dieser Gliedmaße sich gegenwärtig halten, daß sie nichts anderes ist als der Krallenflügel des Urvogels und die Brustflosse des Fisches."

„Gut, gut, ich werde in Zukunft daran denken. Ich glaube versichern zu können, daß ich es ohne Bitterkeit, ohne Ernüchterung, vielmehr mit Herzlichkeit tun werde. Aber der Mensch, so hört man immer, stammt doch vom Affen ab?"

„Lieber Marquis, sagen wir lieber: er stammt aus der Natur und hat seine Wurzel in ihr. Von der Ähnlichkeit seiner Anatomie mit der der höheren Affen sollten wir uns vielleicht nicht zu sehr blenden lassen, man hat gar zuviel Aufhebens davon gemacht. Die bewimperten Blauäuglein und die Haut des Schweines haben vom Menschlichen mehr als irgendein Schimpanse – wie ja denn auch der nackte Körper des Menschen sehr oft an das Schwein erinnert. Unserm Gehirn aber, nach dem Hochstande seines Baus, kommt das der Ratte am nächsten. Anklänge ans Tier-Physiognomische finden Sie unter Menschen auf Schritt und Tritt. Sie sehen da den Fisch und den Fuchs, den Hund, den Seehund, den Habicht und den Hammel. Andererseits will alles Tierische uns, ist uns nur der Blick dafür aufgetan, als Larve und schwermütige Verzauberung des Menschlichen erscheinen ... O doch, Mensch und Tier, die sind verwandt genug! Wollen wir aber von Abstammung reden, so stammt der Mensch vom Tier, ungefähr wie das Organische aus dem Unorganischen stammt. Es kam etwas hinzu."

„Hinzu? Was, wenn ich fragen darf?"

„Ungefähr das, was hinzukam, als aus dem Nichts das Sein entsprang. Haben Sie je von Urzeugung gehört?"

„Mir liegt außerordentlich daran, von derselben zu hören."

Er blickte sich flüchtig um und eröffnete mir dann mit einer gewissen Vertraulichkeit – offenbar nur, weil ich es war, der Marquis de Venosta: „Es hat nicht eine, sondern drei Urzeugungen gegeben: das Entspringen des Seins aus dem Nichts, die Erweckung des Lebens aus dem Sein und die Geburt des Menschen."

Kuckuck nahm einen Zug Vichy nach dieser Äußerung. Er behielt das Glas dabei in beiden Händen, da wir in einer Kurve schlenkerten. Die Besetzung des Speisewagens hatte sich schon gelichtet. Die Kellner standen meist müßig. Nach einer vernachlässigten Mahlzeit nahm ich jetzt ein übers andere Mal Kaffee, schreibe aber nicht diesem Umstande allein die immer wachsende Aufregung zu, die mich beherrschte. Vorgebeugt saß ich und hörte dem kuriosen Reisegefährten zu, der mir vom Sein sprach, vom Leben, vom Menschen – und vom Nichts, aus dem alles gezeugt sei und in das alles zurückkehren werde. Ohne Zweifel, sagte er, sei nicht nur das Leben auf Erden eine verhältnismäßig rasch vorübergehende Episode, *das Sein sei selbst eine solche* – zwischen Nichts und Nichts. Es habe das Sein nicht immer gegeben und werde es nicht immer geben. Es habe einen Anfang gehabt und werde ein Ende haben, mit ihm aber Raum und Zeit, denn die seien nur durch das Sein und durch dieses aneinander gebunden. Raum, sagte er, sei nichts weiter als die Ordnung oder Beziehung materieller Dinge untereinander. Ohne Dinge, die ihn einnähmen, gäbe es keinen Raum und auch keine Zeit, denn Zeit sei nur eine durch das Vorhandensein von Körpern ermöglichte Ordnung von Ereignissen, das Produkt der Bewegung, von Ursache und Wirkung, deren Abfolge der Zeit Richtung verleihe, ohne welche es Zeit nicht gebe. Raum- und Zeitlosigkeit aber, das sei die Bestimmung des Nichts. Dieses sei ausdehnungslos in jedem Sinn, stehende Ewigkeit, und nur vorübergehend sei es unterbrochen worden durch das raum-zeitliche Sein. Mehr Frist, um Äonen mehr, sei dem Sein gegeben als dem Leben; aber einmal, mit Sicherheit, werde es enden, und mit ebensoviel Sicherheit entspreche dem Ende ein Anfang. Wann habe die Zeit, das Geschehen begonnen? Wann sei die erste Zuckung des Seins aus dem Nichts gesprungen kraft eines „Es werde", das mit unweigerlicher Notwendigkeit bereits das „Es vergehe" in sich geschlossen habe? Vielleicht sei das „Wann" des

Werdens nicht gar so lange her, das „Wann" des Vergehens nicht gar so lange hin – nur einige Billionen Jahre her und hin vielleicht ... Unterdessen feiere das Sein sein tumultuöses Fest in den unermeßlichen Räumen, die sein Werk seien und in denen es Entfernungen bilde, die von eisiger Leere starrten. Und er sprach mir von dem Riesenschauplatz dieses Festes, dem Weltall, diesem sterblichen Kinde des ewigen Nichts, angefüllt mit materiellen Körpern ohne Zahl, Meteoren, Monden, Kometen, Nebeln, Abermillionen von Sternen, die aufeinander bezogen, zueinander geordnet waren durch die Wirksamkeit ihrer Gravitationsfelder zu Haufen, Wolken, Milchstraßen und Übersystemen von Milchstraßen, deren jede aus Unmengen flammender Sonnen, drehend umlaufender Planeten, Massen verdünnten Gases und kalten Trümmerfeldern von Eisen, Stein und kosmischem Staube bestehe ...

Erregt lauschte ich dem, wohl wissend, daß es ein Vorzug war, diese Mitteilungen zu empfangen: ein Vorzug, den ich meiner Vornehmheit verdankte, dem Umstande, daß ich der Marquis de Venosta war und in Rom eine Contessa Centurione zur Tante hatte.

Unsere Milchstraße, vernahm ich, eine unter Billionen, schließe beinahe an ihrem Rande, beinahe als Mauerblümchen, dreißigtausend Jahreslichtläufe von ihrer Mitte entfernt, unser lokales Sonnensystem ein, mit seinem riesigen, vergleichsweise aber keineswegs bedeutenden Glutball, genannt „die" Sonne, obwohl sie nur den unbestimmten Artikel verdiene, und den ihrem Anziehungsfeld huldigenden Planeten, darunter die Erde, deren Lust und Last es sei, sich mit der Geschwindigkeit von tausend Meilen die Stunde um ihre Achse zu wälzen und, in der Sekunde zwanzig Meilen zurücklegend, die Sonne zu umkreisen, wodurch sie ihre Tage und Jahre bilde – die ihren wohlgemerkt, denn es gebe ganz andere. Der Planet Merkur etwa, der Sonne am nächsten, vollende seinen Rundlauf in achtundachtzig unserer Tage und drehe sich eben dabei auch einmal um sich selbst, so daß für ihn Jahr und Tag dasselbe seien. Da sehe man, was es auf sich habe mit der Zeit – nicht mehr als mit dem Gewicht, dem ebenfalls jede Allgemeingültigkeit abgehe. Beim weißen Begleiter des Sirius zum Beispiel, einem Körper, nur dreimal größer als die Erde, befinde sich die Materie im Zustande solcher Dichtigkeit, daß ein Kubikzoll davon bei uns eine Tonne wiegen würde.

Erdenstoff, unsere Felsengebirge, unser Menschenleib gar seien lockerster, leichtester Schaum dagegen.

Während die Erde, so hatte ich den Vorzug zu hören, sich um ihre Sonne tummelte, tummelten sie und ihr Mond sich um einander herum, wobei unser ganzes örtliches Sonnensystem sich im Rahmen einer etwas weiteren, immer noch sehr örtlichen Sternenzusammengehörigkeit Bewegung mache, und zwar keine säumige – nicht ohne daß dieses Bezugssystem wieder, mit krasser Geschwindigkeit, sich innerhalb der Milchstraße tummele, diese aber, unsere Milchstraße, in bezug auf ihre entfernten Schwestern mit ebenfalls unausdenkbarer Schnelle dahintreibe, wo doch, zu dem allen, diese fernsten materiellen Seinskomplexe so hurtig, daß der Flug eines Granatsplitters, verglichen mit ihrer Fahrt, nichts weiter als Stillstand sei, nach allen Richtungen auseinanderstöben, ins Nichts, wohinein sie im Sturme Raum trügen und Zeit.

Dies Ineinander- und Umeinanderkreisen und Wirbeln, dieses Sichballen von Nebeln zu Körpern, dies Brennen, Flammen, Erkalten, Zerplatzen, Zerstäuben, Stürzen und Jagen, erzeugt aus dem Nichts und das Nichts erweckend, das vielleicht besser, lieber vielleicht im Schlaf geblieben wäre und auf seinen Schlaf wieder warte – es sei das Sein, auch Natur genannt, und es sei eins überall und in allem. Ich möge nicht zweifeln, daß alles Sein, daß die Natur eine geschlossene Einheit bilde, vom einfachsten leblosen Stoff bis zum lebendigsten Leben, zur Frau mit dem vollschlanken Arm und zur Hermesgestalt. Unser Menschenhirn, unser Leib und Gebein – Mosaiken seien sie derselben Elementarteilchen, aus denen Sterne und Sternstaub, die dunklen, getriebenen Dunstwolken des interstellaren Raumes beständen. Das Leben, hervorgerufen aus dem Sein, wie dieses einst aus dem Nichts – das Leben, diese Blüte des Seins –, es habe alle Grundstoffe mit der unbelebten Natur gemein – nicht einen einzigen habe es aufzuweisen, der nur ihm gehöre. Man könne nicht sagen, daß es sich unzweideutig gegen das bloße Sein, das unbelebte, absetze. Die Grenze zwischen ihm und dem Unbelebten sei fließend. Die Pflanzenzelle erweise die natürliche Möglichkeit, dem Steinreich angehörige Stoffe mit Hilfe des Sonnenäthers so umzubauen, daß sie in ihr Leben gewönnen. Das urzeugerische Vermögen des Blattgrüns gebe uns also ein Beispiel von der Entstehung des Organischen aus dem Unorganischen. Es fehle nicht am Umgekehrten. Wir hätten die Gesteinsbildung aus tierischer Kieselsäure. Zukünftige Festlandgebirge wüchsen im Meere, wo es am tiefsten sei, aus den Skelettresten winziger Lebewesen. Im Schein- und Halbleben der flüssigen Kristalle spiele augenfällig das eine Naturreich ins andre hinüber. Immer wenn die Natur uns gaukelnd im Unorganischen das Organische vortäusche, wie in den Schwefel-, den Eisblumen, wolle sie uns lehren, daß sie nur eines sei.

Das Organische selbst kenne die klare Grenze nicht zwischen seinen Arten. Das Tierische gehe ins Pflanzliche über dort, wo es am Stengel sitze und Rund-Symmetrie, Blütengestalt annehme, das Pflanzliche ins Tierische, wo es das Tier fange und fresse, statt aus dem Mineralischen Leben zu saugen. Aus dem Tierischen sei durch Abstammung, wie man sage, in Wirklichkeit durch ein Hinzukommendes, das so wenig bei Namen zu nennen sei wie das Wesen des Lebens, wie der Ursprung des Seins, der Mensch hervorgegangen. Aber der Punkt, wo er schon Mensch sei und nicht mehr Tier oder nicht mehr nur Tier, sei schwer zu bestimmen. Der Mensch bewahre das Tierische, wie das Leben das Unorganische in sich bewahre; denn in seinen letzten Bausteinen, den Atomen, gehe es ins Nicht-mehr-, ins Noch-nicht-Organische über. Im Innersten jedoch, dem untersichtigen Atom, verflüchtige die Materie sich ins Immaterielle, nicht mehr Körperliche; denn was dort umtreibe und wovon das Atom ein Überbau sei, das sei fast unter dem Sein, da es keinen bestimmbaren Platz im Raum noch einen nennbaren Betrag von Raum mehr einnehme, wie es einem redlichen Körper gebühre. Aus dem Kaum-schon-Sein sei das Sein gebildet, und es verfließe ins Kaum-noch-Sein.

Alle Natur, von ihren frühesten, fast noch immateriellen und ihren einfachsten Formen bis zu den entwickeltsten und höchst lebendigen, sei immer versammelt geblieben und bestehe nebeneinander fort – Sternnebel, Stein, Wurm und Mensch. Daß viele Tierformen ausgestorben seien, daß es keine fliegenden Echsen und keine Mammuts mehr gebe, hindere nicht, daß neben dem Menschen das gerade schon formbeständige Urtier fortlebe, der Einzeller, das Infusor, die Mikrobe, mit einer Pforte zur Einfuhr und einer zur Ausfuhr an ihrem Zell-Leib – mehr brauche es nicht, um Tier zu sein, und um Mensch zu sein, brauche es meistens auch nicht viel mehr. –

Das war ein Scherz von Kuckuck, ein kaustischer. Einem jungen Mann von Welt, wie mir, glaubte er wohl etwas kaustischen Scherz schuldig zu sein, und ich lachte denn auch, indem ich mit zitternder Hand meine sechste, nein, wohl meine achte Demitasse gezuckerten Mokkas zum Munde führte. Ich habe gesagt und sage es wieder, daß ich außerordentlich erregt war, und zwar durch eine meine Natur fast überspannende Ausdehnung des Gefühls, die das Erzeugnis der Reden meines Tischgenossen über das Sein, das Leben, den Menschen war. Möge es so sonderbar klingen, wie es will, aber diese mächtige Ausdehnung hatte nahe zu tun mit dem, oder eigentlich: sie war nichts anderes als das, was ich als Kind, oder halbes Kind, mit dem Traumwort „Die große Freude" bezeichnet hatte, einer Geheimformel meiner Unschuld, mit der zunächst etwas auf andere Weise nicht nennbares Spezielles bezeichnet werden sollte, der aber von früh an eine berauschende Weitdeutigkeit eigen gewesen war.

Es gebe den Fortschritt, sagte Kuckuck anschließend an seinen Scherz, ohne Zweifel gebe es ihn, vom Pithecanthropus erectus bis zu Newton und Shakespeare, das sei ein weiter, entschieden aufwärts führender Weg. Wie es sich aber verhalte in der übrigen Natur, so auch in der Menschenwelt: auch hier sei immer alles versammelt, alle Zustände der Kultur und Moral, alles, vom Frühesten bis zum Spätesten, vom Dümmsten bis zum Gescheitesten, vom Urtümlichsten, Dumpfesten, Wildesten bis zum Höchst- und Feinstentwickelten bestehe allezeit nebeneinander in dieser Welt, ja oft werde das Feinste müd' seiner selbst, vergaffe sich in das Urtümliche und sinke trunken ins Wilde zurück. Davon nichts weiter. Er werde aber dem Menschen das Seine geben und mir, dem Marquis de Venosta, nicht vorenthalten, was den Homo sapiens auszeichne vor aller andern Natur, der organischen und dem bloßen Sein, und was wahrscheinlich mit dem zusammenfalle, was „hinzugekommen" sei, als er aus dem Tierischen trat. Es sei das Wissen von Anfang und Ende. Ich hätte das Menschlichste ausgesprochen mit dem Wort, es nähme mich ein für das Leben, daß es nur eine Episode sei. Fern davon nämlich, daß Vergänglichkeit entwerte, sei gerade sie es, die allem Dasein Wert, Würde und Liebenswürdigkeit verleihe. Nur das Episodische, nur was einen Anfang habe und ein Ende, sei interessant und errege Sympathie, beseelt, wie es sei, von Vergänglichkeit. So sei aber alles – das ganze kosmische Sein sei beseelt von

Vergänglichkeit, und ewig, unbeseelt darum und unwert der Sympathie, sei nur das Nichts, aus dem es hervorgerufen worden sei zu seiner Lust und Last.

Sein sei nicht Wohlsein; es sei Lust und Last, und alles raumzeitliche Sein, alle Materie habe teil, sei es auch im tiefsten Schlummer nur, an dieser Lust, dieser Last, an der Empfindung, welche den Menschen, den Träger der wachsten Empfindung, zur Allsympathie lade. – „Zur Allsympathie", wiederholte Kuckuck, indem er sich mit den Händen auf die Tischplatte stützte, um aufzustehen, wobei er mich ansah mit seinen Sternenaugen und mir zunickte.

„Gute Nacht, Marquis de Venosta", sagte er. „Wir sind, wie ich bemerke, die letzten im Speisewagen. Es ist Zeit, sich schlafen zu legen. Lassen Sie mich hoffen, Sie in Lisboa wiederzusehen! Wenn Sie wollen, so mache ich dort Ihren Führer durch mein Museum. Schlafen Sie wohl! Träumen Sie vom Sein und vom Leben! Träumen Sie vom Getümmel der Milchstraßen, die, da sie da sind, mit Lust die Last ihres Daseins tragen! Träumen Sie von dem vollschlanken Arm mit dem altertümlichen Knochengerüst und von der Blume des Feldes, die im Sonnenäther das Leblose zu spalten und ihrem Lebensleib einzuverwandeln weiß! Und vergessen Sie nicht, vom Steine zu träumen, vom moosigen Stein, der im Bergbach liegt seit tausend und tausend Jahren, gebadet, gekühlt, überspült von Schaum und Flut! Sehen Sie mit Sympathie seinem Dasein zu, das wachste Sein dem tiefst schlummernden, und begrüßen Sie ihn in der Schöpfung! Ihm ist wohl, wenn Sein und Wohlsein sich irgend vertragen. Recht gute Nacht!"

Sechstes Kapitel

Man wird es mir glauben, daß, ungeachtet meiner angeborenen Liebe und Begabung zum Schlaf, entgegen der Leichtigkeit, mit der ich sonst in die süße und wiederherstellende Heimat des Unbewußten einzukehren pflegte, und trotz der Wohlaufgemachtheit meines Reisebettes erster Klasse, in dieser Nacht der Schlummer mich fast ganz, bis in die Morgenstunden hinein, floh. Was hatte ich auch vor Schlafengehen, der ersten Nacht entgegensehend, die ich in einem dahineilenden, schwankenden, stoßenden, bald haltenden, bald ruckweise wieder anfahrenden Zuge verbringen sollte, so viel Kaffee trinken müssen? Das hatte geheißen, mich mutwillig des Schlafs zu berauben, um den auch die mir neue gerüttelte Lage allein mich sonst nicht zu bringen vermocht hätte. Daß aber selbst sechs bis acht Täßchen Mokka von sich aus das nicht fertiggebracht hätten, wären sie nicht nur die unwillkürliche Begleithandlung gewesen zu Professor Kuckucks packender, mein Innerstes unsagbar ansprechender Tischunterhaltung – das verschweige ich, ob ich es gleich damals so gut wußte, wie ich es heute weiß, verschweige es, weil der feinfühlende Leser (und nur für solche lege ich meine Geständnisse ab) es sich selber sagen mag.

Kurz, in meinem seidenen Schlafanzug (ein solcher bewahrt die Person besser, als ein Hemd es vermag, vor der Berührung mit vielleicht nur flüchtig gereinigtem Bettzeug) lag ich wach diese Nacht bis in den Morgen, unter Seufzern nach einer Lage suchend, die mir geholfen hätte, in Morpheus' Arme zu finden; und als ich schließlich dennoch unversehens vom Schlummer beschlichen wurde, träumte ich viel krauses Zeug, wie ein untiefer und keine rechte Rast bringender Schlaf es erzeugt: Auf dem Skelett eines Tapirs reitend, bewegte ich mich auf einer Milchstraße dahin, die ich als solche daran erkannte, daß sie wirklich aus Milch bestand oder mit Milch bedeckt war, in der die Hufe meines knöchernen Tieres plätscherten. Ich saß sehr hart und schlecht auf seiner Wirbelsäule, mich festhaltend mit beiden Händen an seinem Rippenkorbe, dabei aber übel hin und her geschüttelt von seinem launenhaften Gange, was eine Übertragung des eilenden Zuggerüttels auf meinen Traum sein mochte. Ich aber deutete es mir dahin, daß ich eben nicht zu reiten gelernt hätte und dies schleunigst nachholen müsse, wenn ich als junger Mann von Familie bestehen wolle. Mir entgegen, und beiderseits an mir vorbei, zogen, in der Milch der Milchstraße planschend, eine Menge bunt gekleideter Leutchen, Männlein und Weiblein, grazil, gelblich von Teint und mit lustigen braunen Augen, die mir in einer unverständlichen Sprache – wahrscheinlich stellte es Portugiesisch vor – etwas zuriefen. Eine aber rief es auf französisch, nämlich „Voilà le voyageur curieux!", und daran, daß sie französisch sprach, erkannte ich, daß es Zouzou war, während doch ihre bis zu den Schultern entblößten, vollschlanken Arme mir sagten, daß ich es vielmehr – oder auch zugleich – mit Zaza zu tun hatte. Aus allen Kräften zog ich an den Rippen des Tapirs, damit er stehenbleibe und mich absteigen lasse, da es mich sehr verlangte, mich zu Zouzou oder Zaza zu gesellen und mich mit ihr über die Altertümlichkeit des Knochengerüsts ihrer reizenden Arme zu unterhalten. Aber mein Reittier bockte widerspenstig gegen mein Zerren und warf mich ab in die Milch der Milchstraße, worüber die dunkelhaarigen Leutchen, einschließlich Zouzous oder Zazas, in helles Gelächter ausbrachen, und in diesem Gelächter löste der Traum sich auf, um anderen, ebenso närrischen Einbildungen meines zwar schlafenden, aber nicht ruhenden Hirns Platz zu machen. So zum Beispiel kletterte ich im Traum auf allen vieren an einer lehmigen Steilküste des Meeres herum, indem ich einen langen, lianenartigen Stengel hinter mir dreinzog, die ängstliche Ungewißheit im Herzen, ob ich ein Tier oder eine Pflanze sei – ein Zweifel, der auch wieder sein Schmeichelhaftes hatte, da er auf den Namen „Seelilie" zu bringen war. Und so fort.

Endlich, in den Morgenstunden, vertiefte mein Schlaf sich denn doch zur Traumlosigkeit, und so knapp erst vor Mittag und vor der Ankunft in Lissabon erwachte ich, daß an Frühstück nicht mehr zu denken und nur eine flüchtige Benutzung der Waschtoilette und der schönen Einrichtung meiner krokodilledernen Handtasche mir vergönnt war. Professor Kuckuck sah ich nicht mehr im Trubel des Bahnsteigs noch auf dem Platz vor dem maurisch anmutenden Bahnhofsgebäude, wohin ich dem Gepäckträger zu einem offenen Einspänner folgte. Der Tag war licht und sonnig, nicht allzu warm. Der junge Kutscher, der meinen vom Träger eingelösten Kajütenkoffer neben sich auf dem Bock verstaute, hätte sehr wohl zu den Leutchen gehören können, die auf der Milchstraße über meinen Fall vom Tapir gelacht hatten: Zierlichen Wuchses und gelblich von Gesichtsfarbe, ganz nach Kuckucks allgemeiner Kennzeichnung, ein Zigarillo zwischen den leicht aufgeworfenen Lippen unter einem gezwirbelten Schnurrbärtchen, trug er eine runde Tuchmütze etwas schief auf seinem recht struppigen und in die Schläfen hängenden dunklen Haar, und nicht umsonst blickten seine braunen Augen so aufgeweckt. Denn bevor ich ihm das Hotel genannt hatte, wo ich telegraphisch Quartier gemacht hatte, nannte er selbst es mir, intelligent über mich verfügend: „Savoy Palace". Auf diese

Unterkunft schätzte er mich ein, dorthin schien ich ihm zu gehören, und ich konnte seine Entscheidung nur mit einem „C'est exact" bestätigen, das er radebrechend und lachend wiederholte, indem er sich auf seinen Sitz schwang und dem Pferd einen Klaps mit dem Zügel gab. „C'est exact – c'est exact", wiederholte er noch mehrmals, vergnüglich trällernd, auf der kurzen Fahrt zum Hotel. Nur durch ein wenig Straßenenge ging es, dann tat ein breiter und weitläufiger Boulevard sich auf, die Avenida da Liberdade, eine der prächtigsten Straßen, die mir je vorgekommen, dreifach laufend, mit einer elegant belebten Fahr- und Reitbahn in der Mitte, zu deren Seiten noch zwei wohlgepflasterte Alleen, geschmückt mit Blumenbeeten, Statuen und Fontänen, gar herrlich dahingehen. An diesem Prunkcorso war mein in der Tat palastartiges Absteigequartier gelegen, und wie so anders gestaltete sich meine Ankunft dort als diejenige, die ich in dem Hause der Rue Saint-Honoré zu Paris einst kümmerlich gehalten!

Gleich waren drei, vier galonierte Grooms und grünbeschürzte Hausdiener um mein Gefährt beschäftigt, luden mein großes Gepäckstück ab, schleppten Handkoffer, Mäntel und Plaidrolle so geschwind, als hätte ich keine Minute zu verlieren, mir voran in das Vestibule, so daß ich unbeschwert wie ein Spaziergänger, nur meinen Stock aus spanischem Rohr mit Elfenbeinkrücke und Silberring an den Arm gehängt, durch die Halle zur Réception schlendern mochte, wo es denn nun kein Erröten und kein „Treten Sie zurück! Treten Sie ganz zurück!" mehr gab, sondern, als Antwort auf meinen Namen, nichts als verständnisinnig bewillkommendes Lächeln, erfreute Verbeugungen, das zarteste Ersuchen, vielleicht, wenn es genehm wäre, das Meldeblatt allenfalls mit den notwendigsten Angaben auszufüllen ... Ein Herr im Cutaway, warm interessiert an der Frage, ob meine Reise in vollkommener Annehmlichkeit verlaufen sei, fuhr mit mir hinauf zum ersten Stock, um mich dort in das mir reservierte Appartement, Salon und Schlafzimmer nebst gekacheltem Bad, einzuführen. Der Anblick dieser Räume, deren Fenster auf die Avenida hinausgingen, entzückte mich mehr, als ich mir merken lassen durfte. Das Vergnügen, oder eigentlich: die Heiterkeit, die ihre herrschaftliche Schönheit mir erregte, setzte ich herab zu einer Gebärde lässiger Billigung, mit der ich meinen Begleiter entließ. Aber allein gelassen, in Erwartung meines Gepäcks, tat ich mich mit so kindlicher Freude, wie ich sie mir eigentlich auch vor mir selbst nicht hätte erlauben dürfen, in dem mir zugewiesenen Wohnungsbereiche um.

Was meinen besonderen Stolz ausmachte, war die Wanddekoration des Salons – diese hohen, in vergoldete Leisten eingefaßten Stukkatur-Felder, die ich immer der bürgerlichen Tapezierung so entschieden vorzog und die, zusammen mit den ebenfalls sehr hohen weißen und mit Gold ornamentierten, in Nischen gelegenen Türen, dem Gemach ein ausgesprochen schloßmäßiges und fürstliches Ansehen verliehen. Es war sehr geräumig und zweigeteilt durch einen offenen Bogen, welcher vom Hauptraum einen kleineren absonderte, geeignet, nach Wunsch Privatmahlzeiten darin einzunehmen. Dort sowohl wie in dem ungleich größeren Geviert hing ein mit glitzernden Prismen behangener Kristalllüster, wie ich solche auch immer mit Freuden gesehen habe, ziemlich tief von der hohen Decke herab. Weiche und bunte, breitgebordete Teppiche, einer davon ungeheuer groß, bedeckten die Böden, von denen hie und da ein blankgebohnertes Stück sichtbar war. Angenehme Malereien schmückten die Wandpartien zwischen dem Plafond und den Prunktüren, und über einer dünnbeinigen Zier-Kommode mit Pendule und chinesischen Vasen war an der Wand sogar ein Wirkbild-Teppich, einen sagenhaften Frauenraub darstellend, vornehm ausgespannt. Schöne französische Fauteuils umstanden in behaglicher Distinktion ein ovales Tischchen mit Spitzendecke unter der Glasplatte, auf der man zu gefälliger Erfrischung des Gastes ein wohlassortiertes Fruchtkörbchen nebst Obstbesteck, einen Teller mit Biskuits und eine geschliffene Spülschale vorbereitet hatte – zu verstehen als Artigkeit der Hoteldirektion, deren Karte zwischen zwei Apfelsinen stak. Ein Vitrinenschränkchen, hinter dessen Scheiben allerliebste Porzellanfiguren, Kavaliere in galant geschraubten Stellungen und Damen in Reifröcken zu sehen waren, von denen der einen das Kleid hinten zerrissen war, so daß ihre rundeste Blöße, nach der sie in größtem Embarassement sich umwandte, dort gar lüstern zum Vorschein kam; Stehlampen mit Seidenschirmen; bronzene Armleuchter von figürlicher Arbeit auf schlanken Postamenten; eine stilvolle Ottomane mit Kissen und Sammetdecke vervollständigten eine Einrichtung, deren Anblick meinen bedürftigen Augen ebenso wohltat wie der Luxus des in Blau und Grau gehaltenen Schlafzimmers mit seinem Gardinenbett, neben dem, zu nachdenklicher Vor-Ruhe einladend, ein breiter Lehnsessel seine gepolsterten Arme breitete, seinem dämpfenden, den ganzen Boden bedeckenden Teppich, seiner längsgestreiften Tapete von nervenbegütigendem Mattblau, seinem hohen Standspiegel, dem Beleuchtungskörper aus Milchglas, dem Toilettentisch, den weißen und breiten Schranktüren, deren Messingklinken blitzten . . .

Mein Gepäck kam. Noch ging mir kein Kammerdiener zur Hand, wie später wohl periodenweise mir einer zu Diensten war. Ich räumte einigen Bedarf in die englischen Schübe der Schränke, hängte ein paar Anzüge über Bügel, nahm ein Bad und machte mit der Sorgfalt Toilette, die mir bei diesem Geschäft immer eigentümlich gewesen ist. Immer hatte es ein wenig vom Maske-Machen des Schauspielers, obgleich ich zu eigentlicher kosmetischer Nachhilfe bei der ausdauernden Jugendlichkeit meines Äußeren nie versucht gewesen bin. – Angetan mit frischer Wäsche und einem dem Klima gemäßen Habit aus leichtem, lichtem Flanell begab ich mich hinab in den Speisesaal, wo ich mir, recht ausgehungert nach einem durch Lauschen versäumten Reisediner und verschlafenem Morgenim-biß, an dem Gabelfrühstück, einem Ragoût fin in der Muschel, einem vom Rost karierten Steak und einem ausgezeichneten Schokolade-Soufflé nicht ohne Hingebung gütlich tat. Meine Gedanken aber waren ungeachtet der Angelegenheit, mit der ich speiste, immer noch bei dem Gespräch von gestern abend, dessen welthafter Reiz so tief in mein Gemüt gedrungen war. Die Erinnerung daran bildete die höhere Freude, die sich mit dem Vergnügen an der Feinheit meines neuen Daseins verband, und was mich mehr als mein Frühstück beschäftigte, war die Frage, ob ich mich noch heute mit Kuckuck in Verbindung setzen, ihn vielleicht einfach in seinem Heim aufsuchen sollte, nicht nur, um den Besuch seines Museums mit ihm zu verabreden, sondern auch, und dies namentlich, um die Bekanntschaft Zouzous zu machen.

Das hätte jedoch als ein übereifriges Mit-der-Tür-ins-Haus-Fallen erscheinen können, und ich überwand mich, den Anruf bei ihm auf morgen zu verschieben. Ohnehin etwas unausgeschlafen, beschloß ich, für heute meine Aktivität auf einige Umschau in der Stadt zu beschränken, und machte mich nach dem Kaffee dazu auf. Zunächst nahm ich vor dem Hotel wieder einen Wagen, der mich zur Praça do Commércio und zu meiner dort gelegenen Bank, Banco do Commércio ebenfalls genannt, bringen sollte;

denn ich beabsichtigte, mit Hilfe des Zirkular-Kreditbriefes in meinem Portefeuille eine erste Geldabhebung zur Bestreitung der Hotelrechnung und allenfalls unterlaufender anderer Ausgaben vorzunehmen. Die Praça do Commércio, ein sehr würdiger und eher ruhiger Platz, ist auf einer Seite gegen den Hafen geöffnet, eine weite Buchtung, zu der hier das Ufer des Flusses Tejo zurücktritt, an den drei anderen aber von Arkaden, gedeckten Laubengängen umgeben, in denen man das Zollamt, die Hauptpost, verschiedene Ministerien und auch die Bureaus der Bank findet, bei der ich akkreditiert war. Ich hatte es dort mit einem schwarzbärtigen, vertrauenerweckenden Manne von guter Allüre zu tun, der meine Ausweise mit Achtung empfing, meine Forderung gern zur Kenntnis nahm, mit gewandter Hand seine Eintragungen machte und mir dann mit artigem Ersuchen seine Feder zur Unterzeichnung des Rezepisse bot. Wahrhaftig, ich brauchte nicht nach Loulous Signatur im Nebendokument zu schielen, um ihr genaues Abbild, meinen schönen Namen, in schräg links geneigter Schrift und eingehüllt in den Oval-Schwung, mit Lust und Liebe unter den Empfangsschein zu setzen. „Eine originelle Unterschrift", konnte der Beamte sich nicht enthalten zu sagen. Ich lächelte achselzuckend. „Eine Art von Erb-Überlieferung", sagte ich halb entschuldigend. „Seit Generationen unterzeichnen wir so." Er neigte sich verbindlich, und meine Eidechsentasche voller Milreis, verließ ich die Bank.

Von dort begab ich mich zum nahen Postamt, wo ich folgende Depesche nach Schloß Monrefuge daheim ausfertigte: „Unter tausend Grüßen melde wohlbehaltene Ankunft dahier, Savoy Palace. Schwelge in neuen Eindrücken, von denen bald brieflich hoffe berichten zu können. Stelle bereits eine gewisse Ablenkung meiner Gedanken fest, welche nicht immer die rechten Wege gingen. Euer dankbarer Loulou." – Auch dies besorgt, durchschritt ich eine Art von Triumphbogen oder Monumentaltor, das sich an der dem Hafen entgegengesetzten Seite des Handelsplatzes gegen eine der schmucksten Straßen der Stadt, die Rua Augusta, auftut, wo ich eine gesellschaftliche Obliegenheit zu erfüllen hatte. Gewiß, dachte ich, würde es schicklich und im Sinn meiner Eltern gehandelt sein, wenn ich auf der hier in der Bel-Étage eines stattlichen Mietshauses befindlichen luxemburgischen Gesandtschaft formell Besuch ablegte, und so tat ich. Ohne viel nach der An- oder Abwesenheit des diplomatischen

Vertreters meiner Heimat, eines Herrn von Hüon, oder seiner Gattin zu fragen, übergab ich einfach dem öffnenden Diener zwei meiner Karten, auf deren eine ich meine Adresse kritzelte, und ersuchte ihn, sie den Herrschaften, Monsieur und Madame de Hüon, vor Augen zu bringen. Es war ein schon bejahrter Mann mit ergrautem Kraushaar, Ringen in den Ohren, etwas wulstigen Lippen und einem gewissen schwermütigen Tierblick, der mir über die Mischung seines Geblütes Gedanken machte und ihm meine Sympathie gewann. Besonders freundlich nickte ich ihm zum Abschied zu, da er ja gewissermaßen aus Zeiten kolonialer Blüte und des goldenen Weltmonopols auf Spezereien stammte.

Zurückgekehrt auf die Rua Augusta, verfolgte ich die vielbegangene und -befahrene Straße weiter hinauf gegen einen Platz, den mir der Hotelportier als den bedeutendsten der Stadt, genannt Praça de Dom Pedro Quarto, oder im Volksmunde „O Rocio", empfohlen hatte. Der Anschaulichkeit wegen sei hinzubemerkt, daß Lissabon von zum Teil recht erheblichen Hügeln eingefaßt ist, an denen, rechts und links der geradlinigen Straßen der Neustadt, die weißen Häuschen höherer Wohnviertel fast unvermittelt emporsteigen. Ich wußte, daß irgendwo in diesen oberen Regionen Professor Kuckucks Heim gelegen war, und blickte darum viel dort hinauf, ja erkundigte mich bei einem Polizisten (ich sprach stets besonders gern mit Polizisten), mehr deutend als redend, nach der Rua João de Castilhos, deren Namen ich auf Kuckucks Karte gelesen. Er wies dann auch mit ausgestrecktem Arm in die Gegend dieser Villenstraße und fügte in seinem Idiom, mir so unverständlich wie dasjenige, das ich schon im Traum vernommen, etwas von Tram, Seilbahn und Mulos hinzu, offenbar auf meine Beförderung bedacht. Auf französisch dankte ich ihm vielmals für seine im Augenblick gar nicht dringliche Auskunft, und salutierend legte er zur Beendigung des kurzen, aber gestenreichen und erfreulichen Gesprächs die Hand an seinen Sommerhelm. Wie reizend ist es doch, die Ehrenbezeigung eines solchen schlicht, aber schmuck uniformierten Wächters der öffentlichen Ordnung zu empfangen!

Man lasse mich aber diesen Ausruf ins Allgemeine erheben und denjenigen glücklich preisen, dem eine das gemeine Maß überschreitende, immerfort und auch bei den unscheinbarsten Gelegenheiten wirksame Reizempfänglichkeit von der Fee seiner

Geburt zum Angebinde gemacht wurde. Zweifellos bedeutet diese Gabe eine Erhöhung der Empfindlichkeit überhaupt, das Gegenteil der Stumpfheit, und bringt also auch viel Peinlichkeit mit sich, die anderen erspart bleibt. Aber froh will ich wahrhaben, daß der Gewinn an Lebensfreude, den sie einträgt, jenem Nachteil – wenn es einer ist – mehr als die Waage hält, und es war diese Gabe der Empfänglichkeit für leiseste und sogar alltägliche Reize, die mich den Vornamen, gegen welchen mein Pate Schimmelpreester sich bitter verhielt und der mein erster und eigentlicher war – nämlich Felix –, allezeit als den mir wahrhaft zukömmlichen betrachten ließ.

Wie wahr hatte Kuckuck gesprochen, als er die vibrierende Neugier nach nie erfahrener Menschlichkeit das Hauptingrediens aller Reiselust genannt hatte! Meine Umschau unter der Population der verkehrsreichen Straße, unter diesen Schwarzhaarigen, lebhaft die Augen bewegenden und mit den südlichen, ihre Rede ausmalenden Händen, war die herzlichste, und ich ließ es mir angelegen sein, mit ihnen in persönlichen Kontakt zu kommen. Obgleich ich den Namen des Platzes kannte, auf den ich zuging, stellte ich von Zeit zu Zeit diesen oder jenen Passanten oder Anwohner nach diesem Namen zur Rede, Kinder, Frauen, Bürger und Matrosen – nur um, während sie, fast immer sehr höflich und ausführlich, antworteten, ihre Gesichter, ihr Mienenspiel zu betrachten, auf ihre fremde Rede, ihren oft etwas exotisch heiseren Stimmklang zu lauschen und mich in gutem Einvernehmen wieder von ihnen zu lösen. Auch legte ich eine Unterstützung, deren Höhe ihn überrascht haben mag, in die Bettlerschale eines Blinden, der, durch ein Pappschild ausdrücklich als solcher empfohlen, gegen ein Haus gelehnt auf dem Fußsteige saß, und half mit noch beträchtlicherer Gabe einem älteren Manne aus, der mich murmelnd ansprach, und zwar einen Gehrock mit einer Medaille darauf, aber zerrissene Schuhe und keinen Kragen trug. Er zeigte sich sehr ergriffen und weinte etwas, indem er sich auf eine Art, die anzeigte, daß er, durch welche Charakterschwächen immer, aus höheren Rängen der Gesellschaft in die Bedürftigkeit hinabgeglitten war, vor mir verbeugte.

Als ich dann gar den „Rocio" mit seinen beiden Bronze-Brunnen, seiner Denkmalssäule und seinem in sonderbaren Wellenlinien dahingehenden Mosaikpflaster erreicht hatte, gab es der Anlässe weit mehr zu Erkundigungen bei Flanierenden und solchen, die, sich sonnende Nichtstuer, auf den Brunnenrändern saßen: nach den Gebäuden, die hoch über den Saumhäusern des Platzes so malerisch ins Blau ragten, der gotischen Ruine einer Kirche und einer neueren Baulichkeit, die sich dort oben hinzog und sich als das Municipio oder Stadthaus erwies. Unten schloß die Fassade eines Theaters die eine Seite der Praça ab, während zwei andere von Läden, Cafés und Restaurants gesäumt waren. Und da ich denn, unter dem Vorwand der Wißbegier, meine Lust, mit allerlei Kindern dieser Fremde Fühlung zu nehmen, hinlänglich gebüßt hatte, ließ ich mich vor einem der Cafés an einem Tischchen nieder, um auszuruhen und meinen Tee zu nehmen.

Mir benachbart saß, bei Vesper-Erfrischungen ebenfalls, eine dreiköpfige Gruppe von Herrschaften, die sogleich meine gesittet verhohlene Aufmerksamkeit in Beschlag nahmen. Es waren zwei Damen, eine ältere und eine junge, Mutter und Tochter aller Vermutung nach, in Gesellschaft eines Herrn von kaum mittleren Jahren mit Adlernase und Brille, dessen Haar, unter dem Panamahut, ihm lang und künstlerisch über den Rockkragen hing. Sein Alter reichte wohl nicht aus, den Gatten der Senhora, den Vater des Mädchens in ihm zu sehen. Während er sein Gefrorenes einnahm, verwahrte er, offenbar aus Ritterlichkeit, auf seinem Schoß ein paar reinlich verschnürte Einkaufspakete, dergleichen, zwei oder drei, auch vor den Damen auf der Tischplatte lagen.

Wenn ich mir zwar den Anschein gab, interessiert das Wasserspiel der nächsten Fontäne zu beobachten oder die Architektur der Kirchenruine dort oben zu studieren, unterderhand aber manchen Seitenblick hingehen ließ über die Gestalten am Nebentisch, so galt meine Neugier und zarte Anteilnahme der Mutter, der Tochter – denn in diesem Verhältnis sah ich die beiden, und ihre verschiedenartigen Reize verschmolzen mir auf eine entzückende Weise in der Vorstellung dieses Verhältnisses. Es ist das bezeichnend für mein Gefühlsleben. Weiter oben habe ich von der Ergriffenheit berichtet, mit der der einsame junge Pflastertreter einst von seinem Straßenposten aus den Anblick eines lieblich-reichen Geschwisterpaares in sich aufnahm, das für wenige Minuten auf einem Balkon des Hotels Zum Frankfurter Hof erschien. Ausdrücklich merkte ich an, daß dieses Entzücken mir von keiner der beiden Figuren für sich, weder von ihm noch von ihr allein hätte erregt werden können, sondern daß ihre

Zweiheit, ihr holdes Geschwistertum es war, was es mir so antat. Den Menschenfreund wird es interessieren, wie diese Neigung zur Doppelbegeisterung, zur Bezauberung durch das Ungleich-Zwiefache sich hier, statt am Geschwisterlichen, an der Mutter-Tochter-Beziehung bewährte. Mich jedenfalls interessierte es sehr. Aber ich will nur hinzufügen, daß meine Faszination durch die sehr bald auftauchende Vermutung genährt wurde, daß hier der Zufall ein wunderliches Spiel treibe.

Die junge Person nämlich, achtzehnjährig, wie ich schätzte, in einem schlichten und lockeren, bläulich gestreiften und mit einem Bande desselben Stoffes gegürteten Sommerkleid, erinnerte mich auf den ersten Blick zum Stutzen an *Zaza* – wobei allerdings ein „Nur-daß" meiner Feder zur Pflicht wird. Eine andere Zaza, nur daß ihre Schönheit, oder wenn das ein zu stolzes Wort ist und eher (worüber ich mich sogleich erklären werde) ihrer Mutter gebührte – nur daß also ihre Hübschheit sozusagen nachweisbarer war, aufrichtiger, naiver als diejenige von Loulous Freundin, bei der alles bloß Froufrou, kleines Feu d'artifice und besser nicht genau zu prüfendes Blendwerk gewesen war. Hier war Verläßlichkeit – wenn dieses der moralischen Welt entliehene Wort Anwendung finden kann in der des Liebreizenden – eine kindliche Geradsinnigkeit des Ausdrucks, von der mir in der Folge verblüffende Bekundungen zuteil werden sollten . . .

Eine andere Zaza – so anders in der Tat, daß ich mich nachträglich frage, ob eine eigentliche Ähnlichkeit, wenn ich sie auch mit den Augen zu sehen glaubte, überhaupt vorlag. Glaubte ich sie vielleicht nur zu sehen, weil ich sie sehen *wollte*, weil ich – sonderbar zu sagen – nach einer Doppelgängerin Zazas auf der Suche war? Ich bin über diesen Punkt nicht ganz mit mir im reinen. Sicherlich hatten in Paris meine Gefühle denjenigen des guten Loulou keinerlei Konkurrenz gemacht; ich war in seine Zaza, so gern sie mit mir geäugelt hatte, durchaus nicht verliebt gewesen. Kann es sein, daß ich die Verliebtheit in sie in meine neue Identität aufgenommen, daß ich mich nachträglich in sie verliebt hatte und in der Fremde einer Zaza zu begegnen wünschte? Wenn ich mich meines Aufhorchens bei Professor Kuckucks erster Erwähnung seiner Tochter mit dem verwandten Namen erinnere, so kann ich diese Theorie nicht ganz von der Hand weisen.

Ähnlichkeit? Achtzehn Jahre und schwarze Augen geben

schon Ähnlichkeit ab, wenn man durchaus will, wiewohl die Augen hier nicht flitzten und äugelten wie dort, sondern meistens, wenn sie nicht gerade, etwas bedrängt von verdickten Unterlidern, in amüsiertem Lachen erglänzten, mit einem gewissen unwirschen Forschen blickten, jungenhaft wie die Stimme, die mir ein paarmal bei kurzen Einwürfen zu Ohren kam und gar nicht silbrig, sondern auch eher unwirsch und etwas rauh lautete, ohne alle Minauderie, vielmehr ehrlich und geradezu, eben nach Art eines Jungen. Mit dem Näschen stimmte es gar nicht: es war keine Stumpfnase wie Zazas, sondern von sehr feinem Rücken, wenn auch nicht so gar dünnen Flügeln. Beim Munde, gut, da gebe ich noch heute eine Verwandtschaft zu: hier wie dort waren die Lippen (deren Lebensrot hier aber zweifellos reinste Natur war), dank einer Schürzung der oberen, fast immer getrennt, so daß man die Zähne dazwischen sah, und auch die Vertiefung darunter, die liebliche, zur weichen Kehle hinabführende Kinnlinie konnte an Zaza erinnern. Sonst war alles anders, wie die Erinnerung mir zeigt – aus dem Pariserischen ins Iberisch-Exotische hinübercharakterisiert, besonders durch den aufragenden Schildpattkamm, mit dem das aus dem Nacken hochgeführte dunkle Haar oben befestigt war. Aus der Stirn ging es in einer Gegenbewegung zurück und ließ sie frei, hing aber, sehr reizend, in zwei Zipfeln neben den Ohren hinab, was wiederum einen südlichfremdartigen, und zwar spanischen Effekt hervorbrachte. Diese Ohren trugen Schmuck – nicht die langen, schaukelnden Gagatgehänge, die man bei der Mutter sah, sondern enger anliegende, aber ziemlich umfangreiche, von kleinen Perlen eingefaßte Opalscheiben, die auch etwas exotisch bei der Gesamterscheinung mitsprachen. Den südlichen Elfenbeinton der Haut hatte Zouzou – so nannte ich sie nun einmal sogleich – mit ihrer Mutter gemein, deren Typ und Tenue freilich von ganz anderer Art, imposanter, um nicht zu sagen: majestätischer war.

Höher gewachsen als das anziehende Kind, von nicht mehr schlanker, doch keineswegs übervoller Gestalt in ihrem einfachen, aber vornehmen, am Halsausschnitt und an den Ärmeln spitzenartig durchbrochenen crèmefarbenen Leinenkleid, zu dem sie hohe schwarze Handschuhe trug, näherte diese Frau sich dem Matronenalter, ohne es schon erreicht zu haben, und nach gebleichten Einsprengseln im Dunkel ihres Haars unter dem nach damaliger Mode ausladenden, mit einigen Blumen aufgeputzten

Stohhut hätte man wohl suchen müssen. Ein schwarzes, mit Silber ausgeziertes Sammetband, das ihren Hals umschloß, kleidete sie sehr wohl, wie auch die baumelnden Jettgehänge, und mochte zu dem Stolz ihrer Kopfhaltung beitragen, einer betonten Würde, die übrigens ihre ganze Erscheinung beherrschte und sich fast bis zur Düsternis, fast bis zur Härte in ihrem ziemlich großen Gesicht mit den hochmütig verpreßten Lippen, den gespannten Nüstern, den beiden gestrengen Furchen zwischen den Brauen malte. Es war die Härte des Südens, die viele ganz verkennen, in der Vorstellung befangen, der Süden sei schmeichlerisch süß und weich und die Härte im Norden zu suchen – eine völlig verkehrte Idee. Alt-iberisches Blut, mutmaßlich, dachte ich bei mir selbst, also mit keltischem Einschlag. Und allerlei Phönizisches, Karthagisches, Römisches und Arabisches mag auch im Spiele sein. Gut Kirschenessen ist wahrscheinlich nicht mit der. Und ich fügte in Gedanken hinzu, daß im Schutz dieser Mutter das Töchterchen sicherer aufgehoben sei als unter jeder männlichen Chaperonnage.

Indessen war es mir nicht wenig willkommen, daß eine solche – zur schicklichen Bedeckung beider Damen an diesem öffentlichen Ort offenbar – vorhanden war. Der bebrillte Herr mit dem langen Haar saß mir von den dreien am nächsten, beinahe Schulter an Schulter mit mir, da er seinen Stuhl seitlich zum Tischchen gestellt hatte und mir sein sehr ausgesprochenes Profil zuwandte. Auf den Rockkragen fallendes Nackenhaar sehe ich gar nicht gern, da es jenen unfehlbar auf die Dauer speckig machen muß. Doch bezwang ich meine Sensibilität und wandte mich, indem ich zugleich mit einem entschuldigenden Blick die Damen streifte, an ihren Kavalier mit diesen Worten: „Verzeihen Sie, mein Herr, die Kühnheit eines eben erst angelangten Fremden, der leider die Landessprache nicht beherrscht und sich mit dem Kellner, der begreiflicherweise nur diese spricht, nicht verständigen kann. Verzeihen Sie, ich wiederhole es" – und wieder ging mein Blick, als ob er sie kaum zu berühren wagte, über die Damen hin – „die Störung durch einen Eindringling! Aber mir ist gar sehr an einer die lokalen Verhältnisse betreffenden Auskunft gelegen. Ich habe den Wunsch und die angenehme gesellschaftliche Pflicht, Besuch zu machen in einem Hause in einer der Villenstraßen der oberen Stadtgegend, Rua João de Castilhos mit Namen. Das Haus, das ich meine – ich füge es gewissermaßen als Ausweis hinzu –, ist das eines hochangesehenen Lissabonner Gelehrten, des Professors Kuckuck. Würden Sie die außerordentliche Güte haben, mich in aller Kürze über die Transportmittel zu informieren, die mir für den kleinen Ausflug dort hinauf zur Verfügung stehen?"

Welche Gunst ist es doch, über einen polierten und gefälligen Ausdruck zu verfügen, der Gabe der guten Form teilhaftig zu sein, die mir jene geneigte Fee mit zarter Hand in die Wiege legte und die mir für das ganze hier laufende Geständniswerk so sehr vonnöten ist! Ich war zufrieden mit meiner Anrede, obgleich ich bei ihren letzten Worten etwas ins Schwanken geraten war: aus dem Grunde nämlich, weil das junge Mädchen bei Nennung der Straße und dann bei Erwähnung des Namens Kuckuck ein lustiges Kichern, ja eine Art von Prusten hatte vernehmen lassen. Dies, sage ich, brachte mich etwas aus dem Konzept – da es doch nur danach angetan war, die Ahnungen, die mich zum Sprechen bestimmt hatten, zu bestätigen. Hoheitsvoll vermahnend, mit Kopfschütteln blickte die Senhora auf ihr Kind wegen dessen Heiterkeitsausbruchs – und konnte sich dann doch selbst eines Lächelns ihrer gestrengen Lippen nicht erwehren, auf deren oberer ein ganz schwacher Schatten von Schnurrbart dunkelte. Der Langhaarige aber, etwas überrascht natürlich, da er – ich darf wohl behaupten: im Gegensatz zu den Frauen – von meinem Dasein überhaupt noch nicht Notiz genommen hatte, antwortete sehr höflich: „Ich bitte, mein Herr. Es gibt da verschiedene Möglichkeiten – nicht alle gleich empfehlenswert, wie ich besser hinzufüge. Sie können einen Fiaker nehmen, aber die Straßen dort hinauf sind recht steil, und der Fahrgast kommt wohl in die Lage, streckenweise neben dem Wagen hergehen zu müssen. Rätlicher ist es schon, die Maultier-Tram zu benutzen, die die Steigungen gut bewältigt. Aber am gebräuchlichsten ist die Seilbahn, zu der Sie den Eingang hier gleich in der Ihnen gewiß schon bekannten Rua Augusta finden. Dies Verkehrsmittel bringt Sie bequem und geradewegs in die unmittelbare Nähe der Rua João de Castilhos."

„Ausgezeichnet", erwiderte ich. „Das ist alles, was ich brauche. Ich kann Ihnen nicht genug danken, mein Herr. Ihr Rat ist mir maßgebend. Ich danke allerverbindlichst."

Und damit zog ich mich gleichsam auf meinem Stuhle zurück, mit den entschiedensten Anzeichen, ganz gewiß nicht länger lästig fallen zu wollen. Die Kleine aber, von mir schon Zouzou genannt, die sich gar nicht vor den drohend verweisenden Blicken ihrer Mutter zu fürchten schien, fuhr einfach noch immer fort mit den Bezeigungen ihrer Lustigkeit, so daß schließlich die Senhora kaum umhinkonnte, zur Erklärung dieser Ausgelassenheit das Wort an mich zu richten: „Entschuldigen Sie den Frohsinn eines Kindes, mein Herr", sagte sie in hartem Französisch, mit einer wohllautend beschlagenen Altstimme zu mir. „Aber ich bin Madame Kuckuck aus der Rua João de Castilhos, dies ist meine Tochter Suzanna, dieses Herr Miguel Hurtado, ein wissenschaftlicher Mitarbeiter meines Gatten, und ich gehe wohl nicht fehl mit der Annahme, zu dem Reisegefährten Dom Antonio Josés, dem Marquis de Venosta zu sprechen. Mein Mann hat uns heute bei seiner Ankunft von der Begegnung mit Ihnen erzählt . . ."

„Entzückt, Madame!" erwiderte ich mit ungeheuchelter Freude, indem ich mich gegen sie, das junge Mädchen und Herrn Hurtado verbeugte. „Das ist eine reizende Fügung des Zufalls! Gewiß, mein Name ist Venosta, und ich hatte mich tatsächlich auf der Fahrt von Paris hierher zeitweise der Gesellschaft Ihres Gatten zu erfreuen. Ich kann wohl sagen, daß ich nie mit größerem Nutzen gereist bin. Das Gespräch des Herrn Professor ist herzerhebend . . ."

„Sie dürfen sich nicht wundern, Herr Marquis", fiel die junge Suzanna hier ein, „daß Ihre Erkundigung mich amüsierte. Sie erkundigen sich viel. Schon auf dem Platze habe ich Sie beobachtet, wie Sie jeden dritten Passanten anhielten, um sich nach irgend etwas zu erkundigen. Und jetzt erkundigen Sie sich bei Dom Miguel nach unserer eigenen Wohnung . . ."

„Du bist vorlaut, Zouzou", verwies ihre Mutter ihr die Rede – und für mich war es wundervoll, sie zum erstenmal mit diesem Kosenamen angeredet zu hören, den ich selbst ihr im stillen schon längst verliehen hatte.

„Verzeih, Mama", gab die Kleine zurück, „aber alles ist vorlaut, was man in jungen Jahren sagt, und der Marquis, der ja selbst noch jung ist, kaum älter als ich, wie es scheint, ist selbst ein kleines bißchen vorlaut gewesen, indem er von Tisch zu Tisch ein Gespräch anfing. Übrigens habe ich ihm gar nicht gesagt, was ich sagen wollte. Vor allem wollte ich ihm versichern, daß Papa uns beim Wiedersehen keineswegs gleich zuerst und

Hals über Kopf von seiner Begegnung mit ihm erzählt hat, wie es fast aus deinen Worten hervorzugehen schien. Er hat uns erst eine Menge anderes erzählt, bevor er ganz beiläufig erwähnte, daß er mit einem Herrn de Venosta zu Abend gegessen . . ."

„Auch mit der Wahrheit, mein Kind", tadelte wieder kopfschüttelnd die geborene da Cruz, „darf man nicht vorlaut sein."

„Mein Gott, Mademoiselle", sagte ich, „es ist eine Wahrheit, an der ich nie gezweifelt habe. Ich bilde mir nicht ein –"

„Das ist gut, das ist gut, daß Sie sich nichts einbilden!"

Die Mama: „Zouzou!"

Die Kleine: „Ein junger Mann, der so heißt, chère maman, und dabei zufällig so gut aussieht, ist sehr in Gefahr, sich allerlei einzubilden."

Es blieb nichts übrig, als sich der Heiterkeit zu überlassen nach diesen Worten. Auch Herr Hurtado beteiligte sich an ihr. Ich sagte: „Mademoiselle Suzanna sollte die weit größere Gefahr nicht verkennen, in der sie bei ihrem Aussehen selbst schwebt, sich etwas einzubilden. Hinzu kommt die natürliche Versuchung zum Stolz auf einen solchen Papa – und solche Mama." (Verneigung gegen die Senhora.) Zouzou errötete – gewissermaßen für ihre Mutter, die an Erröten nicht im entferntesten dachte; vielleicht aber auch aus Eifersucht auf sie. Auf verblüffende Weise half sich die Kleine über dies Erröten hinweg und ließ es einfach nicht wahr sein, indem sie mit dem Kopf auf mich deutete und gleichmütig bemerkte: „Was für hübsche Zähne er hat."

In meinem Leben war mir eine solche Sachlichkeit nicht vorgekommen. Und was diese etwa von Gewaltsamkeit hatte, wußte das Mädchen ihr zu nehmen, indem sie auf das „Zouzou, vous êtes tout à fait impossible!" der Senhora die Antwort hatte: „Aber er zeigt sie ja immer. Offenbar will er es hören. Und man soll über so etwas auch gar nicht schweigen. Schweigen ist nicht gesund. Die Feststellung bringt ihm und anderen noch am wenigsten Schaden."

Ein außerordentliches Geschöpf. Wie außerordentlich, wie ganz persönlich aus dem Rahmen des Akzeptierten und ihrer ganzen gesellschaftlichen und nationalen Umgebung fallend, das sollte mir erst später klarwerden. Recht sollte ich auch erst noch erfahren, mit welcher fast ungeheuerlichen Direktheit dieses Mädchen nach ihrem mir sehr merkwürdigen Satze „Schweigen ist nicht gesund" zu handeln pflegte.

Es gab eine etwas verlegene Stockung des Gesprächs. Madame Kuckuck-da Cruz bewegte in leichtem Trommeln die Fingerspitzen auf der Tischplatte. Herr Hurtado rückte an seiner Brille. Ich half aus mit folgendem: „Wir tun wohl alle gut, Mademoiselle Suzannas pädagogische Talente zu bewundern. Schon vorhin hatte sie vollkommen recht mit ihrem Einwurf, daß die Annahme lächerlich wäre, ihr verehrter Herr Vater hätte seinen Reisebericht mit der Erwähnung meiner Person begonnen. Ich wette, er hat angefangen mit der Erwerbung, der seine Fahrt nach Paris ja galt, nämlich einiger Skelett-Teile einer gewissen sehr wichtigen, aber leider längst ausgestorbenen Tapir-Art, die im ehrwürdigen Eozän zu Hause war . . ."

„Sie treffen es durchaus, Marquis", sagte die Senhora. „Eben davon hat Dom Antonio vor allem gesprochen, wie er auch Ihnen davon gesprochen zu haben scheint, und hier sehen Sie jemanden, der sich über diesen Erwerb besonders freut, da er ihm Arbeit geben wird. Ich habe Ihnen Monsieur Hurtado als einen wissenschaftlichen Mitarbeiter meines Mannes vorgestellt – das wollte sagen: er ist ein vorzüglicher Tiergestalter, der für unser Museum nicht nur alle möglichen zeitgenössischen Tiere aufs natürlichste nachbildet, sondern auch die Kunst übt, an der Hand von fossilen Resten nicht mehr existierender Geschöpfe ihre Erscheinung höchst überzeugend wiederherzustellen."

Daher das Haar auf dem Rockkragen, dachte ich, es wäre nicht unbedingt nötig. Laut sagte ich: „Aber Madame – aber Monsieur Hurtado –, besser könnte dies alles sich gar nicht treffen! Denken Sie, auch von Ihrer bewundernswerten Tätigkeit hat mir der Herr Professor ja unterwegs erzählt, und nun läßt mich mein gutes Glück beim ersten Schritt in die Stadt Ihre Bekanntschaft machen . . ."

Was sagte hier Fräulein Zouzou, abgewandten Gesichts? Sie brachte es fertig zu sagen: „Welche Freude! Fallen Sie ihm doch gleich um den Hals! Die Bekanntschaft mit uns kommt wohl gar nicht in Vergleich mit der, die Sie da bejubeln? Und dabei sehen Sie nicht im mindesten so aus, Marquis, als ob Ihnen die Wissenschaften besonders nahelägen. Ihr Interesse gilt in Wahrheit wohl mehr dem Ballett und den Pferden."

Man hätte sich um ihre Reden wohl gar nicht kümmern sollen. Aber ich erwiderte denn doch: „Den Pferden? Erstens, mein Fräulein, hat das Pferd mit dem Tapir des Eozäns von weitem sehr viel zu tun. Und selbst das Ballett kann einen auf wissenschaftliche Gedanken bringen, durch die Erinnerung nämlich an das urtümliche Knochengerüst der hübschen Beine, die sich da produzieren. Verzeihen Sie die Erwähnung, aber Sie waren es, die vom Ballett anfing. Im übrigen bleibt es Ihnen unbenommen, in mir einen Fant von den seichtesten Interessen zu sehen, der für das Höhere, für den Kosmos und die drei Urzeugungen und die Allsympathie gar keinen Sinn hat. Das steht Ihnen frei, wie gesagt, nur könnte es sein, daß Sie mir unrecht damit täten."

„Es wäre an dir, Zouzou", sagte die Mama, „zu erklären, daß das nicht deine Absicht war."

Aber Zouzou schwieg verstockt.

Herr Hurtado dagegen, sichtlich geschmeichelt, ging nun sehr verbindlich auf meine erfreute Begrüßung ein.

„Mademoiselle", sagte er entschuldigend, „liebt die Neckerei, Herr Marquis. Wir Männer müssen das hinnehmen, und wer von uns wäre nicht gern bereit dazu? Mich neckt sie auch immer und nennt mich den Ausstopfer, weil das wirklich anfangs mein ganzes Gewerbe war: ich verdiente mir mein Brot, indem ich verendete Lieblinge, Kanarienvögel, Papageien und Katzen ausstopfte und mit hübschen Glasaugen versah. Dann bin ich freilich zu Besserem übergegangen, zur Dermoplastik, vom Handwerk zur Kunst, und brauche keine toten Tiere mehr, um scheinbar höchst lebendige zur Anschauung zu bringen. Dazu gehört außer einer geschickten Hand viel Naturbeobachtung und Studium, ich leugne das nicht. Was mir davon eigen ist, habe ich schon seit einer Reihe von Jahren in den Dienst unseres Naturhistorischen Museums gestellt – übrigens nicht ich allein, noch zwei Künstler derselben Branche arbeiten wie ich für die Kuckucksche Schöpfung. Zur Herstellung von Tieren, die anderen Erdaltern angehören, von archaischem Leben also, ist, versteht sich, ein fester anatomischer Anhalt erforderlich, aus dem die Gesamterscheinung sich logisch ergibt, und darum bin ich so sehr zufrieden, daß es dem Herrn Professor gelungen ist, in Paris das Notwendigste vom Skelett dieses frühen Huftiers zu ergattern. Ich will das Gegebene schon auffüllen. Das Tier war nicht größer als ein Fuchs und hatte bestimmt noch vier gut ausgebildete Zehen an den Vorderfüßen und drei an den Hinterfüßen . . ."

Hurtado hatte sich ganz warm geredet. Ich beglückwünschte

ihn herzlich zu der prächtigen Aufgabe und bedauerte nur, daß ich das Ergebnis dieser seiner Arbeit nicht würde abwarten können, da schon in einer Woche mein Schiff gehe – mein Schiff nach Buenos Aires. Aber möglichst viel von seinem bisherigen Schaffen zu sehen, sei ich entschlossen. Professor Kuckuck habe sich aufs hochherzigste erboten, selbst meinen Führer durch das Museum zu machen. Um eine bestimmte Verabredung mit ihm sei es mir eben zu tun.

Die könne sogleich getroffen werden, sagte Hurtado. Wenn ich mich morgen vormittag, etwa um elf Uhr, zu dem Museum, Rua da Prata, nicht weit von hier, bemühen wolle – der Herr Professor sowohl wie auch seine Wenigkeit würden um diese Zeit dort anwesend sein, und zur Ehre werde es ihm gereichen, sich bei dem Rundgang anschließen zu dürfen.

Wundervoll. Ich reichte ihm geradezu die Hand zum Einverständnis, und die Damen ließen mit mehr oder weniger Wohlwollen die Verabredung geschehen. Das Lächeln der Senhora war herablassend, dasjenige Zouzous spöttisch. Aber an dem noch nachfolgenden kurzen Gespräch beteiligte doch auch sie sich ziemlich gesittet, obschon nicht ohne Einschlag von dem, was Herr Hurtado „Neckerei" genannt hatte. Ich erfuhr, daß „Dom Miguel" den Professor vom Bahnhof abgeholt, ihn nach Hause begleitet und in der Familie das Mittagsmahl eingenommen, danach dann den Damen bei ihren Einkäufen hier unten Gesellschaft geleistet und sie schließlich an diesen Erfrischungsort geführt hatte, den ohne männliche Bedeckung zu betreten die Landessitte ihnen nicht erlaubt haben würde. Auch von meinen vorhabenden Reisen war die Rede, dieser einjährigen Weltreise, die meine lieben Eltern in Luxemburg mir spendeten – ihrem einzigen Sohn, für den sie nun einmal eine Schwäche hätten.

„C'est le mot", versagte Zouzou sich nicht, einzuschalten. „Allerdings, das kann man wohl Schwäche nennen."

„Ich sehe Sie andauernd um meine Bescheidenheit besorgt, mein Fräulein."

„Das wäre wohl eine hoffnungslose Sorge", erwiderte sie.

Ihre Mutter belehrte sie: „Mein liebes Kind, ein junges Mädchen muß es lernen, zwischen Züchtigkeit und Stachligkeit zu unterscheiden."

Und doch war es gerade diese Stachligkeit, die mir Hoffnung

machte, eines Tages – so knapp mir die Tage waren – diese reizend geschürzten Lippen küssen zu können.

Madame Kuckuck selbst sollte es sein, die mich in dieser Hoffnung bestärkte, denn es geschah, daß sie mich in aller Form für morgen zum Mittagessen einlud. Hurtado nämlich erging sich in Überlegungen, für welche Sehenswürdigkeit der Stadt und ihrer Umgebung ich meine bemessene Zeit unbedingt nutzen müsse. Er empfahl den erhebenden Ausblick auf Stadt und Fluß, den man von dem öffentlichen Garten Passeio da Estrella genieße, sprach auch von einem bevorstehenden Stierkampf, rühmte besonders das Kloster Belem, eine Perle architektonischer Kunst, und die Schlösser von Cintra. Ich hingegen gestand ihm, daß, was mich nach allem, was ich davon gehört hätte, am stärksten anziehe, der Botanische Garten sei, wo es Pflanzen geben solle, die eher der Steinkohlenzeit als der gegenwärtigen Vegetation unseres Planeten angehörten, nämlich Farnbäume. Das berühre mich mehr als alles andere, und vom Naturhistorischen Museum abgesehen, müsse dahin mein erster Gang sein.

„Ein Spaziergang, nichts weiter", äußerte die Senhora. Er sei bequem zu unternehmen. Das einfachste werde sein, ich speiste nach dem Besuch des Museums in der Rua João de Castilhos en famille zu Mittag, und für den Nachmittag könne man, ob Dom Antonio José nun mitkommen wolle oder nicht, die botanische Promenade ins Auge fassen.

Mit Hoheit tat sie den Vorschlag, erließ sie die Einladung, und daß ich diese mit artigster Überraschung und Dankbarkeit annahm, brauche ich nicht zu versichern. Nie, sagte ich, hätte ich das Programm eines nächsten Tages mit mehr freudiger Voraussicht ins Auge gefaßt als heute. Nach geschehener Abmachung erhob man sich zum Gehen. Herr Hurtado ordnete beim Kellner die Rechnung für sich und die Damen. Nicht nur er, sondern auch Madame Kuckuck und Zouzou reichten mir zum Abschied die Hand. „À demain", hieß es wiederholt. Selbst Zouzou sagte „À demain". „Grâce à l'hospitalité de ma mère", setzte sie spottend hinzu. Und dann, die Augen etwas gesenkt: „Ich rede nicht gern nach Weisung. Darum schob ich es auf, Ihnen zu sagen, daß es nicht meine Absicht war, Ihnen unrecht zu tun."

Ich war so verblüfft über diese plötzliche Milderung ihrer Stachligkeit, daß ich sie aus Versehen Zaza nannte.

„Mais Mademoiselle Zaza . . ."

„Zaza!“ wiederholte sie auflachend und drehte mir den Rükken . . .

Ich mußte ihr geradezu nachrufen: „Zouzou! Zouzou! Excusez ma bévue, je vous en prie!“

Während ich, am maurischen Hauptbahnhof vorbei, durch die enge Rua do Príncipe, die den Rocio mit der Avenida da Liberdade verbindet, in mein Hotel zurückkehrte, schalt ich mich wegen des Ausgleitens meiner Zunge. Zaza! Die war nur sie selbst gewesen, zu zweit nur mit ihrem verliebten Loulou – nicht mit einer stolzen, ur-iberischen Mutter –, und das war doch ein gewaltiger Unterschied!

Siebentes Kapitel

Das Museu Sciências Naturaes von Lissabon, in der Rua da Prata gelegen, erreicht man von der Rua Augusta aus in wenigen Schritten. Die Fassade des Hauses ist unscheinbar, ohne Freitreppen-Aufgang, ohne Säulenportal. Man tritt eben ein und findet sich sogleich, noch vor dem Durchschreiten der Drehsperre, bei der der Geldeinnehmer seinen mit Photographien und Ansichtskarten ausgestatteten Tisch hat, überrascht von der Weite und Tiefe der Vorhalle, die den Besucher bereits mit einem das Gemüt ergreifenden Naturbilde begrüßte. Man erblickte nämlich ungefähr in ihrer Mitte einen bühnenartigen Aufbau mit grasigem Boden, in dessen Hintergrund ein Waldesdickicht, teils gemalt, teils wirklich aus Stämmen und Laub bestehend, dunkelte. Davor aber, als sei er eben daraus hervorgetreten, stand im Grase auf schlanken, enggestellten Beinen ein weißer Hirsch, hochgekrönt mit ausladendem Geweih aus Schaufeln und Spießen, würdevoll und zugleich wachsam-flüchtig von Ansehen, die Öffnung der seitlich gespannten Ohren unter dem Geweih nach vorn gewandt, aus weit auseinanderliegenden und glänzenden, zwar ruhigen, aber aufmerksamen Augen dem Eintretenden entgegenblickend. Das Oberlicht der Halle fiel gerade auf den Grasplatz und die schimmernde Gestalt der Kreatur, so stolz und vorsichtig. Man fürchtete, sie werde mit einem Satz im Dunkel der Waldesdekoration verschwinden, wenn man einen Schritt vorwärts täte. Und so verharrte ich in Scheu, gebannt von der Scheue des einsamen

Wildes dort drüben, an meinem Ort, ohne gleich Senhor Hurtados gewahr zu werden, der, die Hände auf dem Rücken, wartend zu Füßen des Podiums stand. Von da kam er auf mich zu, gab dem Mann der Kasse ein Zeichen, daß das Eintrittsgeld entfalle, und drehte die Kreuz-Barriere für mich unter freundlichen Begrüßungsworten.

„Ich sah Sie gefesselt, Herr Marquis", sagte er, „von unserem Empfangsherrn, dem weißen Schaufler. Sehr begreiflich. Ein gutes Stück. Nein, nicht ich habe es auf die Beine gestellt. Das ist von anderer Hand geschehen, vor meiner Verbindung mit dem Institut. Der Herr Professor erwartet Sie. Darf ich mir erlauben . . ."

Aber er mußte es lächelnd zulassen, daß ich erst einmal hinüberstrebte zu der prächtigen Tiergestalt, um sie, die glücklicherweise nicht wirklich flüchtig werden konnte, recht aus der Nähe zu betrachten.

„Kein Damhirsch", erläuterte Hurtado, „sondern von der Klasse der Edel-Rothirsche, die zuweilen weiß sind. Übrigens spreche ich vermutlich zu einem Kenner. Sie sind Weidmann, nehme ich an?"

„Nur gelegentlich. Nur wenn gerade die gesellschaftlichen Umstände es mit sich bringen. Hier ist mir nichts weniger als weidmännisch zu Sinn. Ich glaube, ich könnte nicht anlegen auf den da. Er hat ja was Legendäres. Und dabei – nicht wahr, Senhor Hurtado, dabei ist doch der Hirsch ein Wiederkäuer?"

„Gewiß, Herr Marquis. Wie seine Vettern, das Rentier und der Elch."

„Und wie das Rind. Sehen Sie, man sieht es. Er hat etwas Legendäres, aber man sieht es. Er ist weiß, ausnahmsweise, und sein Geweih gibt ihm etwas vom König des Waldes, und sein Geläuf ist zierlich. Aber der Körper verrät die Familie – gegen die ja nichts einzuwenden ist. Vertieft man sich in den Rumpf und das Hinterteil und denkt etwa dabei an das Pferd – es ist nerviger, das Pferd, obgleich es bekanntlich vom Tapir stammt –, so kommt der Hirsch einem vor wie eine gekrönte Kuh."

„Sie sind ein kritischer Beobachter, Herr Marquis."

„Kritisch? Aber nein. Ich habe Sinn für die Formen und Charaktere des Lebens, der Natur, das ist alles. Gefühl dafür. Eine gewisse Begeisterung. Die Wiederkäuer haben, nach allem, was ich davon weiß, den merkwürdigsten Magen. Er hat verschiedene

Kammern, und aus einer davon stoßen sie das Gefressene wieder auf ins Maul. Dann liegen sie und kauen mit Genuß die Klumpen noch einmal recht gründlich durch. Sie mögen sagen, es sei sonderbar, zum Waldeskönig gekrönt zu sein bei solcher Familiengewohnheit. Aber ich verehre die Natur in allen ihren Einfällen und kann mich ganz gut hineinversetzen in die Gewohnheit des Wiederkäuens! Schließlich gibt es etwas wie Allsympathie."

„Zweifelsohne", sagte Hurtado betroffen. Er war wirklich etwas verlegen ob meiner gehobenen Ausdrucksweise – als ob es eine weniger gehobene gäbe für das, was „Allsympathie" besagt. Da er aber vor Verlegenheit starr und traurig blickte, beeilte ich mich, in Erinnerung zu bringen, daß der Hausherr uns erwarte.

„Sehr wahr, Marquis. Ich täte unrecht, Sie länger hier festzuhalten. Darf ich nach links bitten . . ."

Links am Korridor lag Kuckucks Bureau. Er erhob sich vom Schreibtisch bei unserem Eintritt, indem er die Arbeitsbrille von seinen Sternenaugen nahm, die ich mit einer Empfindung wiedererkannte, als hätte ich sie vordem im Traum gesehen. Seine Begrüßung war herzlich. Er äußerte sein Vergnügen über den Zufall, der mich schon mit seinen Damen zusammengeführt, und über die getroffenen Verabredungen. Einige Minuten lang saßen wir um seinen Tisch, und er erkundigte sich nach meiner Unterkunft, meinen ersten Eindrücken von Lissabon. Dann schlug er vor: „Machen wir uns auf unseren Rundgang, Marquis?"

So taten wir. Vor dem Hirschen draußen stand jetzt eine Schulklasse, zehnjährige Kinder, die ihr Lehrer über das Tier unterwies. Mit gleichmäßig verteiltem Respekt blickten sie hin und her zwischen diesem und ihrem Mentor. Sie wurden dann an den Glaskästen mit Käfer- und Schmetterlingssammlungen vorübergeführt, welche die Halle umgaben. Wir hielten uns dabei nicht auf, sondern betraten rechtshin eine offene Flucht ungleich großer Räume, wo denn nun freilich der „Sinn für die Charaktere des Lebens", dessen ich mich gerühmt hatte, sein Genüge, ja ein bedrängendes Übergenüge finden mochte, so dicht und den Blick der Sympathie fangend auf Schritt und Tritt war Zimmer und Saal von je und je dem Schoß der Natur entquollenen Bildungen, welche neben dem trüben Versuch sogleich auch das genauest Entwickelte, in seiner Art Vollendetste gewahren ließen. Hinter Glas war ein Stück Meeresboden dargestellt, auf dem frühestes organisches Leben, pflanzliches, zum Teil in einer gewissen

Unanständigkeit der Formen, skizzenhaft wucherte. Und gleich daneben sah man Querschnitte von Muscheln aus untersten Erdschichten – hinweggemodert seit Millionen Jahren die kopflosen Weichwesen, denen sie zum Schutze gedient – von so minutiöser Ausarbeitung des Inneren der Gehäuse, daß man sich wunderte, zu welch peinlicher Kunstfertigkeit die Natur es in so alten Tagen gebracht.

Einzelne Besucher, Leute, die das gewiß populäre Eintrittsgeld zu erlegen gehabt hatten, begegneten uns, führerlos, da ihr gesellschaftlicher Rang keinen Anlaß zu besonderer Betreuung gab, so daß sie sich also auf die in der Landessprache abgefaßten Erläuterungen angewiesen fanden, mit denen die Objekte versehen waren. Neugierig blickten sie sich um nach unserer kleinen Gruppe und glaubten in mir wahrscheinlich einen ausländischen Prinzen zu sehen, dem die Verwaltung die Honneurs des Hauses machte. Ich leugne nicht, daß mir das angenehm war; und dazu empfand ich als zarten Reiz den Kontrast zwischen meiner Feinheit und Eleganz und der tiefen Urtümlichkeit der oft ungeheuerlich anzusehenden fossilen Naturexperimente, deren flüchtige Bekanntschaft ich machte, dieser Urkrebse, Kopffüßer, Armfüßer, fürchterlich betagten Schwämme und eingeweidelosen Haarstern-Tiere.

Was mir dabei bewegend im Sinne lag, war der Gedanke, daß dies alles erste Ansätze, in keinem noch so absurden Fall einer gewissen Eigenwürde und Selbstzweckhaftigkeit entbehrende Vorversuche in der Richtung auf mich, will sagen: den Menschen waren; und dies bestimmte die höflich zusammengenommene Haltung, in der ich mir etwa den nackthäutigen, spitzmäuligen Meeressaurier vorstellen ließ, von dem ein wohl fünf Meter langes Modell in einem gläsernen Wasserbehälter schwamm. Dieser Freund, der es weit über die hier gezeigte Größe hatte hinausbringen können, war ein Reptil, aber von Fischgestalt, und ähnelte dem Delphin, der jedoch ein Säugetier war. So zwischen den Gattungen schwebend, glotzte er mich von der Seite an, während meine eigenen Augen, unter Kuckucks Worten, schon in weitere Räume voranglitten, wo, durch mehrere hindurchreichend, von einer rotsamtenen Sperrkordel eingefaßt, wahrhaftig ein Dinosaurier in voller Lebensgestalt aufgebaut zu sein schien. So geht es ja in Museen und Ausstellungen: sie bieten zuviel; die stille Vertiefung in einen oder wenige Gegenstände aus ihrer

Fülle wäre für Geist und Gemüt wohl ergiebiger; schon wenn man vor den einen tritt, ist der Blick zu einem anderen vorangeschweift, dessen Anziehung die Aufmerksamkeit für jenen beirrt, und so fort durch die Flucht der Erscheinungen. Übrigens sage ich das aus einmaliger Erfahrung, denn ich habe später kaum je wieder solche Belehrungsstätten besucht.

Das ungefüge Wesen angehend, das, von der Natur verdrossen fallengelassen, hier an Hand seiner versunkenen Reste treulich wiederhergestellt war, so hatte das Haus keinen Saal, der seinen Dimensionen gewachsen gewesen wäre – alles in allem war es ja, Gott sei's geklagt, vierzig Meter lang, und wenn man ihm zwei, durch einen weit offenen Bogen verbundene Gemächer eingeräumt hatte, so hatten auch diese nur durch eine geschickte Anordnung seiner Gliedmaßen den Ansprüchen genügt, die sie stellten. Wir gingen durchs eine Zimmer vorbei an dem riesigen, in eine Windung gelegten Lederschweif, den hautigen Hinterbeinen und einen Teil des bauchigen Rumpfes; nebenan aber war der Vorderfigur ein Baumstamm – oder war es eine stumpfe Steinsäule? – errichtet, worauf der Ärmste, halb aufgerichtet, sich nicht ohne ungeheuerliche Grazie mit einem Fuß stützte, indes der endlose Hals mit dem nichtigen Köpfchen daran sich in betrübtem Sinnen – aber kann man sinnen mit einem Sperlingshirn? – zu diesem Fuß herabneigte.

Ich war sehr ergriffen vom Anblick des Dinosauriers und sprach im Geiste zu ihm: Laß dir's nicht nahegehen! Gewiß, du bist verworfen worden und kassiert wegen Maßlosigkeit, aber du siehst, wir haben dich nachgebildet und gedenken dein. Und doch war nicht einmal auf dieses Renommierstück des Museums meine Aufmerksamkeit voll versammelt, sondern wurde durch gleichzeitige Anziehungen abgelenkt: Von der Decke herabhängend, schwebte, die Hautschwingen gespreitet, ein Flugsaurier, dazu der eben aus dem Reptilischen hervorgegangene Urvogel mit Schweif und bekrallten Fittichen. Eier gebärende Säugetiere mit Tragtaschen gab es auch nahebei und stumpfgesichtige Riesengürteltiere weiterhin, deren Natur sie fürsorglich mit einem Rücken- und Flankenpanzer aus dicken Knochenplatten geschützt hatte. Aber die Natur ihres gierigen Kostgängers, des Säbelzahntigers, hatte ganz ebenso für diesen gesorgt und ihn so starke Kiefer und solche Brechzähne ausbilden lassen, daß er damit dem Knochenpanzer knackend beikommen und dem

Gürteltier große Stücke seines wahrscheinlich sehr wohlschmeckenden Fleisches vom Leibe reißen konnte. Je größer und dicker gewappnet der widerwillige Wirt wurde, desto gewaltiger wurden Kiefer und Gebiß des Gastes, der ihm freudig zum Mahl auf den Rücken sprang. Als aber eines Tages, berichtete Kuckuck, Klima und Pflanzenwuchs dem großen Gürteltier einen Streich spielten, derart, daß es seinen harmlosen Unterhalt nicht mehr fand und einging, da saß, nach all dem Wettstreit, auch der Säbelzahntiger da mit seinen Kiefern und seinen Panzerbrechern im Maul, verelendete rasch und gab die Existenz auf. Dem wachsenden Gürteltier zuliebe hatte er alles getan, um nicht zurückzubleiben und sich zum Knacken tüchtig zu halten. Jenes hinwiederum wäre so groß und dick beschient nie geworden ohne den Liebhaber seines Fleisches. Wenn aber die Natur es schützen wollte gegen diesen durch die immer schwerer zu zerbrechende Panzerwölbung, warum hatte sie gleichzeitig dann immerfort die Kinnbacken und Säbelzähne des Feindes verstärkt? Sie hatte es mit beiden gehalten – und also mit keinem von beiden –, hatte nur ihren Scherz mit ihnen getrieben und sie, als sie sie recht auf die Höhe ihrer Möglichkeiten gebracht, im Stich gelassen. Was denkt die Natur sich? Sie denkt sich gar nichts, und auch der Mensch kann sich nichts bei ihr denken, sondern sich nur verwundern über ihren tätigen Gleichmut, und dabei nach rechts und links sein Herz verschenken, wenn er als Ehrengast unter der Vielfalt ihrer Gestalten wandelt, wovon so wunderschöne Modelle, zum Teil von Herrn Hurtado angefertigt, die Räume des Kuckuckschen Museums füllten.

Mir wurden vorgestellt: mit seinen aufgebogenen Stoßzähnen das zottige Mammut, das es nicht mehr gibt, und, gehüllt in lappige Dickhaut, das Nashorn, das es noch gibt, obgleich es nicht danach aussieht. Von Baumästen herab sahen, geduckt, aus übergroßen, spiegelnden Augen Halbaffen mich an, das Nachtäffchen Schlanklori, das ich für immer in mein Herz schloß, so zierliche Händchen, von den Augen ganz abgesehen, hatte es an seinen Ärmchen, die natürlich das Knochengerüst der ältesten Landtiere bargen, und der Koboldmaki mit Augen wie Teetassen, lang-dünnen Fingerchen, die er zusammengelegt vor der Brust hielt, und ausnehmend verbreiterten Plattzehen. Die Natur schien zum Lachen reizen zu wollen mit diesen Frätzchen; ich aber enthielt mich sogar des Lächelns bei ihrem Anblick. Denn gar zu deutlich lief es bei ihnen allen schließlich auf mich hinaus, wenn auch auf verlarvte und wehmütig scherzhafte Weise.

Wie könnte ich alle Tiere nennen und loben, die das Museum zur Anschauung brachte, die Vögel, die nistenden weißen Reiher, die grämlichen Käuze, den dünngestelzten Flamingo, die Geier und Papageien, das Krokodil, die Robben, Lurche, Molche und warzigen Kröten, kurz, was da kreucht und fleucht! Ein Füchslein vergesse ich nie von wegen der Witzigkeit seines Antlitzes, und allen, Fuchs, Luchs, Faultier und Vielfraß, ja auch dem Jaguar im Baum, mit Augen schief, grün und falsch und einer Maulesmiene, die anzeigte, daß die ihm zugewiesene Rolle reißend und blutig war – allen hätte ich gerne tröstend den Kopfpelz gestreichelt und tat es auch hie und da, obgleich das Berühren der Objekte verboten war. Aber welche Freiheit durfte ich mir nicht nehmen? Meine Begleiter sahen es gern, daß ich dem aufrecht tappenden Bären die Hand reichte und dem Schimpansen, der sich auf seine Fingerknöchel niedergelassen, ermutigend auf die Schulter klopfte.

„Aber der Mensch", sagte ich, „Herr Professor! Sie haben mir doch den Menschen versprochen. Wo ist er?"

„Im Souterrain", antwortete Kuckuck. „Haben Sie hier alles beherzigt, Marquis, so wollen wir hinabsteigen."

„Hinauf, wollen Sie sagen", schaltete ich geistvoll ein.

Das Souterrain war künstlich erleuchtet. Wo wir gingen, da waren hinter Glasscheiben kleine Theater, plastische Szenen in natürlicher Größe aus dem Frühleben der Menschen, in die Wand eingelassen, und vor jeder verweilten wir unter den Kommentaren des Hausherrn, kehrten auch wohl, auf mein Betreiben, von einer nächsten zur vorigen nochmals zurück, solange wir dort schon gestanden haben mochten. Erinnert der geneigte Leser sich wohl, wie ich in eigener Frühzeit, aus Neugier nach den Ursprüngen meiner auffallenden Wohlschaffenheit, unter allerlei Vorfahrenbildnissen nach ersten Hinweisen auf mein Selbst mich forschend umsah? Verstärkt kehrt immer im Leben das Anfängliche wieder, und ganz fühlte ich mich zurückversetzt in jene Beschäftigung, als ich nun dringlichen Auges und klopfenden Herzens das aus grauester Ferne auf mich Abzielende besichtigte. Du mein Gott, was hockte da klein und beflaumt in scheuer Gruppe beisammen, als beriete man sich in schnalzender, gurrender Vor-Sprache, wie auf dieser Erde, die man beherrscht von weit günstiger ausgestatteten, stärker bewaffneten Wesen vorgefunden, ein Durchkommen, ein Auskommen zu finden sei? Hatte da die Urzeugung, von der ich gehört, die Sonderung vom Tierischen sich schon oder noch nicht vollzogen? Sie hatte, sie hatte, wenn man mich fragte. Dafür sprach gerade die ängstliche Fremdheit und Hilflosigkeit der Beflaumten in einer fortgegebenen Welt, für die sie weder mit Hörnern noch Hauern, mit Reißkiefern weder, noch Knochenpanzern, noch eisernen Hackschnäbeln versehen waren. Und doch wußten sie schon, meiner Überzeugung nach, und besprachen es heimlich im Hocken, daß sie aus feinerem Holze geschnitzt waren als alle anderen.

Eine Höhle eröffnete sich, geräumig, da schürten Neandertal-Leute ein Feuer – plumpnackige, untersetzte Leute, gewiß –, aber es hätte nur sonst jemand, der herrlichste Waldeskönig, kommen sollen und Feuer schlagen und schüren! Dazu gehörte mehr als königliches Gebaren; es hatte etwas hinzukommen müssen. Sehr plumpen und kurzen Nackens war besonders das Haupt des Clans, ein Mann, schnauzbärtig und rund von Rücken, das eine Knie blutig aufgeschunden, die Arme zu lang für seine Statur, eine Hand am Geweih eines Hirsches, den er erschlagen und eben zur Höhle hereinschleppte. Kurzhalsig, langarmig und wenig strack waren sie alle: die Leute am Feuer, der Knabe, der dem Ernährer und Beutebringer achtungsvoll entgegensah, und das Weib, das, ein Kind an der nährenden Brust, aus einer Hinterhöhle hervortrat. Das Kind aber, siehe, war ganz wie ein Brustkind von heute, entschieden modern und fortgeschritten über den Stand der Großen, doch würde es wachsend wohl auch noch auf diesen zurückfallen.

Nicht trennen konnte ich mich von den Neandertalern, dann aber ebensowenig von dem Sonderling, der vor vielen Jahrhunderttausenden einsam in nackter Felsenhöhle kauerte und mit seltsamem Fleiß die Wände mit Bildern von Wisenten, Gazellen und anderem Jagdgetier, auch Jägern dazu, bedeckte. Seine Gesellen betrieben wohl draußen die Jagd in Wirklichkeit, er aber malte sie mit bunten Säften, und seine beschmierte Linke, mit der er sich bei der Arbeit gegen die Felswand stützte, hatte mehrfache Abdrücke zwischen den Bildern darauf zurückgelassen. Lange sah ich ihm zu und wollte trotzdem, als wir schon weiter waren, noch einmal zu dem fleißigen Sonderling zurückkehren. „Hier ist aber noch einer", sagte Kuckuck, „der ritzt, was ihm vorschwebt, so gut er kann, in einen Stein." Und dieser emsig ritzend über den Stein Gebückte war auch sehr rührend. Kühn und wehrhaft aber war der, der auf einem Theater mit Hunden und einem Speer das wütende Wildschwein anging, das sich, sehr wehrhaft ebenfalls, doch auf untergeordnet-natürliche Weise, zum Kampfe stellte. Zwei Hunde – es war eine kuriose, heute nicht mehr gesehene Rasse, Torfspitze, wie der Professor sie nannte, die der Mensch der Pfahlbauzeit sich gezähmt hatte – lagen schon, aufgeschlitzt von seinem Gebrech, im Grase, aber es hatte mit vielen zu tun, ihr Herr hob zielend die Lanze, und da der Ausgang der Sache nicht zweifelhaft sein konnte, gingen wir weiter und überließen das Schwein seinem untergeordneten Schicksal.

Es war eine schöne Meereslandschaft zu sehen, wo Fischer am Strand ihrem unblutigen, doch auch überlegenen Handwerk oblagen; mit Flachsnetzen taten sie einen guten Fang. Nebenan nun aber ging es ganz anders zu als irgendwo sonst, bedeutender als bei den Neandertalern, dem Wildschweinjäger, den netzeinholenden Fischern und selbst bei den sonderlich Fleißigen: Steinsäulen waren errichtet, eine Menge davon; sie ragten unüberdacht, es war wie ein Säulensaal, nur mit dem Himmel als Decke, und in der Ebene draußen ging eben die Sonne auf, rot flammend hob sie sich über den Weltrand. Im dachlosen Saal aber stand ein Mann von kräftigem Gliederbau und brachte, die Arme erhoben, der aufgehenden Sonne einen Blumenstrauß dar! Hatte man je so etwas gesehen? Der Mann war kein Greis und kein Kind, er war im rüstigsten Alter. Und eben daß er so rüstig und stark war, verlieh seiner Handlung eine besondere Zartheit. Er und die mit ihm lebten und ihn aus irgendwelchen persönlichen Gründen für sein Amt ausgesondert hatten, verstanden noch nicht zu bauen und zu decken; sie konnten nur Steine aufeinandersetzen zu Pfeilern, die einen Bezirk bildeten, um Handlungen darin vorzunehmen, wie der Kräftige hier eine vollzog. Die rohen Pfeiler waren kein Grund zum Hochmut. Der Fuchs- und der Dachsbau und das vorzüglich geflochtene Vogelnest zeugten sogar von mehr Witz und Kunst. Allein sie waren nichts weiter als zweckmäßig – Schlupf und Brut, darüber ging ihr Sinn nicht hinaus. Mit dem Pfeilerbezirk war es etwas anderes; Schlupf und Brut hatten mit ihm nichts zu tun, sie waren unter seinem Sinn, der, abgelöst von gewitzter Bedürftigkeit, sich aufschwang zu noblem Bedürfnis – und da hätte wahrhaftig nur sonst in aller Natur jemand kommen sollen und auf den Gedanken verfallen, der wiederkehrenden Sonne einen Blumenstrauß dienstlich zu präsentieren!

Mein Kopf war heiß auf leicht fiebrige Weise von dringlichem Schauen, während ich in meinem vielverschenkten Herzen diese Herausforderung ergehen ließ. Den Professor hörte ich sagen, nun hätten wir alles gesehen und könnten wieder hinaufsteigen und weiter hinauf sodann in die Rua João de Castilhos, wo uns seine Damen zum Frühstück erwarteten.

„Fast hätte man es vergessen können über solcher Besichtigung", erwiderte ich und hatte es doch keineswegs vergessen, vielmehr den Gang durchs Museum geradezu als Vorbereitung betrachtet zum Wiedersehen mit Mutter und Tochter – ganz ähnlich wie Kuckucks Gespräch im Speisewagen die Vorbereitung gewesen war zu dieser Besichtigung.

„Herr Professor", sagte ich in dem Versuch, eine kleine Schlußrede zu halten. „Ich habe zwar noch nicht viele Museen besichtigt in meinem jungen Leben, aber daß Ihres eins der ergreifendsten ist, steht mir außer Frage. Stadt und Land schulden Ihnen Dank für die Schöpfung desselben und ich für Ihre persönliche Führung. Auch Ihnen danke ich wärmstens, Herr Hurtado. Wie getreu haben Sie den armen maßlosen Dinosaurier wiederhergestellt und das wohlschmeckende Riesengürteltier! Nun aber, so ungern ich von hier scheide, dürfen wir Senhora Kuckuck und Mademoiselle Zouzou um keinen Preis auf uns warten lassen. Mutter und Tochter – auch damit hat es eine ergreifende Bewandtnis. Ein Geschwisterpaar, gut, es hat gleichfalls oft großen Zauber. Aber Mutter und Tochter, ich sage es frei – und möge es auch etwas fiebrig klingen –, geben doch das reizendste Doppelbild ab auf diesem Sterne."

Achtes Kapitel

Und so wurde ich denn in das Zuhause des Mannes eingeführt, dessen Gespräch auf der Reise mein Inneres in so starke Bewegung versetzt hatte – dieses Domizil, in dessen erhöhte Gegend ich meine Blicke von der unteren Stadt schon oftmals suchend emporgewandt hatte und das mir durch die unverhoffte Bekanntschaft mit seinen weiblichen Bewohnerinnen, mit Mutter und Tochter, noch anziehender geworden war. Geschwind und bequem trug uns die Seilbahn, von der Herr Hurtado gesprochen, zu jener Region hinan, und es erwies sich, daß sie in nächster Nähe der Rua João de Castilhos mündete, so daß wir nach wenigen Schritten vor der Villa Kuckuck standen, einem weißen Häuschen wie andere mehr hier oben. Ein kleiner Rasenplatz lag davor, mit einem Blumenbeet in der Mitte, und das Innere war das eines bescheidenen Gelehrtenheims, nach Dimensionen und Ausstattung in äußerstem Kontrast stehend zu der Pracht meiner eigenen Unterkunft in der Stadt, so daß ich mich eines Gefühls der Herablassung nicht erwehren konnte bei den Lobsprüchen, die ich der überschauenden Lage des Hauses und der Wohnlichkeit der Räume spendete.

Übrigens wurde dieses Gefühl rasch bis zur Zaghaftigkeit gedämpft durch einen anderen sich aufdrängenden Kontrast: nämlich durch die Erscheinung der Hausfrau, Senhora Kuckuck-da Cruz, die uns – das heißt besonders mich – in dem höchst bürgerlich kleinen Salon mit so vollendeter Würde begrüßte, als umgäbe sie ein fürstlicher Empfangssaal. Der Eindruck, den diese Frau am Vortage auf mich gemacht, verstärkte sich beim Wiedersehen nur noch beträchtlich. Sie hatte Wert darauf gelegt, sich in einer anderen Toilette zu zeigen als gestern: es war ein Kleid aus sehr feinem weißem Moiré mit schön tailliertem, an Überfällen reichem Rock, engen, aber faltigen Ärmeln und einer schwarzen Sammetschärpe hoch unter dem Busen. Ein alter Goldschmuck mit Medaillon lag um ihren elfenbeinfarbenen Hals, dessen Tönung also, wie die des großen, strengen Gesichtes zwischen den baumelnden Ohrgehängen, um einige Nuancen dunkler von der Blütenweiße des Kleides abstach Das volle schwarze Haar, in der Stirn zu einigen Löckchen geordnet, ließ heute, ohne Hut, denn doch Silberfäden wahrnehmen. Aber wie ohne Tadel wohlerhalten war die Figur in ihrer Strackheit, bei hochgetragenem Kopf, der immer unter Lidern, fast müde vor Stolz, auf dich hinabblickte! Ich leugne nicht, daß die Frau mich einschüchterte und mich zugleich durch eben die Eigenschaften, vermöge deren sie es tat, außerordentlich anzog. Ihr bis zur Düsternis hochheitsvolles Wesen war in ihrer Stellung als Gattin eines gewiß verdienten Gelehrten doch nur unvollkommen begründet. Es wirkte dabei etwas rein Blutmäßiges, ein Rassedünkel mit, der etwas Animalisches und gerade dadurch Erregendes hatte.

Dabei hielt ich im Grunde nach Zouzou Ausschau, die meinem Alter und Interesse doch näherstand als Senhora Maria Pia – den Vornamen hörte ich von dem Professor, der uns aus einer auf der Plüschdecke des Salontisches stehenden, von Gläsern umgebenen Karaffe Portwein einschenkte. Ich hatte nicht lange zu warten. Zouzou trat ein, kaum daß wir von unserem Aperitif genippt hatten, und begrüßte zuerst ihre Mutter, dann, kameradschaftlich, Herrn Hurtado und ganz zuletzt mich – was wohl aus pädagogischen Gründen geschah und damit ich mir nichts einbildete. Sie kam vom Tennisspiel mit irgendwelchen jungen Bekannten, deren Namen etwa Cunha, Costa und Lopes lauteten. Sie gab über das Spiel des einen und der anderen anerkennende und abschätzige Urteile ab, die darauf schließen ließen, daß sie sich selbst für eine Meisterin erachtete. Mich fragte sie mit einer Kopfwendung über die Schulter, ob ich spielte, und wiewohl ich nur manchmal, einst in Frankfurt, als Zaungast am Rande von Tennisplätzen zugesehen – allerdings sehr inständig zugesehen – hatte, wie elegante junge Leute das Spiel betrieben, sogar gelegentlich, des Taschengelds halber, auf solchen Plätzen den Balljungen gemacht, verlaufene Bälle aufgehoben und sie den Spielern zugeworfen oder sie ihnen aufs Racket gelegt hatte, was aber auch alles war – antwortete ich leichthin, ich sei früher einmal, zu Hause, auf dem Spielfeld von Schloß Monrefuge kein schlechter Partner gewesen, sei aber seitdem recht sehr aus der Übung gekommen.

Sie zuckte die Achseln. Wie freute es mich, die hübschen Zipfel ihres Haars vor den Ohren, ihre geschürzte Oberlippe, den Schmelz ihrer Zähne, diese reizende Kinn- und Kehllinie, den unwirsch forschenden Blick dieser schwarzen Augen unter den ebenmäßigen Brauen wiederzusehen! Sie trug ein schlichtes weißes Leinenkleid mit Ledergürtel und kurzen Ärmeln, die ihre süßen Arme fast ganz frei ließen – Arme, die an Zauber für mich noch gewannen, wenn sie sie bog und mit beiden Händen an dem goldenen Schlänglein nestelte, das ihr als Haarschmuck diente. Gewiß, Senhora Maria Pias rassige Hoheit beeindruckte mich bis zur Erschütterung; aber der Schlag meines Herzens galt doch ihrem liebreizenden Kinde, und die Idee, daß diese Zouzou die Zaza des auf Reisen befindlichen Loulou Venosta sei oder werden müsse, setzte sich immer eigensinniger in meiner Vorstellung fest, obgleich ich mir der enormen Schwierigkeiten voll bewußt war, die sich dieser Ordnung der Dinge entgegenstellten. Wie sollten wohl die sechs, sieben Tage, die mir bis zu meiner Einschiffung blieben, hinreichen, um es unter den sprödesten Umständen zum ersten Kuß auf diese Lippen, auf einen dieser köstlichen Arme (mit dem urzeitlichen Knochengerüst) zu bringen? Damals gleich drängte sich mir der Gedanke auf, daß ich unbedingt die überknappe Frist verlängern, das Programm meiner Reise ändern, ein Schiff überschlagen müsse, um meinem Verhältnis zu Zouzou Zeit zu geben, sich zu entwickeln.

Welche närrischen Ideen schossen mir nicht durch den Kopf! Die Heiratswünsche des zu Hause gebliebenen anderen Ich schoben sich meinem Denken unter. Mir war, als müsse ich meine Eltern in Luxemburg um die zur Ablenkung vorgeschriebene Weltreise betrügen, Professor Kuckucks reizende Tochter freien und als ihr Gatte in Lissabon bleiben – da mir doch nur allzu klar und schmerzlich bewußt war, daß das zart Schwebende meiner Existenz, ihr heikles Doppelgängertum mir gänzlich verbot, es solcherart mit der Wirklichkeit aufzunehmen. Dies, wie gesagt, tat mir weh. Aber wie froh war ich doch auch wieder, den neuen Freunden in dem gesellschaftlichen Range begegnen zu können, welcher der Feinheit meiner Substanz entsprach!

Unterdessen ging man ins Speisezimmer hinüber, das von einem für den Raum zu großen und gewichtigen, überreich geschnitzten Nußholz-Buffet beherrscht war. Der Professor saß der Tafel vor. Ich hatte meinen Platz neben der Hausfrau, Zouzou und Herrn Hurtado gegenüber. Ihr Nebeneinander, zusammen mit meinen leider verbotenen Heiratsträumen, ließ mich mit einer gewissen Unruhe das Verhalten der beiden zueinander beobachten. Der Gedanke, daß der Langhaarige und das reizende Kind füreinander bestimmt sein könnten, lag nur zu nahe und wollte mir Sorgen machen. Indessen sah das Verhältnis zwischen ihnen sich so spannungslos und gleichmütig an, daß mein Argwohn sich zur Ruhe begab.

Eine ältere wollhaarige Magd trug das Essen auf, das recht gut war. Es gab Hors-d'œuvres mit köstlichen heimischen Sardinen, einen Hammelbraten, Rahmbaisers zum Dessert und danach noch Früchte und Käsegebäck. Ein recht heißer Rotwein wurde zu dem allen geschenkt, den die Damen mit Wasser mischten und von dem der Professor überhaupt nicht trank. Dieser glaubte bemerken zu sollen, daß, was das Haus zu bieten habe, natürlich nicht mit den Gerichten vom Savoy Palace rivalisieren könne, worauf Zouzou sofort, noch ehe ich antworten konnte, einwarf, ich hätte meinen heutigen Mittagstisch ja freiwillig gewählt und gewiß nicht erwartet, daß man meinetwegen besondere Umstände machen werde. Man *hatte* bestimmt einige Umstände gemacht, aber ich überging diesen Punkt und ließ mich nur darüber aus, wie ich so gar keinen Anlaß hätte, mich nach der Küche meines Avenida-Hotels zu sehnen, und entzückt sei, diese Mahlzeit in einem so distinguierten und auf alle Weise gewinnenden Familienkreise einnehmen zu dürfen, auch wohl im Gedächtnis behielte, wem ich diese Gunst zu verdanken hätte. Dabei küßte ich der Senhora die Hand, die Augen dabei auf Zouzou gerichtet.

Sie begegnete scharf meinem Blick, die Brauen etwas zusammengezogen, die Lippen getrennt mit gespannten Nüstern. Gern stellte ich fest, daß die Gemütsruhe, die glücklicherweise ihren Umgang mit Dom Miguel bestimmte, sich keineswegs auch in ihrem Verhalten zu mir wiederfand. Sie ließ kaum die Augen von mir, beobachtete, ohne es zu verbergen, jede meiner Bewegungen und lauschte ebenso unverhohlen, genau und gleichsam im voraus zornig, auf jede meiner Äußerungen, wobei sie nie eine Miene – etwa zum Lächeln – verzog, sondern nur manchmal kurz und abschätzig die Luft durch die Nase ausstieß. Mit einem Wort: eine stachlichte und eigentümlich streitbare Gereiztheit war es offenbar, was meine Gegenwart ihr erregte, und wer will es mir verargen, daß ich diese Art von – wenn auch feindseliger – Beteiligtheit an meiner Person besser und hoffnungsvoller fand als Gleichgültigkeit?

Das Gespräch, französisch geführt, wobei der Professor und ich manchmal ein paar deutsche Worte wechselten, drehte sich noch um meinen Museumsbesuch und die zur Allsympathie bewegenden Eindrücke, die ich ihm zu verdanken erklärte, berührte den bevorstehenden Ausflug nach dem Botanischen Garten und fiel dann auf jene architektonischen Sehenswürdigkeiten nahe der Stadt, die ich mir nicht entgehen lassen dürfe. Ich beteuerte meine Neugier und daß ich den Rat meines verehrten Reisegefährten wohl im Sinne hielte, mich in Lissabon nicht zu flüchtig umzusehen, sondern seinem Studium genügend Zeit zu widmen. Aber um die Zeit eben sei es mir bange; mein Reiseplan gewähre mir allzu wenig davon, und wirklich finge ich an, mit der Frage umzugehen, wie er sich zur Verlängerung meines Aufenthalts dahier werde ändern lassen.

Zouzou, die es liebte, über meinen Kopf hinweg von mir in der dritten Person zu sprechen, äußerte stachlig, man tue gewiß unrecht, Monsieur le Marquis zur Gründlichkeit anhalten zu wollen. Nach ihrer Meinung heiße das meine Gewohnheiten verkennen, die zweifellos eher denen eines Schmetterlings glichen, der von Blüte zu Blüte gaukle, um überall nur flüchtig ein wenig Süßigkeit zu nippen. Es sei reizend, erwiderte ich, indem ich ihren Redestil nachahmte, daß Mademoiselle sich, wenn auch etwas verfehlt, mit meinem Charakter beschäftigte – und besonders hübsch, daß sie es in so poetischen Bildern tue. Da wurde sie noch stachlichter und sagte, bei so viel Glanz, wie er ausstrahle von meiner Person, sei es schwer, nicht ins Poetische zu verfallen. Der Zorn sprach aus ihren Worten nebst der früher geäußerten Überzeugung, daß man die Dinge bei Namen nennen müsse und „Schweigen nicht gesund" sei. Die beiden Herren lachten, während die Mutter ihr aufsässiges Kind mit einem Kopfschütteln ermahnte. Was mich betrifft, so hob ich nur huldigend das Glas gegen Zouzou, und, von Erbitterung verwirrt, wollte sie schon nach dem ihren greifen, zog aber errötend die Hand davon zurück und half sich wieder mit jenem kurz wegwerfenden Schnauben durch das Näschen.

Auch mit meinen weiteren Reisevorhaben, die mir den Aufenthalt in Lissabon so unliebsam verkürzen wollten, beschäftigte sich die Unterhaltung, besonders mit der argentinischen Estanciero-Familie, deren Bekanntschaft meine Eltern in Trouville gemacht und deren Gastfreundschaft mich erwartete. Ich gab über sie Auskunft nach den Unterweisungen, mit denen der zu Hause Gebliebene mich versehen. Diese Leute hießen einfach Meyer, aber auch Novaro, denn dies war der Name ihrer Kinder, einer Tochter und eines Sohnes, die aus Frau Meyers erster Ehe stammten. Sie war, so berichtete ich, aus Venezuela gebürtig und hatte sich, sehr jung, einem Argentinier in staatsamtlicher Stellung vermählt, der in der Revolution von 1890 erschossen worden war. Nach Einhaltung eines Trauerjahres hatte sie dem reichen Konsul Meyer die Hand zum Ehebunde gereicht und war ihm mit ihren Novaro-Kindern in sein Stadthaus zu Buenos Aires und auf seine weitläufige, von der Stadt ziemlich entfernt, in den Bergen gelegene Besitzung El Retiro gefolgt, wo die Familie fast immer lebte. Die bedeutende Witwenpension Frau Meyers war bei ihrer zweiten Heirat auf ihre Kinder übergegangen, die also nicht nur als einstige Erben des reichen Meyer, sondern schon jetzt und von sich aus vermögende junge Leute waren. Sie mochten achtzehn und siebzehn Jahre alt sein.

„Senhora Meyer ist wohl eine Schönheit?" fragte Zouzou.

„Ich weiß es nicht, Mademoiselle. Aber da sie so bald wieder einen Bewerber gefunden hat, nehme ich an, daß sie nicht häßlich ist."

„Das steht auch von den Kindern, diesen beiden Novaros, zu vermuten. Wissen Sie schon ihre Vornamen?"

„Ich erinnere mich nicht, daß meine Eltern sie erwähnt hätten."

„Aber ich wette, daß Sie ungeduldig sind, sie zu erfahren."

„Warum?"

„Ich weiß nicht, Sie haben mit unverkennbarem Interesse von dem Pärchen gesprochen."

„Dessen bin ich mir nicht bewußt", sagte ich heimlich betroffen. „Ich habe ja noch gar keine Vorstellung von ihnen. Aber ich gebe zu, daß das Bild anmutigen Geschwistertums von jeher einen gewissen Zauber auf mich ausgeübt hat."

„Ich bedauere, Ihnen so einzeln und allein entgegentreten zu müssen."

„Erstens", erwiderte ich mit einer Verbeugung, „kann das einzelne ganz allein Zauber genug besitzen."

„Und zweitens?"

„Zweitens? Ich habe gänzlich gedankenlos ‚erstens' gesagt. Über ein ‚zweitens' verfüge ich nicht. Höchstens, daß es noch andere reizende Kombinationen gibt als die geschwisterliche, ließe sich an zweiter Stelle bemerken."

„Patatípatatá!"

„Man sagt nicht so, Zouzou", mischte die Mutter sich in diesen Austausch. „Der Marquis wird sich Gedanken über deine Erziehung machen."

Ich versicherte, daß meine Gedanken über Mademoiselle Zouzou nicht so leicht aus ihrer respektvollen Bahn zu werfen seien. Man hob die Frühstückstafel auf und ging zum Kaffee wieder in den Salon hinüber. Der Professor erklärte, daß er sich an unserem botanischen Spaziergang nicht beteiligen könne, sondern in sein Bureau zurückkehren müsse. Er fuhr denn auch nur noch mit uns zur Stadt hinunter und verabschiedete sich auf der Avenida da Liberdade – von mir mit der artigsten Wärme, in der gewiß seine Dankbarkeit für das Interesse zum Ausdruck kam, das ich für sein Museum an den Tag gelegt. Er sagte, ich sei ihm und den Seinen ein sehr angenehmer, sehr schätzenswerter Gast gewesen und werde es sein, jederzeit, solange ich eben in Lissabon verweilte. Wenn ich Lust hätte und Zeit fände, das Tennisspiel wiederaufzunehmen, werde seine Tochter sich ein Vergnügen daraus machen, mich in ihren Club einzuführen.

Mit Begeisterung, sagte Zouzou, sei sie dazu bereit.

Kopfschüttelnd und mit einem Lächeln, das Nachsicht übte und Nachsicht erbat, deutete er nach ihrer Seite, während er mir die Hand drückte.

Von da, wo wir uns trennten, findet man wirklich mit Bequemlichkeit seinen Weg hinaus zu den sanften Höhen, auf denen, um Seen und Teiche herum, über Hügel hin, in Grotten und auf lichten Halden die berühmten Anlagen sich ausbreiten, die unser Ziel waren. Wir gingen in wechselnder Anordnung: Manchmal schritten Dom Miguel und ich zu seiten Senhora Kuckucks, während Zouzou voranschlenderte. Manchmal fand ich mich auch allein an der Seite der stolzen Frau und sah Zouzou mit Hurtado vor uns wandeln. Auch kam es vor, daß ich mit der Tochter ein Paar bildete, vor oder hinter der Senhora und dem Dermoplastiker, der sich aber öfter zu mir gesellte, um mir Erklärungen über die Landschaft, die Wunder der Pflanzenwelt zu geben, und so, gestehe ich, war mir's am liebsten – nicht um des „Ausstopfers“ und seiner Erläuterungen willen, sondern weil dann jenes verleugnete „zweitens“ zu seinem Rechte kam und ich Mutter und Tochter in reizender Kombination vor mir sah.

Es ist der Ort, einzuschalten, daß die Natur, und sei sie noch so erlesen, gebe sich noch so sehr als Sehenswürdigkeit, uns wenig Aufmerksamkeit abnötigt, wenn uns das Menschliche beschäftigt und unser Sinn von diesem eingenommen ist. Sie bringt es dann trotz aller Ansprüche nicht über die Rolle der Kulisse, des Hintergrunds unserer Empfindung, einer bloßen Dekoration hinaus. Aber freilich, als solche war sie hier aller Anerkennung wert. Koniferen riesenhaften Wuchses, schätzungsweise ein halbhundert Meter hoch, forderten zum Staunen heraus. Von Fächer- und Fiederpalmen aller Art und aus allen Erdteilen strotzte das Lustgelände, dessen Pflanzenüppigkeit sich an gewissen Stellen urwaldartig verschlang. Exotische Schilfarten, Bambus und Papyros, säumten die Ziergewässer, auf denen buntfarbige Braut- und Mandarinenenten schwammen. Vielfach war die Palmlilie zu bewundern mit dem dunklen Grün ihres Blätterschopfes, aus dem große Büschel weißer Glockenblüten hoch emportrieben. Und da waren denn auch die erdaltertümlichen Baumfarne, an mehreren Stellen zu wirren und unwahrscheinlichen Wäldchen zusammentretend, mit wucherndem Unterholz und schlanken Stämmen, die sich zu Wedelkronen gewaltiger Blätter breiteten, welche, wie Hurtado uns belehrte, die Behälter ihres Sporenstaubes trugen. An sehr wenigen Plätzen der Erde, außer diesem, bemerkte er, gebe es noch Farnbäume. Aber den Farngewächsen überhaupt, fügte er bei, blütenlos und eigentlich auch samenlos, wie sie seien, schreibe der Glaube primitiver Menschen seit Urzeiten allerlei geheime Kräfte zu, besonders daß sie gut seien zum Liebeszauber.

„Pfui!" sagte Zouzou.

„Wie meinen Sie das, Mademoiselle?" fragte ich sie. Es sei überraschend, auf eine so wissenschaftlich sachliche Erwähnung wie das Wort „Liebeszauber", bei dem sich gar nichts Genaueres denken lasse, eine derartig emotionelle Rückäußerung zu vernehmen. „Gegen welchen Bestandteil des Wortes wenden Sie sich?" wollte ich wissen. „Gegen die Liebe oder gegen den Zauber?"

Sie antwortete nicht, sondern sah mich nur zornig an, indem sie mir sogar drohend zunickte.

Dennoch machte es sich, daß ich nun mit ihr ging, hinter dem Tierbildner und der rassestolzen Mutter.

Die Liebe sei selbst ein Zauber, sagte ich. Was Wunder, daß urtümliche Menschen, Farnmenschen sozusagen, die es auch noch gebe, da auf Erden immer alles gleichzeitig und nebeneinander versammelt sei, sich versucht fühlten, Zauber damit zu treiben?

„Das ist ein unanständiges Thema", wies sie mich ab.

„Die Liebe? Wie hart! Man liebt das Schöne. Ihm wenden Sinn und Seele sich zu wie die Blüte der Sonne. Sie werden doch nicht die Schönheit mit dem einsilbigen Ausruf von vorhin bedenken wollen?"

„Ich finde es äußerst geschmacklos, auf Schönheit die Rede zu bringen, wenn man sie selber zur Schau trägt."

Auf diese Direktheit hatte ich folgende Antwort: „Sie sind recht gehässig, mein Fräulein. Sollte ein anständiges Aussehen mit dem Entzug des Rechtes auf Bewunderung bestraft werden? Ist es nicht eher sträflich, häßlich zu sein? Ich habe es immer einer Art von Nachlässigkeit zugeschrieben. Aus eingeborener Rücksicht auf die Welt, die mich erwartete, habe ich im Werden acht darauf gegeben, daß ich ihr Auge nicht kränkte. Das ist alles. Ich möchte es eine Sache der Selbstdisziplin nennen. Im übrigen sollte man nicht mit Steinen werfen, wenn man im Glashause sitzt. Wie schön sind *Sie,* Zouzou, wie bezaubernd mit Ihren unvergleichlichen Haarzipfeln vor den kleinen Ohren. Ich kann mich an diesen Zipfeln gar nicht satt sehen und habe sie sogar schon gezeichnet."

Das traf zu. Heute morgen, nachdem ich in dem hübschen Speiseabteil meines Salons das Frühstück eingenommen, hatte ich zur Zigarette Loulous Aktzeichnungen von Zaza mit Zouzous Schläfenhaaren neben den Ohren versehen.

„Was! Sie haben sich erlaubt, mich zu zeichnen?" rief sie gedämpft zwischen den Zähnen aus.

„Aber ja, mit Ihrer Erlaubnis – oder ohne sie. Die Schönheit ist Freigut des Herzens. Sie kann das Gefühl nicht verhindern, das sie einflößt, noch kann sie verbieten, daß man versucht, sie nachzubilden."

„Ich wünsche diese Zeichnung zu sehen."

„Ich weiß doch nicht, ob das tunlich sein wird – ich meine: ob ich damit vor Ihnen bestehen kann."

„Das ist ganz einerlei: Ich verlange, daß Sie mir dieses Blatt ausliefern."

„Es sind mehrere. Ich werde darüber nachdenken, ob, wann und wo ich sie Ihnen vorlegen kann."

„Das Wann und Wo muß sich finden. Das Ob ist keine Frage. Was Sie da hinter meinem Rücken gemacht haben, ist mein Eigentum, und was Sie eben von ‚Freigut' sagten, war sehr, sehr unverschämt."

„Es war gewiß nicht so gemeint. Ich wäre untröstlich, wenn ich Ihnen Grund gegeben hätte, sich über meine Erziehung Gedanken zu machen. ‚Freigut des Herzens' sagte ich, und treffe ich es denn nicht damit? Die Schönheit ist wehrlos gegen unser Gefühl. Sie kann gänzlich ungerührt, unberührt davon sein, es braucht sie nicht das mindeste anzugehen. Aber wehrlos ist sie dagegen."

„Sie bringen es nicht fertig, endlich das Thema zu wechseln?"

„Das Thema? Aber gern! Oder, wenn nicht gern, so doch mit Leichtigkeit. Also zum Beispiel –", setzte ich mit lauterer Stimme, in karikiertem Konversationstone an: „Darf ich fragen, ob Sie, beziehungsweise Ihre verehrten Eltern, vielleicht mit Herrn und Frau von Hüon, dem Luxemburgischen Gesandten und seiner Gattin, bekannt sind?"

„Nein, was geht uns Luxemburg an . . ."

„Da haben Sie wieder recht. Für mich war es schicklich, dort Besuch zu machen. Ich handelte damit im Sinn meiner Eltern. Nun habe ich wohl eine Einladung zum Déjeuner oder Diner von da zu erwarten."

„Viel Vergnügen!"

„Ich habe dabei noch einen Hintergedanken. Es ist der Wunsch, durch Herrn von Hüon Seiner Majestät dem König vorgestellt zu werden."

„So? Ein Höfling sind Sie auch?"

„Wenn Sie es so nennen wollen. Ich habe lange in einer bürgerlichen Republik gelebt. Gleich, als sich herausstellte, daß meine Reise mich in ein Königreich führen werde, habe ich mir heimlich vorgenommen, dem Monarchen meine Aufwartung zu machen. Sie mögen es kindlich finden, aber es entspricht meinen Bedürfnissen und wird mir Freude machen, mich zu verneigen, wie man sich nur vor einem König verneigt, und im Gespräch recht oft die Anrede ‚Euer Majestät' zu gebrauchen. ‚Sire, ich bitte Euer Majestät, den untertänigsten Dank entgegenzunehmen für die Gnade, daß Euer Majestät –' und so immerfort. Noch lieber würde ich mir eine Audienz beim Papst erbitten und werde es bestimmt einmal tun. Dort beugt man sogar das Knie, was mir großen Genuß bereiten würde, und sagt ‚Votre Sainteté'."

„Sie geben vor, Marquis, mir von Ihrem Bedürfnis nach Devotion zu erzählen –"

„Nicht nach Devotion. Nach schöner Form."

„Patatípatatá! In Wahrheit wollen Sie mir nur Eindruck machen mit Ihren Beziehungen, Ihrer Einladung auf die Gesandtschaft und damit, daß Sie überall Zutritt haben und auf den Höhen der Menschheit wandeln."

„Ihre Frau Mama hat Ihnen verboten, Patatípatatá zu mir zu sagen. Und im übrigen . . ."

„Maman!" rief sie, so daß Senhora Maria Pia sich umwandte.

„Ich muß dir mitteilen, daß ich eben wieder ‚Patatípatatá' zu dem Marquis gesagt habe."

„Wenn du dich mit unserem jungen Gast zankst", antwortete die Ibererin mit ihrer wohllautend verschleierten Altstimme, „so wirst du nicht weiter mit ihm gehen. Komm her und laß dich von Dom Miguel führen. Ich werde unterdessen den Marquis zu unterhalten suchen."

Ich versichere Sie, Madame", sagte ich nach vollzogenem Tausch, „daß es nichts einem Zanke Ähnliches gegeben hat. Wer wäre nicht entzückt von dem reizenden Geradezu, über das Mademoiselle Zouzou manchmal verfügt."

„Wir haben Ihnen die Gesellschaft des Kindes doch wohl zu lange zugemutet, lieber Marquis", antwortete die königliche Südländerin, deren Jettgehänge schaukelten. „Der Jugend ist die Jugend meistens zu jung. Der Umgang mit der Reife ist ihr zuletzt, wenn nicht willkommener, so doch zuträglicher."

„Sie ist auf jeden Fall ehrenvoller für sie", versetzte ich, indem ich eine vorsichtige Wärme ins Formelle zu legen suchte.

„Und so werden wir", sprach sie weiter, „diesen Spaziergang miteinander beenden. Er hat Sie interessiert?"

„Im höchsten Grade. Ich habe ihn unbeschreiblich genossen. Und es ist mir eine Gewißheit: dieser Genuß wäre nicht halb so intensiv gewesen, nicht halb so innig, wäre meine Empfänglichkeit für die Eindrücke, die Lissabon mir bietet, Eindrücke durch Dinge und Menschen – ich sage besser: durch Menschen und Dinge –, ohne die Vorbereitung, die ein glückliches Geschick mir gewährte, indem es mich auf der Reise mit Ihrem hochverehrten Gatten, Senhora, ins Gespräch kommen ließ – wenn von einem Gespräch die Rede sein kann, wo dem einen Teil nur die Rolle des begeistert Lauschenden zufällt –, ohne die, wenn ich mich so ausdrücken darf, paläontologische Auflockerung, die mein Gemüt durch seine Belehrungen erfuhr und die es zu einem enthusiastisch empfänglichen Boden gemacht hat für diese Eindrücke, rassische Eindrücke etwa, die Erfahrung von Ur-Rasse, der die interessantesten Zuflüsse aus verschiedenen Zeitaltern beschieden waren und die dem Auge, dem Herzen das Bild majestätischer Blutswürde bietet . . ."

Ich holte Atem. Meine Begleiterin räusperte sich sonor, nicht ohne dabei die Straffheit ihrer Haltung zu erhöhen.

„Es ist nicht zu ändern", fuhr ich fort, „daß die Vorsilbe ‚Ur', le primordial, sich in alle meine Gedanken und Worte stiehlt. Das ist eben die Folge der paläontologischen Auflockerung, von der ich sprach. Was hätten mir ohne sie auch die Farnbäume bedeutet, die wir gesehen haben, selbst wenn ich darüber belehrt worden wäre, daß sie nach urtümlicher Auffassung zum Liebeszauber taugen? Alles ist mir seither so bedeutend geworden – Dinge und Menschen –, ich meine: Menschen und Dinge . . ."

„Der wahre Grund Ihrer Empfänglichkeit, lieber Marquis, wird Ihre Jugend sein."

„Wie beglückend, Senhora, in Ihrem Munde das Wort ‚Jugend' sich ausnimmt! Sie sprechen es mit der Güte der Reife. Mademoiselle Zouzou, wie es scheint, ärgert sich nur am Jugendlichen, ganz Ihrer Bemerkung gemäß, daß Jugend der Jugend meistens zu jung ist. Gewissermaßen gilt das sogar auch für mich. Die Jugend allein und für sich würde auch nicht das Entzücken hervorbringen, worin ich lebe. Mein Vorzug ist, daß ich die Schönheit im Doppelbilde, als kindliche Blüte und in königlicher Reife mit Augen schauen darf . . ."

Kurzum, ich sprach wunderhübsch, und nicht ungnädig ward meine Suade aufgenommen. Denn als ich mich am Fuße der Seilbahn, die meine Gesellschaft wieder zur Villa Kuckuck hinaufführen sollte, verabschiedete, um in mein Hotel zurückzukehren, ließ die Senhora fallen, man hoffe doch, mich vor meiner Abreise gelegentlich noch zu sehen. Dom Antonio habe ja angeregt, ich möchte, nach Gefallen, mit Zouzous sportlichen Freunden meine vernachlässigte Fertigkeit im Tennisspiel wieder auffrischen. Kein übler Gedanke vielleicht.

Wahrhaftig kein übler, wenn auch ein verwegener Gedanke! Ich befragte Zouzou mit den Augen, und da sie mit Miene und Schultern eine Neutralität bekundete, die mir die Zusage nicht geradezu unmöglich machte, wurde stehenden Fußes für einen der nächsten Tage, den dritten von heute, die Verabredung zu einem morgendlichen Gastspiel getroffen, nach welchem ich, „zum Abschied", noch einmal das Mittagsmahl der Familie teilen sollte. Nachdem ich mich über Maria Pias Hand geneigt und diejenige Zouzous, auch die Dom Miguels mit herzlichem Freimut geschüttelt, ging ich meines Weges, die Gestaltung der nächsten Zukunft besinnend.

Neuntes Kapitel

Lisbonne, den 25. August 1895

Teuerste Eltern! Geliebte Mama!
Verehrter und gleichfalls so sehr lieber Papa!

Diese Zeilen folgen dem Telegramm, mit dem ich Euch mein Eintreffen an hiesigem Orte anzeigte, in zu großem Abstande, als daß ich nicht fürchten müßte, mir Euer Befremden zugezogen zu haben. Es wird sich verdoppeln – ich muß dessen leider sicher sein – durch die Datierung meines Gegenwärtigen, welche so sehr Eueren Erwartungen, unseren Abmachungen und meinen eigenen Vorsätzen widerspricht. Seit zehn Tagen wähnt Ihr mich auf hoher See, und ich schreibe Euch noch von meinem ersten Reiseziel, aus der portugiesischen Hauptstadt. Ich werde Euch, liebe Eltern, diesen von mir selbst so unvorhergesehenen Tatbestand, einschließlich meines langen Schweigens, erklären und hoffe, damit einen auf Euerer Seite zu befürchtenden Unmut im Keim zu ersticken.

Alles fing damit an, daß ich auf der Reise hierher die Bekanntschaft eines hervorragenden Gelehrten namens Professor Kuckuck machte, dessen Gespräch, ich glaube es bestimmt, Eueren Geist, Euer Gemüt ebenso gefesselt und inspiriert haben würde, wie es bei Euerem Sohne der Fall war.

Deutscher Herkunft, wie der Name sagt, aus dem Gothaischen stammend, gleich Dir, liebe Mama, und aus gutem Hause, wenn auch natürlich nicht von Familie, ist er Paläontologe seines Zeichens und lebt, urportugiesisch vermählt, seit langem in Lissabon, Begründer und Direktor des hiesigen Naturhistorischen Museums, das ich seither unter seiner persönlichen Führung besichtigt habe und dessen wissenschaftliche Darbietungen sowohl in paläozoologischer wie paläoanthropologischer Beziehung (diese Ausdrücke werden Euch geläufig sein) meinem Herzen außerordentlich nahegegangen sind. Kuckuck war es, der mir zuerst, indem er mich konversationell ermahnte, den Anfang meiner Weltfahrt nicht auf die leichte Achsel zu nehmen, nur weil es eben bloß ein Anfang sei, und mich in einer Stadt wie

Lissabon nicht zu flüchtig umzusehen, die Besorgnis eingab, ich hätte mir für den Aufenthalt an einem Ort von so großer Vergangenheit und so mannigfaltigen gegenwärtigen Sehenswürdigkeiten (ich nenne hier nur die eigentlich der Steinkohlenzeit angehörigen Baumfarne im Botanischen Garten) eine zu knappe Frist gesetzt.

Als Euere Güte und Weisheit, liebe Eltern, mir diese Reise verschrieben, legtet Ihr selbiger zweifellos nicht nur den Sinn einer Ablenkung von, ich gestehe es, grillenhaften Ideen bei, in die meine Unreife sich verfangen hatte, sondern auch den eines Bildungserlebnisses, wie es einem jungen Mann von Familie zur Vollendung seiner Erziehung so zukömmlich ist. Nun denn, zu dieser Bedeutung hat sich die Reise hier sogleich erhoben durch meinen freundschaftlichen Verkehr im Hause Kuckuck, dessen drei beziehungsweise vier Mitglieder (denn ein wissenschaftlicher Assistent des Professors, Herr Hurtado, ein Dermoplastiker, wenn Euch dieses Wort etwas sagt, gehört gewissermaßen dazu) freilich zu jener Bedeutung in ungleichem Maße beitragen. Ich gestehe, daß ich mit den Damen des Hauses nicht viel anzufangen weiß. Die Beziehung zu ihnen hat sich in diesen Wochen nicht wahrhaft erwärmen wollen und würde das aller Voraussicht nach in noch so langer Zeit nicht tun. Die Senhora, eine geborene da Cruz und Ur-Ibererin, ist eine Frau von einschüchternder Strenge, ja Härte und einem zur Schau getragenen Hochmut, dessen Gründe wenigstens mir nicht ganz erfindlich sind; die Tochter, deren Alter etwas unter dem meinen liegen mag und deren Vornamen ich mir noch immer nicht habe merken können, ein Fräulein, das man versucht ist dem Geschlecht der Stachelhäuter zuzuzählen, so spitzig ist ihr Gehaben. Übrigens ist, wenn meine Unerfahrenheit recht sieht, der oberwähnte Dom Miguel (Hurtado) wohl als ihr präsumtiver Verlobter und Gatte zu betrachten, wobei mir einige Zweifel bleiben, ob man ihn deswegen beneiden soll.

Nein, es ist der Hausherr, Professor K., an den ich mich halte, und allenfalls noch sein in der ganzen tierischen Formenwelt tief erfahrener Mitarbeiter, dessen rekonstruktivem Ingenium das Museum so viel verdankt. Von diesen beiden, namentlich aber, versteht sich, von K. persönlich gehen die meiner Bildung so förderlichen Eröffnungen und Belehrungen aus, die weit über die Anleitung zum Studium Lissabons und der architektonischen

Kostbarkeiten seiner Umgebung hinausreichen und sich buchstäblich auf alles Sein mitsamt dem durch Urzeugung aus ihm hervorgegangenen organischen Leben, mithin vom Stein bis zum Menschen erstrecken. Um dieser beiden vorzüglichen Männer willen, die mit Recht in mir etwas wie eine vom Stengel gelöste Seelilie, will sagen: einen der Beratung bedürftigen Neuling der Beweglichkeit erblicken, ist mir die programmwidrige Verlängerung meines Aufenthaltes dahier, deren Billigung ich auch von Euch, liebe Eltern, aufs kindlichste erbitte, geradezu lieb und wert, obgleich es zu weit ginge zu sagen, daß sie ihre Veranlasser gewesen wären.

Die äußere Veranlassung vielmehr war die folgende. Ich hielt es für nicht mehr als korrekt und glaubte in Euerem Sinne zu handeln, wenn ich die Stadt nicht wieder verließ, ohne bei unserem diplomatischen Vertreter, Herrn von Hüon, und seiner Gattin Karten abgegeben zu haben. Diese formelle Artigkeit ließ ich mir gleich am ersten Tage meines Hierseins angelegen sein und versah mich in Anbetracht der Jahreszeit weiter keiner Folgen. Gleichwohl erhielt ich wenige Tage später in meinem Hotel die Einladung zur Teilnahme an einem offenbar schon vor meinem Besuch anberaumten Herrenabend in der Gesandtschaft, dessen Termin bereits recht knapp demjenigen meiner Einschiffung nahe lag. Immerhin bestand noch nicht die Notwendigkeit, diesen zu ändern, wenn ich mir den Wunsch erfüllen wollte, der Einladung zu folgen.

Ich tat es, liebe Eltern, und verbrachte in den Gesandtschaftsräumen der Rua Augusta einen sehr angenehmen Abend, den ich – um es Euerer Liebe nicht vorzuenthalten – als einen, natürlich Euerer Erziehung zu dankenden, persönlichen Erfolg verbuchen kann. Die Veranstaltung geschah zu Ehren des rumänischen Prinzen Joan Ferdinand, der, kaum älter als ich, mit seinem militärischen Gouverneur, Hauptmann Zamfiresku, eben in Lissabon weilt, und hatte den Charakter einer Herrengesellschaft aus dem Grunde, weil Frau von Hüon sich zur Zeit in einem Seebade an der Portugiesischen Riviera aufhält, während ihr Gatte um bestimmter Geschäfte willen seine Ferien unterbrechen und in die Hauptstadt zurückkehren mußte. Die Zahl der Geladenen war beschränkt, sie übertraf kaum mehr als zehn Personen, doch herrschte, angefangen bei dem Empfang durch Bediente in Kniehosen und mit Fangschnüren an den galonierten

Röcken, große Ansehnlichkeit. Dem Prinzen zu Ehren waren Frack und Distinktionen vorgeschrieben, und mit Vergnügen betrachtete ich die Halskreuze und Bruststerne all dieser mir an Jahren und Embonpoint fast sämtlich weit voranstehenden Herren – nicht ohne sie, ich gestehe es, um die Aufhöhung ihrer Toilette durch den edlen Tand ein wenig zu beneiden. Doch kann ich, ohne Euch und mir zu schmeicheln, wohl versichern, daß ich auch im schmucklosen Abendanzug von dem Augenblick an, in dem ich den Salon betrat, nicht nur durch meinen Namen, sondern auch durch die geschmeidige Artigkeit und gesellschaftliche Formbeherrschung, die ihm gemäß sind, mir die einmütige Zuneigung des Hausherrn und seiner Gäste gewann.

Beim Souper freilich, in dem getäfelten Speisesaal, im Kreise all dieser teils einheimischen, teils ausländischen Diplomaten, Militärs und Großindustriellen, in welchem sich ein österreichisch-ungarischer Botschaftsrat aus Madrid, ein Graf Festetics, durch seine pelzverbrämte ungarische Nationaltracht mit Stulpenstiefeln und Krummsäbel malerisch hervortat, fand ich mich, placiert zwischen einem schnauzbärtigen belgischen Fregattenkapitän und einem portugiesischen Weinexporteur von rouéhaftem Äußeren, dessen breitspuriges Benehmen auf großen Reichtum deutete, einigermaßen dem Ennui anheimgegeben, da die Unterhaltung um mir fernliegende politische und wirtschaftliche Gegenstände kreiste, so daß mein Beitrag sich längere Zeit auf ein lebhaft teilnehmendes Mienenspiel zu beschränken hatte. Später jedoch zog der mir schräg gegenübersitzende Prinz, ein müdes Milchgesicht übrigens und sowohl mit Lispeln wie mit Stottern behaftet, mich in ein Gespräch über Paris, an dem sich (denn wer spräche nicht gern über Paris!) bald alles beteiligte und bei dem ich, ermutigt durch das gnädige Lächeln und lispelnde Mitstottern Seiner Hoheit, mir ein wenig das Wort zu führen erlaubte. Nach Tisch nun gar, als man es sich im Rauchsalon des Gesandten bequem gemacht hatte, den Kaffee einnahm und den Likören zusprach, fiel mir wie von selbst der Platz neben dem hohen Gaste zu, an dessen anderer Seite der Hausherr saß. Das durchaus einwandfreie, aber farblose Exterieur Herrn von Hüons mit seinem spärlichen Scheitel, seinen wasserblauen Augen und dem dünnen, lang ausgezogenen Schnurrbart ist Euch zweifellos bekannt. Joan Ferdinand wandte sich fast gar nicht an ihn, sondern ließ sich von mir unterhalten, was unserem Gastgeber auch recht zu sein schien. Wahrscheinlich hatte ich meine prompte Einladung dem Wunsch zu danken, dem Prinzen in diesem Kreise einen durch seine Geburt zum Umgang mit ihm qualifizierten Altersgenossen zu bieten.

Ich darf sagen, daß ich ihn sehr amüsierte, und zwar mit den einfachsten Mitteln, die für ihn gerade die rechten waren. Ich erzählte ihm von meiner Kindheit und ersten Jugend bei uns zu Hause auf dem Schloß, von der Taprigkeit unseres guten alten Radicule, deren Nachahmung ihm ein kindliches Jubeln entlockte, da er darin ganz genau die zittrig mißlingende Dienstfertigkeit seines eigenen vom Vater ihm überkommenen Kammerdieners in Bukarest wiederzuerkennen beteuerte; von der unglaublichen Ziererei Deiner Adelaide, liebste Mama, deren feenhaftes Herumschweben in den Zimmern ich ihm ebenfalls zu seinem kichernden Vergnügen anschaulich machte; ferner von den Hunden, von Fripon und dem Zähneklappern, das eine bestimmte zeitweilige Verfassung der doch so winzigen Minime ihm verursacht, und von dieser selbst mit ihrer gerade für ein Schoßhündchen so prekären und immer gefahrdrohenden Anlage, die Deiner Robe, Mama, schon so manches Ungemach zugefügt hat. In einer Herrengesellschaft konnte ich hiervon, wie auch von Fripons Zähneklappern, natürlich in eleganten Wendungen, wohl sprechen, und jedenfalls fand ich mich gerechtfertigt durch die Tränen, die das königliche Geblüt sich vor Lachen über Minimes delikate Schwäche beständig von den Wangen wischten mußte. Es hat etwas Rührendes, ein durch Zungenanstoß und Stottern gehemmtes Wesen wie ihn sich einer so gelösten Heiterkeit überlassen zu sehen.

Möglicherweise wird es Dir, liebe Mama, etwas empfindlich sein, daß ich die zarte Anfälligkeit Deines Lieblings so der Belustigung preisgab; aber der Effekt, den ich damit erzielte, hätte Dich mit meiner Indiskretion versöhnt. Alles wandte sich der Ausgelassenheit zu, unter der der Prinz sich bog, wobei ihm sein Großkreuz vom Uniformkragen baumelte, und stimmte unwillkürlich in sie ein. Jedermann wollte nur noch mit ihm von Radicule, Adelaide und Minime hören und rief nach Da capos. Der pelzverbrämte Ungar hörte nicht auf, sich mit der Hand den Schenkel derart zu klatschen, daß es weh tun mußte, dem beleibten, für seinen Reichtum mehrfach besternten Weingroßhändler sprang durch die heftige Bewegung seines Bauches ein Knopf von der Weste, und unser Gesandter war höchlichst zufrieden.

Dies nun aber hatte zur Folge, daß er mir am Ende der Soirée unter vier Augen den Antrag machte, mich noch vor meiner Abreise Seiner Majestät dem König, Dom Carlos I., vorzustellen, der sich gleichfalls eben in der Hauptstadt befand, wie übrigens die auf dem Dach des Schlosses wehende Flagge von Braganza mir angezeigt hatte. Gewissermaßen sei es seine Pflicht, sagte Herr von Hüon, einen durchreisenden Sohn der Luxemburger hohen Gesellschaft, der überdies, so drückte er sich aus, ein junger Mann von „angenehmen Gaben" sei, dem Monarchen zu präsentieren. Außerdem sei das edle Gemüt des Königs – das Gemüt eines Künstlers, denn Seine Majestät male gern etwas in Öl – und das Gemüt eines Gelehrten dazu, da Höchstdieselben ein Liebhaber der Ozeanographie, das heißt: des Studiums der Meeresräume und der sie bevölkernden Lebewesen sei –, es sei bedrückt, dieses Gemüt, von politischen Sorgen, die schon gleich nach seiner Thronbesteigung, vor sechs Jahren, durch den Konflikt der portugiesischen und englischen Interessen in Zentral-Afrika davon Besitz ergriffen hätten. Damals habe seine nachgiebige Haltung die öffentliche Meinung gegen ihn erregt, und er sei geradezu dankbar gewesen für das englische Ultimatum, das seiner Regierung erlaubt habe, den Forderungen Britanniens unter formellem Protest zu weichen. Es habe jedoch mißliche Unruhen deswegen in den größeren Städten des Landes gegeben, und in Lissabon habe ein republikanischer Aufstand unterdrückt werden müssen. Nun aber die verhängnisvollen Defizits der portugiesischen Eisenbahnen, die vor drei Jahren zu einer schweren finanziellen Krisis und zu einem Akt des Staatsbankrotts, nämlich zu einer dekretierten Kürzung der staatlichen Verpflichtungen um zwei Drittel geführt habe! Das habe der Republikanischen Partei starken Auftrieb gegeben und den radikalen Elementen des Landes ihre Wühlarbeit erleichtert. Seiner Majestät sei sogar die wiederholte betrübende Erfahrung nicht erspart geblieben, daß die Polizei Verschwörungen zum Attentat auf seine Person eben noch rechtzeitig aufgedeckt habe. Meine Vorstellung könne als Einschaltung in den Gang der täglichen Routine-Audienzen vielleicht auf den hohen Herrn zerstreuend und erfrischend wirken. Womöglich, wenn das Gespräch es irgend erlaube, möge ich doch das Thema von Minime anzusteuern suchen, auf das heute abend der arme Prinz Joan Ferdinand so herzlich reagiert habe.

Ihr werdet verstehen, liebe Eltern, daß, bei meiner streng und freudig royalistischen Gesinnung und bei meinem enthusiastischen Hang (von dem Ihr vielleicht nicht einmal viel wußtet), mich vor legitimer Majestät zu beugen, dieser Vorschlag des Gesandten starke Anziehungskraft für mich besaß. Was seiner Annahme entgegenstand, war die leidige Tatsache, daß die Anberaumung der Audienz einige Tage, vier oder fünf, in Anspruch nehmen würde und daß damit der Termin meiner Einschiffung auf der *Cap Arcona* überschritten war. Was sollte ich tun? Mein Wunsch, vor dem König zu stehen, verschmolz mit den Ermahnungen meines gelehrten Mentors Kuckuck, einer Stadt wie Lissabon nicht zu flüchtige Aufmerksamkeit zu widmen, zu dem Entschluß, meine Dispositionen im letzten Augenblick durch das Überspringen eines Schiffes zu ändern. Ein Besuch auf dem Reisebureau lehrte mich, daß das nächstfolgende Schiff der gleichen Linie, die *Amphitrite*, die in etwa vierzehn Tagen Lissabon verlassen soll, schon stark besetzt sei und, der *Cap Arcona* nicht ebenbürtig, mir kein recht standesgemäßes Accommodement bieten würde. Das vernünftigste, so beriet mich der Clerk, werde sein, daß ich die Rückkehr der *Cap Arcona* in etwa sechs bis sieben Wochen, vom 15. dieses an gerechnet, abwartete, meine Kajütenbelegung auf ihre nächste Reise übertragen ließe und meine Überfahrt bis Ende September oder selbst Anfang Oktober verschöbe.

Ihr kennt mich, liebe Eltern. Ein Mann der frischen Entschlüsse, trat ich dem Vorschlag des Angestellten bei, gab die entsprechenden Ordres und brauche kaum hinzuzufügen daß ich Euere Freunde, die Meyer-Novaro, in einem wohlgesetzten Kabel von der Verzögerung meiner Reise unterrichtet und sie gebeten habe, mich erst im Laufe des Oktobers zu erwarten. Auf diese Weise, wie Ihr seht, ist allerdings die Frist meines Aufenthaltes in hiesiger Stadt selbst für meine Wünsche fast gar zu geräumig geworden. Doch sei es darum! Mein Hotelunterkommen ist, ohne Übertreibung gesagt, erträglich, und an belehrender Unterhaltung wird es mir hier, bis ich an Bord gehe, niemals fehlen. Darf ich mich also Eures Einverständnisses versichert halten?

Ohne dieses, versteht sich, wäre es um mein inneres Wohlsein geschehen. Aber ich glaube, Ihr werdet es mir um so leichter gewähren, wenn Ihr von dem überaus glücklichen, ja erhebenden Verlauf der Audienz bei Seiner Majestät dem König vernehmt, die unterdessen stattgefunden hat. Von ihrer gnädigen Gewährung hatte Herr von Hüon mich in Kenntnis gesetzt, und zu guter Zeit vor der anberaumten Vormittagsstunde führte er mich in seinem Wagen von meinem Hotel zum königlichen Schloß, dessen äußere und innere Bewachung wir dank seiner Akkreditiertheit und der Amts- und Hofuniform, die er angelegt hatte, ohne Umstände und mit Auszeichnung passierten. Wir erstiegen die an ihrem Fuß mit einem Paar Karyatiden in Posen von überanstrengter Schönheit flankierte Freitreppe, empor zu der Flucht der Empfangsgemächer, welche, mit Büsten ehemaliger Könige, Gemälden und Kristall-Lüstern geschmückt, meist in roter Seide dekoriert und mit Möbeln eines historischen Stiles ausgestattet, dem königlichen Audienzzimmer vorgelagert sind. Nur langsam gelangt man in ihnen von einem ins andere, und schon im zweiten wurden wir von dem diensthabenden Funktionär des Hofmarschallamtes zum vorläufigen Niedersitzen eingeladen. Es ist, von der Pracht des Schauplatzes abgesehen, nicht anders als bei einem vielgesuchten Arzt, der immer mit seinen Ordinationen in wachsenden Rückstand gerät, weil die Verzögerungen sich akkumulieren und der Patient weit über die Stunde der Bestellung hinaus zu warten hat. Die Zimmer waren bevölkert von allerlei Würdenträgern, einheimischen und ausländischen, in Uniform und Gala-Zivil, die leise plaudernd in Gruppen standen oder sich auf den Sofas langweilten. Man sah viele Federbüsche, betreßte Kragen und Ordensbehang. In jedem neuen Salon, den wir betraten, tauschte der Gesandte kordiale Begrüßungen mit diesem und jenem Diplomaten seiner Bekanntschaft und stellte mich vor, so daß mir durch die immer zu erneuernde Bewährung meiner Lebensart, an der ich Freude habe, die uns auferlegte Wartezeit von gewiß vierzig Minuten recht schnell verging.

Ein Flügeladjutant mit Schärpe, in der Hand eine Namensliste, ersuchte uns endlich, nahe der zum königlichen Arbeitszimmer führenden, von zwei Lakaien in gepuderten Perücken flankierten Tür Aufstellung zu nehmen. Heraus trat ein alter Herr in Gardegeneralsuniform, der sich wohl für irgendeinen Gnadenbeweis zu bedanken gehabt hatte. Der Adjutant trat ein, um uns anzuzeigen. Dann öffneten sich uns, von den Lakaien gehandhabt, die mit Goldleisten beschlagenen Flügel der Tür.

Der König, wiewohl erst wenig über Dreißig, hat schon gelichtetes Haar und ist von etwas dicklicher Beschaffenheit. Gekleidet in eine olivgrüne Uniform mit roten Aufschlägen und nur einem Stern auf der Brust, in dessen Mitte ein Adler Szepter und Reichsapfel in den Fängen hielt, empfing er uns stehend an seinem Schreibtisch. Sein Gesicht war gerötet von den vielen Gesprächen. Seine Brauen sind kohlschwarz, sein Schnurrbart jedoch, den er zwar buschig, an den Enden aber spitz aufgezwirbelt trägt, beginnt schon leicht zu ergrauen. Des Gesandten und meine eigene tiefe Verbeugung nahm er mit einer tausendmal in Gnaden geübten Handbewegung entgegen und begrüßte dann Herrn von Hüon mit einem Augenzwinkern, in das er viel schmeichelhafte Vertraulichkeit zu legen wußte.

„Mein lieber Ambassadeur, es ist mir ein Vergnügen wie immer . . . Auch Sie in der Stadt? . . . Ich weiß, ich weiß . . . Ce nouveau traité de commerce . . . Mais ça s'arrangera sans aucune difficulté, grâce à votre habileté bien connue . . . Das Befinden der liebenswerten Madame de Hüon . . . ist vortrefflich. Wie mich das freut! Wie mich das wahrhaft freut! . . . Und so denn – was für einen Adonis bringen Sie mir da heute?"

Ihr müßt, liebe Eltern, diese Frage als eine rein scherzhafte, dem Tatsächlichen in nichts verpflichtete Courtoisie verstehen. Gewiß ist der Frack meiner Figur, die ich dem Papa verdanke, von Vorteil. Gleichwohl wißt Ihr so gut wie ich, daß an mir, mit meinen Borsdorfer Apfelbacken und Schlitzäugelchen, die ich nie ohne Verdruß im Spiegel betrachten kann, nichts Mythologisches zu entdecken ist. Ich begegnete dem königlichen Spott denn auch mit einer Geste heiterer Resignation; und als beeile er sich, ihn auszulöschen und in Vergessenheit zu bringen, fuhr Seine Majestät, meine Hand in seiner, sogleich sehr gnädig fort:

„Mein lieber Marquis, willkommen in Lissabon! Ich brauche nicht zu sagen, daß Ihr Name mir wohlbekannt und daß es mir eine Freude ist, einen jungen Sprossen des Hochadels eines Landes bei mir zu sehen, zu dem Portugal, nicht zuletzt dank dem Wirken Ihres Herrn Begleiters, in so herzlich freundschaftlichen Beziehungen steht. Sagen Sie mir" – und er überlegte einen Augenblick, was ich ihm sagen solle –, „was führt Sie zu uns?"

Ich will mich nun, teure Eltern, der einnehmenden, im besten Sinne höfischen, zugleich devoten und lockeren Gewandtheit nicht rühmen, mit der ich dem Monarchen Rede stand. Ich will nur zu Euerer Beruhigung und Genugtuung feststellen, daß ich mich nicht linkisch und nicht auf den Mund gefallen erwies. Ich berichtete Seiner Majestät von dem Geschenk der einjährigen Welt- und Bildungsreise, das Euere Großmut mir gespendet hat, dieser Reise, zu der ich mich von Paris, meinem Wohnsitz, aufgemacht und deren erste Station diese unvergleichliche Stadt sei.

„Ah, Lissabon gefällt Ihnen also?"

„Sire, énormément! Je suis tout à fait transporté par la beauté de Votre capitale qui est vraiment digne d'être la résidence d'un grand souverain comme Votre Majesté. Ich hatte die Absicht, hier nur ein paar Tage zu verweilen, aber ich habe die Torheit dieses Vorsatzes eingesehen und meinen ganzen Reiseplan umgestürzt, um wenigstens einige Wochen einem Aufenthalt zu widmen, den man überhaupt nicht abzubrechen gezwungen sein möchte. Welche Stadt, Sire! Welche Avenuen, welche Parks, welche Promenaden und Aussichten! Persönliche Beziehungen brachten es mit sich, daß ich zuallererst die Bekanntschaft von Professor Kuckucks Naturhistorischem Museum machte – einem herrlichen Institut, Ew. Majestät, mir persönlich nicht zuletzt interessant durch seinen ozeanographischen Einschlag, da ja so manche seiner Darbietungen die Herkunft alles Lebens aus dem Meerwasser aufs lehrreichste anschaulich machen. Doch dann die Wunder des Botanischen Gartens, Sire, der Avenida-Park, der Campo Grande, der Passeio da Estrella mit seinem unvergleichlichen Blick über Stadt und Strom ... Ist es ein Wunder, daß bei all diesen idealischen Bildern vom Himmel gesegneter und von Menschenhand musterhaft gepflegter Natur ein Auge sich feuchtet, das ein wenig – mein Gott, ein wenig! – das Auge eines Künstlers ist? Ich gestehe nämlich, daß ich – sehr anders als Ew. Majestät, deren Meisterschaft auf diesem Gebiete bekannt ist – in Paris ein kleines bißchen der bildenden Kunst obgelegen, gezeichnet, gemalt habe, als bemühter, wenn auch nur bescheiden stümpernder Schüler Professor Estompards von der Académie des Beaux Arts. Aber das ist nicht erwähnenswert. Was gesagt werden will, das ist: daß man in Euer Majestät den Herrscher eines der schönsten Länder der Erde, wahrscheinlich des schönsten überhaupt, zu verehren hat. Wo gibt es denn auch sonst in der Welt ein Panorama, dem zu vergleichen, das sich dem Betrachter von den Höhen der Königsburgen Cintras über die in Getreide, Wein und Südfrüchten prangende Estremadura hin bietet? ..."

Ich bemerke am Rande, liebe Eltern, daß ich den Schlössern von Cintra und dem Kloster Belem, dessen zierliche Bauart ich auch gleich erörterte, meinen Besuch noch gar nicht abgestattet habe. Bisher bin ich zu diesem Besuch noch nicht gekommen, weil ich ein gut Teil meiner Zeit dem Tennisspiel widme, im Rahmen eines Clubs wohlerzogener junger Leute, in den ich durch die Kuckucks eingeführt worden bin. Aber gleichviel! Vor dem königlichen Ohr sprach ich preisend von Eindrücken, die mir noch gar nicht zuteil geworden, und Seine Majestät geruhte einzuschalten, daß er meine Empfänglichkeit zu schätzen wisse.

Dies ermutigte mich, mit aller Flüssigkeit, die mir gegeben ist oder mit der die außerordentliche Situation mich beschenkte, im Sprechen fortzufahren und dem Monarchen Land und Leute von Portugal zu rühmen. Ein Land, sagte ich, besuche man ja nicht nur eben des Landes, sondern auch – und dies vielleicht vorzugsweise – der Leute wegen, aus Neugierde, wenn ich so sagen dürfte, nach nie erfahrener Menschlichkeit, aus dem Verlangen, in fremde Augen, fremde Physiognomien zu blicken . . . Ich sei mir bewußt, daß ich mich mangelhaft ausdrückte, aber was ich meinte, sei der Wunsch, sich an einer unbekannten menschlichen Körperlichkeit und Verhaltungsweise zu erfreuen. Portugal – à la bonne heure. Aber die Portugiesen, Seiner Majestät Untertanen, sie seien es erst eigentlich, die meine ganze Aufmerksamkeit fesselten. Das Keltisch-Ur-Iberische, dem dann allerlei historische Blutszutaten aus phönizischem, karthagischem, römischem und arabischem Bereich beigemischt worden seien – eine wie reizende, den Sinn gefangennehmende Menschlichkeit bringe das doch je und je hervor –, von spröder Lieblichkeit das eine Mal, das andere Mal geadelt von einem Ehrfurcht gebietenden, ja einschüchternden Rassestolz. „Der Herrscher über ein so faszinierendes Volk zu sein, wie sehr sind Euer Königliche Majestät dazu zu beglückwünschen!"

„Je nun, nun ja, sehr hübsch, sehr artig", sagte Dom Carlos. „Ich danke Ihnen für den freundlichen Blick, lieber Marquis, den Sie auf Land und Leute von Portugal richten." Und schon dachte ich, er wolle mit diesen Worten die Präsentation beenden, und war freudig überrascht, als er im Gegenteil hinzufügte: „Aber wollen wir uns nicht setzen? Cher ambassadeur, setzen wir uns doch ein wenig!"

Ohne Zweifel hatte er ursprünglich die Absicht gehabt, die Audienz im Stehen abzuhalten und sie, da es sich ja eben nur um meine Vorstellung handelte, in wenigen Minuten zu beenden. Wenn er sie nun verlängerte und bequemer gestaltete, so dürft Ihr das – ich sage es mehr, um Euch ein Vergnügen zu machen, als um meiner Eitelkeit zu schmeicheln – der Flüssigkeit meiner Rede, die ihn unterhalten mochte, und der Gefälligkeit meiner Gesamt-tenue zuschreiben.

Der König, der Gesandte und ich nahmen Platz in Lederfauteuils vor dem mit einem Gitter geschützten Marmorkamin mit seiner Pendule, seinen Armleuchtern und seinen orientalischen Vasen auf der Platte. Ein weiträumiges, sehr wohlmöbliertes Arbeitszimmer umgab uns, worin es nicht an zwei Bücherschränken mit Glastüren fehlte und dessen Fußboden mit einem Perserteppich von Riesenformat bedeckt war. Ein paar in schwere Goldrahmen gefaßte Bilder hingen zu seiten des Kamins, von denen eines eine Gebirgs-, das andere eine beblümte Flachlandschaft darstellte. Herr von Hüon wies mich mit den Augen auf die Gemälde hin, indem er zugleich auf den König deutete, der eben von einem geschnitzten Rauchtischchen einen silbernen Zigarettenkasten herüberholte. Ich verstand.

„Wollen Ew. Majestät", sagte ich, „allergnädigst verzeihen, wenn meine Aufmerksamkeit vorübergehend abgelenkt wird von Ihrer Person durch diese Meisterwerke da, die zwingend meine Blicke auf sich ziehen. Ich darf sie doch näher in Augenschein nehmen? Ah, das ist Malerei! Das ist Genie! Die Signatur ist mir nicht ganz erkennbar, aber eins wie das andere muß das vom ersten Künstler Ihres Landes stammen."

„Dem ersten?" fragte der König lächelnd. „Wie man es nimmt. Die Bilder sind von mir. Das links ist eine Ansicht aus der Serra da Estrella, wo ich ein Jagdhaus habe, das rechts bemüht sich, die Stimmung unserer moorigen Niederungen wiederzugeben, wo ich oft Schnepfen schieße. Sie sehen, ich habe versucht, der Lieblichkeit der Ziströschen gerecht zu werden, die vielfach diese Ebenen bedecken."

„Man glaubt, ihren Duft zu spüren", sagte ich. „Ja, du mein Gott, vor solchem Können errötet der Dilettantismus."

„Für dilettantisch eben wird es gehalten", antwortete Dom Carlos achselzuckend, während ich mich gleichsam widerstrebend von seinen Werken losriß und meinen Platz wieder einnahm.

„Man glaubt einem König nichts anderes als Dilettantismus. Es stellt sich da immer gleich der Gedanke an Nero und seine Qualis-artifex-Ambitionen ein."

„Bedauernswerte Menschen", erwiderte ich, „die sich von solchem Vorurteil nicht frei zu machen vermögen! Sie sollten sich des Glücksfalles freuen, wenn sich das Höchste mit dem Höchsten, die Gunst erhabener Geburt mit derjenigen der Musen verbindet."

Seine Majestät hörte das sichtlich gern. Dieselbe saß bequem zurückgelehnt, während der Gesandte und ich die Berührung mit den schrägen Rückenpolstern unserer Sessel gebührend vermieden. Der König äußerte: „Ich habe meine Freude, lieber Marquis, an Ihrer Empfänglichkeit, an der genießenden Unbefangenheit, mit der Sie die Dinge, Welt, Menschen und Werke betrachten, der schönen Unschuld, mit der Sie es tun und um die Sie zu beneiden sind. Sie ist vielleicht gerade nur auf der gesellschaftlichen Stufe möglich, die Sie einnehmen. Die Häßlichkeit und Bitternis des Lebens kennt man ganz nur in den Niederungen der Gesellschaft und an ihrer höchsten Spitze. Der gemeine Mann ist darin erfahren – und der die Miasmen der Politik atmende Staatenlenker."

„Euer Majestät Bemerkung", erwiderte ich, „ist voller Geist. Nur bitte ich untertänigst, nicht zu glauben, daß meine Aufmerksamkeit in törichtem Genuß an der Oberfläche der Dinge haftet, ohne jeden Versuch, in ihre weniger erfreulichen Untergründe einzudringen. Ich habe Ew. Majestät meine Glückwünsche dargebracht zu dem wahrlich beneidenswerten Lose, der Herrscher über ein so glorreiches Land wie Portugal zu sein. Aber ich bin nicht blind für gewisse Schatten, die dieses Glück verdunkeln wollen, und weiß von den Tropfen Galle und Wermut, welche die Bosheit in den goldenen Trank Ihres Lebens träufelt. Es ist mir nicht unbekannt, daß es auch hier, selbst hier, muß ich sagen: gerade hier? nicht an Elementen fehlt – Elementen, die sich die radikalen nennen, wohl weil sie wie Wühlmäuse an den Wurzeln der Gesellschaft nagen –, abscheulichen Elementen, wenn ich meinen Gefühlen gegen sie einen immerhin gemäßigten Ausdruck geben darf, denen jedes Embarrassement, jedes politische oder finanzielle Ennui des Staates gerade recht ist, um für ihre Umtriebe Kapital daraus zu schlagen. Sie nennen sich die Männer des Volkes, obgleich ihre einzige Beziehung zum Volke darin besteht, daß sie dessen gesunde Instinkte zersetzen und es, zu seinem Unglück, seines natürlichen Glaubens an die Notwendigkeit einer wohlgestuften Gesellschaftsordnung berauben. Wodurch? Indem sie ihm die ganz und gar widernatürliche und darum auch volksfremde Idee der Gleichheit einimpfen und es durch ein plattes Rednertum zu dem Wahn verführen, es sei notwendig oder auch nur im geringsten wünschenswert – von der Möglichkeit ganz zu schweigen –, die Unterschiede der Geburt, des Geblütes, die Unterschiede von Reich und Arm, Vornehm und Gering einzuebnen – Unterschiede, zu deren ewiger Erhaltung die Natur sich mit der Schönheit verbindet. Der in Lumpen gehüllte Bettler leistet durch sein Dasein denselben Beitrag zum farbigen Bilde der Welt wie der große Herr, der in die demütig ausgestreckte Hand, deren Berührung er allerdings tunlichst vermeidet, ein Almosen legt – und, Ew. Majestät, der Bettler weiß es; er ist sich der sonderlichen Würde bewußt, welche die Weltordnung ihm zuerteilt, und will im tiefsten Herzen nichts anders, als es ist. Die Aufwiegelung durch Übelgesinnte ist nötig, ihn an seiner malerischen Rolle irrezumachen und ihm die empörerische Schrulle in den Kopf zu setzen, die Menschen müßten gleich sein. Sie sind es nicht, und sie sind geboren, das einzusehen. Der Mensch kommt mit aristokratischen Sinnen zur Welt. Das ist, so jung ich bin, meine Erfahrung. Wer er auch sei, ein Kleriker, ein Glied der kirchlichen Hierarchie oder jener anderen, der martialischen, ein treuherziger Unteroffizier in seiner Kaserne – er läßt Blick und Sinn, ein untrügliches Tastgefühl merken für gemeine oder erlesene Substanz, für das Holz, aus dem einer geschnitzt ist . . . Schöne Volksfreunde wahrhaftig, die dem Grob- und Niedriggeborenen die Freude nehmen an dem, was über ihm ist, an dem Reichtum, den edlen Sitten und Formen der oberen Gesellschaftsschicht, und diese Freude in Neid, Begehrlichkeit, Aufsässigkeit verwandeln! Die die Masse der Religion berauben, welche sie in frommen und glücklichen Schranken hält, und ihr dazu vorspiegeln, mit der Änderung der Staatsform sei es getan, die Monarchie müsse fallen und durch Errichtung der Republik werde die Natur des Menschen sich ändern und Glück und Gleichheit herbeigezaubert werden . . . Aber es ist Zeit, daß ich Ew. Majestät bitte, mir den Herzenserguß zu Gnaden zu halten, den ich mir da gestattete."

Der König nickte dem Gesandten mit hochgezogenen Augenbrauen zu, worüber dieser sich sehr freute.

„Lieber Marquis", sagte dann Seine Majestät, „Sie legen Gesinnungen an den Tag, die nur zu loben sind – Gesinnungen übrigens, wie sie nicht nur Ihrer Herkunft entsprechen, sondern auch Ihnen persönlich und individuell, lassen Sie mich das hinzufügen, durchaus zu Gesichte stehen. Doch, doch, ich sage es, wie ich's meine. A propos, Sie erwähnten die zündelnde Rhetorik der Demagogen, ihre gefährliche Beschwatzungskunst. In der Tat und unglücklicherweise trifft man die Gewandtheit des Wortes ganz vorwiegend bei solchen Leuten, Advokaten, ehrgeizigen Politikern, Aposteln des Liberalismus und Feinden der bestehenden Ordnung an. Das Bestehende findet selten Befürworter von Geist. Es ist eine Ausnahme und sehr wohltuend, einmal zugunsten der guten Sache gut und gewinnend sprechen zu hören."

„Ich kann nicht sagen", versetzte ich, „wie sehr gerade dies Wort ‚wohltuend' aus Ew. Majestät Munde mich ehrt und beglückt. Möge es lächerlich scheinen, wenn ein einfacher junger Edelmann sich vermißt, einem König wohltun zu können – ich gestehe doch, daß ebendies mein Bestreben ist. Und was hält mich zu diesem Bestreben an? Mitgefühl, Majestät. Es ist das Mitgefühl, das teilhat an meiner Ehrfurcht – wenn das eine Kühnheit ist, so möchte ich doch behaupten, daß es kaum eine seelenvollere Mischung der Empfindungen gibt, als eben die von Ehrfurcht und Mitgefühl. Was meine Jugend von Ew. Majestät Kümmernissen weiß, von den Anfeindungen, denen das Prinzip, das Sie vertreten, und selbst Ihre erlauchte Person ausgesetzt sind, geht mir nahe, und ich kann nicht umhin, Ihnen Ablenkung von diesen trüben Störungen, so viel heitere Zerstreuung wie nur möglich zu wünschen. Das ist es zweifellos, was Ew. Majestät in der schönen Kunst, in der Malerei suchen und finden. Dazu höre ich mit Freuden, daß Sie sich gern dem Jagdvergnügen widmen . . ."

„Sie haben recht", sagte der König. „Ich gestehe, daß ich mich am wohlsten fern der Hauptstadt und den Ränken der Politik fühle, in freier Natur, in Feld und Gebirge, umgeben von einer kleinen Zahl Vertrauter und Zuverlässiger, bei Pirsch und Anstand. Sie sind Jäger, Marquis?"

„Ich kann es nicht sagen, Majestät. Zweifellos ist die Jagd die ritterlichste Unterhaltung, aber ich bin im ganzen kein Mann des Schießgewehrs und folge nur ganz gelegentlich einmal einer solchen Einladung. Was mir dabei am meisten Freude macht, sind die Hunde. So eine Koppel von Meute- und Vorstehhunden, in ihrer Leidenschaft kaum zu halten, die Nase am Boden, die Schwänze hin und her fahrend, alle Muskeln gespannt – der große Paradetrab, in dem so einer, mit angezogenem Kopf, das Flugwild oder den Hasen im Maul heranbringt –, ich sehe das für mein Leben gern. Kurzum, ich bekenne mich als warmen Hundefreund und bin von klein auf mit diesem alten Genossen des Menschen umgegangen. Die Eindringlichkeit seines Blicks, sein Lachen mit aufgesperrtem Rachen, wenn man mit ihm scherzt – er ist ja das einzige Tier, das lachen kann –, seine täppische Zärtlichkeit, seine Eleganz im Spiel, die federnde Schönheit seines Ganges, falls er von Rasse ist – das alles erwärmt mir das Herz. Seine Herkunft vom Wolf oder vom Schakal ist bei der großen Mehrzahl der Arten völlig verwischt. Allermeist sieht man sie ihm so wenig mehr an wie dem Pferd die seine vom Tapir oder Nashorn. Schon der Torfspitz der Pfahlbauzeit erinnerte nicht mehr an diese Abstammung, und wer ließe sich beim Spaniel, Dachshund, Pudel, beim schottischen Terrier, der auf dem Bauche zu gehen scheint, oder beim gütevollen Bernhardiner den Wolf einfallen? Welche Variabilität der Gattung! Es gibt sie in keiner anderen. Ein Schwein ist ein Schwein, ein Rind – ein Rind. Aber sollte man glauben, daß die dänische Dogge, groß wie ein Kalb, das gleiche Tier ist wie der Affenpinscher? Dabei", plauderte ich fort und lockerte meine Haltung, indem ich mich nun doch im Stuhl zurücklehnte, was daraufhin auch der Gesandte tat, „dabei hat man den Eindruck, daß diese Geschöpfe sich ihres Formats, ob riesenhaft oder winzig, nicht bewußt sind und ihm im Verkehr miteinander keine Rechnung tragen. Die Liebe vollends – verzeihen Majestät die Berührung dieses Gebietes – macht da jeden Sinn für das Passende und Unpassende zunichte. Wir haben zu Hause auf dem Schloß einen russischen Windhund, Fripon mit Namen, einen großen Herrn, ablehnend von Wesen und von dünkelhaft schläfriger Physiognomie, die mit der Geringfügigkeit seines Gehirns zusammenhängt. Andererseits ist da Minime, das Malteser Schoßhündchen meiner Mama, ein Knäulchen weißer Seide, kaum größer als meine Faust. Man sollte denken, Fripon verschlösse sich nicht der Einsicht, daß dieses bebende Prinzeßchen in bestimmter Hinsicht keine schickliche Partnerin für ihn sein kann. Wird aber ihre Weiblichkeit aktuell, so klappert er, obgleich in weiter Entfernung von ihr gehalten, vor unrealisierbarer

Verliebtheit derart mit den Zähnen, daß man es zimmerweit hören kann."

Der König erheiterte sich über das Klappern.

„Ach", beeilte ich mich fortzusetzen, „da muß ich Ew. Majestät doch gleich von besagter Minime erzählen, einem preziösen Geschöpfchen, dessen Konstitution in einem bänglichen Verhältnis zu seiner Rolle als Schoßhündchen steht." Und so denn, liebe Mama, wiederholte ich weit besser und mit drolligerer Genauigkeit des Details meine Produktion von neulich, die Schilderung der leider wiederkehrenden Tragödie in Deinem Schoß, der Schreckensrufe, des Klingelalarms – malte das Herbeiflattern Adelaidens aus, deren beispiellose Affektation durch die Notlage nur noch gesteigert wird und die den zappelnden Unglücksliebling davonträgt, die zittrigen Dienstleistungen Radicules, der Deiner Hilflosigkeit mit einer Handschaufel und einem Ascheneimer beizukommen sucht. Mein Erfolg war der erwünschteste. Der König hielt sich die Seiten vor Lachen – und wirklich, es ist eine herzinnige Freude, einen gekrönten Mann der Sorgen, mit einer wühlerischen Partei im Lande, so selbstvergessener Belustigung hingegeben zu sehen. Ich weiß nicht, was irgendwelche Horcher im Vorzimmer sich von dieser Audienz gedacht haben mögen, aber gewiß ist, daß Seine Majestät die unschuldige Zerstreuung, die ich ihm bot, ganz außerordentlich genoß. Dieselben erinnerten sich zwar endlich, daß der Name des Gesandten, dem man Stolz und Glück darüber anmerkte, daß er sich durch meine Einführung um das Wohl des Herrschers so verdient gemacht, und mein eigener Name keineswegs die letzten waren auf der Liste des Flügeladjutanten, und gaben, indem sie sich die Augen trockneten, durch Erheben vom Sitze das Zeichen zur Beendigung des Empfanges. Aber während wir unsere tiefen Abschiedsverbeugungen darbrachten, hörte ich wohl, obgleich ich es scheinbar nicht hören sollte, das zwiefache „Charmant, charmant!", mit dem der Monarch sich gegen Herrn von Hüon erkenntlich erwies – und, liebe Eltern –, dies wird Euch zweifellos nicht nur meine kleinen Verstöße gegen die Pietät, sondern auch die etwas eigenmächtige Verlängerung meines Aufenthaltes dahier in milderem Licht erscheinen lassen –: Zwei Tage später erhielt ich vom Königlichen Hofmarschallamt ein Päckchen, enthaltend die Insignien des portugiesischen Ordens vom Roten Löwen zweiter Klasse, den Seine Majestät geruht hatte, mir zu verleihen, an karmoisinrotem Band um den Hals zu tragen – so daß ich mich also hinfort bei formellen Gelegenheiten nicht länger, wie noch beim Gesandten, im kahlen Frackanzug darzustellen haben werde.

Ich weiß wohl, daß ein Mann seinen wahren Wert nicht in Emaille auf der Hemdbrust, sondern im tieferen Busen trägt. Aber die Menschen – Ihr kennt sie länger und besser als ich – wollen das Sichtbare, den Augenschein, das Sinnbild und tragbare Ehrenzeichen, und ich schelte sie nicht deswegen, ich bin voll milden Verständnisses für ihre Bedürftigkeit, und es ist reine Sympathie und Nächstenliebe, wenn ich mich freue, ihrer kindlichen Sinnlichkeit in Zukunft mit dem Roten Löwen zweiter Klasse aufwarten zu können.

Nur soviel für heute, teuerste Eltern. Ein Schelm gibt mehr, als er hat. Bald weiteres von meinen Erlebnissen und Welterfahrungen, die ich samt und sonders Eurer Großmut zu danken haben werde. Und wenn noch unter obiger Adresse ein Gegengruß von Euch mich erreichen und mich Eueres Wohlbefindens versichern würde, so wäre das der köstlichste Beitrag zum eigenen Wohlsein

Eures in Zärtlichkeit treu gehorsamen Sohnes

Loulou

Dieses in wohlstudierter, leicht nach links geneigter Steilschrift hergestellte, teils deutsch, teils französisch abgefaßte, eine ganze Anzahl der kleinen Briefbögen des Hotels Savoy Palace füllende Handschreiben mit der vom Oval umhüllten Unterschrift ging ab an meine Erzeuger auf Schloß Monrefuge bei Luxemburg. Ich hatte mir Mühe damit gegeben, da mir an der Korrespondenz mit diesen mir so nahestehenden Herrschaften wahrhaft gelegen war und ich mit herzlicher Neugier der Antwort entgegensah, die, wie ich mir dachte, wohl von der Marquise kommen würde. Mehrere Tage hatte ich an das Werkchen gewandt, das übrigens, von einigen Verschleierungen am Anfang abgesehen, mein Erlebtes ganz wahrheitsgemäß wiedergab, selbst in dem Punkte, daß Herr von Hüon mit seinem Anerbieten, mich dem König vorzustellen, meinen Wünschen zuvorgekommen war. Die Sorgfalt, die ich für den Bericht aufgeboten, ist um so höher einzuschätzen, als ich die Zeit dafür meinem eifrigen, nur mit Mühe in den Grenzen der Diskretion gehaltenen Verkehr im Hause Kuckuck abzustehlen hatte, welcher sich – wer hätte es gedacht – hauptsächlich auf den Sport, den ich so wenig wie einen anderen je betrieben, das Tennisspiel mit Zouzou und ihrer Clubgesellschaft stützte.

Jene Verabredung einzugehen und einzuhalten war keine kleine Keckheit von meiner Seite. Den dritten Tag denn aber, zeitig am Vormittag, wie ausgemacht, fand ich mich in untadeligem Sportdreß, weiß gegürteten Flanellhosen, schneeigem, am Halse offenem Hemd, über dem ich vorderhand eine blaue Jacke trug, und jenen lautlosen, mit Gummi leicht besohlten Leinwandschuhen, die eine tänzerische Beweglichkeit begünstigen, auf dem gar nicht weit von Zouzous Elternhaus gelegenen, sehr reinlich gepflegten doppelten Spielfelde ein, dessen Benutzung ihr und ihren Freunden tag- und stundenweise vorbehalten war. Zumute war mir ganz ähnlich wie einst, als ich, eine abenteuerliche, zwar beklommene, aber auch frohe Entschlossenheit im Herzen, vor die militärische Aushebungskommission getreten war. Entschlossenheit ist alles. Von meiner überzeugenden Tracht, den beflügelnden Schuhen an meinen Füßen begeistert, machte ich mich anheischig, auf augenverblendende Weise meinen Mann zu stehen in einem Spiel, das ich zwar angeschaut und in mich genommen, in Wirklichkeit aber nie geübt hatte.

Ich kam zu früh, noch fand ich mich allein auf dem Plan. Eine Hütte war da, die als Garderobe und Aufbewahrungsort für die Spielgerätschaften diente. Dort legte ich meine Jacke ab, nahm mir ein Racket und einige der allerliebsten kalkweißen Bälle und begann, mich auf dem Platze im tändelnd-vertraulichen Gebrauch dieser hübschen Gegenstände zu versuchen. Ich ließ den Ball auf dem elastisch bespannten Schläger tanzen, ließ ihn vom Boden springen, um ihn mit jenem in der Luft zu fangen, und hob den liegenden damit in der bekannten leichten Schaufelbewegung auf. Um mir den Arm frei zu machen und die zum Schlage notwendige Kraft zu prüfen, sandte ich einen Ball nach dem anderen mit Vor- oder Rückhandschlag übers Netz – womöglich über dieses, denn meistens gingen meine Würfe ins Netz hinein oder sträflich weit über die Grenze des Gegenhofs hinaus, ja, wenn ich mich allzusehr ins Zeug gelegt hatte, selbst über die hohe Umgitterung des Spielplatzes hinweg ins Freie.

So tummelte ich mich, mit Genuß den Griff des schönen Schlaggeräts umfassend, im Single gegen niemand, wobei Zouzou Kuckuck mich betraf, die in Gesellschaft zweier ebenfalls weißgekleideter junger Leute, Männlein und Fräulein, heranschlenderte, welche aber nicht Geschwister, sondern Cousin und Cousine waren. Wenn er nicht Costa hieß, so hieß er Cunha, und wenn sie nicht Lopes hieß, so hieß sie Camões – ich weiß das nicht mehr so genau. „Sieh da, der Marquis trainiert solo. Es sieht vielversprechend aus", sagte Zouzou spöttisch und machte mich mit den zwar zierlichen, ihr selbst aber an Reiz unvergleichlich nachstehenden jungen Herrschaften bekannt, danach auch mit weiter hinzukommenden, männlichen und weiblichen Mitgliedern des Clubs, Saldacha, Vicente, de Menezes, Ferreira und ähnlich geheißen. Wohl ein Dutzend Teilnehmer, mich eingeschlossen, kamen im ganzen zusammen, von denen jedoch mehrere sich gleich, zum vorläufigen Zusehen, plaudernd auf den außerhalb der Umgitterung stehenden Bänken niederließen. Je vier traten auf den beiden Plätzen zum Spiele an – Zouzou und ich auf entgegengesetzten Feldern des einen. Ein langer Jüngling erkletterte bei uns den Hochsitz des Schiedsrichters, um die Zahl der gemachten Bälle, die Fehler und Outs, ein gewonnenes Game oder einen Set zu notieren und auszusprechen.

Zouzou postierte sich am Netz, während ich diesen Platz meiner Mitspielerin, einem Fräulein mit gelbem Teint und grünen Augen, überließ und mich, in gesammelter Bereitschaft, einer Hochstimmung meines Körpers, auf dem hinteren Felde hielt. Zouzous Partner, jener kleine Cousin, servierte zuerst, recht schwierig. Aber, herzuspringend, hatte ich zum Anfang das gute Glück, seinen Ball im flachen und scharfen Treibschlag mit großer Präzision zurückzugeben, so daß Zouzou „Nun also" sagte. Danach beging ich eine Menge Unsinn und in federndes Hin- und Herspringen und -gleiten gehüllte Stümperei, die für die Gegenseite notierte; machte auch, in zur Schau getragenem Übermut, indem ich mit dem Spiele mein Spiel trieb und es gar nicht ernst zu nehmen schien, mit den springenden Bällen hundert Flausen und Jonglierstückchen, die, wie meine heillosen Fehlschläge, die Heiterkeit der Zuschauer erregten – was alles mich nicht hinderte, zwischendurch aus purem Ingenium Dinge zu leisten, die in verwirrendem Widerspruch zu meiner so oft ersichtlichen Ungelerntheit standen und diese im Lichte bloßer Nachlässigkeit und des Verbergens meiner Fähigkeiten erscheinen lassen konnten. Ich verblüffte durch einen und den anderen Serviceball von unheimlicher Schärfe, durch das frühe Annehmen eines

herankommenden Balles, durch das wiederholte Retournieren der unmöglichsten Zumutungen – was alles ich meiner durch Zouzous Dasein befeuerten körperlichen Inspiriertheit zu danken hatte. Noch sehe ich mich zum Annehmen eines tiefen Vorhanddrives, das eine Bein vorgestreckt, mit dem anderen ins Knie gehen, was ein gar hübsches Bild ergeben haben muß, da es mir Applaus von den Zuschauerbänken eintrug; sehe mich im Sprunge unglaublich emporschnellen, um, ebenfalls unter Bravorufen und Händeklatschen, einen weit über den Kopf meiner Partnerin hinweggegangenen Hochball des kleinen Cousins mit Wucht ins gegnerische Feld zu schlagen – und was da, zwischenein, des wilden, begeisterten Gelingens noch mehr war.

Was Zouzou betrifft, die mit gutem Können und ruhiger Korrektheit spielte, so lachte sie weder über meine Blamagen – wenn ich etwa an dem von mir selbst in die Luft geworfenen Serviceball mit dem Racket vorbeischlug – noch über meine ungehörigen Mätzchen, verzog aber auch keine Miene bei meinen unerwarteten Championtaten und dem Beifall, den sie mir gewannen. Allzu gelegentlich vorkommend, reichten sie übrigens nicht aus zu verhindern, daß trotz der soliden Arbeit meiner Genossin Zouzous Seite nach zwanzig Minuten vier gewonnene Games zu verzeichnen und nach weiteren zehn den Set gemacht hatte. Wir brachen ab danach, um andere zum Zuge zu lassen. Erhitzt allesamt, nahmen wir vier zusammen auf einer der Bänke Platz.

„Das Spiel des Herrn Marquis ist amüsant", sagte meine gelbgrüne Partnerin, der ich so manches verdorben hatte.

„Un peu phantastique, pourtant", erwiderte Zouzou, die sich, da sie mich eingeführt hatte, für meine Aufführung verantwortlich fühlte. Dabei durfte ich glauben, durch meine „Phantastereien" in ihren Augen nichts eingebüßt zu haben. Ich entschuldigte mich mit meinem Wieder-Anfängertum und gab der Hoffnung Ausdruck, was ich einmal gekonnt, rasch zurückzuerobern, um solcher Mit- und Gegenspieler würdig zu sein. Nach einigem Geplauder, während dessen wir den Angetretenen zusahen und uns an guten Schlägen freuten, kam ein Herr zu uns herüber, der Fidelio genannt wurde, zu dem Cousin und der Gelbgrünen auf portugiesisch sprach und sie zu irgendeiner Unterredung von uns fortholte. Kaum war ich mit Zouzou allein, als sie anhob: „Nun, und jene Zeichnungen, Marquis? Wo sind sie? Sie wissen, daß ich sie zu sehen, sie an mich zu nehmen wünsche."

„Aber Zouzou", gab ich zur Antwort, „ich konnte sie unmöglich mit hierhernehmen. Wo sollte ich sie lassen und wie sie Ihnen hier vorlegen, wo wir jeden Augenblick Gefahr laufen würden, dabei ertappt zu werden . . ."

„Was für eine Redensart – ‚ertappt zu werden'!"

„Nun ja, diese träumerischen Erzeugnisse meines Gedenkens an Sie sind nichts für die Augen Dritter – die Frage ganz beiseite gelassen, ob sie etwas für die Ihren wären. Bei Gott, ich wollte, die Umstände hier, bei Ihnen zu Hause und überall, wären weniger der Möglichkeit entgegen, Heimlichkeiten mit Ihnen zu haben."

„Heimlichkeiten! Sehen Sie gefälligst nach Ihren Worten!"

„Aber Sie halten mich zu Heimlichkeiten an, die, wie alles liegt, sehr schwer zu bewerkstelligen sind."

„Ich sage einfach, daß es Sache Ihrer Gewandtheit ist, Gelegenheit zu finden, mir diese Blätter zu übergeben. An Gewandtheit fehlt es Ihnen nicht. Sie waren gewandt beim Spiel – phantastisch, wie ich vorhin beschönigend sagte, und so pfuscherisch oft, daß man hätte glauben können, Sie hätten Tennis überhaupt nie gelernt. Aber gewandt waren Sie."

„Wie glücklich bin ich, Zouzou, das aus Ihrem Munde zu hören . . ."

„Wie kommen Sie eigentlich dazu, mich Zouzou zu nennen?"

„Alle Welt nennt Sie so, und ich liebe diesen Ihren Namen so sehr. Ich horchte auf, als ich ihn zum erstenmal vernahm, und habe ihn gleich in mein Herz geschlossen . . ."

„Wie kann man einen Namen ins Herz schließen!"

„Der Name ist ja mit der Person, die ihn trägt, unzertrennlich verbunden. Darum macht es mich so glücklich, Zouzou, aus Ihrem Munde – wie gern spreche ich von Ihrem Munde! – eine duldsame, eine halbwegs lobende Kritik meines armen Spieles zu hören. Glauben Sie mir, wenn es noch in der Pfuscherei leidlich anzusehen war, so daher, weil ich von dem Bewußtsein ganz durchdrungen war, mich unter Ihren lieben, reizenden schwarzen Augen zu bewegen."

„Sehr schön. Worin Sie sich da üben, Marquis, das nennt man ja wohl einem jungen Mädchen den Hof machen. An Originalität fällt das ab gegen die Phantastik Ihres Spiels. Die Mehrzahl der jungen Leute hier betrachtet das Tennis mehr oder weniger als Vorwand für diese degoutante Beschäftigung."

„Degoutant, Zouzou? Warum? Schon neulich haben Sie die Liebe ein unanständiges Thema genannt und pfui dazu gesagt."

„Ich sage es wieder. Ihr jungen Männer seid alle garstige, lasterhafte Buben, die auf das Unanständige aus sind."

„Oh, wenn Sie aufstehen und weggehen wollen, so nehmen Sie mir die Möglichkeit, die Liebe zu verteidigen."

„Das will ich auch. Wir sitzen hier schon zu lange zu zweien. Erstens schickt sich das nicht, und zweitens (denn wenn ich erstens sage, pflege ich es nicht an einem zweitens fehlen zu lassen), zweitens finden Sie ja wenig Geschmack am Einzelnen und entzücken sich vielmehr an Kombinationen."

Sie ist eifersüchtig auf ihre Mutter, sagte ich nicht ohne Freude zu mir selbst, während sie mir ein „Au revoir" hinwarf und sich entfernte. Möchte doch auch die Rassekönigin es sein auf ihr Töchterlein! Das würde der Eifersucht entsprechen, die mein Gefühl für die eine oft in sich hegt auf mein Gefühl für die andere.

Die Strecke vom Spielplatz zur Villa Kuckuck legten wir zusammen mit den jungen Leuten zurück, in deren Gesellschaft Zouzou gekommen war, dem Cousin und der Cousine, deren Heimweg daran vorbeiführte. Das Déjeuner, das ein Abschiedsessen hatte sein sollen, aber als solches schon nicht mehr galt, wurde diesmal nur zu vieren eingenommen, da Herr Hurtado fehlte. Es war gewürzt mit Zouzous Hohn und Spott über mein Tennisspiel, für das Dona Maria Pia durch lächelnde Nachfragen ein gewisses neugieriges Interesse verriet, besonders da ihre Tochter sich dazu überwand, auch meine vereinzelten Großtaten zu erwähnen – ich sage: sich dazu überwand, weil es zwischen den Zähnen und mit zusammengezogenen Brauen, gleichsam in tiefem Ärger geschah. Ich wies sie darauf auch hin, und sie antwortete: „Ärger? Gewiß. Es kam Ihrer Nichtskönnerei nicht zu. Es war unnatürlich."

„Sage doch gleich übernatürlich!" lachte der Professor. „Alles in allem scheint mir die Sache darauf hinauszulaufen, daß der Marquis so galant war, euerer Seite den Sieg zuzuschanzen."

„Du stehst dem Sport, lieber Papa", erwiderte sie verbissen, „fern genug, um zu meinen, daß der Galanterie dabei irgendeine Rolle gebühre, und hast sehr milde Erklärungen für das absurde Gebaren deines Reisegefährten."

„Papa ist immer milde", schloß die Senhora diesen Wortwechsel.

Es folgte kein Spaziergang auf das damalige Frühstück, das eines unter vielen war, die ich während der kommenden Wochen im Heim der Kuckucks noch sollte genießen dürfen. Ausflüge in die Umgebung Lissabons schlossen sich an spätere an. Darüber einiges gleich weiter unten. Hier will ich nur noch der Freude gedenken, die mir, vierzehn bis achtzehn Tage nach Abgang des meinen, ein Brief meiner Frau Mutter bereitete, welchen bei meiner Rückkehr von einem Ausgange der Concierge mir überreichte. In deutscher Sprache geschrieben, lautete er wie folgt:

Victoria Marquise de Venosta née de Plettenberg

Schloß Monrefuge, den 3. Sept. 1895

Mein lieber Loulou!

Dein Brief vom 25. vorigen Monats ist Papa und mir richtig zuhanden gekommen, und beide danken wir Dir für Deine gewissenhafte und unstreitig interessante Ausführlichkeit. Deine Schrift, mein guter Loulou, ließ immer zu wünschen übrig und ist nach wie vor nicht ohne Manieriertheit, aber Dein Stil hat gegen früher entschieden an Gepflegtheit und angenehmer Politur gewonnen, was ich zum Teil dem mehr und mehr bei Dir sich geltend machenden Einfluß der wort- und esprit-freundlichen Pariser Atmosphäre zuschreibe, welche Du so lange geatmet hast. Außerdem ist es wohl eine Wahrheit, daß der Sinn für gute, gewinnende Form, der Dir stets zu eigen war, da wir ihn in Dich gepflanzt haben, eine Sache des ganzen Menschen ist und nicht bei den körperlichen Manieren haltmacht, sondern sich auf alle persönlichen Lebensäußerungen, also auch auf die schriftliche wie mündliche Ausdrucksweise erstreckt.

Übrigens nehme ich nicht an, daß Du wirklich zu Seiner Majestät König Carl dermaßen rednerisch-elegant gesprochen hast, wie Dein Bericht vorgibt. Das ist gewiß eine briefstellerische Fiktion. Nichtsdestoweniger hast Du uns ein Vergnügen damit gemacht, und zwar vor allem durch die Gesinnungen, welche Du vorzutragen Gelegenheit nahmest und mit denen Du Deinem Vater und mir ebenso nach dem Gemüte gesprochen hast wie dem hohen Herrn. Beide teilen wir vollkommen Deine Auffassung von der Gottgewolltheit der Unterschiede von Reich und Arm, Vornehm und Gering auf Erden und von der Notwendigkeit des Bettlerstandes. Wo bliebe auch die Gelegenheit zur Wohltätigkeit und zum guten Werke christlichen Sinnes, wenn es nicht Armut und Elend gäbe?

Dies einleitend. Ich mache Dir kein Hehl daraus, und Du hast es ja auch nicht anders erwartet, daß Deine in der Tat etwas eigenwilligen Dispositionen, der beträchtliche Aufschub, den Deine Weiterreise nach Argentinien erlitten, uns zunächst ein wenig verstimmten. Aber wir haben uns damit abgefunden, ja ausgesöhnt, denn die Gründe, die Du dafür anführst, lassen sich wohl hören, und mit Recht darfst Du sagen, daß die Ergebnisse Deine Beschlüsse rechtfertigen. Natürlich denke ich dabei in erster Linie an die Verleihung des Ordens vom Roten Löwen, die Du der Gnade des Königs und Deinem einnehmenden Verhalten bei ihm verdankst und zu welcher Papa und ich Dir herzlich gratulieren. Das ist eine recht ansehnliche Dekoration, wie man sie in so jungen Jahren selten erwirbt, und die, obgleich zweiter Klasse, nicht zweitklassig zu nennen ist. Sie gereicht der ganzen Familie zur Ehre.

Es ist von diesem schönen Ereignis auch in einem Briefe der Frau Irmingard von Hüon die Rede, den ich fast gleichzeitig mit dem Deinen empfing und worin sie mir, an Hand der Berichte ihres Gatten, von Deinen gesellschaftlichen Erfolgen Mitteilung macht. Sie wünschte damit das Mutterherz zu erfreuen und hat diesen Zweck auch vollkommen erreicht. Trotzdem muß ich, ohne Dich kränken zu wollen, sagen, daß ich ihre Schilderungen, bzw. die des Gesandten, mit einigem Erstaunen las. Gewiß, ein Spaßvogel warst Du immer, aber solche parodistischen Talente und Gaben burlesker Travestie, daß Du eine ganze Gesellschaft, einschließlich eine prinzlichen Geblütes, damit in Lachen auflösen und einem sorgenbeladenen König das Herz damit zu einer fast unmajestätischen Lustigkeit befreien konntest, hätten wir Dir doch nicht zugetraut. Genug, Frau von Hüons Brief bestätigt Deine eigenen Angaben darüber, und auch hier ist einzuräumen, daß der Erfolg die Mittel rechtfertigt. Es sei Dir verziehen, mein Kind, daß Du Deinen Darstellungen Einzelheiten aus unserem häuslichen Leben zugrunde legtest, die besser unter uns geblieben wären. Minime liegt, während ich schreibe, in meinem Schoß und würde sich gewiß unserer Nachsicht anschließen, wenn man ihren kleinen Verstand mit der Sache befassen könnte. Du hast Dir arge Übertreibungen und groteske Lizenzen zuschulden kommen lassen bei Deiner Produktion und besonders Deine

Mutter einem recht lächerlichen Lichte ausgesetzt durch die Schilderung, wie sie kläglich verunreinigt und halb ohnmächtig im Sessel liegt und der alte Radicule ihr mit Schaufel und Ascheneimer zu Hilfe kommen muß. Ich weiß nichts von einem Ascheneimer, er ist ein Erzeugnis Deines Eifers zu unterhalten, der denn ja auch so erfreuliche Früchte getragen hat, daß es am Ende nichts ausmachen darf, wenn er etwas von meiner persönlichen Würde mutwillig darangab.

Dem Mutterherzen zugedacht waren zweifellos auch die Versicherungen Frau von Hüons, daß Du von allen Seiten als so besonders bildhübsch, ja, geradezu als eine Jünglingsschönheit angesehen und bezeichnet wirst, was uns nun ebenfalls wieder bis zu einem gewissen Grade verwunderte. Du bist, geradezu gesprochen, ein netter Bursche und setzest Deinesteils Dein Äußeres herab, indem Du mit sympathischer Selbstverspottung von Borsdorfer Apfelbacken und Schlitzäuglein sprichst. Das ist gewiß ungerecht. Aber als eigentlich hübsch und schön kannst du nicht gelten, nicht daß wir wüßten, und Complimente dieses Sinnes, die man mir macht, bringen mich einigermaßen aus der Fassung, wenn mir als Frau auch nicht unbekannt ist, wie sehr der Wunsch zu gefallen ein Äußeres von innen her zu erhöhen und zu verklären vermag, kurz, sich als Mittel erweisen kann, pour corriger la nature.

Aber was spreche ich von Deinem Exterieur, das man hübsch oder nur passable nennen möge! Handelt es sich doch um Dein Seelenheil, Deine gesellschaftliche Rettung, um die wir Eltern zeitweise zu zittern hatten. Und da ist es uns denn eine wahre Herzenserleichterung, Deinem Brief, wie schon Deinem Telegramm, zu entnehmen, daß wir mit dieser Reise das rechte Mittel gefunden haben, Dein Gemüt aus dem Banne degradierender Wünsche und Projekte zu lösen, sie Dir im rechten Licht, nämlich in dem des Unmöglichen und Verderblichen erscheinen zu lassen und sie mitsamt der Person, die sie Dir zu unserer Beängstigung einflößte, in Vergessenheit zu versenken!

Zuträgliche Umstände sind, Deinen Mitteilungen zufolge, dabei behilflich. Ich kann nicht umhin, in Deiner Begegnung mit jenem Professor und Museumsdirektor, dessen Name allerdings spaßig lautet, eine glückliche Fügung zu sehen und den Verkehr in seinem Hause als nutzbringend und hilfreich zu Deiner Heilung zu betrachten. Zerstreuung ist gut; desto besser aber, wenn sie sich mit einem Gewinn an Bildung und brillantem Wissen verbindet, wie er sich in Deinem Briefe, etwa durch das Gleichnis von der Seelilie (einem mir unbekannten Gewächs) oder durch Anspielungen auf die Naturgeschichte des Hundes und des Pferdes deutlich genug abzeichnet. Solche Dinge sind ein Schmuck jeder gesellschaftlichen Conversation und werden nie verfehlen, einen jungen Mann, der sie ohne Prätention und mit Geschmack einzuflechten weiß, angenehm zu distinguieren von solchen, denen etwa nur das Vokabular des Sports zur Verfügung steht. Womit nicht gesagt sein soll, daß wir von Deiner Wiederaufnahme des lange vernachlässigten Lawn-Tennis um Deiner Gesundheit willen nicht mit Befriedigung Kenntnis genommen hätten.

Wenn übrigens der Umgang mit den Damen des Hauses, Mutter und Tochter, deren Beschreibung Du mit einigen ironischen Lichtern versiehst, Dir weniger zusagt und zu geben hat als der mit dem gelehrten Hausherrn und seinem Gehilfen, so brauche ich Dich nicht zu ermahnen – möchte es aber hiermit doch getan haben –, sie Deine mindere Schätzung niemals merken zu lassen und ihnen stets mit der Ritterlichkeit zu begegnen, die ein Kavalier dem anderen Geschlecht unter allen Umständen schuldet.

Und somit Glück auf, lieber Loulou! Wenn Du nun in etwa vier Wochen, nach Wiederkehr der „Cap Arcona", zu Schiffe gehst, so werden unsere Gebete um eine glatte, Deinen Magen nicht einen Tag affizierende Überfahrt für Dich zum Himmel steigen. Die Verzögerung Deiner Reise bringt es mit sich, daß Du in den argentinischen Frühling einziehen und wohl auch den Sommer dieser der unseren entgegengesetzten Region erproben wirst. Du sorgst, so vertraue ich, für passende Garderobe. Feiner Flanell ist dabei am meisten zu empfehlen, denn er bietet die beste Gewähr gegen Erkältungen, die man sich, wie es freilich nicht im Worte liegt, bei Hitze sogar leichter zuzieht als bei Kälte. Sollten die Dir zur Verfügung gestellten Mittel sich gelegentlich als unzureichend erweisen, so vertraue, daß ich die Frau bin, eine vernünftige Ergänzung bei Deinem Vater mit Erfolg zu befürworten.

Unsere freundlichsten Empfehlungen Deinen Gastgebern Herrn und Frau Consul Meyer.

Mit Segenswünschen
Maman

Zehntes Kapitel

Wenn ich der wunderbar vornehmen Fuhrwerke, der blitzblanken Viktorias, Phaetons und mit Seide ausgeschlagenen Coupés gedenke, die ich später vorübergehend mein eigen nannte, so rührt mich das kindliche Vergnügen, mit dem ich mich während jener Lissabonner Wochen eines gerade nur anständigen Mietwagens bediente, der mir nach Übereinkunft mit einer Lohnkutscherei zu jeweiliger Verfügung stand, so daß ich den Concierge des „Savoy Palace" nur von Fall zu Fall danach zu telephonieren lassen brauchte. Im Grunde war es nicht mehr als eine Droschke, allerdings mit zurücklegbarem Verdeck und eigentlich doch wohl ein ehemaliger, an das Fuhrgeschäft veräußerter viersitziger Herrschaftswagen. Pferde und Geschirr konnten sich allenfalls sehen lassen, und eine geziemend private Tracht des Kutschers, mit Rosettenhut, blauem Rock und Stulpenstiefeln, hatte ich gegen ein leichtes Aufgeld zur Bedingung gemacht.

Gern bestieg ich vor meinem Hotel den Wagen, dessen Schlag ein Page mir öffnete, während der Kutscher, wie ich ihn angewiesen, die Hand an der Krempe seines Zylinders, sich ein wenig vom Bocke neigte. Unbedingt brauchte ich ein solches Gefährt, nicht nur zu Spazier- und Corsofahrten, die ich zu meiner Unterhaltung in den Parks und auf den Promenaden unternahm, sondern auch, um mit einiger Stattlichkeit gesellschaftlichen Einladungen folgen zu können, die der Abend beim Gesandten nach sich zog und zu denen auch wohl die Audienz beim König anregte. So baten mich jener reiche Weinexporteur, der Saldacha hieß, und seine außergewöhnlich beleibte Frau zu einer Garden Party auf ihrer prächtigen Besitzung vor der Stadt, wo denn, da die Lissabonner Gesellschaft allgemach aus ihren Sommerfrischen zurückkehrte, viel schöne Welt mich umgab. Ich fand sie in leichten Abwandlungen und weniger zahlreich wieder bei zwei Diners, von denen das eine der griechische Geschäftsträger, Fürst Maurocordato, und seine klassisch schöne, dabei erstaunlich entgegenkommende Gemahlin anboten, das andere von Baron und Baronin Vos von Steenwyk auf der holländischen Gesandtschaft gegeben wurde. Bei diesen Gelegenheiten konnte ich mich denn auch im Schmuck meines Roten Löwen zeigen, zu dem mich jeder beglückwünschte. Viel hatte ich auf der Avenida zu grüßen, denn meine distinguierten Bekanntschaften mehrten sich; doch hielten sich all diese im Oberflächlichen und Formellen – richtiger: aus Gleichgültigkeit hielt ich sie darin, da meine wahren Interessen an das weiße Häuschen dort oben, an das Doppelbild von Mutter und Tochter gebunden waren.

Kaum brauche ich zu sagen, daß ich nicht zuletzt, sondern zuerst um ihretwillen mir den Wagen hielt. Konnte ich ihnen doch damit das Vergnügen des Spazierenfahrens bereiten, zum Beispiel nach den historischen Stätten, deren Schönheit ich dem König im voraus gerühmt hatte; und nichts war mir lieber, als auf einem der Rückplätze meiner Leih-Equipage ihnen beiden, der Mutter, hehr von Rasse, und ihrem reizenden Kinde gegenüberzusitzen, neben Dom Miguel etwa, der das eine und andere Mal sich zum Mitkommen freimachte – namentlich zu dem Schloß- und Klosterbesuch kam er als Erläuterer des Sehenswürdigen mit.

Den Fahrten und Ausflügen voran ging immer, ein- bis zweimal die Woche, der Tennis-Sport mit anschließendem intimem Déjeuner im Hause Kuckuck. Mein Spiel, das ich zuweilen als Zouzous Partner, zuweilen als ihr Gegner, zuweilen auch, wie es kam, fern von ihr auf dem anderen Felde übte, gewann sehr rasch an Ausgeglichenheit. Die Bravourleistungen jäher Inspiration verschwanden zusammen mit den lächerlichsten Enthüllungen der Unkunde, und ich bot anständiges Mittelmaß, mochte auch die spannende Gegenwart der Geliebten meinem Tun und Treiben mehr körperlichen Geist – wenn man so sagen kann – verleihen, als dem Durchschnitt vergönnt ist. Hätten sich dem Alleinsein mit ihr nur weniger Schwierigkeiten entgegengestellt! Die Gebote einer südlichen Sittenstrenge waren ihm eindrucksvoll, aber störend im Wege. Kein Gedanke daran, daß ich Zouzou von ihrem Hause zum Spiel hätte abholen dürfen; wir trafen uns erst an Ort und Stelle. Auch keine Möglichkeit, den Heimweg vom Spielplatz zur Villa Kuckuck mit ihr zu zweien zurückzulegen: als verstehe sich das von selbst, hatten wir immer Begleitung. Von der Undenkbarkeit irgendeines Tête-à-têtes mit ihr im Hause selbst, vor oder nach Tische, im Salon oder wo immer, schweige ich ohnehin. Nur das Ausruhen auf einer der Bänke außerhalb der Umgitterung der Tennisplätze führte je und je einmal zu einem Gespräch mit ihr unter vier Augen, das denn regelmäßig mit der Anmahnung der Porträtzeichnungen, der Forderung, sie ihr zu zeigen, vielmehr: sie ihr auszuliefern, begann. Ohne die eigensinnige Theorie ihres Besitzrechtes auf die Blätter zu bestreiten, wich ich ihrem Verlangen immer unter dem triftigen Vorwand aus, daß es an einer sicheren Gelegenheit, ihr die Blätter zu unterbreiten, fehle. In Wahrheit zweifelte ich, ob ich sie diese gewagten Darstellungen je würde sehen lassen dürfen, und hing an diesem Zweifel, wie ich an ihrer ungestillten Neugier – oder welches Wort hier nun einzusetzen wäre – hing, weil die nichtgezeigten Bilder ein heimliches Band zwischen uns bildeten, das mich entzückte und das ich bewahrt wissen wollte.

Ein Geheimnis mit ihr zu haben, irgendwie vor anderen im Einverständnis mit ihr zu sein – ob es ihr nun gefiel oder nicht – war mir von süßer Wichtigkeit. So hielt ich darauf, von meinen gesellschaftlichen Erlebnissen zuerst ihr allein zu erzählen, bevor ich sie in ihrer Familie, bei Tische, zum besten gab – und es für sie genauer, intimer, mit mehr Betrachtung zu tun als später für die Ihren, so daß ich sie dann ansehen und mich in einem Lächeln der Erinnerung an das zuvor mit ihr Besprochene mit ihr finden konnte. Ein Beispiel war meine Begegnung mit der Fürstin Maurocordato, deren göttlich edle Gesichtszüge und Gestalt ein Benehmen so unerwartet machten, das keineswegs göttlich, sondern das einer Soubrette war. Ich hatte Zouzou erzählt, wie die Athenerin in einem Winkel des Salons mich beständig mit dem Fächer geklapst, ihre Zungenspitze dabei im Mundwinkel gezeigt, mit einem Auge gezwinkert und mir die losesten Avancen gemacht habe – völlig uneingedenk der Würdenstrenge, die, so hätte man denken sollen, das Bewußtsein klassischer Schönheit einer Frau von Natur wegen zur Pflicht hätte machen müssen. Wir hatten uns auf unserer Bank längere Zeit über den Widerspruch ergangen, der da zwischen Erscheinung und Aufführung klaffte, und waren übereingekommen, daß entweder die Fürstin mit ihrer mustergültigen Beschaffenheit nicht einverstanden war, sie als langweiligen Zwang empfand und durch ihr Betragen dagegen revoltierte – oder daß es sich um schiere Dummheit, um den Mangel an Bewußtsein und Sinn für sich selber handelte, den etwa ein schöner weißer Pudel zeigt, der, eben schneeig gebadet, geradewegs eine Lehmpfütze besucht, um sich darin zu wälzen.

All dies fiel weg, als ich denn auch, beim Déjeuner, des griechischen Abends, der Fürstin und ihrer vollkommenen Bildung gedachte.

„– die Ihnen natürlich einen tiefen Eindruck hinterlassen hat", sagte Senhora Maria Pia, wie immer sehr aufrecht, ohne sich anzulehnen und ohne das geringste Nachgeben des Rückens, mit leise schaukelnden Jettgehängen am Tische sitzend.

Ich antwortete: „Eindruck, Senhora? Nein, gleich mein erster Tag in Lissabon hat mir Eindrücke von Frauenschönheit beschert, die mich, ich muß es gestehen, gegen weitere recht unempfänglich machen." Dabei küßte ich ihr die Hand, während ich gleichzeitig mit einem Lächeln zu Zouzou hinüberblickte. So handelte ich immer. Das Doppelbild wollte es so. Wenn ich der Tochter eine Artigkeit sagte, so sah ich nach der Mutter, und umgekehrt. Die Sternenaugen des Hausherrn zuoberst der kleinen Tafel blickten auf diese Vorkommnisse mit vagem Wohlwollen, dem Erzeugnis der Siriusferne, aus der sein Zuschauen kam. Die Ehrerbietung, die ich für ihn empfand, litt nicht den geringsten Schaden durch die Wahrnehmung, daß sich bei meinem Werben um das Doppelbild jede Rücksicht auf ihn erübrigte.

„Papa ist immer milde", hatte Senhora Maria Pia zu Recht geäußert. Ich glaube, dies Familienhaupt würde mit derselben wohlwollenden Zerstreutheit und abgerückten Milde den Gesprächen zugehört haben, die ich mit Zouzou am Tennisplatz, oder wenn wir bei Ausflügen zu zweien gingen, führte und die unerhört genug waren. Sie waren es dank ihrem Grundsatz „Schweigen ist nicht gesund", ihrer phänomenalen, gänzlich aus dem Rahmen des Akzeptierten fallenden Direktheit – und dank dem Gegenstande, an dem diese Umschweiflosigkeit sich bewährte: dem Thema der Liebe, zu dem sie bekanntlich „Pfui" sagte. Ich hatte deswegen meine liebe Not mit ihr, denn ich liebte sie ja und gab ihr das auf alle Weise zu verstehen, und sie verstand es auch, aber wie! Die Vorstellungen, die dieses reizende Mädchen von der Liebe hegte, waren höchst seltsam und komisch verdächtigend. Sie schien darin etwas wie das heimliche Treiben unartiger kleiner Buben zu sehen, schien auch das „Liebe" genannte Laster ganz allein dem männlichen Geschlecht zuzuschreiben und dafürzuhalten, das weibliche hätte gar nichts damit zu tun, sei von Natur nicht im mindesten dazu angelegt, und nur die jungen Männer seien beständig darauf aus, es in dies

Unwesen hineinzuziehen, es dazu zu verlocken, und zwar durch Courmacherei.

Ich hörte sie sagen: „Da machen Sie mir wieder den Hof, Louis" (ja, es ist wahr, sie hatte angefangen, mich unter vier Augen zuweilen „Louis" zu nennen, wie ich sie „Zouzou" nannte), „raspeln Süßholz und sehen mich dringlich – oder soll ich sagen zudringlich? nein, ich soll sagen: liebevoll, aber das ist ein Lügenwort – mit Ihren blauen Augen an, die, wie Sie wissen, nebst Ihrem blonden Haar so überaus wundersam mit Ihrem brünetten Teint kontrastieren, daß man nicht weiß, was man von Ihnen denken soll. Und was wollen Sie? Worauf haben Sie's abgesehen bei Ihren schmelzenden Worten und Blicken? Auf etwas unsagbar Lächerliches, Absurdes und Kindisch-Unappetitliches. Ich sage: unsagbar, aber es ist natürlich gar nicht unsagbar, und ich sage es. Sie wollen, ich soll dareinwilligen, daß wir uns umschlingen, der eine Mensch den anderen, von der Natur sorgsam von ihm getrennten und abgesonderten, und daß Sie Ihren Mund auf meinen drücken, wobei unsere Nasenlöcher kreuzweis stehen und einer des anderen Atem atmet, eine widrige Unschicklichkeit und nichts weiter, doch zum Genuß verdreht durch die Sinnlichkeit – so nennt man das, ich weiß es wohl, und was das Wort meint, ist ein Sumpf von Indiskretion, worein ihr uns locken wollt, damit wir mit euch darin von Sinnen kommen und zwei gesittete Wesen sich aufführen wie Menschenfresser. Das ist es, worauf Sie hinauswollen bei der Courschneiderei."

Sie schwieg und brachte es fertig, ganz ruhig dazusitzen, ohne beschleunigtes Atmen, ohne jedes Anzeichen von Erschöpfung nach diesem Ausbruch von Direktheit, der aber gar nicht als Ausbruch wirkte, sondern nur als Befolgung des Grundsatzes, daß man die Dinge bei Namen nennen müsse. Ich schwieg auch, erschrocken, gerührt und betrübt.

„Zouzou", sagte ich schließlich und hielt einen Augenblick meine Hand über der ihren, ohne sie zu berühren, vollführte auch dann mit derselben Hand wiederum in einigem Abstand, in der Luft also, eine gleichsam schützende Bewegung über ihr Haar hin und an ihr herab, – „Zouzou, Sie tun mir recht weh, indem Sie mit solchen Worten – wie soll ich sie nennen, krude, grausam, übermäßig wahr und gerade darum nur halbwahr, ja unwahr – die zarten Nebel zerreißen, mit denen das Gefühl für den Reiz Ihrer Person mir Herz und Sinn umspinnt. Moquieren Sie sich nicht über ‚umspinnt'! Ich sage absichtlich und bewußt ‚umspinnt', weil ich mit poetischen Worten die Poesie der Liebe verteidigen muß gegen Ihre harsche, entstellende Beschreibung. Ich bitte Sie, wie reden Sie von der Liebe und von dem, worauf sie hinauswill! Die Liebe will auf gar nichts hinaus, sie will und denkt nicht über sich selbst hinaus, sie ist nur sie selbst und ganz in sich selbst verwoben – lachen Sie nicht durch Ihr Näschen über ‚verwoben', ich sagte Ihnen ja, daß ich mich absichtlich poetischer – und das heißt einfach anständiger – Worte bediene im Namen der Liebe, denn sie ist grundanständig, und Ihre so harschen Worte sind ihr weit voraus auf dem Wege, von dem sie nichts weiß, selbst wenn sie ihn kennt. Ich bitte Sie, wie reden Sie vom Kuß, dem zartesten Austausch der Welt, stumm und lieblich wie eine Blume! Diesem unverhofften ganz wie von selbst Geschehen, dem süßen Sichfinden zweier Lippenpaare, über das das Gefühl nicht hinausträumt, weil es die unglaubhaft selige Besiegelung ist seiner Einigkeit mit einem anderen!"

Ich versichere und schwöre: so sprach ich. Ich sprach so, weil Zouzous Art, die Liebe zu schimpfieren, mir wirklich kindisch schien und ich die Poesie für weniger kindisch erachtete als dieses Mädchens Krudität. Die Poesie aber wurde mir leicht von wegen des zart Schwebenden meiner Existenz, und ich hatte gut reden davon, daß Liebe auf nichts hinauswill und nicht weiter denkt als allenfalls bis zum Kuß, weil mir in meiner Unwirklichkeit ja nicht erlaubt war, es mit der Wirklichkeit aufzunehmen und etwa um Zouzou zu freien. Höchstens hätte ich mir zum Ziel setzen können, sie zu verführen, aber dem legten nicht nur die Umstände größte Schwierigkeiten in den Weg, sondern es tat das auch ihre fabelhaft direkte und übertrieben sachliche Meinung von der lächerlichen Unanständigkeit der Liebe. Man höre nur, wenn auch mit Trauer, wie sie der Poesie, die ich zu Hilfe rief, weiter begegnete!

„Patatípatatá!" machte sie. „Umsponnen und verwoben und der liebliche Blumenkuß! Alles nur Süßholzgeraspel, um uns in euere Bubenlasterhaftigkeit hineinzuschwatzen! Pfui, der Kuß, der gar zarte Austausch! Er macht den Anfang, den rechten Anfang, mais oui, denn eigentlich ist er das Ganze schon, toute la lyre, und gleich das Schlimmste davon, denn warum? Weil es die Haut ist, was euere Liebe im Sinn hat, des Körpers bloße Haut, und die Haut der Lippen ist allerdings zart, dahinter ist gleich das

Blut, so zart ist sie, und daher das poetische Sichfinden der Lippenpaare – die wollen auch sonst überallhin in ihrer Zartheit, und worauf ihr aus seid, das ist, mit uns zu liegen nackt, Haut an Haut, und uns das absurde Vergnügen zu lehren, wie ein armer Mensch des anderen dunstige Oberfläche abkostet mit Lippen und Händen, ohne daß sie sich schämten der kläglichen Lächerlichkeit ihres Treibens und dabei bedächten, was ihnen gleich das Spiel verdürbe und was ich einmal als Verschen gelesen habe in einem geistlichen Buch:

‚Der Mensch, wie schön er sei, wie schmuck und blank,
Ist innen doch Gekrös' nur und Gestank'."

„Das ist ein garstiges Verschen, Zouzou", versetzte ich mit würdig mißbilligendem Kopfschütteln, „garstig, so geistlich es sich gebe. Ich lasse mir all Ihre Krudität gefallen, aber das Verschen, mit dem Sie mir da kommen, ist himmelschreiend. Warum, wollen Sie wissen? Doch, doch, ich nehme mit Bestimmtheit an, daß Sie das wissen wollen, und bin auch bereit, es Ihnen zu sagen. Weil dies tückische Verschen den Glauben zerstören will an Schönheit, Form, Bild und Traum, an jedwede Erscheinung, die natürlich, wie es im Worte liegt, Schein und Traum ist, aber wo bliebe das Leben und jegliche Freude, ohne die ja kein Leben ist, wenn der Schein nichts mehr gälte und die Sinnenweide der Oberfläche? Ich will Ihnen etwas sagen, reizende Zouzou: Ihr geistliches Verschen ist sündhafter als die sündlichste Fleischeslust, denn es ist spielverderberisch, und dem Leben das Spiel zu verderben, das ist nicht bloß sündlich, es ist rund und nett teuflisch. Was sagen Sie nun? Nein, bitte, ich frage nicht so, damit Sie mich unterbrechen. Ich habe Sie auch reden lassen, so krude Sie's taten, ich aber rede edel, und es strömt mir zu! Ginge es nach dem durch und durch maliziösen Verschen, dann wäre achtbar und nicht bloß scheinbar höchstens die leblose Welt, das anorganische Sein – ich sage: höchstens, denn wenn man's boshaft bedenkt, so hat es auch mit dessen Solidität seinen Haken, und ob Alpenglühen und Wasserfall so besonders achtbar sind, mehr als Bild und Traum, so wahr wie schön, will sagen: schön in sich selbst, ohne uns, ohne Liebe und Bewunderung, das läßt sich bezweifeln am Ende auch. Nun ist denn vor einiger Zeit aus dem leblosen, unorganischen Sein durch Urzeugung, um die es an und für sich schon eine dunkle Sache ist, das organische Leben hervorgegangen, und daß es damit innerlich nicht zum saubersten steht noch zugeht, das versteht sich von vornherein. Ein Kauz könnte ja sagen, die ganze Natur sei nichts als Fäulnis und Schimmel auf dieser Erde, aber das ist nur eine bissige, kauzige Anmerkung und wird bis ans Ende der Tage die Liebe und Freude nicht umbringen, die Freude am Bilde. Es war ein Maler, den ich es sagen hörte, und er malte den Schimmel in aller Ergebenheit und nannte sich Professor dafür. Die Menschengestalt hat er sich auch Modell stehen lassen, zum Griechengott. In Paris, im Wartezimmer eines Zahnarztes, von dem ich mir einmal eine kleine Goldplombe machen ließ, habe ich ein Album gesehen, ein Bilderbuch mit dem Titel ‚La beauté humaine', das wimmelte von Ansichten all der Darstellungen des schönen Menschenbildes, die zu allen Zeiten mit Lust und Fleiß verfertigt worden sind in Farbe, Erz und Marmelstein. Und warum wimmelte es so von diesen Verherrlichungen? Weil es allezeit auf Erden gewimmelt hat von Käuzen, die sich im geringsten nicht um das geistliche Reimwort kümmerten auf ‚schmuck und blank', sondern die Wahrheit erblickten in Form und Schein und Oberfläche und sich zu deren Priester machten und auch sehr oft Professor dafür wurden."

Ich schwöre: so sprach ich, denn es strömte mir zu. Und nicht nur einmal sprach ich so, sondern zu wiederholten Malen, sobald sich Gelegenheit dazu bot und ich mit Zouzou allein war, sei es auf einer der Bänke am Tennisplatz oder auf einem Spaziergang zu viert, mit Senhor Hurtado, nach einem Déjeuner, an dem er teilgenommen und an das sich die Promenade schloß: auf den Waldwegen des Campo Grande oder zwischen den Bananenpflanzungen und tropischen Bäumen des Largo do Príncipe Real. Zu viert mußten wir sein, damit ich abwechselnd mit dem hoheitsvollen Teile des Doppelbildes und mit der Tochter ein Paar bilden, mit dieser ein wenig zurückbleiben und ihre stets mit stupender Direktheit geäußerte, kindische Auffassung der Liebe als eines unappetitlichen Bubenlasters mit edlen und reifen Worten bestreiten konnte.

An jener Auffassung hielt sie hartnäckig fest, wenn ich es auch ein und das andere Mal durch meine Beredsamkeit zu Anzeichen einer gewissen Betroffenheit und schwankenden Gewonnenheit bei ihr brachte, einem stumm prüfenden Seitenblick, den sie flüchtig auf mich richtete und der verriet, daß mein schöner Eifer, den Fürsprech von Lust und Liebe zu machen, nicht ganz seinen Eindruck auf sie verfehlt hatte. Ein solcher Augenblick kam, und nie vergesse ich ihn, als wir denn also endlich – der Ausflug war lange verschleppt worden – in meiner Kalesche hinaus zum Dörfchen Cintra gefahren waren, unter Dom Miguels belehrender Führung das alte Schloß im Dorf, danach auf den felsigen Anhöhen die weitschauenden Burgen besichtigt hatten und dann dem berühmten, von einem so frommen wie prunkliebenden König, Emanuel dem Glücklichen, zu Ehr und Andenken der einträglichen portugiesischen Entdeckungsfahrten errichteten Kloster Belem, das heißt: Bethlehem, unseren Besuch abstatteten. Offen gestanden gingen mir Dom Miguels Belehrungen über den Baustil der Schlösser und des Klosters und was sich da an Maurischem, Gotischem, Italienischem, mit einer Zutat sogar von Nachrichten über indische Wunderlichkeiten zusammengemischt hatte, wie man zu sagen pflegt, zum einen Ohr hinein und zum anderen wieder hinaus. Ich hatte an anderes zu denken, nämlich wie ich der kruden Zouzou die Liebe begreiflich machen könnte, und für das menschlich beschäftigte Gemüt ist, so gut wie die landschaftliche Natur, auch das kurioseste Bauwerk nur Dekoration, nur obenhin beachteter Hintergrund eben fürs Menschliche. Desungeachtet muß ich doch eintragen, daß die unglaubliche, aus aller Zeit fallende und in keiner bekannten wirklich angesiedelte, wie von einem Kinde erträumte Zauberzierlichkeit des Kreuzganges von Kloster Belem, mit seinen Spitztürmchen und fein-feinen Pfeilerchen in den Bogennischen, seiner gleichsam von Engelshänden aus mild patiniertem weißem Sandstein geschnitzten Märchenpracht, die nicht anders tat, als könne man mit dünnster Laubsäge in Stein arbeiten und Kleinodien durchbrochenen Spitzenzierats daraus verfertigen – daß, sage ich, diese steinerne Féerie mich wahrlich entzückte, mir den Sinn phantastisch erhöhte und bestimmt nicht ohne Verdienst an der Vortrefflichkeit der Worte war, die ich an Zouzou richtete. Wir vier verweilten nämlich ziemlich lange in dem fabelhaften Kreuzgang, umwandelten ihn wiederholt, und da Dom Miguel wohl wahrnahm, daß wir jungen Leute auf seine Belehrungen über den König-Emanuel-Stil nicht sonderlich merkten, so hielt er sich zu Dona Maria Pia, ging mit ihr voran, und wir folgten in einem Abstande, für dessen Zunahme ich sorgte.

„Nun, Zouzou", sagte ich, „ich meine, für die Baulichkeit hier schlagen wohl unsere Herzen im gleichen Takt. So etwas von Kreuzgang ist mir noch nicht vorgekommen." (Mir war überhaupt noch kein Kreuzgang vorgekommen, der erste aber, den ich sah, war nun gleich ein solcher Kindertraum.) „Ich bin sehr glücklich, ihn mit Ihnen zusammen in Augenschein zu nehmen. Verabreden wir uns doch, mit welchem Wort wir ihn loben wollen! ‚Schön'? Nein, das paßt nicht, obgleich er natürlich nichts weniger als unschön ist. Aber ‚schön', das Wort ist zu streng und edel, finden Sie nicht? Man muß den Sinn von ‚hübsch' und ‚reizend' ganz hoch hinauf, auf seinen Gipfel, aufs Äußerste treiben, dann hat man die rechten Lobesworte für diesen Kreuzgang. Denn er tut das selbst. Er treibt das Hübsche aufs Äußerste."

„Da schwätzen Sie wohl, Marquis. Nicht unschön, aber auch nicht schön, sondern nur äußerst hübsch. Aber das äußerst Hübsche ist doch schließlich wohl schön."

„Nein, es bleibt ein Unterschied. Wie soll ich Ihnen den klarmachen? Ihre Mama zum Beispiel . . ."

„Ist eine schöne Frau", fiel Zouzou geschwinde ein, „und ich bin allenfalls hübsch, nicht wahr, an uns beiden wollen Sie mir Ihre schwätzerische Unterscheidung doch demonstrieren?"

„Sie greifen meinem Gedankengange vor", erwiderte ich nach einem gemessenen Stillschweigen, „und entstellen ihn etwas dabei. Er verläuft zwar ähnlich, wie Sie andeuten, aber nicht ebenso. Es begeistert mich, Sie ‚wir', ‚wir beide' sagen zu hören von Ihrer Mutter und Ihnen. Aber nachdem ich die Verbindung genossen, trenne ich doch auch wieder und schreite zur Einzelbetrachtung. Dona Maria Pia ist vielleicht ein Beispiel dafür, daß die Schönheit, um sich zu erfüllen, aufs Hübsche und Liebliche nicht ganz verzichten kann. Wäre das Gesicht Ihrer Mama nicht so groß und düster und einschüchternd streng vor iberischem Rassestolz, sondern hätte es ein wenig von der Lieblichkeit des Ihren, so wäre sie eine vollkommen schöne Frau. Wie die Dinge liegen, ist sie nicht ganz, was sie sein sollte: eine Schönheit. Sie dagegen, Zouzou, sind das Hübsche und Reizende in Perfektion und auf seinem Gipfel. Sie sind wie dieser Kreuzgang . . ."

„Oh, danke! Ich bin also ein Mädchen im König-Emanuel-Stil, ich bin eine kapriziöse Baulichkeit. Vielen, vielen Dank. Das nenne ich Courschneiderei."

„Es steht Ihnen frei, meine innigen Worte ins Lächerliche zu ziehen, sie Courschneiderei zu nennen und sich selbst eine

Baulichkeit. Aber es darf Sie doch nicht wundern, daß dieser Kreuzgang es mir so antut, daß ich Sie, die Sie's mir ebenfalls angetan haben, mit ihm vergleiche. Ich sehe ihn ja zum ersten Male. Sie haben ihn gewiß schon öfters gesehen?"

„Ein paarmal, ja."

„Da sollten Sie sich freuen, daß Sie ihn einmal in der Gesellschaft eines Neulings sehen, dem er ganz neu ist. Denn das erlaubt einem, das Vertraute mit neuen Augen, den Augen eines Neulings, zu sehen, wie zum ersten Mal. Man sollte immer versuchen, alle Sachen, auch die gewöhnlichsten, die ganz selbstverständlich dazusein scheinen, mit neuen, erstaunten Augen, wie zum ersten Mal, zu sehen. Dadurch gewinnen sie ihre Erstaunlichkeit zurück, die im Selbstverständlichen eingeschlafen war, und die Welt bleibt frisch; sonst aber schläft alles ein, Leben, Freude und Staunen. Zum Beispiel die Liebe ..."

„Fi donc! Taisez-vous!"

„Aber warum denn? Sie haben ja auch über die Liebe gesprochen, wiederholentlich, nach Ihrem wahrscheinlich richtigen Prinzip, daß Schweigen nicht gesund ist. Aber Sie haben sich dermaßen harsch darüber vernehmen lassen, unter Anführung garstiger geistlicher Verschen obendrein, daß man sich wundern muß, wie es möglich ist, von der Liebe so lieblos zu sprechen. So gröblich haben Sie es an Rührung fehlen lassen über das Dasein dieser Sache, der Liebe, daß es auch schon wieder nicht mehr gesund ist und man sich verpflichtet fühlt, Sie zu korrigieren, Ihnen, wenn ich so sagen darf, den Kopf zurechtzusetzen. Wenn man die Liebe mit neuen Augen ansieht, gleichwie zum ersten Mal, was für eine rührende und ganz erstaunliche Sache ist sie dann! Sie ist ja nicht mehr und nicht weniger als ein Wunder! Ganz zuletzt, im großen-ganzen und in Bausch und Bogen ist alles Dasein ein Wunder, aber die Liebe, nach meinem Dafürhalten, ist das größte. Sie sagten neulich, die Natur habe den einen Menschen vom anderen sorgsam getrennt und abgesondert. Sehr zutreffend und nur zu richtig. So ist es von Natur und in der Regel. Aber in der Liebe macht die Natur eine Ausnahme – höchst wundersam, wenn man es mit neuen Augen betrachtet. Bemerken Sie wohl, es ist die Natur, die diese erstaunliche Ausnahme zuläßt oder vielmehr veranstaltet, und wenn Sie Partei nehmen in der Sache für die Natur und gegen die Liebe, so dankt Ihnen das die Natur im geringsten nicht, es ist ein Faux-pas von

Ihnen, Sie nehmen aus Versehen Partei gegen die Natur. Ich werde das ausführen, ich habe mir vorgenommen, Ihnen den Kopf zurechtzusetzen. Es ist wahr: der Mensch lebt gesondert und abgetrennt vom anderen in seiner Haut, nicht nur, weil er muß, sondern weil er es nicht anders will. Er will so abgesondert sein, wie er ist, will allein sein und will vom anderen im Grunde nichts wissen. Der andere, jeder andere in seiner Haut, ist ihm recht eigentlich widerlich, und nicht widerlich ist ihm ausschließlich und ganz allein die eigene Person. Das ist Naturgesetz, ich sage es, wie es ist. Sitzt er nachdenkend am Tisch, stützt den Ellbogen auf und den Kopf in die Hand, so legt er wohl ein paar Finger an die Wange und einen zwischen die Lippen. Gut, es ist sein Finger und sind seine Lippen, und also was weiter? Aber den Finger eines anderen zwischen den Lippen zu haben wäre ihm unausstehlich, es würde ihm schlechthin zum Ekel gereichen. Oder nicht? Auf Ekel läuft überhaupt grundsätzlich und von Natur sein Verhältnis zum anderen hinaus. Dessen leibliche Nähe, wird sie allzu bedrängend, ist ihm fatal aufs äußerste. Er würde lieber ersticken, als der Nähe fremder Leiblichkeit seine Sinne zu öffnen. Es nimmt darauf unwillkürlich auch jeder Rücksicht in seiner Haut und schont nur die Empfindlichkeit seiner eigenen Sonderung, indem er die des anderen schont. Gut. Oder jedenfalls wahr. Ich habe mit diesen Worten die natürliche und gemeingültige Sachlage skizzenhaft, aber zutreffend umrissen und mache in der Rede, die ich eigens für Sie vorbereitet habe, einen Abschnitt.

Denn nun tritt etwas ein, womit die Natur von dieser ihrer Grundveranstaltung dermaßen überraschend abweicht, etwas, wodurch das ganze ekle Bestehen des Menschen auf Sonderung und Alleinsein mit seiner Leiblichkeit, das eherne Gesetz, daß jeder ausschließlich sich selbst nicht widerlich ist, so völlig und wundersam aufgehoben werden, daß einem, der sich die Mühe nimmt, es zum ersten Male zu sehen – und es ist geradezu Pflicht, das zu tun –, vor Staunen und Rührung die Zähre rinnen kann. Ich sage ‚Zähre' und übrigens auch ‚rinnen', weil es poetisch und also der Sache angemessen ist. ‚Träne' ist mir zu ordinär in diesem Zusammenhang. Tränen vergießt das Auge auch, wenn ein Körnchen Kohlenstaub hineingeflogen ist. Aber ‚Zähre', das ist etwas Höheres.

Sie müssen entschuldigen, Zouzou, wenn ich in der für Sie

vorbereiteten Rede dann und wann pausiere und sozusagen einen neuen Paragraphen beginne. Ich schweife leicht ab, wie hier anläßlich der rinnenden Zähre, und muß mich immer aufs neue sammeln zu der Aufgabe, Ihnen den Kopf zurechtzusetzen. Also denn nun! Welche Abweichung der Natur von sich selbst ist das, und was ist es, was zum Staunen des Weltalls die Sonderung aufhebt zwischen einer Leiblichkeit und der anderen, zwischen Ich und Du? Es ist die Liebe. Eine alltägliche Sache, aber ewig neu und bei Lichte besehen nicht mehr und nicht weniger als unerhört. Was geschieht? Zwei Blicke treffen sich aus der Getrenntheit, wie sonst nie Blicke sich treffen. Erschrocken und weltvergessen, verwirrt und etwas von Scham getrübt über ihre völlige Verschiedenheit von allen anderen Blicken, aber von dieser Verschiedenheit durch nichts in der Welt abzubringen, sinken sie ineinander – wenn Sie wollen, so sage ich: tauchen sie ineinander, aber ‚tauchen' ist nicht nötig, ‚sinken' ist ebenso gut. Ein wenig schlechtes Gewissen ist dabei – worauf es sich bezieht, das lasse ich dahingestellt sein. Ich bin ein einfacher Edelmann, und niemand kann verlangen, daß ich die Weltgeheimnisse ergründe. Auf jeden Fall ist es das süßeste schlechte Gewissen, das überhaupt vorkommt, und mit ihm in den Augen und Herzen gehen die beiden plötzlich aus aller Ordnung Herausgehobenen unverwandt aufeinander zu. Sie sprechen zusammen in der gewöhnlichen Sprache über dies und jenes, aber sowohl dies wie jenes ist Lüge, ebenso auch die gewöhnliche Sprache, und darum sind ihre Münder beim Sprechen leicht lügenhaft verzogen und ihre Augen voll süßer Lüge. Der eine blickt auf das Haar, die Lippen, die Glieder des anderen, und dann schlagen sie rasch die verlogenen Augen nieder oder wenden sie ab irgendwohin in die Welt, wo sie nichts zu suchen haben und überhaupt nichts sehen, da beider Augen blind sind für all und jedes außer ihnen beiden. Dieselben verstecken sich auch nur in der Welt, um alsbald wieder desto glänzender zu den Haaren, den Lippen, den Gliedern des anderen zurückzukehren, denn das alles hat gegen alle Üblichkeit aufgehört, etwas Fremdes und mehr als Gleichgültiges, nämlich Unangenehmes, ja Widerwärtiges zu sein, weil es nicht des einen, sondern des anderen ist, und ist zum Gegenstand des Entzückens, der Begierde, des rührenden Verlangens nach Berührung geworden – einer Wonne, von der die Augen so viel vorwegnehmen, vorwegstehlen, wie ihnen gegeben ist.

Das ist ein Paragraph meiner Rede, Zouzou, ich mache einen Abschnitt. Sie hören mir gut zu? So, als ob Sie zum ersten Mal von der Liebe hörten? Ich will es hoffen. Nicht lange, so kommt denn auch der Augenblick, wo die enthobenen Leutchen der Lüge und des Gefackels mit dem und jenem und der verzogenen Münder zum Sterben satt sind, wo sie das alles abwerfen, als würfen sie schon ihre Kleider ab, und das einzig wahre Wort in der Welt, für sie das einzig wahre, sprechen, gegen das alles übrige nur vorgewendetes Geschwätz ist: das Wort ‚Ich liebe dich'. Es ist eine wahre Befreiung, die kühnste und süßeste, die es gibt, und damit sinken, man kann auch sagen: tauchen ihre Lippen ineinander zum Kuß, diesem so einzigartigen Geschehen in einer Welt der Getrenntheit und Vereinzelung, daß einem die Zähren kommen könnten. Ich bitte Sie, wie krude haben Sie vom Kusse gesprochen, der doch die Besiegelung ist der wunderbaren Aufhebung der Getrenntheit und des eklen Nichts-wissen-Wollens von allem, was einer nicht selbst ist! Ich gebe zu, ich gebe es zu mit der lebhaftesten Sympathie, daß er der Anfang ist von allem übrigen und weiteren, denn er ist die stumme, erstaunliche Aussage, daß Nähe, nächste Nähe, Nähe, so grenzenlos wie möglich, genau jene Nähe, die sonst lästig bis zum Ersticken war, zum Inbegriff alles Wünschenswerten geworden ist. Die Liebe, Zouzou, tut durch die Liebenden alles, sie tut und versucht das Äußerste, um die Nähe grenzenlos, um sie vollkommen zu machen, um sie bis zum wirklichen, völligen Einswerden von zweierlei Leben zu treiben, was ihr aber komischer- und traurigerweise bei aller Anstrengung niemals gelingt. Soweit überwindet sie nicht die Natur, die es, trotz ihrer Veranstaltung der Liebe, grundsätzlich doch mit der Getrenntheit hält. Daß aus zweien eins wird, das geschieht nicht mit den Liebenden, es geschieht allenfalls außer ihnen, als Drittes, mit dem Kinde, das aus ihren Anstrengungen hervorgeht. Aber ich spreche nicht von Kindersegen und Familienglück; das geht über mein Thema hinaus, und ich nehme es damit nicht auf. Ich spreche von der Liebe in neuen und edlen Worten und suche Ihnen neue Augen für sie zu machen, Zouzou, und Ihr Verständnis für ihre rührende Unerhörtheit zu wecken, damit Sie sich nicht noch einmal so krude darüber ergehen. Ich tue es paragraphenweise, weil ich nicht alles in einem Zuge sagen kann, und mache hier abermals einen Abschnitt, um in dem Folgenden folgendes noch zu bemerken:

Die Liebe, liebe Zouzou, ist nicht nur in der Verliebtheit, worin erstaunlicherweise eine gesonderte Leiblichkeit aufhört, der anderen unangenehm zu sein. In zarten Spuren und Andeutungen ihres Daseins durchzieht sie die ganze Welt. Wenn Sie an der Straßenecke dem schmutzigen Bettlerkind, das zu Ihnen aufblickt, nicht nur ein paar Centavos geben, sondern ihm auch mit der Hand, selbst wenn sie ohne Handschuh ist, übers Haar streichen, obgleich wahrscheinlich Läuse darin sind, und ihm dabei in die Augen lächeln, worauf Sie etwas glücklicher weitergehen, als Sie vorher waren – was ist das anderes als die zarte Spur der Liebe? Ich will Ihnen etwas sagen, Zouzou: Dies Streicheln Ihrer bloßen Hand über des Kindes Lausehaar und daß Sie danach etwas glücklicher sind als zuvor, das ist vielleicht eine erstaunlichere Kundgebung der Liebe als die Liebkosung eines geliebten Leibes. Sehen Sie sich um in der Welt, sehen Sie den Menschen zu, als täten Sie es zum ersten Mal! Überall sehen Sie Spuren der Liebe, Andeutungen von ihr, Zugeständnisse an sie von seiten der Getrenntheit und des Nichts-wissen-Wollens der einen Leiblichkeit von der anderen. Die Menschen geben einander die Hand – das ist etwas sehr Gewöhnliches, Alltägliches und Konventionelles, niemand denkt sich etwas dabei, außer denen, die lieben und die diese Berührung genießen, weil ihnen weitere noch nicht erlaubt sind. Die anderen tun es ohne Gefühl und ohne Gedanken daran, daß es die Liebe ist, die das Gang-und-Gäbe gestiftet hat; aber sie tun es. Ihre Körper wahren gemessenen Abstand – nur keine zu große Nähe, beileibe nicht! Aber über Abstand und streng behütetes Einzelleben hinweg strecken sie ihre Arme aus, und die fremden Hände tun sich zusammen, umschlingen sich, drücken einander – und das ist gar nichts, das Allergewöhnlichste, es hat nichts auf sich damit, so scheint es, so meint man. In Wahrheit aber, bei Lichte besehen, gehört es in das Gebiet des Erstaunlichen und ist ein kleines Fest der Abweichung der Natur von sich selbst, die Leugnung des Widerwillens des Fremden gegen das Fremde, die Spur der heimlich allgegenwärtigen Liebe."

Meine Frau Mutter in Luxemburg hätte hierzu gewiß gemeint, so könne ich nicht wohl gesprochen haben, es sei ohne Zweifel nur eine schöne Fiktion. Aber bei meiner Ehre schwöre ich: so sprach ich. Denn es strömte mir zu. Es mag zum Teil aufs Konto der extremen Hübschheit und völligen Eigenart des Kreuzganges von Belem zu setzen sein, den wir umwandelten, daß mir eine so originelle Rede gelang; dem sei, wie ihm sei. Auf jeden Fall sprach ich so, und da ich geendet, geschah etwas ungemein Merkwürdiges. Zouzou nämlich gab mir die Hand! Ohne mich anzusehen, den Kopf abgewandt, als betrachte sie die steinerne Laubsägearbeit zur Seite, reichte sie mir, der ich natürlich zu ihrer Linken ging, ihre Rechte herüber, und ich nahm sie und drückte sie, und sie erwiderte den Druck. In demselben Augenbick aber schon zog sie mit einem Ruck die Hand wieder aus der meinen und sagte, die Brauen zornig zusammengezogen: „Und jene Zeichnungen, die Sie sich erlaubt haben? Wo bleiben sie? Warum überbringen Sie sie mir nicht endlich?"

„Aber Zouzou, ich habe das nicht vergessen. Ich bin auch nicht darauf aus, es in Vergessenheit zu bringen. Nur wissen Sie selbst, es fehlt an Gelegenheit . . ."

„Ihre Phantasielosigkeit im Ausfinden einer Gelegenheit", sagte sie, „ist recht kläglich. Ich sehe, man muß Ihrem Ungeschick zu Hilfe kommen. Bei etwas mehr Umsicht und Beobachtungsgabe wüßten Sie, ohne daß ich es Ihnen erzählte, daß da hinter unserem Haus, im rückwärtigen Gärtchen, verstehen Sie, eine Bank ist, in einem Oleandergebüsch, schon mehr einer Laube, wo ich nach dem Déjeuner gern sitze. Das könnten Sie nachgerade wissen, wissen es aber natürlich nicht, wie ich mir schon manchmal sagte, wenn ich dort saß. Bei der geringsten Einbildungsgabe und Anschlägigkeit hätten Sie längst einmal, nach dem Kaffee, wenn Sie bei uns gespeist hatten, so tun können, als ob Sie weggingen, und auch wirklich etwas weggehen, dann aber umkehren und mich in der Laube aufsuchen können, um mir Ihre Machwerke einzuhändigen. Erstaunlich, nicht wahr? Eine geniale Idee? – für Ihre Begriffe. Sie werden es also gefälligst nächstens so machen – werden Sie?"

„Unbedingt werde ich, Zouzou! Es ist wirklich ein ebenso glänzender wie naheliegender Einfall. Verzeihen Sie, daß ich auf die Oleanderbank noch niemals aufmerksam geworden bin! Sie steht so rückwärtig, ich habe nicht acht auf sie gegeben. Dort sitzen Sie also nach Tische ganz allein im Gebüsch? Wundervoll! Ich werde es ganz so machen, wie Sie eben sagten. Ich werde mich ostentativ verabschieden, auch von Ihnen, und mich zum Schein auf den Heimweg machen, statt dessen aber mit den Blättern zu Ihnen kommen. Ich gebe Ihnen die Hand darauf."

„Behalten Sie Ihre Hand für sich! Wir können nachher shake hands machen, nach der Rückfahrt in Ihrer Equipage. Es hat keinen Sinn, daß wir uns zwischendurch alle Augenblicke die Hände drücken!"

Elftes Kapitel

Gewiß war ich glücklich über diese Verabredung, doch versteht es sich, daß auch Beklommenheit mich ankam bei dem Gedanken, Zouzou die Bilder sehen zu lassen, was ja ein starkes Stück sein würde oder eigentlich ein Ding der Unmöglichkeit war. Hatte ich doch dem hübschen Körper Zazas, den sie verschiedentlich darstellten, durch Hinzufügung der so kennzeichnenden Schläfenfransen die Bedeutung ihres eigenen Körpers verliehen, und wie sie diese kecke Art, sie zu porträtieren, aufnehmen würde, stand recht ängstlich dahin. Übrigens fragte ich mich, warum ich notwendig vor der Zusammenkunft in der Laube bei Kuckucks gespeist haben und die Komödie des Weggehens gespielt sein mußte. Wenn Zouzou gewohnheitsmäßig nach Tische allein dort saß, so konnte ich mich ja jeden beliebigen Tag um diese Zeit bei der Oleanderbank einfinden, hoffentlich ungesehen, im Schutz der Siesta-Stunde. Hätte ich nur ohne die verwünschten, überkühnen Kunstblätter zum Stelldichein kommen dürfen!

War es nun, weil ich das nicht durfte und Angst hatte vor Zouzous Entrüstung, von der nicht zu sagen war, wie weitgehend sie sich äußern würde – oder weil meine bewegliche Seele eine Ablenkung von dem Verlangen danach erfuhr durch neue, äußerst packende Eindrücke, auf die ich sofort zu sprechen kommen werde –, genug, ein Tag nach dem anderen verstrich, ohne daß ich der Vorladung Zouzous Folge geleistet hätte. Etwas kam dazwischen: ein, ich wiederhole es, ablenkendes Erlebnis von düsterer Festlichkeit, das mein Verhältnis zu dem Doppelbilde von einer Stunde zur anderen veränderte und verschob, indem es den einen Teil, den mütterlichen, mit sehr starkem Licht, einem blutroten, übergoß und den anderen, den reizend töchterlichen, dadurch ein wenig in den Schatten stellte.

Wahrscheinlich gebrauche ich dies Gleichnis von Licht und Schatten, weil in der Stierkampf-Arena der Unterschied zwischen beiden, zwischen der prall besonnten und der im Schatten liegenden Hälfte eine so bedeutende Rolle spielte, wobei nun freilich die Schattenseite den Vorzug hatte und dort wir vornehmen Leute saßen, während das kleine Volk in die pralle Sonne verwiesen war ... Aber ich spreche zu unvermittelt von der Stierkampf-Arena, als ob der Leser schon wüßte, daß es sich hier allerdings um den Besuch dieses hochmerkwürdigen, ur-iberischen Schauplatzes handelt. Schreiben ist kein Selbstgespräch. Folge, Besonnenheit und ein unüberstürztes Heranführen an den Gegenstand sind dabei unerläßlich.

Allem voranzustellen ist, daß damals mein Aufenthalt in Lissabon sich allgemach seinem Ende näherte; bereits schrieb man späte Tage des September. Die Wiederkehr der *Cap Arcona* stand nahe bevor, und bis zu meiner Einschiffung blieb kaum eine Woche. Dies gab mir den Wunsch ein, dem Museu Sciências Naturaes in der Rua da Prata auf eigene Hand einen zweiten und letzten Besuch abzustatten. Ich wollte, bevor ich reiste, den weißen Hirsch im Vestibül, den Urvogel, den armen Dinosaurier, das große Gürteltier, das köstliche Nachtäffchen Schlanklori und all das, nicht zuletzt aber die liebe Neandertal-Familie und den frühen Mann, der der Sonne einen Blumenstrauß präsentierte, noch einmal sehen; und so tat ich. Das Herz voller Allsympathie, durchwanderte ich eines Vormittags, ohn' alle Begleitung, die Zimmer und Säle des Erdgeschosses, die Gänge des Souterrains von Kuckucks Schöpfung, worauf ich nicht unterließ, beim Hausherrn, der doch wissen sollte, daß es mich wieder hierhergezogen, zu kurzer Begrüßung in seinem Bureau vorzusprechen. Wie immer empfing er mich mit vieler Herzlichkeit, lobte mich für meine Anhänglichkeit an sein Institut und machte mir dann folgende Eröffnung:

Heute, Samstag, sei der Geburtstag des Prinzen Luis-Pedro, eines Bruders des Königs. Aus diesem Anlaß sei auf den morgigen Sonntag, nachmittags drei Uhr, eine Corrida de toiros, ein Stierkampf, dem der hohe Herr beiwohnen werde, in der großen Arena am Campo Pequeno angesetzt, und er, Kuckuck, gedenke, mit seinen Damen und Herrn Hurtado das volkstümliche Schauspiel zu besuchen. Er habe Karten dafür, Plätze auf der Schattenseite, und er habe auch einen für mich. Denn er meine, es treffe sich ausgezeichnet für mich als Bildungsreisenden, daß mir, gerade noch bevor ich Portugal verließe, Gelegenheit geboten sei, hier einer Corrida beizuwohnen. Wie ich darüber dächte?

Ich dachte etwas zaghaft darüber, und ich sagte es ihm. Ich sei eher blutscheu, sagte ich, und, wie ich mich kennte, nicht recht der Mann für volkstümliche Metzeleien. Die Pferde zum Beispiel – ich hätte gehört, daß ihnen der Stier öfters den Bauch aufschlitze, so daß die Gedärme heraushingen; ich würde das ungern in Augenschein nehmen, vom Stiere selbst nicht zu reden, um den es mir einfach leid sein würde. Man könne ja sagen, eine Darbietung, der die Nerven der Damen sich nicht verweigerten, müsse auch mir erträglich, wenn nicht genußreich sein. Aber die Damen, als Ibererinnen, seien eben in diese starken Sitten hineingeboren, während es sich bei mir um einen etwas delikaten Fremden handle – und so weiter, in diesem Sinn.

Aber Kuckuck beruhigte mich. Ich möge mir von der Festlichkeit, versetzte er, keine zu abstoßenden Vorstellungen machen. Eine Corrida sei zwar eine ernste Sache, aber keine abscheuliche. Die Portugiesen seien tierliebende Leute und ließen nichts Abscheuliches dabei zu. Was etwa die Pferde betreffe, so trügen sie längst schon widerstandsfähige Schutzpolster, so daß ihnen kaum noch Ernstliches zustoße, und der Stier sterbe einen ritterlicheren Tod als im Schlachthause. Übrigens könne ich ja nach Belieben wegsehen und meine Aufmerksamkeit mehr dem Fest-Publikum, seinem Einzug, dem Bilde der Arena widmen, das pittoresk und von großem ethnischem Interesse sei.

Gut denn, ich sah ja ein, daß ich die Gelegenheit nicht verschmähen dürfe noch seine Aufmerksamkeit, für die ich ihm Dank sagte. Wir kamen überein, daß ich ihn und die Seinen zu guter Zeit mit meinem Wagen am Fuß der Seilbahn erwarten solle, um gemeinsam mit ihnen den Weg zum Schauplatz zurückzulegen. Es werde das, meinte Kuckuck vorhersagen zu sollen, nur langsam vonstatten gehen; die Straßen würden bevölkert sein. Ich fand das bestätigt, als ich am Sonntag, schon zweieinviertel Uhr für alle Fälle, mein Hotel verließ. Wahrhaftig, so hatte ich die Stadt noch nicht gesehen, obgleich ich so manchen Sonntag schon hier verbracht. Nur eine Corrida, offenbar, vermochte sie derart auf die Beine zu bringen. Die Avenida, in all ihrer splendiden Breite, war bedeckt mit Wagen und Menschen, Pferde- und Maultiergespannen, Eselreitern und Fußgängern, und so waren die Straßen, durch die ich, fast immer im Schritt des Gedränges wegen, zur Rua Augusta fuhr. Aus allen Winkeln und Gassen, aus der Altstadt, den Vorstädten, den umliegenden Dörfern strömte Stadt- und Landvolk, festtäglich geschmückt zumeist, in nur heute hervorgeholten Trachten und darum wohl auch mit gewissermaßen stolzen, zwar lebhaft blickenden, doch von Würde, ja Andacht beherrschten Gesichtern, in gesetzter Stimmung, so schien mir, ohne Lärm und Geschrei, ohne zänkische Karambolagen, einmütig in Richtung des Campo Pequeno und des Amphitheaters.

Woher das Gefühl eigentümlicher Beklommenheit, gemischt aus Ehrfurcht, Mitleid, einer melancholisch angehauchten Heiterkeit, das einem beim Anblick einer von großem Tage gehobenen, von seinem Sinn erfüllten und vereinigten Volksmenge das Herz bedrängt? Es liegt etwas Dumpfes, Urtümliches darin, das zwar jene Ehrfurcht, aber auch etwas Sorge erregt. Das Wetter war noch hochsommerlich, die Sonne schien hell und blitzte in den Kupferbeschlägen der langen Stäbe, die die Männer pilgernd vor sich her setzten. Sie trugen farbige Schärpen und Hüte mit breiten Krempen. Die Kleider der Frauen aus glänzendem Baumwollstoff waren an der Brust, den Ärmeln, am unteren Saum vielfach mit Gold- und Silberbesatz in durchbrochener Arbeit geschmückt. Im Haare so mancher von ihnen sah man den hochragenden spanischen Kamm, nicht selten auch noch darüber jenes Kopf und Schultern bedeckende, schwarze oder weiße Schleiertuch, das Mantilha heißt. Bei pilgernden Bäuerinnen konnte das nicht überraschen, aber überrascht, ja erschrocken war ich allerdings, als mir an der Seilbahn-Station auch Dona Maria Pia – zwar nicht im volkstümlichen Glitzerkleide, sondern in eleganter Nachmittagstoilette, aber doch ebenfalls in einer schwarzen Mantilha über dem hohen Kamm entgegentrat. Sie sah keinen Grund zu entschuldigendem Lächeln ob dieser ethnischen Maskerade – und ich noch weniger. Tief beeindruckt, beugte ich mich mit besonderer Ehrerbietung über ihre Hand. Die Mantilha kleidete sie vorzüglich. Durch das feine Gewebe malte die Sonne filigranartige Schatten auf ihre Wangen, ihr großes, südlich bleiches und strenges Gesicht.

Zouzou war ohne Mantilha. In meinen Augen genügten ja auch die reizenden Schläfensträhnen ihres schwarzen Haares als ethnische Kennzeichnung. Gekleidet aber war sie sogar noch dunkler als ihre Mutter, ein wenig wie zum Kirchgang; und auch die

Herren, der Professor sowohl wie Dom Miguel, der, zu Fuße kommend, sich während unserer Begrüßung zu uns gesellte, waren in seriösem Habit, schwarzem Cutaway und steifem Hut, da doch ich es bei einem blauen Anzug mit hellen Streifen hatte sein Bewenden haben lassen. Das war etwas gênant, aber der Unbelehrtheit des Fremden mochte es nachzusehen sein.

Ich befahl meinem Kutscher, den Weg über den Avenidapark und den Campo Grande zu nehmen, wo es stiller war. Der Professor und seine Gemahlin saßen im Fond, Zouzou und ich nahmen die Rücksitze ein und Dom Miguel den Platz beim Kutscher. Die Fahrt verging in einer Schweigsamkeit oder doch Spärlichkeit des Austausches, die hauptsächlich von Senhora Marias außergewöhnlich würdevoller, ja starrer und kein Geplauder aufkommen lassender Haltung bestimmt wurde. Ihr Gatte richtete wohl einmal mit Ruhe das Wort an mich, doch unwillkürlich blickte ich, nach Erlaubnis fragend, zu der feierlichen Frau im iberischen Kopfschmuck hinüber und antwortete mit Zurückhaltung. Die schwarzen Bernsteingehänge ihrer Ohren schaukelten, in Bewegung gesetzt von den leichten Stößen des Wagens.

Der Andrang von Fuhrwerken zum Eingang des Zirkus war stark. Nur langsam vorrückend zwischen anderen Equipagen, hatten wir in Geduld unser Vorfahren und Aussteigen zu erwarten. Dann nahm das weite Rund der Arena mit ihren Schranken, Pfeilerbalustraden und tausendfach ansteigenden Sitzen uns auf, von denen nur wenige noch leer waren. Bebänderte Funktionäre wiesen uns unsere Schattenplätze an, in mäßiger Höhe über dem gelben Ring der mit einer Mischung aus Lohe und Sand bestreuten Manege. Das riesige Theater füllte sich rasch bis auf den letzten Sitz. Von der malerischen Großartigkeit seines Anblicks hatte Kuckuck mir nicht zuviel gesagt. Es war das farbige Gesamtbild einer nationalen Gesellschaft, in welchem die Noblesse sich wenigstens andeutungsweise und verschämt der grell besonnten Volkstümlichkeit dort drüben anpaßte. Nicht wenige Damen, selbst Ausländerinnen wie Frau von Hüon und die Fürstin Maurocordato, hatten sich mit dem steilen Haarkamm und der Mantilha versehen, ja einige ahmten an ihren Kleidern den bäuerlichen Gold- und Silberbesatz nach, und das Formelle im Anzug der Herren erschien als Aufmerksamkeit gegen das Volk – jedenfalls galt es der Volkstümlichkeit der Veranstaltung.

Die Stimmung des ungeheuren Rundes schien erwartungsfroh, doch gedämpft, sie unterschied sich, auch auf der Sonnenseite und gerade dort, merklich vom üblen Geist des Pöbelhaften, der auf den Tribünen profaner Sportplätze zu Hause ist. Erregung, Spannung, ich empfand sie ja selbst; aber was davon in den abertausend auf den noch leeren Kampfplatz hinabblickenden Gesichtern zu lesen war, dessen Gelb bald von Blutlachen starren sollte, erschien gehalten, gezügelt von einer gewissen Weihe. Die Musik brach ab und wechselte von einem Konzertstück maurisch-spanischer Prägung in die Nationalhymne hinüber, als der Prinz, ein hagerer Mann mit einem Stern auf dem Gehrock und einer Chrysantheme im Knopfloch, mit seiner Gemahlin, die auch die Mantilha trug, ihre Loge betraten. Man erhob sich von den Plätzen und applaudierte. Dies sollte später noch einmal geschehen, zu Ehren eines anderen.

Der Eintritt der Herrschaften geschah eine Minute vor drei: mit dem Stundenschlage begann, bei fortspielender Musik, aus dem großen Mitteltor die Prozession der Akteure sich hervorzubewegen, voran drei Degentragende mit Schulterklappen über dem kurzen gestickten Wams, ebenfalls farbig bordierten, engen Hosen, die bis zur Hälfte der Wade reichten, weißen Strümpfen und Schnallenschuhen. Bandarilheiros, spitze, bunt bebänderte Stäbe in den Händen, und im gleichen Stil gekleidete Capeadores, die schmale schwarze Krawatte übers Hemd laufend, kurze rote Mäntel über den Armen, schritten hinter ihnen. Eine Kavalkade lanzenbewehrter Picadores in Hüten mit Sturmbändern, auf Pferden, denen gesteppte Decken, matratzenähnlich, an Brust und Flanken hingen, entwickelte sich danach, und ein mit Blumen und Bändern aufgeputztes Maultiergespann machte den Schluß des Zuges, der sich geradewegs durch das gelbe Rund gegen die prinzliche Loge hin bewegte, wo er sich auflöste, nachdem jedermann eine chevalereske Verbeugung davor gemacht hatte. Ich sah einige Toireadores sich bekreuzigen, während sie zu den Schutzvorrichtungen gingen.

Auf einmal, mitten im Stück, verstummte das kleine Orchester aufs neue. Ein einzelnes, sehr helles Trompetensignal schmetterte auf. Die Stille ringsum war groß. Und aus einem kleinen Tor, das ich nicht beachtet und das sich plötzlich aufgetan hatte, bricht – ich wähle hier die Gegenwartsform, weil das Ereignis mir so sehr gegenwärtig ist – etwas Elementares hervor, rennend, der Stier, schwarz, schwer, mächtig, eine augenscheinlich unwiderstehliche Ansammlung zeugender und mordender Kraft, in der frühe, alte Völker gewiß ein Gott-Tier, den Tiergott gesehen hätten, mit kleinen drohend rollenden Augen und Hörnern, geschwungen wie Trinkhörner, die aber, an seiner breiten Stirn ausladend befestigt, auf ihren aufwärts gebogenen Spitzen offenkundig den Tod trugen. Er rennt vor, steht still mit vorgestemmten Vorderbeinen, glotzt mit Empörung auf das rote Manteltuch, das einer der Capeadores, servierend gebückt, in einiger Entfernung vor ihm auf den Sand breitet, stürzt darauf zu, bohrt seine Hörner hinein, bohrt das Tuch in den Grund, und während, in einem Augenblick, wo er schiefen Kopfes das Stoßhorn wechseln will, der kleine Mensch, das Tuch wegziehend, hinter ihn springt und die Kraftmasse sich schwerfällig um sich selber dreht, rammen zwei Bandarilheiros ihr je zwei bunte Stäbe ins Nackenfettpolster. Da saßen sie nun; sie hatten wohl Widerhaken und hielten fest; schwankend standen sie ihm schräg vom Körper ab beim weiteren Spiel. Gerad in die Mitte des Nackens hatte ein dritter ihm einen kurzen Federspieß gepflanzt, er trug fortan diesen Schmuck, der gespreizten Taubenflügeln glich, während seines toddrohenden Kampfes gegen den Tod am vorderen Rücken.

Ich saß zwischen Kuckuck und Dona Maria Pia. Der Professor versah mich, leise redend, mit einem und dem anderen Kommentar zu den Vorgängen. Die Namen der verschiedenen Chargen der Kampfspieler vernahm ich von ihm. Ich hörte ihn sagen, der Stier habe bis zum heutigen Tage ein Herrenleben auf freier Weide geführt, gehalten, behandelt mit größter Sorgfalt und Höflichkeit. Meine Nachbarin zur Rechten, die hehre Frau, hielt sich stumm. Von dem Zeuge- und Mordgott da unten und dem, was mit ihm geschah, wandte sie die Augen nur ab, um strafend den Kopf gegen den Gatten zu wenden, wenn er sprach. Ihr strenges, südbleiches Gesicht im Schatten der Mantilha war unbeweglich, aber ihr Busen hob und senkte sich in Beschleunigung, und ich sah, ihrer Nichtachtung gewiß, dies Gesicht, diesen in unvollkommener Beherrschtheit wogenden Busen öfter an als das bespießte, im Rücken lächerlich klein beflügelte und etwas von Blut beronnene Opfertier.

So nenne ich es, weil man sehr stumpf hätte sein müssen, um nicht die zugleich beklemmende und heilig belustigende, aus

Jux, Blut und Andacht unvergleichlich gemischte Stimmung von freigegebener Ur-Volkstümlichkeit, tief heraufgeholter Todesfestlichkeit zu spüren, die über dem Ganzen lag. Später, im Wagen, als er reden durfte, äußerte der Professor sich darüber, aber meinem sehr feinen und erregbaren Spürsinn hatte seine Gelehrsamkeit nichts wesentlich Neues zu sagen. Der Jux, mit Wut vermengt, brach aus, als nach einigen Minuten der Stier, in einer Anwandlung von Einsicht offenbar, daß dies nicht gut ausgehen könne, Kraft und Witz hier ein denn doch ungleiches Spiel spielten, sich gegen die Tür wandte, durch die er herausgelassen worden, und, mit seinen bebänderten Stangen in Fett und Muskeln, lieber zurück in den Stall trotten wollte. Es gab einen Sturm entrüsteten Hohngelächters. Zumal auf der Sonnenseite, aber auch bei uns sprang man auf die Füße, pfiff, johlte, pfuite und schimpfte ihn aus. Auch meine Hehre sprang auf, pfiff unerwartet gellend, drehte dem Feigling eine Nase und ho-ho-hohnlachte sonor. Picadores sprengten ihm in den Weg und stießen nach ihm mit ihren stumpfen Lanzen. Neue Buntstäbe, von denen einige zur Ermunterung mit Feuerwerkskörpern versehen waren, welche mit Knall und Gezisch auf seinem Fell abbrannten, wurden ihm in den Hals, den Rücken, die Flanken gerammt. Unter diesen Reizungen verwandelte sein die Masse empörender kleiner Vernunftanfall sich rasch in blinde Rage, die seiner Kraft beim Todesspiel zukam. Er tat wieder mit dabei und wurde ihm nicht mehr untreu. Ein Pferd wälzte sich mit seinem Reiter im Sande. Ein Capeador, der strauchelte, wurde leider auf die gewaltigen Trinkhörner genommen und in die Luft geschleudert, von wo er schwer zu Fall kam. Während das wilde Tier durch die Ausnutzung seiner Idiosynkrasie gegen das rote Tuch von dem regungslosen Körper abgelenkt wurde, hob man diesen auf und trug ihn hinaus unter einem Ehrenapplaus, von dem nicht ganz klar war, ob er dem Verunglückten oder dem Toiro galt. Er galt wahrscheinlich beiden. Maria da Cruz beteiligte sich an ihm, zwischen Händeklatschen und raschem sich Bekreuzigen wechselnd und indem sie in ihrer Sprache etwas murmelte, was eine Fürbitte für den Gestürzten sein mochte.

Der Professor meinte, es möge bei ein paar Rippen und einer Gehirnerschütterung sein Bewenden haben. „Das ist Ribeiro", sagte er dann. „Ein beachtlicher Junge." Aus der Gruppe der Kampfspieler löste sich einer der Espadas, mit „Ah" und grüßenden

Zurufen empfangen, die seine Popularität bezeugten, und nahm, da sonst jedermann sich zurückhielt, zusammen mit dem blutend wütenden Stier allein die Manege ein. Schon bei der Prozession war er mir aufgefallen, denn das Schöne und Elegante sondert mein Auge sogleich aus dem Gewöhnlichen aus. Achtzehn- oder neunzehnjährig, war dieser Ribeiro in der Tat bildhübsch. Unter schwarzem Haar, das ihm glatt und ungescheitelt tief in die Brauen hing, trug er ein fein geschnittenes spanisches Gesicht zur Schau, das bei einem ganz leisen, vielleicht vom Beifall erzeugten, vielleicht nur Todesverachtung und das Bewußtsein seines Könnens andeutenden Lächeln der Lippen mit stillem Ernst aus schmalen schwarzen Augen blickte. Das gestickte Jäckchen mit den Schulterüberfällen und den gegen das Handgelenk sich verengenden Ärmeln kleidete ihn – ach, mit einem ganz ebensolchen hatte mein Pate Schimmelpreester mich einst kostümiert –, kleidete ihn so vortrefflich, wie es mich einst gekleidet. Ich sah, daß er schlank gegliederte, durchaus noble Hände hatte, mit deren einer er eine bloße, blanke Damaszenerklinge beim Gehen wie einen Spazierstock aufsetzte. Mit der anderen hielt er ein rotes Mäntelchen an sich. Übrigens ließ er den Degen fallen, als er die Mitte des schon recht zerwühlten und blutbefleckten Rundes erreicht hatte, und winkte nur ein bißchen mit dem Mantel gegen den Stier, der in einiger Entfernung von ihm seine Stangen schüttelte. Dann stand er unbeweglich und sah mit jenem kaum merklichen Lächeln, jenem Ernst der Augen dem Anrasen des furchtbaren Märtyrers zu, dem er sich einsam zum Ziele bot wie ein alleinstehender Baum dem Wetterstrahl. Er stand wie angewurzelt – zu lange, man konnte nicht zweifeln; gut mußte man ihn kennen, um nicht mit Schrecken überzeugt zu sein, daß er beim nächsten Wimpernschlag zu Boden geworfen, gespießt, massakriert, zertrampelt werden würde. Etwas äußerst Graziöses, sanft Überlegenes und zu einem herrlichen Bilde Führendes geschah statt dessen. Die Hörner hatten ihn schon, sie nahmen von der Saumstickerei seiner Jacke etwas mit, als eine einzige leichte, sich auf die Capa übertragende Handbewegung die mörderischen dorthin lenkte, wo er auf einmal nicht mehr war, da ein weicher Hüftschwung ihn neben die Flanke des Ungeheuers gebracht hatte, mit dem nun die Menschengestalt, einen Arm längs des schwarzen Rückens dorthin ausgestreckt, wo die Hörner gegen die flatternde Capa wüteten, zu einer Gruppe verschmolz, die begeisterte. Die Zuschauermenge sprang jubelnd auf, rief „Ribeiro!“ und „Toiro!“ und klatschte. Ich selbst tat dies und neben mir die Rassekönigin mit dem wogenden Busen, die ich anblickte, abwechselnd mit der rasch sich auflösenden tiermenschlichen Schaugruppe, da die gestrenge und elementare Person dieser Frau mir mehr und mehr eins wurde mit dem Blutspiel dort unten.

Ribeiro lieferte, im Duett mit dem Toiro, noch ein und das andere Glanzstückchen, und sehr deutlich war, daß es dabei auf tänzerisch anmutige Posen in der Gefahr und plastische Bildvereinigungen des Gewaltigen mit dem Eleganten ankam. Einmal, während der Stier, geschwächt wohl bereits und degoutiert von der Vergeblichkeit all seines Zornes, abgewandt stand und dumpf vor sich hin brütete, sah man seinen Partner, ihm den Rücken kehrend, im Sande knien und sehr schlank aus dieser Stellung aufgerichtet, mit erhobenen Armen und geneigtem Kopf den Mantel hinter sich spreizen. Das schien kühn genug, aber er war der augenblicklichen Stumpfheit der gehörnten Unterwelt wohl sicher. Einmal, vor dem Stiere herrennend, fiel er halb hin, auf eine Hand, und ließ mit der anderen das immer die Wut verführende rote Tuch weit seitwärts flattern, so daß er selbst davonkam, auf die Beine, um im nächsten Augenblick der Bestie in leichtem Schwung über den Rücken zu springen. Er hatte seinen Beifall, für den er niemals dankte, da er ihn sichtlich stets auf den Toiro mitbezog und dieser für Huldigung und Dank keinen Sinn hatte. Fast fürchtete ich, er möchte Sinn für die Unschicklichkeit haben, mit einem auf der Weide höflich gehaltenen Opfertier solchen Schabernack zu treiben. Aber das war eben der Jux, der in die Andacht zum Blute volkstümlich einschlägig war.

Das Spiel zu enden lief Ribeiro zu der liegengelassenen Klinge, stand dort, breitete in der üblichen einladenden Haltung, ein Knie gebogen, den Mantel vor sich hin und sah ernsten Auges zu, wie der Stier mit eingelegtem Gewaffen, aber in schon recht schwerfälligem Galopp sich ihm nahte. Sehr ließ er ihn nahen, ganz heran, griff im genauesten Augenblick den Degen vom Boden auf und stieß dem Tiere blitzschnell den schmalen und blanken Stahl bis halb zum Heft in den Nacken. Es sackte zusammen, wälzte sich massig, bohrte einen Augenblick die Hörner in den Grund, als gälte es das rote Tuch, legte sich dann auf die Seite, und seine Augen verglasten.

Es war in der Tat die eleganteste Art der Schlachtung. Noch sehe ich Ribeiro, seinen Mantel unterm Arm, ein wenig auf den Zehenspitzen, als wollte er leise auftreten, beiseite gehen, indem er sich nach dem Gefällten umschaute, der sich nicht mehr regte. Aber schon während seines kurzen Todeskampfes hatte alles Publikum sich wie *ein* Mann von den Plätzen erhoben und brachte dem Helden des Todesspiels, der sich seit jenem Versuch, sich zu drücken, ja ausgezeichnet benommen hatte, den Salut seiner Hände dar. Das dauerte an, bis er in dem bunten Maultiergefährt, das ihn abholte, hinausgekarrt worden war. Ribeiro ging mit ihm, zur Seite des Wagens, wie um ihm die letzte Ehre zu erweisen. Er kehrte nicht mehr zurück. Unter anderem Namen, in anderer Lebensrolle, als Teil eines Doppelbildes ist er mir, genau er, etwas später wieder erschienen. Doch davon an seinem Ort.

Wir sahen noch zwei Stiere an, die weniger gut waren, wie auch der Espada, der den einen mit der Klinge so mangelhaft traf, daß er nur einen Blutsturz bekam, aber nicht fiel. Wie einer, der sich erbricht, stand er, die Beine vorgestemmt, mit gestrecktem Halse und spie eine dicke Welle Bluts in den Sand – unerfreulich zu sehen. Ein vierschrötiger, übertrieben glitzernd gekleideter und sehr eitel sich gebärdender Matador mußte ihm den Gnadenstoß geben, so daß die Griffe zweier Degen ihm aus dem Leibe ragten. Wir gingen. Im Wagen denn also versah uns Maria Pias Gatte mit gelehrten Erläuterungen zu dem, was wir – was ich zum ersten Male gesehen. Er sprach von einem uralten römischen Heiligtum, wo es aus dem Oberen, Christlichen, tief hinabgehe in die Kultschicht einer dem Blut sehr geneigten Gottheit, deren Dienst einst um ein Haar demjenigen des Herrn Jesu den Rang als Weltreligion abgelaufen hätte, da ihre Geheimnisse äußerst populär gewesen seien. Getauft worden seien die Neulinge ihres Glaubens nicht mit Wasser, sondern mit dem Blut eines Stieres, der vielleicht der Gott selber gewesen sei, wiewohl der auch wieder in dem gelebt habe, der sein Blut vergoß. Denn diese Lehre habe etwas unscheidbar Verkittendes, auf Tod und Leben Zusammenschmiedendes gehabt für alle ihr Angehörigen, und ihr Mysterium habe in der Gleichheit und Einheit bestanden von Töter und Getötetem, Axt und Opfer, Pfeil und Ziel ... Ich hörte alldem nur mit halbem Ohre zu, nur soweit es mich nicht störte im Anschauen der Frau, deren Bild und Wesen durch das Volksfest so sehr gehoben und gleichsam erst recht zu sich selbst gebracht, zum Anschauen reif gemacht worden war. Ihr Busen war jetzt zur Ruhe gekommen. Mich verlangte danach, ihn wieder wogen zu sehen.

Zouzou, ich verhehlte es mir nicht, war mir während des Blutspieles ganz und gar aus dem Sinn gekommen. Desto entschiedener beschloß ich, ihrer beständigen Forderung endlich Folge zu leisten und ihr in Gottes Namen die Bilder vorzulegen, die sie als ihr Eigentum ansprach – die Aktbilder Zazas mit Zouzous Schläfenfransen. Auf den nächsten Tag war ich noch einmal bei Kuckucks zum Déjeuner geladen. Eine nach nächtlichen Regenschauern eingetretene Abkühlung berechtigte mich, einen leichten Mantel anzulegen, in dessen Innentasche ich die gerollten Blätter versorgte. Auch Hurtado war da. Bei Tisch drehte sich das Gespräch noch um das gestern Geschaute, und dem Professor zu Gefallen erkundigte ich mich des weiteren nach der aus dem Felde geschlagenen Religion, zu der es vom Christentum die Treppe hinabging. Viel wußte er nicht hinzuzufügen, erwiderte aber, so ganz aus dem Felde geschlagen seien jene dienstlichen Bräuche nicht, da von Opferblut, Gottesblut immerdar alle frommen Verrichtungen der Menschheit volkstümlich gedampft hätten, und ließ Beziehungen durchblicken zwischen dem Mahl des Meßopfers und dem festlichen Blutspiel von gestern. Ich blickte auf den Busen der Hausfrau, ob der vielleicht woge.

Nach dem Kaffee verabschiedete ich mich von den Damen, indem ich mir eine letzte Visite für den nahen äußersten Tag meines Hierseins vorbehielt. In Gesellschaft der Herren, die ins Museum zurückkehrten, fuhr ich mit der Seilbahn hinab und nahm, unten angelangt, auch von ihnen Abschied, mit tausend Dank, dem Wohlwollen der Zukunft ein Wiedersehen herzlich anheimgebend. Ich tat, als lenkte ich meine Schritte gegen das Savoy Palace, sah mich wohl um, machte kehrt und fuhr mit der nächsten Seilbahn wieder hinauf.

Ich wußte die Gatterpforte vorm Häuschen offen. Das Wetter hatte von früh an zu mild herbstlicher Sonnigkeit zurückgefunden. Für Dona Maria Pia war es die Stunde der Siesta. Zouzou konnte ich gewiß sein, im rückwärtigen Gärtchen zu finden, zu dem an des Hauses Flanke vorbei ein Kiesweg führte. Leisen und raschen Schrittes beging ich ihn. Dahlien und Astern blühten inmitten eines kleinen Rasenplatzes. Im Hintergrunde zur

Rechten umgab das beredete Oleandergebüsch in schützendem Halbkreis die bezeichnete Bank. Die Liebe, etwas in Schatten Gestellte, saß dort in einem Kleide, ganz ähnlich dem, worin ich sie am ersten Tage gesehen, locker, wie sie es liebte, bläulich gestreift, mit dem Hüftband aus gleichem Stoff und etwas Spitzenstickerei am Saume der halblangen Ärmel. Sie las in einem Buch, von dem sie, obgleich sie mein behutsames Kommen doch wohl hören mußte, nicht aufblickte, bis ich vor ihr stand. Mir schlug das Herz.

„Ah?" machte sie, die Lippen offen, die mir, wie der holde Elfenbeinteint ihres Gesichtes, um etwas bleicher schienen als sonst. „Noch hier?"

„Wieder hier, Zouzou. Ich war schon unten. Ich bin heimlich zurückgekehrt, so hatt' ich mir's vorgenommen, zur Einlösung meines Versprechens."

„Wie löblich!" sagte sie. „Der Herr Marquis hat sich auf seine Schuldigkeit besonnen – ohne jede Übereilung. Die Bank hier ist allmählich zu einer Art von Wartebank geworden . . ." Sie hatte zuviel gesagt und biß sich auf die Lippen.

„Wie konnten Sie denken", beeilte ich mich zu erwidern, „ich würde unserer Abmachung im bildhübschen Kreuzgang die Treue nicht halten! Ich darf mich zu Ihnen setzen? Die Bank hier im Gebüsch ist entschieden traulicher als unsere anderen da, an den Tennisplätzen. Ich fürchte, das Spiel werde ich nun wieder vernachlässigen und verlernen . . ."

„Nun, die Meyer-Novaro drüben werden doch einen Tennisplatz haben."

„Möglich. Dasselbe wäre es nicht. Der Abschied von Lissabon, Zouzou, wird mir schwer. Ich habe unten Ihrem verehrten Papa adieu gesagt. Wie denkwürdig hat er vorhin über die frommen Verrichtungen der Menschheit gesprochen! Die Corrida, gestern, war doch ein – ich will mindestens sagen: kurioser Eindruck."

„Ich habe nur wenig hingeschaut. Auch Ihre Aufmerksamkeit schien geteilt – wie sie es vorzugsweise ist. Aber zur Sache, Marquis! Wo sind meine Dessins?"

„Hier", sagte ich. „Es war Ihr Wille . . . Sie verstehen, es sind träumerische Produkte, unwissentlich, sozusagen, entstanden . . ."

Sie hielt die wenigen Blätter, betrachtete das oberste. Es war da Zazas Körper, verliebt gezeichnet, in der und der Stellung. Die flachen Ohrboutons stimmten, noch genauer die Haarfransen. Das Gesicht wies geringe Verwandtschaft auf, doch was galt hier das Gesicht!

Ich saß so gerade wie Dona Maria Pia, auf alles gefaßt, willigend in alles und im voraus ergriffen von allem, was da kommen mochte. Eine tiefe Röte überzog beim Anblick der eigenen süßen Nacktheit ihr Gesicht. Sie sprang auf, zerriß ritsch und ratsch, kreuz und quer die Kunstwerke und streute die flatternden Stücke in die Luft. Gewiß, das hatte alles so kommen müssen. Was aber nicht kommen mußte und dennoch kam, war dies: Einen Augenblick starrte sie mit verzweifelter Miene auf die herumliegenden Fetzen am Boden, und im nächsten gingen die Augen ihr über, sie sank auf die Bank zurück, schlang die Arme um meinen Hals und barg das glühende Gesicht an meiner Brust, unter kleinen Atemstößen, die lautlos waren und das Erdenklichste dennoch verlautbarten, während zugleich – und das war das allerrührendste – ihre kleine geballte Faust, die linke, immerfort im Takt gegen meine Schulter hämmerte. Ich küßte ihren bloßen Arm an meinem Halse, ich hob ihre Lippen auf zu mir und küßte die erwidernden, ganz wie ich es erträumt, ersehnt, mir zum Ziel gesetzt, als ich sie, meine Zaza, zum ersten Mal auf dem Platze Rocio gesehen. Wer wohl, dessen Auge diese Zeilen durchfliegt, wird mich nicht beneiden um so süße Sekunden? Und nicht beneiden auch sie, die, wenngleich unter kleinem Faustgetrommel, zur Liebe Bekehrte? – Welche Schicksalswende nun aber! Welcher Wandel des Glücks!

Zouzou warf jäh den Kopf zur Seite, riß sich aus unserer Umarmung. Vor Busch und Bank – vor uns – stand ihre Mutter.

Stumm, gleichwie auf die eben noch innig vereinten Lippen geschlagen, blickten wir auf zu der Hehren, neben deren großem und südbleichem Antlitz, mit dem strengen Munde, den gespannten Nüstern, den verdüsterten Brauen, die Gagatgehänge schaukelten. Vielmehr: nur ich blickte auf zu ihr; Zouzou drückte das Kinn auf die Brust und bearbeitete mit ihrem kleinen Faustgetrommel nunmehr die Bank, auf der wir saßen. Mir aber glaube man, daß ich weniger entgeistert war von der mütterlichen Erscheinung, als man hätte denken sollen. Schien sie mir doch, obgleich so unverhofft, voller Notwendigkeit, wie herbeigerufen, und in meine natürliche Verwirrung mischte sich Freude.

„Madame", sprach ich formell, indem ich mich erhob. „Ich bedauere die Störung Ihrer Nachmittagsruhe. Dies hier geschah und vollzog sich wie von ungefähr und in aller Dezenz . . ."

„Schweigen Sie!" gebot die Herrin mit ihrer wundervoll sonoren, leicht südheiseren Stimme. Und gegen Zouzou gewandt: „Suzanna, du gehst auf dein Zimmer und bleibst dort, bis man dich ruft." – Dann zu mir: „Marquis, ich habe mit Ihnen zu reden. Folgen Sie mir!"

Zouzou lief über den Rasen davon, der offenbar auch die nahenden Schritte der Senhora gedämpft hatte. Jetzt schlug diese den Kiesweg ein, und, aufs Wort gehorsam, „folgte" ich ihr, das heißt: hielt mich nicht an ihrer Seite, sondern ein wenig schräg hinter ihr. So ging es ins Haus und in den Salon, von dem eine Tür ja ins Speisezimmer führte. Hinter der entgegengesetzten, nicht ganz geschlossenen, schien ein intimerer Raum zu liegen. Die Hand der Gestrengen zog sie zu.

Ich begegnete ihrem Blick. Sie war nicht hübsch, aber sehr schön.

„Luiz", sagte sie, „das Nächstliegende wäre, Sie zu fragen, ob dies Ihre Art ist, portugiesische Gastfreundschaft zu lohnen – schweigen Sie! Ich erspare mir die Frage und Ihnen die Antwort. Ich habe Sie nicht hierher befohlen, um Ihnen Gelegenheit zu törichten Entschuldigungen zu geben. Sie würden vergebens versuchen, die Torheit Ihrer Handlungen damit zu übertreffen. Die ist unüberbietbar, und alles, was Ihnen nun bleibt, Ihnen einzig zukommt, ist, zu schweigen und es reiferen Personen zu überlassen, Ihre Sache zu führen – Sie auf den rechten Weg zu führen, hinweg von dem Wege unverantwortlicher Kinderei, den Sie jugendlich genug waren einzuschlagen. Es hat wohl selten zu heilloserer Kinderei und ärgerem Unsinn geführt, daß Jugend sich zu Jugend gesellte. Was dachten Sie sich? Was wollen Sie mit diesem Kinde? Dankvergessenerweise tragen Sie Unsinn und Verwirrung in ein Haus, das sich Ihnen um Ihrer Geburt und sonstiger annehmbarer Eigenschaften willen gastlich öffnete und in dem Ordnung, Vernunft und feste Pläne herrschen. Suzanna wird über kurz oder lang, wahrscheinlich binnen kurzem, die Gattin Dom Miguels, des verdienten Assistenten Dom Antonio Josés, werden, dessen maßgebender Wunsch und Wille es ist. Ermessen Sie danach, welch eine Torheit Ihr Liebesbedürfnis beging, als es den Weg der Kinderei wählte und sich darauf kaprizierte, das

Köpfchen eines Kindes zu verwirren. Das hieß nicht wie ein Mann wählen und handeln, sondern wie ein Kindskopf. Reife Vernunft hatte dazwischenzutreten, bevor es zu spät war. Sie haben mir einmal, im Laufe einer Konversation, von der Güte der Reife gesprochen, von der Güte, mit der sie den Namen der Jugend nennt. Ihr mit Glück zu begegnen bedarf es freilich des Mannesmutes. Ließe annehmbare Jugend diesen Mannesmut blicken, statt in der Kinderei ihr Heil zu suchen – sie brauchte nicht wie ein begossener Pudel abzuziehen, nicht ungetröstet das Weite zu suchen . . ."

„Maria!" rief ich.

Und: „Holé! Heho! Ahé!" rief sie mit mächtigem Jubel. Ein Wirbelsturm urtümlicher Kräfte trug mich ins Reich der Wonne. Und hoch, stürmischer als beim iberischen Blutspiel, sah ich unter meinen glühenden Zärtlichkeiten den königlichen Busen wogen.

ANHANG

Fremdsprachige Textstellen der „Bekenntnisse des Hochstaplers Felix Krull“

Ins Deutsche übersetzt von Gisela Geisler

Die Übersetzungen der fremdsprachigen Stellen sind in Kursivschrift gedruckt.

SEITE 8:
Gerne ließ er . . . Wendungen wie *„So ist es“*, *„fabelhaft“* oder *„ganz recht“* in seine Rede einfließen; auch sagte er öfters: *„Ich billige das.“*

SEITE 24:
Prison – *Kerker*

SEITE 30:
C'est épatant! – *Das ist überwältigend!*
enchantiert – *entzückt*

SEITE 60:
Tournure – *Geschmeidigkeit der Bewegungen*

Seite 104:
auf den Frère-et-cochon-Fuß – auf *plump-vertraulichen* Fuß

Seite 118:
„Bon soir . . .“ – *„Guten Abend, Herr Kommissar!“* begrüßte ich den Zöllner . . . *„Ich stehe Ihnen mit meiner gesamten Habe uneingeschränkt zur Verfügung. Erblicken Sie in mir einen äußerst rechtschaffenen jungen Mann, der das Gesetz zutiefst respektiert und absolut nichts zu verzollen hat. Ich versichere Ihnen, daß Sie noch nie ein unverdächtigeres Gepäckstück kontrolliert haben.“*

„Soso!“ sagte er und betrachtete mich näher. *„Sie scheinen mir ein spaßiges Bürschchen zu sein. Aber Sie drücken sich gewandt aus. Sind Sie Franzose?“*

„Ja und nein“, antwortete ich. *„Beinahe. Zur Hälfte – ein halber, verstehen Sie? Jedenfalls aber bin ich ein glühender Bewunderer Frankreichs und ein unversöhnlicher Gegner der Annexion Elsaß-Lothringens!“*

Sein Gesicht nahm einen Ausdruck an, den ich streng-bewegt nennen möchte.

„Mein Herr“, entschied er feierlich, *„ich will Sie nicht länger belästigen. Schließen Sie Ihren Koffer, und setzen Sie Ihre Reise in die Hauptstadt der Welt fort. Es begleiten Sie die besten Wünsche eines französischen Patrioten!“*

SEITE 119:
mon petit – *mein Kleiner*
mon vieux – wörtl.: „mein Alter"; hier: *mein Lieber*

SEITE 121:
Dieu vous bénisse, mon enfant! – *Gott segne Sie, mein Kind!*

SEITE 122:
Départs – *Abreisen*
Entresol – *Zwischenstock*
Concierge-Loge – *Portiersloge*

SEITE 123:
Étonnant! – wörtl.: „verblüffend!", hier ironisch: *Ich bin überwältigt!*
Bureau de réception – *Hotelempfang*
Pincenez – *Kneifer*

SEITE 124:
Desk – *Empfang*
Certainement, Monsieur le directeur! – *Gewiß, Herr Direktor!*
L'employé-volontaire Félix Kroull ... – *Der Hotelvolontär Felix Krull ...*
Clientèle – „Kundschaft"; hier: *Gäste*

SEITE 125:
Mon Dieu, mon Dieu! – *Mein Gott, mein Gott!*
Mais oui, mais oui! – *Aber ja doch!*
Chasseur – *Laufbursche*
Dortoir des employés – *Schlafsaal des Hotelpersonals*
Élévateur de bagage – *Gepäckaufzug*

SEITE 126:
Strike – *Streik*
voilà ce que je suis – *jawohl, das bin ich*
bonne chance – *viel Glück*

SEITE 128:
à jour gefaßt – *nur am Rand* gefaßt

SEITE 130:
Garde-manger – *Speisekammer*
Aide – *Gehilfe*
Merde! – *Scheiße!*

SEITE 131:
Ah, te voilà. Comme nous étions ... – *Ah, da bist du ja. Wir haben schon sehnsüchtig darauf gewartet, daß die Bude hier voll wird!*
die Reveille – *das Wecken*
Hé, beauté ... – *He, du Hübscher ...*

SEITE 132:
Café au lait – *Milchkaffee*
Cantine des employés – *Personalkantine*
pour le pauvre malade de numéro quatre – *für den armen Kranken auf Nummer vier*
Pas encore équipé? – *Noch nicht in Dienstuniform?*

SEITE 133:
Commis de salle – *Saalkellner*

SEITE 136:
Quatre-vingt-douze – *zweiundneunzig*
Échelle au Ciel – *Himmelsleiter*
Cimetière de Montmartre – *Montmartre-Friedhof*
Jardin – „Garten", hier: *Park*
L'employé Félix Kroull . . . – *Der Angestellte Felix Krull . . .*

SEITE 137:
C'est son sobriquet. – *Das ist sein Spitzname.*
Tu n'apprendras jamais, Eustache . . . – *Eustache, du lernst es nie, diesen Fahrstuhl richtig zu bedienen.*
Pour toi je m'échaufferai! – *Für dich werde ich mich bestimmt nicht überanstrengen!*
Tiens. Un philosophe! – hier: *Hört, hört! Ein Philosoph!*

SEITE 139:
Mais passons. – *Aber fahren wir fort.*
Une jolie femme – *Eine hübsche Frau*

SEITE 141:
„Ah, voyons . . ." – *„Aber, ich bitte Sie, Herr Generaldirektor!"* sprudelte ich los, und zwar mit höchster Affektation. *„Sie fragen mich allen Ernstes, ob ich Französisch spreche? Ich bitte vielmals um Vergebung, aber das finde ich wirklich spaßig! Tatsächlich ist es mehr oder weniger meine Muttersprache oder vielmehr die vom Vater überkommene Sprache, denn mein armer Papa – er ruhe in Frieden! – hegte in seinem empfindsamen Herzen eine fast leidenschaftliche Liebe zu Paris, und er nutzte jede Gelegenheit zum Aufenthalt in dieser herrlichen Stadt, die ihm bis in die verschwiegensten Winkel vertraut war. Ich versichere Ihnen: Er kannte selbst so abseits gelegene Gäßchen wie beispielsweise die Rue de l'Échelle au Ciel. Kurzum: Er fühlte sich in Paris zu Hause wie sonst nirgendwo auf der Welt. Die Folge davon? Das hier ist die Folge: nämlich meine Erziehung, die zum guten Teil französisch war. Der Begriff ‚Konversation' war für mich von jeher gleichbedeutend mit ‚französischer Konversation', und sprechen, das hieß für mich stets auf französisch sprechen. Die französische Sprache – ah, mein Herr, diese Sprache der Eleganz, der Zivilisation, des Esprits, sie ist die Sprache der Konversation, ja, sie ist Konversation an sich . . . Während meiner ganzen glücklichen Kindheit habe ich mit einem charmanten jungen Fräulein aus Vevey – Vevey in der Schweiz –, dem die Erziehung des*

Knäbleins aus guter Familie oblag, französisch parliert. Meine Erzieherin war es auch, die mich französische Verse lehrte, köstliche Verse, die ich heute noch in Mußestunden vor mich hin spreche und die mir buchstäblich auf der Zunge zergehen –

Schwalben der Heimat, bringt keine Kunde ihr
von meinen fernen Liebsten mir?"

Je suis désolé ... – *Das bedauere ich unendlich, Herr Generaldirektor, und ich sehe mich schon versucht, die Dichtkunst zu verdammen –*
Schon gut. Do you speak English? – Schon gut. *Sprechen Sie Englisch?*

SEITE 142:
I certainly do, Sir ... – *Aber gewiß doch, Sir. Selbstverständlich, Sir, natürlich spreche ich Englisch; weshalb auch nicht? Es bereitet mir sogar großes Vergnügen. Englisch ist eine so hübsche und unkomplizierte Sprache, ja, das ist es in der Tat, Sir. Ich gehe mit Ihnen jede Wette ein, Sir, daß es in fünfzig Jahren zumindest die Zweitsprache der gesamten Menschheit sein wird ...*
Parla italiano? – *Sprechen Sie Italienisch?*
Ma Signore ... – *Aber, mein Herr, welch eine Frage! Ich bin ehrlich verliebt in diese wunderschöne Sprache, die allerschönste der Welt. Ich brauche nur den Mund aufzutun, und schon wird er unwillkürlich zur Quelle des ganzen Wohllauts dieser himmlischen Sprache. Ja, verehrter Herr, für mich steht es außer Zweifel, daß selbst die Engel im Himmel italienisch sprechen. Unvorstellbar, daß sich diese seligen Wesen einer weniger musikalischen Sprache bedienen sollten ...*
Ne me corrigez pas! – *Verbessern Sie mich nicht!*

SEITE 143:
Ça va sans dire, Monsieur le ... – *Das versteht sich von selbst, Herr ...*

SEITE 144:
„Du reste, Monsieur le directeur général ..." – „*Im übrigen, Herr Generaldirektor*", fügte ich hinzu und ließ meine Augen schmelzen, „*fehlen mir einfach die Worte, um auszudrücken ...*"
C'est bien, c'est bien ... – *Schon gut, schon gut ...*
„Et comme ça ... tu voudrais t'apprêter ..." – „*Und so also, mein Kleiner, möchtest du dich ausstaffieren*", sagte der Alte, „*um die hübschen Frauen hinauf- und hinunterzufahren?*"
Dans cet emballage ... – *Bei solcher Verpackung wird die Ware schon das Interesse der hübschen Frauen auf sich ziehen.*
mon oncle – wörtl.: „mein Onkel", hier: *Onkelchen*

SEITE 146:
Imbécile! – *Schwachkopf!*

SEITE 147:
Horloger – *Uhrmacher*

SEITE 150:
Je m'en fiche – *Ich pfeife drauf.*

SEITE 158:
Nom d'un chien! – *Donnerwetter!*
Embrassons-nous! Et bonne nuit! – wörtl.: „Umarmen wir uns"; hier: *Laß dich umarmen! Und gute Nacht!*

SEITE 159:
petit vin du pays – *einfacher Landwein*
M'sieur et dame! – *Die Herrschaften!*
Watch your step! – wörtl.: „Vorsicht, nicht stolpern!" – hier: *Vorsicht, Stufe!*

SEITE 160:
Impudemment riche, tu sais. – *Unverschämt reich, mußt du wissen.*
Tant mieux pour elle. – *Um so besser für sie.*
Deuxième, n'est-ce pas, Madame? – *Zweite Etage, nicht wahr, Madame?*
„Mais oui, deuxième ..." – *„Richtig, zweite"*, sagte sie. *„Woher wissen Sie das?" – „Ich weiß es einfach."*

SEITE 161:
Trop aimable, Madame. – *Zu liebenswürdig, Madame.*
„Je serais infiniment content ..." – *„Ich wäre überglücklich, Madame"*, erwiderte ich, *„wenn meine Stimme Ihr Ohr nicht beleidigte."*
C'est en effet une oreille ... – *In der Tat ist mein Gehörsinn musikalisch und empfindlich. Im übrigen ist es nicht der einzig empfindliche meiner (fünf) Sinne.*

SEITE 165:
Entrez – *Herein*

SEITE 166:
Comment, à ce propos ... – *Wie! Selbst jetzt, da uns die Glocke ruft, bist du noch nicht bereit zum Dienst in der Kapelle? Entkleide dich, geschwind! Ich zähl' die Augenblicke! Hochzeitsschmuck des Bräutigams! So nenn' ich deine Göttterglieder ...*
Zu mir denn, bien-aimé! – Zu mir denn, *Heißgeliebter!*

SEITE 167:
J'adore d'être humiliée! ... – *Ich liebe die Erniedrigung! Ich liebe sie! Oh, und ich liebe dich, du kleiner, dummer Sklave, der du mich entehrst ...*
C'est du dernier ridicule. – *Das ist der Gipfel des Lächerlichen.*
Sous ce nom de plume – *unter diesem Schriftstellernamen*
... es sind Romane ... pleins d'esprit ... – ... es sind Romane, verstehst du, voll Seelenkunde, *voller Geist, und viele Gedichtbände voll leidenschaftlicher Verse* ... Ja, mein armer Liebling, deine Diane, sie ist *eine Frau von höchsten Geistesgaben.*

SEITE 168:
dans sa stupidité – *in seiner Dummheit*
C'est exquis . . ., ça me transporte! – *Das ist köstlich . . ., das entzückt mich!*
Céleste! – *Himmlisch!*

SEITE 169:
affreux – *abscheulich*
de me coucher avec un homme penseur – *mit einem intelligenten Mann zu schlafen*
C'est un amour tragique, irraisonnable . . . – *Das ist eine tragische Liebe, eine Liebe wider alle Vernunft . . .*
. . . meine Bücher, qui sont énormément intelligents – . . . meine Bücher, *die unerhört klug sind*

SEITE 170:
Il me trompe – *er betrügt mich*
La fleur de ta jeunesse . . . – *Die Blüte deiner Jugend erfüllt mein alternd Herz mit ew'gem Freudenrausch.*
Tu ne connais pas donc . . . – *Kennst du denn nicht den Alexandriner – und auch nicht den diebischen Gott, dich selbst, der du so göttlich bist?*

SEITE 171:
Mais ça c'est suprême! . . . – *Das ist die Krönung!* Ich liege im Bett mit einem Diebe! *Das ist eine phantastische, eine aufregende Erniedrigung, ja, der Traum einer Erniedrigung!*

SEITE 173:
Nach Jahr und Jahren, wenn – *einst zerstört dich hat der Zahn der Zeit, bewahrt dich doch mein Herz im Augenblicke deiner höchsten Seligkeit.* Ja, wenn das Grab uns deckt, mich und dich auch, Armand, *wirst weiterleben du in meinen Versen, meinen herrlichen Romanen,* die von den Lippen euch – verrat' der Welt es nie! – geküßt sind allesamt. Adieu, adieu, chéri . . .

SEITE 176:
Pourboires – *Trinkgelder*
Douceurs – *kleine Aufmerksamkeiten*
. . . begleitet von einem Gemurmel wie: „*So gib doch dem jungen Mann eine Kleinigkeit; er ist so nett*“, worauf denn der Gatte unter einem Gegengemurmel sein Portemonnaie zog und noch hören mußte: „*Nein, das ist lächerlich, das ist nicht genug, sei nicht so knickrig!*“

SEITE 178:
Fêtards – *Lebemänner*

SEITE 179:
Me voilà! – *Seht her! Da bin ich!*

SEITE 180:
La fille de l'air – *Die Tochter der Lüfte*

SEITE 181:
Tour de force – *Kraftakt*

SEITE 185:
Magnifique! – *Phantastisch!*

SEITE 188:
Maître d'hôtel – *Oberkellner*
Salle à manger – *Speisesaal*
Voyons, voyons. Eh bien . . . – *Nun gut. Also . . .*
Er kann täuschen, pourtant. – Er kann *jedoch* täuschen.
Vous consentez? – *Sie stimmen mir zu?*
si c'est faisable – *wenn es sich machen läßt*
Sommellerie – Amt des Kellermeisters; hier: *Amt des Weinkellners*

SEITE 189:
Monats-Salaire – *Monatslohn*
À la bonne heure. – *Vortrefflich.*
À bientôt, mon garçon. – *Bis bald, mein Junge.*

SEITE 191:
in voller Parure – *im Schmuck des vollständigen Kellneranzuges*
Couverts – *Gedecke*
Entremets – *Zwischengang*

SEITE 192:
Supérieur – *Vorgesetzter*
Mais oui, c'est toi . . . – *Ach ja, ich kenne dich doch . . .*
Clientèle – *Gäste*
Parfaitement, Madame – *Jawohl, Madame*
Tout de suite, Madame – *Sofort, Madame*
au lieu de moi – *an meiner Statt*
toute la canaille friande – *die ganze gefräßige Bande*
. . . et tu n'as pas l'air de l'ignorer – *. . . und du siehst nicht aus, als wüßtest du es nicht.*
Joli petit charmeur . . . – *‚Hübscher kleiner Charmeur, nicht wahr?' Du wirst es noch weit bringen, mein Lieber. Glückwunsch! Meinen Segen hast du!*

SEITE 193:
Blagueur! – *Angeber!*
Aide – *Hilfskellner*
Infusion de tilleul – *Lindenblütentee*
Oatmeal – *Hafergrütze*
Luncheon – *zweites oder Gabelfrühstück*

SEITE 196:
Eleanor! If you don't stop . . . – *Eleanor! Wenn du nicht aufhörst, den Jungen da anzustarren, schicke ich dich in dein Zimmer hinauf, und bis zu unserer Abreise wirst du allein dort oben essen müssen.*

SEITE 198:
Petit déjeuner – *erstes Frühstück*
„Good morning, Miss Twentyman . . ." – *„Guten Morgen, Miß Twentyman. Haben Sie eine angenehme Nachtruhe gehabt?" – „Sehr wenig Ruhe, Armand, sehr wenig"*, lispelte sie.
Porridge – *Haferbrei*
„No, I prefer to suffer." – „But . . ." – *„Nein, ich will lieber leiden." – „Aber ich muß auch leiden – durch Sie!"* erwiderte ich leise, indem ich ihr auf der Karte die Marmelade zeigte, die sie nehmen sollte. – *„Oh, Armand, dann leiden wir gemeinsam!"* sagte sie . . .

SEITE 199:
For I love you! – *Denn ich liebe Sie!*

SEITE 201:
„Mon Dieu!" oder „Good heavens!" – *„Mein Gott!"* oder *„Du lieber Himmel!"*

SEITE 203:
Consommé – *Kraftbrühe*
Mockturtle- und Oxtail-Soup – *Falsche Schildkröten- und Ochsenschwanzsuppe*
„Mais vous ne mangez rien . . ." – *„Aber Sie essen ja gar nichts, Mylord"*, sagte ich bekümmert. *„Der Koch wird ungehalten werden, wenn Sie alle seine Speisen verschmähen."*
mon enfant – hier: *mein liebes Kind*

SEITE 204:
Courtoisie – *liebenswürdige Höflichkeit*

SEITE 206:
„Armand, I love you . . ." – *„Armand, ich bin so rasend in Sie verliebt, so hilflos; ich weiß nicht, was ich tun soll; meine Liebe ist so tief, so grenzenlos, daß ich verloren bin, verloren, verloren . . . Lieben Sie . . ., liebst du mich nicht auch ein klein wenig? Bitte, bitte, sag es mir."*

„Um des Himmels willen, Miß Eleanor, seien Sie doch vorsichtig. Es könnte jemand hereinkommen . . . Ihre Mutter zum Beispiel. Wie haben Sie es bloß fertiggebracht, ihr zu entwischen? Natürlich liebe ich Sie, süße kleine Eleanor! Ihre Schlüsselbeinchen sind so rührend zerbrechlich, und Sie sind in jeder Hinsicht ein so hübsches kleines Mädchen . . . Aber jetzt lösen Sie bitte Ihre Arme von meinem Nacken, und seien Sie auf der Hut . . . Die Situation ist gefährlich!"

„Was kümmern mich Gefahren! Ich liebe dich; ich liebe dich, Armand; laß uns gemeinsam fliehen, gemeinsam sterben. Doch zuallererst küß mich . . . Deine Lippen! Deine Lippen! Ich verdurste vor Sehnsucht nach deinen Lippen . . ."

„Nein, liebe Eleanor", sagte ich . . .

SEITE 207:
„Ohuhu!“ weinte sie los. *„Keinen Kuß! Kein Kind! Ich armes Unglückswurm! Arme kleine Eleanor – so elend und so verschmäht!“*

SEITE 211:
in meinem Rayon – *im Bereich meiner Tische*
Attention – *Achtung*

SEITE 212:
Et vous, Monsieur le Marquis? – hier: *Und das Ihre, Herr Marquis?*
Comme ci – comme ça – *so lala*
Farceur – *Witzbold*
mon cher Armand – *mein lieber Armand*
Académie des Beaux Arts – *Akademie der Künste*
ma pauvre mère – *meine arme Mutter*
mes pauvres parents – *meine armen Eltern*

SEITE 213:
beauté de diable – *Reiz der Jugendfrische*
type grisette – *einfaches, leichtlebiges Mädchen*

SEITE 214:
tu me feras voir rouge – *du bringst es dahin, daß ich gleich rot sehe*
pure et simple – *schlicht und einfach*

SEITE 215:
Mais il est incomparable, ce gaillard! – *Dieser Spaßvogel ist einfach unvergleichlich!*
Pendule – *Stutzuhr*

SEITE 219:
nom de guerre oder d'affaires – *Pseudonym oder im Geschäftsleben gebrauchter Name*
mon cher Kroull – *mein lieber Krull*
Comment allez-vous? – *Wie geht es Ihnen?*
Très amusant. – *Sehr amüsant.*
Kaffee nebst „Fine“ – *Kaffee mit einem (guten) Cognac*

SEITE 220:
Voyons . . . – *Wollen wir doch mal sehen . . .*
Enfin! Was sagte ich . . . – *Also!* Was sagte ich . . .

SEITE 222:
hélas – *leider*
Bois – *Bois de Boulogne*

SEITE 223:
Le don de la fée – *Das Geschenk der Fee*

SEITE 236:
Kroull, vous êtes admirable! – *Krull, Sie sind bewundernswert!*
Ferblantier – *Spengler*

SEITE 238:
Bonne nuit . . . – *Gute Nacht; bis bald, Herr Marquis.*

SEITE 239:
Nous persistons, n'est-ce pas? – *Wir bleiben dabei, nicht wahr?*
C'est entendu. – *Selbstredend.*
mein Salaire – *mein Lohn*

SEITE 240:
Châtelaine – *Kette*

SEITE 241:
nom d'un nom – *großer Gott!*

SEITE 260:
Demi-tasse – wörtl.: „halbe Tasse", hier: *Täßchen*

SEITE 262:
Voilà le voyageur curieux! – *Da ist ja der wißbegierige Reisende!*

SEITE 264:
C'est exact. – *Das ist richtig.*
groom – wörtl.: „Stallbursche"; hier: *Page*

SEITE 265:
Embarassement – (korrekt: Embarrassement) *Verlegenheit*

SEITE 267:
Rezepisse – (frz. récépissé) *Empfangsbestätigung*

SEITE 271:
Froufrou – *Flitterkram*
Feu d'artifice – *Feuerwerk*

SEITE 272:
Minauderie – *Geziertheit*
Gagatgehänge – *Ohrgehänge aus Jett*
Tenue – *Haltung*

SEITE 273:
Chaperonnage – *Begleitung (durch eine Anstandsperson)*

SEITE 276:
Zouzou, vous êtes . . . – *Zouzou, du beträgst dich ganz unmöglich!*

Seite 279:
C'est le mot. – *Das ist die richtige Bezeichnung.*

Seite 280:
en famille – *im Familienkreis*
À demain ... – *Bis morgen. – Dank der Gastfreundschaft meiner Mutter.*
Mais Mademoiselle Zaza ... – *Aber Mademoiselle Zaza ...*

Seite 281:
Zouzou! ... – *Zouzou! Zouzou! Bitte, verzeihen Sie mir diesen Versprecher!*

Seite 297:
Patatípatatá! – *Papperlapapp!*

Seite 301:
Votre Sainteté – *Eure Heiligkeit*

Seite 303:
le primordial – *das Ursprüngliche*
Suade – *Redefluß*

Seite 307:
Embonpoint – *Körperfülle*
von rouéhaftem Äußeren – *mit dem Äußeren eines Lebemannes*
Ennui – hier: *Langeweile*

Seite 310:
Accommodement – *Bequemlichkeit*

Seite 312:
Ce nouveau traité ... – *Dieser neue Handelsvertrag ... Aber dank Ihrer oft bewiesenen Geschicklichkeit wird das alles ohne Schwierigkeiten zustande kommen.*
Courtoisie – *Höflichkeit*

Seite 313:
Sire, énormément! ... – *Ganz ungemein, Sire! Ich bin geradezu hingerissen von der Schönheit Ihrer Hauptstadt, die wahrhaft würdig ist, die Residenz eines großen Monarchen vom Range Eurer Majestät zu sein.*

Seite 314:
Portugal – à la bonne heure. – *Portugal – einfach wundervoll.*
Cher ambassadeur – *Mein lieber Gesandter*

Seite 315:
Gesamt-tenue – *gesamtes Auftreten*

Seite 316:
Qualis-artifex-Ambitionen – *Ambitionen des Möchtegernkünstlers*
jedes Embarrassement, jedes politische oder finanzielle Ennui des Staates – jedes *Problem,* jede politische oder finanzielle *Sorge* des Staates

Seite 325:
Un peu phantastique, pourtant. – *Ein wenig phantastisch freilich.*

Seite 326:
degoutante Beschäftigung – *unanständige* Beschäftigung

Seite 329:
Lizenzen – *Freiheiten*

Seite 330:
pour corriger la nature – *um der Natur nachzuhelfen*

Seite 337:
mais oui – *aber ja doch*
toute la lyre – *die ganze Leier*

Seite 339:
La beauté humaine – *Die Schönheit des Menschen*

Seite 340:
Féerie – *märchenhafter Anblick*

Seite 342:
Fi donc! Taisez-vous! – *Pfui! Schweigen Sie!*

Seite 348:
shake hands machen – *die Hände schütteln*

Seite 353:

Bandarilheiro:	stößt dem Stier bändergeschmückte Kurzpfeile in den Widerrist
Capeador:	reizt den Stier mit der *capa,* dem roten Mantel
Picador:	stößt dem Stier vom Pferderücken aus Lanzen in den Nacken
Toireador:	Torero; tötet den Stier durch Degenstich

Seite 355:
Toiro – *Stier*
Espada – *Torero*

Nachwort

Thomas Mann war eine gepflegte Erscheinung mit guten Manieren, sorgfältig angezogen, manikürt und gescheitelt. Er sah nicht aus wie ein Genie, sondern eher wie ein Pedant, ein wenig beamtenmäßig. Sicher hat er in seinem Leben nie gestohlen. Sein Felix Krull aber klaut virtuos, Schokolade schon als Kind, später den Schmuck von Madame Houpflé. Was veranlaßte Thomas Mann zu einem so burlesken Werk? Was hatte er innerlich zu schaffen mit der Figur des liebenswürdigen Hochstaplers, der die Musterungskommission betrügt und als Liftboy alle Herzen erobert, der ein Dienstmädchen, eine Prostituierte, eine Klosettschüsselfabrikantengattin und die Mutter seiner portugiesischen Freundin im Bett glücklich macht, der als Marquis de Venosta Unterschriften fälscht und den König von Portugal bezaubert?

Eine vorläufige Antwort gibt die Hauptfigur von Manns Erzählung „Tonio Kröger" (1903): „Man ist als Künstler innerlich immer Abenteurer genug. Äußerlich soll man sich gut anziehen, zum Teufel, und sich benehmen wie ein anständiger Mensch . . ." Wir dürfen daraus schließen, daß der äußerlich wohlangezogene Bürger Thomas Mann innerlich sehr wohl etwas zu tun hat mit dem Kriminellen Felix Krull. Innerlich ist nämlich auch er ein Hochstapler, schon als Kind. In einer kleinen autobiographischen Skizze von 1904 erzählt er von einem seiner liebsten Kinderspiele: „Ich erwachte zum Beispiel eines Morgens mit dem Entschluß, heute ein achtzehnjähriger Prinz namens Karl zu sein. Ich kleidete mich in eine gewisse liebenswürdige Hoheit und ging umher, stolz und glücklich mit dem Geheimnis meiner Würde." Er hat die Szene fast wörtlich in den Roman übernommen und dort weiter ausgebaut. Ein Künstler, kann man daraus schließen, ist immer ein Hochstapler, er erfindet Geschichten, die sich gar nicht zugetragen haben, und versetzt sich in Rollen, die ihm nicht zustehen. Ein Dichter, so schrieb Thomas Mann 1907 selbstironisch, sei „ein auf allen Gebieten ernsthafter Tätigkeit unbedingt unbrauchbarer, einzig auf Allotria bedachter, dem Staate nicht nur nicht nützlicher, sondern sogar aufsässig gesinnter Kumpan", „ein innerlich kindischer, zur Ausschweifung geneigter und in jedem Betrachte anrüchiger Scharlatan", der von der Gesellschaft nichts anderes sollte zu gewärtigen haben als stille Verachtung.

Manns Biographie ist ganz und gar ungewöhnlich, nicht die eines Jedermann. Schon die Herkunft ist rar. Der Vater, Finanzsenator der Stadtrepublik Lübeck und Inhaber einer traditionsreichen Getreidefirma, war einer der mächtigsten Männer der Stadt. Wenn Tommy durch die Straßen ging, zogen die Arbeiter die Mützen. Die Mutter war Deutsch-Brasilianerin aus sehr gutem Hause, eine attraktive Frau mit exotischem Flair, gescheit, phantasievoll und musikalisch. Am 6. Juni 1875 wurde Thomas als zweites von fünf Kindern geboren. Er hatte noch einen älteren Bruder, Heinrich (1871–1950), der später ebenfalls ein bedeutender Schriftsteller wurde, ferner zwei Schwestern, die Schauspielerin Carla und die Bankiersgattin Julia, die beide tragisch durch Freitod endeten, und einen fünfzehn Jahre jüngeren Bruder Viktor. Der Vater starb früh, 1891, und die Firma wurde verkauft. Heinrich hatte Lübeck bereits verlassen, die Mutter zog mit den jüngeren Kindern nach München, Thomas blieb allein zurück. Aus dem angesehenen Senatorensohn war plötzlich ein verbummelter Gymnasiast geworden, auf den niemand große Hoffnung setzte. Nachdem er insgesamt dreimal durchgefallen war, verließ er 1894 Lübeck ohne Abitur und folgte seiner Mutter nach München. Einige von diesen Vorgängen erkennt man in den „Bekenntnissen des Hochstaplers Felix Krull" wieder: den Verlust der Firma, hier allerdings durch Konkurs, und den frühen Tod des Vaters, hier jedoch mit Hilfe einer Pistole.

Der soziale Abstieg bedeutete natürlich einen tiefsitzenden Schock, obgleich er von Thomas Mann zunächst als Freiheitsgewinn erfahren wurde. Seine Lebenssphäre in den ersten Münchener Jahren ist die Schwabinger Edel-Boheme. Aus dem väterlichen Erbe war ihm eine Rente erwachsen, die ausreichte, seinen Lebensunterhalt einigermaßen zu bestreiten, und so konnte er sich ohne materielle Sorgen der Schriftstellerei widmen. Da man in Italien damals billiger lebte als in Deutschland, reichte das Geld auch für mehrere lange Italienaufenthalte. In Rom wurden die ersten Zeilen des Romans „Buddenbrooks" (1901) geschrieben, der den Untertitel „Verfall einer Familie" trägt und die Geschichte der eigenen Familie als Material für eine große Dekadenzanalyse verwertet. Mit der zweiten Auflage von 1903 kam der Erfolg, kamen Geld und Ruhm. Thomas Mann hatte Ehrgeiz. Er sah die Chance, der Boheme-Existenz zu entkommen und den sozialen Rang seiner Väter wieder zu erwerben. Konsequent wies er seine homoerotischen Neigungen in die Schranken. Die Freundschaft mit Paul Ehrenberg, das zentrale Herzenserlebnis dieser Jahre, verblaßte. Zäh und systematisch warb er um die schöne und intelligente Millionärstochter Katia Pringsheim. Nach langem Sträuben kam es 1905 zu einer prächtigen Hochzeit. Thomas Mann gehörte nun zu den ersten Kreisen der Stadt, hatte jedoch ein schlechtes Gewissen, weil er die Freiheit des Künstlers aufgegeben hatte. Anfang 1906 schrieb er an seinen Bruder Heinrich: „Du nennst mich gewiß einen feigen Bürger. Aber Du hast leicht reden. Du bist absolut. Ich dagegen habe geruht, mir eine Verfassung zu geben." Sechs bedeutende, wenn auch für leichtes Lebensglück nicht geschaffene Persönlichkeiten, Klaus und Erika, Golo und Monika, Elisabeth und Michael, sollten aus dieser Ehe hervorgehen.

Das Verheiratetsein hatte mitzuhelfen bei der Aufgabe, durch eine betont bürgerliche Ordnung das innere Abenteurertum und die Schwärmereien für schöne Knaben in Schach zu halten. Das hat erstaunlicherweise ein ganzes Leben lang funktioniert. Zwar klingt das alles sehr kalt, sehr berechnend. Eine Art Liebe ist aber trotzdem dagewesen. In den Aufsatz „Über die Ehe" von 1925 hat Thomas Mann das heute sehr fremdartig anmutende Bekenntnis eingefügt: „Hegel hat gesagt, der sittlichste Weg zur Ehe sei der, bei dem zuerst der Entschluß zur Verehelichung stehe und dieser dann schließlich die Neigung zur Folge habe, so daß bei der Verheiratung beides vereinigt sei. Ich habe das mit Vergnügen gelesen, denn es war mein Fall." Man muß es wohl glauben. Es blieb freilich ein „strenges Glück", wie es Thomas Mann nannte, eine anstrengende Partnerschaft, die beiden Seiten viel Disziplin, viel Verzicht, viel Rollenspiel abverlangte. Die Grundangst dieses Lebens war es, daß dieser prekäre Kunstbau eines Tages zusammenbrechen könnte. In vielen Werken hat Mann diese Angst zum Thema gemacht, am deutlichsten in „Der Tod in Venedig" (1912), der Geschichte einer Persönlichkeitszerstörung, wo ein stets gepflegter und formbewußter Künstler an der Liebe zu dem Knaben Tadzio zugrunde geht.

In den Jahren 1910 bis 1913 schrieb er, mit zahlreichen Unterbrechungen, die erste Hälfte des „Krull"-Romans bis zur Episode mit der Prostituierten Rosza, Krulls Liebeslehrerin. Von 1914 an griff die Politik nach Thomas Mann. Zur Überraschung vieler Freunde und zum Entsetzen seines frankreichliebenden Bruders

Heinrich reagierte er entschieden deutschnational und zeigte sich vom Kriegsausbruch begeistert und ergriffen. Den Krieg empfand er als Reinigung von einer verkommenen Friedenswelt und als Befreiung aus Müdigkeit, Überreflexivität und Dekadenz. Seine Kriegsschriften, vor allem die monumentale Rechtfertigungsschrift „Betrachtungen eines Unpolitischen" (1918), ließen ihn in der Nachkriegszeit als Anhänger der antidemokratischen „konservativen Revolution" erscheinen. Nach mehrjähriger Unsicherheit bekannte er sich jedoch in einer aufsehenerregenden Kehrtwendung 1922 zur Weimarer Republik. Er versöhnte sich mit seinem Bruder und engagierte sich in den Jahren vor 1933 in zahlreichen Reden und Stellungnahmen publizistisch für die Sozialdemokraten und gegen die Nationalsozialisten. Es sind die Jahre seiner größten öffentlichen Wirkung. 1924 war der große Zeitroman „Der Zauberberg" erschienen und wurde ein internationaler Erfolg. Das Jahr 1929 brachte als Krönung den Nobelpreis für Literatur.

Aber Thomas Mann hatte viele Feinde. Nationalsozialistisch infizierte Gegner aus Kreisen der Münchener Kulturprominenz erwirkten 1933 einen Schutzhaftbefehl gegen ihn (er sollte ins KZ Dachau gebracht werden); die Beschlagnahmung seines Hauses und die Sperrung seiner Konten folgten. Da sich der Dichter gerade im Ausland befand, konnte der Haftbefehl nicht ausgeführt werden. Doch er war gewarnt, kehrte nicht zurück und wurde vorläufig Emigrant wider Willen. Zunächst lebte er hauptsächlich in der Schweiz, ab 1938 dann in den Vereinigten Staaten von Amerika. In den ersten Exiljahren verzichtete er weitgehend auf öffentliche politische Äußerungen, um seinen Verlag (S. Fischer) und den Absatz seiner Bücher in Deutschland nicht zu gefährden. Es kam deshalb zu schweren Spannungen mit der literarischen Emigration, darunter auch solchen mit seinem Sohn Klaus, von dessen Emigrantenzeitschrift *Die Sammlung* der Vater sich, von seinem Verleger unter Druck gesetzt, distanzieren zu müssen glaubte, und mit der Tochter Erika, die ihn schließlich ultimativ aufforderte, seine Stellung öffentlich zu klären. Sie hatte Erfolg damit: Anfang 1936 bekannte sich Mann mit einer vielbeachteten Erklärung zum Exil und führte bis 1945 einen erbitterten öffentlichen Kampf gegen Hitler und seine Anhänger. Die deutschen Behörden hatten ihn Ende 1936 ausgebürgert, was insofern unwirksam war, als Mann kurz vorher die ihm ehrend angetragene tschechoslowakische Staatsbürgerschaft angenommen hatte. Acht Jahre lang war Thomas Mann Tscheche. Von 1944 bis zu seinem Tod war er Bürger der USA. Deutscher ist er nie wieder geworden.

Das wichtigste literarische Vorhaben der Exilzeit war die große biblische Romantetralogie „Joseph und seine Brüder". Seit 1926 in Arbeit, erschienen die ersten drei Romane 1933, 1934 und 1936 und konnten, wenn auch mit Behinderungen, noch im Deutschen Reich verkauft werden, während der vierte, 1942 in Stockholm veröffentlicht, nur noch außerhalb der von Deutschland besetzten Gebiete Absatzmöglichkeiten hatte. Das Thema des Joseph-Romans ist die Humanisierung des Mythos, der Widerstand der Kultur gegen das andrängende Chaos rückständiger Wildheit. Er hatte insofern eine politische und menschheitserzieherische Botschaft. Aber auch hier gibt es einen autobiographischen Subtext: Die biblische Geschichte vom „keuschen Joseph" (übrigens wie Krull ein Hochstapler und hübscher Junge), der sich gegen die Verführungskünste der Frau des Potiphar nur knapp behauptet, ist unterlegt mit Ängsten, die unterdrückten Triebe könnten den Kunstbau des bürgerlichen Lebens zerstören. Heiter und straflos bleibt die Triebwelt nur im „Felix Krull".

Die Summe des Lebens ist das Alterswerk „Doktor Faustus" (1947), das als Musikerroman, als Faustroman, als Gesellschaftsroman und als Deutschlandroman Manns große Themen zusammenführt: die Einsamkeit des Künstlers, die Inspiration durch Krankheit im Bilde des Teufelspakts, den Weg von der Dekadenz zum Faschismus und die Geschichte der deutschen Innerlichkeit und Unfähigkeit zur Politik. Zum Teufelspakt gehört das Liebesverbot. Auch hier kann oder darf der Künstler nicht lieben. Seine Liebe bringt den Tod.

Die Zeit des Kampfes gegen Hitler hat Thomas Mann später als „moralisch gute Zeit" bezeichnet, sofern man damals wußte, was gut war und was böse. Nach 1945 ging diese Orientierung verloren. Obgleich Mann sich klar zum Westen bekannte, wurde er wegen gelegentlicher prokommunistischer Äußerungen vom FBI überwacht. Daß er im Goethe-Jahr 1949 nicht nur Frankfurt, sondern auch Weimar besuchte und sich von den ostzonalen Mächten in großem Stile feiern ließ, trug ihm feindselige Angriffe ein. Die Vereinigten Staaten und Westdeutschland sah er einer Neuauflage des Faschismus entgegentaumeln, die demokratische Umerziehung hielt er für gescheitert. Die Kränkung durch Deutschland, das ihn verstoßen hatte und sich nach 1945 keineswegs sonderlich eifrig im Wiedergutmachen zeigte, saß tief. Politisch war der alte Thomas Mann resigniert und verbittert. Das Verhältnis zu den USA verschlechterte sich immer mehr, so daß der Dichter 1952 wieder nach Europa zurückkehrte und sich in der Schweiz niederließ. Er starb am 12. August 1955 in Zürich. Seine Frau überlebte ihn, nach fünfzigjähriger Ehe, um ein Vierteljahrhundert. Ihre bescheidene Grabstätte fanden beide auf dem Friedhof von Kilchberg am Zürichsee.

Die 1913 abgebrochene Arbeit am „Felix Krull" hat Thomas Mann erst 1951, nach fast vierzigjähriger Unterbrechung, wiederaufgenommen und bis 1954 weitergeführt. Er war ein Fertigmacher, Liegengebliebenes konnte er nicht leiden. Zunächst fiel es ihm schwer, der Stoff schien ihm eines alten Mannes nicht mehr recht würdig zu sein, und doch fand er sich mit erstaunlicher Virtuosität wieder hinein. Er war ja auch nicht wirklich alt, das innere Abenteurertum war nicht erloschen: 1950, als Fünfundsiebzigjähriger, hatte er sich noch einmal verliebt, in den Kellner Franz Westermeier, eine natürlich ganz hoffnungslose, aber rührende Geschichte. Franzl half ihm beim Zigarrenaussuchen, wie Felix Krull jenem Lord Kilmarnock, der ihn mit auf sein Schloß nehmen will. Kilmarnock, der Herr mit dem sorgfältig gescheitelten Haar und der klobigen Nase, ist natürlich ein Selbstporträt. Ein Selbstporträt ist aber auch Madame Houpflé. Als Dichterin und Fabrikantengattin wiederholt sie ironisch den Zwiespalt zwischen Künstlertum und Bürgertum.

Ein schöner junger Mann, gewagte Liebesgeschichten, freche Kriminalität, ein berühmter Autor: der Stoff war wie geschaffen zur Verfilmung. Noch immer sehenswert ist der Schwarzweißfilm von 1957, gedreht unter der Regie von Kurt Hoffmann mit Horst Buchholz als Felix Krull. Ein höheres Niveau strebt der Fünfteiler von Bernhard Sinkel an (1981), in dem John Moulder-Brown die Hauptrolle spielt. Der Film ist freilich immer ein anderes Medium als der Roman. Die Doppelbödigkeit eines literarischen Textes wiederzugeben gelingt der Kinematographie nur selten, und die langen Gespräche mit Professor Kuckuck im Zug nach Lissabon, in die der alte Thomas Mann seine gesamte Weltsicht und alle seine Anreger – Schopenhauer, Goethe, Nietzsche, Wagner – anspielungsweise eingebracht hat, sind filmisch nicht wirksam zu realisieren.

Das Beglückende und Befreiende bei der Lektüre des „Felix

Krull" ist die märchenhafte Widerstandslosigkeit, mit der die Welt sich hier allen Wünschen fügt. Dem Glück der Selbstverliebtheit darf man sich hier völlig hingeben, ohne störenden moralischen Zeigefinger. „Ich aber besaß seidenweiches Haar . . . Meine Hände, auf die ich frühe achthatte, waren, ohne überschmal zu sein, angenehm im Charakter, niemals schweißig, sondern mäßig warm, trocken, mit geschmackvoll geformten Fingernägeln versehen und sich selbst ein Wohlgefallen; . . . der Wahrheit gemäß wiederhole ich, daß ich aus dem feinsten Holze geschnitzt bin." Felix ist ein Narziß, dem alles zufliegt, Schmuck, Geld, Bewunderung, die Herzen der Menschen, dessen Verbrechen straflos bleiben, ja, die Geschädigten sogar noch glücklich machen.

Der Roman ist von seiner literarischen Machart her eine parodistische Autobiographie und ein ironischer Bildungsroman. Bildungsromane zeigen das Wesen und Werden eines Ichs, das sich durch meist bittere Erfahrungen einen Charakter erwirbt. Autobiographien sind in der Regel Lebensbeichten, Rückblicke später Weisheit auf frühe Torheit. Das alles wird hier parodiert; Selbstkritik und bittere Erfahrungen fehlen ja gänzlich. Krull entwickelt sich nicht, er ist von Anfang an fertig. Er ist ein Spieler, der sich allen angenehm zu machen vermag, und ein Schelm.

Die „Bekenntnisse des Hochstaplers Felix Krull" sind daher kein Bildungsroman, sondern ein Schelmenroman. Der Bildungsroman schreibt die schmerzliche Geschichte der Korrektur eines schwärmerischen Ichs, das die Welt verbessern will, durch den Widerstand dieser Welt; der Schelmenroman hingegen schreibt die Geschichte eines gleichbleibenden Ichs in einer unverbesserlich schlechten Welt. Er hat deshalb nicht die Struktur einer folgerecht aufeinander aufbauenden Entwicklung, sondern die einer beliebig verlängerbaren Episodenfolge. Ein Abenteuer jagt das nächste, ohne eine Spur in der Seele des Helden zu hinterlassen. Ein Schelm läßt sich nicht korrigieren. Er will die Welt betrügen, aber nicht verändern; Felix Krull treibt das ironisch auf die Spitze, wenn er zu Generaldirektor Stürzli sagt: „Ich finde die Gesellschaft reizend, so wie sie ist, und brenne darauf, ihre Gunst zu gewinnen." So steht Thomas Manns Roman in einer Reihe mit den bedeutendsten Schelmenromanen der Weltliteratur, von „Simplicissimus" über „Don Quijote" und „Tom Jones" bis hin zum „Braven Soldaten Schwejk".

Hermann Kurzke

Thomas Mann:
BEKENNTNISSE DES HOCHSTAPLERS FELIX KRULL

Die Originalausgabe erschien im Jahr 1954.

MEISTERHAFT UND UNVERGÄNGLICH
Erlesene Bücher aus aller Welt

822
Printed in Germany
ISBN 3 87070 674 0